플랑드르 거장의 그림

플랑드르 거장의 그림
La tabla de Flandes

아르투로 페레스 레베르테 장편소설　정창 옮김

LA TABLA DE FLANDES
by ARTURO PÉREZ-REVERTE

Copyright (C) Arturo Pérez-Reverte, 1990
(C) De esta edición: Grupo Santillana de Ediciones, S. A., 1994
Korean Translation Copyright (C) The Open Books Co., 2002

이 책은 실로 꿰매는 정통적인 사철 방식으로 만들어졌습니다.
사철 방식으로 만든 책은 오랫동안 보관해도 손상되지 않습니다.

이 책은 실로 꿰매어 제본하는 정통적인 사철 방식으로 만들어졌습니다.
사철 방식으로 제본된 책은 오랫동안 보관해도 손상되지 않습니다.

악마의 옹호자, 훌리오와 로사에게.
그리고 크리스티아네 산체스 아세베도에게

1. 거장 반 호이스의 비밀   9
2. 루신다, 옥타비오, 스카라무슈   57
3. 체스에 얽힌 문제   89
4. 제3의 인물, 체스 플레이어   119
5. 흑녀의 미스터리   150
6. 체스 테이블과 거울에 대해서   177
7. 누가 기사를 죽였는가?   215
8. 네 번째 체스 플레이어   230
9. 〈동문〉의 해자   258
10. 청색 자동차   300
11. 분석적 접근   329
12. 여왕, 기사, 주교   362
13. 일곱 번째 봉인   399
14. 대화   414
15. 흑녀의 종말   444

최고의 지적 게임   495
아르투로 페레스 레베르테 연보   507

1
거장 반 호이스의 비밀

「신은 체스 두는 사람을 움직이고, 체스 두는 사람은 말을 움직인다.
그렇다면 그 게임을 시작한 신 뒤의 신은 누구인가?」
— 호르헤 루이스 보르헤스

봉인된 봉투는 하나의 수수께끼나 다름없다. 그 속에 예측할 수 없는 미스터리를 담고 있을 가능성 때문이다. 좌측 하단에 연구소의 이름이 인쇄된 그 봉투는 크고 두툼한 마닐라산 재질로 만들어져 있었다. 훌리아는 한 손으로 붓과 물감과 광택제 사이에서 칼을 찾는 동안, 다른 손으로 가만히 그 봉투의 무게를 헤아려 보고 있었지만 그 내용물이 자신의 인생을 바꾸어 놓게 되리라는 것은 상상조차 못했다.

사실 훌리아는 봉투 속에 무엇이 들어 있는지 이미 알고 있었다. 어쩌면 그랬기 때문에 봉투에서 내용물인 엑스레이 사진들을 끄집어내기 전까지만 해도 별다른 기대감을 갖지 않았는지도 모른다. 그러나 그녀는 테이블 위에 엑스레이 사진들을 펼쳐 놓는 순간, 정확히 말해서 그 사진을 들여다보는 순간 자신의 손으로 복원 중이던 작품 〈체스 게임〉이 단순한 예술품 이상의 의미를 지니고 있다는 사실에 놀랄 수밖에 없었다. 세상에! 그녀는 벌린 입을 다물지 못했다. 그림 속에 글자가 감추어져 있다니. 하긴 그녀가 놀란 것도 무리가 아니었다. 지난 6년 동안 골동품이나 고서 혹은 그림 등의 예술품, 그 중에서도 특히 그림을 복원하면서 누군가가 원작에 손을 대거나 덧칠 한 것을 비롯해서 심지어 위작을 발견한 것도 적지 않았는데, 이번처럼 글자가 감춰진 경우는 처음 겪는 일이었던 것이다.

어느새 그녀의 손은 담배를 찾고 있었다. 그녀는 꾸깃꾸깃 구겨진 담뱃갑에서 한 개비를 뽑아 입에 물고 불을 붙이는 동안에도 엑스레이 사진에서 눈을 떼지 못했다. 15세기 플랑드르 화가의 그림은 30×40 크기의 뢴트겐 필름을 통해 그리자유 기법[1]을 바탕으로 한 밑그림과 그 위에 덮인 색상의 세세한 층위, 패널의 구조물인 세 조각의 판을 붙인 접합부와 나뭇결, 화가의 독특한 선과 색감에 의한 붓 터치를 보여 주는 것에 그치지 않고, 맨 밑바닥에 감춰져 있던 고딕 문자까지 선명하게 드러내고 있었다.

QUIS NECAVIT EQUITEM.

Quis는 〈누구〉라는 뜻의 의문 대명사, necavit는 〈죽이다〉는 뜻을 지닌 neco의 파생어, equitem은 〈기사〉를 뜻하는

---

1) 회색 계통으로 그리는 회화 기법. 15세기 플랑드르 파 화가들이 주로 사용했으며 18세기 후반에 들어서면서 고전적인 조각을 모방하여 벽과 천장에 장식하는 데 쓰였다.

eques의 대격 단수…… 훌리아는 사전 없이 그 문장을 번역할 만큼 라틴 어에 정통한 편이었다. 누가 기사를 죽였는가……? 그런데 라틴 어 quis는 의문 부호와 함께 사용되자 신비한 분위기를 띠었다.

누가 기사를 죽였는가?

그녀는 그림 속에 감춰진 문장을 중얼거리는 순간 섬뜩한 느낌을 받았다. 그림 속에 수수께끼를 감춰 두고 그 위에 물감으로 덮은 이는 누구였을까? 그녀는 탁자 위에 흩어진 엑스레이 사진과 복사물들을 정리하는 한편 담배 연기를 깊숙이 빨아들이면서 생각에 잠겼다. 화가 자신이었을까? 아니면 다른 사람이었을까? 누가 되었든, 만일 어떤 의도가 있었다면, 그자는 수수께끼를 숨겨 놓고 무려 5백 년이란 긴 세월을 기다린 셈이었다. 하지만 이제 곧 풀리게 되어 있어. 그녀는 짐짓 의미심장한 미소를 지으며 혼잣말로 중얼거렸다. 다른 사람도 아닌, 내 손에 걸려들었으니까.

그녀는 엑스레이 사진을 집어 들고 이젤 위에 고정되어 있는 그림 앞으로 다가갔다. 〈체스 게임〉. 비스듬한 천창(天窓)을 통해 내려오는 희뿌연 채광 밑에서 신비한 빛을 띠고 있는 그 그림은 근대 미술의 초석이 되었던 플랑드르 화파의 거장 반 호이스가 1471년에 완성한 유화 작품이었다. 그 그림의 주요 테마는 체스판을 중심으로 양편에 마주 앉은 채 체스 게임을 진행하고 있는 두 귀족의 모습이었고, 부차적인 테마를 찾는다면 그들의 뒤쪽 우측이자 바깥 풍경이 보이는 고딕 양식의 창문 앞에서 의자에 앉은 채 독서를 하고 있는 여인이었다. 아울러 그 그림은 실내의 세세한 배경들, 즉 가구와 장식물, 흑색과 백색이 주류를 이루는 타일 모양의 대리석 바닥, 양탄자 무늬, 미세하게 금이 간 벽, 천장을 가로지르는 들보와 그곳에 튀어나온 조그만 못의 그림자까지 세밀하게 묘사되어 있었는데, 그것은 극사실적인 묘사를 통해 강박 관념에 가까울 정도로 완벽성을 추구하고자 했던 플랑드르 화파의 전형적인 기법이었다. 체스판과 체스의 말이나 인물의 손과 용모와 의상 등의 형태가 5백 년이라는 기나긴 세월에 의해 그림 표면에 처리된 유약이 산화되었음에도 불구하고 선명한 빛을 발하는 것 또한 그들이 아니면 어느 누구도 흉내 낼 수 없는 독특한 기법과 노력 때문에 가능한 일이었다.

누가 기사를 죽였는가. 훌리아는 그 문장을 되뇌며 손에 쥐고 있는 엑스레이 사진과 앞에 놓인 그림을 번갈아 살펴보았다. 육안으로 볼 때 그 그림은 엑스레이 사진과 달리 감추어진 글자가 드러나지 않았다. 7배율의 쌍안 렌즈로 들여다봐도 결과는 마찬가지였다. 그때서야 그녀는 천창에 설치된 대형 블라인드를 내렸다. 어두운 실내에서 삼각대에 달린 우드 제(製) 자외선 램프로 그 그림을 보다 세밀하게 관찰할 필요가 있었다. 어둠 속에서 그림이 자외선을 받게 되면 오래된 재료나 물감 혹은 광택제는 형광빛을 띠는 반면, 나중에 손을 댔거나 덧칠이 된 부분은 어두운 색으로 착색될 참이었다. 자외선 관찰 결과는 전자의 경우였다. 다시 말해서 글자를 포함하여 그림 전체가 골고루 형광빛을 띤다는 것은 화가 자신이 그 글자를 쓰고 그 위에 색을 입혔다는 사실을 강하게 대변하고 있었다.

훌리아는 램프를 끄고 블라인드를 올렸다. 가을 아침의 시퍼런 빛이 그림 위로 쏟아지면서 한동안 어둠과 침묵 속에 잠겨 있던 사물들이 다시 제 모습을 찾기 시작했다. 그녀의 널찍한 작업실은 서가에 꽂힌 무수한 책들, 선반을 뒤덮고 있는 붓과 물감, 광택제와 솔벤트 용제, 목공 도구와 정밀 도구, 청동과 목재로 만들어진 액자와 틀, 바닥에 떨어진 물감 얼룩이 묻은 고급 페르시아 양탄자, 그 위에 놓인 그림들로 인해 발 디딜 틈도 없을 만큼 복잡했다. 한편 한쪽 구석을 차지한 루이 15세의 서랍장 위에는 하이파이 스테레오가 놓여 있고, 그 주위로 돈 체리, 모차르트, 마일스 데이비스, 사티, 레스터 보위, 마이클 에지스, 비발디 등의 레코드가 열을 이루고 있었다. 문득 그녀는 한쪽 벽에 걸려 있는 거울을 들여다보았다. 황금 테를 두른 베네치아 거울 속에서 누군가가 그녀를 응시하고 있었다. 화장을 하지 않은 얼굴, 어깨까지 내려와 등 뒤로 뻗친 머리카락, 수면 부족으로 졸린 듯이 깜박이는 커다란 눈…… 역시 레오나르도 다 빈치의 모델만큼이나 매혹적이야. 그녀는 지금처럼 베네치아 거울에 비친 자신의 모습을 바라보던 세사르가 *ma più bella*(가장 아름다운 여인)라고 한 말을 떠올렸다. 그녀 역시 자신이 아름답다는 사실을 믿어 의심치 않았고, 실제로 거울 앞에 설 때마다 자신의 모습에 흠뻑 매료되어 시간과 공간을 뛰어넘는 마법의 문 저쪽에 있는 듯한 감정에 빠져 들었다. 나는 정녕 이탈리아 르네상스 시대 미인들의 화신이란 말인가. 한편 그녀는 세사르를 생각하며 미소를 지었다. 그녀는 어릴 때부터 세사르를 생각할 때마다 웃었는데, 그것은 애정이 담긴 웃음이자 어떤 공모가 담긴 웃음이기도 했다.

이윽고 훌리아는 손에 들고 있던 엑스레이 사진들을 테이블 위에 올려놓은 뒤, 베니우레[2]의 서명이 들어 있는 묵직한 청동 재떨이에 담배를 비벼 끄고서 타자기 앞으로 다가가 의자에 앉았다.

〈체스 게임〉

작품 패널 위의 유화, 플랑드르 파, 1471년 작.
화가 피터 반 호이스Pieter Van Huys(1415~1481).
지지대 3개의 떡갈나무 패널로 고정. 작은 침을 보강하여 접합되어 있음.
작품 사이즈 60×87cm(20×87 크기의 동일한 패널 3개, 패널 두께 4cm)
지지대 보존 상태 별도의 수정이 필요하지 않음. 목재에 서식하는 벌레로 인해 손상된 흔적 없음.
그림의 색상 보존 상태 물감의 접착과 결합 상태 양호. 색채 변화 없음. 노화로 인한 미세한 균열이 보이지만 표면이 벗겨지거나 들뜨는 현상은 없음.
그림의 표면막 보존 상태 염분이나 습기로 인한 흔적은 드러나지 않음. 산화로 인한 광택제의 흑화 현상이 뚜렷함. 표면을 새로운 광택제로 대체할 수 있음.

커피포트에서 뜨거운 김이 올라오는 소리가 들렸다. 그녀

---

[2] Mariano Benlliure(1862~1947). 스페인의 조각가로 현대 미술의 거장 가운데 한 사람. 대표작으로 「축제의 두 희생양」이 있다.

는 맨발로 주방으로 걸어가서 커다란 머그컵에 커피를 가득 부었다. 우유나 설탕을 타지 않은 블랙이었다. 그녀는 한 손에 컵을 들고 물기 젖은 다른 손을 파자마 위에 걸친 헐렁한 남성용 스웨터에 닦은 뒤 스테레오의 버튼을 가볍게 눌렀다. 이내 아침의 잿빛 햇살 사이로 미끄러지는 선율이 작업실 가득히 흐르기 시작했다. 비발디의 「류트와 비올라 다모레를 위한 콘체르토」였다. 그녀는 음악을 들으면서 거의 혀끝을 델 만큼 뜨거운 커피를 한 모금 마셨다. 쓰고 진한 맛이었다. 잠시 후 그녀는 발바닥에 전해지는 부드러운 양탄자의 감촉을 느끼며 보고서를 이어 나갔다.

엑스레이와 자외선 검사 결과 두드러진 변화나 나중에 덧칠한 흔적 없음. 엑스레이를 통해 고딕체로 희미하게 씌어진 글자가 발견됨. 첨부 사진 참조. 통상적인 조사 방법으로 발견되지 않으나 해독 가능. 글자 부분을 덮고 있는 물감 층을 제거하기 위해 원작에 손상을 입히지 않는 방법이 적용될 수 있음…….

홀리아는 타자기에 감긴 종이를 빼내 두 장의 엑스레이 사진과 함께 봉투에 넣었다. 그리고 미지근한 커피를 마시면서 이젤에 고정된 〈체스 게임〉으로 눈길을 돌렸다.

무려 5세기에 걸친 체스 게임을 이어 가는 두 남자와 창문 옆에서 독서에 열중한 여인을 묘사하고 있는 그 그림이 훌리아의 눈길을 붙잡는 것은 역시 피터 반 호이스의 독특한 화법이었다. 화가는 체스 장면을 부각시키고자 엄격하고 사실적인 묘사를 통해 마치 그림의 인물들이나 체스의 말들이 스스로 드러나는 듯한 기법을 사용하고 있었다. 반 호이스의 이러한 극사실적 리얼리즘은 당시 플랑드르 화가들이 집요하게 추구하고 모색하던 회화 기법으로서 그림을 바라보는 사람으로 하여금 자신이 그림 속의 인물들과 똑같은 공간에 있다는 것을 설득시키면서 그림의 장면이 현실의 일부이거나 현실 장면이 그림의 일부라는 착각에 빠지도록 만드는 공간적 통합을 이뤄 내고 있었다. 아울러 화가의 이러한 의도는 회화의 구도에도 확연하게 드러났다. 다시 말해 화가는 창문을 통해 보이는 우측의 〈저 너머〉 풍경과 체스를 두는 인물들과 체스판이 놓여 있는 〈보다 가까운〉 정경을 대비시키되, 체스 장면을 비추고 있는 왼쪽 벽에 붙은 볼록 거울을 통해 그 거울을 들여다보는 사람의 관점에 따라 각각의 거리, 즉 창과 방과 거울이라는 세 개의 거리를 하나로 통합시켰던 것이다.

훌리아는 마치 자신이 두 남자 사이에서 체스 게임을 들여다보는 듯한 느낌에 빠져 들면서 이젤 앞으로 바짝 다가갔다. 그녀를 중심으로 왼쪽에 있는 남자는 35세쯤 되어 보였다. 그는 중세의 유행에 따라 귀 언저리에서 싹둑 자른 머리에 완고한 느낌을 주는 매부리코가 특징이었다. 훌리아는 자못 심각한 표정을 짓고 있는 그 인물의 얼굴과 적색 도포가 세월의 흐름 속에서 광택제의 산화에도 불구하고 본연의 색채를 잃지 않았다는 사실에 감탄하고 있었다. 남자의 목에 둘러진 황금 양털과 오른쪽 어깨 주위에서 빛나는 브로치는 값진 보석의 빛까지 놓치지 않는 세밀한 묘사 덕분에 그 자체가 마치 예술 작품처럼 보였다. 그 남자는 체스판 옆의 테이블에 왼쪽 팔꿈치를 기댄 채 오른쪽 손가락 사이에 체스의 말을 하나 쥐고 있었다. 백 말이었다. 아울러 그의 머리 언저리에는 자신의 신분을 알리는 고딕체의 활자가 새겨져 있었다. **FERDINANDUS OST. D.**

체스판 앞에 있는 또 하나의 인물은 마른 체구에 40대의 나이로 보였다. 탁 트인 이마와 관자놀이 부위에서 허옇게 변하고 있는 검은 머리칼은 가는 붓을 사용하여 납빛에 가까운 백색으로 빈틈없이 묘사되고 있었는데, 홀리아는 전체적인 인상과 용모에서 그 남자가 일찍 노쇠하고 있다는 느낌을 받았다. 아울러 그의 옆모습은 차분하면서도 위엄이 어려 있으며, 상대방의 화려한 궁정 의상 차림과는 대조적으로 가죽 갑옷에 철갑 목 가리개를 두른 탓인지 무관의 분위기를 풍겼다. 그의 상체는 체스판을 향해 기울어져 있었다. 팔짱 낀 두 팔을 테이블 가장자리에 올린 채 체스판을 주시하며 가볍게 인상을 찌푸리고 있는 표정이 마치 체스 게임 외에는 아무것도 생각하지 않는, 오로지 난제를 풀고자 자신의 마지막 생각까지 쥐어짜고 있는 사람 같았다. 그의 머리 위에도 고딕체의 활자가 씌어져 있었다. **RUTGIER AR. PREUX.**

이어 훌리아의 시선은 고딕풍의 창가에 앉아 있는 여인으로 옮겨 갔다. 수평적 구도로 볼 때 맨 위쪽에 위치한 여인은 체스 두는 두 남자보다 훨씬 뒤쪽으로 밀려나 있었지만 그들 간의 거리가 실제보다 가깝게 보이는 것은 반 호이스의 완숙한 붓 터치 때문이었다. 다시 말해 화가는 인물들 간의 거리감을 상쇄시키고자 백색과 흑색을 절묘하게 혼합해서 새로운 색상을 만들고, 그 색상을 이용한 음영 효과로 흑색의 벨벳 드레스를 주름까지 볼륨 있게 처리하여 여인의 자태를 두드러지게 부각시켰던 것이다. 물론 이러한 기법은 양탄자의 테두리, 천장을 가로지르는 들보와 지지대의 나뭇결과 접합부, 혹은 바닥에 깔린 타일의 마지막 부분을 정밀하게 처리한 것과 동일했다. 훌리아는 그 그림의 극사실적 효과를 보다 실감 있게 느끼기 위해 허리를 숙이다 말고 화가에 대한 존경심에 휩싸인 채 온몸을 부르르 떨었다. 반 호이스는 감히 다른 화가들 같으면 상상조차 못할 색을 창조하고 자신만의 독특한 붓 터치로 사물을 묘사했는데, 그로 인해 누군가가 여인의 흑색 의상과 돋을 세공을 한 가죽 의자를 만지면 금방이라도 옷감이나 가죽을 스치는 소리가 날 것 같았던 것이다. 그림 속의 여인은 아름다웠다. 당시의 유행에 따라 창백하게 묘사된 그녀의 얼굴은 양쪽 관자놀이로부터 가지런하게 빗어 넘긴 숱 많은 금발과 함께 하얀 망사로 가려져 있었다. 밝은 살구색의 헐렁한 소매 섶 사이로 빠져나온 두 손에는 책이 쥐어져 있고, 길고 가느다란 손에 껴 있는 금반지는 책의 걸쇠와 마찬가지로 창을 통해 들어오는 빛에 의해 금속성 빛을 발했다. 그녀의 용모는 다소곳이 내리깐 눈과 차분하고 겸손한 미덕을 담고 있는 듯한 눈빛으로 인해 그 당시 여성을 다룬 초상화에서 발견되는 특유의 분위기를 자아냈다. 또한 창을 통해 들어오는 빛과 거울에 반사되는 빛은 여인의 용모와 자태에 집중되고 있었지만, 그럼에도 불구하고 여인의 자태와 용모를 강렬하게 부각시킴으로써 체스를 두는 두 남자와의 거리를 상쇄시키는 역할을 하고 있었다. 그 여인의 머리 위쪽 역시 라틴 어가 적혀 있었다. BEATRIX BURG. OST. D.

그쯤에서 훌리아는 그 그림을 전체적으로 바라보기 위해 두어 걸음 뒤로 물러섰다. 전문가들에 의해 대작으로 판명된 그 그림은 그녀의 손에 의해 말끔하게 복원되면 1월에 있을 클레이모 경매에서 높은 가격으로 흥정될 게 확실하게 보였다. 나아가서 그 그림은 감춰진 라틴 어 문자가 역사적 사실과 연관성을 가질 경우 예상을 뛰어 넘는 경매 가격에 낙찰될 게 분명했다. 최종 경매 가격의 10퍼센트는 클레이모 측에, 5퍼센트는 멘추 로치에게, 그림을 복원시키는 그녀의 몫과 보험료 1퍼센트를 제외한 나머지는 소유자에게 돌아갈 참이었다.

옷을 벗고 욕실로 들어간 훌리아는 비발디의 음악을 들으면서, 떨어지는 뜨거운 물줄기에 한참 동안 온몸을 내맡겼다. 그녀는 〈체스 게임〉의 복원이 시장에서 그녀가 차지하는 위치를 감안할 때 합당한 대가를 안겨 줄 것이라고 생각했다. 물론 그것은 대학을 졸업하고 불과 수년 사이에 미술관이나 골동품 소장가들의 입에 오르내리는 예술품 복원가 중의 한 사람이 되어 있었기에 가능한 일이었다. 그녀는 체계적인 교육을 받기도 했지만 무엇보다 자신의 일에 철저하고 엄격하고자 끊임없이 노력했으며, 재능 있는 화가 — 틈나는 대로 그림을 그렸다 — 로서 원작을 대하는 진지함과 그런 부류들 사이에서 좀처럼 찾기 힘든 윤리적인 면모를 갖추고 있었다. 그녀는 복원가로서 자기 자신과 자신의 작업 사이에 갖게 되는 정신적인 괴리나 보수와 혁신 사이에 제기되는 논쟁에 휩쓸리지 않고 자신의 영역을 지켜 나갔다. 예술 작품의 복원이란 때때로 심각한 손상을 감수하지 않으면 원래 상태로 되돌려 놓을 수 없다는 것과 작품의 산화나 색상과 유약의 변질은 물론이고 작품의 결점, 덧칠, 손질 등을 시간의 흐름에 따라 원작의 일부로 변하는 부수적 요소로 보았던 것이다. 그녀에게 의뢰된 그림들이 본래의 상태로 복원하려는 과욕으로 인해 엉뚱한 빛과 색상으로 바뀌는 — 세사르는 그것을 〈화장을 고친 창녀〉라고 불렀다 — 경우 없이 그녀의 손을 떠날 수 있었던 것은 그림에 배어 있는 세월의 흔적까지 작품의 일부로 대하려는 노력에서 나온 결과였다.

훌리아는 샤워를 마치고 욕실을 나왔다. 목욕 가운을 걸친 그녀의 어깨 위로 젖은 머리카락이 길게 늘어뜨려져 있었다. 그녀는 담배에 불을 붙여 입에 물고 그림을 쳐다보면서 옷을 입었다. 밤색 주름 치마 위에 가죽 재킷을 입고 굽 낮은 신발을 신은 그녀는 불쑥 베네치아 거울을 향해 고개를 돌렸다. 거울 속에 한 여인이 서 있었다. 그녀는 스스로의 모습에 만족한 표정을 지었고, 자못 심각한 표정으로 체스를 두고 있는 두 남자를 향해 씨익 웃어 보이며 — 하지만 그림 속의 두 인물은 그녀가 웃는 의미를 아는지 모르는지 여전히 그들의 일에 몰두해 있었다 — 도발적인 눈짓을 보냈다.

Quis necavit equitem. 훌리아는 가방 속에 보고서와 사진이 들어 있는 봉투를 챙겨 넣는 동안에도 수수께끼 같은 그 문장을 마음속으로 되뇌고 있었다. 누가 기사를 죽였는가. 이윽고 그녀는 전자 경보기를 작동시키고 안전 자물쇠에 열쇠를 넣어 두 번을 돌렸다. 누가 기사를 죽였는가. 그 문장이 어떤 의미를 지니고 있는 것만큼은 틀림없었다. 그녀는 황동 난간을 손가락으로 쓸며 계단을 내려가는 도중에도 세 단어의 라틴 어를 되풀이해서 떠올리고 있었다. Quis necavit equitem. 그림 속에 감춰진 문장은 단순한 호기심을 넘어선 또 다른 어떤 것이었다. 동시에 정확히 꼬집어 낼 수 없는 그 문장은 일종의 기이한 불안감처럼 그녀의 뇌리에 달라붙은 채 떨어지지 않았다. 어렸을 때 어둠에 휩싸인 다락방을 들여다보기 위해 용기를 내어 계단을 올라갈 때 느꼈던 그런 감정이 계속되고 있었다.

「저 남자는 하나의 미로 이해되어야 해. 완벽한 15세기의 남자.」 멘추 로치가 한 남자를 쳐다보며 단정짓듯 중얼거렸다. 지나칠 정도로 화장이 짙은 그녀가 언급한 대상은 화랑에 전시된 그림 속의 등장 인물이 아니라 막스였다. 185센티미터의 키, 재킷 속으로 드러나는 수영 선수 같은 골격, 짙은 색 실크 띠로 긴 머리칼을 묶어 꽁지 머리를 한 그는 카페의 바 앞에서 유연한 제스처를 섞어 가며 누군가와 대화 중이었다. 멘추 로치는 그의 뒷모습을 의미심장하게 바라보며 마치 예술 작품의 소유주나 된 것처럼 흡족한 표정으로 흐릿한 마티니 잔에 혀끝을 적셨다. 막스는 멘추 화랑의 주인인 멘추 로치 — 그녀는 화랑에 자신의 성을 갖다 붙였다 — 가 만난 최근의 연인이었다.

「아무리 봐도 완벽해.」 멘추는 혀끝에 적신 마티니의 맛과 자신의 말을 동시에 음미하면서 그 말을 반복했다. 「얘, 넌 막스를 보면 경이로운 이탈리아 청동상들이 떠오르지 않니?」

훌리아는 무표정하게 고개를 끄덕였다. 그녀는 — 두 사람은 오랜 친구 사이였다 — 이따금 예술적 지식을 오도하는 멘추의 경박함에 놀란 적이 많았다.

「가격으로 치자면 이탈리아 청동상이 더 싸겠지.」 잠시 후, 그녀가 가볍게 내뱉었다. 「물론 내가 말하는 것은 진품이지만 말이야.」

멘추는 씁쓰레한 웃음을 지었다.

「하긴 그 말은 맞아…….」 그녀는 마티니에 담긴 올리브를 깨물면서 땅이 푹 꺼질 듯한 한숨을 내쉰 뒤에 덧붙였다. 「미켈란젤로야 그것들을 나신으로 만들었으니 아메리칸 익스프레스 카드로 옷을 사 입힐 필요도 없었을 테니까.」

「하지만 언니에게 카드 대금 청구서에 서명하라고 강요한 사람은 아무도 없잖아.」

「물론 아무도 강요하지 않았지.」 그녀는 연극적인 동작으로 온몸을 축 늘어뜨리면서 눈을 깜빡거렸다. 「하지만 그게 바로 병이란다.」

멘추는 새끼손가락을 들어 올리며 술을 입에 털어 넣었다. 50대나 다름없는 40대 나이의 화랑 여주인은 섹스란 도처에서, 심지어 예술품의 가장 미묘한 부분에서도 꿈틀거린다고 생각했다. 그녀가 작품의 가능성들을 평가할 때 발휘하는 계산적이고 탐욕스런 시선으로 남자들을 쳐다보는 것은 그런 이유 때문이었는지도 모른다. 실제로 사람들 사이에서 그녀는 자신의 관심을 끄는 대상 ─ 그것이 그림이 되었건, 남자가 되었건, 코카인이 되었건 ─ 을 발견하면 절대로 놓친 적이 없다고 알려져 있었다. 그러나 그녀는 ─ 훌리아는 그녀가 어쩔 수 없는 나이 탓에 〈시대 착오적인 미학〉이라는 세사르의 표현 범주를 뛰어넘기 힘들지만 여전히 매력적이라고 생각했다 ─ 늙음 앞에서 자신을 포기하거나 체념하지 않았다. 그녀는 늙음을 자신에 대한 도전으로 여기는 사람처럼 화장품이나 의상이나 연인들을 고를 때마다 철저히 계산된 저속함을 드러냈는데, 그것은 늙음을 상대로 한 자신만의 싸움인 셈이었다. 그녀는 예술품 수집가나 판매상들을 넝마주이 정도로 간주했고, 그랬기에 그들 앞에서 종종 교양 없는 사람인 척 행동하거나 의도적으로 약속을 펑크 내기도 했으며, 그것도 부족한지 자신의 직업 세계에서 일어나는 일을 공공연히 드러내거나 우롱하는 짓을 마다하지 않았다. 예를 들어 그녀는 번호순으로 나열된 도나텔로[3]의 복제품 「다윗」 앞에서 자위 행위를 하며 여태껏 경험할 수 없었던 오르가슴을 느꼈다 — 그 일화에 대해 세사르는 특유의 예리하고 잔혹한 여성적 시각으로 그것이 멘추 로치가 성취한 〈진정한〉 그녀만의 단면이라고 잘라 말한 적이 있었다 — 면서 자신을 과시하기도 했다.

「어떻게 할 생각이야?」 홀리아가 물었다.

멘추는 대답 대신 탁자 위에 놓인 엑스레이 사진들을 다시 쳐다보았다. 홀리아는 파란색 아이새도에 허벅지가 거의 드러나는 파란색 원피스 차림의 그녀를 바라보면서 20년 전만 하더라도 정말 미인이었을 거라고 생각했다.

「아직은 모르겠어.」 멘추가 잠시 주저한 뒤 말을 이었다. 「네 말대로 과연 그 글자가 들춰낼 만한 가치가 있는 것인지…… 아무튼 클레이모어에서 경매를 어떻게 붙이는가에 따라 다르겠지.」

「언니 생각은 어떤데?」

「그거야 두고 봐야 알겠지.」 멘추가 느긋하게 대답했다. 「하지만 난 아주 마음에 들어.」

「그렇다면 먼저 그 소장가에게 물어 보는 게 어떨까?」

멘추는 이번에도 대답 대신 사진들을 봉투에 담은 뒤에 짐

---

[3] Donatello(1386~1466) 이탈리아 피렌체 출신의 조각가. 고대 미술 연구를 체계화해서 미켈란젤로의 미술 세계에 지대한 영향을 끼쳤다.

짓 허벅지를 내보이면서 다리를 꼬았다. 훌리아는 바로 옆 테이블에서 이제 막 아페리티프를 마시던 두 청년이 힐끗힐끗 눈길을 던지고 있다는 사실에 짜증이 났다. 남자들의 시선을 끌기 위해 기발한 생각들을 떠올리고 그것을 즐기는 게 멘추의 습관적이고 경박한 악취미라지만 — 훌리아는 일부러 왼쪽 손목 안쪽에 찬 사각 오메가 시계를 쳐다보았다 — 속옷을 내보이기에는 너무 이른 시간이었다.

「그거야 문제가 될 게 없지.」 멘추가 건성으로 대답했다. 「휠체어를 탄 멋진 늙은이는 글자 때문에 그림 가격이 올라가게 된다면 무척이나 기뻐할걸. 그 노인에게 흡혈귀 같은 조카 부부가 있긴 하지만…….」

한편 바 앞에 앉은 막스는 대화 중에도 이따금 고개를 돌려 멘추에게 밝은 미소를 보내고 있었다.

「경매까지는 두 달 남았어.」 훌리아는 그들의 의미심장한 눈인사를 무시하며 입을 열었다. 「그렇다고 넉넉한 시간은 아니야. 그동안 난 유약을 벗겨 내고, 거기 새겨진 글자를 찾아낸 뒤에 새 유약을 발라야 하거든. 게다가 그림에 나오는 등장 인물들에 대한 보고서까지 만들려면 시간이 필요해. 그러니 되도록 빨리 소장가의 동의를 받아 두었으면 좋겠어.」

그때서야 멘추는 짐짓 심각한 표정을 지으며 고개를 끄덕였다. 그녀의 경박함은 자신의 직업적인 업무까지 이어지지 않았다. 그녀가 그 시장의 메커니즘을 전혀 모르는 반 호이스의 소장자 대신 중개인으로 나서서 클레이모어의 마드리드 지사와 협상을 벌이는 것도 따지고 보면 막상 일이 닥칠 때 재빠르게 움직이는 그녀의 영악함 덕분이었다.

「오늘 당장 전화할게.」 이어 그녀는 묻지도 않는 말을 덧붙였다.「돈 마누엘 벨몬테라고, 70살 먹은 그 노인은 너처럼 예쁜 아가씨와 거래를 하게 되어 기분이 좋은가 보더구나.」

「만일 그 문자가 그림에 등장하는 인물들과 어떤 연관이라도 갖게 되면 클레이모어는 그것으로 장난을 칠지도 모르잖아.」 훌리아는 그 말에 개의치 않고 자신의 생각을 피력했다. 「가령 제멋대로 경매가를 부풀린다든지 말이야. 그러니 그것에 도움이 될 만한 자료들이 있는지 찾아보았으면 좋겠어.」

「그다지 대단한 건 없을걸.」 멘추는 입술을 비틀면서 무엇인가를 기억해 내려고 안간힘을 쓰는 것 같았다. 「네게 건네주었던 게 다니까. 얘, 그러니 그 그림을 살려내는 것은 전적으로 네가 할 일이란 것을 잊지 마. 네 방식대로 말이야.」

훌리아는 핸드백을 열었지만 담뱃갑을 찾는 데 필요 이상의 시간이 걸렸다.

「알바로에게 물어 보면 어떻겠어?」 마침내 담배 한 개비를 뽑아 든 그녀가 입을 열었다.

멘추는 대답 대신 눈썹을 치켜 떴다. 그리고 자신이 언젠가 말했던 것처럼 ─〈노아의 여자, 아니 롯의 여자든가? 어쨌든 소돔에 이골이 났던 그 얼빠진 여자처럼 말이야〉─ 짐짓 온몸이 굳어 가는 제스처를 취했다.

「지금 그걸 나한테 묻고 있는 거니, 아니면 그렇게 하겠다고 말하는 거니?」 멘추는 이내 소금 기둥처럼 굳어 있던 제스처를 풀면서 짐짓 격렬한 감정을 토로했지만 그 말투에는 은근한 기대감 같은 게 섞여 있었다. 「얘! 알바로와 넌 이미……..」 그녀는 그쯤에서 어이가 없다는 듯 말을 끊었다.

순간 훌리아는 멘추가 지나치게 과잉 반응을 하고 있다고 생각했다.

「그 사람은 우리가 알고 있는 사람들 중에선 가장 훌륭한 예술사가잖아. 아울러 나는 사적인 관계가 아니라 그림에 대한 얘기를 하고 있어.」

멘추는 그 일이 전적으로 훌리아에게 달린 문제라며 고개를 끄덕였지만 내심 자신의 입장에서 그런 일이 생겼으면 고민하고 말 것도 없다고 생각했다. 이런 경우를 두고 그 잘난 현학자 세사르는 *in dubio pre reo*(의심스러운 경우 피고에게 유리하도록), 아니 *in pluvio*(비 속에서)라고 했던가?[4]

「난 깨끗하게 잊었어.」 훌리아는 덤덤하게, 동시에 단호하게 덧붙였다.

「얘, 영원히 치유되지 않는 병도 있단다.」 그러나 멘추는 엉뚱한 쪽으로 이야기를 몰아가고 있었다. 「고작해야 1년밖에 더 되었니? 그건 탱고 한 곡 추는 시간에 불과해.」

훌리아는 그 말에 씁쓰레한 느낌을 피할 수 없었다. 그녀가 알바로와의 관계를 정리한 것은 불과 1년 전의 일이었다. 그 당시 두 사람의 관계를 잘 알고 있던 멘추는 어느 날 최후의 평결을 내렸다. 〈법적이니 하는 문제로 따진다면 유부남이란 최종심에 가서 본부인의 편에 서게 된다. 적어도 법적인 부인은 남편의 속옷을 빨아 주고 자식을 낳으며 축적한 세월이란 무기를 지니고 있지 않느냐.〉 이어 그녀는 길게 띠를 이룬 백색 가루에 코를 갖다 대고 연신 킁킁거리며 〈그런 부류들은 역겹게도 마음 한구석에 마누라에 대한 충실을 다짐하면서 다른 여자를 만난다. 그래서 유부남이란 하나같이

---

4) 이 책을 통틀어 멘추가 나름대로 이야기하는 경구나 전거들은 대부분 터무니없는 것들이다.

개자식이나 마찬가지다〉는 식으로 못을 박지 않았던가. 훌리아는 자신의 입에서 뿜어져 나온 짙은 담배 연기를 지긋이 바라보는 한편, 남은 커피를 천천히 끝까지 마시며 자신의 마음을 다독이고 있었다. 알바로와 헤어지던 순간은 한 마디로 고통이었다. 그의 마지막 말, 문이 닫히는 소리, 그게 끝이었다. 그리고 그 고통은 쓰디쓴 입맛으로 남아 나중에도 계속되었다. 그날 이후로 두 사람은 세미나나 박물관에서 서너 번 마주쳤지만 간단한 수인사 ─「좋아 보이는군.」「건강하세요.」─ 를 건넨 게 다였다. 어느새 두 사람은 과거의 편린들을 묻어 둔 채 서로를 객관적 대상으로 대했고, 예술에 대해 공통적 관심을 지닌 존재 이상도 이하도 아닌 관계로 남았다. 이른바 그들은 그 〈흔한〉 세상 사람들이자 성인들이었던 것이다.

그렇지만 두 사람의 관계에 대해 단호하게 못을 박았던 멘추의 짓궂은 관심은 쉽게 사라지지 않았다. 나중에도 그녀는 두 사람 사이가 산발적이고 감성적인 에피소드에 지나지 않는다고 투덜거리는가 하면, 두 사람 사이에 새로운 사랑의 음모가 전개되고 자신이 마치 전술적 고문이라도 되었으면 하는 눈치를 내보이기도 했다. 「얘, 갑자기 청교도라도 된 거 아니니?」 어느 날 멘추는 필요 이상으로 그 말을 되풀이하며 훌리아의 마음을 떠보았다. 「정말이지 지긋지긋하지도 않아? 훌리아, 지금 네게 당장 필요한 건 열정이야. 소용돌이치는 그 정열 말이야······.」 그런데 훌리아의 입에서 알바로라는 이름이 나왔으니 멘추가 잊어버렸던 얘깃거리를 들춰낸 사람처럼 열을 올리는 것은 당연했다.

훌리아는 그런 멘추의 속내를 잘 알고 있었지만 화를 내지 않았다. 멘추는 멘추였다. 애당초 그런 사람이 아니었던가. 친구란 — 세사르의 충고처럼 — 선택되지 않고 선택하는 것이다. 그러기에 마음을 터놓고서 거부하든, 그게 아니면 받아들이면 될 일이었다. 훌리아는 다 타버린 담배를 재떨이에 눌러 껐다. 그리고 멘추를 보며 웃음을 지었다.

「하지만 알바로도 똑같은 생각일걸.」 그녀는 자신의 생각을 명확하게 정리할 말을 찾으면서 잠시 머뭇거린 뒤에 덧붙였다. 「어쨌든 지금 내가 관심을 갖는 것은 알바로가 아니라 반 호이스야. 그 그림에는 뭔가 이상한 게 있거든.」

멘추는 얼떨떨한 표정을 지으며 어깨를 으쓱했다. 마치 다른 일을 생각하고 있던 표정 같았다.

「얘, 그림이란 캔버스니, 나무니, 물감이니, 유약이니 하는 것들을 모아 놓은 것에 불과하니까 너무 신경 쓰지 마.」 그녀는 막스의 널찍한 어깨에 시선을 고정시킨 채 덧붙였다. 「지금 우리에게 중요한 것은 그림의 주인이 바뀔 때 우리의 호주머니에 과연 얼마가 떨어지느냐, 하는 거야.」

훌리아는 알바로 오르테가를 보는 순간 자신의 직업에 가장 잘 어울리는 전형적인 인물이라고 생각했다. 그녀의 생각은 적어도 그의 의상과 외모에서 뒷받침되었는데, 그는 영국산 교직천 재킷에다 편물 타이를 맨 옷차림에 파이프 담배를 피우고 있었으며 그의 얼굴에는 40대 나이의 다정다감한 표정이 묻어 나오고 있었다. 훌리아는 강의실에 들어오는 알바로를 쳐다보느라 그의 수업 — 그날 강의는 〈예술과 인간〉이었다 — 이 귀에 들린 것은 거의 15분이나 지난 뒤였다. 수업 내내 거의 정신이 없었다. 알바로가 다음 주 수업을 예고

하며 강의를 끝내자 그녀는 학생들이 복도로 밀려 나오는 틈에 서 있다가 자연스럽게 다가갔다. 사실 그녀는 그 순간에 이미 두 사람의 만남이 스승과 제자 관계라는 틀에 박힌 고전적 플롯의 바탕 위에서 반복되는, 그다지 독창적이지 못한 스토리로 전개될 것임을 예상하고 있었다. 그러기에 두 사람의 만남은 그가 문 옆에서 그녀에게 처음으로 웃음을 던져 주고자 몸을 돌리기 전에 이미 결정된 것이나 다름없었다. 다시 말해서 두 사람의 만남은 그 결과를 따져 보기 전에 불가피한 어떤 것, 즉 그녀가 학교에서 저 그리스의 천재인 소포클레스의 복잡하고 훌륭한 가계사를 번역할 때부터 한번은 부딪쳐 보고 싶어했던 달콤하고 고전적인 *fatum*(신탁)이나 흔한 〈운명〉에 의한 선택이었던 것이다.

훌리아는 나중에서야 자신의 흉금을 세사르에게 털어놓았다. 그러자 그녀가 짧은 양말을 신고 머리를 세 가닥으로 땋고 다니던 시절부터 감성적인 이야기들에 대해 자문 역할을 도맡아 오던 세사르는 어깨를 흠칫 치켜 올리며 피상적이면서도 철저하게 계산된 혹평을 쏟아 냈다. 그는 체념에 가까운 표정을 짓더니 그런 종류의 이야기는 최소한 3백 편의 소설과 그만큼의 영화들, 특히 미국과 프랑스 영화들이 즐겨 반복했던 영화들의 줄거리에 지나지 않는다고 잘라 말했다. 물론 그는 그 이상의 심각한 비난이나 딸자식을 나무라는 아버지 같은 경고 — 두 사람은 그런 것들이 아무런 도움도 되지 않는다는 사실을 잘 알고 있었기에 — 는 하지 않았다. 세사르는 자식이 없었고, 자식을 가질 생각조차 없는 인물이었지만 그런 유형의 상황을 정확하게 파악하는 특이한 능력을 갖추고 있었다. 인생이란 타인의 실수를 통해서 배울 수 있는 것이 아니라고 판단한 그는 오로지 상대방 곁에 앉아서 손을 맞잡은 채 상대방의 고통스런 이야기를 들어주고 나머지는 당사자가 스스로 알아서 처리하는 게 최선의 방법이라고 판단했다. 「우리 공주님도 이건 알아야 해.」 그는 종종 말하곤 했다. 「감성적인 이야기에는 그 어떤 충고도 그 어떤 뾰족한 해결책도 없다는 걸 말이지. 그럴 때는 그저 적당한 순간에 건네줄 깨끗한 손수건만 준비하면 되거든.」 알바로와 모든 게 끝난 날만 해도 그랬다. 빗물에 젖은 머리카락을 쓸어 올릴 생각조차 잊은 채 마치 몽유병 환자처럼 정신 없이 세사르를 찾아 간 훌리아는 그날 밤 그의 무릎에 기대어 잠이 들었다.

두 사람의 만남은 예정된 시나리오에서 눈에 띄게 벗어나지 않고 모든 게 예측 가능한 순서와 경로를 따라 진행되었다. 그녀는 그전에도 연애 경험이 없었던 것은 아니지만 어느 호텔의 좁은 침대에서 그와 함께 누운 순간만큼 격렬하게 사랑한다는 말을 하고 싶은 적은 없었다. 사랑이란 표현을 늘 거부하던 그녀는 이내 탄식에 가까운 자신의 신음 소리를 들으면서 이전에 느껴 보지 못한 희열에 빠져 들고 있었다. 그녀가 알바로의 가슴에 얼굴을 묻은 채 잠들어 있는 자신을 발견한 것은 이튿날 아침이었다. 그녀는 한동안 그의 심장이 뛰고 있는 소리를 들으면서 잠든 그의 얼굴을 쳐다보았다. 그리고 그의 시선 — 어느새 눈을 뜬 그는 그녀를 향해 웃음을 지어 보였다 — 과 마주치는 순간에 그녀는 그를 사랑하고 있다고 확신했으며, 다른 연인들이 생기겠지만 두 번 다시는 그런 감정을 느끼지 못하리라고 생각했다. 그러나 손가락으로 꼽아 가면서 함께 한 거의 3년이 지난, 정확히 28개월이 지난 어느 날, 그들의 사랑이 깨지는 고통스런 순간이 다가서고 있었다. 마침내 세사르가 얘기하던 그 유명한 손수건 — 그는 손수건을 내밀며 「이것은 영원히 작별을 고할 때 흔드는 무시무시한 손수건이란다」라고 말했다. 연극 대사에서나 들을 수 있는 농담 같은 그의 말에는 카산드라[5] 같은 예리함이 번득였다 — 을 내밀 순간이 가까워지고 있었던 것이다.

그 일로 상처받은 마음이 치유되기까지 거의 일 년이 걸렸다. 그러나 그녀에게 남겨진 추억들은 말끔하게 씻겨지지 않았고, 마음 한구석을 차지하고 있는 기억을 완전히 떨쳐 낸다는 것은 불가능했다. 그 와중에서 그녀는 실연의 상처를 딛고 빠른 속도로 성숙했으며, 그 과정을 통해 인생이란 계산서를 건네주는 순간에 요리들을 먹으면서 느끼던 행복이나 기쁨을 물리지 못하는 고급 레스토랑 같은 거라고 결론지을 수 있었다.

훌리아는 책장을 넘기며 하얀 색인 카드에 메모를 하고 있는 알바로를 새삼스럽게 바라보았다. 그의 외모는 머리카락 사이로 내비치는 희끗희끗한 몇 가닥의 새치를 제외하면 거의 변화가 없었다. 그녀는 여전히 이지적이고 차분한 그의 눈과 책장을 넘기고 있는 길고 가는 손가락 — 그녀의 몸을 애무하던 손가락 — 을 보자 마음 한구석에서 꿈틀거리는

---

[5] 트로이 최후의 왕 프리아모스의 딸. 아폴론의 구애를 받고 예언의 능력을 받은 뒤 정작 그의 사랑은 거부하자, 아무도 그녀의 예언을 믿지 못하게 되는 벌을 받았다. 트로이의 몰락과 아가멤논의 죽음을 예언했으나 아무도 그녀의 말을 믿지 않은 것은 그 때문이다. 아가멤논과 함께 살해되었다.

과거의 씁쓸한 기억에 사로잡혔다. 모든 게 바로 엊그제의 일처럼 새록새록 되살아나고 있었다. 사실 그녀는 연구실에 들어섰을 때만 해도 과거의 향수에 젖거나 그 과거가 불러내는 유혹에 굴복할 마음은 조금도 없었다. 그녀는 과거의 나부랭이나 들춰 내려는 게 아니라 단지 일을 위해 그를 만나러 왔다는 것, 중요한 건 옛 연인의 음성이 아니라 일에 필요한 대화라고 단단히 마음먹었다. 그랬기에 그녀는 연구실에 들어섰을 때 알바로가 다소 놀란 기색이었으나 마치 옛 친구나 동료 혹은 제자를 대하는 듯 평온한 웃음으로 그녀를 맞이하고 늘 그렇듯 사려 깊은 자세로 그녀의 말을 듣자 적이 안심이 되었다. 그랬기에 그녀는 다소 편안한 마음에서 자초지종 — 멘추와 약속한 대로 그림 밑에 새겨진 문장에 대해서는 언급하지 않았으며 또한 그 그림이 경매된다는 것과 자신이 그 그림을 복원하고 있다는 사실도 밝히지 않았다 — 을 설명할 수 있었다. 처음부터 끝까지 그녀의 이야기를 듣고 난 알바로는 다행히 화가의 작품과 역사적 배경 등에 대해서 잘 알고 있다고 짤막하게 대답한 뒤에 자료를 찾기 시작했다. 그녀가 가져온 칼라 사진은 필요 없는 것처럼 보였다.

알바로가 맨 먼저 펼친 책은 낡은 중세 역사서였다. 그는 집게손가락으로 목록을 찾아 훑어 내려가기 시작했다. 훌리아는 두 사람 사이의 은밀했던 과거 따위는 몽땅 잊어버린 듯이 전혀 딴 사람이 되어 있는 그를 바라보면서 어쩌면 그가 그녀를 이미 무관심한 대상으로 여기고 있는지도 모른다고 생각했다.

「음, 여기 있군.」 마침내 알바로가 낡은 책에서 시선을 거두며 입술을 뗐다. 훌리아는 그의 음성을 듣는 순간 적이 안도의 한숨을 내쉬었다. 어떻게 해서든지 두 사람 사이의 부자연스런 분위기를 떨쳐 내야 한다고 생각하던 참이었다. 동시에 그녀는 일말의 아쉬움도 남기지 않고 자신의 뇌리에서 과거에 대한 기억들을 밀어냈다. 그리고 알바로 — 그는 훌리아의 표정이 단호했는지 다시 책으로 고개를 돌리기 전에 힐끗 그녀를 쳐다보았다 — 가 펼친 책장으로 시선을 옮겼다. 그 책장에는 『14세기와 15세기의 스위스, 부르고뉴, 북해 연안 저지대 국가』라는 제목이 붙어 있었다. 「여길 봐.」 그는 손가락으로 텍스트에 나온 이름과 내용과 탁자에 놓인 그림의 사진을 번갈아 가리켰다.

그림에서 붉은색 의상을 입고 체스를 두는 인물의 이름은 FERDINANDUS OST. D.(오스텐부르크 페르디난트 대공)이고, 펼쳐진 책장에 쓰여진 이름은 Ostenburguensis Dux(오스텐부르크 대공)이었다. 따라서 전자와 후자가 동일인이라는 사실에는 의심할 여지가 없었다. 아울러 반 호이스가 1471년에 「체스 그림」을 그렸으니까, 1435년에 태어나 1474년에 죽은 오스텐부르크의 군주 페르디난트 알텐호펜은 만 35세의 나이에 화가 앞에서 포즈를 취한 셈이었다.

「그 당시 오스텐부르크는 어디쯤에 해당하죠? 독일인가요?」 훌리아가 물었다. 그녀는 이미 탁자에 놓여 있던 메모지에 그가 하는 말을 놓치지 않고 적는 중이었다.

알바로는 고개를 저었다.

「오스텐부르크는 공국으로 대략 샤를마뉴 시대의 로도빈지아 정도로 봐야겠지.」 그는 역사 부도를 펼치고 손가락으로 지도를 가리키며 대답했다.

오스텐부르크는 프랑스 — 독일과 인접한 나라로 룩셈부

르크와 플랑드르 사이에 위치하고 있었다. 15, 16세기만 하더라도 그들은 독립을 유지하고 싶었지만 뜻을 이루지 못했다. 처음에는 부르고뉴에게, 다음은 오스트리아의 막시밀리안에 의해 합병되었던 것이다. 따라서 오스텐부르크의 알텐호펜 왕조는 정확하게 그림 속에서 체스를 두고 있는 페르디난트 대공을 마지막으로 소멸된 셈이었다.

「필요하다면 이 자료를 복사해 주지.」

「고마워요.」

「천만에.」

알바로는 의자에 등을 기댄 채 책상 서랍에서 담배통을 꺼내 파이프를 채웠다. 그리고 창가에서 책을 읽고 있는 여인 — BEATRIX BURG. OST. D. 대공의 부인인 부르고뉴의 베아트리스 — 을 손가락으로 가리켰다.

「이 여자는 1464년에 23살의 나이로 페르디난트와 결혼했지.」

「연애 결혼이었나요?」 사진을 바라보던 훌리아가 미묘한 웃음을 지으며 물었다. 알바로 역시 언뜻 웃음을 흘렸지만 어딘가 억지스런 웃음이었다.

「알다시피 이런 경우에 연애 결혼이란 없다고 봐야지. 왜냐하면 두 인물의 혼인은 프랑스에 맞서 오스텐부르크와 유대를 강화하려던 베아트리스의 삼촌이자 부르고뉴의 대공인 〈선왕〉 필립에 의한 정략 결혼이었으니까. 당시 프랑스는 두 공국을 합병하려던 참이었거든······.」 알바로는 사진에서 눈을 떼지 않은 채 파이프를 입에 물며 덧붙였다. 「그래도 오스텐부르크의 페르디난트는 행운아였어. 베아트리스는 미인이었거든.」

그 사실은 당대 최고의 사가인 니콜라 플라뱅의 『부르고뉴 연대기』에 나와 있었고, 이미 베아트리스를 그린 적이 있었던 반 호이스 역시 그녀의 미모를 인정한 것 같았다. 아울러 그 기록에는 폐요안의 말을 빌려 페르디난트 알텐호펜이 당시 궁정 화가였던 반 호이스에게 1463년부터 연금 1백 파운드를 하사했는데 그 금액은 각각 성 요한 축제 때와 성탄절 때 반반씩 나눠 지급했다고 언급하고 있었다. 따라서 거장이 대공의 약혼자인 베아트리스의 초상화를 *bien au vif*(생생하게) 그린 것은 틀림없는 사실이었다.

「다른 자료들은 없나요?」

「아주 많지.」 알바로는 캐비닛을 열고 서류철에서 파일을 하나 꺼냈다. 「여기 나와 있듯 반 호이스는 나중에 아주 중요한 인물이 된다는 거야.」

장 르메르[6]는 『마르가레테의 왕관』 ─ 〈저지대 연안국들〉의 통치자였던 오스트리아의 마르가레테를 기리며 쓴 작품 ─ 에서 그 당시 플랑드르 파 화가들 중의 왕이라고 할 수 있는 요하네스(반 에익[7]을 가리킴)와 더불어 피에르 드 브뤼게(반 호이스), 위그 드 강(반 데어 구스),[8] 디릭 드 루뱅(디르크 보우츠)[9] 등을 인용했는데, 그 속에서 반 호이스는 다음과 같이 묘사되어 있었다. 〈Pierre de Brugge, qui tant eut les

---

[6] Jean Lemaire de Belges(1473?~1525?). 벨기에의 시인이자 역사가. 프랑스 어로 글을 쓴 그는 르네상스 시대에 프랑스와 플랑드르 지방에서 활동한 인문주의자들의 선구자로 꼽힌다.

[7] Jan Van Eyck(1395?~1441). 플랑드르 파의 대표적인 화가. 플랑드르의 가장 강력한 통치자인 부르고뉴 필립 공의 후원 아래 작품 활동했다.

traits utez.〉 거장이 눈을 감은 지 25년이 지난 뒤에 쓰어진 그 시구를 문자 그대로 해석하면 〈그야말로 깨끗한 선으로 스케치한다〉라는 뜻이었다.

알바로는 다른 자료들을 보여 주었다. 이전 것보다 시대적으로 앞선 자료에 따르면 발렌시아 왕국의 재산 목록에는 〈관대한〉 왕 알폰소 5세가 지금은 사라지고 없지만 반 에익과 반 호이스 등을 비롯해서 서구 화가들의 작품을 소장했던 것으로 기록되어 있었다. 또한 반 호이스와 그의 그림에 대한 헌사나 명칭은 헤아릴 수 없이 많았다. 알폰소 5세의 가까운 친척이었던 바르톨로메오 파치오[10]는 그의 『유명인 집록』이라는 책에서 *Pietrus Husyus, insignis pictor*(비범한 화가 피터 반 호이스)라고 언급했고, 특히 이탈리아 작가들은 그를 두고 *Magistro Piero Van Hus, pictori in Bruggia*(브뤼게의 화가, 거장 피터 반 호이스)로 명명했다. 또한 귀도 라소팔코는 사라지고 없는 반 호이스의 「십자가의 처형」을 *Opera buona di mano di un chiamato Piero de Juys, pictor famoso in Fiandra*(플랑드르의 유명한 화가 피터 반 호이스의 손에서 이뤄진 훌륭한 작품)라고 격찬했는가 하면, 익명의 한 이탈리아 저자는 지금도 남아 있는 「악마와 기사」를 지칭하여 *A magistro Pietrus Juisus magno et famoso flandesco fuit*

---

8) Hugo van der Goes(1440~1482). 15세기 후반의 가장 위대한 플랑드르 화가 가운데 한 명으로 그가 그린 종교화들은 우울하고 심오하며 때때로 섬뜩한 의미를 내포한다.

9) Dirck Bouts(1400~1475). 네덜란드의 화가.

10) Bartolomeo Facio. 이탈리아의 인문주의자. 그는 동시대의 지도적인 화가로 반 에익, 반 데어 웨이덴, 피사넬로를 꼽았다.

depictum(플랑드르의 위대하고 유명한 화가 피터 반 호이스에 의해 그려졌다)이라고 평가했다. 그 밖에도 16세기에는 귀차르디니[11]와 반 만더[12]가, 19세기에는 제임스 윌[13] 등이 플랑드르 거장들에 대한 저서에서 반 호이스를 빠짐없이 언급하고 있었다.

알바로는 그쯤에서 그 자료들을 거둬 파일철에 끼워 넣었다. 이어 그것들을 다시 캐비닛에 집어넣은 그는 등을 의자에 기대면서 훌리아를 쳐다보았다. 역시 웃음을 잃지 않는 시선이었다.

「어때, 이 정도면 되겠어?」

「충분해요.」 훌리아는 그때까지 적고 있던 내용을 확인한 후에 고개를 들며 대답했다. 「어쩜 이럴 수가 있지?」 그녀는 얼굴에 흘러내린 머리칼을 쓸어 넘기며 자못 신기하다는 표정을 지었다. 「마치 미리 준비해 둔 것 같잖아요.」

알바로의 얼굴에 번지던 웃음기가 흐릿하게 지워지고 있었다. 그는 마치 책상 위에 놓인 색인 카드에 눈길을 빼앗긴 사람처럼 그녀의 시선을 피했다.

「그거야, 내가 할 일이니까.」 그가 대충 얼버무렸다.

---

11) Francesco Guicciardini(1483~1540). 이탈리아의 정치가, 역사가. 그가 남긴 중요한 동시대의 기록인 『이탈리아 사』는 서양 역사 서술의 고전이다.

12) Carel van Mander(1548~1606). 네덜란드의 화가. 그가 남긴 『화가전』은 북유럽 화가들에 대한 기록으로, 바사리의 『르네상스 미술가전』에 맞먹는 중요성을 가진다.

13) James Weale. 영국의 미술사학자. 반 에익에 대한 선구적 연구 업적을 남겼다.

홀리아는 그의 말투가 회피하는 것인지, 아니면 그냥 내던진 것인지 종잡을 수 없었다. 뭐라고 꼬집을 수 없지만 불편한 느낌이 들었다.

「당신은 예나 지금이나 자신의 일에 충실하군요.」 그녀는 잠시 알바로를 바라보다 메모지로 눈길을 돌렸고, 체스를 두는 두 번째 남자를 손가락으로 가리켰다. 「이제 부족한 것은 이 인물에 대한 자료예요.」

알바로는 파이프에 불을 붙이던 참이었다. 이윽고 파이프를 빠는 그의 얼굴이 일그러지고 있었다.

「이 인물에 대해 어떤 단정을 짓는다는 게 쉽지는 않아.」 그의 얼굴 사이로 담배 연기가 모락모락 피어오르고 있었다. 「RUTGIER AR. PREUX라는 이름만으로는 분명치 않거든. 물론 몇 가지 추정은 할 수 있지만…….」

알바로는 그 부분에서 잠시 말을 끊고 손에 든 파이프를 물끄러미 바라보았다. 마치 파이프에 자신의 생각을 확신해 줄 게 담겨 있다는 듯한 표정이었다. 그의 말에 따르면 먼저 뤼지에Rutgier라는 이름은 로제Roger나 로젤리오Rogelio, 혹은 루제로Rugiero의 변형일 수 있었다. 그 이름은 그 시대만 해도 흔했던 터라 적어도 열 개가 넘는 형태를 지닐 수 있었던 것이다. 다음은 프뢰Preux였는데, 그 경우는 가문의 성이나 이름일 가능성이 높았다. 하지만 문제는 프뢰라는 이름을 가진 사람들 중에서 당시의 연대기에 오를 만한 인물이 없다는 데 있었다. 한편 프뢰를 낱말 그대로 보면 그것은 중세의 상반기에 명예롭다, 용감하다, 기사도답다 등의 뜻을 지닌 형용사나 명사로 쓰였다. 예를 들어 그것은 랜슬롯이나 롤랑 같은 훌륭한 기사들을 언급할 때 적용되고, 프랑스와 영국에서는 누군가에게 작위를 내릴 때 〈soyez preux〉, 즉 충성하라, 혹은 용맹하라는 뜻으로 사용되기도 했다. 다시 말해서 그 단어는 기사들 중에서도 최고 수준에 도달한 자들을 구별할 때 사용하는 칭호인 셈이었다.

알바로는 직업에서 오는 습관 탓인지 거의 강의에 가까운 설득조의 말투를 쓰고 있었다. 그것은 그가 자신의 전공 분야에 들어가면 종종 드러내는 버릇이었다. 훌리아는 그의 말을 듣는 동안 심란한 기분에 빠져 들고 있었다. 그의 음성이 오랜 시간과 공간 속에 묻어 둔 과거의 불씨를 휘젓고 있었던 것이다. 얼마나 힘들게 죽였던 감정의 불씨였던가. 그것은 다시는 꺼내 보지 않겠다고 다짐하면서 서가 속에 꽂아 두었던 책을 펼칠 때 느끼는 그런 감정이었다. 상황이 그렇게 되자 훌리아는 마음을 가다듬고 당면한 문제에 집중하고자 귀를 기울였다. 그녀는 마치 전혀 모르는 사람 앞에서 필요하든 필요하지 않든 더 많은 것을 묻고 그 내용을 열심히 적는 것처럼 행동해야 할 필요가 있다고 생각했다. 그녀는 담배에 불을 붙였다. 폐부 깊숙이 스며드는 담배 연기가 그녀의 마음을 정리하는 데 적절한 처방이 되는 것 같았다.

「그렇다면, 어느 쪽이죠?」 그녀는 한결 차분해진 자신의 음성에 만족했다. 「제가 보기에 preux가 성이 아니라면 그 열쇠는 약자 AR.에 있을 것 같은데요.」

알바로는 동의의 뜻으로 고개를 끄덕였다. 그는 파이프에서 피어오르는 담배 연기에 반쯤 눈을 감은 채 다른 책 페이지를 넘겼다.

「이걸 봐.」 그가 지적한 것은 〈로제 드 아라Roger de Arras〉라는 이름이었다. 「이 사람은 영국인들이 루엥에서 잔 다르크를 화형시킨 1431년에 태어난 인물로서 그의 가족은 프랑스를 지배한 발루아 왕조의 친척이었고 그가 태어난 곳은 오스텐부르크 공국과 아주 가까운 곳에 위치한 벨상 성이었지.」

「그렇다면 그림에서 체스를 두고 있는 남자가 바로 로제 드 아라라고 볼 수 있을까요?」 그녀가 물었다.

「그거야 단순한 가능성으로밖에 볼 수 없어. A.R.은 아라의 약칭이지만 당시의 모든 연대기에 등장하고 있는 이름이니까. 여기 나온 인물은 프랑스 왕 샤를 7세 옆에서 백년 전쟁을 치렀어.」

그 책은 로제 드 아라가 영국인들을 상대로 한 〈노르망디와 기엔 정복전〉을 비롯하여 1450년의 〈포르미니 전투〉와 그로부터 3년 뒤의 〈카스티용 전투〉에 참전했다고 적고 있었다.

「여길 봐.」 알바로는 다시 책에 찍힌 판화에 등장하는 인물들을 손가락으로 가리키며 말을 이었다. 「그자는 여기 나오는 인물들 중의 한 사람일 수도 있어. 여기 온몸에 갑옷을 두른 전사 말이야. 그자는 접전 중에 프랑스 왕이 탔던 말이 쓰러지자 자신의 말을 왕에게 바친 뒤에 걸어다니면서 용맹하게 싸웠거든.」

「놀랍군요, 교수님.」 그녀는 말 그대로 놀란 표정을 지으며 알바로를 쳐다보았다. 「전쟁터에 있는 전사의 모습을 그런 식으로 멋지게 묘사하다니 말이에요……. 하지만 상상이란 역사의 엄격함을 고려할 때 치명적인 암이나 다름없는 거라고 말하지 않았던가요?」

알바로는 웃음을 터뜨렸다.

「이 경우는 강의실 바깥에 있는 특권이라고 생각하면 될 거야. 특별한 학생을 위한 특별한 강의랄까? 오로지 순수한 자료만을 고집하는 당신의 취미를 내가 어찌 잊겠어. 우린 늘……」

알바로는 거기서 말을 끊고 머뭇거렸다. 동시에 두 사람 사이에 느닷없는 침묵이 찾아 들고 있었다. 그는 그녀의 얼굴에 어두운 그림자가 드리워지는 것을 보자마자 급히 현실로 돌아오고 있었다.

「미안하군.」 그가 서둘러 입을 열었다.

「아니에요.」 그녀 역시 서둘러 재떨이에 담배를 눌러 껐다. 「사실은 제 잘못이에요. 괜히 엉뚱한 얘기를 꺼내는 바람에……」

다시 두 사람 사이에 어색한 침묵이 흘렀다.

「계속하시겠어요?」 먼저 입을 연 쪽은 훌리아였다. 로제 드 아라는 단순히 전사였다는 사실만으로 기록될 인물이 아니었다. 그는 중세 기사의 전형이자 중세 귀족의 본보기였고, 시인이자 음악가였다. 더욱이 그는 사촌들인 발루아 왕조의 궁정에서 존중되던 인물이었기에 그에게 붙인 〈프뢰〉라는 칭호는 적절한 표현이라고 볼 수 있었다. 「혹시 이 인물이 체스 게임과 관련된 것은 없나요?」

「그 점에 대해선 기록이 없어. 물론 증명될 만한 것도 없고.」

한참 동안 듣고 있던 내용이나 제시한 자료들을 적어 나가던 훌리아는 무슨 생각이 났는지 알바로를 쳐다보며 입을 열었다.

「이해되지 않는 게 있어요.」 그녀는 가만히 펜 끝을 물어뜯고 있었다. 「로제 드 아라가 반 호이스의 그림에서 오스텐부르크 공작과 체스를 두고 있다……. 여기에는 그럴 만한 이유가 있지 않을까요?」

알바로는 대답 대신 어깨를 흠칫거렸다. 말은 하지 않았지만 왠지 다소 당황한 기색이었다. 그는 입에 문 파이프를 빨면서 훌리아의 뒤쪽에 있는 벽을 바라보았다. 마음속에 있는 어떤 유형의 싸움으로부터 벗어나려는 듯한 표정이었다. 이윽고 그의 입술에서 기이한 미소가 흘렀다.

「그건 나도 모르겠어. 체스를 두고 있다는 사실 외엔.」 그는 정말 아무것도 모른다는 뜻으로 손바닥을 위로 펼쳐 보였다. 「내가 아는 것은 다 책에 기록된 내용이니까.」 그러나 훌리아는 그의 눈빛에 어떤 경계심이 섞여 있는 것을 놓치지 않았다. 그녀는 어쩌면 그가 머릿속에 빙빙 도는 생각을 형상화하지 못하고 있는지도 모른다고 생각했다. 「분명한 것은 로제 드 아라가 죽은 곳이 프랑스가 아니라 오스텐부르크였다는 사실이야.」 그는 잠시 머뭇거리더니 테이블 위에 놓인 사진을 가리키며 덧붙였다. 「이 그림의 날짜를 생각해 본 적은 있어?」

「그거야 1471년이었죠.」 그녀는 의아한 기분을 느끼면서 물었다. 「그런데 그건 왜 묻는 거예요?」

알바로는 대답 대신 깊게 빨아들인 담배 연기를 천천히 내뿜다가 갑자기 텁텁한 소리로 큼큼거리면서 차마 자신의 입으로는 물을 수 없는 질문의 답을 상대의 눈빛에서 읽기라도 하듯 훌리아를 쳐다보았다.

「어딘가 잘못된 게 있거든.」 이윽고 그가 입을 열었다. 「다시 말해서 방금 말한 연도가 틀리거나, 연대기들이 거짓말을 하거나, 아니면 그림에 나오는 인물이 로제 드 아라가 아니거나……, 아무튼 한 가지 사실은 틀렸으니까…….」 그는 다시 말을 끊고서 테이블에 놓여 있는 마지막 책을 집어 들었다. 그것은 『오스텐부르크의 대공들에 관한 연대기』의 사본이었다. 그는 잠시 책을 훑어보다가 그녀 앞으로 밀어 놓으면서 다시 입을 열었다. 「이 연대기는 15세기 말에 기샤르 드 에노가 당시 프랑스 인들의 진술을 토대로 해서 쓴 거야. 여기서 에노는 로제 드 아라가 1469년 주현절[14]인 1월 6일에 죽은 것으로 기록하고 있는데, 1469년이면 반 호이스가 〈체스 게임〉을 그리기 2년 전에 이미 세상을 떠났다고 볼 수밖에 없잖아. 무슨 말인지 알겠어……? 다시 말해서 로제 드 아라는 반 호이스가 그린 체스 그림을 위해 포즈를 취할 수 없었다는 거야. 그림이 완성되었을 때는 이미 이 세상 사람이 아니었으니까.」

두 사람은 함께 대학 주차장까지 걸어나왔다. 알바로는 훌리아에게 반 호이스의 작품에 대한 최근 목록, 참고 문헌, 역사 자료 등이 들어 있는 봉투를 건네며 시간이 나는 대로 더 많은 참고 자료들을 보내 주겠다고 약속했다. 훌리아는 파이프를 입에 물고 두 손을 상의 호주머니에 집어넣은 그의 표정에서 여전히 할 말이 남아 있는 듯한 느낌을 받았다.

「도움이 되었으면 좋겠군.」

훌리아는 가만히 고개를 끄덕였지만 그녀 역시 적당한 말을 찾고 있었다.

「정말 좋은 시간이었다고 말하고 싶어요. 교수님은 불과 한 시간만에 그림 속의 인물들을 재구성했어요. 더욱이 한번도 본 적이 없는 그림을 말이에요.」

---

14) 크리스마스로부터 12일째가 되는 날.

알바로는 캠퍼스를 휭하니 둘러보던 시선을 거둬들였다.
「꼭 그렇지만은 않아.」 그는 계면쩍은 표정을 지으며 중얼거리듯 말했다. 그의 음성이 약간은 떨리고 있었다. 「뭐랄까, 그 그림이 나에게 전혀 새로운 것은 아니었으니까 말이야……. 참고로 덧붙이자면, 1917년에 발행된 프라도 박물관 카탈로그를 보면 그 그림에 대한 사진이 나와 있어. 〈체스 게임〉은 20세기 초부터 박물관에 대여 전시되고 있었거든. 나중에 상속자들이 돌려 달라고 했던 1923년까지 말이야.」
「난 여태 그것도 모르고 있었어요.」
「아무튼 이제 알게 됐잖아.」 그는 파이프를 다시 깊게 빨아들였다. 파이프의 불씨가 곧 꺼질 듯한 순간에서 마지막 불꽃을 사르고 있었다. 곁눈으로 힐끔 알바로를 쳐다보던 훌리아는 이내 그의 표정에서 무엇인가를 감추고 있다는 느낌을 받았다. 그것은 금방이라도 무엇인가를 큰 목소리로 토해 내야 하는데 그 순간을 가까스로 억누르고 있는 사람이 마지못해 짓는 표정이었다.
「지금 무엇인가를 숨기고 있는 거죠?」 그녀는 단도직입적으로 물었다.
그러나 알바로는 미동도 하지 않았다. 잠시 멍한 시선으로 파이프를 빨아 대던 그가 무슨 생각이 들었는지 그녀를 향해 고개를 돌렸다.
「무슨 말을 하고 있는지 모르겠군.」
「나는 지금 이 그림과 관계 있는 것은 그게 무슨 내용이 되었든 중요한 거라고 말하고 있어요.」 그녀는 자못 심각한 표정으로 덧붙였다. 「난 이 그림에 많은 걸 걸고 있거든요.」
「그러니까 지금 나에게 어떤 약속이라도 해달란 말이야?」

그는 파이프를 질끈 깨문 뒤에 중얼거리듯 덧붙였다.「하긴 반 호이스가 요즘 잘 나가고 있는 것 같더군…….」

「잘 나가고 있다뇨?」 그녀는 갑자기 발 밑의 땅이 움직이기라도 하듯 바짝 긴장하고 있었다.「혹시, 누가 왔던가요? 그래서 반 호이스 이야기를 했나요?」

그는 대답 대신 어설픈 웃음을 띠었다. 마치 해서는 안 될 말을 토해 낸 사람처럼 후회하는 표정이었다.

「그럴 수도……」이윽고 그가 마지못해 대답했지만 금방 말꼬리를 흐렸다.

「누구였죠?」 그녀는 그 순간을 놓치지 않고 다그쳤다.

「바로 그게 문제야. 그건 말할 수 없거든.」

「어리석게 굴지 말아요.」

「난 어리석지 않아.」 그는 제발 그만 하자는 표정을 지으며 그녀를 쳐다보았다.「사실은 사실이니까.」

그녀는 숨을 깊게 들이마셨다. 그렇게 해서라도 마음속에 느껴지는 허전함을 채워야 할 것 같았다.

「그 그림을 한번 보았으면 하고 생각하던 참이었지. 사실 당신도 보고 싶었고……」그는 잠시 할 말을 잊고 있는 그녀를 쳐다보며 덧붙였다.「아무튼 때가 되면 모든 걸 얘기해 주지.」

이건 일종의 트릭일 수도 있어. 훌리아는 잠시 흐트러졌던 마음을 가다듬으며 생각했다. 이 남자는 나를 만나기 위해 그림을 구경하겠다는 구실을 둘러대고 있는지도 몰라. 아니 충분히 그러고도 남을 사람이야. 그녀는 어떤 결심이라도 하듯 아랫입술을 지긋이 깨물었다.

「부인은 잘 지내요?」 그녀는 화제를 바꾸면서 슬쩍 그를 쳐다보았다.

그는 화석처럼 굳어 있었다. 불편한 심사가 잔뜩 배어 있는 표정이었다.

「잘 있어.」 잠시 후 무미건조한 대답이 그의 입술에서 새어 나왔다. 그는 파이프를 잔뜩 노려보고 있었다. 마치 그의 손에 쥐어진 게 무엇인지 몰라 답답해 하는 사람 같았다. 「지금 전시회를 준비한다고 뉴욕에 가 있지.」

그 순간 훌리아의 뇌리에 한 여자에 대한 짧은 기억이 스쳐 가고 있었다. 그것은 밤색 정장 차림으로 승용차에서 내리던 한 매력적인 금발 여자의 모습이었다. 그 여자는 단지 15초 사이의 흐릿한 이미지를 끌고 나타나선 훌리아의 젊음과 열정에 종지부를 찍게 만든 장본인이었다. 이른바 문화계의 유명 인사인 그녀는 정부의 문화 부처와 관련된 공식 모임이나 전시회와 여행 등으로 바쁜 인물이었다. 두 사람 — 훌리아와 알바로 — 이 자연스럽게 연인 관계로 발전할 수 있었던 것은 어쩌면 그 덕분일 수도 있었다. 물론 두 사람 — 알바로는 부인에 대해서 말한 적이 없었으며 그것은 훌리아도 마찬가지였다 — 은 그들 사이에 유령처럼 존재하던 그 여자의 실체를 지우지는 못했다. 그런데 어느 날 바람처럼 나타난 그 여자는 불과 15초만에 자신의 모습을 보여 주는 것만으로 그 게임을 끝냈던 것이다.

「난 두 분이 잘 되길 바라고 있어요.」 그녀는 덤덤하게 말했다.

「생각처럼 그렇게 나쁘지는 않아.」 그 역시 덤덤하게 말했으나 무엇이 부족했는지 덧붙였다. 「내 말은 모든 게 다 나쁘지만은 않다는 뜻이지.」

「그만 해요.」

두 사람은 각자의 시선을 거둬들인 채 몇 걸음을 떼었다. 잠시 무거운 침묵이 두 사람 사이를 흐르고 있었다.

「그래요, 이제 그런 것은 그다지 중요하지 않아요…….」 먼저 침묵을 깨뜨린 쪽은 훌리아였다. 그녀는 마치 그 앞에 버티어 서듯 두 손을 허리에 올렸다. 「지금 내 모습이 어떻게 보여요?」

그는 계면쩍은 표정으로 그녀를 쳐다보았다. 잠시나마 그의 시선이 위아래로 움직이고 있었다.

「좋아 보이는군…… 정말이야.」

「그래요? 그렇게 말하는 당신은 어때요?」

「약간 혼란스럽다고나 할까…….」 그의 눈가로 우울한 빛이 스쳐 가고 있었다. 「사실은 일 년 전에 내린 결정이 과연 옳았는지 때때로 묻고 있어.」

「그건 당신이 영원히 알지 못할 어떤 거겠죠.」

「하긴 그럴 테지.」

여전히 매력적인 것은 사실이야. 그녀는 다시 되살아나는 예리하고 잔인한 마음의 상처를 느끼며 생각했다. 어떻게 한다? 그를 집으로 부른다는 것은 반 호이스를 노출시키는 위험을 감수해야 하는 일이 아닌가. 그녀는 그의 손과 눈을 번갈아 바라보며 자신이 밀고 당기는 감성의 언저리를 아슬아슬하게 걷고 있다는 느낌이 들었다. 하지만 이 남자를 찾아왔다는 사람이 누구인지 그것을 밝히는 게 중요해.

「그림은 내가 갖고 있어요.」

알바로는 말없이 손을 내밀었다. 훌리아는 그가 내민 손에서 그의 마음이 흔들리고 있음을, 동시에 자신의 내부에서 꿈틀거리는 사악한 희열을 감지하고 있었다. 그녀는 백색의 소형 피아트에 몸을 들여 넣기 직전에 상대에게 믿음을 주기 위한 계산된 생각과 즉흥적 충동에 휩싸인 채 그의 입술에 입을 맞추었다.

「그림을 보고 싶으면 집으로 오세요.」 그녀는 시동을 걸며 말했다. 「내일 오후 시간이면 좋아요. 그리고 오늘은 정말 고마웠어요.」

이 정도면 충분했을 거야. 훌리아는 백미러를 통해 여전히 곤혹스런 표정으로 손을 흔들고 있는 알바로와 그 뒤로 멀어지는 캠퍼스를 바라보면서 생각했다. 당신은 낚싯바늘을 물게 되어 있어. 그녀의 차는 적색 신호등을 무시하며 내달리고 있었다. 까닭은 나도 몰라. 그런데 당신에게 누군가가 다녀갔다는 것은 누군가가 장난을 치고 있다는 것으로 볼 수밖에 없어. 하지만 알바로, 당신은 나에게 그자가 누구였는지 밝히게 될 거야. 두고 봐, 그렇지 않으면 내가 성을 갈고 말 테니까.

훌리아는 팔을 뻗어 꽁초로 가득 찬 재떨이를 찾아서 담배를 비벼 껐다. 여태껏 그녀는 머리맡의 스탠드에서 흘러나오는 불빛이 스튜디오의 윤곽을 드러내는 가운데 소파에 몸을 파묻은 채 밤늦게까지 가져온 자료들과 씨름하고 있었다. 소파 앞에 있는 이젤 위에서 5백 년이 지난 오늘까지, 아니 지금 이 순간까지 계속되고 있는 신비한 체스 게임을 밝혀 낸다는 것은 긴장된 순간의 연속이었고, 사소한 것까지 놓칠 수 없는 탐독을 요구하는 일이었다. 아무튼 그 덕분에 그녀는 나름대로 그림과 화가 그리고 등장 인물들에 대한 이야기를 재구성할 수 있게 되었다.

　……1453년 프랑스의 속박에서 벗어난 오스텐부르크의 대공들은 프랑스와 독일과 부르고뉴 사이에서 어려운 균형을 유지하고자 부단히 노력했다. 그 당시 오스텐부르크의 정책은 프랑스 왕 샤를 7세의 경각심을 불러일으켰다. 그들은 오스텐부르크 공국이 독립된 왕국으로 일어서려는 부르고뉴에게 흡수될지도 모른다는 의구심에 사로잡혀 있었던 것이다. 게다가 프랑스의 두려움은 궁정의 음모와 정치적 동맹이나 밀약설이 파다한 가운데 오스텐부르크의 빌헬무스 대공의 아들이자 상속자인 페르디난트와 〈선왕〉 필립의 질녀이자 장차 부르고뉴를 이끌 〈용맹왕〉 샤를 대공의 사촌인 부르고뉴의 베아트리스의 결혼(1464년)으로 더욱 커지고 있었다.
　때는 바야흐로 유럽의 장래를 결정할 중요한 시기였다. 그러나 오스텐부르크의 궁정에는 양립할 수 없는 두 개의 분파가 맞서고 있었다. 하나는 부르고뉴와 통합을 서두르는 친부르고뉴 파, 또 하나의 분파는 프랑스와 재통합을 갈망하는 친프랑스 파였다. 그리하여 페르디난트가 지배하는 오스텐부르크 궁정은 그가 사망하는 1474년까지 두 분파의 대립으로 인한 혼란으로 점철되었다…….

　훌리아는 정리하던 자료를 바닥에 내려놓고 상체를 일으켰다. 그리고 앉은 자세에서 팔로 무릎을 감싸 안은 채 허공을 응시했다. 절대적인 침묵이 흐르고 있었다. 한동안 미동조차 없던 그녀는 가만히 일어나 소파 앞의 이젤에 놓여 있는 그림을 향해 다가갔다.

QUIS NECAVIT EQUITEM. 그녀가 그림의 표면과 일정한 거리를 유지한 채 글자가 감추어진 곳을 따라 손가락을 움직이자 그 그림 속에 감춰져 있던 글자들이 어슴푸레한 스탠드 불빛의 여광 속에서 선명하게 드러나는 것 같았다. 누가 기사를 죽였는가. 그녀는 불길한 느낌으로 와 닿는 그 구절을 생각하면서 RUTGIER AR. PREUX라는 글자 부분 앞에 얼굴을 바짝 들이밀었다. 로제 드 아라. 아니 로제 드 아라가 아닐 수도 있어. 하지만 설사 그것이 그의 이름이 아닐지라도 그 구절이 그를 가리키는 것만큼은 확실하지 않는가. 이것은 일종의 수수께끼일까? 그렇다면 이 수수께끼에서 체스 게임이 차지하는 의미는 무엇인가. 그녀는 어수선한 기분이 들었다. 이건 단지 체스 게임을 그린 것에 지나지 않아. 아니야, 어쩌면 이것은 체스 게임 이상의 어떤 것을 다루고 있는지도 몰라. 그녀는 차츰 혼란에 빠져 들고 있었다. 마치 다루기 힘든 유약을 벗겨 내기 위해 메스를 들이댈 때 느끼게 되는 불쾌감 같은 감정에 사로잡혔다. 그때서야 그녀는 두 손을 모아 깍지를 낀 다음 목덜미를 감싸 안으며 가만히 눈을 감았다. 그리고 한참 동안 마음을 가다듬기 위해 애를 썼다.

잠시 후 훌리아는 눈을 뜨고 그림을 다시 쳐다보았다. 그녀의 시선이 맨 먼저 머문 곳은 심각한 표정으로 체스 게임에 열중하고 있는 기사였다. 보면 볼수록 온화하고 매력적인 그의 용모는 화가가 그 인물의 주위 배경을 위엄 있는 후광으로 묘사한 덕분에 더욱 돋보였다. 그런데 그림을 한참 들여다보던 그녀는 갑자기 온몸을 부르르 떨었다. 그림에서 기사가 위치한 곳은 정확하게 황금 분할이 교차하는 지점이었던 것이다. 황금 분할점, 그것은 비트루비우스[15] 시대 이후부터 고전적인 화가들이 적용하던 회화 법칙의 하나였다. 따라서 그 법칙에 의거하면 황금 분할점에 위치할 인물은 신분이나 직위를 고려할 때 기사가 아니라 오스텐부르크의 페르디난트 대공이 되어야 하는 게 옳았지만 대공은 좌측으로 밀려나 있었다. 아울러 그것은 부르고뉴의 베아트리스에게도 똑같이 적용되어야 할 법칙이었지만 베아트리스 역시 배경의 우측이 아닌 뒤편의 창문 쪽으로 밀려나 있었다. 그러므로 그 그림에서 베일에 휩싸인 체스 게임을 주재하는 인물은 대공 부부가 아니라 로제 드 아라로 추정되는 RUTGIER AR. PREUX로 보아야 하는 모순을 낳고 있었다. 더욱이 로제 드 아라는 반 호이스가 그 그림을 그리던 당시만 해도 이미 세상에 존재하지 않는 인물이었다.

훌리아는 그림에서 눈을 떼지 않은 채 책이 빽빽이 들어차 있는 서가로 다가갔다. 잠시라도 고개를 딴 곳으로 돌리면 그림 속의 인물들이 그 틈을 이용해서 엉뚱한 곳으로 움직일 것 같은 기분에 사로잡혔던 것이다. 빌어먹을! 그녀는 거장 피터 반 호이스의 이름을 떠올리며 거칠게 내뱉었다. 하필이면 복잡한 수수께끼를 만들어서 5백 년이나 지난 오늘 나를 잠 못 이루게 만들다니!

암파로 이바녜스의 『예술사』 중에서 플랑드르 회화를 다루고 있는 책을 빼 들고 소파로 돌아와 앉은 훌리아는 책을 무릎에 올려놓은 뒤에 조심스럽게 책장을 펼쳤다. 반 호이스, 피터. 1415년 브뤼게에서 출생, 1481년 겐트에서 사망……

---

[15] Vitrubius. 기원전 1세기에 활동한 로마의 건축가.

훌리아는 담배를 찾아 불을 붙였다.

　……비록 궁정 화가의 자수와 보석과 대리석을 경멸하기도 했지만 반 호이스는 본질적으로 부르주아 화가다. 그는 어떤 사물도 빠트리지 않는 빈틈없는 시각과 가족적 분위기를 담아 내는 화풍을 지니고 있다. 대가인 얀 반 에익은 물론이고, 그 누구보다 자신의 스승인 로베르 캉팽[16]의 영향을 받아 그들의 기법을 능숙하게 혼합한 반 호이스는 세상을 바라보는 차분한 플랑드르 시각과 현실에 대한 냉정한 분석을 자신의 것으로 만든다. 한편 상징주의에 지대한 관심을 지녔던 거장 반 호이스는 자신의 작품에 이중적인 의미를 담아냈다. 마리아의 처녀성을 뚜껑이 닫힌 유리 플라스크나 벽의 문으로 묘사한 「예배당의 동정녀」, 그림자를 아궁이에 합체시킨 「루카스 브레머의 가족」 등이 적절한 예가 될 것이다. 아울러 반 호이스의 거장다움은 예리하고 절제된 윤곽선으로 인물과 사물들을 묘사하는 특징을 지닌다. 그는 표면의 조형적 구성, 외부의 빛과 실내의 어슴푸레한 빛을 단절시키지 않는 대비, 위치에 따라 변하는 그림자를 기막히게 포착하여 당대의 회화에서 가장 곤란하게 여겼던 문제들을 자신의 작품에 적용했던 것이다.

---

16) Robert Campin(1378?~1444). 프랑스 출신의 초기 플랑드르 회화의 대가. 그의 화풍은 자연스런 형태의 구상과 일상의 소재를 시적으로 묘사하는 특징을 지니며 얀 반 에익 등에게 지대한 영향을 끼쳤다. 대표작으로 플랑드르 미술의 전통이 된 3폭의 패널 「메로드 제단화」 등이 있다.

현존하는 작품 「세공사 빌렘 발후스의 초상」(1448), 뉴욕 메트로폴리탄 박물관. 「루카스 브레머의 가족」(1452), 피렌체 우피치 화랑. 「예배당의 동정녀」(1445년 추정), 마드리드 프라도 박물관. 「루뱅의 환전상」(1457), 뉴욕, 개인 소장. 「상인 마테오 콘치니와 그의 부인의 초상」(1458), 취리히, 개인 소장. 「안트베르펜의 제단 장식」(1461년경), 빈 피나코테카. 「악마와 기사」(1462), 암스테르담 국립 박물관. 「체스 게임」(1471), 마드리드, 개인 소장. 「십자가에서 내려오심」(1478년 경), 겐트 성 바본 성당.

어느덧 시계는 새벽 4시를 가리키고 있었다. 홀리아는 연이은 커피와 담배로 입맛이 텁텁한 느낌이 들 때서야 책을 덮었고, 그 순간 화가와 그림 그리고 그림에 등장하는 인물들의 실체가 거의 손에 잡힌 듯한 기분에 빠져 들었다. 그들은 더 이상 떡갈나무로 만든 패널 위의 단순한 이미지가 아니라 삶과 죽음 사이에서 각각의 시간과 각각의 공간을 차지했던 살아 있는 존재들로 바뀌어져 있었다. 다시 말해서 화가인 반 호이스, 등장 인물인 페르디난트 알텐호펜과 그의 부인 부르고뉴의 베아트리스 그리고 로제 드 아라가 그녀 앞에서 다시 되살아난 느낌이 들었던 것이다. 홀리아는 특히 체스 게임에 목숨을 건 사람처럼 체스 말의 위치를 뚫어지도록 살피고 있는 그 기사가 1431년에 태어나서 1469년에 오스텐부르크에서 죽은 로제 드 아라와 동일 인물이라는 것과 그가 죽은 지 2년 뒤에 그려진 그 그림이 다른 두 인물과 화가 사이에 숨겨진 베일을 풀게 될 연결 고리라는 것도 확신했다. 물론 홀리아의 확신은 그녀의 무릎에 놓여 있는 로제 드 아라에 대한 상세한 기록, 즉 기샤르 드 에노의 『연대기』를 복사한 파일이 뒷받침하고 있었다.

······1469년, 때는 거룩한 주현절이었다. 해질 무렵이 되자 로제 드 아라 기사는 여느때처럼 〈동문〉이라 불리는 성곽을 따라 걷고 있었다. 성곽에 숨어서 그를 기다리고 있던 어느 궁수가 그를 향해 화살을 쏜 것은 그 순간이었다. 느닷없이 날아온 화살에 가슴이 관통한 로제 드 아라는 숨을 거두기 직전에 마지막 고해성사를 외쳤다. 그러나 사람들이 당도했을 때는 이미 화살이 관통한 부위를 통해 그의 영혼이 빠져나간 뒤였다. 기사들의 모범이자 기사도의 전형을 보여 주었던 로제 기사의 죽음에 누구보다 비탄에 빠진 쪽은 오스텐부르크의 친프랑스 파였다. 그리하여 당혹한 그들은 그 비극적 죽음이 친부르고뉴 파가 획책한 범죄 행위라며 목청을 높였다. 어떤 이들은 로제 기사가 연애 사건에 연루되어 암살되었다고 말했다. 로제가 베아트리스를 연모하고 있다는 사실을 알게 된 페르디난트 대공이 제3자에게 지시해서 꾸민 비열한 획책이었다는 것이다. 그리고 이러한 의혹과 소문은 페르디난트 대공이 세상을 떠날 때까지 끊이지 않았다. 결국 로제를 죽인 살인자는 어느 권력자의 비호 아래 유유히 도망쳤고, 그 바람에 미궁에 빠진 그 사건은 신의 심판에 맡겨졌다. 어린 시절 함께 자란 페르디난트 대공을 섬기고자 오스텐부르크로 오기 전까지 프랑스 왕정을 위해 무수한 전투에 참가했던 로제는 외모와 풍채가 수려해서 많은 여자들도 그의 죽음을 안타까워했다. 당시 38세였던 그는 모든 면에 있어 인

생의 전성기를 구가할 나이였다…….

홀리아는 스탠드의 불을 끈 뒤 소파 등받이에 머리를 기댄 채 손가락 사이에서 타들어 가는 담배의 불꽃을 바라보았다. 어둠 속이라 그림은 보이지 않았지만 이제는 애써 쳐다볼 필요조차 없었다. 그녀의 뇌리와 망막에는 플랑드르 패널화의 세세한 부분까지 새겨져 있었다. 그것은 아무 때나 떠올릴 수 있는 영상이었다. 그녀는 하품을 하며 손바닥으로 얼굴을 비볐다. 비록 완벽한 것은 아니지만 피로감과 행복감이 한꺼번에 밀려들면서 마치 결승점까지 가야 할 기나긴 경주의 중간 지점에 이르렀다는, 마치 커다란 베일 한 귀퉁이를 들어 올렸다는 승리감에 사로잡혔다. 물론 여전히 조사해야 할 일이 남아 있었지만 지금까지 알아낸 사실만으로도 상당한 수확을 거둔 거라고 자신했다. 그녀가 그 순간까지 알아낸 것은 그 그림에 변덕스런 어떤 것이나 우연한 어떤 것이 아닌 치밀하고 신중한 화가의 의도가 숨어 있다는 사실, 즉 과연 누가 기사를 죽였는가? 하는 물음으로 요약되고 있었다. 그리고 그녀는 그것이 누군가가 스스로의 두려움이나 밀약에 의해 어떤 사실을 은폐했거나 은폐하려 한 의도에서 저지른 살인 행위라고 판단했다. 생각이 거기까지 미치자 그녀는 그 기사를 죽인 자가 누구였는지 반드시 찾아내리라고 마음먹었다. 어느덧 수면 부족과 피로감에 젖은 채 담배를 태우며 어둠에 휩싸인 허공을 바라보던 그녀의 혼미한 뇌리로 중세의 이미지들이 떠오르고 있었다. 그녀는 어둠이 깃들 무렵에 궁수가 쏜 화살이 바람을 가르며 날아가는 장면을 상상하면서 자신이 할 일은 그림을 복원하는 것에 그치지 않고 그 그림에 얽혀 있는 비밀을 재구성하는 것이라고 생각했다. 재미있을 거야. 그녀는 깊은 잠에 빠져 들면서 중얼거렸다. 이 이야기에 등장하는 모든 인물들은 이미 무덤 속에서 한 줌의 흙으로 변해 있어. 하지만 나는 저 5백 년의 침묵을, 플랑드르의 화가 피터 반 호이스가 던지고 있는 수수께끼 같은 화두를 꼭 풀어내고 말 거야.

2
루신다, 옥타비오, 스카라무슈

「무지무지하게 큰 체스판처럼 그려져 있잖아.」 마침내 앨리스가 말했다.
── 루이스 캐롤

  머리 위로 조그만 종이 딸랑거리는 소리를 들으면서 문을 열고 들어선 훌리아는 이내 익숙하고 아늑한 분위기에 휩싸였다. 그녀는 은은한 황금빛을 발하고 있는 오래된 가구들과 골동품들 ── 바로크 시대의 세공품과 기둥, 상아, 벽걸이, 융단, 도자기 등 ── 을 대하며 자신의 유년 시절을 떠올리고 있었다. 헤아려 보면 그것들은 하나같이 어릴 때부터 그녀의 소꿉놀이를 지켜보던 물건들이었다. 물론 많은 것들은 세월과 함께 팔려 나가고 새로운 것들이 대신 자리를 차지하고 있었지만 낡고 케케묵은 냄새가 묻어 나오는 실내와 그것들의 조화로운 무질서가 전해 주는 느낌은 늘 한결같았다. 특히 부스텔리[17]의 서명이 들어간 〈코메디아 델라르테〉[18]의

---

17) Franz Anton Bustelli(1723~1763). 스위스 출신의 자기 조각가.

극중 인물인 루신다, 옥타비오, 스카라무슈처럼 미묘한 얼굴이 새겨진 도기 인형들은 세사르의 자랑이자 어린 훌리아가 가장 좋아하는 장난감이었다. 어쩌면 골동품 상인인 세사르가 여태껏 그것들을 처분하지 않고서 유리 진열장에 보관하고 있는 것은 그런 까닭이었을 것이다. 그곳의 주인이자 골동품 상인인 세사르는 스테인리스 스틸과 유리로 칸을 막은 가게 뒤쪽, 안뜰이 보이는 사무실에서 가게로 들어서는 손님들을 기다리는 동안에 스탕달, 만, 사바티니, 뒤마, 콘래드 등을 읽곤 했다.

「안녕하셨어요?」

「어서 오시게나, 우리 공주님.」

세사르는 마치 세상사를 무조건 거꾸로 생각하고 그것에서 커다란 기쁨을 찾는 어린애처럼 짓궂고 장난기가 넘치는 파란 눈을 생글거리며 그녀를 맞았다. 50이 넘은 나이 — 훌리아는 그의 정확한 나이를 몰랐다 — 에도 흠잡을 데 없는 물결 모양의 흰 머리칼 — 그녀는 그가 오래전부터 염색을 하는 것으로 생각했다 — 에다 둔부에 나잇살이 붙은 모습을 제외하면 그저 놀랍다고 표현할 수밖에 없는 체격의 골동품 상인은 여느때처럼 대담할 정도로 파격적인 스타일의 맞춤 양복에 타이를 매지 않은 정장 차림이었다. 그의 독특한 정장 스타일은 이른바 격식을 갖춘 사교장 모임에서도 변함이 없었다. 그는 셔츠의 목이 드러난 부분에 이탈리아풍의 크러뱃을 묶어 타이로 대신했고, 자신의 이름을 뜻하는 영문 이니셜을 청색이나 백색 실 자수로 박아 넣은 실크 셔츠를

---

18) commedia dell'arte. 16세기 이탈리아에서 유행한 즉흥 가면극.

즐겨 입었다. 훌리아는 그런 그가 어디서도 찾아볼 수 없는 교양의 폭과 깊이 그리고 그 누구도 따를 수 없는 세련미를 지녔다고 생각했다. 아울러 그는 지나치게 여겨질 만큼 과도한 예의와 격식을 내세워서 오히려 상류층에 속한 사람들을 경멸할 수 있는 유일한 인물이기도 했다. 어쩌면 그의 주변 ― 어쩌면 이 말은 인류 전체라는 의미로 확장시킬 수 있으리라 ― 에서 훌리아만 그의 경멸로부터 벗어나서 독특한 그의 예의 격식을 흔쾌히 즐길 수 있는 유일한 존재인지도 모른다. 골동품 상인인 그는 훌리아가 이성적인 판단을 할 나이가 되었을 때부터 그녀의 아버지이자 정신적인 지주였고 친구이자 믿을 수 있는 존재가 되어 주었다.

「나에게 골치 아픈 문제가 생겼어요.」

「가만! 이런 경우에는 〈우리〉에게 문제가 생겼다고 말해야지. 안 그래? 아무튼 자초지종이나 들어 보자꾸나.」

두 사람은 진열장 옆에 있는 소파를 사이에 두고 마주 앉았다. 훌리아는 그의 말대로 모든 이야기를 털어놓기 시작했다. 감출 게 없었다. 그림 밑바닥에 씌어진 고딕 문자에 대해서도 빠뜨리지 않았다. 한편 세사르는 왼쪽 다리 위에 오른쪽 다리를 올린 자세에서 상체를 약간 앞으로 굽힌 채 그녀의 말을 듣고 있었다. 양손을 다리 위에 자연스럽게 올린 그의 손목에는 파텍 필립 시계가 채워져 있고, 손가락에는 금으로 테두리를 입힌 토파즈 반지가 끼어져 있었다. 전혀 계산되지 않은, 어쩌면 이미 오래전부터 계산되지 않았을지도 모르는 그의 자연스런 모습은 오로지 세사르만 가질 수 있는 진면목인 셈이었다. 그는 절제된 감각을 찾아 헤매는 애송이 화가나 조각가들을 비롯한 많은 예술인들의 마음을 사로잡앉고, 그때마다 그들과의 감성적인 관계를 넘어서서 지속적인 애착과 헌신으로 그들이 무엇인가를 깨달을 수 있도록 도와주곤 했었다. 「공주야, 인생은 짧고 아름다움은 덧없는 것이란다.」 그는 어떤 고백을 하는 듯한 어조에 나지막하다 못해 곧 꺼져 갈 듯한 목소리로 중얼거렸다. 그의 음성에는 우울한 음색이 묻어 나오고 있었다. 「그런데도 그 아름다움을 영원히 소유하려 하는 것은 옳지 못한 일이지……참된 아름다움은 어린 참새에게 나는 법을 가르치는 것에 있지만, 그 참새의 자유에는 너를 체념해야 하는 의미가 함축되어 있단다……. 너는 내가 빗댄 비유의 미묘함을 알아듣겠지?」 언젠가 훌리아는 세사르 주위에서 파닥거리는 그 참새들을 두고 까닭 없이 짜증을 낸 적이 있었다. 그러나 그녀는 이내 그의 충고 — 언젠가 그는 우쭐하고 즐거운 표정을 지으며 쓸데없이 질투한다면서 그녀를 책망했다 — 를 떠올렸고, 그를 향한 애정과 그에게도 자신만의 삶을 영위할 권리가 있다는 생각에 막 입 밖으로 튀어나오는 표현을 꾹 삼켜 버렸다. 멘추는 그런 그녀를 두고서 평소처럼 생각 없이 말했다. 「얘! 그 노인은 오이디푸스 콤플렉스로 전도된 엘렉트라 콤플렉스에 걸려 있거나, 아니면 그 반대 유형임에 분명해…….」 말 한마디를 하더라도 차이점이 있다면 멘추의 비유는 세사르의 그것과는 달리 진절머리가 날 정도로 노골적이었다.

 이윽고 훌리아의 이야기가 끝났다. 그러나 세사르는 한동안 말없이 고개를 끄덕거리고 있었지만 그다지 놀라는 표정은 아니었다. 하긴 예술적 영역에서 그가 새삼스럽게 놀랄 만한 게 있을 리가 만무했다. 하지만 훌리아는 그의 눈동자에 언뜻 스쳐 가는 관심의 빛을 놓치지 않았다.

「매력적이야.」 마침내 세사르가 입을 열었다.

순간 훌리아는 그의 도움이 가능하리라는 것을 직감했다. 왜냐하면 〈매력적이야〉 하는 식의 표현은 어렸을 때부터 자주 듣던 것으로, 두 사람이 공모자가 되어 새로운 비밀을 찾아 나서겠다는 것을 의미하고 있었던 것이다. 실제로 세사르는 여왕 이사벨 2세의 장롱 서랍 — 세사르는 그것을 로맨티카 박물관에 팔아 넘겼다 — 에 감춰진 해적들의 보물을 찾는 놀이를 할 때나 앵그르가 초상화를 그린, 어느 편물 드레스를 입은 여인에 대한 꾸며 낸 이야기 — 그녀의 연인인 경기병 장교는 워털루 전쟁터에서 그녀의 이름을 부르며 죽어 갔다는 내용 — 를 들려줄 때 그런 표현을 쓴 적이 많았다. 훌리아는 세사르에게 맡겨진 삶 속에서 숱한 모험들을 듣고 보면서 살아왔으며, 그의 무수한 경험을 통해 아름다움과 헌신과 다정함을 배웠다. 아울러 그녀는 그를 통해 순수한 결정으로 흩어지는 아름다운 스펙트럼처럼 도자기의 투명한 질감이나 벽을 반사하는 단순한 한줄기 햇빛에서도 예술 작품을 끄집어 낼 수 있는 미묘하고 생동감 넘치는 기쁨을 맛보기도 했다.

「우선은 그 그림을 봐야겠구나.」 세사르가 다시 덧붙였다. 「내일 오후 7시 30분 경에 네 작업실로 가마.」

「좋아요. 그런데…….」 훌리아는 잠시 말을 끊었다. 그녀의 얼굴에 곤혹스런 표정이 스치고 있었다. 「그 시간이면 알바로가 와 있을지도 몰라요.」

세사르는 적이 놀란 눈치였다. 꾹 다문 그의 입술 사이로 잔인한 웃음이 흐르고 있었다.

「이거 달콤한 기분이 드는걸…….」 그는 한참만에 입을 열었다. 「그 돼지 같은 자식을 못 본 지가 꽤 되었으니 오랜만에 독설이라도 실컷 퍼부어 줄 수 있으렷다. 아주 그럴싸한 표현으로 포장이야 하겠다만.」

「제발, 이젠 그만 좀 해두세요.」

「얘야, 그건 걱정하지 말아라. 나야 점잖게 대할 테니까. 상황이 상황이니 만큼……. 아무튼 그놈이 나의 손에 상처를 입더라도 너의 페르시아 양탄자에 더러운 피를 흘리는 일은 없을 게다. 물론 그렇게 되려면 놈은 정직해야겠지.」

홀리아는 그의 손등에 자신의 손을 얹었다.

「세사르, 사랑해요.」

「알고 있다. 세상 사람들 모두가 다 나를 사랑하지 않느냐.」

「그런데 알바로는 왜 그렇게 미워해요?」

어리석은 물음이었다. 그는 가볍게 책망하는 듯한 시선으로 그녀를 바라보았다.

「그거야 네게 상처를 주었기 때문이지.」 그의 얼굴에 무거운 그림자가 드리워지고 있었다. 「허락만 한다면, 그놈의 눈깔을 뽑아서 먼지 구덩이인 테베의 저잣거리에 돌아다니는 개새끼들에게 던져 주고 싶구나. 이 모든 게 고전극에 불과하다만 너는 그 극에서 코러스 역할을 할 수 있을 거야. 상상해 보렴, 올림포스 신전을 향해 두 팔을 들어 올린 성스럽고 아름다운 너의 자태를 말이다. 그렇지만 신들은 여전히 곤드레만드레 취하여 코를 골고 있구나.」

「나와 결혼해 주세요. 지금 당장 말이에요.」

세사르는 그녀의 손을 잡아 입을 맞추었다.

「공주야, 먼저 어른이 되어야지.」

「이미 어른이 되어 있잖아요.」

「아직은……. 네가 어른이 되면, 나는 〈공주마마, 이 사람 감히 그대를 사랑한다고 고백하옵니다〉라고 말할 게다. 그때는 잠에서 깨어난 신들이 노발대발하더라도 나에게서 아무것도 빼앗아 가지 못하겠지. 설사 빼앗아 간다 해도…….」 그는 그 부분에서 잠시 무엇인가를 생각하더니 말을 이었다. 「그래, 빼앗겨 봤자, 기껏해야 나의 왕국밖에 더 될까. 하찮은 잡동사니 왕국 말이다.」

두 사람의 대화는 그들 사이의 우정만큼 오래된 추억과 사건들에 대한 언급으로 가득 찬 까닭에 다른 사람들이 알아듣기 어려웠다. 잠시 침묵이 흘렀다. 그 사이로 골동품 시계들의 째깍거리는 소리가 시간의 흐름을 대신하고 있었다.

「어쨌든 말이지.」 세사르가 중얼거리듯 말했다. 「내가 네 이야기를 잘 이해했는지 모르겠다만, 그건 일종의 살인 사건을 해결해야 할 일로 보이는구나.」

순간 훌리아는 깜짝 놀란 눈으로 그를 쳐다보았다.

「그렇게 말하니까 괜히 이상한 기분이 들어요.」

「이상하다니, 왜? 사실이 그렇지 않으냐. 15세기에 일어난 살인 사건인데도 변한 것은 하나도 없으니까…….」

「그만 하세요. 자꾸 살인 사건이라고 표현하니까 불길한 느낌이 들잖아요.」 그녀는 실제로 불안한 표정을 감추지 못하면서 가만히 웃어 보였다. 「어젯밤에는 너무나 피곤한 나머지 그런 생각은 못했던 것 같아요. 모든 게 어떤 게임과 연관된 상형 문자를 판독하는 기분이 들었거든요. 개인적인 문제인 것 같기도 하고, 자존심이 걸린 문제인 것도 같은데…….」

「그래서?」

「그런데 살인 사건이라는 말을 들으니 생각이 달라졌어요.

그러니까 그게……」그녀는 그 부분에서 벌린 입을 다물지 못했다. 문득 벼랑 끝에 다가선 느낌이 들었다.「바로 그거예요! 누군가가 로제 드 아라를 살해했거나, 아니면 살해하도록 교사했다는 거예요. 1469년 1월 6일 말이에요. 그리고 그 그림에는 살인 사건의 범인이 암시되어 있는 게 분명해요.」동시에 그녀는 스스로 흥분을 삭이지 못하고 상체를 일으켜 세우며 말을 이어 나갔다.「맞아요. 우리는 5세기 전의 수수께끼를 풀어낼 수 있을 거예요. 어쩌면 유럽 사에 한 부분으로 다뤄졌던 사건이 실제로 어떻게 진행되었는지 밝혀지게 될 것이고, 그렇게만 된다면……」이미 자리에서 일어난 그녀는 장미색 대리석 탁자 위에 손을 올려놓고 있었다.「경매장에서 그 〈체스 게임〉의 가격이 얼마나 뛰게 될지 상상해 보세요.」

「그야 수백만 달러가 되겠지.」세사르는 한숨을 내쉬며 그 액수를 반복했다. 마치 그 액수가 지니는 무게를 생각하고 있는 것 같았다.「흠, 수백만 달러라……. 적절한 홍보가 선행된다면, 클레이모어 놈들은 경매장에 나온 가격보다 서너 배는 더 받을 수 있겠지. 그러고 보니 그 그림이 황금 덩어리나 다름없는 물건이었구나.」

「우린 지금 멘추를 만나야 해요. 지금 당장요.」

그러나 세사르는 고개를 저었다.

「안 돼, 그것만은 안 돼.」그의 표정은 돌연 노기를 띠고 있었다.「부탁하건대 멘추와의 일에 나를 끼워 넣지는 말아 다오. 네가 원한다면 투우장의 담장 뒤에 서서 투우사의 조수 노릇은 얼마든지 할 수 있다만……」

「왜 바보처럼 굴어요? 나는 당신이 필요해요.」

「공주야, 나는 언제나 너의 처분을 기다리는 사람이다. 하지만 제멋대로 생겨난 그 네페르티티[19]와 나를 똑같이 엮는 일은 하지 마려무나. 때와 장소를 가리지 않는 그 뚜쟁이를 보면 정말이지 난 없던 편두통이 생기거든.」 그는 관자놀이를 손가락으로 가리키며 덧붙였다. 「바로 여기 말이야. 무슨 말인지 알겠니?」

「세사르……」 그녀는 뾰로통한 표정으로 그의 얼굴을 쳐다보았다.

「좋아, 내가 졌다.」 그는 이내 어두운 표정을 풀면서 그녀를 달랬다. 「*Vae victis*(패자는 무참하도다). 내일 멘추를 만나도록 하지.」

훌리아는 그의 얼굴에 쪽 소리가 나도록 입을 맞추었다. 깔끔하게 면도를 한 그의 얼굴에서 몰약 향기가 풍겼다. 그녀는 그가 향수를 파리에서, 손수건은 로마에서 구입한다는 사실을 잘 알고 있었다.

「사랑해요, 골동품 애호가님.」

「이런, 알랑거리긴. 그런다고 너는 내가 이 나이에 호락호락 넘어갈 것으로 생각하는 게냐?」

프랑스에서 향수를 구입하는 것은 멘추도 마찬가지였다. 하지만 그녀의 향수는 향기의 은은함에 있어서 세사르의 그것에 미치지 못했다. 막스 없이 혼자 나타난 멘추보다 한 발

---

19) Nefertiti. 14세기 이집트 왕 아크나톤의 왕비. 남편의 종교 혁명을 도왔고, 왕이 구체제 옹호자들과 타협한 뒤에도 태양신 아톤을 숭배하는 새 종교를 신봉한 것으로 알려져 있다.

앞서 펠리스 호텔 로비에 당도한 것은 선발대 같은 그녀의 짙은 향수 — 발렌시아가 제품인 〈룸바〉 — 가 내뿜는 향기였다.

「네게 해줄 말이 있단다.」 멘추가 자리에 앉더니 손가락으로 코를 만지는 동시에 연신 킁킁거리면서 말했다. 그녀의 입술에 미세한 백색 가루가 묻어 있는 것으로 보아 호텔에 들어서자마자 화장실에 들른 게 틀림없었다. 「돈 마누엘이 자기 집에서 기다리고 있어.」

「돈 마누엘이라니?」

「그 그림 임자. 그러고 보니 얘가 요즘 맹추가 되어 가나? 그 매력적인 노인 이름도 잊고 있다니.」

두 사람은 부드러운 칵테일을 주문했다. 그사이 훌리아는 새로운 사실을 멘추에게 일러 주었다. 멘추의 눈이 휘둥그레지고 있었다.

「그렇다면 상황이 달라지잖아.」 손톱에 핏물처럼 빨간 매니큐어를 바른 손가락이 탁자 위에서 그녀의 계산을 따라 재빠르게 움직이고 있었다. 「5퍼센트는 너무 적어. 아무래도 클레이모어 측과 다시 만나야겠어. 그래서 최종 경매 가격이 나오면, 그치들과 내가 받게 될 커미션 15퍼센트를 반반씩 나누자고 할 거야. 정확히 7.5씩 말이지.」

「동의하지 않을걸. 그쪽 사람들의 거래 관례만 하더라도 그렇잖아?」

멘추는 입술 사이에 있던 잔을 떼어 내며 갑자기 웃음을 터뜨렸다.

「동의하느냐 아니면 거절하느냐, 결정은 둘 중의 하나야.」 그녀의 음성에는 자신감이 넘쳐흘렀다. 「여기 모퉁이만 돌아가면 서더비스[20]도 있고, 크리스티스[21]도 있어. 아마 그쪽에서는 반 호이스라면 너무 놀란 나머지 깜빡 죽는 시늉이라도 하려고 들걸. 두고 봐.」

「하지만 주인은? 어쩌면 언니가 말한 그 매력적인 노인네도 할 말이 있을지 모르잖아. 만일 그 노인이 클레이모어와 직접 거래를 하겠다고 나서면 어떡할 거야? 게다가 다른 곳도 얼마든지 있잖아.」

멘추는 잠시 생각에 잠겼다.

「그럴 수는 없어. 그 노인네는 나와 종이 쪽지에 서명을 했으니까.」 그녀는 입가에 교활한 미소를 흘리며 미니스커트를 가리켰다. 어두운 색깔의 스타킹에 감싸인 두 다리를 금방이라도 드러낼 것 같은 자세였다. 「네가 보다시피 난 지금 전투복을 입고 있어. 나의 멋진 영감님을 이것으로 구워삶지 못할 바엔 당장 수녀님이 될 수밖에.」 그녀는 마치 자신의 결심이 어떻다는 것을 보여 주는 한편, 마치 비장의 무기를 시험하는 사람처럼 주위에 있는 적잖은 남성들의 시선에도 개의치 않고서 두 다리를 풀었다가 꼬았다. 그리고 스스로 만족한 듯한 표정을 지으며 물었다. 「그런데 네 생각은 어때?」

「내가 원하는 것은 언니의 7.5 가운데 1.5야.」

「뭐라고!」 그 말에 멘추는 고개를 들어 소리부터 꽥 지르며 나섰다. 「그게 어디 말이나 될 소리야!」

생각지도 못한 액수라는 뜻이었다. 하긴 복원 작업에 산정

---

20) Sotheby's. 미술품 경매 회사.

21) Christie, Manson & Woods Ltd. 1766년 설립된 영국의 예술품 경매 회사. 전세계에 사무실과 판매 센터를 두고 있음.

된 액수의 서너 배는 될 금액이니 그렇게 생각할 수도 있었다. 홀리아는 연신 씩씩거리는 멘추의 불평을 들으며 핸드백에서 담배를 꺼냈다.

「하지만 언니는 내 입장도 이해해야 돼.」그녀는 담배 연기를 길게 뿜어낸 뒤에 말했다.「나는 그림을 복원하는 당사자로서의 당연한 권리를 주장할 수 있어. 게다가 그 보수는 언니가 아니라 소유주인 돈 마누엘이 경매에서 받을 금액에서 나오잖아.」

「그건 두고 봐야지.」멘추는 믿어지지 않는다는 듯이 고개를 저으며 덧붙였다.「아무튼 난 네가 그렇게 나올 줄은 꿈에도 몰랐어. 여태껏 난 너를 그저 붓이나 광택제밖에 모르는 어린애로 보았으니. 이런 새침데기 같으니라고……」

「그걸 이제야 알았어? 남들에게 친절하게 대하라고 해서 자기 물건 도둑질하는 것까지 눈감아 주라는 건 아니잖아.」

「이젠 아주 치를 떨게 만드는구나. 네가 그런 줄도 모르고 지금까지 난 나의 왼쪽 가슴에 엉큼한 독사를 키우고 있었던 거야. 아이다처럼, 아니 클레오파트라였던가……. 아무튼 난 네가 이재에 그렇게 밝다는 것은 상상조차 못했어.」

「언니도 입장을 바꿔서 생각해 봐. 말이 났으니 말이지, 그걸 처음 발견한 사람은 바로 나잖아.」홀리아는 멘추의 코앞에 손가락을 흔들어 보이며 덧붙였다.「이 훌륭한 손으로 말이야.」

「이런 사악한 능구렁이 같으니라고. 넌 나의 마음이 여리다는 걸 이용하고 있어. 뻔뻔스럽게도.」

「천만에! 뻔뻔스러운 건 내가 아니라 언니야. 그 시커먼 뱃속이 훤히 들여다보이잖아.」

멘추는 한숨을 내쉬며 슬픈 드라마를 보는 듯한 표정을 짓고 있었지만 훌리아의 요구가 자신이 먹여 살리는 막스의 입에서 빵을 빼앗아 가는 일이긴 해도 어떤 합의점에 도달할 수 있으리라고 생각하는 것 같았다. 다른 것은 몰라도 두 사람 사이의 우정을 믿는 눈치였다. 그런데 갑자기 멘추의 표정이 변하고 있었다.

「글쎄 양반 되기는 다 틀린 자식이라니까.」 그녀가 마치 못 볼 걸 본 사람처럼 내뱉었다.

「막스가?」 훌리아는 멘추의 표정과 말뜻을 알아차리지 못하고 나지막이 물었다.

「넌 막스에게 좀 다정스럽게 대하면 안 되겠니? 막스는 상것이 아니라 나의 상전이자 하늘이야.」 동시에 멘추는 짐짓 딴전을 피우며 음성을 낮추었다. 「이제 막 파코 몬테그리포가 들어왔다 이 말씀이야.」

그때서야 훌리아는 멘추가 양반 되기 틀렸다고 한 것은 막스가 아니라 클레이모어의 마드리드 지사장인 몬테그리포를 두고 한 말이란 것을 깨달았다. 이제 40대에 들어선 몬테그리포는 훤칠한 키에 매력적인 용모를 지닌 이탈리아 왕자처럼 엄격하면서도 우아한 옷차림을 하고 있었다. 머리의 가르마는 넥타이만큼이나 단정했고, 웃음을 짓자 너무 완벽해서 진짜 같지 않은 치아가 활짝 드러났다.

「안녕하십니까, 숙녀분들. 여기서 만나 뵙게 되다니, 이렇게 행복한 우연이 또 어디 있겠습니까.」

멘추가 몬테그리포와 훌리아를 번갈아 소개했다. 그사이 말쑥한 경매인은 자연스러우면서도 정중함을 잃지 않는 자세로 테이블 앞에 서 있었다.

「숙녀분의 작업은 몇 번 보았습니다.」 그가 먼저 인사를 청했다. 「한마디로 완벽, 그 자체이더군요.」

「감사합니다.」

「천만에, 그건 오히려 제가 드릴 말씀입니다.」 그는 여전히 가지런히 정렬된 하얀 치아를 드러내며 웃었다. 「나는 〈체스 게임〉도 그 수준으로 복원될 것으로 믿고 있습니다. 아울러 이 기회를 통해서 우리가 그 작품에 거는 기대가 각별하다는 점을 전해 드리고 싶군요.」

「기대가 각별한 건 우리도 마찬가지예요.」 멘추가 그 말을 받았다. 「아마 그쪽에서 상상하는 것 이상일지도 모르죠.」

몬테그리포는 멘추의 말에서 어떤 낌새를 알아차린 듯한 표정을 지었다. 역시 어수룩한 남자는 아니야. 훌리아는 그의 밤색 눈동자가 빛을 띠는 것을 놓치지 않고 생각했다. 하긴 명색이 경매인 아닌가. 그사이 몬테그리포는 빈 의자를 가리키고 있었다.

「선약이 있습니다만, 조금 늦어도 될 만한 만남입니다. 방해가 되지 않는다면 잠시 앉아도 되겠습니까?」 그는 다가오는 웨이터를 손짓으로 물리치면서 멘추의 맞은편에 앉았다. 「무슨 문제가 있습니까?」

멘추는 고개를 저었지만 이내 입을 열었다.

「물론 없어요……. 걱정할 건 하나도 없죠.」

「전 그저 아까 하신 말씀에 관심을 가졌을 뿐입니다.」 몬테그리포의 얼굴에는 멘추가 말한 것처럼 불안한 기색은 전혀 없었다. 「사업상의 예의라고 할까요?」

「어쩌면 우리는 합의 사항을 수정해야 할지도 몰라요.」 멘추가 상대방의 눈치를 살피며 지나가는 말처럼 내뱉었다. 그녀의 음성이 가볍게 떨리고 있었다.

 잠시 불편한 침묵이 흘렀다. 몬테그리포는 멘추를 바라보고 있었다. 마치 경매 도중에 흥분해서 어쩔 줄 모르는 고객을 쳐다보는 듯한 곤혹스런 표정이었다.

「부인, 클레이모어는 모든 일을 그렇게 간단히 처리하는 곳이 아닙니다.」

「그렇겠지요.」 멘추는 즉각 그의 말을 받았다. 거드름이 잔뜩 묻어 있는 어감이었다. 「하지만 사정이 달라진 것은 사실이에요. 반 호이스 그림에서 우리는 그 작품의 가치를 재고해야 할 중요한 단서를 포착했으니까.」

「우리 쪽 감정사들은 특별한 언급이 없었던 것으로 알고 있습니다만······.」

「물론 우리는 그쪽 감정사들이 작품을 넘겨 준 뒤에 조사했어요. 하지만······.」 그 부분에서 멘추는 잠시 말을 끊은 뒤에 말을 이었다. 「그것은 아무나 잡아낼 수 있는 문제가 아니었어요.」

 몬테그리포는 훌리아 쪽으로 눈길을 돌렸다.

「그게 어떤 것입니까?」 그의 시선은 얼음장처럼 차갑게 보였으나 음성은 부드러웠다. 마치 고해성사를 받는 신부의 목소리 같았다.

 훌리아는 멘추를 쳐다보며 머뭇거렸다.

「전 그저······.」

「우리에겐 그럴 권리가 없어요.」 멘추가 다시 끼어들었다. 「적어도 오늘만큼은 그래요. 그전에 우리는 고객의 말을 들어야 하니까요.」

 몬테그리포는 가만히 고개를 저었다. 그리고 세상 물정에 밝은 사람들이 그렇듯 자신이 아니라 상대방에 대한 안타까운 표정을 지으며 천천히 몸을 일으켰다. 이어 그는 멘추에게 어떤 내용이 되었든 이미 합의한 사항이 바뀌지지 않길 바란다는 뜻을 피력하면서 — 그사이 그의 시선은 훌리아에게 가 있었다 — 정중한 인사를 남기고 자리를 떠났다.

멘추는 한동안 말없이 술잔을 바라보고 있었다.

「내가 실수한 거야.」 이윽고 그녀는 후회하는 표정을 지으며 내뱉었다.

「언니가 왜? 어차피 이제 곧 다 알게 될 텐데 뭐.」

「그야 그렇지. 하지만 넌 아직 저치를 몰라.」 멘추는 잔 너머로 방금 떠난 경매인을 바라보며 칵테일을 한 모금 입에 갖다 댄 뒤에 중얼거리듯 덧붙였다. 「겉으로야 저치의 속을 누가 알겠니. 멋진 외모에 깔끔한 매너는 누가 봐도 최고니까. 하지만 저치가 돈 마누엘과 알고 지내는 사이였다면 당장이라도 달려갔을 거고, 수단과 방법을 가리지 않고 모든 사실을 캐낸 뒤에 우릴 차버리고 말았을 거야.」

「설마……?」

멘추는 피식 웃음을 터뜨렸다.

「설마가 사람 죽인다는 말도 있어. 저치는 말이 많고 사람을 차별하는 인간이야. 게다가 남에 대한 배려는 전혀 없어. 하지만 물건 냄새를 맡는 것만큼은 타의 추종을 불허해.」 그녀는 그 부분에서 스스로 감탄하며 혀를 찼다. 「들리는 얘기로 예술품을 밀수하는 일에도 관여하는가 보더라. 시골 구석에 있는 사제들에게 뇌물 쓰는 일에 귀재라는 거야.」

「그렇더라도 인상은 좋잖아.」 훌리아는 멘추의 마음을 슬쩍 떠보았다.

「바로 그거야. 그래서 먹고 사니까.」

「하지만 이해를 못하겠어. 언니는 저 남자를 그렇게 잘 알고 있으면서 왜 다른 경매소로 가지 않았지?」

멘추는 어깨를 으쓱했다.

「사실 내 입장에서는 저치의 사생활이 어떻고, 기적 같은 수완이 어떻고 하는 일에는 관심이 없어. 난 단지 클레이모어 사의 일 처리가 마음에 들었을 뿐이니까.」

「혹시 저 사람하고 밤을 샌 적이 있는 것은 아니야?」 홀리아는 불쑥 단도직입적으로 물었다.

「몬테그리포하고?」 멘추는 깔깔대고 웃었다. 「천만에! 얘, 저치는 내 타입이 아니야.」

「내가 보기엔 아주 매력적인걸.」

「하긴 네 나이가 그럴 때니 백 번 말해도 이해하지 못할 거야. 어쨌든 난 깡패 같은 놈들이 좋아. 다듬지 않고 거친 놈들, 그래, 막스처럼 여차하면 주먹을 날릴 수 있는 것 같은 거친 자식들 말이야…… 그치들은 침대 매너도 훨씬 나아. 게다가 무엇보다 싸게 먹히거든.」

「분명한 건 두 분이 젊다는 사실이오.」 돈 마누엘이 새삼 부러운 듯 멘추와 홀리아를 쳐다보며 말했다.

그들은 중국산 옻칠을 입힌 조그만 탁자 둘레에 앉아 커피를 마셨다. 녹음이 우거진 발코니가 식물원을 보는 듯한 느낌을 주는 가운데 실내는 낡은 전축의 LP 플레이어가 돌아가고 있었다. 바흐의 「음악의 헌정」이었다. 노인은 이따금 어떤 악절에 끌리는 듯 주의를 기울이다가 그 부분에서 손가락으로 휠체어의 금속 팔걸이를 가볍게 두드리기도 했다.

「1940년대 무렵이었지.」 잠시 후 노인이 다시 입을 열었다. 바짝 메마르고 금이 간 그의 입술 사이로 우울한 웃음이 새어 나왔다. 「너무나 어려운 시절이라 우린 모든 것을 팔았어요. 그 중에서도 특별히 기억 나는 것은 무뇨스 데그라인[22]과 무리요[23]였는데, 내 아내는……」 노인은 그 부분에서 고인의 명복을 빌고 난 후에 말을 이었다. 「그 사람은 끝내 무리요를 잃은 아픔을 삭이지 못했어요. 하긴 그토록 사랑스럽고 귀여운 자태를 지니고 있던 동정녀를 잃었으니 그 사람 마음이 오죽했을까……」 어느덧 노인은 지긋이 눈을 감고 있었다. 마치 자신의 희미한 기억으로부터 그 그림을 되찾아오고 있는 듯한 표정이었다. 「지금 프라도 박물관에 있는 것들과 비슷한 그 그림을 산 사람은 나중에 장관이 된 어떤 장교였지요.」 노인은 다시 현실로 돌아와 있었다. 「가르시아 폰테호스라고……. 그런데 그 못된 인간이 험난한 시대를 악용했던 거요. 그 대가로 우리에게 준 것이라곤 기껏해야 몇 끼 식사에 필요한 액수였으니까.」

「정말이지 너무 마음이 아프고 힘드셨겠어요.」 멘추가 모든 것을 이해한다는 투로 노인의 말을 받았다. 그녀는 노인의 맞은편에 앉아 자신이 장담한 눈요깃거리 ― 비장의 무기라고 밝힌 그녀의 두 다리 ― 를 제공하고 있었다.

「어쩔 수 없었어요. 내가 마드리드 오케스트라 지휘자 자

---

22) Antonio Muñoz Degrain. 스페인의 화가. 역사와 풍경을 주제로 한 그림을 주로 그렸다.

23) Bartolomé Esteban Murillo(1617~1682). 17세기에 활동한 스페인 최고의 종교화가 중의 한 사람. 대표작으로 〈순결한 잉태〉, 〈성 안토니우스의 환생〉 등이 있음.

리에서 쫓겨나자 친구들은 물론이고 처가까지 날 버리더군. 전쟁 뒤라 어느 한쪽을 택해야 할 처지였는데, 난 그자들을 지지하지 않았던 거요.」

노인은 다시 대화에서 멀어졌다. 그의 관심은 다시 실내의 한쪽 구석에서 흘러나오는 음악으로 옮겨 간 것처럼 보였다. 낡은 전축 주변에는 슈베르트, 베르디, 베토벤, 모차르트의 모습이 들어간 액자나 악보들이 열을 이루고 있었다. 늙음을 재촉하는 게 저것인가. 훌리아는 언뜻 그의 이마와 손등에 박힌 검버섯을 보며 생각했다. 그의 손목과 목은 시퍼런 핏줄이 굵은 매듭처럼 불거져 있었다.

「엎친 데 덮친 격이랄까, 나는 뇌졸중으로 쓰러졌어요.」 노인은 다시 훌리아와 멘추를 지긋이 쳐다보며 말했다. 마치 먼 곳에서 이제 막 돌아온 듯한 표정이었다. 「하지만 다행히 우리에게는 아내의 유산이 있었어요. 그것만큼은 아무도 건드릴 수 없었던 거요. 그래서 우리는 지금까지 이 집과 가구에다 두어 점의 그림만큼은 지킬 수 있었는데, 〈체스 게임〉이 그 중의 하나였던 거요.」 어느덧 노인의 시선은 다시 못과 사각의 흔적만 남겨 놓은 휑한 벽면으로 옮겨져 있었다. 그는 수염이 제대로 깎이지 않은 턱을 손으로 문지르면서 한숨처럼 덧붙였다. 「나는 그 그림을 가장 좋아했어요.」

「누가 물려주었죠?」 훌리아가 물었다.

「몬카다 집안이었소.」

노인의 말에 따르면, 그림을 물려준 사람은 아내 쪽 계보였다. 그의 아내인 아나는 그 가계에서 나온 두 번째 성을 취하고 있었다. 그녀의 선조들 가운데 한 사람인 루이스 몬카다는 16세기 초 알레한드로 파르네시오 휘하에서 병참을 담당한 인물이었다. 따라서 그가 예술 분야에 관심을 가졌을 가능성은 충분했다.

「〈1585년에 취득〉……」 훌리아는 탁자 위에 놓여 있던 서류를 부분부분 소리 내어 읽었다. 「안트베르펜에서였을 가능성이 농후 …… 플랑드르와 브라반트가 항복했을 당시로 사료됨…….」

노인은 마치 그 자신이 역사적인 현장의 증인이 된 것처럼 연신 고개를 끄덕였다.

「맞아요. 〈체스 게임〉은 그 도시를 약탈하던 와중에 나온 전리품이었을 가능성이 아주 커요. 당시 내 아내의 선조가 속했던 스페인 보병 연대는 점잖게 문을 두드리거나 작품 접수증에 서명을 해줄 위인들이 아니었어요.」

「하지만 그해 이전의 대한 기록은 나와 있지 않더군요.」 훌리아는 자료를 넘기다 말고 난감한 표정을 지으며 물었다. 「혹시 그림에 참고될 만한 가계사 같은 것은 없나요? 전해져 내려오는 이야기라든가.」

노인은 고개를 저었다.

「내가 아는 건 처가에서 늘 그 그림을 〈플랑드르 패널화〉나 〈파르네시오 패널화〉라는 이름으로 불렀다는 사실이 전부요.」

노인의 말은 그 기회를 빌려 플랑드르 패널화가 그 당시에 취득되었다는 사실을 분명히 해두겠다는 방편인 셈이었다. 그 그림은 프라도 박물관에 전시되던 20여 년의 기간에도 〈플랑드르 패널화〉로 불렸고, 익히 알려진 대로 체스를 워낙 좋아하는 그의 장인이 당시 그의 가족과 가까운 사이였던 프리모 데 리베라[24] 덕분에 1923년에 박물관으로부터 그 그림을 회수하는 우여곡절을 겪기도 했다. 따라서 그의 아내가 그 그림을 팔지 않고 버틴 것은 당연한 일이었다.

「그런 그림을 이제 와서 내놓는 이유가 뭐죠?」 멘추가 캐묻듯이 물었다.

노인은 짐짓 상대방의 말을 듣지 못한 사람처럼 커피잔을 물끄러미 들여다보고 있었다.

「상황이 달라졌어요.」 잠시 후 그는 멘추와 훌리아를 번갈아 쳐다보며 말했다. 「이제 난 늙은 데다 무능력자요.」 그는 손바닥으로 불구가 된 다리를 치며 스스로를 조롱하는 듯한 어투로 말을 이었다. 「내 조카딸 롤라와 그 애 남편이 날 돌보고 있소. 그래서 나는 어떤 식으로든 그 애들에게 보답을 하고 싶었던 거요. 두 분은 그게 도리라고 생각하지 않소?」

「전 그것도 모르고서……」 멘추는 그런 뜻으로 물어 본 게 아니라며 사과의 뜻을 표했다.

「괜찮아요.」 노인은 덤덤하게 말했다. 「사실 그림은 돈이나 마찬가지라서 집에 걸려 있으면 아무짝에도 쓸모 없어요. 나는 늘 그 애들에게 조그만 도움이 될 일이 무엇일까 생각했었소. 물론 조카딸은 그 애의 아버지가 남겨 준 연금이 있지만 그 애 남편은……」 그 부분에서 노인은 이해를 구한다는 듯이 멘추를 쳐다보았다. 「당신은 이미 알고 있겠지만 내 조카사위는 땀을 흘려 일을 해본 적이 없어요. 그래서 나는……」 이번에는 그의 입술 언저리에서 조롱 섞인 웃음이 흘러나왔다. 「두 분은 내가 이 집에 살면서 내야 할 세금의 액수를 알게 되면 아마도 몸서리를 칠 거요.」

「여긴 워낙 좋은 지역이잖아요.」 훌리아가 그의 말을 받았

---

24) Miguel Primo de Rivera(1870~1930). 스페인의 군인, 정치가.

다.「그러니 말씀하지 않아도 짐작이 가는군요.」

「하지만 내가 받는 연금은 그야말로 웃음거리에 지나지 않아요. 내가 이것저것 골라서 하나둘씩 팔아 치운 것은 그런 까닭이었소. 이번에 그 그림이 팔리면 한동안은 숨통이 트일 테지……」

노인은 다시 깊은 생각에 잠겼다. 그는 이따금 고개를 저었지만 우울해 보이지는 않았다. 그것보다는 오히려 무엇인가를 즐기는 듯한, 마치 그 자신만이 그것을 즐길 능력이 있다는 듯한 표정이었다. 훌리아는 담배를 빼내 물다 우연히 마주친 노인의 눈빛에서 그런 느낌을 강렬하게 받았다. 어쩌면 노인은 조카딸 부부의 천박한 짓을 보면서 가족간의 탐욕이란 게 어떤 것인지를 시험하는 것 같았다. 그랬을지도 몰라. 그 광경 ─「삼촌 보세요. 이것 보시라고요. 삼촌이야 우릴 데려다 놓고 하인처럼 부려먹지만, 쥐꼬리만한 연금은 생활비조차 못 되잖아요. 우린 삼촌이 비슷한 연배의 사람들과 어울려 살 수 있는 곳에서 편히 살길 바래요. 함께 살기 싫어서 그런 것은 아니니 오해는 마세요. 하지만 저런 그림들이 벽에 걸려 있다고 해서 무슨 의미가 있어요. 안 그래요?……」─ 을 상상하는 것은 어려운 일이 아니었다. 아마 노인은 반 호이스를 내놓았으니 일단은 그들의 성화에서 벗어났다고, 오랜 세월의 수모를 일시에 상쇄시키면서 원래의 주도권을 쥐게 되었다고 생각할 것이다.

훌리아는 노인에게 담뱃갑을 통째로 건넸다. 노인은 고맙다는 뜻이 담긴 웃음을 지으면서도 머뭇거렸다.

「피워선 안 돼요.」 노인이 말했다. 「조카애가 허락한 것은 하루에 밀크 커피 한 잔에 담배 한 개비가 다니까.」

「돼먹지 못한 조카따님이군요.」 훌리아가 그 말을 받았지만 그녀는 내심 자신이 그런 말을 했다는 사실에 경악하고 있었다.

멘추가 깜짝 놀라 그녀를 쳐다보았다. 그러나 노인은 전혀 개의치 않은 표정이었다. 훌리아를 바라보는 그의 시선에는 언뜻 공범자들이 느낄 수 있는 빛이 감돌았다.

노인은 그때서야 말없이 팔을 내밀었고, 손가락 두 개를 펼쳐 보였다.

「이제 그림 얘기를 해야겠어요.」 훌리아는 몸을 기울여 담뱃불을 붙여 주며 말했다. 「생각지도 않은 게 나타났거든요.」

노인은 대답 대신 흐뭇한 표정을 지으며 담배를 한 모금 깊게 빨아들였다. 그리고 가능한 한 오랫동안 그 맛을 즐기려는 듯 지긋이 눈을 감더니 잠시 후에 연기를 뿜어내면서 입을 열었다.

「좋은 쪽이오, 아니면 나쁜 쪽이오?」

「좋은 쪽이에요. 그림 속에 글자들이 새겨져 있었거든요. 그것도 원작자의 손으로 직접 쓴 거예요. 그림이 복원되는 대로 모든 게 밝혀지겠지만 그렇게 되면 그림 값이 오를 거라는 거죠.」 그녀는 몸을 의자 등받이 쪽으로 기대면서 씩 웃었다. 「따라서 이제 남은 것은 주인의 결정이에요.」

노인의 시선은 멘추에 이어 훌리아에게 가 멈추었다. 마치 두 사람의 충성스러운 신하들을 놓고서 어떤 쪽이 나은지 비교를 하는 것 같은, 혹은 그 결정에 대해 갈등을 일으키고 있는 것 같은 눈빛이었다. 마침내 어떤 결정을 한 것일까. 그는 흡족한 표정을 지어 보이며 담배를 길게 빨아들였다.

「숙녀분은 얼굴만 예쁜 게 아니라 아주 현명한 것 같구려.」

노인은 훌리아를 보며 입을 열었다. 「아마 바흐도 좋아할 게 틀림없소.」

「좋아하죠.」 훌리아가 대답했다.

「그렇다면, 이제 그 이야기를 들려주시겠소?」

「믿어지지 않구려.」 한동안 할 말을 잃고 넋이 나가 있던 노인이 고개를 저었다. 「나는 날마다 그 그림을 쳐다보며 살아왔소. 하루도 빠짐없이 들여다보았건만 그런 얘기는 상상조차 못했던 일이오.」 노인의 눈길이 벽으로 옮겨 가고 있었다. 그의 시선이 멈춘 곳은 반 호이스가 걸려 있었던 텅 빈 공간이었다. 그는 흐뭇한 미소를 지으며 다시 눈을 지긋이 감았다. 「그러니까, 반 호이스가 수수께끼를 좋아했다······.」

「그런 것 같아요.」 훌리아가 그 말을 받았다.

노인은 무슨 생각이 들었던지 한쪽 구석에서 여전히 바흐의 음악을 흘러 보내고 있는 낡은 전축을 가리켰다.

「그것은 바흐도 마찬가지였소.」

돈 마누엘의 설명에 따르면, 예술 작품에 기이한 게임들처럼 미처 예기치 못한 비밀들이 감추어진 경우가 적지 않다는 것이다. 예를 들어 그들이 듣고 있는 「음악의 헌정」이 바흐의 음악에서 10개의 카논으로 이루어진 가장 완벽한 작품인 것은 사실이지만 그 이면에는 프로이센의 프리드리히에게 일련의 수수께끼들을 제시하는 작곡가의 의도가 숨어 있었다. 물론 그것은 바흐가 활동하던 시대에 자주 등장하던 음악 형태이기도 했다. 그 당시 작곡가들은 하나의 테마를 바탕으로 곡을 쓰지만 그 속에 수수께끼 같은 지침을 덧붙임으로써 나중에 그 음악이 다른 음악가의 손에서 또 다른 형태로 다루어질 수 있는 여지를 남겨 두었던 것이다. 노인의 말처럼 음악도 일종의 게임이 되는 것은 그런 까닭이었다.

「듣고 보니 재미있네요.」 멘추가 중간에 끼어들었다.

「기왕 나온 얘기니 조금만 더 할까 하오.」

노인은 화두가 음악으로 흐르자 전혀 다른 사람으로 변해 있었다. 사실 바흐는 많은 예술가들처럼 장난기가 없지 않은 작곡가였다. 그는 끊임없이 놀랄 만한 음악적 장치, 즉 음계와 가사, 기발한 변주, 곡의 삽입과 생략 등을 통해 음악을 듣는 청중들을 상대로 장난을 쳤다. 이러한 그의 재능은 특히 위대한 유머 감각에 있었다. 예를 들어 그는 6개의 음을 위한 곡들 중에서 가장 높은 2개의 음에 교묘한 방법으로 자신의 이름을 넣기도 했다. 바흐와 똑같은 경우는 음악 분야에 국한되지 않았다. 수학자이자 작가였고, 대단한 체스 애호가였던 루이스 캐롤은 자신의 시에 종종 아크로스틱[25]을 도입하곤 했었다.

「어떻소?」 노인은 마치 학생들을 대하는 듯한 표정을 지으며 덧붙였다. 「이렇듯 음악은 물론이고 시나 그림에는 원작자가 짜낸 교묘한 방법이나 장치들이 숨겨져 있는 거요.」

「그 점에 대해선 저도 동의해요.」 훌리아가 그의 말을 받았다. 「그것은 현대 예술 분야에서도 마찬가지예요. 단지 문제가 있다면, 그것은 우리가 그 작품들 속에 감춰진 메시지를 풀 열쇠를 준비하지 못했다는 거죠. 오래된 예술품일수록 더욱 그렇고요.」 훌리아는 그쯤에서 말을 끊고 잠시 생각에 잠

---

25) acrostic. 각 시행의 첫번째 글자를 계속 맞춰 보면 단어나 어구가 되도록 짜여진 짧은 시.

긴 표정을 지으며 고개를 돌렸다. 그녀의 눈길은 노인의 시선이 멈추다 간 빈 벽에 가 있었다.「이번만큼은 〈체스 게임〉을 보다 진지하게 검토했으면 좋겠어요.」

노인은 휠체어의 등받이에 몸을 기대면서 고개를 끄덕였다. 그의 눈길은 훌리아에게 고정되어 있었다.

「새로운 게 나타나는 대로 꼬박꼬박 일러 주구려. 이 늙은이에게 그것보다 더한 즐거움은 없을 테니까.」

그들의 예기치 못한 만남은 이제 막 현관에서 작별 인사를 하던 때 이루어졌다. 노인의 조카딸은 불그스레한 색깔의 머리칼에 몸매가 바싹 마른 게 전체적으로 날카로운 인상을 주었고 30살을 훨씬 넘긴 나이로 보였다. 모피 외투를 걸친 채 남편의 팔에 매달려 있는 그녀의 작고 탐욕스런 눈은 연신 새로운 두 사람의 출현에 경계의 빛을 늦추지 않았다. 한편 그녀의 남편은 거무스름한 피부와 호리호리한 체구에 이마가 때 이르게 벗겨지고 있었지만 부인보다는 젊게 보였다. 생업에 종사한 적이 없다는 노인의 언급을 무시하더라도 훌리아는 첫눈에 그 조카사위가 최소한의 생계비를 구하기 위해서 노력하는 타입이 아니라고 생각했다. 눈 밑에 살짝 부풀어 오른 살점이 방탕한 생활을 대변하는 그의 얼굴은 전체적으로 교활하고 냉소적인 분위기를 담고 있었다. 특히 숫여우처럼 크고 붉어진 그의 입은 눈 한번 깜박이지 않고서도 거짓말을 둘러댈 수 있을 것 같은 인상을 풍겼다. 훌리아는 사람을 그런 식으로 평가하는 자신에 대해 내심 놀라기도 했지만, 타이를 매지 않은 채 금 단추가 달린 청색 블레이저를 입고 있는 상대방의 옷차림에서 별 볼일 없는 그가 룰렛이나 카드 게임은 즐기지도 못한 채 그저 호화스런 카페의 아페리티프 시간이나 나이트 바를 기웃거리면서 시간을 죽이는 부류임을 단번에 간파할 수 있었다.

그들은 노인 돈 마누엘의 소개에 따라 인사를 나누었다. 냉담한 조카딸 롤라에 반해 조카사위 알폰소는 달랐다. 내 눈은 못 속여. 훌리아는 필요 이상으로 그녀의 손을 오래 잡은 채 위아래를 훑어보는 알폰소를 바라보며 생각했다. 역시 이 남자는 돼먹지 않은 인간임에 틀림없어. 노인의 조카사위는 멘추에게 손을 내밀었다. 두 사람은 마치 오래전부터 아는 사람처럼 이름을 부르며 인사를 나누었다.

「그림 때문에 들르셨단다.」 노인이 나섰다.

「물론 그랬겠죠.」 알폰소가 이미 다 알고 있다는 듯 가볍게 말했다. 「워낙 유명한 그림이잖아요.」

노인이 방문객과 나누었던 새로운 사실을 알려 주는 동안에도 알폰소는 가만히 있지 못했다. 그는 두 손을 호주머니에 꽂은 채 싱글싱글 웃으며 훌리아를 쳐다보느라 정신이 없었다.

「그림 값이 올라간다? 그렇다면 좋은 일이 틀림없군요.」 이번에도 역시 맨 먼저 반응을 보인 쪽은 노인의 이야기에 전혀 관심조차 두지 않던 조카사위 알폰소였다. 「이런 놀라운 소식을 전해 주실 거라면 언제든지 대환영입니다. 우린 늘 깜짝 놀랄 만한 일을 좋아하니까요.」

그러나 조카딸 롤라는 남편의 흡족한 반응에 동의하지 않는 표정이었다. 그녀는 이내 쌀쌀맞은 어투로 내뱉었다.

「그건 조금 더 두고 봐야겠어요.」 그녀의 화살은 엉뚱하게 훌리아를 겨냥하고 있었다. 「복원이니 뭐니 하는 일 때문에 그림을 망치지 않는다는 보장은 어떻게 할 거죠?」

「만일 그림을 망친다면, 그건 용서할 수 없는 일이지.」 그녀의 남편인 알폰소가 그 말을 받았다. 「하지만 이 숙녀분은 복원 작업을 함부로 할 사람처럼 보이지 않잖아.」

「당신은 빠져요! 이것은 내가 알아서 할 일이니까.」

「여보, 그렇게 말하지 마.」 알폰소의 입가에 띤 웃음이 차츰 엷어지고 있었다. 「우리는 모든 일을 함께 생각하고 함께 처리하잖아.」

「끼어들지 말라고 했잖아!」 롤라가 날카로운 시선으로 남편을 노려보며 다시 내뱉었다.

순간 노인의 조카사위 알폰소는 자신의 아내를 향해 따지듯 쳐다보았다. 그의 얼굴이 딱딱하게 굳어지는가 싶더니 여우처럼 생긴 입가에 칼날 같은 미소가 번지고 있었다. 훌리아는 어쩌면 그가 첫인상에서 느꼈던 것보다 훨씬 더 악의에 찬 심성이 내재되어 있을 거라는 생각이 들었다. 어쩌다 잘못 만나서 해결하지 못할 일이라도 생기면 끝까지 편치 못할 것 같은 상대.

「여보, 이게 지금 무슨 짓이야.」 알폰소는 짐짓 자신의 부인을 꾸짖기라도 하듯 힘주어 말했다.

훌리아는 노인의 조카사위가 자신의 부인에게 다정스런 어감을 잃지 않고서 〈여보〉라고 호칭했지만 전혀 사랑스런 뉘앙스를 느낄 수 없었다. 그 느낌은 누구보다도 당사자인 롤라가 정확하게 감지하고 있는 것 같았다. 그녀는 자신의 비참한 심경을 억누르고자 애를 쓰고 있었다. 그들 부부의 신경전 사이로 멘추가 끼어든 것은 그 순간이었다.

「우린 이미 돈 마누엘 씨와 얘기를 나눈 끝에 합의를 보았으니 그렇게 아세요.」 멘추는 한 걸음 앞으로 나섰다.

아니 어떻게 하려고 그러지? 훌리아는 곰곰이 생각에 잠겼다. 이 판국에 그런 말은 도움이 되지 못할 게 뻔했다. 문제가 자칫 엉뚱한 곳으로 비화될 형세였다. 훌리아는 노인을 쳐다보았다. 휠체어에 앉은 채 두 손을 무릎에 올려놓은 노인은 그들의 말다툼을 묵묵히 지켜보고 있었다. 어쩌면 가족끼리 이럴 수가 있지? 훌리아는 자문했다. 정말 이상한 사람들이야.

「그 말씀은 맞아.」 마침내 구경꾼으로 남을 것 같은 노인이 입을 열었다. 「난 이분들의 의견에 동의했단다. 원칙적으로 말이지.」

그 말이 끝나기가 무섭게 조카딸 롤라는 팔목에 낀 팔찌에서 철거덕 소리가 날 정도로 양손을 비틀었다. 그녀는 자신의 분노를 억제하려고 이를 악물고 있었다.

「하지만 삼촌, 이건 짚고 넘어갈 문제잖아요. 저도 그 뜻은 알지만 이 여자들은……」

「여자들이 아니라 아가씨들이라고 해야지.」 그녀의 남편이 훌리아를 향해 웃음을 지어 보이며 다시 끼어들었다.

「아가씨들이건 아줌마들이건…… 어쨌든 다 좋아요.」 조카딸 롤라는 격앙된 감정을 자제하지 못하고 더듬거렸다. 「하지만 일을 시작하기 전에 우리에게도 물어 봤어야 했잖아.」

「나야 어느 쪽이든 다 좋아.」 이번에도 그녀의 남편 알폰소가 나섰다.

그사이 멘추는 알폰소를 유심히 쳐다보고 있었다. 이제 막 그에게 무슨 말을 할 표정이었지만 생각이 바뀌었는지 조카딸 쪽으로 눈길을 돌렸다.

「자꾸 그러시지 말고 바깥양반 말씀을 듣는 게 좋을 것 같군요.」 멘추가 경멸에 찬 웃음을 띠며 말했다.

「이 사람은 상관할 바가 아니에요!」 롤라가 코웃음을 치며 씩씩거렸다. 「법적인 상속자는 바로 나, 나라고요!」

노인이 다시 나선 것은 그 순간이었다. 그는 입을 열기 전에 바싹 여윈 손을 들어 올렸다. 마치 끼어들어도 좋겠느냐고 묻는 듯한 동작이었다.

「얘야, 난 아직 이렇게 멀쩡히 살아 있다. 그러니 넌 때가 될 때까지 기다려야지……」

「지당하신 말씀입니다.」 알폰소가 맞장구를 쳤다.

그러나 믿었던 사람들에게 배신감을 느낀 나머지 끓어오르는 분노를 참지 못한 조카딸은 마치 화풀이할 대상을 찾듯 멘추를 날카롭게 노려보면서 턱을 들이댔다. 여차하면 달려들 태세였다. 훌리아는 그녀의 긴 손톱을 보는 순간 상대의 공격 대상이 자신일지도 모른다는 생각이 들었고, 생각이 거기까지 미치자 심장이 뛰면서 아드레날린이 급격하게 분비되는 것을 느꼈다. 동시에 어렸을 때 세사르가 귀띔해 주었던 몇 가지 트릭이 뇌리를 스치고 있었다. 다소 저속한 방법이었지만 해적들을 만나면 요긴하게 쓸 수 있는 방어 수단이었다. 그러나 지금의 경우는 달랐다. 훌리아는 차라리 정공법을 택하기로 했다. 달려드는 상대를 피하지 말고 온몸으로 맞닥뜨리는 거야. 하지만 훌리아의 예상은 빗나가고 있었다. 훌리아와 멘추의 코끝까지 각이 진 턱을 쳐들어 대던 롤라는 「흥!」 하는 코웃음과 함께 턱을 휙 돌렸고, 찬바람을 일으키며 그들 사이를 지나쳐 갔던 것이다.

「아무튼 연락이 갈 테니 그때까지는 기다려요!」 여전히 찬

바람이 도는 가운데 한동안 할 말을 잃은 그들은 매몰찬 롤라의 말과 복도를 울리는 하이힐 소리를 듣고 있었다.

「너무 언짢게 생각들 마세요.」이윽고 알폰소가 나섰다. 그는 주위를 수습하려는 듯 웃음을 흘리면서 말했다. 「저 여자는 겉으로만 저렇지 속이 꽉 찬 데다가 심성만큼은 누구보다도 착한 사람입니다. 장인 어른, 그렇죠?」

노인은 막연히 고개를 끄덕였지만 그의 눈길은 이미 허공에 매달려 있었다. 그는 그곳에서 마치 자신만이 읽어 낼 수 있는 신비한 흔적을 찾고 있는 것 같았다.

「언니는 그 조카사위라는 남자와 아는 사이지?」 훌리아가 물었다.

거리로 나오자마자 가게의 쇼윈도를 들여다보느라 정신이 없던 멘추가 고개를 끄덕였다.

「꽤 되었지.」 그녀는 구두에 붙은 가격표를 보려고 허리를 굽히며 대답했다.「한 서너 해쯤 되었을까…….」

「이제야 알 것 같아…… 그 그림을 언니에게 제의한 당사자는 노인이 아니라 그 남자였던 거야.」

멘추는 멋쩍은 웃음을 지었다.

「상을 줘야겠는걸. 틀리지 않았으니까. 그래, 우리는 소심한 네가 연애 사건이라고 부를 만한 관계였지. 이제는 다 지나간 과거의 일이지만 그치는 반 호이스를 처치할 일이 생기자 나를 찾았던 거야.」

「그렇지만 그 남자가 직접 나설 수도 있는 일이었잖아.」

「그치가 하는 말은 내일 해가 동쪽에서 뜬다고 해도 믿지 않거든. 돈 마누엘만 해도 그랬을 거야…….」 멘추가 갑자기 웃음을 터뜨렸다.「노름판의 알폰시토 라페냐라면 모르는 사람이 없을걸. 오죽했으면 구두닦이에게까지 빚을 지고 있겠니. 두어 달 전만 해도 교도소에 갈 뻔했다가 겨우 빠져나왔어. 부도 수표 건이었나 보더라…….」

「그러면 어떻게 생활하지?」

「그야 마누라를 등치거나 멍청한 돈을 사기 쳐서 그때그때 목구멍에 풀칠하고 사는 거지 뭐. 얼굴이야 이미 철판을 깔았으니까.」

「반 호이스를 택한 것은 그것 때문이었군?」

「두말하면 잔소리지. 그치는 지금 그림을 녹색 테이블 위의 칩으로 바꾸지 못해 미쳐 버리고 싶을 거야.」

「내가 볼 때 그 남자 입이 너무 가벼운 것 같았어.」 훌리아가 조심스럽게 말했다.

「그건 그래. 하지만 너도 잘 알다시피 난 양아치들에게 약하잖아. 거기다 알폰소는 맘에 드는 구석이 없지 않거든…….」 멘추는 잠시 말을 끊은 뒤에 덧붙였다.「물론 그치의 테크닉은 메달감이 못 돼. 막스와 비교하면 상상력도 부족하고 아주 단조롭지. 후닥닥 해치우고 안녕! 하는 타입들 있잖아. 하지만 너도 그치와 함께 있다 보면 종일 웃게 될 거야. 그 세 치 혀에서 색깔 있는 농담들이 줄줄 나오거든.」

「그 사람 부인도 알고 있어?」

「아마 냄새는 맡고 있겠지. 바보 천치는 아니니까. 아까만 해도 그런 식으로 발악한 것은 그것 때문이었을 거야. 개 같은 년!」

3
체스에 얽힌 문제

〈고상한 게임은 고상한 영혼이 수없이 사라지는
그것만의 심연을 가지고 있다.〉
— 어느 독일 출신 마스터

「이 그림은 체스 문제를 다루고 있어.」 세사르가 혼잣말로 중얼거렸다.

그들은 그림을 놓고 반 시간 동안 토론을 하는 중이었다. 천창을 통해 흘러 들어오고 있던 저녁놀의 잔영이 차츰 수그러지는 가운데 훌리아, 세사르, 멘추, 이렇게 세 사람은 각각 편한 위치에서 마치 텔레비전을 보듯 반 호이스의 그림을 바라보고 있었다.

「누가 불 좀 켜야겠는걸.」 소파 위에 축 늘어진 자세로 앉아 있던 멘추가 입을 열었다. 「이건 마치 눈먼 장님이 된 기분이잖아.」

엄지와 검지로 잔을 든 채 우아한 자세로 벽에 기대어 있던 세사르가 스위치를 올렸다. 불이 켜지는 순간 벽에서 달려드는 조명에 로제 드 아라, 오스텐부르크 대공, 베아트리스가 마치 살아 숨쉬는 듯한 모습으로 되살아났다. 벽시계 — 세사르가 훌리아에게 선물한 시계였다 — 가 황동 추의 왕복 운동에 맞춰 종을 친 것도 거의 그 순간이었다. 여덟 번이었다.

「무슨 일이지?」 양탄자 위에 주저앉은 채 문을 향해 귀를 기울이던 훌리아가 혼잣말처럼 중얼거렸다.

「속물이 아무리 늦게 온다 해도 내 마음에 들 만큼 늦는 건 아니겠지.」 세사르가 그녀의 말을 놓치지 않고 비꼬았다.

「제발 가만 있기로 했잖아요.」 훌리아가 눈을 흘기면서 책망했다.

「알고 있다, 공주야. 살인 충동만큼은 억제하겠지만, 그것도 널 위해 그런 것뿐이란다.」

「그렇게 해주시면 영원히 고맙게 생각하며 살게요.」

「물론 그래야지.」 세사르는 이제 막 여덟 번 울린 벽시계를 믿지 못하는 사람처럼 자신의 손목시계를 들여다보았다. 「그런데 이번에는 약속 시간을 어긴 게 분명하구나. 하긴 그 돼지 같은 자식이······.」

「제발.」

「알았다. 이제 입을 다물기로 하마.」

「하지만 그림 얘기는 계속하셔야죠. 안 그래요?」 훌리아는 그림 쪽으로 시선을 옮겼다. 「방금 저 그림이 체스 문제와 어떤 연관이 있다고 하셨잖아요.」

세사르는 이제 막 혀끝을 적시던 잔을 입술에서 떼어 내며 고개를 끄덕였다.

「공주야, 잘 보도록 해라.」 호주머니에서 하얀 손수건을 꺼내 입술을 닦더니 힐끗 멘추를 쳐다본 뒤에 입을 열었다. 「이 그림에 새겨진 글에는 미처 생각하지 못한 게 있으니까 말이다. 사실 우리는 지금까지 〈Quis necavit equitem〉, 즉 〈누가 기사를 죽였는가〉라는 문장을 로제 드 아라의 죽음이나 암살과 연관시켜 생각했단다. 그렇지……? 하지만 이 〈기사〉가 사람이 아닌 체스의 〈기사〉, 다시 말해서 오늘날까지 영국을 비롯한 유럽의 여러 나라에서 사용되는 체스 게임의 〈말〉인 〈나이트〉의 뜻을 갖고 있다는 사실을 간과하고 있었단다.」 그는 그쯤에서 자신의 생각이 맞는지를 가늠하는 듯한 표정을 지었다. 「따라서 〈누가 기사를 죽였는가〉 하는 문장은 체스에서 사용하는 용어를 빌린다면 〈누가 기사를 잡았는가〉, 혹은 〈누가 말을 잡았는가〉로 해석될 수도 있지 않겠니?」

잠시 침묵이 흘렀다. 제각기 자신들의 생각을 정리하는 듯한 표정이었다. 맨 먼저 입을 연 쪽은 멘추였다.

「사람을 불러 놓고 한다는 얘기가 겨우 그거였어?」 그녀는 실망의 빛을 감추지 못했다. 「아무것도 아닌 걸 가지고서 여태 공연한 짓을 했단 말이잖아.」

「언니, 꼭 그런 것만은 아냐.」 훌리아가 고개를 저었다. 「그래도 미스터리는 여전히 남아 있거든. 그렇죠?」 그녀는 세사르에게 동의를 구하며 말을 이었다. 「무엇보다 중요한 것은 로제 드 아라가 저 그림을 그리기 전에 살해되었다는 거야.」

훌리아는 자리에서 일어나며 그림의 한 부분을 손가락으로 가리켰다. 그녀가 지적한 것은 반 호이스가 그 그림을 그린 게 로제 드 아라가 살해된 지 2년 후라는 사실을 강하게 뒷받침하는 문장이었다. *Petrus Van Huys fecit me, anno MCDLXXI*(1471년 피터 반 호이스 제작).

「잘 봐.」 그녀가 다시 입을 열었다. 「이 문장을 보면, 반 호이스는 희생자와 살인자를 함께 등장시켜 놓고서 기발한 장난을 …… 가만!」 그녀는 갑자기 말을 끊었다. 어떤 직감이 그녀의 뇌리를 스치고 있었다. 「그래! 어쩌면 범행 동기가 있을지도 몰라 …… 바로 그거야, 부르고뉴의 베아트리스…….」

「얘! 이야기를 하다 말고 뜸은 왜 들이는 거야?」 멘추가 영문도 모른 채 앉아 있던 소파 앞으로 몸을 바짝 끌어당기며 채근했다.

「가만히 있어 봐…….」 훌리아는 한 손을 들어 자신의 생각을 정리하는 듯한 제스처를 취한 뒤에 천천히 덧붙였다. 「만일 로제 드 아라가 살해되었다면, 그 범행 동기가 있었을 거야. 그리고 그 중 하나는 염문설일 수도 있어. 로제 드 아라와 대공 부인인 베아트리스와의 로맨스.」 그녀는 손가락으로 그림을 가리켰다. 「여기 검은 옷을 입고서 창가에 앉은 채 책을 읽고 있는 이 여인…….」

「그렇다면 그 두 사람의 로맨스를 질투한 대공이 로제 드 아라를 죽였다, 이거야?」 멘추가 다시 참지 못하고 나섰다.

「꼭 그렇다는 건 아니고, 어디까지나 그럴 가능성이 있다는 거야.」 훌리아는 책과 복사한 서류들이 놓여 있는 탁자를 쳐다보았다. 「어쩌면 반 호이스는 자신이 그 사건을 말하고 싶어서 그림으로 남겼거나, 아니면 누군가의 부탁을 받고서 그 그림을 그렸는지도 모르잖아……?」 그녀는 어깨를 으쓱 치켜 올리며 덧붙였다. 「아무튼 정확한 정황은 밝혀진 게 없지만 이 그림에 그 사건을 해결하는 열쇠가 있는 것만큼은 명백해지고 있어. 아울러 이러한 정황을 뒷받침하는 단서는 그림에 씌어진 글자에 있다는 거야.」

「이 그림에 쓰여진 글자가 아니라, 감춰진 글자라고 해야겠지.」세사르가 그녀의 말을 정정해 주었다.

「그 표현이 더 좋네요.」훌리아가 수긍했다.

「혹시 화가는 자신의 의도를 노골적으로 드러낸다는 것이 두려워서 그런 것은 아니었을까?」멘추가 끼어들었다.「15세기만 하더라도 그런 사람들은 고발당할 수 있었잖아.」

「하긴 반 호이스는 글자를 쓰긴 썼지만 너무 확연하게 드러나는 게 두려워서 덮어 버릴 수도 있었겠지.」

「다른 사람이 그 위에 덧칠을 한 것은 아닐까?」

「그건 아니야.」훌리아가 확신에 찬 표정으로 고개를 저었다.「나도 그럴 수 있다는 생각에 색감의 층을 세밀히 조사했지만 그건 아니었거든.」

훌리아는 탁자 위에 놓인 종이 하나를 집어 들었다. 그것은 그녀가 샘플을 추출한 뒤에 고배율의 현미경과 자외선 검사를 통해 그림의 층위를 밝힌 보고서였다. 보고서에 따르면, 글자를 덮고 있는 부분은 탄산칼슘과 동물성 접착제가 얇게 발라진 떡갈나무 재질의 판 위에 유지와 백연으로 초벌이 입혀져 있었다. 그리고 그것은 다시 세 층위 — 백연, 주홍색과 상아색 안료, 백연과 황동 수지산염과 광택제 — 로 나뉘어서 겹겹이 덧칠되어 있었다. 나머지 부분의 검사 결과 역시 동일한 안료에 동일한 배합이었다. 따라서 글씨를 새기고 그 위에 덧칠을 한 사람은 다른 사람이 아닌 반 호이스가 틀림없었다.

「하지만 그것만 가지고선……」멘추가 시큰둥한 표정을 지었다.

「언니, 어쩌면 우리는 무려 5백 년이라는 느슨한 밧줄 위를 걸고 있다는 사실을 고려해 주었으면 해. 그래서 하는 말인데 난 그것을 풀 수 있는 열쇠가 체스 게임에 있다는 의견에 동의하고 싶어. 물론 〈말을 잡았다〉는 뜻은 생각조차 못 했지만 말이야.」 이어 그녀는 세사르를 보며 물었다. 「어떻게 생각하세요?」

세사르는 대답 대신 멘추가 앉아 있는 소파로 다가가더니, 한쪽 가장자리에 가볍게 걸터앉았다. 그사이에도 그는 우아한 자세를 견지하고 있었다.

「공주야, 나 역시 그 의견에는 동감이다.」 그는 손에 들고 있던 술을 한 모금 마신 뒤에 입을 열었다. 「다시 강조한다만 우리는 그 기사를 체스의 말로 바꿔 생각하고, 거기서 보다 중요한 단서를 잡아야 할 것이다.」 그는 그 부분에서 잠시 말을 끊고서 잔에 남아 있던 액체를 마지막까지 비워 낸 뒤 얼음 조각이 딸랑거리는 잔을 탁자 위에 내려놓으며 말을 이었다. 「내가 볼 때 반 호이스는 과연 누가 기사를 잡았느냐고 물으면서 체스 게임을 연구하도록 강요하고 있구나. 교활한 화가 같으니라고…… 그렇지만 한편으로는 난 그 늙은이가 아주 독특한 유머 감각을 가진 인물이라고 믿고 싶단다. 왜냐하면 그자는 우리에게 체스를 두도록 초대하고 있거든.」

순간 훌리아의 두 눈이 반짝거렸다.

「그럼 체스를 둬봐요. 지금 당장요.」 그녀는 그림 쪽으로 시선을 던지며 음성을 높였다.

그러나 세사르는 그 말에 한숨을 내쉬었다.

「나도 그러고 싶다만, 그건 내 능력 밖이란다.」

「체스를 못 두다뇨? 그건 말도 안 돼요.」

「애야, 사람을 우습게 만들 작정이니? 마치 넌 내가 체스 두는 걸 본 적이 있는 사람처럼 말하는구나.」

「물론 없죠. 하지만 체스를 모르는 사람도 없잖아요.」

「그러나 이 경우는 체스의 말을 대충 움직이는 그런 정도가 아니란다. 저 말들의 위치가 보통 복잡한 게 아니거든.」 그는 심란한 표정을 지으며 소파에 등을 기댔다. 「네가 억지를 부리니 괜히 짜증이 나는구나. 공주야, 이 세상에 어느 누구도 완벽한 사람은 없단다.」

「난 그저……」

그러나 훌리아의 변명은 이어지지 못했다. 그 순간 초인종 소리가 들렸던 것이다. 그녀는 문쪽으로 튕기듯 걸어나갔다.

「알바로?」

그러나 문 밖에 서 있는 사람은 알바로가 아니라 택배 회사에서 보낸 직원이었다. 훌리아는 봉투를 받아 들고 그들 앞으로 돌아왔다. 봉투에는 여러 종류의 자료가 들어 있었다.

「버르장머리 없는 놈 같으니, 오지 못하면 전화라도 해야 할 거 아니야.」 세사르가 경멸 섞인 노기를 띠며 중얼거렸다. 「하긴 적잖이 기쁘기도 하지만 말이야……. 그건 그렇고, 그 지저분한 자식이 뭘 보냈지?」

「제발 그러지 말아요.」 훌리아는 세사르를 향해 애원하는 듯한 시선을 던지며 대답했다. 「그 사람이 이 자료를 정리하느라 얼마나 힘들었겠어요.」

훌리아는 두 사람이 들을 수 있도록 봉투에 든 자료를 큰 소리로 읽어 내려갔다.

연대기
피터 반 호이스와 그의 작품 「체스 게임」에 등장하는 인물들 중심으로.

1415년 피터 반 호이스, 플랑드르의 브뤼게(오늘날의 벨기에)에서 출생.

1431년 로제 드 아라, 오스텐부르크 벨상 성에서 출생. 그의 부친 풀크 데 아라는 프랑스 왕의 가신이자 발루아 황실과 친척 관계. 이름이 남아 있지 않은 그의 모친은 오스텐부르크의 공작인 알텐호펜 가문 출신.

1435년 부르고뉴와 오스텐부르크는 프랑스와 군신 관계를 청산. 장차 오스텐부르크의 대공이 될 페르디난트 알텐호펜 출생.

1437년 로제 드 아라, 오스텐부르크의 황실에서 미래의 대공인 페르디난트의 소꿉동무이자 학문 동기생으로 성장. 만 16세 때, 영국에 맞서 프랑스의 샤를 7세가 일으킨 전쟁에 부친인 풀크 데 아라와 함께 참전.

1441년 부르고뉴의 대공인 〈선왕〉 필립의 조카 베아트리스 출생.

1442년 반 호이스는 그 무렵 브뤼게의 반 에익 형제와 투르네의 로베르 캉팽에게 사사하면서 초기작들을 그림. 그러나 당시의 작품은 남아 있지 않음.

1448년 반 호이스, 「세공사 빌렘 발후스의 초상」 완성.

1449년 로제 드 아라, 영국과 맞선 노르망디와 기엔 정복전에서 두드러진 활약.

1450년 로제 드 아라, 포르미니 전투 참전.

1452년 반 호이스, 「루카스 브레머 가족」 완성(가장 유명한 작품).

1453년 로제 드 아라, 카스티용 전투에 참전. 그해 뉘른베르크에서 『장미와 기사의 시』 발간(파리 국립 도서관에 한 부가 소장됨).

1455년 반 호이스, 「예배당의 동정녀」 완성(날짜는 기록되어 있지 않으나 전문가들에 의해 그 시기의 작품으로 추정).

1457년 오스텐부르크의 대공 빌헬무스 알텐호펜 사망. 만 22세의 아들 페르디난트가 왕위를 승계. (로제 드 아라를 불러 곁에 두고 싶었지만) 로제 드 아라는 샤를 7세에 대한 충성 서약에 묶여 프랑스 궁궐에 머무르고 있었던 것으로 추정.

1457년 반 호이스, 「루뱅의 환전상」 완성.

1458년 반 호이스, 「상인 마테오 콘치니와 그의 부인의 초상」 완성.

1461년 프랑스의 샤를 7세 사망. 프랑스 왕에 대한 충성 서약에서 벗어나게 된 로제 드 아라가 오스텐부르크로 돌아온 것으로 추정됨. 그 당시, 피터 반 호이스는 「앤트워프 제단」을 완성하고 오스텐부르크의 궁정 화가로 활동.

1462년 반 호이스, 「악마와 기사」 완성(암스테르담 국립 박물관 소장). 원작에 등장하는 기사가 로제 드 아라일 가능성이 많음. 그러나 이 인물과 「체스 게임」에 나오는 인물이 동일하다고 확신할 수 없음.

1463년 오스텐부르크의 페르디난트와 부르고뉴의 베아트리스 공식 약혼. 부르고뉴 궁정으로 파견된 사절단에 로제 드 아라와 피터 반 호이스 동행. 반 호이스는 그해에 완성된 베아트리스의 초상화를 그리기 위해 파견됨(1474년의 작품 목록과 후원자들의 연대기에 기록된 이 초상화는 지금까지 전해지지 않고 있음).

1464년 페르디난트 대공과 베아트리스 혼인. 로제 드 아라, 사절단으로 파견되어 신부를 부르고뉴에서 오스텐부르크로 데려옴.

1467년 부르고뉴의 〈선왕〉 필립 사망. 그의 아들이자 베아트리스의 사촌인 〈용맹왕〉 샤를이 왕위 계승. 한편, 오스텐부르크의 왕정은 프랑스와 부르고뉴의 압력으로 인한 음모와 간계들이 난무. 그 와중에서 페르디난트 알텐호펜은 어렵게나마 균형을 유지. 친프랑스 파는 페르디난트 대공에게 영향력을 지닌 로제 드 아라에게 의존, 반면 친부르고뉴 정파는 대공의 부인인 베아트리스의 비호를 받음.

1469년 로제 드 아라가 암살됨. 비공식적인 입장에서 친부르고뉴 파의 소행으로 여겨짐. 일각에선 로제 드 아라와 베아트리스 사이에 로맨스가 있었다는 소문이 파다함. 그러나 오스텐부르크의 페르디난트 대공이 개입되었다는 소문은 입증되지 못함.

1471년 로제 드 아라가 피살된 지 2년 후, 반 호이스가 「체스 게임」을 완성. 그 당시 화가가 오스텐부르크에 거주했는지는 알려지지 않음.

1474년 페르디난트 알텐호펜, 후계자 없이 사망. 프랑스의 루이 11세는 오스텐부르크 공국에 대한 과거의 주종 관계를 회복하고자 함. 그러나 그 일로 프랑스와 부르고뉴의 사이의 긴장 관계가 악화일로로 치달음. 베아트리스의 사촌이자 부르고뉴의 〈용맹왕〉 샤를은 오스텐부르크 공국을 침략, 로벤 전투에서 프랑스 군을 격퇴하고 오스텐부르크를 합병.

1477년 〈용맹왕〉 왕 샤를, 낭시 전투에서 사망. 오스트리아의 막시밀리안 1세가 부르고뉴를 상속받음. 나중에 다시 자신의 손자인 샤를(미래의 황제 샤를 5세)에게 건네지고, 결국은 스페인의 합스부르크가에 귀속됨.

1481년 반 호이스, 겐트에서 사망. 그 무렵 그는 성 바본에서 〈십자가에서 내려오는 예수 그리스도에 관한 3부작〉을 작업하던 중이었음.

1485년 오스텐부르크의 베아트리스, 리에주의 한 수녀원에 유폐된 채 사망.

한동안 말이 없었다. 세 사람은 서로의 얼굴과 그림을 번갈아 쳐다보고 있었다. 영원히 지속될 것 같은 침묵을 깨뜨린 쪽은 세사르였다.

그는 가만히 고개를 끄덕이며 입을 열었다.

「무척 인상적이었다는 표현 외에 달리 할 말이 없구나.」

「나도 그래.」 멘추가 덧붙였다.

훌리아는 탁자에 서류 봉투를 내려놓았다.

「반 호이스는 로제 드 아라를 잘 알고 있었어요.」 그녀는 자료를 지적하며 말했다. 「어쩌면 두 사람은 친구가 아니었을까요?」

「친구 사이였기 때문에 저 그림을 그렸고, 그 사건을 그림으로 표현한 거다?」 세사르가 그 말을 받았다. 「그렇다면, 모든 게 딱 맞아 들어가고 있어.」

훌리아는 서재로 다가갔다. 두 벽을 차지한 목재 서가는 제멋대로 줄줄이 꽂힌 책의 무게를 견디지 못해 휘어질 것 같았다. 허리에 두 손을 갖다 댄 채 서가를 훑어보던 그녀는 책을 한 권 뽑아 들더니 바삐 책장을 넘겼다. 삽화가 들어간 묵직한 책이었다. 그녀는 그 책을 들고 돌아와서 세사르와 멘추 사이에 앉았다. 그녀의 무릎 위에 펼쳐진 책은 『암스테르담 국립 박물관』이었다. 문제의 그림 ─「기사와 악마」─ 을 복제한 사진은 크지 않았지만 멀리 성곽이 보이는 비탈진 언덕에서 갑옷 차림으로 말을 타고 가는 갑옷 차림의 기사 모습과 그 곁에서 검은 말을 타고 가는 악마의 모습을 완벽하게 재현하고 있었다. 한편 악마는 오른손을 들어 어딘가를 가리키고 있었는데, 그 방향으로 보아 그들이 가야 할 성곽의 도시인 것 같았다.

「그 사람일 수도 있어.」 멘추가 말했다. 그녀는 그 기사와 체스를 두는 인물을 비교하고 있었다.

「그렇지 않을 수도 있지. 물론 비슷한 점이 없지 않지만……」 세사르가 그 말을 받으면서 물었다. 「이 그림이 완성된 게 언제라고 했지?」

「1462년이에요.」 훌리아가 대답했다.

「〈체스 게임〉보다 9년 앞서 그려졌다?」 세사르가 혼잣말처럼 중얼거리며 덧붙였다. 「그렇다면 설명이 되는구나. 이 그림에서 악마와 동행하고 있는 기사는 다른 그림에서 나오는 모습보다 훨씬 젊게 보이니까 말이다.」

그러나 훌리아는 사진에 온 정신이 팔린 채 말이 없었다.

「무슨 일이냐?」 세사르가 안쓰러운 표정을 지으며 물었다.

훌리아는 대답 대신 가만히 고개를 끄덕였다. 갑자기 몸을 움직이기라도 하면 도망가 버리는, 다시는 불러내기 힘든 영혼을 꼭 붙들고서 떨고 있는 사람 같았다.

「그래요.」 마침내 그녀가 입을 열었다. 그 음성에는 당연한 사실을 받아들일 수밖에 없다는 어감이 담겨 있었다. 「세상에, 우연치곤 너무나 기이해요. 어쩜 이럴 수가⋯⋯.」 그녀는 펼쳐진 책장의 사진을 손으로 가리키며 중얼거렸다.

「난 뭐 특별한 게 없는 것 같은데.」 멘추가 끼어들었다.

「없단 말이지?」 훌리아가 씨익 웃었다. 「이 문장(文章)을 봐⋯⋯. 중세의 귀족들은 자신의 방패를 독특한 문장으로 장식했어.」 이어 그녀는 세사르를 향해 고개를 돌렸다. 「뭐라고 얘기 좀 해보세요. 그 방패에 뭐가 그려져 있죠?」

세사르는 손으로 이마를 문지르며 한숨을 내쉬었다. 그 역시 훌리아만큼이나 놀란 표정이었다.

「이건 체스판 무늬의 문장이 아니냐?」 그는 그렇게 대답하며 플랑드르 패널화를 향해 시선을 옮겼다. 그의 음성이 떨리고 있었다. 「흑백의 사각형이 여기 체스판 위의 사각형들과 똑같구나.」

그때서야 훌리아는 펼쳐진 책을 소파 위에 내려놓으며 몸을 일으켰다.

「여기에 우연의 일치 따위는 없어요.」 고배율의 확대경을 집어 든 그녀는 그림 앞으로 다가가기 전에 입을 열었다. 「만일 이 그림에서 악마와 함께 등장하는 기사가 로제 드 아라였다면, 그것은 화가가 이 작품 〈체스 게임〉에 등장하는 인물의 죽음에 중요한 단서를 제공하고 있다는 것을 의미해요. 왜냐하면 화가는 방패의 문장과 똑같은 문양을 〈체스 게임〉에 옮겨 놓았으니까요. 거기다가 〈체스 게임〉에 배치된 실내의 바닥만 하더라도 그래요. 흑색과 백색의 체스판 형태로 깔아 두었잖아요. 그리고 화가는 그림의 상징적인 성격을 넘어 로제 드 아라를 중앙에 배치했어요. 따라서 화가의 의도는 체스를 중심으로 감춰져 있는 게 분명해요.」

훌리아는 그림 앞에 무릎을 꿇고는 확대경을 통해 체스판 위의 말들과 체스판 바깥에 놓인 말들을 들여다보았다. 그리고 좌측 상단의 벽에 걸린 원형의 볼록한 거울 — 그 거울은 보는 각도와 원근법에 따라 변형된 모습의 체스판과 체스 두는 두 사람의 모습을 비추고 있었다 — 도 놓치지 않고 주의 깊게 살피며 입을 열었다.

「체스 게임에서 쓰는 말은 전부 몇 개죠?」

「흠.」 세사르가 잠시 숫자를 헤아리는 표정을 지었다. 「한쪽이 16개, 그리고 다른 쪽이 16개, 그러니까 도합 32개구나. 내가 틀리지 않았다면 말이다.」

훌리아는 「체스 게임」에 나타난 말의 수를 손가락으로 센 뒤에 입을 열었다.

「32개가 맞군요. 그런데 어쩌면 이렇게 선명하게 그려졌을까요? 졸, 왕, 기사…….」

「체스판 밖에 있는 것은 잡힌 말이란다.」 훌리아 옆에서 한쪽 무릎을 꿇은 자세로 그림을 들여다보던 세사르는 오스텐부르크의 페르디난트가 손가락 사이에 쥐고 있는 말을 가리켰다. 「그건 백 기사가 틀림없구나. 나머지 세 기사들, 그러니까 백 기사 하나와 흑 기사 둘은 아직 체스판에 남아 있는 것으로 보아 Quis necavit equitem이란 표현은 잡힌 백 기사를 두고 한 말이 되겠구나.」

「그런데 어떤 말에게 잡힌 걸까요?」

세사르는 얼굴을 찌푸렸다.

「넌 지금 나에게 정답을 요구하고 있구나.」 그는 어린 훌리아를 무릎에 앉힌 채 지어 주던 웃음을 띠며 덧붙였다. 「공주야, 이 순간까지만 해도 우린 이미 많은 것을 찾아냈단다. 이를테면 누가 닭털을 뽑았고, 누가 그것을 요리했는지 그것까지는 알지 않았느냐. 물론 누가 그 닭을 먹었는지, 그건 여전히 모르지만 말이다.」

「아직은 묻는 말에 대답하지 않았잖아요.」

「나라고 해서 언제나 놀라운 해답을 손에 쥐고 있는 것은 아니란다.」

「하지만 전에는 늘 그랬잖아요.」

「그때야 거짓말을 할 수도 있었지.」 그는 애정 어린 표정을 지으며 덧붙였다. 「하지만 이제 너도 다 커서 쉽게 속아넘어가지 않을 테고. 그러니 날더러 뭘 어떡하란 말이냐.」

훌리아는 세사르의 어깨에 손을 얹었다. 하긴 그의 말대로 그림이나 도자기에 대한 이야기를 해달라고 조르던 일은 어언 15년 전의 과거였다. 그렇지만 그녀는 물러서지 않았다.

「하지만 전 알고 싶어요.」

「시간이 없어.」 그때까지 거의 말이 없던 멘추가 끼어들었다. 「이번 경매는 두 달 안에 열리게 되어 있거든.」

「지금 이 순간 경매는 중요치 않아.」 훌리아는 멘추의 말을 무시하며 세사르를 쳐다보았다.

세사르는 천천히 한숨을 내쉬며 손으로 양탄자를 가만히 털어 낸 뒤에 그 위에 앉았다. 양손을 깍지 끼고 무릎을 감싸 안은 그의 이마에 주름이 잡혔다. 그는 혀끝을 지긋이 깨물고 있었다. 무엇인가를 열심히 생각할 때 나오는 버릇이었다.

「물론 단서는 있겠지.」 한참만에 그가 말했다. 「하지만 그것만으로는 충분하지 않단다. 중요한 것은 그것을 어떻게 활용하는가에 달려 있거든.」 그는 체스를 두는 인물들과 체스판을 비추고 있는 그림 속의 볼록 거울을 쳐다보며 덧붙였다. 「우리는 어떤 물체와 그것을 비추는 거울의 이미지가 똑같다고 생각하는 데 익숙하단다. 하지만 이걸 봐……」 그는 그림에 그려져 있는 볼록 거울을 손가락으로 가리키며 덧붙였다. 「보이지? 블록 거울에서 보듯 이 실제 모습은 전도(顚倒)되어 있단다. 그것은 체스도 마찬가지야. 체스판 위에서는 모든 게 거꾸로 보일 수가 있거든.」

「도대체 무슨 말들을 하는 거야?」 멘추가 답답하다는 듯이 신음소리를 내며 말했다. 「내 머리는 그런 얘기를 들을 만큼 복잡하지 않아. 차라리 난 술이나 한잔해야겠어.」

멘추는 두 사람이 지켜보는 가운데 홈 바로 걸어가더니 잔에 보드카를 가득 따랐다. 이어 그녀의 호주머니에서 작고 윤기가 도는 마노석과 은으로 만든 빨대 그리고 성냥갑보다 작은 통이 나왔다. 코카인이었다.

「약국 문을 열었어요.」 잠시 후 그녀가 백색 가루를 펼쳐 놓으면서 말했다. 「관심 있는 분은 언제든지 환영입니다.」

그러나 훌리아와 세사르는 대답이 없었다. 세사르는 이미 그림에 몰두한 모습이었고, 훌리아는 멘추를 향해 못마땅한 시선을 던진 후에 그림으로 눈길을 옮겼다. 그사이 어쩔 수 없다는 듯 어깨를 으쓱 치켜 올린 멘추는 허리를 굽히자마자 코를 킁킁거렸다. 예리하고 정확한 솜씨라고 표현할 수밖에 없는 동작이었다. 딱 두 번의 동작과 함께 짧은 흡입음이 들렸다. 다시 상체를 세운 그녀의 상기된 얼굴에는 흡족한 미소가 번지면서 파란 눈이 반짝이고 있었다.

세사르는 멘추를 무시한 채 훌리아의 팔을 잡아당겨 그림 앞에 바짝 세웠다.

「단순히 생각해야지.」그는 마치 두 사람 외에 아무도 없다는 듯 낮은 음성으로 말했다.「이 그림 속에는 이미 우리를 함정에 빠뜨리고 있는 사실이라는 것과 사실이 아닌 어떤 것이 있단다. 마찬가지로 등장 인물들과 체스판 역시 사실일 수도 있고 사실이 아닐 수도 있는데, 문제는 어떤 쪽이 되었든 한쪽은 다른 쪽보다 더 사실적이거나 사실적이 아니라는 거야. 무슨 말인지 이해하겠어?」그는 훌리아의 표정을 살피며 덧붙였다.「만일 그것을 이해한다면, 어느 쪽이 되든 일단 그것을 사실로 받아들이고 그림 속으로 들어가서 현실과 그림을 나누고 있는 경계를 지우는 거야. 우리 눈에 보이는 그림의 오점이니 체스의 말이니 하는 사물들이 사라질 때까지 말이다. 물론 그 와중에도 무척 많은 전도가 있겠지.」

훌리아는 그림을 쳐다본 뒤, 자신의 스튜디오 반대편 벽에 걸려 있는 베네치아 거울을 손가락으로 가리켰다.

「꼭 그런 건 아니에요.」그녀가 고개를 저었다.「우리가 만일 다른 거울을 이용해서 그림을 본다면, 본래의 이미지를 되살릴 수 있을지도 몰라요.」

세사르는 훌리아를 쳐다보았다. 이제 막 들은 말을 곰곰이 생각하는 눈치였다.

「그건 맞는 말이다.」그가 말했다.「공주야, 그렇지만 그림이든 거울이든 지나칠 정도로 변덕스런 세상을 만들어 내는 게 그것들의 속성이란다. 그러기에 밖에서 그것들을 바라보면 즐거울 수도 있겠지만, 반대로 그 속에서 바깥을 바라보고 있으면 얼마나 힘들고 답답하겠니. 따라서 우리에게는 전문가가 필요할 것 같구나. 우리와 다른 시각으로 그 그림을 바라볼 수 있는 뛰어난 능력의 소유자 말이다. 다행히, 그런 사람이 어디 있는지 알 것도 같다만…….」

알바로는 부재중이었다. 여러 차례 전화를 걸었지만 연구실은 물론이고 집에서도 응답이 없었다. 훌리아는 레스터 보위를 턴테이블에 올려놓은 뒤에 욕실로 들어가 샤워를 했고, 샤워가 끝나자 뜨거운 커피를 마시며 담배를 태웠다. 차츰 정신이 맑아지고 있었다. 이윽고 그녀는 여전히 젖은 머리에 낡은 스웨터 차림으로 「체스 게임」 앞에 섰다.

복원 작업의 첫 단계는 그림을 보호하고 있는 광택제의 층을 제거하는 일이었다. 광택제로 사용된 것은 아마씨를 섞어 만든 유제였다. 그것은 북부의 겨울 냉기와 습기를 염려한 화가가 고심 끝에 선택한 재료였지만 그녀는 피터 반 호이스 같은 거장도 설마 5백 년이란 세월의 흐름 속에서 본래의 윤택이 사라지거나 원작의 색채까지 변화된다는 사실은 미처 생각하기 힘들었을 것이라고 생각했다.

먼저 캔버스의 한 귀퉁이에서 여러 가지 용제를 시험한 훌리아는 족집게로 솜을 집어서 혼합 용제에 담근 뒤에 그림 표면을 닦아 내기 시작했다. 모든 작업이 그렇지만 그 일은 수시로 동작을 멈추고서 솜에 묻어 나오는 색깔들을 확인하는 과정이 동반되고 있었다. 광택제 밑층의 그림을 다치지 않게 하기 위해서 먼저 짙은 색 부분부터 닦아 내고 밝고 미묘한 부분은 마지막까지 미뤄 두어야 했다. 그녀는 때때로 작업 과정이 예상대로 진척되는지 알아보기 위해 지긋이 눈을 감고서 한참 동안 그림을 바라보았는데, 그것은 작업 중일 때 그녀가 쉴 수 있는 유일한 시간이기도 했다. 광택제가 벗겨질 때마다 화가가 직접 만들거나 터치했을 황토나 백연 등의 회화용 안료와 색감 등이 드러나면서 화가의 예술과 삶에 대한 경외감이 도처에서 되살아나고 있었다. 순간 훌리아는 그것들이 자신의 손 아래에서 새롭게 창조되고 있는 듯한 감동에 휩싸였다.

정오가 되자 훌리아는 세사르에게 전화를 했고, 저녁에 만나기로 약속했다. 그녀는 오븐에 데운 피자와 커피로 점심을 대신하는 동안에도 그림을 들여다보았다. 모든 게 그렇듯 그 그림 역시 세월의 변화를 피해 갈 수 없었는지 육안으로 구별하기 힘든 버팀목의 미세한 뒤틀림으로 인해 표면에 균열이 나 있었는데, 하지만 그것은 등장 인물의 피부색으로 사용한 연백색의 변화에서 두드러진 반면, 검은색을 비롯한 어둡고 짙은 색상에서는 거의 변화가 없었다. 특히 부르고뉴의 베아트리스가 입고 있는 흑색 드레스는 거장의 완벽한 터치 덕분에 손가락을 갖다 대면 금방이라도 벨벳의 촉감이 느껴질 정도였다. 아무리 생각해도 이해할 수 없어. 훌리아는 혼잣말로 중얼거렸다. 오늘날의 그림이 생각보다 빨리 균열이 가거나 기포가 생기는 것에 비하면 옛 거장들은 거의 강박관념에 가까운 절묘한 보존 기법을 이용하여 수백 년이 지난 오늘날에도 작품의 위엄과 아름다움을 보여 주지 않는가. 그녀는 자신의 생각과 반 호이스의 장인 정신에 공감대가 형성되는 느낌에 사로잡혔다. 순간 그녀의 뇌리에는 중세의 작업실에서 자신의 작품을 영원히 간직하려는 강렬한 욕구에 사로잡힌 채 정확한 색감을 구하기 위해 유제를 시험하고 회화용 진흙을 섞었을, 그리하여 떡갈나무 패널 위에 묘사하는 인물들의 삶과 죽음에 대해 영원한 봉인을 쳤을 거장의 모습이 스쳐 가고 있었다.

훌리아의 일은 오후에도 계속되었다. 오후의 일 역시 오전에 이은 광택제 제거 작업이었다. 그녀는 그림의 하단, 즉 글자가 감추어진 황록색 부분에 이르게 되자 이전보다 세심한 주의를 기울였다. 다른 곳과 달리 그 부분만 유독 색상의 침탁을 막기 위해 수지가 혼합된 안료를 사용한 것만 보더라도 화가의 의도는 명백했다. 거장은 라틴 어를 감추기 위해서 그 부분과 똑같은 색상인 황록색으로 탁자보를 길게 늘어뜨리고 있었다. 이것은 기술적인 어려움을 떠나 윤리적인 문제를 제기하고 있어. 문득 훌리아는 자신이 하는 일에 대해 생각에 잠겼다. 만일 화가의 의도를 진정으로 존중한다면 화가가 감추려고 했던 부분을 드러내선 안 되는 일 아닌가?

설사 그 행위가 정당하더라도 화가의 의도를 어느 정도 드러낼 수 있을 것인가? 더욱이 엑스레이를 통해 확인된 사실이 세상에 알려진다면, 그것이 드러나든 덮여 있든 그것 때문에 그림의 가격은 올라가게 될 터인데, 이러한 행위는 어떻게 설명될 수 있단 말인가?

하지만 나는 돈을 받고 일을 하는 사람에 불과해. 그녀는 스스로 결론을 내렸다. 이 일은 그림의 소유자와 멘추 그리고 클레이모어의 파코 몬테그리포가 결정할 사항일 뿐, 나는 그들의 결정을 따르면 되는 거야. 동시에 그녀는 만일 자신에게 그 그림에 대한 권리가 주어진다면 그림을 있는 그대로 놔두는 쪽을 선택했을 것이라고 스스로를 위안했다. 그녀는 무려 5백 년 동안 감춰져 있던 문자도, 그것을 덮고 있던 색감도 그 그림의 역사적 일부라고 생각했다.

레스터 보위의 색소폰 음들이 스튜디오를 꽉 채운 가운데 복원 작업은 계속되고 있었다. 그녀는 로제 드 아라의 코와 입과 눈 부위와 눈가에 진 주름의 광택제를 제거하는 동안 체스 게임에 몰두하고 있는 그의 모습을 떠올렸다. 불행한 운명을 안고 태어난 로제 드 아라의 주위로 사랑과 죽음의 그림자가 떠다니고 있었다. 흑색 말과 백색 말이 넘나드는 정사각형의 체스 테이블 위로 운명의 발자국들이 다가서고, 마침내 시위를 떠난 화살이 그의 가슴을 관통하고 있었다. 그 순간 어둠 속에서 빛을 발하는 눈물 방울, 그것은 창문 옆에서 책 — 혹시 『장미와 기사의 시』였을지도 모르리라 — 을 읽는 척하고 있는 여인의 눈물이었다. 한창 기개와 명성을 떨치던, 겨드랑이에 투구를 끼고 거침없이 내딛는 발걸음으로 부르고뉴 궁정을 당당하게 들어서던 전사의 모습을 회상하며 흘리는 여인의 눈물이었다. 당시 일국의 사절이라는 공식적인 신분으로 온 당당한 전사는 궁녀들의 소곤거림과 가신들의 냉랭한 시선을 받으면서도 평정심을 잃지 않았다. 한편 한 여인은 그의 눈길과 마주치자 얼굴이 붉어지고 그의 단호한 음성에 가슴이 뛰었다. 숱한 전쟁터에서 단련된 그의 음성, 그것은 적들과 맞선 채 말을 달리며 신과 왕과 자신의 여자 이름을 외치는 의미가 어떤 것인지를 아는 남자에게서 들을 수 있는, 특유의 자신감으로 무장된 목소리였다. 그날 이후, 전사의 음성과 얼굴은 여인의 가슴속에 비밀로 남아 있었다. 침묵의 친구이자 마지막 동반자로 지켜볼 수 밖에 없는 인물로 남아 있었다.

그림, 색깔들, 스튜디오, 우울한 색소폰의 음색…… 모든 것이 하나같이 자신의 주위에 어지럽게 떠돌고 있었다. 현기증이 일었다. 훌리아는 눈을 감았다……. 어지러웠다. 자신이 그림 속에 들어가 있는 듯한 기분이 들었다. 그녀는 불현듯 이는 공포감을 떨쳐 내고자 숨을 깊게 들이마셨지만 그럴수록 그녀는 더 깊은 곳으로 빠져 들고 있었다. 어느덧 그녀는 체스 테이블과 체스를 두는 사람들을 지나 실내를 가로질러서 책 읽는 여인 옆에 있는 창문을 향해 걸어가고 있었다. 이제 창문을 통해 고개를 내밀기만 하면 그의 모습이 나타날 참이었다. 동문의 보루에서 활을 맞고 쓰러진 인물, 그는 로제 드 아라였다.

훌리아가 정신을 가다듬은 것은 한참 후였다. 그녀는 담배에 불을 붙이기 위해 성냥을 그었지만 그것 역시 쉬운 일이 아니었다. 그녀의 손은 마치 주검의 얼굴을 만진 것처럼 부들부들 떨리고 있었다.

「여긴 체스 클럽, 카파블랑카란다.」 세사르가 계단을 오르며 말했다.

「카파블랑카?」 훌리아는 생각 없이 그의 말을 따라 중얼거렸다.

열린 문 사이로 실내가 들여다보였다. 테이블 주변으로 사람들이 삼삼오오 모여 있었다. 모두 남자들이었는데, 그들은 하나같이 고개를 숙인 자세로 무엇인가를 들여다보고 있었다.

「호세 라울 카파블랑카.」[26] 세사르는 지팡이를 겨드랑이에 낀 채 모자와 장갑을 벗으며 말했다. 「사람들은 그자가 역

---

26) José Raúl Capablanca(1888~1942). 쿠바 출신의 체스 명인. 1916년부터 1924년까지 단 한 게임도 지지 않은 것으로 유명하며 1921년 세계 챔피언이 되었다.

사상 최고의 체스 기사였다고들 말하지. 그리하여 전세계에는 그자의 이름을 빌린 체스 클럽이 성황 중이고, 그를 기리며 체스 시합을 내걸고 있단다.」

이윽고 두 사람 — 훌리아는 세사르가 내민 팔에 팔짱을 끼고 있었다 — 은 실내로 들어갔다. 커다란 세 개의 홀로 나뉘어진 각각의 실내에는 열 개 남짓의 테이블이 놓여 있었다. 거의 모든 테이블에서 게임이 펼쳐지는 중이었다. 소음도 침묵도 아닌 웅웅거림과 자연스럽게 억제된 정숙함이 흐르고 있었다. 마치 사람들로 가득 찬 성당에 들어선 듯한 분위기였다. 이따금 몇몇 체스 기사와 체스 게임을 관전하고 있는 사람들이 힐끗 쳐다보았다. 그들의 시선에는 여자의 출현이 썩 내키지 않다는 표정이 담겨 있었다.

「여자들은 체스를 두지 않나 보죠?」 훌리아가 곳곳에 밴 담배 냄새를 느끼면서 물었다.

「미처 그런 생각은 해보지 못했구나.」 세사르가 대답했다. 「확실한 것은 이곳에서 여자들은 체스를 두지 않는다는 사실이다. 하지만 집에서 두는지도 모르지. 틈틈이 부엌일과 바느질을 하면서 말이야.」

「남성 우월주의자!」 훌리아가 일침을 가했다.

「이런, 못하는 소리가 없구나. 공주야. 그렇다고 날 너무 미워하지는 말아라.」

그들을 맞이한 사람은 친절하면서도 수다스런 인물이었다. 머리가 둥근 천장처럼 벗겨지고 잘 다듬어진 콧수염이 인상적인데 나이는 헤아리기 힘들었다. 세사르는 그를 훌리아에게 소개했다. 시푸엔테스, 그는 〈호세 라울 카파블랑카 레크리에이션 협회〉의 국장이었다.

「정회원만 5백 명이죠.」시푸엔테스는 사면의 벽을 장식하고 있는 트로피와 상장 그리고 사진 등을 가리키며 자랑스럽게 말했다.「물론 우리는 전국 대회도 개최하고 있습니다.」진열장에는 골동품보다 오래되어 보이는 다양한 체스 세트들이 비치되어 있었다.「우리는 스턴튼 사 제품만 사용합니다.」

「물론 그러시겠지요.」세사르가 자신을 쳐다보며 연신 웃고 있는 시푸엔테스를 향해 마지못해 하는 표정으로 화답했다.

「나무로 만든 겁니다.」시푸엔테스가 다시 자랑스럽게 말했다.「플라스틱은 안 돼요.」

「물론이지요.」세사르가 다시 그의 말을 받았다.

시푸엔테스는 훌리아 쪽으로 머리를 돌렸다.

「오늘은 보시다시피 극히 정상적인 모습이지만, 이곳의 진면목은 토요일 오후에 확인할 수 있습니다.」시푸엔테스는 어미 닭이 새끼 병아리들을 바라보는 듯한 흡족한 표정으로 주위를 돌아보며 덧붙였다.「지금 여기 계신 분들은 체스 애호가들로서 대부분 사무실에서 퇴근한 직장인들이나 저녁을 먹기 전에 소일거리를 찾아 나온 연금 생활자들이죠. 하지만 이곳에는 화기애애한 분위기가 있습니다. 무엇보다…….」

「건설적인 곳이군요.」훌리아가 별 생각 없이 끼어들었다.

「바로 그겁니다.」시푸엔테스는 그 말을 적당한 표현으로 받아들이는 표정이었다.「두 분도 보시다시피 아주 건전한 곳이죠. 따라서 이곳에는 젊은이들도 많습니다.」이어 그는 손가락으로 누군가를 가리키면서 덧붙였다.「예를 들자면, 저쪽에 있는 친구는 불과 19살의 나이에 1백 페이지나 되는 논문을 썼답니다. 4선(線)의 〈님조 — 인디언 방어〉라고…….」

「님조 — 인디언 방어라면…….」훌리아는 그의 말을 막으며 적당한 표현을 찾았다.「그래요, 제목만 들어도 정말 멋진 걸 보니 끝내 주는 논문이겠군요.」

「어쩌면 과한 표현인 것 같습니다만……」 시푸엔테스는 자신의 마음을 숨기지 않고 그 말을 받았다.「하지만 중요한 것은 논문을 썼다는 사실만으로도 의의가 크다는 겁니다.」

훌리아는 세사르를 쳐다보며 적절한 도움을 청했다. 그러나 세사르는 눈썹을 가볍게 찡그릴 뿐 두 사람의 대화에 끼어들지 않는 품위를 유지하고 있었다.

「기왕 나와서 하는 말입니다만,」 시푸엔테스는 엄지를 조끼의 윗단추쯤에 갖다 대면서 말했다.「몇 년 전에 저도 글을 하나 발표했답니다. 내용이야 보잘것없지만……」

「그런 말씀 마시오.」그때서야 세사르가 끼어들었다.

「알고 계셨군요.」 시푸엔테스는 쑥스러운 미소를 지었다. 「그것은 아시다시피 변형된 〈카로 — 칸 방어법〉으로 두 기사를 이용하는 행마법인데, 요즘은 시푸엔테스 변형이라고 부른다는 것도 알고 계시겠군요.」 그는 기대감이 섞인 표정으로 세사르를 쳐다보았다.

「물론이오.」 세사르가 별 감동 없이 고개를 끄덕였다.

「물론 저는 레크리에이션 동호회라는 말을 더 좋아합니다만 이 클럽에는 마드리드에서, 아니 스페인을 통틀어서 가장 훌륭한 기사들이 활동하고 있다는 점을 강조하고 싶습니다. 그런데……」 순간 그는 말을 끊고 세사르를 보았다.「이거 본론을 깜박 잊고 있었군요. 원하던 사람을 찾았답니다. 가만……, 마침 저기 와 있군요.」

두 사람은 그의 뒤를 따랐다.

「쉽지 않더군요.」 홀 안쪽으로 발걸음을 옮기는 동안 시푸엔테스가 말했다. 「최고의 기사를 추천하라고 하셨는데, 그게 어디 말처럼 쉬운 일인가요? 그 때문에 하루 종일 골치가 아플 정도였답니다.」

이윽고 그들은 한 테이블과 약간의 거리를 둔 지점에서 발길을 멈추었다. 테이블 주위로 대여섯 명의 사람들이 두 기사의 대국을 지켜보는 중이었다. 먼저 훌리아의 시선에 들어온 사람은 상체를 체스 테이블 쪽으로 기울인 채 손가락으로 테이블 가장자리를 가볍게 두드리고 있었다. 훌리아는 그들이 반 호이스의 패널화에 나오는 인물들과 영락없이 닮았다는 생각이 들었다. 한편 그의 맞은편에는 나무 의자에 등을 기댄 사람이 두 손을 호주머니에 꽂고 턱을 가슴에 갖다 댄 자세로 앉아 있었는데, 전혀 미동이 없었다. 그의 시선은 체스 테이블 위에 고정되어 있었지만 얼굴 표정으로 봐서 체스에 집중하고 있는지, 아니면 다른 일을 생각하는지 좀처럼 분간할 수 없었다.

체스 테이블을 중심으로 벌어지고 있는 대국의 형세 역시 마찬가지였다. 단지 그 대국을 관람하는 사람들의 표정과 침묵 그리고 몇 개 남지 않은 말들의 숫자가 어떤 결정적인 순간에 도달하고 있음을 대변하고 있었다. 하지만 양쪽의 말들이 뒤섞인 판국이라 이제 막 그 형세를 들여다보는 관전자의 입장에서는 과연 누가 백을 쥐었는지, 누가 흑을 쥐었는지조차 파악하기가 힘들 정도였다. 더욱이 체스를 모르는 훌리아의 입장에서는 거의 불가능한 일이었다.

손가락으로 체스 테이블을 두드리던 쪽이 말을 움직인 것은 한참 후였다. 그가 백 주교를 자신의 왕과 흑 성장(城將) 사이에 옮겨 놓고 상대방을 힐끔 쳐다본 후에 다시 체스 테이블을 가볍게 두드리자 주위가 술렁이기 시작했다. 그때서야 훌리아는 한 걸음 더 나아가 상대방 — 공격을 받은 쪽 — 의 반응을 유심히 살폈다. 무표정한 그는 여전히 미동도 없이 방금 놓여진 백 주교를 뚫어지게 노려보고 있었다. 시간이 흐르고 있었다.

「장군.」 마침내 무표정한 그의 입에서 짤막한 음성이 튀어나오면서 흑 기사가 움직였다. 그의 음성은 주변의 술렁임을 일거에 잠재우고 있었다.

순간 훌리아는 그가 시푸엔테스에 의해 세사르에게 추천된 장본인임을 직감할 수 있었다. 이제 막 40을 넘긴 듯한 나이, 마른 체격, 중키 정도의 신장, 가르마를 타지 않은 채 뒤로 빗어 넘긴 머리칼, 커다란 귀, 약간 휘어진 매부리코……. 그는 불신을 지닌 채 세상을 바라보는 듯한 검은 눈이 인상적이었지만 대체로 평범한 느낌을 줄 뿐, 체스 플레이어가 지녔을 만한 날카롭고 지성적인 면모는 찾아보기 힘들었다. 오히려 그는 마치 권태에 젖어 의자에 파묻혀 지내거나 자신의 주변에 대해 철저하게 무관심한 부류로 보였다. 훌리아는 내심 실망하고 있었다. 그가 체스의 말을 정확하게 움직이는 체스 플레이어일지는 모르지만 자신에 대한 애착이나 미래의 희망 따위는 거들떠보지도 않을 타입이란 게 미덥게 느껴지지 않았다.

그럼에도 불구하고 무표정한 그는 주위를 침묵에 휩싸이도록 만들었다. 그는 상대방이 한 칸 뒤로 후퇴하자 기다렸다는 듯이 가만히 손을 뻗어 상대방의 말을 제압하고 있었던 것이다. 순간적이지만 절대적인 침묵 속에서 훌리아는 관전자들이 무심한 그를 좋아하지 않는다는 사실을, 무표정한 그에게 일말의 애정조차 지니고 있지 않는다는 점을 간파할 수 있었다. 이따금 터져 나오는 주위의 탄성과 한숨, 그것은 무표정한 그가 아닌 그의 상대에게 보내는 성원이자 실망이었다. 체스 애호가인 관전자들은 느긋하고 정확한 행마를 인정하면서도 무표정한 그가 패퇴하기를 내심 바라고 있었던 것이다.

「장군.」 무표정한 그가 재차 반복했다. 겉으로 보기에는 단순한 행마였다. 졸을 한 칸 움직인 것이 전부였다. 그러나 이미 손가락 장단을 멈춘 상대의 손은 마치 갑작스런 두통을 달래기라도 하듯 관자놀이로 옮겨져 있었다. 이윽고 곤혹스런 표정을 짓던 상대는 자신의 백 왕을 뒤로 한 칸 옮겼다. 대각선 방향이었다. 도피처는 세 곳이었지만 상대는 어떤 이유였는지 — 체스에 거의 문외한인 홀리아가 예상한 도주로를 비껴 가고 있었다 — 어느 한 곳을 선택했는데, 관전자들의 탄성과 술렁거림이 다시 고개를 드는 것으로 보아 적절한 행마인 것 같았다. 그러나 바로 그 순간 흑 말을 쥔 무표정한 플레이어는 고개를 가로저으며 입을 열었다.

「그러면 외통으로 몰리게 됩니다.」 무표정한 그의 음성에는 일말의 승리감조차 없었다. 그렇다고 동정심이 깃든 것도 아니었다. 그저 형세를 전달하는 메시지일 뿐이었다. 무표정한 그는 마치 그 결과를 보여 줄 가치조차 없다는 듯이 단호하면서도 내키지 않은 표정으로 상대는 물론이고 주위 사람들의 얼굴에 나타나는 의아심을 무시한 채 상대의 왕 근처에 자신의 주교 말을 옮겨 놓았다. 동시에 테이블 주위로 다시 어수선한 술렁거림이 증폭되고 있었다. 그러나 그것은 아까와는 달리 조롱기와 아쉬움이 뒤섞인 반응이었다. 그도 그럴 것이 무표정한 플레이어의 예언이 빗나가고 있었던 것이다.

홀리아는 내심 당황하고 있었다. 외통수라면 상대의 왕에게 직접적인 위협을 줄 만한 곳에 위치해야 하지 않는가. 그녀는 자신의 의문을 풀고자 세사르를, 이어 시푸엔테스를 쳐다보았다. 그녀의 눈길을 받은 쪽은 시푸엔테스였다. 그는 대답에 앞서 감탄스런 표정을 지으며 싱긋 웃었다.

「세 수 안에 끝날 형세였습니다. 어떤 수를 써도 백 왕은 빠져나갈 수 없었거든요.」

「그렇게 말씀하시니 더욱더 이해를 못 하겠는데요?」 홀리아는 고개를 갸우뚱거리며 되물었다.「어떻게 된 거죠?」

시푸엔테스는 억제하던 웃음을 나지막이 터뜨리며 입을 열었다.

「우리가 잘 몰라서 그렇지 방금 움직였던 흑 주교는 사실 최후의 일격이 될 수도 있는 말이었습니다. 하지만 저 사람은 그 행마를 알고 있으면서도 마지막 순간에 생각을 바꾼 것입니다. 다시 말해 우리에게 정확하게 어떤 말이 어떻게 움직여야 한다는 것을 보여 주고자 일부러 상대편 왕으로부터 멀찌감치 떨어진 곳으로 비껴 갔다는 뜻입니다.」

「세상에!」 홀리아는 답답한 표정을 지으며 되물었다.「저 사람은 시합을 이기고 싶어하지 않는다는 뜻인가요?」

「글쎄, 그렇게밖에 달리 표현할 길이 없군요.」 그는 난감한 표정을 지으며 덧붙였다.「사실 저 사람이 이곳에 들르기 시작한 지 5년이 되었지만, 나는 저 사람이 게임에서 이긴 것을 한 번도 보지 못했습니다. 누가 보아도 최고수인 것만큼은 분명한데도 말입니다.」

무표정한 체스 플레이어가 고개를 든 것은 그 순간이었다. 그의 무심한 눈길과 홀리아의 눈길이 마주친 것도 그 순간이었다. 그의 눈빛에는 이미 대국에서 보여 주던 예리함과 절제된 균형감이 사라지고 없었다. 주위 사람들의 질시와 감탄을 동시에 보장해 주던 자신감도 찾아볼 수 없었다. 싸구려 타이에 구겨진 와이셔츠, 그 위에 헐렁하고 후줄근한 양복 상의를 걸친 남자, 아침에 부랴부랴 깎은 수염이 한나절만에 자란 남자, 직장으로 가기 위해 새벽 대여섯 시쯤 집을 나와 지하철이나 버스를 기다리는 그런 남자들 중의 하나였다. 그나마 인상적이었던 예리한 눈빛조차 흐릿한 잿빛으로 변해 있었다.

「소개합니다.」 시푸엔테스가 말했다. 「이쪽은 체스 플레이어 무뇨스 씨입니다.」

4
제3의 인물, 체스 플레이어

「그렇지만 왓슨.」 홈즈가 말했다. 「이따금은 과거를 알기 위해서 미래가 정확하게 어떤 것인지 그것을 증명해 보는 것도 재미있지 않을까?」
— 레이먼드 스멀리언

「이건 실제 게임입니다.」 체스 플레이어 무뇨스가 말했다. 「어딘가 이상하기도 하지만 상당히 논리적이거든요. 어쨌든 마지막으로 움직인 것은 흑입니다.」

「틀림없어요?」 훌리아가 물었다.

「확실합니다.」

「그걸 어떻게 알았어요?」 훌리아가 재차 물었다.

「그냥 압니다.」 체스 플레이어가 덤덤하게 대답했다.

세 사람은 밝은 불빛 ─ 훌리아는 실내에 있는 전구를 다 켜놓았다 ─ 아래 그림을 쳐다보고 있었다. 세사르는 소파에, 훌리아는 탁자 위에 앉은 자세로 반 호이스 앞에 서 있는 체스 플레이어의 말을 들었다. 그는 상당히 곤혹스런 표정을 짓고 있었다.

「한잔하시겠어요?」 훌리아가 물었다.

「아닙니다.」
「담배는?」
「아닙니다. 난 담배를 태우지 않습니다.」
 어색한 분위기가 이어지고 있었다. 체스 플레이어는 줄곧 불편한 표정을 감추지 못했다. 수줍은 듯하면서도 여전히 불신에 찬 모습이 역력했다. 여차하면 아무 때나 그곳을 떠날 권리가 있다는 듯 잔뜩 주름이 간 그의 바바리코트는 목까지 단추가 채워져 있었다. 사실 그런 그를 그곳까지 데려오는 것도 만만치 않았다.
 세 사람은 체스 클럽을 나와 근처의 조그만 바로 자리를 옮겼다. 그러나 테이블 옆에 설치된 자동 도박기가 연신 기계음을 내보내고 있는 가운데 시작된 세 사람의 대화는 쉽사리 진전되지 못하고 있었다. 세사르와 훌리아의 제안에 체스 플레이어의 대답은 표정이 대변했다. 그는 말보다 표정으로 자신의 심중을 드러내고 있었다. 마치 미친 사람들을 보는 듯한 표정에서 의구심을 품은 표정으로, 이어 자기 방어적인 표정으로 변하던 그가 마침내 입을 열었다.
「무례하더라도 용서해 주길 바랍니다.」 그는 먼저 격식을 놓치지 않았다. 「두 분이 말씀하시는 그림 속의 체스 게임과 중세의 살인 사건 이야기는 내가 듣기에 황당한 느낌으로만 들리는군요. …… 좋아요, 두 분 말씀대로 모든 게 사실이라고 합시다. 그렇지만 그게 나 같은 사람과 무슨 연관이 있는지 그건 도저히 이해할 수 없군요. 두 분 앞에 굳이 신분을 밝힌다면, 난 한 회사의 경리부에서 일하고 있는 사무원에 불과할 뿐입니다.」
「중요한 것은 당신이 체스를 둔다는 사실이오.」 세사르는 호의적인 미소를 잃지 않고 말했다.

「그런가요?」체스 플레이어는 다시 무관심한 표정을 지으며 대꾸했다. 그렇다고 도전적인 태도도 아니었다. 「하지만 체스를 두는 사람들은 많습니다. 난 하필 내가 왜…….」

「다들 당신이 최고라고들 하잖소.」

순간, 체스 플레이어가 세사르를 똑바로 쳐다보았다. 짧은 순간이었지만 그의 얼굴 표정이 기이하게 바뀌고 있었다. 〈어쩌면 그럴지도 모릅니다.〉훌리아는 그의 표정과 심중을 읽고 있었다. 〈그렇지만 그게 당신들이 얘기하는 것과 무슨 관계가 있다는 말입니까. 최고? 좋습니다. 그러나 최고라는 것은 아무런 의미도 없습니다. 최고라는 것은 머리칼이 금발일 수도 있고, 발이 평발일 수도 있는 경우와 똑같은 것입니다. 따라서 사람들 앞에서 그것을 특별하게 증명해야 할 그런 것이 아닙니다.〉

「그랬더라면 시합이니 뭐니 하는 자리를 찾아다녔을 겁니다.」 체스 플레이어가 마지못해 그 말을 받는 표정을 지으며 말했다. 「하지만…… 어쨌든 나는 시합에 나가지 않습니다.」

「이유가 있소?」

체스 플레이어는 그 질문에 대답하기 전에 텅 빈 커피잔을 힐끗 보며 어깨를 추켜세웠다.

「그냥 나가지 않습니다. 시합에 나가려거든, 그런 마음이 있어야 합니다.」 그는 마치 잘못된 표현을 고치기라도 하듯 잠시 머뭇거리다 말을 이었다. 「방금 제가 말씀드린 마음이란 시합은 이겨야 한다는 겁니다. 그렇지만 나는 이기는 쪽이나 지는 쪽이나 똑같다고 생각합니다.」

「이론가라는 말씀이시다?」세사르가 사뭇 무거운 음성으

로 말했다.

체스 플레이어는 세사르를 쳐다보았다. 상대의 말뜻을 잡아내고자 애를 쓰는 눈치였다.

「그럴지도 모릅니다. 그래서 난 내가 두 분한테 별 쓸모없는 존재라고 생각하고 있습니다.」

훌리아가 손을 뻗어 체스 플레이어의 손을 붙잡은 것은 그 순간이었다. 짧은 순간이었지만 그 동작에는 백 마디의 표현보다 더 긴박한 간절함이 깃들어 있었다. 그것은 나중에 세사르가 훌리아에게 한 쪽 눈썹을 치켜세우며 격찬했던 ─ 「최고였어. 지나치지 않으면서 적절한 도움을 청할 수 있었던 행동, 그럼으로써 새를 새장에서 빠져나가지 못하도록 만든 최상의 행동이었단 말이다. 그 입장에선 더 나은 방법이 없었을 게다. 만일 네가 없었다면 나는 상황에 어울리지 않는 헛소리나 내뱉으며 다 때려치우라고 말했겠지.」─ 행동이었다. 체스 플레이어는 한동안 멍한 시선으로 테이블을 쳐다보았다. 그의 시선은 훌리아의 손이 스쳐 간 자신의 손에 고정되어 있었다.

「우린 그쪽 도움이 필요해요.」 훌리아는 가만히 잔을 쥐고 있는, 과히 정갈치 못한 손톱을 보며 재차 말했다. 「이건 무엇보다 내 자신을 위해, 아니 내 자신이 반드시 해야 할 일이거든요.」

체스 플레이어는 고개를 한쪽으로 기울며 훌리아를 바라보았지만 그의 시선은 그녀의 눈이 아니라 턱에 가 있었다. 마치 상대의 눈을 똑바로 쳐다보면 아무것도 거절하지 못할까 봐 두려워하는 사람 같았다.

「그건 나의 관심 밖에 있는 일이라고 생각합니다.」 그가 짤막하게 대답했다.

홀리아는 탁자 앞으로 바짝 다가앉았다.

「이번 일을 지금까지 두었던 체스 게임과 다른 게임으로 생각해 보세요. 그러니까, 이번만큼은 꼭 이길 만한 가치가 있는 그런 게임으로 말이에요.」

「난 그걸 굳이 다른 게임으로 생각하고 싶지 않습니다. 게임은 게임이니까요.」

「친구.」 세사르가 끼어들었다. 그의 음성에는 평소답지 않게 초조감이 배어 있었다. 그것은 오른손 손가락에 낀 황옥 반지를 돌리는 동작에서 드러나고 있었다. 「난 당신의 그 유별난 무관심을 이해할 수 없소. 그러면 체스는 왜 두는 거요?」

체스 플레이어는 잠시 생각에 잠겼다. 그의 눈길은 세사르의 얼굴에 고정되어 있었다.

「그것은 아마 선생께서 동성애자라는 사실과 똑같은 이유일 것입니다.」

그 말이 떨어지기 무섭게 테이블 주위로 싸늘한 냉기가 감돌았다. 홀리아는 담배를 꺼내 서둘러 불을 붙였다. 그녀는 결코 도전적이지 않으면서도 무차별하게 내뱉는 표현에 말 그대로 기가 질릴 수밖에 없었다. 그러나 체스 플레이어는 상대에 대한 정중한 관심을 잃지 않은 자세로 세사르를 쳐다보고 있었다. 극히 평범하고 정상적인 대화 도중에 귀중한 상대의 대답을 기다리는 듯한 자연스런 표정이었다. 악의는 없었어. 홀리아는 생각했다. 단지 낯선 관광객이 눈치 없이 남의 관습을 어기는 것 같은 경우였을 뿐이야. 한편 세사르 역시 미세하게나마 움찔했지만 별 반응이 없었다. 오히려 가늘고 창백한 그의 입술로 미세한 웃음이 번지고 있었다.

「친구.」그는 낮고 부드러운 음성으로 말했다.「난 당신의 표정과 음성 속에서 별다른 의도를 찾지 못했소. 아까 클럽에서 체스 상대나 백 왕에게 아무런 감정을 갖지 않았던 것처럼 말이오. 그렇지 않소?」

「그렇다고 할 수 있겠군요.」체스 플레이어가 역시 덤덤하게 그 말을 받았다.

세사르는 훌리아 쪽으로 고개를 돌리며 입을 열었다.

「공주야, 들었지? 아무 일도 없었단다. 모든 게 제자리에 있으니 놀랄 것도 없고…… 앞길이 구만 리같이 창창한 이 친구는 체스를 두는 게 아니라 본성에 의해 자신을 체스에 내맡긴 거라고 표현하고 싶었던 거야.」그의 미소가 차츰 엷게 퍼지고 있었다.「다시 말해서 이 친구는 평소에 체스에 관계된 문제니, 조합이니, 꿈이니 하는 것들에 얽혀 산다고나 할까. 그렇지 않으면 어떻게 해서 그 무시무시한 외통수나 다름없는 말을 상상했겠니.」그러나 체스 플레이어는 말이 없었다. 그의 시선은 이제 막 의자에 등을 기대며 자신을 쳐다보는 세사르의 눈길에 머물러 있었다.「난 이렇게 말하고 싶소.」세사르가 다시 입을 열었다.「당신은 생각 없이 한 말이라고.」그는 마치 자신이 한 말이 진실이라는 것을 입증하기라도 하듯 훌리아와 체스 플레이어 앞에 두 손바닥을 펼쳐 보였다.「당신이 외통을 부르는 것은 마지막 지점에서 현실로의, 일상 생활로의 귀환을 위한 단순한 방편에 지나지 않다는 거요. 그렇지 않소?」

그러나 체스 플레이어는 한동안 입을 다물고 있었다. 이어 세 사람 사이에 짧은 침묵이 흘렀다.

「재미있군요.」이윽고 그가 입을 열었다. 동시에 그의 눈언저리가 웃음을 지으려는 듯하다가 입가에 이르기 전에 지워지고 있었다. 「물론 정확한 표현이었습니다. 하지만 이런 얘기를 막상 면전에서 이렇게 큰 소리로 들어 본 것은 처음입니다.」

「드디어 본론으로 들어갈 때가 된 것 같아 아주 기쁘오.」 세사르는 다소 억지스런 투로 그 말을 받았다.

그러나 체스 플레이어는 그 순간부터 느닷없이 자제심을 잃어버린 사람 같았다. 어딘가 얼이 빠진 듯한 표정이 그것을 대변하고 있었다.

「선생께서도 체스를 두십니까?」 그가 물었다.

세사르는 마침내 웃음을 터뜨렸다. 짤막한 웃음이었다. 정말이지, 이건 참기 힘든 연극적 상황을 연출하는 것과 하나도 다를 게 없어. 훌리아는 마음속으로 생각했다. 마치 만만한 관객을 만난 것처럼 말이지.

「말을 움직이는 법쯤은 알고 있소. 세상 사람들처럼 말이오. 그렇지만 나는 체스 때문에 속이 상하거나 애를 태우는 짓은 하지 않아요.」 그쯤에서 세사르의 눈빛이 심각하게 변하고 있었다. 「존경스런 친구분, 내가 하는 게임이란 매일 똑같은 일상의 외통수에서 벗어나는 것이라면 이해하시겠소?」 동시에 그는 두 사람을 아우르는 섬세한 손짓을 만들어 보이며 덧붙였다. 「두 분처럼 나도 살기 위해서 사소한 트릭 정도는 필요하다고 생각하는 사람이오.」

체스 플레이어는 여전히 얼빠진 표정을 감추지 못한 채 거리가 보이는 문 쪽으로 눈길을 던졌다. 실내의 조명 탓인지 그의 얼굴은 지쳐 보였다. 훌리아는 그의 얼굴, 그의 움푹 패인 눈, 아래쪽으로 그늘이 드리워진 눈자위, 큰 코, 바바리코트 깃 위로 솟은 커다란 귀를 천천히 뜯어보면서 마르고 볼

품없는 개를 연상하고 있었다.

「좋습니다. 그 그림을 한번 보도록 하지요.」이윽고 그가 마음의 결정을 내린 듯 짤막하게 내뱉었다.

체스 플레이어 무뇨스의 검증은 계속되고 있었다. 낯선 곳에서 아름다운 예술 작품 복원가와 모호한 성격의 소유자인 골동품 상인 그리고 기이한 그림을 만났다는 불편함은 그림 속의 체스 게임에 골몰하면서 차츰 사라지고 있는 것 같았다. 처음에 그는 뒷짐을 진 채 묵묵히 그림을 쳐다보았다. 체스 클럽 카파블랑카에서 게임을 진행하던 때와 똑같은 모습이었다. 종이와 필기 도구를 받아 든 뒤에도 한동안 말이 없었다. 이윽고 그는 탁자에 기댄 채 이따금 말의 위치를 확인하는지 고개를 들어가면서 그림 속의 체스 게임을 정리하기 시작했다.

「몇 세기 그림입니까?」무뇨스가 물었다. 그의 종이에는 수직과 수평으로 나뉘어진 64개의 정사각형이 그려져 있었다.

「15세기 말 작품이에요.」홀리아가 대답했다.

「정확한 시기를 아는 게 중요합니다.」체스 플레이어는 애매한 대답이 못마땅하다는 듯 눈썹을 찌푸렸다.「그 무렵의 행마 규칙은 오늘날의 그것과 거의 비슷하지만 그 이전만 하더라도 아주 판이했거든요. 예를 들어 여왕은 인접한 사각형의 대각선 방향으로 움직였으나 나중에는 세 칸을 뛸 수 있게 되었고, 성장은 중세까지 알려지지 않았습니다.」그는 다시 그림으로 시선을 옮겼다. 이미 딴 사람이 되어 있었다.「만일 이 게임이 오늘날과 똑같은 규칙에서 두어졌다면 이 문제는 풀 수 있지만 그렇지 않을 경우 생각보다 어려운 상황에 직면하게 됩니다.」

「1470년경이요.」세사르가 그의 말을 받았다.「오늘날의 벨기에에서 그려졌소.」

「그렇다면 일단 다른 문제는 없겠군요. 적어도 시대적인 이유 때문에 풀지 못할 일은 없다는 뜻입니다.」

「마지막으로 움직인 게 흑이라는 사실은 어떻게 알았죠?」 체스 플레이어 곁으로 다가간 훌리아는 그가 그려 놓은 종이 체스판을 보며 물었다.

「눈에 보이니까요. 말들의 위치나 체스 두는 사람을 살펴보면 보인다는 뜻입니다.」 그는 그림 속에 있는 오스텐부르크의 페르디난트를 가리키며 대답했다. 「여기 왼쪽에 있는 인물, 다시 말해 흑을 쥔 채 화가 혹은 우리 쪽을 바라보고 있는 이 인물은 다소 느긋한 자세입니다. 게다가 이 인물은 체스 테이블보다는 주위 사람들에게 더 많은 관심을 두는 것처럼 한눈을 팔고 있습니다. 그렇죠?」

두 사람은 잠자코 고개를 끄덕였다. 체스 플레이어가 이번에는 손가락으로 로제 드 아라를 가리키며 입을 열었다.

「반면에 이 인물은 상대가 둔 수를 생각하는 표정이 확연합니다.」 이어 그는 그림에서 자신이 검토한 종이로 시선을 옮겼다. 「물론 지금 내가 한 말을 확인할 수 있는 다른 방법이 없는 것은 아닙니다. 아울러 그 방법은 이제부터 우리가 사용해야 할 방법이기도 하죠.」

체스 플레이어는 그것을 역순 분석이라고 말했다. 체스판에 놓여져 있는 말 하나를 지정하여 그 말을 출발점으로 잡고서 거꾸로 두어 나가는 방식이었다.

「역순 분석이란 결과에서 시작하여 원인으로 되돌아가는 것으로, 일종의 귀납적 분석 방법이라고 할 수 있습니다.」

「셜록 홈즈가 되시겠다는 뜻이군.」 세사르가 덧붙였다.

「그렇다고도 볼 수 있습니다.」

훌리아는 그때서야 무뇨스를 똑바로 쳐다보았다. 이제까지 난 체스가 그저 그런 게임에 불과하다고 생각했던 거야. 그녀는 스스로 놀란 표정을 숨기지 않았다. 기껏해야 도미노나 파치지[27]보다 조금 더 복잡하고 어려운 규칙을 지닌 게임, 혹은 상당한 집중력과 지능을 요구하는 게임으로 말이지. 체스 플레이어 무뇨스는 반 호이스에 의해 재현된 거울, 방, 창문 등의 공간 — 화가의 기발한 창조성으로 인해 훌리아가 경험했던 아찔한 공간 — 에 대해, 그리고 그 그림에 숨겨진 사건에 대해 알 턱이 없었지만 그 그림에 나오는 체스 게임만큼은 전혀 낯설지 않는, 마음만 먹으면 언제라도 훌쩍 건너뛸 수 있는 공간으로 생각하는 것 같았다. 그는 말의 위치를 포착하고 그것을 자신의 게임으로 통합하는 능력을 갖추고 있었다. 아울러 그는「체스 게임」에 몰두하자 이전까지 보여 주던 어색함이나 당혹감 혹은 과묵함을 잊은 채 자신감과 냉정함이 번득이는 체스 플레이어의 면모를 되찾기 시작했다. 역시 이 남자는 — 세사르의 지적처럼 — 체스의 세계에 안주함으로써 자신의 존재를 드러내는 인물이란 말인가.

「그러니까 이 그림의 체스 게임을 거꾸로 두다 보면 결국은 첫 수까지 도달하는 게 가능하단 말씀인가요?」훌리아가 궁금함을 참지 못하고 물었다.

체스 플레이어는 마치 아무것도 약속할 수 없다는 표정을 지으며 입을 열었다.

---

27) parchessi. 인도에서 전국민적인 놀이라고 불리기도 하는 판과 말을 가지고 하는 놀이.

「첫 수까지는 몰라도……. 글쎄요, 적어도 마지막 부분의 몇 수만큼은 재구성할 수 있을 겁니다.」 그는 마치 새로운 각도에서 그림을 쳐다보는 듯한 제스처를 취했다. 「화가는 그걸 노리고 있는 것 같기도 합니다만……」 그는 세사르를 향해 고개를 돌렸다.

「화가의 노림수, 바로 그거요.」 세사르가 말했다. 「정확히 말하자면, 우리는 누가 기사를 잡았느냐, 그걸 알고 싶은 거요.」

「체스판 밖에 나온 백 기사를 두고 하는 말씀이군요.」

「그 정도야 기초 아닌가요?」 세사르는 씩 웃으며 말했다. 「친애하는 왓슨 씨.」

그러나 체스 플레이어는 세사르의 농담을 무시했다. 아니 그런 말을 좋아하지 않았다. 유머는 그의 성격이 아닌 듯싶었다. 훌리아는 소파로 다가가서 세사르 옆에 앉았다. 그녀

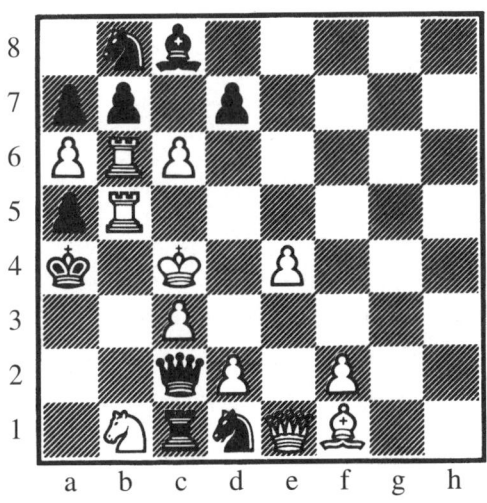

는 마치 믿기 힘든 공연을 보고 있는 어린아이처럼 짜릿한 기분에 빠져 들고 있었다. 이윽고 무뇨스는 마무리된 체스 게임 스케치를 그들 앞에 내려놓았다.

「이건 이 그림에 나온 게임을 그대로 옮겨 본 것입니다.」

체스 플레이어 무뇨스가 그린 것은 각 칸에 좌표를 표시하여 말들의 위치를 쉽게 찾을 수 있도록 만들어진 종이 체스판이자 일종의 도해표였다. 그것은 그림의 우측 인물 로제 드 아라의 위치에서 볼 때, 상대편을 향해 수직으로 1부터 8의 숫자와 수평으로 알파벳 a에서 h로 나뉘어져 있었다.

「더 기술적인 분류가 있지만 오히려 혼란만 가중시킬지도 모릅니다.」 체스 플레이어는 연필로 체스 도해표를 가리키며 말했다.

체스 도해표 아래에는 각각의 말에 해당하는 표식과 그것을 지칭하는 용어가 적혀져 있었다.[28]

그렇게 놓고 보니 모든 게 확연하게 구별되었다. 체스를 전혀 모르는 사람도 쉽게 알아볼 수 있었다. 예를 들어 흑 왕의 위치는 a4에, 백 주교는 f1에 위치하는 식이었다.

무뇨스는 두 사람의 의사를 확인한 후, 자신이 그린 몇 개

---

28) 원문은 스페인 어이나 독자들의 편의를 위해 영어로 표기함.

의 그림을 더 보여 주며 덧붙였다.

「지금까지 우리는 체스판에 올려져 있는 말들의 위치를 그림과 똑같이 배열해 보았습니다. 하지만 게임을 분석하려면 밖에 있는, 다시 말해서 잡힌 말들이 중요합니다. 그런데 왼쪽 인물의 이름은 뭐죠?」

「오스텐부르크의 페르디난트 대공이에요.」 훌리아가 대답했다.

「그렇다면 흑을 쥔 대공은 다음과 같은 말을 잡았군요.」

그것은 상대편의 백 주교 하나, 기사 하나 그리고 졸이 두 개였다.

반면, 백을 쥐고 있는 로제 드 아라가 잡은 말은 흑 졸 넷, 성장 하나, 주교 하나였다.

체스 플레이어의 설명에 따르면 지금까지의 결과를 놓고 볼 때 백이 흑보다 유리했다. 그러나 문제는 그 흑 중의 어느 말이 백 기사를 잡았느냐였다.

「결과는 하나지만 지금부터는 천천히 되짚어 볼 필요가 있습니다. 불 보듯 뻔한 사실이 진실을 오도하는 경우가 허다하니까요.」 그 부분에서 무뇨스는 자신의 표현이 지나쳤다는 듯 계면쩍은 표정으로 두 사람을 쳐다보았다. 「아무튼 방금 했던 얘기는 체스 게임에서도 똑같이 적용되는 원칙입니다.

백 기사를 잡은 것은 살아 있는 말일 수도 있고, 반대로 이미 죽어 있는 말일 수도 있다는 겁니다.」

「그럼 누가 실제로 기사를 죽였는지, 그 사실도 밝혀지겠군요.」 훌리아가 끼어들었다.

「그건 내가 관여할 문제가 아닙니다, 아가씨.」

「훌리아라고 불러 주시겠어요?」

「아무튼 그것은 제가 알 바가 아닙니다. 훌리아 씨……」 무뇨스는 잠시 머뭇거리다가 종이 체스판이 마치 잠시 끊긴 대화를 이어 주는 실마리나 되는 것처럼 그쪽을 향해 고개를 돌리며 덧붙였다. 「상형 문자를 해독하든 어떤 결론에 도달하든 그것은 나중에 두 분이 알아서 할 일이고, 난 단지 체스를 두고 있는 것뿐입니다. 두 분은 이 체스 게임에서 백 기사를 누가 잡았는가, 그것을 알기 위해 나를 데려온 게 아니었습니까?」

「듣고 보니 틀린 말이 아니구나.」 세사르가 훌리아를 쳐다보며 말했다. 「이 친구는 길을 제시하고, 우리는 이 친구가 제시하는 길을 해석하는 거란다. 공주야, 이런 것을 팀워크라고 부르더구나.」

훌리아는 담배에 불을 붙였다. 그녀는 담배 연기를 훅 날리면서 자신이 지나치게 형식적인 일에 얽매여 있었다고 생각했다. 신경이 예민해진 거야. 그녀는 가만히 세사르의 손을 찾았다. 그의 손목에서 부드럽고 규칙적인 맥박이 뛰고 있는 게 느껴졌다.

「얼마나 걸릴까요?」 그녀가 물었다.

「모릅니다.」 무뇨스는 엉성하게 면도가 된 턱을 긁적였다. 「반 시간, 아니면 일주일…… 경우에 따라 다르니까요.」

「그 경우란, 어떤 걸 두고 하는 말씀이죠?」

「여러 경우입니다. 예를 들어서 얼마나 체스에 집중하느냐, 그거죠. 물론 운도 뒤따라야 할 것입니다.」

「지금 당장 시작할 수 있어요?」

「이미 시작했습니다.」

「그럼 계속하실까요.」

그러나 체스 게임 분석은 연기될 수밖에 없었다. 그 순간 전화벨이 울렸던 것이다.

나중에서야 훌리아는 무슨 일이 일어나고 있었는지 짐작했다고, 그러나 사건이 해결되고 나서야 그렇게 말하는 것은 쉬운 일이라고 생각했다. 그리고 그녀는 나중에서야 그 사건이 얼마나 복잡하고 끔찍했는지 말할 수 있게 되었다. 실제로 그 사건은, 후대까지 풀리지 않는 그 복잡한 사건은 정확하게 1469년, 그러니까 청부 살인의 대가로 금화를 챙긴 익명의 궁수가 오스텐부르크의 성곽에서 사냥꾼 같은 인내심을 발휘하며 자신의 표적을 기다리던 순간부터 출발한 것으로 볼 수 있었다.

훌리아는 형사가 자신의 신분과 사건의 정황을 밝혔을 때만 해도 그다지 불쾌하지는 않았다. 그러나 그는 예술품 조사반에 속해 있다는 사실 외에 그와 비슷한 세계에서 일하는 사람들과 별반 다를 게 없었다. 형사는 흔히 그러하듯 타이를 고쳐 매는 예의를 지키면서 「어서 오십시오」, 「앉으십시오」 하는 등의 인사말을 건넸고, 대화 중에는 상대방의 의견에 동감한다는 표정으로 연신 고개를 끄덕이기도 했다. 그사이 훌리아는 그의 태도가 상대방에게 자신감을 불어넣어 주려는 것인지, 혹은 알면서 모른 척하거나 모르면서 아는 척하는 직업적 특성에서 비롯된 것인지 종잡을 수 없었다. 그녀를 심문한 형사는 땅딸막한 체구에 멕시코 스타일의 콧수염을 기르고 있는 카미시로 페이호 반장이었는데, 대화가 예술에 관계된 분야로 접어들자 자신을 예술품 애호가 — 그는 골동품 칼 수집가였다 — 라며 짐짓 겸손을 떨기도 했다.

훌리아는 파세오 델 프라도의 경찰서에서 페이호 반장과 대면한 지 채 5분도 못 되어 알바로의 죽음에 관한 몇 가지 세부 사항을 들을 수 있었다. 알바로는 늑골이 부러진 사체로 발견되었는데 사인은 샤워를 하다 미끄러진 것으로 추정되었다. 그 부분에서 형사 반장은 유감을 표시했지만 그의 표정은 고인에 대한 예의가 아니라 여자 청소부가 시신을 발견했다는 사실에 씁쓰레하고 있는 훌리아에 대한 감정 표시로 보였다. 아울러 형사 반장은 그 죽음을 우울한 사건 — 그는 그 부분에서 자신이 하는 말의 무게를 재는 것과 동시에 마치 비극적인 인간의 모습을 상상해 보라는 듯이 슬픈 표정을 지었다 — 이라고 전제한 뒤, 직접적인 사인은 두개골 아래 부위가 욕조의 가장자리로 보이는 단단한 물체의 충격에 함몰된 것으로 사료된다는 법의학적 소견이 있긴 하지만 또 다른 가능성도 배제할 수 없음을 지적했다. 그는 유난히 가능성이란 말을 두 번이나 되풀이하고 있었다.

「그러니까······.」 훌리아는 어안이 벙벙한 상태에서 테이블에 몸을 기댄 채 말했다. 「그분이 샤워를 하는 동안에 누군가가 다가와서 살해했을 가능성도 있다는 얘긴가요?」

형사 반장은 손가락을 좌우로 흔들며 너무 앞서 나가지 말라는 제스처를 취했다.

「난 단지 그럴 가능성에 대해 언급했던 것뿐이오. 하지만 초기 수사와 첫 부검은 일반적으로 볼 때 사고사와 일치하고 있소.」

「이 상황에서 일반적이라뇨?」 그녀는 단도직입적으로 나갔다. 「지금 무슨 말씀을 하시는 거죠?」

「다른 정황들이 없는 것은 아니란 뜻이오. 예를 들어 함몰 유형이나 사체의 위치랄까…… 하지만 세부적인 이야기는 아껴 두는 게 좋을 것 같소. 괜히 쓸데없는 생각을 하다 보면 일만 복잡해질 테니 말이오.」

「어이가 없군요.」

「나도 그쪽과 같은 심정이오.」 형사 반장은 동의를 표시했다. 그의 멕시코풍 콧수염이 역 갈고리 모양으로 움직이고 있었다. 「그렇지만 부검 결과에 따라 상황은 전혀 엉뚱한 방향으로 흐를 수도 있어요. 예를 들어 가해자가 피해자의 목덜미를 내려친 뒤에 사고사로 위장하기 위해서 피해자의 옷을 벗겨 샤워기 밑으로 옮겨 놓고 수도꼭지를 틀어 놓을 수도 있었다, 그 말이오. 그래서 우리는 그러한 가능성을 배제하지 않고 법의학적 차원에서 재조사를 진행하고 있는 중이오. 수사야 다각도로 이루어지겠지만 그 초점은 당연히 타격의 횟수에 있고, 그 방향은 타살을 전제로 하는 것과 사고사를 전제로 하는 두 가지 측면이 다 고려될 거요.」 그쯤에서 의자에 등을 기댄 그는 양손을 모아 깍지를 낀 채 느긋한 자세로 훌리아의 표정을 살폈다. 「물론 방금 말한 내용 역시 하나의 가설에 불과하지만 말이오.」

훌리아는 형사 반장을 쳐다보았다. 마치 자신이 지독한 농담거리의 대상이 되어 있는 듯한 기분에 사로잡혀 있었다.

그녀는 이제 막 들었던 말 — 물론 가설이라고 했지만 — 을 곰곰이 되새겼지만 가해자라는 인물과 알바로 사이의 직접적인 연관 관계를 설정할 수 없었다. 이건 전혀 어울리지 않는 사람에게 어울리지 않는 역할을 맡긴 거나 다름없어. 그녀의 내부로부터 누군가가 속삭이고 있었다. 이 일은 내가 알고 있는 알바로에 대한 이야기가 아니야. 세상에! 불쌍한 토끼처럼 목덜미를 맞고 살해된 알바로가 눈을 부릅뜬 채 차가운 물이 쏟아지는 샤워기 밑에서 벌거벗고 누워 있었다니, 이런 얼토당토 않는 일이 또 어디 있단 말인가.

「실제로 타살되었다고 가정하면 어떻게 되죠?」 훌리아는 자신의 마음을 추스르며 물었다. 「그런 경우는 누군가가 그 사람을 죽일 만한 이유를 가지고 있었다는 쪽으로 판단하겠군요. 그런가요?」

「마치 영화에서 나오는 대사처럼 좋은 질문이긴 한데······.」 형사 반장은 직업적인 신중함에서 나오는 표정을 지어 보이며 아랫입술을 깨물었다. 「솔직히 말하자면 아직은 용의 선상에 오른 인물은 없어요.」 두 사람 사이에 잠시 침묵이 흘렀다. 그사이 형사 반장은 마치 자신이 갖고 있던 카드를 몽땅 테이블 위에 펼쳐 놓았다는 듯 어깨를 흠칫 움츠리며 두 손바닥을 펼쳤다. 할 말을 다했다는 의미였다. 「사실 나는 그쪽에서 어떤 도움을 줄 것이라 믿고 있었소.」

「그쪽이라면, 지금 나를 지칭하는 건가요?」 훌리아가 반문했다.

형사 반장은 대답 대신 그녀를 쳐다보았다. 말없는 가운데 그의 시선이 위아래로 천천히 움직이고 있었다. 이미 친절이니 관대함이니 하는 느낌이 사라져 버린 그의 얼굴에는 기어

코 무엇인가를 찾아내고 말겠다는 표정이 역력했다.

「그쪽은 평소 고인과 각별한 사이였다고들 하던데…… 이런, 용서하시오. 내가 하는 일이 유쾌하지 못한 직업이라…….」 콧수염 주위로 번지는 웃음으로 보아 상대는 미안하다는 생각은 애당초 없는 것 같았다. 그녀는 담배를 꺼냈다. 「난 그저 단순한 사실을 얘기하고 싶었을 뿐이오.」 형사 반장은 마치 기다렸다는 듯 호주머니에서 성냥갑 ─ 곁에 네 개짜리 포크가 박힌 유명한 레스토랑의 이름이 적혀 있었다 ─ 을 꺼내더니, 이제 막 입술에 문 그녀의 담배에 불을 붙여 준 뒤에 물었다. 「두 분이 알고 지내는 사이였다는 말은 맞습니까?」

「맞아요.」 그녀는 지긋이 눈을 감은 채 담배 연기를 내뿜었다. 불편한 심사에 분노가 겹치고 있었다. 상대는 아직도 상처 자국이 사라지지 않은 삶의 한 조각을 단 한마디, 즉 그렇고 그런 이야기쯤으로 요약했던 것이다. 그녀는 땅딸막한 체구에 우스꽝스런 수염이 달린 비열한 인간이 상대방을 마치 푸줏간의 고깃덩어리로 여기고 그 가격을 재어 가면서 마음껏 즐기고 있다는 생각이 들었다. 한때 피해자의 연인이었다는 여자가 왔는데, 꽤나 쓸만하더군. 그 인간은 잠시 후 맥주로 목을 축이고자 〈브리가다 바〉로 내려가는 동안 동료들에게 말도 되지 않는 소리를 떠벌일 부류로 보였다. 까짓 거 마음만 먹으면 아무나 할 수 있는 것 아니야?

훌리아는 자신의 상상이 비약되는 것을 억누르면서 직면한 현실 상황에 충실하고자 안간힘을 쓰기 시작했다. 알바로는 죽었어. 어쩌면 살해당했는지도 몰라. 아울러 그녀는 지금 경찰서에 있다는 것과 전혀 이해되지 않는 사실 앞에 처해 있다는 현실을 자각했고, 따라서 그 현실을 현명하게 대처하지 못하면 자칫 엉뚱한 상황으로 내몰릴 수도 있다고 판단했다.

그 순간 그녀는 온몸이 방어 태세를 갖추면서 긴장되고 있는 것을 느꼈다. 그때서야 그녀는 이미 동정이나 친절 따위는 사라지고 없는 상대의 얼굴을 직시했다. 모든 것은 진술을 받아 내기 위한 전술에 불과해. 그녀는 마음속으로 중얼거렸다. 따라서 어느 때보다 차분하고 냉정해야 돼. 상대는 형사가 아닌가. 상대는 다른 사람들과 마찬가지로 필요하면 모호하고 비속한 방법으로 상대편을 대할 수 있는 인간이자 자기 직업에 충실한 인간 아닌가. 생각이 거기까지 미치자 그녀는 비로소 상대의 관점에서 상황을 파악해야 할 필요성을 느꼈다. 그랬다. 살해된 자의 연인, 그게 상대가 확보한 유일한 실체이자 사건을 해결할 수도 있는 실마리인 셈이었다.

「하지만 오래된 얘기예요.」 훌리아는 형사 반장의 테이블에 놓여 있던 재떨이 — 티끌 하나 없이 깨끗한 재떨이에는 금속으로 만들어진 클립이 가득 들어 있었다 — 에 담배재를 털며 차분하게 말했다. 「이미 일 년 전에 끝났으니까요…… 그거야 잘 알고 계실 테죠?」

형사 반장은 팔꿈치를 테이블에 기대며 훌리아를 향해 몸을 기울였다.

「그렇소.」 그는 당연하다는 투로 말했다. 「그쪽은 사흘 전에 고인과 만났지요?」

훌리아는 내심 놀랐으나 이제 막 어이없는 말을 들은 사람처럼 얼빠진 표정을 지었다. 그랬으리라. 그는 이미 대학에 가서 여러 가지 사실을 탐문했을 것이다. 상대는 형사가 아닌가. 그녀는 그때서야 상대가 볼펜을 들었지만 여태껏 아무것도 메모하지 않고 있다는 사실을 깨달았고, 그것은 상대방으로 하여금 자유스런 분위기를 유도하여 보다 많은 얘기를 듣기 위한 신문 방식이라고 생각했다.

「요즘 복원하는 그림 때문에 상의할 게 있었어요.」그녀가 말했다. 「반장님도 잘 알고 계시겠지만 우린 교수실에서 거의 한 시간 정도 얘기를 나눴어요. 그것만이 아니에요. 나중에 만나기로 약속도 했었죠. 그분을 다시 보지 못했지만 말이에요.」

형사 반장은 손가락으로 성냥갑을 빙글빙글 돌리고 있었다.

「무슨 얘기를 나눴던가요?⋯⋯ 아, 이런 식의 질문을 한다고 해서 너무 지나친 게 아니냐고 생각하진 마시오. 이 정도는 요식 행위나 마찬가지니까.」

훌리아는 담배를 한 모금 빨며 상대를 물끄러미 쳐다보다가 천천히 고개를 저었다.

「날 순전히 바보로 생각하시군요.」

형사 반장은 가만히 허리를 곧추세우며 눈꺼풀을 내리깔았다.

「죄송합니다만, 방금 무슨 말씀을 하셨는지⋯⋯?」

「그 말은 내가 묻고 싶은 말이에요.」 훌리아는 찬찬히 다가서는 그의 눈길을 무시하듯 금속 클립이 가득 찬 재떨이에 담배를 거칠게 눌러 끄며 덧붙였다. 「난 반장님이 묻는 말에 얼마든지 대답할 수 있어요. 하지만 그 이전에 알바로 교수가 욕조에서 정말로 미끄러졌는지 그것부터 알아야겠어요.」

「흠.」 형사 반장은 의외의 사태에 당황하는 눈치였다. 「난 그 점에 대해 확실하게 알지 못한다고 말씀드렸을 텐데요⋯⋯.」

「그러면서 이런 대화를 계속해야 하나요? 만일 그분의 죽음에 의혹이 있어서 얘기를 듣고 싶은 생각이라면, 과연 내가 그 사건의 용의자인지 그것부터 밝히세요. 그래야만 내가 당장 이곳을 나가야 하는지, 아니면 변호사를 불러야 하는지를 결정할 수 있을 것 아니에요. 안 그래요?」

형사 반장은 팔을 들어 손바닥을 펼쳐 보였다. 화해의 제스처인 셈이었다.

「그런 결정을 하기엔 때가 이른 것 같습니다만……」 그는 계면쩍은 웃음을 지으며 적당한 말을 찾는 듯 의자에서 몸을 들썩이며 덧붙였다. 「지금 이 순간까지 알바로 교수는 사고사로 되어 있소.」

「만약에 그 멋진 부검의들이 반대 의견을 제시한다면 어떻게 되죠?」

「그 경우야……」 그는 다소 불확실한 표정을 지었다. 「그쪽은 피해자와 관계된 모든 사람들과 비슷한 처지에 놓이게 될 거요. 물론 그 처지란 게 어떤 것인지 굳이 설명하지 않아도 잘 아실 테고…… 상상하실 수 있으리라 믿습니다.」

「문제는 거기 있군요. 하지만 난 그분을 죽이고 싶어했던 사람들을 상상조차 할 수 없으니 무척이나 유감이군요.」

「그건 그쪽 생각이오. 하지만 이런 경우는 어떻게 생각하시오? 학점을 받지 못한 학생들, 질투심을 느낀 동료 교수들, 앙심을 품은 연인들, 아내를 빼앗긴 남편들, 비타협적인 남편들, 거기다가……」 형사 반장은 엄지로 다른 손가락을 꼽아 나가다 이내 부족해지자 손가락을 폈다. 「아무튼 그런 의미에서 그쪽의 증언은 무척 중요하다고 볼 수 있소.」

「지금 나를 앙심을 품은 연인들의 범주로 본다는 뜻인가요?」

「그렇게까지 멀리 가고 싶진 않습니다. 아가씨, 당신은 피해자의 두개골이 함몰되기 전에 피해자를 만났어요. 그것도 불과 몇 시간 전에 말이오.」

「방금 몇 시간 전이라고 했나요?」 그녀의 입장에선 어이없는 일이었다. 「그때가 언제죠?」

「사흘 전이오. 정확히 수요일, 오후 2시에서 자정 사이였소.」

「그건 불가능해요. 뭔가 착오가 있었던 게 분명하군요.」

「착오?」 돌연 형사 반장의 안색이 변했다. 그는 노골적으로 불신을 드러내며 상대를 쳐다보았다. 「그럴 가능성은 없소. 그건 감식을 맡았던 부검의의 정확한 소견이니까.」

「틀림없어요. 그것도 무려 24시간의 오차가 있어요.」

「무슨 근거로 그런 말을 하는 겁니까?」

「그분은 목요일, 그러니까 내가 그분을 만난 다음날, 자료를 보내 왔으니까요.」

「어떤 자료였습니까?」

「복원 작업에 관계된 참고 자료였어요.」

「그걸 우편으로 받았습니까?」

「택배 회사 직원이 가져왔더군요. 저녁 무렵이었어요.」

「그럼 그곳 이름도 당연히 기억하시겠군요.」

「〈우르브 익스프레스〉. 정확히, 목요일 오후 8시경이었어요······. 자, 이제 방금 하신 말씀은 어떻게 설명하실 거죠?」

형사 반장은 한숨을 내쉬었다. 여전히 미덥지 못한 눈치였다.

「말이 되지 않소. 목요일 저녁이라면 피해자는 이미 24시간 전에 죽었다는 말인데 서류를 보내다니······흠, 그렇다면…….」 그러나 형사 반장은 그 부분에서 말을 끊었다. 상대방으로 하여금 잘 생각해 보라는 의도가 숨겨져 있었다. 잠시 후 그가 다시 입을 열었다. 「누군가가 피해자 대신에 그 일을 했다고 봐야 하겠군.」

「누군가가 그랬다고요? 그 사람이 누구죠?」

「피해자를 죽인 사람 말이오. 만일 교수가 살해당했다면 그자가 용의 선상에 놓이게 될 것이오. 물론 용의자는 남자가 될 수도 있고, 여자도 될 수 있소.」 그는 훌리아를 똑똑히 쳐다보며 말했다. 「난 이따금 왜 남자만 범죄자로 지목되는지 이해가 안 될 때가 있소.」

그러나 훌리아는 그 말을 무시했다.

「교수가 보냈다는 그 자료에 편지나 메모 같은 것은 없었습니까?」 형사 반장은 갑자기 어떤 생각이 떠올랐다는 듯이 이마에 손을 갖다 대며 물었다.

「복원 작업에 필요한 참고 자료가 전부였고, 그러기에 나는 그 자료를 보낸 사람이 그분이라고 믿었지요. 혹시 이쪽에서 뭔가 착오가 생긴 것은 아닌가요?」

「착오는 있을 수 없소.」 형사 반장은 단호하게 말했다. 「교수는 수요일에 죽었고, 당신은, 당신 말에 따르면 목요일에 자료들을 받았소. 따라서 그 택배 회사가 늑장을 부리지 않았다면…….」

「그 점에 대해서는 확실해요. 그 봉투 밑에 찍힌 날짜도 목요일이었으니까요.」

「그날 저녁에 아가씨를 본 사람이 있습니까? 다시 말해 그쪽의 진술을 증명할 증인이 있었는가를 묻고 있소.」

「물론 있었어요. 멘추 로치 씨와 세사르 오르티스 데 포사스 씨라고…….」

형사 반장은 흠칫 놀란 표정을 지었다.

「방금 말씀하신 분이 돈 세사르 씨가 맞나요? 프라도 거리에서 골동품 가게를 경영하는 분 말이오?」

「그래요. 그분을 알고 있나요?」

형사 반장은 고개를 끄덕이며 잠시 생각에 잠겼다.

「일을 하다 보니 알게 되었소. 하지만 두 분이 알고 지내는 사이인지는 미처 모르고서…….」

「덕분에 이제 알게 되었으니, 그나마 다행이군요.」

형사 반장은 곤혹스런 표정을 지으며 손에 쥐고 있던 볼펜으로 테이블을 두드렸다. 나중에 안 사실 — 다음날 세사르를 통해 들었다 — 이지만 형사 반장 카시미로 페이호는 그 직업의 전형적인 모델이 될 만한 인물과는 거리가 멀었다. 그는 예술품이나 골동품을 취급하는 세계에 발을 들여놓고서 월말이면 봉급 외에 부수입을 챙기고 있었다. 이따금 도난품을 찾게 되면 적당히 누락시켜, 그 중 일부를 중개인을 통해 처분하고 일정한 지분의 대가를 챙겼던 것이다. 세사르와의 관계 역시 그런 선상에 있었다.

「하지만 증인이 있었다고 해도 혐의가 벗겨지는 것은 아니겠군요.」 훌리아가 입을 열었다. 「그 참고 자료를 고인이 아니라 나를 포함한 다른 사람이 보낼 수도 있으니 말이에요.」

형사 반장은 말없이 고개를 끄덕였지만 아까와는 달리 상당히 경직된 표정을 짓고 있었다.

「아무튼 이번 사건은 생각보다 까다롭게 되었군.」 그는 마치 혼잣말로 중얼거리듯 내뱉었다.

훌리아는 허공을 바라보았다. 왠지 불길한 느낌을 떨쳐 버릴 수 없었다.

「과연 어떤 사람일까요?」 그녀가 물었다. 「내가 그 자료를 받게 됨으로써 나름대로 이익을 볼 수 있는 사람 말이에요.」

그러나 형사 반장은 그녀의 말을 듣고 있는 것 같지 않았다. 잠시 후 그는 대답 대신 지긋이 아랫입술을 깨물며 서랍에서 수첩을 꺼냈다. 이어 몇 가지를 묻고 적기도 했지만 지금까지와는 달리 열의가 사라진 모습이었다.

비가 오고 있었다. 끊어질 듯 이어지는 가랑비였다. 홀리아는 한참 동안 경찰서 앞에 서 있었다. 정문을 지키는 제복 차림의 경찰이 힐끗힐끗 쳐다보고 있었지만 개의치 않았다. 길 건너편에 늘어선 나무들 사이로 보이는 박물관의 신고전주의풍 외관이 분수대 정원에서 뿜어져 나오는 강렬한 스포트라이트의 빛을 받아 웅장한 모습을 드러내고, 물기 젖은 아스팔트 거리는 간간이 내달리는 차량들의 전조등 불빛을 반사하며 촉촉하게 빛나고 있었다.

이윽고 가죽 사파리 재킷의 깃을 세운 그녀는 건물 벽에 부딪쳐 나오는 자신의 발자국 소리를 들으며 발걸음을 떼기 시작했다. 늦은 시간이라 길을 걷는 사람 하나 찾아볼 수 없는 한적한 밤이었다. 그녀의 그림자를 앞으로 길게 늘어뜨리며 뒤쪽에서 달려오던 자동차 한 대가 모터의 굉음 소리와 함께 후미등의 적색 불빛을 남기며 저만치 멀어지자 도로는 다시 적막감에 휩싸였다.

그녀는 건널목에서 적색 신호등이 녹색 신호등으로 바뀌어지길 기다리는 동안 또 다른 녹색을 찾아 주위를 둘러보았다. 그것은 인근 도로로 지나가는 택시들의 표시등에서, 대각선 저쪽의 건널목 신호등에서, 그리고 멀리 어두운 밤하늘을 밝히고 있는 크리스털 빌딩의 꼭대기에서 청색과 황색이 겹쳐진 채 빛을 발하는 네온사인에서 발견되었다. 그 빌딩의 꼭대기 층은 누군가가 밤늦도록 일을 하고 있는지, 아니면 청소를 하고 있는지 여전히 불이 켜져 있었다. 그녀는 신호등이 녹색으로 바뀌자 발걸음을 떼면서 이번에는 적색을 찾았다. 대도시의 어둠 속에서 적색을 찾는 것은 녹색보다 쉬울 것 같았다. 그러나 그녀의 시선은 너무 멀리 떨어진 탓에 사이렌 소리조차 들리지 않는 경찰차의 비상등의 청색 불빛을 따라가고 있었다. 적색 불빛, 녹색 신호등, 청색 네온사인, 청색 불빛…… 그것들은 저 기이한 밤의 정경을 해석할 수 있는 색깔들이자, 〈야경〉이라고 이름 붙일 수 있는 그림을 완성하는데 필수적인 팔레트가 될 거야. 그녀는 마음속으로 중얼거렸다. 그 그림을 〈로치 화랑〉에 전시하면, 멘추는 그 제목에 대해 설명해 달라고 하겠지. 흑색의 톤, 즉 흑색의 어둠, 흑색의 안개, 흑색의 두려움, 흑색의 고독…….

나는 정말 두려워하고 있는가. 이런 상황에 처해 있지 않았다면, 그 두려움은 두어 명의 친구와 장작불이 타오르는 벽난로 앞에서 포도주를 마셔 가며 열띤 학술적 토론을 주고받는 테마가 되었을 것 아닌가. 어떤 일이 전혀 예기치 못한 요인이 될지도 모른다는 두려움, 늘 잠재되어 있었음에도 불구하고 한순간에 들춰지게 될지도 모른다는 두려움, 어떤 현실에 대한 무시무시한 자각으로서의 두려움. 무의식에 대한 마지막 파괴자로서의 두려움, 혹은 지금 받고 있는 은총이 단절될지도 모른다는 두려움, 죄에 대한 두려움…….

그렇지만 밤의 색채 사이를 걷고 있는 동안, 그녀는 자신의 두려움을 학술적인 테마로 다룰 만한 그런 여유는 없었다. 물론 그녀 역시 두려움에 대한 경험이 없는 것은 아니었다. 그러나 지금 느끼는 두려움은 속도계 바늘이 적색 경고선을 넘어가면서 전방의 정경이 옆으로 기울어지고, 동시에 아스팔트 길에 단속적으로 그려진 중앙선이 꼬리를 잇는 예광탄처럼 차를 향해 달려드는, 마치 전쟁 영화에서 총탄이 빗발처럼 날아드는, 바로 그 순간에 느끼는 두려움과는 달랐다. 배의 갑판에서 깊은 바다로 뛰어든 순간, 맨살에 닿는 섬뜩한 두려움이나 그 바다의 깊이를 모르는 불안한 마음에서 오는 두려움, 혹은 두 발이 바닥에 닿지 못한 채 허우적거리고 있다는 사실에서 불안해 하는 두려움과는 달랐다. 밤새 잠을 뒤척이는 동안 현실과 상상 사이를 변덕처럼 오가는, 눈을 뜨면 사라지거나 단호한 의지로 지울 수 있는, 그리하여 원하는 순간에 언제라도 현실로 되돌아올 수 있는 두려움과는 달랐다.

그녀가 이제 막 발견한 두려움은 달랐다. 그것은 새로운, 전혀 엉뚱한, 고통과 형벌에 근원을 두고 있는, 두려움 Miedo의 이니셜인 〈M〉으로 시작되는 악Mal의 그림자였다. 악(惡). 살해된 한 남자의 몸 위에 샤워기의 꼭지를 열어 놓을 수 있는 그것은 두려움이 아니라 악이었다. 그것은 단지 흑색의 어둠, 흑색의 안개, 흑색의 고독으로만 그릴 수 있는 악이었다. 두려움Miedo의 이니셜 〈M〉, 혹은 죽임Matar의 이니셜 〈M〉으로 그릴 수 있는 악이었다.

죽임. 하지만 그것은 하나의 가설에 불과해. 그녀는 아스팔트 바닥에 드리워진 자신의 그림자를 바라보며 중얼거렸다. 사람들은 욕조에서 미끄러져 죽고, 계단에서 구르다 죽고, 신호등이 바뀌어 뛰어나가다 죽지 않는가. 형사들이나 부검의들은 직업적 특성으로 인해 현실을 지나치게 비약하기를 좋아하지 않는가. 이 모든 것은 사실이다. 하지만 모든 게 사실이듯 알바로가 죽은 지 24시간이 지난 후에 자료를 건네받았다는 것도 사실이었다. 따라서 그것은 사실이지 가설이 아니었다. 그녀의 서류는 분명 작업실에, 작업실 서랍 속에 들어 있었다. 따라서 그것은 가설이 아닌 사실이자 현실이었다.

생각이 거기까지 미치자 그녀는 자신의 몸이 부르르 떨려오는 것을 느꼈다. 순간 그녀는 뒤를 돌아다보았다. 누군가가 뒤를 밟고 있는 것처럼 느껴졌다. 설마? 그러나 그녀는 누군가를 보고 말았다. 그녀를 따라오고 있는지 아니면 그냥 걸어오고 있는지, 그것은 확실하지 않았지만 누군가가 걸어오고 있었다. 불과 50미터의 거리였다. 나뭇가지 사이로 나타났다 사라지는 미지의 인물은 이따금 박물관의 외벽에서 반사되고 있는 빛에 그 형체를 드러내고 있었다.

그녀는 곧장 앞만 바라보며 걸음을 재촉했다. 온몸의 근육이 수축되면서 당장이라도 뛰어가라고 충동질하고 있었다. 어린 시절, 집 입구에 드리워진 어둠이 무서워 대문이 보이는 지점부터 정신없이 뛰기 시작해서 단숨에 계단을 오르던 때의 절박함과 똑같은 심정이었다. 거의 제정신이 아니었다. 어느 틈에 정상적인 판단에 익숙한 자아가 끼어들고 있었다. 무슨 생각을 하는 거야. 50미터쯤 떨어진 곳에서 누군가가 같은 방향으로 걷는다는 이유만으로 도망치다니? 말도 안 돼. 그러자 이번에는 또 다른 자아가 그녀를 재촉했다. 물론 아닐 수도 있겠지. 하지만 살인자일지도 모르는 누군가가 뒤따르고 있는데 태연하게 걷고 있다니! 그건 자살 행위나 다름없어. 논리와 비논리, 이성과 비이성이라 할 수 있는 모든 사고들이 그녀의 뇌리 속에서 어지럽게 교차되고 있었다. 순간 그녀는 중간자의 입장에 서기로 결심했다. 어쩌면 자신의 상상이 전혀 엉뚱한 곳으로 비약되고 있는지도 모른다고 생각했다. 확인. 그래, 우선 해야 할 일은 확인을 하는 거야. 그녀는 깊은 숨을 들이마시고 길게 내뱉은 뒤에 힐끔 뒤를 돌아보았다. 미지의 인물은 여전히 그녀의 뒤를 따라오고 있었다. 두 사람 사이의 간격은 훨씬 좁혀져 있는 것 같았다. 두려움이 스멀스멀 등 뒤로 안겨 들고 있었다. 어쩌면 알바로는 사고가 아니라 살해된 것일지도 몰라. 자료를 보낸 자, 그자가 바로 알바로를 살해한 자일지도 몰라. 순간 어떤 생각이 그녀의 뇌리를 스쳐 가고 있었다. 「체스 게임」, 알바로, 홀리아, 살인자로 추정되는 인물…… 아! 나는 막다른 골목으로 들어선 거야. 그녀는 혼잣말로 중얼거렸다. 그녀는 도움을 청할 만한 사람을 찾아 주위를 둘러보았다. 그곳을 빠져나가기 위해 팔짱을 낄 수 있는 사람을 찾았다. 다시 경찰서로 돌아갈까 하는 생각도 했다. 그러나 그럴 수 없었다. 그건 오히려 자신을 따라오는 미지의 인물에게 나를 잡아가라고 순순히 다가서는 짓이나 다름없었다. 택시를 타고 싶었지만 구원의 녹색 등을 켠 빈 차는 보이지 않았다. 입천장이 바싹 타들어 가고 있었다. 차분해야 돼. 그녀는 스스로를 다독거렸다. 바보야, 이럴수록 차분해야 한다고. 그녀는 마침내 마음의 안정을 되찾고 있었다. 그때서야 그녀는 힘껏 뛰기 시작했다.

실내는 LP에서 흘러나오는 마일스 데이비스의 가슴을 쥐어뜬는 듯한 트럼펫 연주곡이 잔잔하게 깔리고, 소형 램프의 미미한 빛이 흐르는 가운데, 벽시계의 추가 규칙적인 진자 운동으로 흔들리고 있었다. 양탄자 위에는 소량의 보드카에 얼음 조각이 담긴 크리스털 잔과 한줄기 담배 연기가 피어 오르는 재떨이가 놓여 있었다. 소파에 앉은 훌리아는 무릎을 껴안은 채 움직일 줄 몰랐다. 얼굴을 가린 길게 늘어뜨린 머리카락, 그 사이로 빛나는 그녀의 눈동자는 정면에 놓인 그림을 향하고 있었다. 아니 그녀의 시선은 그림이 아니라 그림의 어느 지점, 정확히 체스를 두고 있는 두 남자와 창문 옆에 앉은 여인의 중간 지점에 고정되어 있었다.

훌리아는 이미 시간의 개념을 잊고 있었다. 그녀는 보드카의 부드러운 취기와 팔꿈치를 통해 와닿는 허벅지와 무릎의 온기를 느끼는 한편 간간이 어둠 속에서 흐르고 있는 트럼펫 연주에 맞춰 머리를 흔들기도 했지만 마치 석화된 사람처럼 어둠 속을 응시하고 있었다. 사랑해. 그녀는 마음속으로 중얼거리고 있었다. 오늘 밤, 나의 영혼을 쥐어짜고 나의 기억을 일깨우는 너는 나의 유일한 친구야. 그사이 트럼펫 연주음은 어둠이 깔린 실내와 두 남자가 여전히 체스 게임에 몰두하고 있는, 가로등 불빛이 환하게 드리운 스튜디오의 창문을 통해 밖으로 흘러 나가고 있었다. 어쩌면 거리의 가로수나 현관 옆에 서성거리며 그녀의 스튜디오를 올려다보고 있는 누군가가 그녀의 작업실 창을 통해, 혹은 녹색과 황토색으로 채색된 정경과 멀리 잿빛 첨탑 위의 종루가 보이는 그림 속의 창문을 통해 흘러나오는 음악 소리를 듣고 있는지도 몰랐다.

5
흑녀의 미스터리

이미 사악한 나라에 들어왔다는 것은 알았지만,
그곳의 전투 규칙은 모르고 있었다.
— 게리 카스파로프[29]

진열장 뒤에 놓인 옥타비오, 루신다, 스카라무슈 도기 인형들이 늘 그렇듯 존경할 만한 침묵과 완벽한 정지 상태에서 실내를 지켜보고 있었다. 훌리아는 진열장에 반사된 빛에 세사르의 벨벳 재킷 무늬가 물결처럼 요동치는 것을 바라보면서 자신의 오랜 친구이자 동료이며 어떤 때는 아버지 같은 그가 지금처럼 묵묵하게 자리를 지키고 있는 모습을 본 적이 없다고 생각했다. 그의 모습은 마치 골동품 가게의 그림과 크리스털과 융단 사이사이에 자리를 잡고 있는 청동이나 테라 코타 혹은 대리석으로 만들어진 조각상들 중의 하나처럼

---

29) Gary Kasparov(1963~). 러시아 출신의 체스 플레이어. 1985년 카르포프를 꺾고 최연소 세계 챔피언이 되었고, 최근까지 챔피언을 유지했다.

보였다. 하긴 훌리아와 세사르는 골동품 가게에 있을 때 그곳의 장식품들의 일부였고, 현실 세계보다는 바로크풍의 연극 무대에 어울리는 소품 그 자체였다. 목에 짙은 적포도주 색깔의 실크 스카프를 두르고 손가락 사이에 기다란 상아 물부리를 끼우고 있는 세사르의 자태, 다리를 꼬고 앉은 채 무릎 위에 파이프를 들고 있는 손 위에 다른 손을 자연스럽게 올린 자세, ─ 사실 그것은 용의주도한 계산에서 나온 자세였다 ─ 창문을 통해 쏟아지는 빛의 후광에 의해 하얀 실크 타래처럼 보이는 백발, 다양하면서도 고전적인 색상의 의상······ 이런 특징들은 그에게서 괴테를 연상하도록 만들고 있었다. 한편 훌리아는 베네치아풍의 레이스 깃이 달린 흑색 블라우스 차림이었다. 그녀는 커다란 베네치아풍의 거울 속에 비치고 있는 마호가니와 진주로 장식된 가구들, 장식용 양탄자와 직물들, 깨진 고딕 세공품을 지탱하는 기둥들 사이에서 자신의 옆모습을 물끄러미 바라보다가 얼핏 누군가의 눈길과 마주쳤다. 청동으로 만들어진 한 검투사의 눈빛이었다. 청동상의 눈빛 속에는 한 손에 무기를 들고 다른 쪽 팔꿈치를 땅에 기댄 채 몸을 일으키고자 안간힘을 쓰면서 어느 전지전능한 황제의 판결 ─ 엄지손가락을 올리거나 내리는 것에 따라 생사가 결정되는 순간 ─ 을 기다리고 있는 듯한 체념과 절망이 담겨져 있었다.

「가슴이 떨려요.」 마침내 훌리아가 한숨을 쉬듯 내뱉었다.

세사르는 모든 것을 이해하면서도 어쩔 수 없다는 느낌이 반쯤씩 섞인 표정을 지으며 푸르스름한 정맥이 드러나는 손을 들었다. 금빛 허공에 멈춰선, 우아하면서도 표현주의적인 그의 제스처는 마치 흠모하던 귀부인과 함께 수레를 타고 가던 18세기의 한 신하가 그 길의 마지막 지점에 버티고 있는 단두대를 보자 최후의 순간이 임박했음을 각오하면서 사랑하는 부인에게 보내던 최후의 모습 같은, 절박한 현실 앞에서의 한계성과 연약한 연대감을 놓칠 수 없다는 애정의 표시처럼 보였다.

「애야, 지나친 걱정에 사로잡혀 있는 것 같구나.」 이윽고 세사르가 입을 열었다. 「난 네가 너무나 앞지르고 있다는 생각이 들어. 더욱이 알바로가 욕조에서 미끄러지지 않았다는 사실이 증명된 것도 아니지 않느냐 말이다.」

「그러면 그 자료들은 어떻게 된 거죠?」

「솔직히 말해서, 그것은 나도 설명이 안 되는구나.」

훌리아는 비스듬히 고개를 기울였다. 그 바람에 머리칼이 한쪽 어깨 위로 미끄러져 내렸지만 그녀는 쓸어 올릴 생각조차 하지 않았다.

「오늘 아침 눈을 떴을 때만 해도 난 모든 현실이 일시적인 혼란이길 바랐어요. 그저 잠시 스쳐 가는······.」

「그랬겠지.」 그는 잠시 그녀의 말을 생각하는 듯한 표정을 지으며 덧붙였다. 「그러나 형사가 품위를 지키거나 부검의들이 오판을 저지르지 않는 경우는 영화에서나 가능하단다. 하긴 요즘 영화에서는 그것조차 찾을 수 없으니.」

그는 쓴웃음을 지었다. 훌리아는 세사르를 쳐다보고 있지만 그의 말에 거의 귀를 기울이지 않고 있었다.

「알바로가 살해당했다니······ 그걸 믿겠어요?」

「공주야, 자신을 스스로 괴롭히지 말아라. 그것은 단지 무리한 가설에 불과할 뿐이다. 아무튼 너는 그 일에 집착해선 안 돼. 모든 것은 끝났고, 그 친구는 갔다. 게다가 오래전에 너를 떠난 사람 아니냐.」

「이런 식으로 떠나진 않았어요.」

「어떻게 떠났건, 그것은 중요하지 않단다. 그 사람은 죽었고, 그것으로 끝났다는 사실만 남았단다.」

「정말이지 생각하면 할수록 소름 끼치는 일이에요.」

「그렇겠지. 하지만 더 생각한들 얻을 것은 하나도 없단다.」

「없다고요? 알바로는 죽었고, 나는 조사를 받았어요. 그뿐인 줄 아세요? 누군가가 나를 감시하고 있는 기분이에요. 어쩌면 〈체스 게임〉을 노리고 있는지도 몰라요. 그러니 나더러 어떡하란 말이에요.」

「얘야, 그건 간단한 일이다. 그 그림이 마음에 걸리거든 멘추에게 돌려주면 된단다. 알바로의 죽음이 사고사가 아니라고 생각되면 여행 삼아 여길 떠나는 게 어떻겠냐. 우리 둘이 파리에서 한두어 주쯤 보낼 수도 있으니까 말이다. 더욱이 난 거기서 할 일도 아주 많지……. 어쨌든 이곳 일이 정리될 때까지는 떠나 있는 게 낫겠구나.」

「도대체 무슨 일이 벌어지고 있는 거죠?」

「그건 나도 모르는 일이다. 따지고 보면, 아무것도 모르고 있다는 게 최악의 현실인 것은 분명한데도 말이다. 너도 그렇겠지만, 나 역시 그 자료와 관련된 게 없었다면 알바로에게 무슨 일이 일어났건 그렇게 걱정하지 않았을 게다.」 그는 그쯤에서 어색한 웃음을 지으며 덧붙였다. 「사실 께름칙한 기분이 들지 않는 것은 아니란다. 네가 알듯 난 영웅이니 호걸이니 하는 인물이 못 되니까 말이다. 모르지, 우리 둘 중에 한 사람이 일종의 판도라 상자를 열었는지도…….」

「그 그림…….」 그녀가 전율을 느끼며 말했다. 「그 속에 감쳐진 라틴 어 말인가요?」

「난 마치 거기서 모든 게 시작된 것처럼 보이는구나.」

순간 훌리아는 거울로 눈길을 돌렸다. 그리고 거기에 비친 자신의 모습을 바라보았다. 크고 검은 눈, 검은 머리칼, 며칠간 잠을 설쳐 푸석푸석한 얼굴……. 그러나 그녀는 마치 그 여자가 누구인지 모르는 사람이나 되듯 뚫어지게 바라보고 있었다.

「나를 죽일 수도 있어요.」 그녀가 어떤 결론을 내리듯 말했다.

그 말에 세사르는 상아 물부리를 움켜쥐었다.

「내가 살아 있는 한 그렇게는 안 돼.」 그는 순간적으로 호전적인 결의를 표명했다. 정교하면서도 날카로운, 거의 여성적인 음성이었다. 「물론 나라고 해서 두렵지 않다거나 열악한 상황에 처하지 말라는 법은 없어. 하지만 내가 이렇게 존재하는 한 감히 어느 누구도 너를 해치지 못해.」

그녀는 감동에 젖은 채 웃을 수밖에 달리 표현할 방도가 없었다.

「하지만 우리가 뭘 할 수 있죠?」 한참 만에 그녀가 내뱉듯 물었다.

그는 고개를 숙였다. 무엇인가를 심각하게 생각하는 눈치였다.

「그런 생각은 좀 이른 것 같구나. 아직 알바로의 죽음이 사고사인지 타살인지 그것조차 확인되지 않았으니 말이다.」

「하지만 그 자료가 있잖아요.」

「나는 어디선가, 아니 누군가에게서 그 문제에 대한 해답을 찾을 수 있을 것이라고 확신한단다. 그러나 지금 이 순간에 중요한 것은 너에게 자료를 보낸 자가 이 사건에 관계된 사람인지, 아니면 전혀 관계가 없는 사람인지 그걸 알아야 해.」
「만일 최악의 상황으로 가면 어떻게 되죠?」
그는 즉답을 피하고 잠시 생각에 잠겼다.
「그 경우, 두 가지 선택밖에 없을 것 같구나.」 그가 말했다. 「고전적인 방법이다만 달아나거나 당당히 맞서는 거야. 물론 양자택일이라는 딜레마에 빠지면 나는 달아나는 쪽을 택하겠지. 공주야, 그렇게 말했다고 해서 너무 마음에는 두지 말아라. 너도 알다시피 나는 가증스럽게 소심한 겁쟁이도 될 수 있는 사람이니까 말이다.」
그녀는 깍지를 끼고 목덜미를 감싸 안은 채 이제 막 들었던 그의 말을 천천히 생각했다.
「자초지종도 알아보지 않고 일단은 달아나고 보겠다는 뜻인가요?」
「그렇고말고. 너도 알고 있겠지만 호기심이 고양이를 죽였단다.」
「그건 내가 어렸을 때 가르쳐 준 게 아니잖아요. 기억하세요?⋯⋯ 상자를 열어 보기 전에는 절대 방을 나서면 안 된다는 이야기요.」
「물론 기억하지. 하지만 그건 욕조에서 미끄러진 사람들이 없었던 시절의 얘기란다.」
「위선자. 마음속으로는 도대체 무슨 영문인지 알고 싶어 죽을 지경이면서 어떻게 그런 식으로 말할 수 있죠?」
그 말에 그는 잔뜩 화가 난 표정을 지었다.
「알고 싶어 죽을 지경이라니. 얘야, 아무리 상황이 상황이라지만 그건 좀 심한 말이구나. 고쳐 말하지만 죽음도 나를 굴복시킬 수 없단다. 물론 내가 노인이나 다름없는 나이를 먹었다고 말할 수 있겠지. 그러나 나에게는 나의 늙음을 위로해 주는 어린것들이 있어. 게다가 죽고 싶은 마음은 털끝만치도 없단다.」

「내가 만일 이 일을 그림에 얽힌 사건으로 판단하고 그 전모가 밝혀질 때까지 끝까지 밀고 나간다면, 그때는 어떡하실 셈이죠?」

세사르는 인상을 찌푸리며 허공을 바라보았다. 한 번도 그런 생각을 해본 적이 없다는 듯한 표정이었다.

「왜 그런 생각을 했지? 그럴 만한 이유가 있거든 말해 보려무나.」

「알바로 때문이에요.」

「그런 대답은 나에게 하는 말로는 충분치 않아. 알바로는 이미 너에게 아무런 의미가 없었단다. 게다가 너도 말했지만, 알바로는 이 일만 하더라도 깨끗한 모습을 보여 주지 못했어.」

「좋아요. 그럼 내 자신을 위해서 그런 거라고 해두죠.」 그녀는 도전적인 자세로 팔짱을 끼며 덧붙였다. 「내 그림이니까요.」

「애야, 넌 아까만 해도 무서워서 가슴이 뛴다고 하지 않았느냐.」

「그래요. 무서워서 오금이 저릴 정도라고요.」

「네 마음 알겠다.」 세사르는 깍지 낀 손으로 턱을 괴었다. 그의 토파즈 반지가 반짝이고 있었다. 잠시 침묵이 흘렀다. 「넌 이 일을 보물찾기로 생각하고 있어. 네가 고집쟁이 꼬마였던 아주 먼 옛날처럼 말이지.」

「맞아요. 그 옛날처럼요.」
「어쩌면 이렇게 끔찍한 생각을 하다니! 그러니까, 넌 지금 나와 함께 끝까지 해보겠다는 거냐?」
「그래요. 아저씨와 내가요.」
「넌 지금 무뇨스를 잊고 있구나. 우린 이미 그 친구에게도 역할을 주지 않았느냐.」
「그야 당연하죠. 아저씨와 나와 무뇨스, 이렇게 셋이 하는 거예요.」
그는 인상을 찌푸렸지만 그의 눈은 장난기가 섞인 눈빛으로 빛나고 있었다.
「그 친구에게도 해적의 노래를 가르쳐 줘야겠구나. 그 친구는 그 노래를 모를 테니까.」
「모를 거예요.」
「얘야, 우리가 미쳤구나.」 돌연 그는 홀리아를 똑바로 쳐다보며 덧붙였다. 「우리가 미쳤다는 거 너 알고 있지?」
「그래서요?」
「공주야, 이건 소꿉놀이가 아니란다. 이번에는 아니야······.」
그녀는 세사르의 눈길을 정면으로 받고 있었다. 단호한 의지가 드러나는 그녀의 검은 눈이 빛나고 있었다.
「그래서요?」 그녀가 낮은 음성으로 다시 반복해서 물었다.
그러나 세사르는 대답 없이 고개를 저으며 몸을 일으켰다. 동시에 벨벳 상의에서 빛을 발하고 있던 다이아몬드 무늬가 출렁거리는가 싶더니 바닥으로 미끄러지며 훌리아의 발치로 퍼져 나가고 있었다. 이어 그는 사무실이 있는 뒤쪽으로 발걸음을 옮겼다. 「여인과 유니콘」이 거칠게 복제된 장식용 싸구려 융단 뒤로 벽금고가 감춰져 있었다.

잠시 후 제자리로 돌아온 그의 손에는 조그만 봉지가 쥐어져 있었다.

「공주야, 이걸 받아라. 네게 주는 선물이란다.」

「선물이라뇨?」

「생일이 아닌 것을 축하하고 싶구나.」

그녀는 봉지를 풀었다. 묵직하면서도 딱딱한 느낌이 드는, 기름기가 흐르는 천에 둘둘 감겨져 있는 그것은 손 안에 들어갈 만한 크기의 소형 권총이었다. 그녀는 진주 장식이 들어간 손잡이에 크롬으로 도금된 권총의 무게를 헤아려 보았다.

「이 골동품 데린저는 총기 소지 면허가 필요 없는 거란다.」 그가 훌리아의 손에 든 총을 바라보며 말했다. 「하지만 성능은 새것 못지 않고, 45구경 총알이 들어갈 수 있도록 개조되어 있지. 소형이라서 호주머니에 넣고 돌아다녀도 표시가 나지 않을 게다. 그러니 혹시라도 누가 네게 접근하거나 네 집 주위를 얼씬거리기라도 하면……」 그는 마치 방아쇠를 당기기라도 하듯 그녀에게 시선을 고정시켰다. 지쳐 있는 그의 눈에 유머 따위는 찾아볼 수 없었다. 「가차 없이 그 방아쇠를 당기도록 해라. 그래서 단방에 그놈의 머릴 날려 버려야 한다. 기억하지?…… 후크 선장이 그랬던 것처럼 말이다.」

스튜디오로 돌아온 훌리아는 채 반 시간도 지나지 않아 세 통의 전화를 받았다. 첫 통화 상대는 멘추였다. 신문에서 소식을 접한 그녀는 많은 사람들이 사고가 아니라 살인 사건으로 생각한다고 말했다. 그녀는 알바로의 죽음으로 인한 훌리아의 신변에 대해선 별다른 반응을 보이지 않았다. 그녀의 관심은 오로지 그 사건으로 인해서 돈 마누엘과의 합의에 어떤 악영향이 미치지나 않을까 하는 것에 있었다.

두 번째는 전혀 예기치 못한 파코 몬테그리포의 음성이었다. 사업 이야기를 겸해 저녁 식사에 초대하겠다는 내용이었다. 그의 제의를 받아들인 그녀는 수화기를 내려놓은 뒤에도 한참 동안 생각에 잠겼다. 느닷없는 초대가 궁금했다. 만일 반 호이스와 연관된 일이라면 멘추를 만나는 게 순리였다. 그러나 그는 멘추를 포함한 세 사람이 함께 만나자는 훌리아의 말을 완곡히 거절했다. 그는 두 사람만의 일임을 재차 강조하고 있었다.

훌리아는 외출복을 벗어 작업복으로 갈아입은 뒤에 스튜디오로 들어갔다. 세 번째 전화벨이 울린 것은 그녀가 솜에 묻힌 광택제 제거 용액을 그림에 갖다 대려던 순간이었다.

그녀는 바닥에 놓여 있던 전화기의 케이블을 잡아당겨 수화기를 들었다. 그러나 말이 없었다. 15초 혹은 20여 초쯤 흘렀을까. 상대방의 침묵에 화가 난 그녀의 공허한 응답만 되풀이되고 있었다. 다시 긴 침묵이 계속 되자 그녀는 전화를 끊었다. 돌연 어두운 공포감이 엄습하고 있었다. 두려움이 전신을 타고 흘렀다. 양탄자 바닥에 주저앉은 그녀는 전화기를 쏘아보았다. 전화기가 마치 검은 독을 품고 있는 맹독성 짐승처럼 보였다. 몸이 부들부들 떨리고 있었다. 그 바람에 팔꿈치에 걸린 테레빈[30] 병이 쓰러지면서 바닥에 뒹굴었다.

초인종이 울렸지만 그녀는 닫힌 문을 응시한 채 응답은 고사하고 미동도 하지 않았다. 그녀가 문을 향해 발꿈치로 조심스레 발걸음을 옮긴 것은 이제 막 세 번의 초인종 소리가 울린

---

30) 투명한 함유 수지. 미술용 용제로 사용한다.

후였다. 그녀는 — 사실 그녀는 골동품 가게를 나설 때만 하더라도 지금 같은 상황을 생각하며 씁쓰레한 웃음을 짓기도 했다 — 핸드백을 찾았고, 데린저를 꺼내 노리쇠를 잡아당긴 후에 호주머니에 넣었다. 그녀는 누군가가 자신을 욕조에 처박을 때까지 가만히 당할 수만은 없는 일이라고 생각했다.

체스 플레이어 무뇨스는 현관에서 레인코트에 묻은 빗방울을 털어 낸 후에도 어색한 표정을 감추지 못한 채 그녀를 멀뚱하게 쳐다보고 있었다. 찰싹 달라붙은 머리카락을 타고 흘러내린 물방울이 이마와 코끝에서 바닥으로 떨어졌다. 그의 양팔에는 간편한 체스 게임 세트를 담은 커다란 봉투가 안겨져 있었다.

「해답은 찾았나요?」 훌리아가 등 뒤로 문을 닫으며 물었다.

무뇨스는 어깨를 움츠렸다. 그의 얼굴에는 무안함과 수줍음이 교차하고 있었다. 그는 여전히 남의 집이라서 그런지, 아니면 아름답고 매력적인 여성 앞에 있다는 게 부끄러운 것인지 몹시 어색해 했다.

「아직 찾지 못했습니다.」 그는 레인코트에서 떨어지는 물방울이 자신의 발 밑에 조그만 물 웅덩이를 만드는 게 미안한 듯한 표정으로 그녀를 바라보았다. 「이제 막 퇴근하는 길인데, 어제 그쪽과 한 약속도 있고 해서……」 그는 그쯤에서 말을 끊고 가만히 주위를 돌아다보았다. 레인코트를 벗어야 할지 망설이는 눈치였다.

「편안하게 생각하세요.」 그녀가 손을 내밀며 말했다.

그때서야 그는 레인코트를 벗어 그녀에게 건네며 스튜디오로 발길을 옮겼다.

「뭐가 문제죠?」레인코트를 걸며 그녀가 물었다.

「원칙적으로 문제는 없습니다.」그는 무심한 눈길로 스튜디오를 둘러보며 대답했다. 마치 어색한 상황에 적응할 만한 대상을 찾고 있는 것 같았다.「단지 얼마나 많은 추론과 시간을 투자하느냐가 관건이죠.」

훌리아는 이내 체스 플레이어 — 그는 여전히 양손에 체스 세트를 들고 실내 한가운데에 서 있었다 — 가 찾고 있는 게 무엇인지 깨달았다. 그의 시선은 이미 반 호이스의 체스 그림을 좇고 있었다. 요전처럼 여차하면 도망칠 듯한 자세가 아니었다. 그림을 바라보는 그의 눈길에는 마치 거울에 비치는 자신의 모습에 매료된 최면술사처럼 열정적인 빛이 번득이고 있었다. 그는 체스 세트를 탁자 위에 내려놓더니 그림 앞으로 바짝 다가갔다. 그의 눈길은 여전히 체스판과 체스의 말이 그려진 부분에 고정되어 있었다. 이미 자신과 체스 그림 외에 아무것도 없는 무심의 세계에 발을 들여놓은 사람 같았다. 순간 그녀는 오로지 체스만 생각한다는 그의 말이 전혀 과장되지 않은 표현이었음을 깨달을 수 있었다.

「오늘 아침에 말의 움직임을 두 가지 길로 나눠 만들어 보았습니다.」여태 그 정도밖에 진척되지 않아 미안하게 생각한다는 말투였다.「그런데 한 가지 문제가 있더군요. 졸들의 위치와 관계된 것이랄까……」그는 그림 속에 그려진 체스 말을 가리키며 덧붙였다.「이 게임은 통상적인 그런 게임이 아닙니다.」

훌리아는 실망하고 있었다. 문 앞에 서 있는 무뇨스를 보았을 때, 그 문제가 해결된 것으로 믿고 있었다. 딴은 아무것도 모르는 체스 플레이어의 입장에선 그렇게 다급할 일이 아니었을 것이다.

「다른 건 중요하지 않아요.」 그녀가 말했다. 「어떤 말이 백기사를 잡았는지, 그걸 알아내야 해요.」

무뇨스는 고개를 흔들었다.

「가능한 한 모든 시간을 내서 그것을 찾고 있습니다.」 그는 잠시 머뭇거렸다. 마치 자신이 그런 말을 해도 되는지 생각하는 것 같았다. 「머릿속으로 체스 게임을 앞으로 두어 보고, 거꾸로 두어 봤지만……」 그가 다시 망설였다. 언뜻 그의 입술이 비틀리면서 곤혹스러움과 허탈함이 뒤섞인 미소가 흐르고 있었다. 「이 게임에는 무엇인가 이상한 게 있더군요.」

「게임만 이상한 게 아니에요.」 그녀의 시선 역시 그림 속의 체스판에 가 있었다. 「세사르 아저씨와 내가 이 게임을 그림의 일부로 보고 있지만, 사실 이 그림에는 우리가 보지 못하는 무엇인가가 있어요.」 그녀는 자신이 한 말에 대해 잠시 생각한 뒤에 덧붙였다. 「어쩌면 그림의 나머지 부분은 이 게임을 위한 부차적인 요소에 불과할지도 모른다는 거죠.」

그는 가볍게 고개를 끄덕이고 있었다. 그대로 놔두면 영원히 멈추지 않을 것 같은 모습이었다. 필요 이상을 할애하는 그 동작은 자신의 사유 방식에 대한 직접적이고 유일한 방식처럼 여겨졌다.

「다른 것을 보지 못한다는 말은 잘못된 표현입니다. 모든 것을 보고 있지만 해석을 하지 못할 뿐이지요.」 그는 고개를 꼿꼿이 세운 채 턱으로 그림을 가리키며 말했다.

그의 말에 따르면 모든 것은 소위 관점의 문제였다. 모든 사물은 서로가 상호 불가분한 관계이자 유기적인 관계에 놓여 있었다. 어떤 문제를 풀기 위해선 다른 것을 볼 필요가 있고, 다른 것을 봄으로써 그 실마리를 찾을 수 있다는 뜻이었다. 예를 들어서 그림은 체스판을 담고 있지만 동시에 체스를 두는 인물들도 담고 있었다. 그것은 그 인물들이 체스의 말을 구성하는 체스판 위에서 체스를 두는 것과 같은 이치였다. 물론 그 그림이 더욱더 복잡하게 보이는 이유는 좌측의 원형 거울에 비친 광경을 담고 있는 까닭이기도 했다. 이어 그는 다른 차원을 예로 들었다. 그것은 그림을 들여다보는 사람들 — 즉, 훌리아와 세사르 혹은 무뇨스 — 의 관점 차이로써, 서로의 관점 때문에 모든 게 복잡하게 생각될 수밖에 없다는 것이었다. 그리고 그는 그러한 복잡함이 자신의 작품을 보게 될 관람자들을 염두에 둔 화가의 상상력에서 비롯된다고 말했다.

체스 플레이어는 차분하게 자신의 말을 이어 가고 있었다. 마치 단조로운 독백을 되뇌는 듯한 그의 말은 상대를 위해 어쩔 수 없이 자신과 무관한 내용을 설명할 수밖에 없다는 듯한 느낌을 주었다. 훌리아는 휘파람소리가 날 정도로 한숨을 내쉬었다.

「왜 그런 식으로 생각하는지 이상하군요.」 그녀가 말했다. 채 얼떨떨한 기분이 가시지 않은 상태였다.

그러나 무뇨스 역시 무표정한 얼굴로 고개를 저었다. 그의 시선은 여전히 그림에 고정되어 있었다.

「뭐가 이상한지 그 이유를 모르겠군요. 나는 체스 게임을 봅니다. 그것도 한 게임이 아니라 여러 게임이죠. 하지만 어떤 게임이든 그 본질은 다 똑같습니다.」

「내 수준에선 지나치게 복잡한 얘기로 들려요.」

「그렇지 않습니다. 우린 지금 많은 정보를 구할 수 있는 차원, 즉 체스 게임의 차원에서 움직이고 있으니까요. 하지만 그 문제가 해결되면, 그때는 그것을 그림에 대한 문제로 적용시킬 수도 있을 것입니다. 그건 단순한 논리, 다시 말해서 수학적 논리에 불과하니까요.」

「난 이 문제가 수학과 연관된 것으로는 생각해 본 적이 없는걸요.」

「수학적 논리들은 모든 것과 연관이 있습니다. 예를 들어 이 그림처럼 모든 것을 상상할 수 있는 세계는 현실 세계와 똑같은 법칙에 의해 지배됩니다.」

「체스도 그런가요?」

「특히 체스가 그렇습니다.」

그의 말에 따르면 진정한 체스 플레이어는 체스 애호가와 차원이 달랐다. 전자는 가능한 움직임도 부적합하다고 판단되면 받아들이지 않고, 그러기에 가능성에 머물러 있는 것들도 자동으로 배제될 수 밖에 없었다. 이러한 원리는 수학자의 경우에도 똑같이 적용되었다. 다시 말해서 재능 있는 수학자가 원리나 정리를 구할 때 절대 실패한 길을 가지 않는 반면, 그렇지 못한 수학자는 실수에서 실수를 반복하게끔 되어 있었다.

「그쪽은 실수하지 않나요?」

그는 그림에 머물고 있던 눈길을 돌려 훌리아를 쳐다보았다. 그의 입 주위에 흐르는 웃음 비슷한 표정에 유머러스한 구석은 아예 찾아볼 수 없었다.

「체스에서만큼은 절대 실수하지 않습니다.」

「어떻게 알죠?」

「그냥 압니다.」

체스를 두다 보면 — 그의 말에 의하면 — 무한한 상황들과 마주치게 되어 있었다. 그럴 때면 상황에 따라 다르지만 어떤 때는 간단한 규칙들을 이용하면 풀리기도 하고, 어떤 때는 어떤 간단한 규칙을 사용할지를 결정하기 위한 다른 규칙을 필요로 할 때가 있었다. 반면에 전혀 낯선 상황, 즉 이전 규칙을 포함할지 아니면 배제할지를 택일해야 하는 새로운 규칙을 상상해야 하는 순간도 있었다. 아울러 실수는 하나의 규칙을 다른 규칙보다 선호함으로써 발생하는데, 무뇨스는 그 경우, 말을 움직이기 전에 쓸모없는 모든 규칙들을 배제하는 일에 몰두한다고 말했다. 그 방식은 그가 체스 게임에서 지키는 철칙이기도 했다.

「자신을 그렇게 확신하다니 정말 놀랍군요.」 그녀가 말했다.

「그렇게 말씀하시는 까닭을 모르겠군요. 그쪽에서 날 선택한 것은 그런 이유가 아니었습니까?」

그때 초인종이 울렸다. 세사르였다. 우산에선 물이 뚝뚝 떨어지고 구두는 흠뻑 젖어 있었다. 그의 입에서 연신 계절을 탓하는 소리가 흘러나왔다.

「공주야, 정말이지 난 가을을 증오한단다. 안개와 습기로 우중충한 계절……」 그는 무뇨스와 악수를 나누며 한숨을 쉬었다. 「나이가 들다 보면 계절마저도 그 신세를 끔찍하게 패러디하는 것 같아서 쓸쓸해지는구나. 가만, 술 한잔해도 되겠지? 이런, 바보 같긴. 당연한 것을 묻고 있구나.」

잠시 후 세사르는 얼음과 레몬이 들어간 진을 한 잔 들고 그들이 있는 곳으로 돌아왔다. 그때부터 두 사람이 아닌 세 사람의 체스 연구 — 무뇨스는 이미 간편한 체스 세트를 탁자 위에 올려놓고 있었다 — 가 다시 시작되었다.

「백 기사가 잡힌 지점에는 아직 도달하지 못했습니다.」 무뇨스가 말했다. 「하지만 두 분은 지금 어디까지 진전되어 있는지 그것이 궁금하겠지요.」

그는 준비된 말들을 체스 테이블 위에 늘어놓기 시작했다. 그림에 묘사된 것과 똑같은 말의 위치가 짧은 시간에 재구성되고 있었다. 모든 것은 그의 머릿속에 들어 있는 것 같았다. 끝으로 그는 호주머니에서 어제 만들었던 도해표를 체스 테이블 옆에 놓았다.

「지금까지 내가 역으로 둔 과정을 설명하겠습니다.」

「역순 분석이란 말이지.」 세사르가 잔을 입에서 떼며 말했다.

「그렇습니다. 물론 표식 체계는 이미 알고 계실 테니 생략하겠습니다.」

그림을 보기 전에 염두에 두어야 할 점은 흑이 맨 마지막으로 움직였다는 사실과 그 흑 말들 중에서 마지막으로 움직인

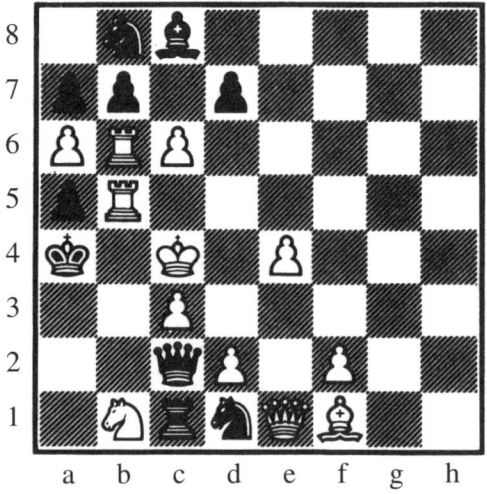

게 어떤 말이었는가를 찾는 일이었다. 체스 플레이어 무뇨스는 손에 든 연필로 그림의 체스 게임과 자신이 만든 참고 도해표 그리고 체스판을 오가며 차분하게 설명하기 시작했다.

그가 맨 먼저 제시한 방법은 가장 알기 쉬운 것으로서 자신이 처한 특수한 위치 때문에 움직일 수 없었던 흑의 말을 차근차근 배제하는 방식이었다. 그 경우에 속한 말이 먼저 a7, b7, d7에 위치한 세 개의 흑 졸이었다. 그것들은 현재의 위치로 보아 하나같이 게임이 시작된 뒤에 한 번도 움직이지 않았다는 것을 보여 주고 있었다. 유일하게 남아 있는 a5의 흑 졸 역시 움직이지 않았는데, 그것은 그 말이 백 졸과 왕 사이에 위치한 까닭이었다. 또한 c8에 위치한 흑 주교도 똑같은 이유로 배제되었다. 그 이유는 그 흑 주교 — 주교는 대각선으로 움직인다 — 의 행로가 될 수 있는 두 곳이 이미 배제된 흑 졸들에게 막혀 버린 탓이었다. b8에 있는 흑 기사도 마찬가지였다. 그 말이 움직일 수 있는 곳은 a6, c6, d7인데, 그 세 칸 모두 이미 다른 말들이 차지하고 있었다.

「이해하겠습니까?」 무뇨스가 자신이 한 설명을 확인하듯 홀리아와 세사르를 번갈아 쳐다보며 물었다.

「그건 완전히 이해했어요.」 체스 테이블을 향해 몸을 굽힌 채 설명을 듣던 훌리아가 말했다. 「그러니까, 테이블에 놓인 10개의 흑 말 가운데 6개가 움직일 수 없었군요.」

「6개보다 더 많을 겁니다. 먼저 c1에 있는 흑 성장은 아시다시피 직선으로 움직여야 합니다. 그러나 그 말이 움직일 수 있는 세 곳의 행로가 모두 막혀 있었으니까 여기까지만 하더라도 움직일 수 없었던 말은 7개가 되겠죠. 그것만이 아닙니다. 우리는 d1에 위치한 흑 기사도 배제할 수 있습니다.」

「그런가?」 세사르가 관심을 보이며 끼어들었다. 「b2나 e3에서 올 수 있었을 텐데.」

「그럴 수 없습니다. 이 흑 기사가 그곳에 있었다면 c4에 위치한 백 왕을 장군으로 잡았을 테니까요. 그런 경우를 역순 체스에서 상상의 장군이라고 합니다. 아무튼 어떤 기사, 아니 어떤 말도 상대의 왕에게 장군을 불러 놓고서 물러나거나 피하는 것은 불가능합니다. 따라서 우리는 c1에 위치한 흑 기사가 움직이지 않았다는 것을 추정할 수 있습니다.」

「그러면 이제 가능성은 두 개의 말로 줄어들었네요.」 훌리아가 손가락으로 체스 테이블을 가리키며 말했다. 「왕과 여왕, 그렇죠?」

「그렇습니다. 마지막으로 움직인 흑 말은 왕이었거나 흔히들 〈흑녀〉라고 부르는 여왕, 그 둘 중에 있습니다.」 그는 체스판에 놓인 흑 왕을 가리키며 덧붙였다. 「이 흑 왕의 경우처럼 어느 방향으로든 한 칸을 움직일 수 있는 왕의 움직임을 염두에 둘 때, 현재 a4에 있는 흑 왕의 이전 위치는 b4나 b3 혹은 a3 중에 있었다고 볼 수 있습니다. 물론 이론적으로 말입니다.」

「b4와 b3은 당연히 아니겠군.」 세사르가 말했다. 「왕은 다른 왕 옆에 위치할 수 없으니까. 그렇지 않소?」

「맞습니다. b4에 있었다면 흑 왕은 백 성장이나 왕 혹은 졸에 의해 장군을 받게 됩니다. 마찬가지로 b3에 있었다면 상대인 백 성장과 백 왕에 의해 장군이 걸렸겠지요. 따라서 그 두 곳의 위치는 배제될 수밖에 없습니다.」

「a3에서 오지 않은 이유는 어떻게 설명하시겠소?」 세사르가 다시 물었다.

「그것 역시 불가능합니다. 그 경우에 흑 왕은 b1의 백 기사에게 장군이 걸리는 형태가 되니까요. 아울러 백 기사는 그곳에 도착하기 전에 몇 번의 위치 이동이 있었습니다. 어쨌든 이러한 상상의 장군으로 인해 왕은 움직이지 않았던 것으로 보아야 합니다.」

「드디어 마지막 순간에 도달했군요.」 훌리아가 밝은 표정을 지으며 말했다. 「아까 여왕, 아니 흑녀라고 했던가요? 그게 마지막으로 움직였군요.」

체스 플레이어는 막연한 표정을 지었다.

「원칙적으로는 그렇습니다.」 한참 만에 그가 말했다. 「일단 불가능한 것을 다 배제했으니까요. 이제 우리가 해야 할 일은 지금까지 배제의 과정 뒤에 남은 것을, 아무리 어렵거나 불가능해 보이더라도, 증명해 내는 겁니다.」

「대단해요.」 훌리아가 새삼 존경스런 눈길로 그를 쳐다보았다. 「한 편의 추리 소설을 보는 것 같잖아요.」

세사르가 미간을 찌푸렸다.

「두렵구나, 공주야. 네 모습이 정말 그런 것 같으니 말이다.」 이어 그는 무뇨스에게 친근한 웃음을 지으며 덧붙였다. 「계속하시오, 홈즈 양반. 안달이 날 정도요.」

무뇨스의 입 한쪽 언저리가 가볍게 뒤틀렸다. 썩 자연스러운 표정은 아니었지만 그래도 나름대로 상대방의 호감에 예의를 갖추려는 의도인 것만큼은 분명했다. 그는 이미 체스의 세계로 들어가 있었다. 눈자위가 움푹 패인 그의 눈에서 열병에 걸린 듯한 한줄기 빛이 타오르고 있는 것 같았다. 오로지 자신만 볼 수 있는 가상 세계에 발을 들여놓은 사람이 되어 있었다.

이어 흑 여왕, 아니 흑녀가 현재의 위치 c2로 움직였을 가능성에 대한 분석이 시작되었다. 체스 게임에서 여왕은 가장 막강한 힘을 소유한 말이었다. 여왕은 어느 방향이든 움직일 수 있었고, 기사를 제외한 다른 모든 말들처럼 한 번에 몇 칸이 되었든 건너갈 수 있었다. 따라서 흑 여왕의 진전 위치의 가능성은 네 곳, 즉 a2, b2, b3, d3에 있었다.

「그러면 하나씩 차근차근 보겠습니다. 맨 먼저 배제되는 것은 b3이라고 할 수 있습니다.」 그는 훌리아를 바라보며 의향을 구했다. 「그렇죠?」

「그런 것 같아요.」 훌리아는 미간을 좁히며 대답했다. 「백 왕에게 장군을 부를 위치를 포기할 수 없었을 테니까요.」

「정확히 보셨군요. 이 경우 역시 상상의 장군으로, b3은 본래 위치할 수 있던 자리에서 배제될 수밖에 없습니다. 그렇다면 d3은 어떨까요? 예를 들어 당신은 흑녀가 f1에 위치한 백 주교의 위협을 피해 그 위치에서 빠져나왔다고 생각하지는 않습니까?」

훌리아는 말없이 그 가능성을 생각해 보았다. 한참 만에 훌리아의 얼굴이 밝아지고 있었다.

「빠져나올 수는 없어요.」 그녀는 자신이 그러한 결론을 내릴 수 있었다는 사실에 고무되어 큰 소리로 덧붙였다. 「d3에서도 여왕은 백 왕을 다시 상상의 장군에 걸어 둘 수 있었으니까요…….」 그녀는 세사르를 쳐다보았다. 「세상에, 어쩜 이렇게 환상적이죠? 난 한 번도 체스를 두어 본 적이 없었잖아요.」

무뇨스는 연필로 a2를 가리켰다.

「만일 흑녀가 이곳에 있었다면, 이것 역시 또 하나의 상상의 장군이라는 경우에 해당합니다. 따라서 이 칸도 배제할 수 있습니다.」

「결론은 b2가 되었군.」 세사르가 당연하다는 투로 말했다.

「아직은 결론이라기보다는 가능하다는 표현이 적절합니다.」

「아직은 가능성이라니, 그게 무슨 뜻이오?」 세사르는 짐짓 불쾌한 표정을 짓고 있었다. 그의 설명에 대한 흥미와 혼란 사이를 오가는 것 같았다. 「내가 보기에도 결론이 난 게 명백한 것 같은데……」

「체스에서 명백하다는 말을 표현할 수 있는 경우는 극히 드뭅니다.」 체스 플레이어는 〈극히 드뭅니다〉라는 말에 힘을 주었으나 표정의 변화는 없었다. 「b선에 위치한 백의 말들을 잘 보십시오. 만일 흑 여왕이 b2에 있었다면 어떻게 되었을까요?」

세사르는 턱을 쓰다듬었다.

「b5에 위치한 백 성장에게 위협을 당한다?…… 그렇군, 그래서 c2로 옮길 수밖에. 백 성장을 피해야 하니까.」

「과히 나쁘지 않군요.」

그러나 그것 역시 하나의 가능성에 불과했다. 체스 플레이어는 〈일단 불가능한 것들이 배제되면 남아 있는 것들은 어쩔 수 없이 확실해야 한다〉는 자신의 논리를 정리했다. 그것은 다음과 같았다.

1. 흑이 마지막으로 움직였다.
2. 체스 테이블에 놓여 있는 열 개의 흑 말들 중에 아홉 개는 움직일 수 없었다.
3. 움직일 수 있었던 유일한 말은 흑녀, 즉 흑 여왕이다.
4. 흑 여왕의 가능성 있는 움직임 네 개 중에서 셋은 불가능하다.

결과적으로 흑녀가 움직였던 유일한 가능 행마는 b2에서 c2로의 이동이었다. 아울러 그 움직임은 b5와 b6에 위치한 백 성장들의 위협을 피하기 위한 방편이었다는 또 하나의 가능성을 제시하고 있었다.

「어떻습니까?」

「아주 분명해요.」 훌리아가 대답했다.

「비로소 우리는 역순 체스 게임에서 한 걸음 앞으로 내딛었다고 말할 수 있습니다. 그렇다면 지금부터는 다음 행마, 다시 말해서 우리가 거꾸로 두고 있으니까 그 이전 행마를 볼까요?」

두 사람은 그림을 통해, 흑 여왕이 c2로 가기 전에 아직 b2에 있는 것을 두 눈으로 확인했다. 바야흐로 백의 움직임을 유추하는 역순 분석 2번째 단계로 접어들고 있었다. 그것은

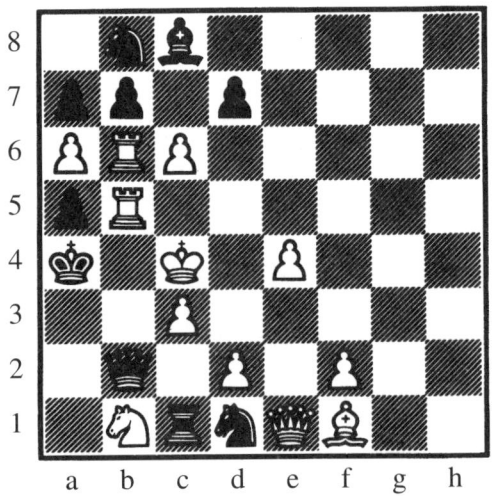

어떻게 움직였기에 흑 여왕이 다음 위치, 즉 c2로 움직였는지 그 원인을 찾아내는 일이었다.

「그건 백 성장이었군.」세사르가 확신에 찬 어조로 말했다. 「b5에 있는 말 말이오. 그게 5행 중의 한 칸에서 움직인 게 틀림없어. 간악한 말 같으니라고.」

「어쩌면 그랬을지도 모릅니다.」무뇨스가 덤덤하게 그 말을 받았다. 「하지만 그것이 흑 여왕의 도주를 완벽하게 정당화시켜 줄 수는 없습니다.」

세사르는 황당한 표정을 지었다. 그의 눈꺼풀이 깜박이고 있었다.

「정당화시킬 수 없다니?」그의 시선은 체스 테이블에서 무뇨스에게, 다시 무뇨스에서 체스 테이블로 움직이고 있었다. 「흑 여왕이 백 성장의 위협을 피해 도망친 게 여기에 버젓이 나와 있는데도…… 게다가 난 당신이 방금 전에 그렇게 말했던 것으로 기억하고 있소.」

「반복합니다만, 난 어쩌면 그럴 수 있다고 했지, b5에 위치한 백 성장이 흑 여왕을 피하게 만들었다고 단정한 적은 없습니다.」

「하긴 그렇구먼.」세사르가 머쓱한 표정을 지었다.

「체스판에 주목하십시오.」체스 플레이어는 체스판을 손가락으로 가리키며 힘주어 말했다. 「지금 b5에 있는 백 성장이 어떻게 움직였는지 그것은 중요하지 않습니다. 왜냐하면 또 하나, 즉 b6에 위치한 다른 백 성장이 이미 흑 여왕을 잡을 수 있는 위치에 있으니까요.」

「할 말이 없군.」세사르가 다시 한풀 꺾인 어투로 말했다.

잠시 침묵이 흘렀다. 세사르는 이미 잔을 비운 뒤였고, 홀리아는 새 담배에 불을 붙이고 있었다.

「하지만 백 성장이 b5로 옮긴 게 아니었다면, 지금까지의 추론은 여지없이 무너지고 말 텐데……」 그는 못내 아쉬운 듯 혼잣말로 중얼거렸다. 「말이 어디에 놓였든, 그 미치광이 흑녀는 움직일 수밖에 없었어. 왜냐하면 그전에 성장 말이……」

「천만에요.」 무뇨스가 놓치지 않고 반론을 폈다. 「그건 아닙니다. 예를 들어 성장은 b5에 있던 흑 말을 잡을 수 있었으니까요.」

어쨌든 새로운 가능성이 제시된 셈이었다. 체스 플레이어의 말 한마디에 고무된 세사르와 훌리아는 새로운 마음가짐으로 체스 게임에 몰두하기 시작했다. 잠시 후 고개를 든 세사르가 존경스런 눈빛으로 무뇨스를 쳐다보았다.

「그렇군.」 그는 훌리아를 힐끗 쳐다본 뒤에 덧붙였다. 「공주야 너도 알겠지?…… b5에 위치한 말은 b6에 있는 백 성장의 위협으로부터 여왕을 보호했던 거란다. 그런데 그 흑 말이 다른 백 성장에게 잡히게 되자 흑 여왕은 직접적인 위협에 노출된 거고……」 이어 그는 자신의 판단을 확인 받고자 무뇨스를 다시 쳐다보았다. 「이렇게 해서 다른 가능성은 완전히 없어진 거요. 그렇지 않소?」

「모릅니다.」 무뇨스가 의외로 솔직하게 나왔다.

훌리아의 입에서 「세상에!」라는 말이 터져 나온 것은 그 순간이었다. 그러나 무표정한 체스 플레이어는 자신의 생각을 이어 가고 있었다.

「방금 지적한 것은 하나의 가설일 뿐입니다. 하지만 자신이 내세운 이론을 정당화시키다 보면 사실을 왜곡시키는 경우가 있으니 주의하셔야 합니다.」

「내가 뭘?」

「그냥 그렇다는 겁니다.」 그는 말끝을 흐렸으나 다시 덧붙였다. 「아무튼 지금까지 우리는 백 성장이 b5에 있던 흑 말을 하나 잡았다는 것을 하나의 가설로 볼 수 있습니다. 따라서 이제부터 우리는 다른 변형이 없는지를 살펴보고, 불가능한 것들을 다시 배제해야 합니다.」 그는 거기서 말을 끊었다.

침묵이 흘렀다. 무뇨스의 눈빛이 흐릿해지고 있었다. 잇따른 해명과 불확실함 사이에서 허공에 막연한 손짓을 내젓는 그의 모습이 지쳐 보였다. 말의 움직임을 설명할 때 보여 주던 당당함은 굼뜨고 어색한 모습으로 변해 있었다.

「맨 처음 나는 어떤 문제에 부딪쳤다고 했었죠?」 그는 훌리아의 눈길을 피하며 덧붙였다. 「지금 우리가 그 단계에 있습니다.」

「그럼 그 다음 단계는 어떤 거죠?」

체스 플레이어는 공허한 시선으로 체스의 말들을 바라보았다.

「체스 게임에서 제외된 여섯 개의 흑 말들을 차근차근 조사하는 일입니다. 그래서 그것들이 각각 어디서, 어떻게 잡혔는지 그것을 알아내는 것입니다.」

「한 며칠은 걸리겠군요.」 훌리아가 말했다.

「몇 분이 걸릴지도 모릅니다. 경우에 따라 다르지만, 직관이나 행운이 뒤따르기도 하니까요.」 그는 다시 휴대용 체스판을 한참 들여다본 뒤에 반 호이스의 그림으로 시선을 옮겼다. 「하나는 확신합니다.」 그는 한참 만에 입을 열었다. 「이 그림을 그린 사람, 아니면 이 그림에 체스 문제를 고안해 낸 사람은 아주 독특한 방법으로 체스를 두었다는 것입니다.」

「그 사람을 어떻게 평가하나요?」 훌리아가 주저 없이 물었다.
「그 사람이라뇨?」
「방금 말씀하신 사람 말이에요. 저 그림에 없는 체스 플레이어…….」
 무뇨스는 발 아래 깔린 양탄자로 시선을 내리깔더니 잠시 후에 천천히 고개를 들어 반 호이스의 그림을 쳐다보았다. 얼핏 그의 눈에는 경탄의 빛이 반짝이고 있었다. 순간적이었지만 훌리아는 그 빛을 보았다고 생각했다. 〈그 눈빛은 마치 마스터(즉, 체스의 명인 혹은 달인을 대하는 존경의 표시처럼 보였다)를 향하는 본능적인 존경의 표시 같았다.〉
「모릅니다.」 무뇨스는 애매한 표정을 지으며 낮은 음성으로 대답했다. 「아주 고약한 성격의 소유자랄까……. 물론 좋은 체스 플레이어들은 거의 다 그렇지만, 이 사람 역시 뭔가 특이한 구석이 있습니다. 엉뚱한 길을 제시하거나 모든 종류의 함정을 만들어서 그것을 즐기고 있으니까요.」
「그게 가능하단 말이오?」 세사르가 물었다. 「흔히들 체스판 앞에서 보여 주는 독특한 버릇이나 행동을 두고서 그 플레이어의 성격을 파악할 수 있다고 하던데, 그렇소?」
「그렇다고 생각합니다.」
「그렇다면, 15세기에 이 게임을 고안해 낸 사람에 대해선 어떻게 생각하시오?」
「글쎄요…….」 무뇨스는 멍한 시선으로 그림을 바라다보았다. 「체스를 악마처럼 둔다고나 할까요.」

6
체스 테이블과 거울에 대해서

그런데 끝은 어디 있는가,
끝에 이르러서야 그 끝을 찾을 것이라네.
— 레닌그라드 노인의 발라드

운전석으로 옮겨 앉은 멘추는 자동차를 도로변에 주차된 다른 차 옆에 주차해 놓고 있었다. 훌리아는 소형 피아트의 조수석 문을 열고 자리에 앉았다.

「뭐라고 그래?」 멘추가 물었다.

훌리아는 짐짓 못 들은 척했다. 여전히 생각하고 정리할 게 많았다. 그녀는 거리를 따라 내려오는 차량들을 물끄러미 바라보다 핸드백에서 담배를 꺼내 입에 물고 계기반 옆에 부착된 라이터를 눌렀다.

「어제 형사가 둘이나 찾아와서 나에게 했던 것과 똑같은 질문을 했대.」 라이터가 딸깍 소리를 내며 튀어나오자 그녀는 담뱃불을 붙였다. 「택배사 직원 얘기가 목요일 오후 업무가 막 시작되었을 때 택배사로 봉투를 접수했다는 거야.」

멘추는 핸들을 붙잡았다. 그녀의 손가락 마디마디는 반지 때문에 하얗게 변한 자국들이 선명하게 드러나고 있었다.

「갖고 온 사람이 누구였는데?」

「어떤 여자였대.」 홀리아가 담배 연기를 내뿜으며 대답했다.

「여자라고?」

「그래.」

「어떻게 생겼대?」

「중년이고 금발에 옷을 잘 차려입었다는 거야. 레인코트 차림에 선글라스까지 끼고 있었다나……」 그녀는 고개를 돌려 멘추를 쳐다보며 덧붙였다. 「누가 알아? 언니였는지 말이야.」

「얘, 웃기지도 않는다.」

「그래, 이건 정말이지 웃기는 일이 아니야.」 홀리아는 긴 한숨을 내쉬었다. 「하지만 그 사람 말을 듣고 나니 모든 여자가 다 그 여자처럼 보여. 세상에! 주소는 고사하고 이름조차 남기지 않았어. 수신인 주소와 이름을 쓰고, 특송 서비스를 주문한 뒤에 유유히 사라진 거야.」

이윽고 소형 피아트는 차량들 사이를 끼어들었다. 다시 비가 올 것 같은 날씨였다. 이미 빗방울 두어 개가 앞 유리에 떨어져 있었다. 멘추는 변속기를 바꾸며 코를 씰룩거렸다. 근심에 찬 눈치였다.

「애거서 크리스티가 살아있었으면 베스트셀러를 만들어 냈을 일이구나.」

홀리아는 입술을 삐죽거렸다.

「그랬겠지. 하지만 이건 진짜 죽음이야.」 그녀의 얼굴에 어두운 그림자가 드리워졌다.

잠시 침묵이 흘렀다. 훌리아는 알바로가 벌거벗은 채 물에 젖어 있는 모습을 떠올리고 있었다. 죽음보다 더 비참한 게 있다면 그건 주검의 모습이야. 그녀는 생각했다. 그곳에 도착한 사람들은 당신의 비참한 몰골을 보았겠지. 저주받은 인간 같으니.「악마!」이내 그녀는 큰 소리로 마음속의 말을 내뱉었다.

신호등이 적색으로 바뀌면서 차가 멈추자 멘추는 불안한 시선으로 훌리아를 힐끗 쳐다보았다.

「정말이지 네가 걱정이야.」그녀가 말했다.「사실 나도 불안해. 얼마나 답답했으면 나의 불문율 하나를 깨기로 했겠니? 이참에 나는 네 일이 깨끗이 정리될 때까지 막스를 집에 있도록 했어. 그러니 너도 그렇게 해.」

「날 막스와 함께 있으라고? 사양하겠어. 차라리 혼자 죽는 게 낫지.」

「얘, 내 앞에서 다시는 그런 식으로 말하지 마.」멘추는 신호등이 녹색으로 바뀌자 변속기를 바꾸며 가속 페달을 밟았다.「내가 지금 막스 얘기를 하는 게 아니라는 걸 잘 알잖아. 막스는 착한 사람이야.」

「언니 피를 빨아먹고 사는 흡혈귀가 무슨 얼어 죽을 착한 사람이야?」

「피만 빠는 게 아니야.」

「제발 천박하게 굴지 마.」

「성만찬의 훌리아 수녀님이 되어서 나타나셨군.」

「나에게 수녀님이라니, 대단한 영광으로 알겠어.」

「얘, 막스는 네가 말하는 그런 인간일 수도 있어. 하지만 그렇게 생각하기엔 너무나 멋져서 막스를 볼 때마다 기분이 우울할 정도야. 아마 나비 부인[31]이 기침을 콜록콜록하는 핀커톤 중위, 참, 아르망 뒤발[32]이었던가? — 아무튼 그 남자에게 느꼈던 그런 감정 있잖니…….」 멘추는 길을 건너는 행인을 향해 거칠게 경적을 울리면서 미끄러지듯 샛길로 빠져나갔다. 버스와 택시 사이에 끼인 그들의 소형 피아트는 차츰 폭이 좁아지는 길목으로 접어들고 있었다. 「내 말 잘 들어. 난 네가 계속 혼자 사는 게 그다지 탐탁지 않아. 정말로 살인자가 있다면, 그래서 그 일에 너를 끼워 넣으려고 마음먹었다면, 그땐 어떻게 할 거야?」

훌리아는 어깨를 움츠리며 씁쓰레한 표정을 지었다.

「언니는 이럴 때 내가 어떻게 했으면 좋겠어?」

「이 여자야, 그건 나도 모르지. 하지만 넌 다른 사람과 함께 지내는 낫겠어. 네가 원한다면, 까짓 거 내가 희생하지. 막스를 내보낼 테니 우리 집으로 오는 게 어때?」

「그림은?」

「그거야 우리 집으로 가져오면 되잖아. 그동안 나는 통조림, 콜라, 삼류 비디오…… 물론 알코올도 잔뜩 준비해 두지. 그리고 우리 두 사람이 그림에서 완전히 해방될 때까지 겨울잠을 자버리는 거야. 〈아파치 요새〉[33]에서처럼 말이지. 그리고 확실히 해둘 게 두 가지가 있는데, 우선 나는 보험을 하나 더 들기로 했어. 파리 떼들이 워낙 극성을 떨어 대잖니…….」

「파리 떼라니? 반 호이스는 내 아파트에 잘 모셔 두었잖아.

---

31) 푸치니의 오페라. 핀커톤은 「나비 부인」의 남자 주인공.
32) 뒤마 피스의 희곡 「카미유」(1852)의 남자 주인공.
33) 미국의 영화감독 존 포드가 제작한 서부 영화(1948).

열쇠만 해도 일곱 개야. 더욱이 보안 시스템을 설치하는 데 얼마나 많은 돈이 들었는지 그걸 기억해 주었으면 좋겠어. 비록 텅 빈 금고지만 모양새만큼은 스페인 국립 은행 못지 않아.」

「그야 모르지.」 앞 유리에 떨어지는 빗방울이 제법 굵어지고 있었다. 멘추는 와이퍼를 작동시키며 다시 입을 열었다. 「아무튼 두 번째 해야 할 일은 돈 마누엘에게 이번 일에 대해 모른 척하는 거야. 무슨 말인지 알겠어? 이번 일이 그림과는 아무런 관계가 없는 것처럼 보여야 한다, 이 말이야.」

「왜?」

「얘, 너 갑자기 바보가 됐니? 그 노인네 조카딸 있잖아. 롤라 그년이 기다리는 게 바로 이런 일이란 말이야. 그년은 지금 내 사업을 망치려고 눈에 쌍불을 켜고 있거든.」

「지금까지 그림과 알바로를 연관시킨 사람은 아무도 없어.」

「네 말을 하느님은 들어주시겠지. 하지만 눈치코치 따지지 않는 형사들은 내 고객들과 접촉할지도 몰라. 아니면 그 여우 같은 조카딸을 만날 수도 있고…… 이거야 생각하면 할수록 복잡해지네. 얘, 난 지금 이 문제를 클레이모어에 넘겨 버리고 커미션이나 챙겨서 나 몰라라 하고 싶은 마음이 들어.」

앞 유리에 떨어지는 빗방울이 어지러운 형체를 남기며 끊임없이 흘러내리고 있었다. 마치 비현실적인 풍경들이 차를 감싸는 듯한 기분이 들었다.

「오늘 밤에 몬테그리포와 저녁 약속이 있어.」 훌리아가 멘추를 쳐다보며 말했다.

「지금 그걸 말이라고 하니?」

「말이니까 하고 있지. 나와 아주 흥미로운 사업 얘기를 하고 싶대.」

「사업?…… 내친김에 엄마 아빠 놀이도 하겠군.」
「그 얘긴 나중에 전화로 해줄게.」
「난 그때까지 눈 한 번 붙이지 못할걸. 그치 역시 뭔가 냄새를 맡은 게 분명해. 두고 봐, 내 말이 맞을 테니까. 그렇지 않으면 내가 다시 이 세상에 환생할 때마다 갖게 될 나의 처녀성을 걸지. 그것도 한 번이 아니라 세 번까지는 약속할 수 있어.」
「제발 천박하게 굴지 말라고 했잖아.」
「귀여운 것, 넌 날 배신하면 안 돼. 기억해 둬, 난 네 마음의 친구란 걸.」
「날 믿어! 그건 그렇고 좀 천천히 달릴 수 없어?」
「잘 들어 둬. 날 배신하면 그땐 칼로 찔러 죽일 거야. 메리메의 〈카르멘〉, 기억하지?」
「알았으니 신호등이나 잘 봐. 빨간 불인데 그냥 지나치고 말았잖아. 언니! 듣고 있어? 이건 내 차야. 만약 딱지를 떼이면 그 벌금은 누가 물지?」

훌리아는 투덜거리며 백미러를 힐끗 쳐다보았다. 또 한 대의 차가 신호등을 무시한 채 뒤에서 달려오고 있었다. 유리창에 착색 필름을 입힌 청색 포드였다. 순간 훌리아는 그 차를 어디선가 본 것 같은 기분이 들었다. 세찬 비가 쏟아지는 가운데 우측으로 사라지긴 했지만 그 차는 택배 서비스 사무실에서 나올 때 무심코 보았던 차 — 그 승용차 역시 다른 차 옆에 나란히 붙은 채 길 건너에 세워져 있었다 — 와 비슷하다는 생각이 들었다.

파코 몬테그리포는 어른 티를 낼 무렵부터 검은 양말은 웨이터나 운전 기사들이 신는 것으로 여기고 검청색 양말을 골라 신는 그런 유형의 남자였다. 윈저 셔츠에 실크 타이, 상의 호주머니를 스카프로 마무리한 진회색 양복 차림은 이제 막 남성 잡지에서 걸어나온 듯한 모습이었다. 그는 감탄에 찬 시선을 던지면서 훌리아가 내민 손을 가볍게 잡았다.

「눈이 부실 정도로 아름답군요.」

첫인사는 전주곡에 불과했다. 그는 스페인 왕궁의 야경이 파노라마처럼 펼쳐지는 창가의 예약석에 앉기 전에 그녀의 의상 — 수를 놓은 흑색 벨벳 드레스 차림이었다 — 에 대해 찬사를 아끼지 않았고, 식사가 끝날 때까지 무례하지는 않은 범위 내에서 갖가지 표정과 제스처가 동반된 매력적인 미소를 흘렸다. 아페리티프가 끝나고 웨이터가 전채 요리를 준비하는 동안에도 그의 절제된 모습과 상대를 배려한 지적인 테마가 끊임없이 이어지고 있었다.

디저트 전에 그가 했던 말 중에서 반 호이스와 연관된 언급이 있었다면, 그것은 생선 요리에 부르고뉴 산 화이트 와인을 곁들이겠다고 말한 게 전부였다. 그는 웨이터가 포도주를 가져오자 자신도 상대방인 훌리아처럼 예술에 대한 자긍심을 지니고 있다면서 프랑스 산 포도주에 대한 짤막한 입담을 늘어놓기도 했다.

「연령에 따라 미각이 변해 가는 게 상당히 흥미롭더군요.」 그의 하얀 치아가 반짝거리고 있었다. 「사람들은 처음에 적색이든 백색이든 부르고뉴 산에 흠뻑 빠져 드는데, 그 미각은 30대 중반까지 유지됩니다. 다음에는 부르고뉴를 완전히 멀리하는 것은 아니지만 보르도로 넘어갑니다. 진지하면서도 평온한 맛으로 미각이 바뀐 것입니다. 그리고 40대가 되면 사람들은 페트뤼나 샤토 디캉 한 상자를 구하는 데 적잖은 액수를 투자하게 됩니다.」

이어 그는 익숙한 동작으로 와인 맛을 시험한 뒤, 웨이터에게 오케이 사인을 보냈다. 한편 훌리아는 의자에 등을 기댄 채 끊임없이 뒤바뀌는 상대방의 대화와 제스처 그리고 거의 빈틈 없는 매너를 순순히 받아들이며 이따금 맞장구까지 놓치지 않았다. 그녀는 묵직한 음성을 들으면서, 청동빛 피부에 대비되는 하얀 치아를 바라보면서, 간간이 코끝에 스치는 은은한 최상급 향수와 담배 내음을 느끼면서 평소 같으면 한결 편안한 시간이 되었을 것이라고 생각했다. 이따금 집게 손가락으로 눈썹을 쓰다듬으며 창에 비치는 자신의 모습을 힐끔거리는 그의 버릇까지도 받아들일 수 있을 만큼 편한 좌석이었다.

몬테그리포는 훌리아가 연어 요리를 다 먹었을 때도 여전히 은 포크를 고집하며 자신의 농어 요리를 즐기고 있었다.

「진정한 신사는 이런 종류의 요리에 나이프를 사용하지 않습니다.」 그는 자못 근엄한 표정을 지으며 말했다.

「그러면 뼈는 어떻게 발라내죠?」

그는 조금도 어색하지 않게 상대의 눈길을 받아들이며 말했다.

「나는 뼈가 있는 생선 요리를 제공하는 레스토랑에는 절대 가지 않습니다.」

디저트에 이은 커피 타임이었다. 블랙 커피를 기다리는 동안 그는 은으로 만든 담배 케이스에서 영국산 담배를 한 개비 꺼낸 뒤, 훌리아를 향해 가만히 상체를 숙였다.

「나와 함께 일을 하셨으면 합니다.」 그는 아주 낮은 음성으로 속삭이듯 말했다. 마치 창밖에 보이는 스페인 왕궁으로부터 누군가가 엿듣기라도 하는 것 같았다.

막 필터 없는 담배를 입으로 가져가던 훌리아는 라이터를 내밀고 있는 그의 밤색 눈을 쳐다보았다.

「왜죠?」 그녀는 마치 다른 사람 얘기를 하듯 무관심한 표정을 지으며 물었다.

「여러 가지 이유가 있습니다.」 그는 금 라이터를 담배 케이스 위에 내려놓더니 정확히 한가운데에 똑바로 세우며 말했다. 「그 중에서도 중요한 것은 당신에 대해 좋은 이야기만 들었기 때문입니다.」

「듣고 보니 기분좋은 말이네요.」

「지금 난 진지하게 말씀드리고 있습니다. 상상하실 수 있겠지만 난 여러 정보를 갖고 있습니다. 당신은 프라도 박물관과 개인 화랑 등에서 일하셨더군요.」

「일주일에 사흘은 그쪽 일을 보고 있어요. 요즘 맡은 것은 두초 디 부오닌세냐[34] 거죠.」

「그 그림에 대해서는 나도 들었습니다. 물론 철저한 신용이 바탕이 되었겠지만 특별한 대우를 받고 있더군요.」

「가끔은 그래요.」

「우리 클레이모어도 당신이 복원한 작품을 경매했던 영광을 누린 적이 있습니다. 오초아 컬렉션이 소장했던 마드라소[35] 덕분에 예상 경매가를 세 배나 올릴 수 있었으니까

---

34) Duccio di Buoninsegna. 14세기 중세 이탈리아 화단의 거장이자 시에나 화파의 창시자로 일컬어짐. 대표작으로 시에나 대성당의 제단화 「마에스타」(1311)가 있다.

요. 아울러 지난 봄에도 복원한 게 있던데, 그게 로페스 데 아얄라의 〈콘체르토〉였던가요?」

「로헬리오 에구스키사의 〈피아노를 치는 여인〉이었어요.」

「이런, 용서하십시오. 〈피아노를 치는 여인〉, 바로 그거였습니다. 눅눅한 곳에 보관되는 바람에 아주 엉망이었던 게 당신의 손길을 거치면서 완벽하게 복원되었더군요.」 그는 웃음을 지었다. 동시에 재를 떨려고 손을 내미는 바람에 두 사람의 손이 거의 닿을 뻔했다. 「일은 어떻습니까? 다시 말해서 주문이 많으냐 하는 겁니다.」 그의 웃음이 커지면서 하얀 치아가 반짝였다. 「혼자 하시는 일이라 꽤 힘드실 텐데……」

「불만은 없어요.」 그녀는 담배 연기 사이로 상대방의 의중을 살피며 대답했다. 「친구들이 도와주고 일감도 맡겨 주니까요. 나는 프리랜서예요.」

그는 자신의 의도, 즉 기회가 닿는 대로 적극 도와줄 수도 있다는 듯한 시선을 던지며 물었다.

「어려운 점은 없습니까?」

「없어요.」

「그렇다면 아직 젊은 나이에 운이 좋군요.」

「그럴 수도 있겠지만, 그것보다 나는 내가 일을 열심히 한다고 생각해요.」

「클레이모어는 당신처럼 적극적인 전문가가 필요합니다. 어떻게 생각하십니까?」

「그다지 듣기 싫은 말은 아니군요.」

---

35) Madrazo y Kuntz(1815~1894). 스페인의 화가. 역사에 관한 그림들을 많이 그렸음.

「다행입니다. 그렇다면 며칠 내로 다시 이야기를 나눌 수 있는 공식적인 기회가 주어졌으면 합니다.」

「좋으실 대로 하세요.」 잠시 침묵이 흘렀다. 훌리아는 더 이상 자신의 입술 주위로 번지는 경멸적인 웃음을 참을 수 없을 것 같은 느낌이 들었다.「자, 본론으로 들어가시죠.」

「네?」

훌리아는 담배를 재떨이에 비벼 끄며 상대 쪽으로 약간 몸을 기울였다.

「반 호이스요.」 그녀는 거의 그 말을 음미하듯 반복한 뒤에 가만히 덧붙였다.「내 손 위에 그 손을 얹고서, 〈당신은 지금까지 만난 여자들 중에서 가장 아름답습니다〉라는 말을 할 작정이 아니라면 말이에요.」

순간 파코 몬테그리포의 웃음이 사라졌다. 그러나 그가 다시 침착하게 정색을 하는 데는 10초도 걸리지 않았다.

「좋은 말씀이군요. 하지만 그 카드를 이 커피 타임이 끝날 때까지는 꺼내지 않겠습니다. 그것은 어디까지나 전술의 문제니까요.」

「그럼 그때 반 호이스에 대한 얘길 하죠.」

「좋습니다. 사실은……」 파코 몬테그리포는 잠시 말을 끊고서 상대를 물끄러미 쳐다보았다. 그의 입술 주위로 웃음이 흘렀지만 밤색 눈은 웃지 않고 있었다. 바짝 경계하는 눈빛이었다.「그럴 만한 소문을 들었습니다. 당신도 알다시피 이 세계는 워낙 좁아서 서로가 서로를 잘 알고 있습니다. 한 지붕에 있는 가게들이라고나 할까요.」 그는 마치 자신만큼은 이제 막 언급한 세계가 달갑지 않다는 듯한 표정을 지으며 짧은 한숨을 토해 낸 뒤에 덧붙였다.「아무튼 당신이 그 그림에서 뭔가를 발견했고, 그게 그림의 가격을 올릴 수 있는 일이라고들 하더군요.」

홀리아는 내심 평정심을 유지하려고 애를 썼다. 그녀는 굳이 상대를 속일 의도는 아니었지만 — 굳이 그럴 필요도 없었지만 — 상대가 상대이니만큼 주의를 기울일 수밖에 없었다.

「누가 그런 터무니없는 소문을 흘렸을까요?」

「참새는 방앗간을 그냥 지나치지 않습니다. 중요한 것은 당신과 친분 관계가 두터운 멘추 로치 씨의 태도입니다. 그 여자는 아예 날 협박하려고 작정했더군요.」

「지금 무슨 말씀을 하시는지 잘 모르겠어요.」

「그럴까요?」 그는 웃음기를 잃지 않으며 말했다. 「그분은 우리 클레이모어의 몫을 줄여서 자신의 몫을 올리기 위해 안간힘을 쓰고 있습니다. 물론 그분의 행동은 법적으로 아무런 하자가 없는 일입니다. 다시 말해서 그분과 우리는 구두로 한 약속밖에 없으니까 얼마든지 다른 경쟁사를 찾아갈 수도 있다는 겁니다.」

「그렇게도 폭넓게 이해해 주시니 오늘 만남을 기뻐해야겠군요.」

「하지만 그 이해란 게 회사의 이익까지 간과하겠다는 뜻은 아닙니다.」

「그런가요?」

「나는 당신 앞에서 반 호이스의 소장가를 찾아냈다는 사실을 숨기지 않겠습니다. 지긋하게 나이 든 분이더군요. 더욱이 나는 소장가의 조카딸 부부와 접촉하고 있으며, 로치 멘추 씨를 배제하고 그 사람들과 직접 거래하고 싶다는 의도도 숨기지 않겠습니다. 내 말을 이해하시겠습니까?」

「이해하다마다요. 그러니까 그분의 뒤통수를 치시겠다, 그 말씀이시군요.」

「그것도 하나의 표현이 될 수 있겠군요.」 언뜻 그의 이마에 곤혹스런 그림자가 스쳐 가고 있었다. 마치 부당한 비난을 감수하는 듯한 표정이었다. 「그런데 유감스럽게도 멘추 로치 씨는 워낙 신중한 분이라 소유자의 서명까지 받아 두었더군요. 따라서 내가 할 수 있는 일은 없게 되었습니다. 어떻게 생각하십니까?」

「안타까운 일이군요. 하지만 다음번에는 행운이 뒤따르지 않겠어요?」

「고맙습니다.」 그는 담배에 불을 붙였다. 「그렇지만 나는 이번 일을 완전히 끝난 것으로 생각하지 않습니다. 당신은 멘추 로치 씨와 무척 가까운 친구 사이가 아닌가요? 서로가 한 걸음씩만 물러선다면 우리 모두는 상당한 이익을 추구할 수 있을 겁니다. 당신과 당신의 친구분 그리고 클레이모어와 나, 이렇게 모두가 말입니다. 그렇지 않겠습니까?」

「충분히 가능한 일이지요. 하지만 그 말씀을 멘추 로치 씨에게 직접 하셨으면 훨씬 낫지 않았을까요? 최소한 오늘 저녁 식사비는 줄일 수 있었을 테니까요.」

「당신이 마음에 들었습니다. 아니, 솔직히 말해서 좋아하고 있습니다. 무엇보다도 당신의 합리적이고 지적인 사고 방식과 매력적인 인상에 푹 빠져 버렸거든요……. 그래서 난 당신의 친구분을 만나는 것보다 당신의 중재를 택했습니다. 미리 용서를 구하고 드리는 말씀입니다만, 당신의 절친한 친구분은 지나칠 정도로 경박하더군요.」

「결국은 그런 그분을 설득시켜 달라는 거군요.」

「그렇다고나 할까요.」 그는 잠시 뜸을 들였다. 적당한 표현을 찾는 눈치였다. 「만일 그렇게만 된다면 더없이 멋진 일이 될 것입니다.」

「그렇게 해서 내가 얻는 것은 뭐죠?」 그녀가 단도직입적으로 물었다.

「물론 그것은 회사에서 고려할 사항이지만 그 혜택은 계속될 것입니다. 먼저 그 대가로 우리는 당신이 이번 일로 받게 될 액수의 두 배를 보장합니다. 그것도 〈체스 게임〉에서 산정될 최종 낙찰가의 사례금을 선불로 지급하는 유리한 조건입니다. 아울러 난 당신을 이곳 마드리드 클레이모어의 복원 부서를 이끄는 자리에 추천하겠습니다. 어떻습니까?」

「정말 매력적인 조건이군요. 그런데 그 그림에서 건져 낼 게 그렇게도 많은가요?」

「우리는 이미 런던과 뉴욕의 구매자들을 확보한 상태입니다. 따라서 적절한 홍보만 뒤따르면 우린 크리스티스의 투탄카멘 석관 경매 이래 최대의 예술품 경매 행사를 갖게 될 것입니다. 그런데 기껏해야 그림을 소개하고 전문 복원가를 찾는 것밖에 한 일이 없는 당신의 친구분은 우리에게 반반의 비율을 고집하고 있습니다. 일은 우리가 하는 것이나 다름없는데 반반이라니 가당찮은 요구입니다.」

훌리아는 곰곰이, 그러나 무표정하게 그가 한 말을 생각했다. 며칠 사이에 무척 많은 일이 그녀 주위에서 변하고 있었다. 그녀는 그의 손을 쳐다보며 마지막 5분 동안에 몇 센티미터 정도 자기 쪽으로 옮겨져 있는지를 헤아렸고, 이제 일어서야 할 순간이라는 결론에 도달하고 있었다.

「한번 노력해 보죠.」 그녀는 핸드백을 집어 들며 말했다.

「하지만 난 아무것도 확신하지 못하니까 기대는 하지 마세요.」
 몬테그리포는 그의 오른손을 거둬들이며 눈썹을 쓰다듬었다.
 「노력해 주십시오.」 그는 그녀를 똑바로 쳐다보며 말했다. 그의 눈길에서 부드럽고 축축한 빛이 묻어 나오고 있었다. 「우리 모두를 위한 일이니까요. 물론 난 당신이 그 일을 할 수 있다고 확신합니다.」
 홀리아는 그의 말에 악의나 협박투는 없다고 생각했다. 오히려 친근하고 다정스런 느낌이 묻어 나는 그의 간절한 요청은 진지할 정도였다. 이윽고 그는 홀리아의 손을 잡아 손등에 가볍게 입술을 갖다 댔다.
 「내가 예전에도 이런 말을 했었는지, 그것은 모릅니다.」 그는 그녀의 손등에서 입술을 떼며 말했다. 「하지만 당신은 정말 아름답군요.」

 홀리아는 파코 몬테그리포의 차에서 내리자마자 스테판까지 걸었다. 자정이 지나면 손님의 입장을 엄격하게 통제하는 그곳은 화랑 주인, 예술품 조사가, 경매 대리업자, 신문 기자, 명망 높은 화가들, 외국 경매 회사의 에이전트 등 내로라 하는 인물들이 머물거나 거쳐 가는 약속처이자 명소였다.
 홀리아는 외투를 맡긴 뒤에 아는 사람들과 눈인사를 나누며 홀 안쪽으로 걸음을 옮겼다. 그녀가 찾는 자리는 세사르가 늘 머무는 곳이었다. 세사르는 다리를 꼬고 앉은 자세에서 한 손에 잔을 든 채 금발의 청년과 은밀한 대화를 나누는 중이었다. 그녀가 아는 세사르는 일반적으로 동성애자들이 자주 찾는 클럽에 대해 경멸에 가까운 입장을 취했다. 그는 자신이 그런 클럽들을 좋아하지 않는 것은 답답하면서도 이따금은 노출적이고 호전적인 분위기 탓이라며, 그것을 취향의 차이로 해석했다. 「얘야, 그런 곳에 가는 것은 늙은 여왕이 암탉처럼 거들먹거리며 종마 사육장을 걸어다니는 꼴이란다.」 세사르는 이성애자들의 세계를 편안하게 돌아다니면서 자유롭게 인간 관계를 형성하고 그들을 정복했다. 그런 의미에서 그는 고독한 사냥꾼인 셈이었는데, 그의 주요 사냥 대상은 그를 통해 미처 자신들이 깨우치지 못한 예리하고 진정한 감수성을 발견한 젊은 예술가들이었다. 반면 세사르는 자신의 경이로운 사냥감들을 대상으로 마이케나스[36]나 소크라테스 역할을 자임했고, 그들과 함께 베네치아, 마라케시, 혹은 카이로 등에서 허니문을 보내면서 자연스런 만남을 발전시켜 나갔다. 훌리아는 그런 세사르의 강렬하고 기나긴 삶의 행로, 즉 그들 사이에 전개되는 긴밀한 유대 관계, 혹은 일련의 혼란과 실망과 배신으로 점철된 삶의 단면들에 대해 잘 알고 있었다. 늘 자신의 가장 은밀한 기억과 개인적인 타락을 감추고 있던 세사르가 이따금은 미묘하고 아이러니한 표현으로 그것들에 대해서 터놓기도 했던 것이다.

세사르가 웃음을 보냈다. 그의 움직이는 입술이 〈내가 가장 좋아하는 여자아이〉라고 말하고 있었다. 그는 손에 들고 있던 잔을 탁자에 내려놓은 뒤, 꼬았던 다리를 풀고 일어섰다.

「공주야, 저녁 식사는 어땠니?」 그는 두 팔을 활짝 펼쳐 보

---

[36] Gaius Maecenas(BC 70~AD 8). 로마 제국의 정치가. 베르길리우스와 호라티우스의 친구. 거부(巨富)로서 문학과 예술의 보호자를 자처했음.

이며 말했다.「지긋지긋했을 거야. 사바티니는 이제 예전의 사바티니가 아니거든……」 그는 입술을 찡그렸다. 그의 파란 눈에서 짓궂은 악의가 담긴 빛이 번득였다.「거긴 회사에서 식사비를 대주는 은행놈들과 돈벼락 맞은 놈들 때문에 얼마 못 가고 말 거야……. 그건 그렇고 너도 세르히오를 알고 있지?」

훌리아는 세사르 곁에 앉아 있는 금발의 청년을 본 적이 있었다. 아울러 그 금발 청년이 — 세사르의 다른 어린 친구들처럼 — 나이 든 골동품 수집가와 아름답고 차분한 아가씨 사이에 결합된 보이지 않는 연결 고리의 진정한 본질을 파악하지 못하고 혼란스러워 한다는 사실도 잘 알고 있었다. 그녀는 분위기로 보아 자신이 두 사람 사이에 끼어들어도 지적이고 예민한 금발 청년이 질투를 느끼지 않으리라고 판단했다. 그것은 세 사람이 이미 비슷한 좌석에서 서로 인사를 나눈 적이 있었던 탓이기도 했다.

「몬테그리포가 나에게 제의를 하고 싶어했어요.」

「그놈이 하는 일이 본래 그런 것이란다.」 세사르는 곰곰이 그 내용을 생각하는 눈치였다.「하지만 너는 내가 늙은 키케로처럼 〈Cui bono〉라고 물을 수 있도록 허락해 줘야 한단다. 그래, 어느 쪽의 이익을 위한 거지?」

「그야 그쪽 이익이죠. 사실 그 사람은 나를 노리고 있었어요.」

「아주 멋진 녀석이군. 그래서 넌?」 그러나 그는 자신의 손가락 끝을 그녀의 입술에 갖다 대며 덧붙였다.「가만, 아직은 말하지 마렴. 그래서 내가 그 놀라운 불확실성의 묘미를 더 만끽하도록 해주려무나……. 적어도 그 녀석의 제의가 합리적이었겠지?」

「나쁘지는 않았어요. 그의 제안 속에는 자신도 포함되어 있었으니까요.」

세사르는 혀끝으로 가볍게 자신의 입술을 핥았다. 자못 은밀한 기대감을 나타내는 제스처였다.

「아주 전형적이구나.」 그가 말했다. 「한 방에 두 마리의 새를 잡겠다고? 이른바 일석이조를 노리는 실용적인 인간임에 틀림없어. 하긴 늘 그렇지만 말이지…….」 세사르는 그 부분에서 말을 끊고 고개를 돌려 금발의 친구를 보았다. 마치 그러한 세속적인 일에는 관심조차 갖지 말라고 충고하는 듯한 표정이었다. 이어 그는 다시 훌리아를 쳐다보았다. 그의 눈빛에는 짓궂은 음탕함까지 흐르고 있었다. 「그래서 넌 뭐라고 했니?」 자신이 이내 누리게 될 쾌락을 잔뜩 기대하고 있는 듯한 음성이었다.

「생각해 보겠다고 했죠.」

「역시 완벽했구나. 어떤 상황에서도 배수진만큼은 안 돼, 안 되고말고…… 얘, 세르히오야, 들었지? 너도 절대 그러면 안 된단다.」

세르히오는 샴페인 칵테일에 코를 쑤셔 박기 전에 훌리아를 곁눈질로 쳐다보았다. 훌리아는 그 순간 별 생각 없이 세사르의 어슴푸레한 침실에서 펼쳐지는 광경을 상상했다. 이마에 흘러내리는 금발, 대리석 조각처럼 아름다운 나신, 불끈 솟아오른 황금빛 상징물을 지닌 젊은 남성이 완숙한 파트너의 *antrum amoris*(사랑의 동굴) ─ 그녀는 세사르가 이름 붙인 그 표현이 콕토에게서 훔쳐 온 완곡 어법이라고 생각했다 ─ 속에서 달구어지거나, 혹은 반대로 완숙한 남자가 젊은 파트너의 *antrum*(동굴) 속에서 바쁘게 움직이고 있는 순간에 정지되어 있었다. 훌리아는 세사르와 깊은 관계가 아니었기에 그 순간에 대한 세부적 묘사를 요구할 수는 없었지만 이따금은 두 남자의 일상에 대해 거의 병적인 호기심을 느끼기도 했다. 이어 그녀는 세사르를 슬쩍 훔쳐보았다. 하얀 셔츠, 빨간색이 들어간 파란 실크 크러뱃, 귀와 목덜미 뒤쪽으로 가볍게 물결을 이루고 있는 머리칼……. 그녀는 한순간도 흐트러지지 않는 그가 심지어 50대의 나이에도 세르히오 같은 젊은이들을 유혹할 수 있는 매력이 어디에 있는지 가만히 자문해 보았다. 그것은 역시 파란 눈동자에 담긴 아이러니한 눈빛, 수세대에 걸쳐 다듬어진 제스처와 동작 하나하나에 깃든 우아함, 그리고 차분한 표현에서 암시되는 무한한 지혜에 바탕을 두고 있었다.

「너도 이 친구의 최근 그림을 봐야 할 게다.」 세사르는 여전히 세르히오를 쳐다보며 말을 이었다. 그러나 자신의 상상에 푹 빠져 있던 훌리아는 그의 말이 세르히오를 두고 한 말이라는 것을 알아듣는 데 시간이 한참 걸렸다. 「정말 주목할 만하거든.」 그의 손은 거의 세르히오의 팔 위에 올려져 있었다. 「캔버스 위로 펼쳐지는 맑고 순수한 빛이 그렇게 아름다울 수는 없을 거야.」

훌리아는 세사르의 판단을 하나의 확실한 보증서로 받아들이며 웃음을 지었다. 한편 세사르의 말에 감동한, 동시에 당황한 세르히오는 마치 주인의 손길에 애무를 받는 고양이처럼 금발의 속눈썹이 달린 눈꺼풀을 살포시 감고 그를 쳐다보았다.

「하지만 재능 그 자체만으로 미래를 여는 것은 힘들어.」 세사르의 말이 이어졌다. 「젊은이, 무슨 말인지 이해하겠어?

위대한 예술 형식은 세상의 지식과 깊고 폭넓은 인간 관계에서 나온 확실한 경험을 요구하고 있지. 따라서 진정한 예술 형식은 재능이 핵심이고 경험이 구성 요소에 지나지 않는 추상적 행위와는 거리가 멀다고 해야겠지. 예를 들어 우리는 그것을 음악이나 수학, 혹은 체스 같은 거라고 말할 수도 있는데⋯⋯.」

「체스.」 훌리아가 그 말을 놓치지 않았다. 순간 세사르와 훌리아의 눈이 마주쳤다. 동시에 세르히오의 눈이 불안하게 깜박이며 두 사람 사이를 오가고 있었다.

「그래, 체스란다.」 세사르가 다시 그 말을 되풀이했다. 이어 그는 자신의 잔을 입에 갖다 대고 그 속에 담긴 액체를 음미하며 천천히 마셨다. 그의 눈동자가 차츰 좁아지고 있었다. 「넌 무뇨스가 〈체스 게임〉을 어떻게 대하는지 눈여겨보았니?」

「그래요. 하지만 뭔가 달랐어요.」

「바로 그거야. 그 친구는 네가 보는 것과 달라. 아니 나와도 다르지. 다시 말해서 그 친구는 다른 사람들이 볼 수 없는 것을 체스에서 보고 있단다.」

그때 두 사람의 대화에 귀를 기울이던 세르히오가 세사르의 어깨에 몸을 스치면서 미간을 찌푸렸다. 혼자 소외되고 있다는 눈치였다.

「우린 지금 네가 듣기에는 지나치게 불길한 얘기를 나누는 중이란다.」 세사르는 세르히오의 눈치를 놓치지 않고 자애로운 눈길을 보내며 말했다 — 그러나 그의 손은 훌리아의 손가락 관절을 쓰다듬고 있었다. 「하지만 얘야, 너는 이런 얘기에 신경 쓰지 말고 너의 순수를 유지하도록 노력해야지. 알

앉니? 인생을 복잡하게 만들지 말고 오로지 재능을 개발해야 하는 것, 그게 네가 할 일이거든.」

이어 세사르는 세르히오를 향해 허공에 대고 입맞춤을 보냈다. 그러나 그들의 대화는 그쯤에서 중단될 수밖에 없었다. 온몸에 밍크 코트를 걸친 채 다리만 내비치는 멘추 로치가 막스와 함께 나타났던 것이다.

「돼지 같은 자식!」 멘추가 — 훌리아의 자초지종을 듣더니 — 거침없이 내뱉었다. 「나와 한바탕 해보겠다? 좋아, 내일 당장 돈 마누엘을 만나겠어. 그래서 반격을 하는 거야.」

좌중은 엉뚱한 국면으로 접어들고 있었다. 세르히오는 멘추의 기세에 눌려 아예 저만치 물러난 기색이었다. 멘추의 말은 몬테그리포에서 반 호이스로, 반 호이스에서 진부한 이야기로 전개되고 있었다. 그사이 두 번째 잔에서 세 번째 잔을 기울이는 그녀의 손이 차츰 떨리고 있었다. 까닭 모를 불안감에 휩싸인 채 자신을 잃어 가는 모습이었다. 하지만 막스는 잘 차려입은 의상과 늘씬한 종마 같은 거드름을 피우며 담배를 태울 뿐 말이 없었다. 한편 세사르는 시종일관 엷은 미소를 띠며 좌중을 바라보거나 재킷에 꽂힌 손수건을 꺼내 레몬을 곁들인 진에 젖은 입술을 닦기도 했고, 이따금 먼 곳에서 이제 막 돌아온 듯한 사람처럼 훌리아의 손등을 쓰다듬기도 했다.

「이봐요.」 멘추가 느닷없이 세르히오에게 화살을 돌렸다. 「이 바닥에는 그림을 그리는 사람과 돈을 챙기는 사람, 이렇게 딱 두 부류만 있어요. 다시 말해 동시에 두 가지 일을 하는 사람은 없다 이거야. 그런데, 그런데 말이지…….」 그러나 그녀는 그 부분에서 갑자기 한숨을 내쉬더니 마치 상대의 젊음에 감동한 듯한 표정을 지으며 큰 소리로 말했다. 「당신처럼 멋진 금발에다 나이 젊은 예술가들은……」 그녀는 마치 독기를 품은 눈길로 힐끗 세사르를 쳐다보았다. 「하긴 꿀맛이겠지.」

「나의 젊은 친구여, 너는 너의 황금빛 영혼에 독을 뿌려 대는 소음들을 무시해야 한다.」 세사르가 차분하게 그녀의 말을 받았다. 충고라기보다는 심심한 조의를 표하는 듯한 침울한 음성이었다. 「지금 이 여인은 이 세상의 모든 여자들처럼 뱀처럼 갈라진 세 치 혀로 너를 능멸하려 드는구나……」 이어 그는 허리를 굽혀 훌리아의 손등에 입을 맞추면서 자신의 표현을 수정하고 나섰다. 「애야, 나를 용서해 다오. 모든 여자들이 아니라, 거의 모든 여자들이라고 해야겠지.」

「누구셨더라?」 멘추가 눈꼬리를 치켜뜨며 지지 않고 그 말을 받았다. 「오라, 우리들의 지도 교사인 소포클레스가 계셨군. 아니 세네카였던가……? 독배를 놓고서 어린 사내 녀석들을 제멋대로 갖고 놀던 그 인간 말이야.」

세사르는 멘추를 쳐다본 뒤에 눈을 감고 고개를 뒤로 젖혔다.

「나는 나의 젊은 알키비아데스에게, 그것보다는 파트로클로스에게, 혹은 나의 세르히오에게 말하거늘…… 길이란 저 숱한 장애물을 극복하고 자기 자신의 내부 세계를 들여다볼 때까지 나아가는 것……. 하지만 그 길을 안내할 베르길리우스가 없다면, 그것은 너무나 힘든 여정이 될 수밖에. 어린 너는 나의 비유를 알아들을까……? 좋은 안내자를 만난다는 것은 예술가가 가장 달콤한 쾌락을 발견하는 것과 다름없는 법이고, 그로 인해 예술가의 삶은 순수해지는 법. 그리하여 비천한 것들은 더 이상 필요 없게 되거나 그와 유사한 경멸 따위와는 먼 거리를 두게 되는 거지……. 다시 말하거늘, 좋은 안내자란 자신의 세계에 넉넉한 공간과 완숙함을 지니고 있는 세계라고 해야겠지.」

세사르의 말이 떨어지기 무섭게 멘추의 야유와 훌리아의 웃음소리가 이어졌다.

「너무 신경 쓰지 말아요.」 훌리아가 피식 웃음을 터뜨리며 영문도 모른 채 어리둥절해 하는 세르히오를 다독거렸다. 「이번에도 아저씨는 남의 말을 훔쳐 왔으니 말이에요. 아시다시피 늘 그렇잖아요?」

「나는 권태에 지친 소크라테스란다.」 그때까지 눈을 감고 있던 세사르가 한쪽 눈을 뜨며 말했다. 「하지만 남의 말을 훔쳤다는 말은 단연코 거부하고 싶구나.」

「흥! 우리를 비아냥거리고 있는 게 틀림없어. 그렇지?」 멘추가 담배를 집어 들며 미간을 찌푸리고 있는 막스를 쳐다보았다. 「불 좀 줘, *condottiere mio*(나의 용병대장).」

「*Cave canem*(개를 조심하게), 용맹스런 젊은이.」 세사르가 그녀의 표현을 놓치지 않고서 즉각 반응하며 막스를 쳐다보며 말했다 — 좌중에서 그 말뜻을 아는 사람은 세사르 외에 훌리아가 유일했을 것이다. 그녀는 라틴 어의 〈개〉가 남성과 여성에 동시에 적용된다는 사실을 알고 있었다. 「역사에 관한 자료들에 따르면,」 세사르가 말을 이었다. 「*Condottieri*(용병대장들)가 챙겨야 했던 대상은 자신을 고용한 사람들이었지.」 이어 그는 훌리아를 쳐다보며 우스꽝스런 동작으로 절을 했다 — 세사르 역시 술기운이 오른 게 분명했다. 「부르크하르트는…….」

「신경 쓰지 마, 막스.」 멘추가 그 말을 막고 나섰다. 그러나 막스는 그녀가 걱정하는 것만큼 노기를 띠지 않은 표정이었다. 「방금 한 말 들었지? 얘기란 게 자신의 말은 하나도 없고 순전히 남의 말만 갖다 붙이고 있잖아. 뭐랄까…… 기껏해야 월계수 이파리 정도?」

「월계수가 아니라 아칸서스[37]겠지?」 훌리아가 웃으면서 끼어들었다.

세사르는 마음에 상처를 입은 표정으로 훌리아를 쳐다보았다.

「*Et tu, Bruta*(브루투스, 너도)?」 그는 짧게 내뱉으며 이번에는 세르히오를 바라보았다. 「파트로클로스, 너는 이 사건의 비극적 본질을 알았으렷다?」 잠시 침묵이 흘렀다. 세사르는 레몬이 섞인 진을 오랫동안 음미한 뒤, 마치 절친한 동료를 찾듯 극적인 동작으로 주위를 둘러보았다. 이어 그의 입에서 긴 대사가 흘러나오기 시작했다. 「나는 여러분이 지적한 월계수로 무엇을 얻을 수 있는지 반문하고 싶군. 월계관? 그것은 한 사람의 전유물이 될 수 없지. 내가 이런 말을 하는 게 안타깝지만 순수한 창조물이란 존재하지 않거든. 우리는 마찬가지로 순수한 창조물도, 창조자도 될 수 없어. 멘추! 당신은 그렇게 안 돼! 어쩌면 막스! 용맹한 용병대장, 날 그런 눈으로 쳐다보지 말게. 미남인 당신이야말로 이 자리에서 진정으로 무엇인가를 창조하는 유일한 사람일지도 모르지.」 세사르는 자신의 말에 지친 듯한 표정과 함께 오른손을 들었다. 우아함을 잃지 않는 동작이었다. 그리고 허공을 긋던 그의 오른손이 세르히오의 무릎 근처에서 멈춰 섰다. 「피카소,」 잠시

---

[37] 코린트 식 원주 기둥에 장식된 아칸서스 잎을 두고 한 말임.

후 그가 다시 말을 이었다. 「그 늙은 광대를 언급한 게 유감이지만 피카소는, 모네이고, 앵그르이고, 수르바란[38]이고, 브뢰헬[39]이고, 피터 반 호이스일 뿐이야……. 물론 무뇨스 역시 빠질 수 없지. 이 순간에도 어디선가 체스 테이블 위에 허리를 굽힌 채 악마들을 추방하고, 동시에 우리를 그 악마들에게서 해방시키고자 애를 쓰고 있을 우리의 친구 무뇨스 말이야. 그러나 그 친구 역시 자기 자신이 아니라 카스파로프이고 카르포프[40]라고 해야겠지. 나아가 그 친구는 피셔[41]이고, 카파블랑카이고, 폴 모피[42]이자 중세의 마에스트로 루이 로페스인 셈이지……. 이렇듯 모든 것은 동일한 역사의 국면들로 구성되거나, 혹은 동일한 역사로 되풀이되고 있는 것일지도 몰라. 하지만 그것은 나도 결코 알 수 없는 일. 너!」 그는 훌리아를 쳐다보았다. 「넌 아름다워, 훌리아. 넌 피터 반 호이스의 그림 앞에 서 있을 때, 네가 어디 있는지, 그림 안에 있는지, 아니면 그림 밖에 있는지 생각해 본 적이 있었니? 그래,

---

38) Francisco de Zurbarán(1598~1664). 스페인 바로크 미술의 주요 화가.

39) Pieter Bruegel de Oudere(1525경~1569). 16세기 플랑드르의 대표 화가. 농민 생활의 활달하고 재치 있는 장면과 풍경화로 유명하며 대표작으로 「농부의 결혼식」, 「눈 속의 사냥꾼들」, 「바벨탑」, 「이카로스가 추락하는 풍경」 등이 있다.

40) Anatolii Evgenevich Karpov(1952~). 러시아의 체스 명인.

41) Bobby Fischer(1943~). 미국의 체스 명인. 1972년 미국인으로는 최초로 세계 챔피언이 되었다.

42) Paul Charles Morphy(1837~1884). 미국 출신의 체스의 명인. 1857년 전미 체스 대회에서 우승한 후 유럽에 가서, 모든 상대를 물리쳤다.

누구보다 널 잘 아는 나는 네가 그랬을 거라고 생각한단다, 공주야. 그러나 난 네가 그 해답을 찾지 못했다는 것도 잘 알지.」그는 웃음을 터뜨렸다. 그리고 이번에는 한 사람 한 사람을 쳐다보며 말했다.「나의 자식들이자 나의 신도들이여, 사실 용기 있는 무리들로 구성된 우리는 하나같이 은밀한 비밀들을 좇고 있지만 그것은 각자의 삶이 지닌 수수께끼에 불과하다는 것을 알아야 하느니.」이어 그는 잔을 들었고, 특별히 누구에게랄 것도 없이 건배를 제안하듯 덧붙였다.「똑똑히 쳐다봐야지. 우리가 좇는 비밀, 그것은 그 자체로 위험을 안고 있다는 것을 말이야. 비밀을 좇는다는 것은 마치 거울 뒤에 붙어 있는 페인트칠을 보려고 거울을 깨뜨리는 짓이나 다름없을 수밖에. 사랑하는 사람들이여, 그런 생각을 하면 그대들의 등 뒤로 공포의 그림자가 다가서고 있는 것 같지 않은가?」

훌리아가 집에 도착한 시간은 새벽 2시였다. 그녀는 동행한 세사르와 세르히오가 그녀의 아파트 실내까지 살펴보고 돌아가겠다고 말했지만 한사코 거절했다. 작별의 입맞춤과 함께 두 사람이 떠나자 그녀는 좌우를 살피는 동시에 불안한 마음을 달래며 — 자신의 손가락 끝에 느껴지는 핸드백 속의 열쇠와 소형 피스톨의 차가운 감촉이 다소 위안이 되었다 — 입구에서 3층까지 천천히 걸어 올라갔다.

그녀는 열쇠를 돌리면서도 차분한 자신의 행동에 내심 놀라고 있었다. 물론 두려움이 없는 것은 아니었다. 그러나 그 두려움은 세사르가 무뇨스를 패러디하며 표현했던 순수한 재능에 의지하지 않고서는 평가할 수 없는 그런 수치스런 느낌이나 달아나고 싶은 욕망을 안겨 주지 않는, 오히려 그것보다는 개인적인 자존심을 걸고서 도전하고 말겠다는 강렬한 호기심 같은 느낌이 와닿고 있었다. 다시 말해서 그것은 마치 〈네버랜드〉에서 해적들을 죽일 때 느끼는 으스스한 공포와 짜릿한 쾌감이 교차되는 것 같은 두려움이었다.

해적들 죽이기. 사실 훌리아는 어릴 때부터 죽음에 익숙해져 있었다. 그녀에게 있어 죽음에 대한 첫 기억은 아버지의 모습이었다. 침대 위에 누운 아버지는 미동도 없이 눈을 감고 있었고, 사람들은 그 주위에서 우울하고 슬픈 표정을 지은 채 낮은 음성으로 소곤거리고 있었다. 그들은 마치 잠든 아버지가 깨어나기라도 할까 봐 두려워하는 것 같았다. 불과 여섯 살이었던 어린 그녀가 도저히 이해할 수 없는 엄숙한 분위기였다. 그리고 그 죽음의 장면은 검은 상복을 입고 눈물 한 방울 흘리지 않던, 어린 딸자식의 손을 잡고서 망자에게 마지막 입맞춤을 강요하던 완고한 어머니의 이미지와 겹쳐지면서 그녀의 뇌리에 영원히 각인되었다. 어린 그녀를 그곳에서 데리고 나온 사람은 지금보다 훨씬 젊은 모습으로 기억되는 세사르였다. 어린 그녀는 세사르의 무릎에 앉은 채 죽음의 마지막 의식을 지켜보고 있었다.

「아빠가 아니야.」 어린아이는 눈물을 보이지 않으려고 애를 쓰며 말했다. 절대 울면 안 된다는 어머니의 다짐을 떠올리고 있었다. 「우리 아빠처럼 보이지 않는단 말이야.」

「이제는 아빠가 아니란다.」 세사르가 말했다. 「네 아빠는 다른 곳으로 떠나셨거든.」

「어디로?」

「공주야, 이제는 다시 돌아오지 않는 나라로 가셨단다.」

「정말?」

「정말.」

어린 훌리아는 뾰로통해졌다. 무엇인가를 곰곰이 생각하는 눈치였다.

「이제 다시는 아빠 입에 뽀뽀를 하지 않을 거야. 너무 차갑단 말이야.」

세사르는 어린 훌리아를 바라보며 힘껏 껴안았다 — 훌리아는 그의 몸과 옷에 배어 있던 부드러운 향기를 영원히 잊지 못했다.

「그 대신 나에게 뽀뽀하렴. 아무 때나 말이야.」

훌리아는 세사르가 동성애자라는 사실을 안 게 언제였는지 정확히 기억할 수는 없었다. 아마 열두 살 때였을 것이다. 하교길에 들른 가게에서 그녀는 세사르가 어느 청년의 뺨을 어루만지고 있는 광경을 목격했다. 이윽고 그 청년이 훌리아에게 씩 웃어 보이며 가게를 나섰다. 어린 훌리아는 무슨 일인지 묻고 싶었지만 입을 다물었다. 한편 세사르는 담배에 불을 붙이며 어린 훌리아를 한번 쳐다보더니 말없이 시계 태엽을 감기 시작했다. 그게 전부였다. 그런데 며칠 뒤였다.

「아저씨는 어떤 여자들을 좋아해?」 부스텔리 도기 인형을 가지고 놀던 어린 훌리아가 물었다.

늘 그렇듯 책상 앞에 앉아 책장을 넘기고 있던 세사르가 고개를 든 것은 한참 후였다 — 훌리아는 그 뒤에도 세사르의 파란 눈을 잊지 못했다.

「공주야, 내가 좋아하는 여자는 너밖에 없단다.」

「다른 여자들도 있잖아.」

「어떤 다른 여자들?」

두 사람은 더 이상 말을 잇지 못했다. 그러나 그날 밤, 잠자리에 든 어린 훌리아는 세사르의 말을 생각하며 행복한 기분이 들었다. 아무도 세사르를 빼앗아 가지 못해. 그녀는 마음속으로 중얼거렸다. 세사르는 아버지처럼 다시 돌아오지 못할 곳으로 떠나지 않을 거야.

그때부터 새로운 세월이 열렸다. 황금빛이 흐르는 골동품 가게에서 긴긴 이야기들이 펼쳐지던 시절이었다. 이른바 세사르의 황금기였다. 그는 역사와 예술, 책과 모험들이 어우러진 로마와 파리를 무대로 활동하고 있었다. 훌리아는 세사르가 읽거나 구해 온 신화들을 공유했다. 두 사람은 낡은 궤짝과 녹슨 무기 사이에서 『보물섬』을 읽었다. 달빛이 흘러내리는 카리브 해에서 돌처럼 딱딱한 심장을 지닌 해적들이 자신들의 어머니를 생각하며 슬퍼하고 있었다. 심지어 비열한 인간으로 알려진 후크 선장 같은 악당도 매달 자신을 낳아 준 여인의 말년을 위로하고자 스페인 금화를 보냈다. 세사르는 이야기를 하다 말고 낡은 궤짝에서 한 쌍의 사브르 검을 꺼내 해적들의 검술을 가르쳐 주기도 했다. 그리하여 훌리아는 칼싸움에서 상대의 공격을 막거나 뒤로 물러나는 방법, 상대의 목을 치는 게 아니라 상처를 주는 방법 그리고 적선을 향해 갈고리를 던지는 방법 등을 배울 수 있었다. 세사르의 궤짝은 병기 창고나 다름없었다. 그 속에서 벤베누토 첼리니[43]가 만든 손잡이가 은으로 장식된 단검이 나왔다. 세공사였던 그는 로마가 약탈당할 때 화승총으로 부르봉의 성주를 쏴 죽인 인물이었다. 섬뜩한 살의가 번득이는 비수도 있었다. 그것은

---

43) Benvenuto Cellini(1500~1571). 이탈리아 피렌체 파의 조각가, 금세공가. 대표작으로 청동상 「페르세우스」 등이 있다.

흑태자[44])의 시종이 크레시에 쓰러진 프랑스 기사들의 투구를 꿰뚫는 데 사용한 칼이었다.

세월이 흐르면서 세사르의 시대는 가고 훌리아의 세대로 접어들었다. 그녀는 말없이 듣기만 하는 세사르에게 자신이 겪은 일을 털어놓기 시작했다. 그 중에는 열네 살에 경험한 첫사랑과 열일곱 살에 만난 첫 연인에 관한 이야기도 있었다. 그때마다 세사르는 묵묵하게 그녀의 이야기를 듣기만 했고, 이야기가 끝나면 미소를 지어 주었다. 그게 전부였다.

훌리아는 지금 이 순간 그런 미소 — 용기를 주는 웃음이자, 피할 수 없는 인생의 흐름에서 일어나는 사건들의 중요성을 정확하게 잡아 주는 웃음 — 를 띨 수 있는 사람을 만난다면, 무엇이든 다 내줄 수 있다고 생각했다. 애야, 우리 인간에게는 자신의 동반자나 자신의 운명을 선택할 수 있는 권리나 그런 권리를 획득할 가능성은 없단다. 그녀는 세사르가 곁에 있었으면 그렇게 말했을 것이라고 생각하며, 이제는 혼자서 모든 일을 처리해야 할 나이라고 다짐했다.

그녀는 얼음 조각과 보드카를 준비하는 동안, 어둠 속에서 자리를 잡고 있는 반 호이스의 그림을 쳐다보며 가만히 웃었다. 아무 일도 없었어. 만일 나쁜 일이 생겨도 그것은 다른 사람에게 생긴 일이었다. 주인공에게는 나쁜 일이 일어나지 않아. 그녀는 치아에 부딪치는 얼음 조각 소리를 들으며 보드카 한 모금을 음미했다. 죽는 사람들은 늘 조연이었어. 알바로처럼 말이지. 그녀는 어린 시절 죽음과 유사한 모험을 겪은 것만 해도 수백 번이 넘었지만 그때마다 살아 남았다고

---

44) 영국 에드워드 3세의 큰아들.

생각하면서 베네치아 거울을 바라보았다. 그리고 자신의 창백한 얼굴, 움푹 패인 큰 눈, 어렴풋한 자신의 윤곽을 바라보며 『이상한 나라의 엘리스』에 등장하는 엘리스를 떠올렸다. 이어 그녀는 반 호이스의 그림에서, 다른 거울을 비추고 있는 거울 속의 또 다른 거울 속에 자신의 모습을 비춰 보았다. 순간 그녀는 현기증이 이는 것을 느꼈다. 거울과 체스 테이블과 그림, 그것들은 과거의 불행한 기억들을 불러오는 상상의 게임이거나 시간과 공간의 개념을 뒤죽박죽으로 섞어 만든 엉터리 게임처럼 여겨졌다. 그녀는 잔에 담긴 보드카를 털어 넣다시피 들이켰다 — 그 바람에 얼음 조각이 치아에 부딪치는 소리가 들렸다. 동시에 그녀는 손을 뻗으면 당장 녹색 천으로 덮인 탁자 위에, 허공에 정지된 로제 드 아라의 손 위에, 감춰진 글자 윗부분에 빈 잔을 내려놓을 수 있을 것 같은 착각에 빠져 들었다.

훌리아는 어느새 그림 앞에 바짝 다가가 있었다. 창가에 앉아 눈을 내리깐 채 무릎 위의 책을 읽고 있는 오스텐부르크의 베아트리스. 그 여인의 모습은 초기 플랑드르 거장들이 그렸던 플랑드르 처녀들의 모습을 연상하게 만들었다. 금발을 뒤로 바짝 끌어당겨 묶은 머리칼, 거의 투명한 면사포, 하얀 살결 그리고 플랑드르 산 면 — 그것은 일반 실크나 금실이 들어간 실크보다 훨씬 귀한 천이었다 — 으로 된 옷을 입고서 저만치 혼자 떨어져 앉은 채 자못 숙연한 표정을 짓고 있는 여인…… 그래, 그거야! 그녀는 퍼뜩 정신이 드는 것을 느꼈다. 검정색은 죽음과 애도를 상징하는 색깔 아닌가. 따라서 그 검은 의상은 늘 상징과 역설을 강조했던 천재 피터 반 호이스가 여인에게 입힌 상복이었다. 다시 말해서 그 여인은 대공인 남편이 아니라 살해된 연인을 애도하기 위해 상복을 입고 있는 셈이었다.

그 여인의 완벽하고 섬세한 용모는 그 색조와 세밀한 묘사에 의해 르네상스 시대의 처녀들을 닮고 있었다. 그 여인은 조토[45]의 작품에 유모나 하녀 혹은 정부로 등장하는 이탈리아풍의 처녀가 아니었고, 어머니나 여왕 등으로 나오는 프랑스 스타일의 여자도 아니었다. 그 여인은 그림의 창문 너머에 나타난 정경처럼 성과 저택이나 실개천을 따라 굽이굽이 펼쳐지는 평원을 소유한 귀족이나 사업가의 부인을 연상하게 만들었다. 어딘지 거만하면서도 냉정하고 차분하게 보이는 그녀의 인상은 유럽의 남부 국가인 스페인이나 이탈리아에서 〈서부 유럽풍〉이라는 평판으로 명성을 날리던 저 북부 미인 같았다. 그 여인의 파란 눈 — 적어도 파란 눈동자 — 과 주위로부터 저만치 떨어져 있는 듯한 눈길은 태연하게 책을 보고 있는 것 같지만 사실은 반 호이스나 반 데어 웨이덴[46] 혹은 반 에익에 의해 묘사된 플랑드르 여자들의 눈처럼 주위의 사물을 관통하고 있었다. 그것은 보고 있거나 보고 싶어하는 것이 무엇인지, 생각하거나 느끼는 것이 무엇인지를 아예 허락할 것 같지 않는 수수께끼 같은 눈빛이었다.

홀리아는 보드카와 줄담배로 입 안이 텁텁했지만 담배에 다시 불을 붙였다. 이어 그녀의 손가락은 로제 드 아라의 입

---

45) Giotto di Bondone(1266~1337). 이탈리아의 피렌체 파 화가. 치마부에의 제자로, 아시시 · 로마 · 파도바 · 피렌체 · 나폴리 등지의 수많은 예배당을 프레스코와 템페라 패널화로 장식했다.

46) Rogier van der Weyden(1399~1464). 플랑드르의 화가. 그 시대에 가장 영향력 있던 북유럽 화가로 종교화를 많이 그렸다.

술을 따라 움직이고 있었다. 그의 목에 두른 갑옷용 목 가리개는 주위를 에워싼 후광 같은 황금빛을 받아 잘 닦여진 금속처럼 반짝였다. 엄지 위에 가볍게 턱을 받친 채 삶과 죽음을 상징하는 체스 테이블을 응시하고 있는 그의 시선과 고대 메달에 찍혀 있는 인물들과 비슷한 그의 옆모습을 보면 책을 읽고 있는 여인의 존재를 의식하지 않는 것처럼 보이지만 정작 그의 마음은 반대일 수도 있었다. 어쩌면 그의 마음은 이미 체스 게임을 떠나 짐짓 책에 몰두하고 있는 듯한 부르고뉴의 베아트리스를 향하고 있는지도 몰랐다. 그때서야 그녀는 다시 검은 옷의 여인을 쳐다보았다. 그 여인 역시 로제 드 아라의 널찍한 등과 우아하고 차분한 이목구비 대신 책에 시선을 고정하고 있었지만 한때는 사랑했던 사람의 손길과 억제된 침묵과 우수에 휩싸인 눈빛을 떠올리고 있는지도 몰랐다.

훌리아는 베네치아 거울과 그림 속의 또 다른 거울 속에서, 현실과 그림의 경계를 흐트러 놓고 있는 비현실적인 공간 속에서 체스 테이블에 놓여 있는 말들이 움직이지 않도록 주의하는 한편, 한 손을 그림 속의 탁자와 녹색 천 위에 얹다시피 기댄 채 로제 드 아라의 입술에 자신의 입을 맞추었다. 이윽고 고개를 들었을 때, 그녀의 눈은 플랑드르 산 벨벳을 걸친 오스텐부르크 대공의 깊이를 알 수 없는 눈빛과 마주치고 있었다.

벽시계가 새로운 시간을 알리고 있었다. 새벽 3시였다. 의자에 등을 기댄 채 천장을 쳐다보던 훌리아는 주위를 떠돌고 있는 환상을 지우기 위해, 전구가 있는 곳을 찾아다니면서 스위치를 올렸다. 불이 하나둘씩 들어오면서 현실의 시간과 공간도 예전처럼 되살아나고 있었다.

그래. 훌리아는 이미 스스로 결론을 내리고 있었다. 문제를 제기하는 것보다는 실제적인 방법들을 정리하는 거야. 앨리스보다는 웬디[47]가 되는 게 훨씬 낫잖아. 그러기 위해선 다시 눈을 감고 눈을 크게 뜨고서 반 호이스의 그림을 단지 5백년 전에 그려진 한 작품으로 생각하고 연필과 종이를 집어드는 거야. 그래서 자꾸만 두려움을 향해 미끄러지고 있는 엉뚱한 환상들보다는 요 며칠 사이에 일어났던 일과 정황들을 차분하게 정리하는 거야. 이윽고 훌리아는 식어 버린 커피를 입 속으로 털어 넣으면서 연필을 들었다.

 1. 1471년으로 기록된 그림. 체스 게임. 미스터리. 페르디난트 알텐호펜, 부르고뉴의 베아트리스, 로제 드 아라, 실제로 세 인물 사이에 무슨 일이 벌어졌는가? 기사를 죽이라고 명령한 사람은 누구인가? 그 사건과 체스 사이에는 무슨 연관이 있는가? 반 호이스는 왜 그 그림을 그렸는가? 반 호이스는 〈Quis necavit equitem〉이라는 글을 새긴 뒤에 왜 그 위에 덧칠을 했는가? 그 화가 역시 죽음을 당할까 봐 두려웠던 것인가?

 2. 나는 멘추에게 그 사실을 얘기했다. 그리고 그 그림에 대한 자료를 구하기 위해 알바로를 찾아갔다. 그러나 알바로는 모든 사실을 알고 있었다. 누군가가 이미 그와 상의를 했던 것이다. 그자가 누구인가?

 3. 알바로가 사체로 발견되었다. 사고사인가, 아니면 타살인가? 어쩌면 그의 죽음은 그 그림과 연관이 있는지도

---

47) 『피터 팬』의 여주인공.

모른다. 어쩌면 그의 죽음은 내가 그를 찾아가서 조사한 내용과 관련이 있는지도 모른다. 아니 그의 죽음은 어떠한 형태로든 그 그림과 연관이 있는 게 분명하다. 그렇다면, 그 그림에는 누군가가 알려지지 않기를 바라는 어떤 게 있는가? 혹시 알바로는 내가 미처 알지 못하는 어떤 것을 발견했단 말인가?

4. 미지의 인물(남자일 수도 여자일 수도 있다)은 알바로가 정리한 서류를 나에게 보냈다. 다른 사람들이 위험하다고 생각할 수 있는 것에 대해 알바로는 무엇을 알고 있었는가? 미지의 인물의 입장에서 내가 알았으면 하는 것은 무엇이고, 내가 알지 않았으면 하는 것은 무엇인가?

5. 우르브 익스프레스로 자료가 들어 있는 봉투를 가져간 인물은 금발의 여자. 그 여자는 알바로의 죽음과 관계가 있는가, 아니면 단순한 하수인인가?

6. 똑같은 테마를 조사하고 있었음에도 알바로는 죽고, 나는 (이 순간에도) 살아 있다. 그 이유는 무엇인가? 누군가가 나에게 작업을 쉽게 하도록 한 짓일까? 아니면 내가 모르는 어떤 방향으로 끌고 가려는 것인가? 혹시 그림의 경제적 가치에 관심을 갖고 있는가? 내 복원 작업에 관심을 갖고 있는가? 감추어진 글에 관심을 갖고 있는가? 체스 게임에 관심을 갖고 있는가? 역사적 자료가 알려지길 바라는가, 아니면 알려지지 않길 바라는가? 15세기에 일어난 일이 20세기의 인물과 어떤 연관이라도 있다는 말인가?

7. 이 순간까지의 기초적인 질문: 혹시 알바로를 살해한 동기가 경매에서 그림 가격이 올라가는 것과 연관이 있는가? 그 그림에는 내가 발견한 것 말고 또 다른 게 있는가?

8. 모든 문제는 그림의 가치가 아니라 그림 속에서 진행되고 있는 체스 게임의 미스터리에 있을 가능성은 없는가? 무뇨스. 체스에 관한 문제. 만일 체스에 관계가 있다면 어떻게 해서 그 일이 5세기가 지난 지금에 와서 죽음의 원인이 될 수 있는가? 웃음거리일 뿐만 아니라 어리석은 일이다. (나의 판단)

9. 난 지금 위험한 상황에 처해 있는가? 누군가는 내가 더 많은 것을 알아내길 바라고 있는가? 아니면 내가 아무것도 모른 채 그저 일만 하기를 바라고 있는가? 누군가가 나를 필요한 존재로 생각했기에 나는 여전히 살아 있는지도 모른다.

훌리아는 내친김에 반 호이스의 그림을 쳐다본 뒤에 무뇨스가 언급했던 내용들을 떠올리며 그것을 재구성하기 시작했다. 체스 게임을 여러 단계로 나누다 보면, 그 중의 하나가 전체를 이해하는 데 도움이 될지 모른다고 생각했다.

단계 1 그림 속의 장면. 등장 인물들을 담고 있는 체스 테이블 형태의 바닥.

단계 2 그림 속의 등장 인물: 페르디난트, 베아트리스, 로제.

단계 3 두 인물이 게임을 벌이는 체스 테이블.

단계 4 세 인물을 상징하는 체스 말.

단계 5 반전된 이미지의 등장 인물들과 체스 게임을 비추고 있는 그림 속의 거울.

홀리아는 다섯 단계로 분류된 사항들을 놓고 서로 줄을 그어 가며 연관을 지어 보았다. 모든 단계가 자연스럽게 다섯 번째 단계에 귀착되는 가운데, 기껏해야 첫 번째는 세 번째와 두 번째는 네 번째와 상응한다는 정도였고, 그 자체로 닫혀지는 기이한 도표가 되었다.

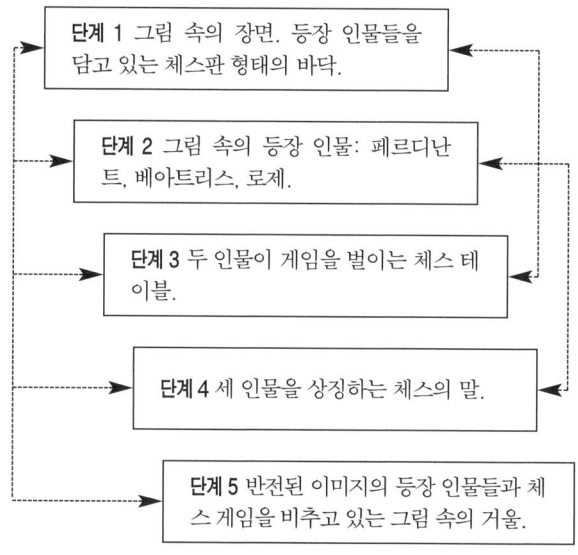

말도 안 돼. 홀리아는 자신이 만든 도표를 살펴보며 중얼거렸다. 쓸데없이 시간만 낭비한 꼴이잖아. 도표에서 확인한 게 있다면 그것은 화가의 영악한 재능이었다. 하긴 알바로가 욕조에서 미끄러졌든 누군가가 밀어서 넘어졌든 그것은 〈체스 게임〉이 그려진 지 5백 년이 지난 뒤에 발생한 사건이었다. 따라서 임의로 작성한 도표나 화살표는 그것들이 어떤 식으로 연결되거나 결과가 어떻게 나타나더라도 알바로의 죽음과 그녀와 연관될 만한 단서가 될 수 없었다. 더욱이 화가가 두 사람의 존재를 사전에 예측할 리는 만무하지 않는가. 그런데도 만일 예측했다면? 갑자기 불길한 질문이 고개를 쳐들고 있었다. 상징적인 것들의 집합체나 다름없는 그림 앞에서 그것을 보는 이의 시각과 그림이 창조된 순간에 부여된 의미는 일치할 수 있는가?

전화벨이 울린 것은 여전히 도표를 놓고 긴 생각에 잠겨 있던 순간이었다. 깜짝 놀란 훌리아는 양탄자 위에 놓여 있는 전화기를 쳐다보았다. 새벽 3시가 지난 시간에 전화를 할 수 있는 사람은 누구인가? 그녀는 잠시 고민에 빠졌다. 받을 것인가 말 것인가. 네 번째 전화벨 소리가 울리자 그녀는 간신히 몸을 움직였고, 서서히 전화기가 있는 쪽으로 다가갔다. 아무래도 받는 게 받지 않는 것보다 후련할 것이라는 기분이 들었다. 소파에 웅크린 채 새벽을 맞이하고 있는 그녀의 입장에서 전화벨 소리를 듣는 것은 참을 수 없는 공포이자 고통스런 일이었다. 그녀는 치밀어 오르는 감정을 억제하며 수화기를 들었다.

「말씀하세요.」

「난 지금 몹시 흥분된 상태입니다. 모든 문제가 풀렸거든요. 그것도 불과 5분 전에 말입니다……」

수화기 저쪽으로부터 확신에 찬 그의 음성이 들려오고 있었다.

7
누가 기사를 죽였는가?

하얀 말과 검은 말은 인간의 영혼 속에 깃든 빛과 어둠 그리고
선과 악 사이의 마니교적 구분을 대변하고 있는 것처럼 보인다.
— G. 카스파로프

「도저히 믿어지지 않아 잠을 이룰 수가 없더군요.」 무뇨스는 탁자 위에 휴대용 체스 세트와 메모가 적힌 구깃구깃한 종이를 펼쳐 놓으며 말했다. 「처음부터 끝까지 다시 검토하는 데만 꼬박 한 시간이 걸렸습니다.」

두 사람은 24시간 편의점 겸 바의 커다란 유리창 옆에 앉아 있었다. 거리는 여전히 적막에 휩싸여 있고 늦은 시간이라서 — 아니면 너무 이른 시간이라서 — 그런지 심야의 데이트를 이어 가는 대여섯 명의 남녀와 근처의 연극 무대에서 리허설을 하느라 밤을 세웠을 몇 명의 연극 배우들의 모습뿐 대체로 한산한 모습이었다. 전자 보안 시스템이 설치된 출입문 옆에는 제복을 입은 경비원이 손목시계를 들여다보며 하품을 하고 있었다.

「잘 보십시오.」 무뇨스는 종이와 체스판을 번갈아 가리키

며 말했다. 「지난번에 우리는 흑 여왕이 마지막으로 b2에서 c2로 이동한 행마를 재구성했지만 그렇게 움직이도록 만든 백 말의 움직임을 모르고 있었습니다. 기억 나시죠?……그래서 우리는 먼저 두 개의 백 성장을 살펴보았습니다. 그리고 b5에 위치한 성장은 5번 줄의 어느 칸에서든지 움직일 수 있음에도 불구하고 그것이 흑 여왕의 도피 동기가 될 수 없는 것은 b6에 위치한 다른 성장이 장군을 부를 수 있는 까닭이라고 판단했습니다. 그렇죠?…… 그렇다면 장군을 부른 성장은 b5에 있던 흑의 말을 하나 잡았다고 보아야 하는데, 과연 어떤 말을 잡았는가? 우리는 그 부분에서 멈췄습니다.」

「어느 말이 잡혔나요?」 훌리아는 체스판을 주시하며 자신이 어느덧 흑백의 기하학적인 배열에 낯설지 않은 것에 내심 놀라고 있었다. 이제 그것은 마치 거리낌 없이 돌아다닐 수

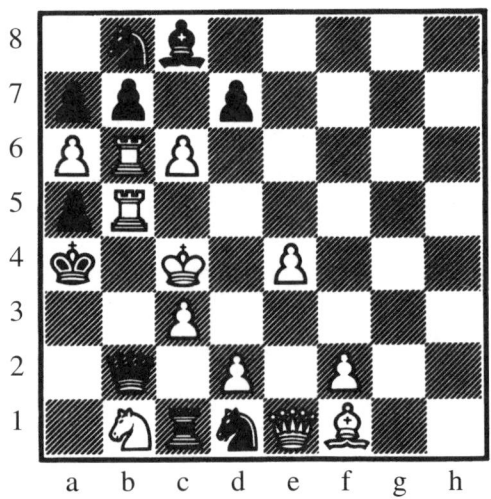

있는 영토처럼 느껴졌던 것이다. 「먼젓번에 체스판에서 제외된 말들을 우선적으로 살펴본다고 했잖아요.」

「그래서 난 잡힌 말들을 하나하나 검토해 보았습니다. 그리고 깜짝 놀랄 만한 결론에 도달한 것입니다.」

「b5의 백 성장은 어떤 말을 잡았을까요?」 무뇨스는 마치 아무것도 모르는 사람처럼 중얼거리듯 물었다. 뜬눈으로 밤을 샌 탓인지 그의 퀭한 눈이 체스판 위에 고정되어 있었다. 「먼저 흑 기사는 아니었습니다. 그 둘은 여전히 반상에 있으니까요. 흑 주교 역시 아닙니다. b5가 하얀 칸이고 주교는 대각선을 따라 하얀 칸으로 움직이니까 가능하다고 생각할 수 있겠지만 전혀 움직임이 없었습니다. 왜냐하면 지금 c8에 위치한 흑 주교는 역시 꼼짝도 하지 않은 흑 졸들에 의해 유일하다고 할 수 있는 통로 두 군데가 막혀 있는 까닭입니다.」

「그럼 흑 졸일 가능성으로 좁혀지겠군요.」

무뇨스가 고개를 저었다.

「그 가능성을 배제하는 데 시간이 걸렸습니다. 이 게임에서 가장 혼란스러운 게 졸들의 위치였으니까요. 그러나 흑 졸 역시 아닙니다. 먼저 a5에 위치한 흑 졸은 c7에서 왔습니다. 알다시피 졸들은 대각선으로 움직이면서 상대방의 말을 잡습니다. 따라서 그 졸은 b6과 a5에 있었던 백 말들을 잡았을 것입니다. 반면에 나머지 흑 졸 넷은 거기서부터 멀리 떨어진 곳에서 잡혔다는 게 확연하게 드러나고 있습니다. b5 근처에는 얼씬도 못 했다는 겁니다.」

「체스판 밖으로 나온 말들 중에서 남은 것은 이제 흑 성장뿐인데…… 그렇다면 b5에서 잡힌 말이 흑 성장이었다는 거예요?」

「역시 불가능합니다. a8을 둘러싸고 있는 말들의 배열을 볼 때, 흑 성장은 원래 있던 위치에서 한 발자국도 움직이지 못한 채 잡히고 말았습니다. 물론 백 기사에게 잡혔지만 이 경우에는 어느 말에게 잡혔느냐 하는 것은 별로 중요하지 않습니다.」

훌리아는 체스판에서 시선을 떼었다.

「이해가 안 돼요.」 그녀는 답답한 표정을 지으며 말했다. 「흑 말이 몽땅 배제되었지만 답이 나오지 않다니…… 그럼 b5에 있는 백 성장이 도대체 어느 말을 잡았다는 거예요?」

무뇨스가 대답 대신 가만히 웃었다. 그러나 비웃음은 아니었다. 그것은 마치 상대의 질문을 듣게 된다는 사실에, 혹은 머잖아 정답이 나온다는 사실에 즐거워하는 것 같았다.

「백 성장은 아무것도 잡지 않았습니다.」

훌리아가 어이없다는 듯 그의 얼굴을 멍하니 쳐다보았다.

「그런 식으로 날 보지 마십시오. 반 호이스라는 화가는 그림뿐만 아니라 체스에도 함정을 파놓았으니까요.」

잠시 두 사람 사이에 침묵이 흘렀다. 훌리아는 할 말을 잃고 있었다. 팔짱을 낀 채 체스판 위로 몸을 굽히고 있던 무뇨스는 손가락으로 흑 여왕 말을 만지작거리더니 훌리아를 쳐다보았다.

「만일 백의 마지막 행마가 성장으로 흑 여왕을 위협한 게 아니라면, 그것은 백의 말 하나가 움직이면서 백 성장이 흑 여왕에게 장군을 걸게 된다는 사실을 일부러 노출시켰다고 볼 수밖에 없는 결과가 나옵니다. 물론 그것을 노출시킨 백 말은 b4나 b3에 있었을 것입니다. 결국 반 호이스는 자신이 파놓은 함정인 줄도 모른 채 백 성장들의 움직임을 풀고자 고민하는 플레이어들을 보며 웃고 있었겠지요.」

홀리아는 천천히 고개를 끄덕였다. 무뇨스의 말 한마디가 그때까지 별로 눈여겨보지 않았던 후미진 구석을 환하게 밝히는 전구처럼 느껴졌다. 그는 마치 자신이 소유한 열쇠로 복잡한 흑과 백의 미로를 안내할 수 있는, 나아가 어느 누구도 상상할 수 없고 볼 수 없는 연결 통로와 이어 주는 놀라운 능력의 소유자 같았다.

「알겠네요.」 잠시 후에 그녀가 간신히 대답했다. 「그러니까 흑 여왕은 백의 말 덕분에 성장의 위협으로부터 보호받고 있었는데, 그 말이 움직이자 위험한 상황에 빠지게 되었다는 거군요.」

「그렇습니다.」

「그렇다면 그 말이 어떤 거죠?」

「이제는 당신이 직접 찾아낼 수도 있을 것입니다.」

「백 졸인가요?」

「아닙니다. 하나는 a5나 b6에서 잡혔고, 하나는 멀리 있는데다 나머지 졸들은 그럴 가능성조차 없었습니다.」

「솔직히 말해서 잘 모르겠어요.」 그녀가 곤혹스런 표정을 지으며 실토했다.

「체스판을 잘 보십시오. 사실은 처음에 말씀드릴까 했던 것입니다만 그렇게 되면 그쪽에서 누릴 수 있는 즐거움이 반감된다는 생각이 들더군요. 무슨 말인지 이해하시겠습니까?…… 그러니 천천히 생각해 보십시오.」 그는 한적한 실내와 여전히 어둡고 적막한 거리를 천천히 둘러보고 난 뒤, 탁자에 놓인 커피 잔을 바라보며 덧붙였다. 「서둘러야 할 이유는 없으니까요.」

훌리아는 다시 체스판으로 신경을 집중시켰다.

「그래요. 이제 알 것 같아요.」 잠시 후 담배를 빼든 그녀는 뭐라고 말하기 힘든 웃음을 지어 보이며 말했다.

「말씀해 보시죠.」

「하얀 칸을 따라 대각선으로 움직이는 f1의 백 주교는 본래 b3나 b4에 있을 수 있었지만 b4는 검은 칸이므로 배제되겠죠?」 그녀는 무뇨스를 쳐다보며 눈짓으로 확인을 받은 다음 말을 이었다. 「그렇다면 b3에서 출발했다고 봐야 하는데, 원위치에서 지금 위치까지 옮기려면 적어도 세 번은 움직여야 했어요. 따라서 흑 여왕이 백 성장의 위협에 처하게 된 것은 백 주교 탓이 아니라는 거죠. 맞나요?」

「계속하시죠.」

「지금 e1에 있는 백 여왕도 마찬가지였어요. 움직이는 순간 장군에 노출되었을 테니까요. 백 왕 역시 그렇고······ 또한 검은 칸을 따라 움직이는 또 하나의 백 주교는 이미 잡혔으니까 b3에 위치했을 리가 만무해요.」

「정확합니다. 이제 그 이유를 정확히 설명할 수 있겠습니까?」

「그건 b3이 하얀 칸이니까 그런 거죠. 만일 그 주교가 원위치인 b4로부터 검은 칸들을 따라 대각선으로 움직였다면, 그 말은 아직도 체스판 위에 있어야 해요. 따라서 그 주교는 훨씬 이전에, 그러니까 게임이 시작되자마자 잡힌 거예요.」

「그렇습니다. 그렇다면 이제 남은 말이 뭘까요?」

훌리아는 체스판을 살펴보았다. 등뼈를 타고 흘러내린 가벼운 전율이 마치 비수가 스치고 간 듯한 통증이 되어 팔까지 전달되는 느낌이 들었다.

「남은 것은 기사인데…….」 그녀는 마른침을 꿀떡 삼켰다. 이어 그녀의 입에서 자신도 미처 감지하지 못할 만큼 낮은 음성이 흘러나왔다. 「그래요, 백 기사였군요.」

무뇨스는 훌리아 쪽으로 상체를 숙이며 대답했다.

「백 기사, 바로 그 말입니다.」 잠시 침묵이 흘렀다. 무뇨스의 시선은 체스판이 아니라 훌리아에게 고정되어 있었다. 「흑 여왕은 백 기사가 b4에서 c2로 움직이자 위험에 처하게 되었습니다. 그리고 그 위험이 성장의 위협이라고 깨달은 흑 여왕은 자신을 보호하기 위한 자구책으로 c2로 이동한 기사를 잡았습니다.」

다시 침묵이 흘렀다. 그사이 무뇨스는 혹시라도 중요한 것을 빠뜨리지 않았는지 확인하고 있었다. 이윽고 밝게 빛나던 그의 눈빛이 사라졌다. 누군가가 중간에서 스위치를 내려 버린 것 같은 순간이었다. 그는 훌리아의 시선에 아랑곳도 하지 않은 채 체스판과 말을 치우고 있었다. 마치 그것으로 자기가 할 일은 다 끝났다는 듯한 모습이었다.

「흑녀.」 훌리아는 얼이 나간 채 그 이름을 되뇌었다. 동시에 그녀는 무엇인가를 포착하고서 재빠르게 동작하는 뇌의 움직임과 그 소리를 듣고 있는 것 같은 느낌에 빠져 들고 있었다.

「그렇습니다.」 무뇨스가 어깨를 흠칫하며 그 말을 받았다. 「결국 기사를 죽인 것은 흑녀였습니다……. 그 의미가 어떻든 말입니다.」

훌리아는 담뱃불에 손끝이 덴 듯한 기분이 들 정도로 길게 빨아 댄 담배꽁초를 바닥에 던졌다.

「그러니까 페르디난트 알텐호펜은 결백했다?」 그녀는 여전히 넋이 나간 표정으로 중얼거렸다. 「결백이 아니라 무죄라는 표현이 더 정확할 거야.」 그녀는 메마른 웃음을 허공에 날리며 여전히 탁자 위에 펼쳐져 있는 종이를 향해 오른손을 뻗어, 둘째손가락으로 한 칸을 짚었다. c2, 그곳은 오스텐부르크 성의 동문, 즉 로제 드 아라가 살해당한 곳이었다. 「그러니까,」 그녀는 전율을 느끼며 다시 혼잣말처럼 중얼거렸다. 「기사를 죽인 자는 다름 아닌 부르고뉴의 베아트리스였단 말인가?」

「부르고뉴의 베아트리스라뇨?」 무뇨스가 그 말을 되풀이하며 물었다.

훌리아는 고개를 끄덕였다. 모든 게 그 순간에 와서 극명하게 드러나고 있었다. 그녀는 미처 그 사실을 깨닫지 못한 자신을 책망했다. 모든 게 하나같이 그 게임 속에서 그리고 그 그림 속에서 자신을 봐달라고 악을 쓰고 있었는데도 불구하고, 아니 그 모든 진실을 거장 반 호이스가 세세한 것까지 신중하게 묘사해 두었는데도 불구하고 아무것도 보지 못하고 듣지 못했던 것이다.

「하긴 감히 누가 그런 생각을 할 수 있었을까.」 그녀는 연신 혼잣말로 중얼거리고 있었다. 「그건 흑녀의 짓이었어. 베아트리스, 오스텐부르크 대공의 부인……」 이어 그녀는 적당한 표현을 찾다가 내뱉듯이 덧붙였다. 「여우 같은 년.」

훌리아는 모든 사실을 꿰뚫어 볼 수 있었다. 거장의 아틀리에. 그곳에서 노화가는 유제와 테레빈 냄새가 진동하는 가운데 캔버스 가까이에 꽂혀 있는 수지 양초의 아른거리는 불빛 사이를 돌아다니고 있었다. 그는 세월의 흐름을 충분히 견딜 수 있는 녹색을 만들고자 안료에 구리와 송진을 섞고, 그것으로 천천히 테이블과 글자를 덮고 있는 천의 주름 부분을 덧칠했다. Quis necavit equitem, 그것은 이미 2주 전에 웅황[48]으로 써 놓은 문장이었다. 사실 거장에게 있어서 아름다운 고딕체를 덮는다는 것은, 그리하여 그 글자가 영원히 사라지는 모습을 지켜보는 것은 고통스런 일이었지만 페르디난트 대공의 말이 옳았던 것이다. 「반 호이스 선생, 그건 너무 노골적이잖소.」

노화가는 덧칠을 하는 도중에도 그럴 수밖에 없었다고 혼잣말로 중얼거렸다. 그의 손놀림이 지나가는 캔버스의 표면 위로 촛불이 빛나고 있었다. 그는 연신 고개를 저으며 피곤한 눈을 비볐다. 그의 시력은 예전과 같지 않았다. 세월의 흐름은 해가 짧고 빛이 적은 겨울에 노화가가 자신의 유일한 소일거리인 체스를 두며 한가로운 휴식을 만끽하는 데 필요한 집중력까지 앗아 가고 있었다. 노화가의 체스 상대는 자신의 후견인이자 친구인 로제 드 아라였다. 생전에 로제는 그의 지위와 위치에도 불구하고 몸소 화가의 아틀리에를 찾아왔고, 유제와 진흙과 붓 등의 도구와 채 완성되지 않은 그림들 사이에 앉아 화가와 체스를 두었다. 노화가가 아는 로제 드 아라는 다른 사람들과 달랐다. 로제는 반상의 싸움에 몰두하면서도 예술과 사랑과 전쟁을 테마로 하는 이야기들을 나눌 줄 알았다. 아울러 로제는 어떤 무시무시한 전조처럼 여겨지는 말, 즉 체스란 악마의 목구멍을 향해 기꺼이 들어갈 줄 아는 사람

---

[48] 온천 침전물. 계관석 혹은 열수맥 내의 저온 산물에서 산출되는 투명한 황색의 황화비소 광물.

들의 게임이라는 표현을 되풀이하곤 했었다.

이윽고 작업은 끝났다. 젊었을 때만 하더라도 피터 반 호이스는 짧은 기도와 함께 마지막 붓질을 끝냈다. 그것은 새로운 작품이 끝났다는 감사의 기도였다. 그러나 세월의 흐름은 그의 머리카락이 은회색으로 바뀌고 안구가 건조하게 변한 것처럼 그의 입을 다물게 만들었다. 노화가는 가볍게 고개를 끄덕이는 것으로 기도를 대신하며 용제가 든 항아리에 붓을 넣고 작업용 가죽 앞치마에 손가락을 문질러 닦았다. 신이여 용서하소서. 이어 그는 촛대를 높이 쳐들고 뒤로 물러나면서 마음속으로 중얼거렸다. 미천한 저는 이 그림에 어떤 긍지를 느낄 수밖에 없습니다. 「체스 게임」을 완성한 노화가는 그것이 자신의 주군인 대공이 부탁한 것보다 훨씬 뛰어난 작품이라는 사실에 경악하고 있었다. 그 그림은 모든 것, 즉 삶과 죽음, 사랑과 배반과 아름다움을 담고 있었기에 화가 자신이나 그림 속에 등장하는 인물들보다도 오래 살아남을, 아니 영원히 살아남을 역작이었던 것이다. 순간 플랑드르 노화가는 자신의 가슴속에 뜨거운 불멸의 열기가 타오르는 느낌을 받았다.

한편, 부르고뉴의 베아트리스는 창가에 앉아 『장미와 기사의 시』를 읽는 중이었다. 한줄기 햇빛이 비스듬히 떨어지며 책장을 비추는 가운데 언뜻 금반지가 빛나는, 상아처럼 창백한 그녀의 손가락 끝이 가볍게 떨리고 있었다. 산들바람에 흔들리는 나뭇잎처럼 바르르 떨고 있었다. 한때 그토록 사랑한 남자가 끝내 그녀의 자존심을 건드리고 말았던 것이다. 원탁의 기사 랜슬롯도 귀네비어 왕비를 거부하지 못했어. 절망에 빠진 그녀는 마지막 입맞춤을 남기고 떠난 남자를 생각하며 잔인한 복수를 결심하고 궁수를 고용했다. 하지만 그게 아니었는지도 몰라. 훌리아는 그림 속의 풍경을 보며 혼잣말로 중얼거렸다. 플랑드르의 파란 하늘 위로 구름이 흘러가는 가운데 무릎 위에 펼쳐진 책을 읽고 있는 아름다운 베아트리스가 그런 생각을 하다니 말도 안 돼. 얼마나 차분하고 평온한 모습인가. 아니야, 그게 아니야. 훌리아는 이내 생각을 다시 고쳐먹었다. 페르디난트 알텐호펜은 배신한 여자에게 경의를 표할 만한 인물이 아니야. 그것은 피터 반 호이스도 마찬가지였어. 노화가 역시 사소한 일에 자신의 예술과 정신을 쏟을 사람이 아니야. 이윽고 훌리아는 베아트리스가 시선을 내리간 것은 자신의 눈물을 감추기 위한 방편이라고 결론지었다. 대공과 노화가는 그 모든 사실을 낱낱이 알고 있었던 거야. 그러므로 베아트리스의 검은 벨벳 의상은 상복인 셈이었다. 그것은 동문 위에서 바람을 가르며 날아든 궁수의 화살에 가슴이 뚫린 그녀의 연인에게 바치는 애도의 상징인 동시에 사촌 샤를 대공이 보낸 메시지에 의해 희생될 수밖에 없었던 자신의 처지를 대변하고 있는 상징물이었다. 밀사를 통해 전달된 메시지, 여러 겹으로 접힌 양피지에 적힌 메시지, 아니 그녀가 비통한 마음을 억누르면서 불에 태우기 전에 뜯었던 메시지에는 공국과 관련된 음모와 책략이 거미줄처럼 얽혀 있었던 것이다. 친프랑스 파와 친부르고뉴 파 사이의 끊임없는 논쟁과 음모 그리고 가신들의 대립은 영웅이 없는 전쟁이자 비수와 독과 화살을 무기로 삼아 상대방의 목을 치는 참형수만 있는 전쟁이었다. 그런 가운데 피를 나눈 형제들의 음성과 가족으로서의 의무를 모른 채 할 수 없었다. 속마음을 털어놓아도 위안이 되지 않을 억지스런 요구들을 받아들일 수밖에 없었던 그녀는 미리 약속된 날짜와 시간과 장소에 따라 해질녘이면 자신의 하녀가 머리를 빗겨 주던 창가에 모습을 드러냈고, 한편 로제 드 아라는 호위병도 물리친 채 늘 그렇듯 이루어질 수 없는 사랑과 고향에 대한 향수에 빠진 채 동문의 성벽 아래로 난 길을 홀로 걷고 있었다.

그랬어. 훌리아는 혼잣말로 중얼거렸다. 검은 의상의 여인, 그녀가 시선을 내리깐 것은 무릎 위의 책을 읽는 게 아니라 눈물을 감추려고 그랬던 거야. 어쩌면 노화가의 눈길을 감히 마주칠 용기가 나지 않아서 그랬는지도 몰라. 화가의 눈이란 역사의 투명한 속성을 체현하니까.

페르디난트 알텐호펜. 급변하는 유럽의 소용돌이에 휩싸인 오스텐부르크의 불행한 대공. 그는 체념과 무기력에 빠진 채 연신 가죽 장갑으로 자신의 바지를 때리고 있었다. 평생의 친구를 암살한 자와 배후를 찾아내어 처벌하지 못하는 자신의 무능과 끓어오르는 분노를 삭일 수 없었던 그는 벽에 걸린 장식품과 깃발로 가득 찬 궁정의 기둥에 몸을 기댄 채 친구와 함께 했던 지난날을 생각하는 중이었다. 그들의 함께 보낸 청춘, 그들이 함께 나누었던 꿈, 전쟁에 나가 영광의 상처를 입고 돌아온 친구에게 존경의 눈길을 보내던 일이 선명하게 되살아나고 있었다. 친구의 웃음, 차분하면서도 활기찬 음성, 이따금 무겁게 느껴지는 방백들, 궁정의 여인들에게 건네던 우아한 찬사들, 결정적인 충고들…… 여전히 귀에 쟁쟁한 따스한 친구의 음성이 실내를 울리고 있었다. 친구여, 그대는 어디로 갔는가.

「오, 반 호이스 선생. 나만큼이나 그 친구를 사랑했던 노화가여. 그 여인도 나처럼, 아니 그 친구처럼 힘 있는 자들의 노리개에 지나지 않았던 거요. 부와 권력을 쥔 그자들은 수백 년 후에 지도 제작자들이 그리게 될 지도에서 오스텐부르크를 지워 버리도록 결정했던 거요. 그러기에 나는 그 친구의 무덤 위에서 목을 잘라야 할 자를 잡지 못하고, 아니 설사 그자를 잡았다 하더라도 목을 치지 못했을 것이오. 노화가여, 그 여인은 이미 모든 사실을 알고 있었지만 입을 다물 수밖에 없었던 거요. 나 역시 많은 첩자들을 수중에 부리고 있기에 모든 내막을 다 알고 있었지만, 그 여자를 어찌할 수 없었던 거요. 따라서 그 친구는 모든 남자들을 운명의 세계로 밀어 넣는 침묵의 음향에 사로잡힌 것이라고 말할 수밖에……. 그러나 마치 잠들어 있는 것처럼 보이는, 마치 눈먼 사람처럼 보이는 나의 친구는 언젠가 두 눈을 부릅뜨고 우리를 똑바로 쳐다볼 거요.

힘든 일이오. 반 호이스 선생, 당신도 알다시피 복수는 불가능하오. 따라서 모든 것은 당신의 천재적인 재능과 당신의 손에 달렸소. 나는 적어도 그 대가만큼은 어느 누구보다 후하게 지불할 것을 약속하오. 어쩌면 이 일은 내 자신을 위안하기 위한 변명에 불과할지도 모르는 일…… 그러나 나는 설사 그게 변명일지라고 진실을 밝히고 싶소. 그 여인에게 내가 모든 사실을 알고 있었다는 것을 알리기 위해서라도, 나아가 로제 드 아라처럼 우리 역시 한 줌의 재로 남을 때 다른 누군가에게 정의는 살아 있었다는 것을 알리기 위해서라도 그 진실은 밝혀져야 하오. 반 호이스 선생, 그러니 그 그림을 그려 주시오. 반드시 그려야 하오. 하나도 빠져선 안 되오. 모든 것을 담아야 하오. 그래서 그 그림이 당신의 작품 중에서 가장 나은 작품으로, 가장 무시무시한 작품으로 남아야 하오. 붓을 드시오. 그리고 나머지 일은 악마에게 내맡기시오. 언젠가 당신이 그렸던, 그 친구 옆에서 말을 타고 가던 그 악마에게 말이오.」

마침내 훌리아의 시선은 기사 앞에서 멈추었다.

저녁 해가 질 무렵 로제 드 아라는 동문의 성벽을 따라 난 길을 혼자 걷고 있다. 조끼와 자주색 바지 차림, 목에 드리워진 금줄, 허리띠에 단검을 찬 그는 자신만의 깊은 상념을 방해받고 싶지 않아 호위병도 물리친 채 혼자 걷고 있다. 그는 고개를 들어 성벽에 난 창문을 보며 미소를 짓는다. 얼핏 우울하고 쓸쓸한 웃음이 그의 얼굴에 스친다. 자신의 운명을 예감하고 있는 듯한 그런 웃음이다. 어쩌면 그는 누군가가 비틀어진 관목들이 솟아오른 성벽의 총안에 숨어서 활시위를 팽팽하게 당긴 채 자신을 기다리고 있다는 사실을 눈치채고 있었는지도 모른다. 돌연 그는 지나간 과거들을, 자신의 추억과 사랑의 순간을 떠올린다. 무거운 갑옷 차림으로 말을 달리던 전쟁터, 전투와 전투에서 부하들을 독려하던 외침, 사랑하는 여인의 풋풋한 살내음, 위기에 처한 조국의 현실, 자신을 바라보는 친구이자 주군의 눈빛……. 그는 묵묵하게 견뎌 온 38년의 세월이 한순간에 허무하게 무너져 내린다는 사실을 예감하면서 한 손을 들어 올린다. 남성적이지만 섬세하고 아름다운 손이다. 칼을 휘두르던 손, 말고삐를 움켜쥐던 손, 여자의 살결을 애무하던 손, 잉크병에 깃털 펜을 찍어 바르던 손, 양피지에 글을 써내려 가던 손……. 그는 모든 게 부질없는 짓임을 알면서도 거부의 몸짓으로 손을 들어 올린다. 그는 구원을 청하고 싶지만 스스로 지켜야 할 기사의 명예를 떠올린다. 그의 손이 허리 옆에 찬 비수로 향한다. 비록 칼날이 짧은 단검이지만 칼을 든 자세가 최후를 앞둔 기사의 죽음으로 더 어울릴지도 모른다고 생각한 것이다. 그 순간 숨어 있던 궁수의 팽팽하게 당겨진 시위에서 화살이 벗어나는 소리가 들린다. 그는 화살이 사람보다 빠르다는 것을 잘 알고 있기에 몸을 피해야 한다고 생각하지만 그것은 어디까지나 생각뿐이다. 그는 기사다운 죽음을 받아들인다. 그는 자신의 영혼이 스스로 고통의 눈물을 뿌리고 있는 동안, 모든 것을 체념한 채 하느님을 찾지만 아무것도 회개할 것이 없다는 사실에 놀란다. 과연 고해성사를 들어줄 신은 있는가……. 순간 그는 가슴에 꽂히는 둔탁한 충격과 함께 자신이 살아오면서 겪은, 전쟁터에서 겪은, 온몸에 흉터로 남아 있는 무수한 충격들을 떠올린다. 그러나 이번에는 충격은 고사하고 고통조차 없다. 그의 입으로부터 영혼이 미끄러지듯 빠져나간다. 그는 스멀스멀 찾아 드는 밤과 함께 영원한 어둠이 시작된다는 것을 깨닫는다. 순간 그의 입에서 탄식과 같은 비명이 터져 나온다. 그러나 그는 자신의 목소리조차 들을 수 없다.

8
네 번째 체스 플레이어

체스의 말들은 하나같이 무자비했다.
서로가 서로를 붙잡거나 잡아먹었다.
그러나 공포의 세계에도 타협이 있었다.
체스 외에 이 세상에 존재하는 것은 무엇인가?
— 블라디미르 나보코프

무뇨스는 가만히 웃고 있었다. 그의 웃음에는 공감도 반대도 아닌 기계적인 느낌이 묻어 있었다.

「그랬던 거군요.」 그는 그 말조차 별로 내키지 않다는 듯 간신히 대답했다.

「그래요.」 훌리아는 가죽 재킷 호주머니에서 빼낸 손으로 흐트러진 머리칼을 빗어 넘기며 말했다. 「그쪽도 이젠 모든 사실을 알게 되었군요. 그건 답을 구해 낸 사람의 권리이기도 하고요.」

무뇨스는 이제 막 자신이 획득한 권리에 대해 생각하는 눈치였다.

「그렇군요.」 그는 다시 극히 덤덤한 어투로 중얼거리듯 내뱉었다.

두 사람은 차가운 새벽 냉기가 온몸을 움츠리는 가운데 여전히 좁은 길목으로 이어지고 있는 길을 천천히 걷고 있었다. 가로등 불빛 아래로 비에 젖은 아스팔트가 광택제처럼 빛나고 저만치 좁은 길이 끝나는 쪽 하늘로 어렴풋하게나마 새벽의 여명이 느껴졌다. 어둠에 휩싸여 있던 건물들 가까이에서 들리는 청소차의 모터 소리와 함께 차츰 그 윤곽을 드러내는 시간이었다.

「그런데 무슨 특별한 이유라도 있었습니까?」 무뇨스가 물었다. 「지금까지 나머지 이야기를 하지 않았던 것 말입니다.」

훌리아는 대답 대신 곁눈질로 힐끗 무뇨스를 쳐다보았다. 양손을 레인코트 호주머니에 넣고 깃을 귀까지 바짝 세운 그의 말투에는 왜 지금 와서 그런 말을 하느냐는 항변이 아니라 그 일에 대한 호기심이 담겨져 있었다.

「난 그쪽이 복잡한 건 좋아하지 않는다고 생각했거든요.」

막 모퉁이를 돌아 나가자 청소차가 굉음을 내며 가까이 다가서고 있었다. 그들은 청소차가 지나갈 수 있도록 한쪽으로 비켜섰다.

「이젠 어떻게 하실 생각입니까?」 무뇨스가 청소차의 꽁무니를 쳐다보며 물었다.

「모르겠어요. 우선은 복원 작업을 끝마쳐야 해요. 아울러 이 이야기에 얽힌 장문의 보고서도 써야 하고……. 아무튼 그쪽 덕분에 조금은 유명해지겠죠.」

무뇨스는 다른 생각에 빠진 듯한 표정으로 그녀의 말을 듣고 있었다.

「경찰 수사는 어떻게 진행되고 있습니까?」 그가 물었다.

「살인 사건이라면 결국은 범인을 찾아내겠지요. 늘 그렇잖아요?」

「의심이 갈 만한 사람이 있습니까?」

훌리아는 웃음을 터뜨렸다.

「세상에! 나는 왜 여태 그런 생각조차 하지 않았을까요?」 그녀는 힐끗 상대를 쳐다보며 덧붙였다. 「그러고 보니 상상조차 할 수 없는 일을 조사하고 탐색하는 게 마치 그쪽이 그림에서 불가능한 것을 찾아내던 경우와 아주 비슷하다는 생각이 들어요.」

「난 모든 게 논리적인 문제라고 생각합니다. 그런 의미에서 체스 플레이어나 형사는 공통점이 있겠지요.」 그가 혼잣말처럼 중얼거렸다. 훌리아는 그가 농담을 하고 있는지 아니면 진담을 하고 있는지 알 수가 없었다. 「셜록 홈즈도 체스를 두었다고 하더군요.」

「그쪽은 탐정 소설도 읽나요?」 그녀가 물었다.

「아닙니다. 그것과 비슷한 책들을 읽긴 해도.」

「예를 들면, 어떤 거죠?」

「주로 체스에 관한 책들이죠. 그 밖에 수학을 응용한 게임이나 논리에 관한 책들도 들여다봅니다만……」

두 사람은 한적한 거리를 건넜다. 그녀는 맞은편 보도로 올라설 때 짐짓 다른 곳을 보는 척하면서 그를 유심히 살펴보았다. 외모만 따진다면 그는 경이로운 지혜를 지닌 사람의 이미지와는 거리가 멀었다. 소규모 회사 사원이라는 그의 말이 아니더라도 그의 인생 역시 잘 풀린 것 같지 않았다. 꾸깃꾸깃한 와이셔츠 깃이나 귀까지 세운 후줄근한 레인코트 호주머니에 양손을 집어넣고 걷는 모습이 그것을 뒷받침하고 있었다. 따라서 문제와 해결의 조합물이라는 체스의 세계가 그의 평범한 일상을 탈출하는 유일한 대안인 것은 어쩌면 너무나 당연하게 보였다. 훌리아는 마치 자기 쪽으로 다가서는 외부의 침입을 제지하기라도 하듯 고개를 푹 숙인 채 걸어가는 그의 모습을 보면서 기록 영화에 나오는 비참한 전쟁 포로의 이미지를 연상했다. 아침에 눈을 뜨기가 무섭게 절망을 떠올리거나 언제나 패배만을 생각하는 사람 같았다.

그러나 그런 그의 분위기에도 쉽게 정의하기 힘든 어떤 것이 있었는데, 그것은 체스를 둘 때만큼은 독특한 분위기를 자아내는, 심지어 불꽃이 타오르는 듯한 눈빛이었다. 그의 눈은 복잡한 체스판 앞에서 말들의 움직임을 좇는 동안만큼은 어느 때보다 견고하고 예리하게 번득였다. 그의 눈빛은 자신의 외모와는 전혀 무관한 내면 세계 — 그것이 논리적이든 수학적이든, 아니 그 어떤 형태가 되었든 — 에서 지혜롭게 빛을 발했고, 어느 누구도 지닐 수 없는 권위를 안겨 주고 있었다.

훌리아는 문득 무뇨스에 대해 아는 것이라곤 그가 체스 플레이어이자 회계 사무원이라는 사실밖에 없다고 생각했다. 동시에 더 많을 것을 알기에는 때가 늦었다는 사실도 깨달았다. 모든 일은 끝났고, 다시 그를 만나기는 쉽지 않을 터였다.

「우리는 쉽지 않은 만남 속에서 기이한 관계로 남게 되었네요.」 그녀가 큰 소리로 말했다.

무뇨스는 잠시 어리둥절한 표정으로 주위를 둘러보았다. 「쉽지 않았지만 그쪽에서 말하는 기이한 관계란 체스에서는 흔히 있는 일입니다. 당신과 나, 이렇게 우리 두 사람은 한 게임이 지속되는 동안 함께 있었던 것이나 다름없으니까요.」 그의 얼굴에 알 듯 모를 듯한 미소가 번지고 있었다. 「아무튼 게임을 원하면 언제라도 불러 주십시오.」

「그쪽은 사람을 늘 당혹스럽게 만들더군요.」

훌리아는 무심코 던진 말에 스스로 놀랐다. 무뇨스 역시 놀란 기색이었다. 그는 발걸음을 멈추고 그녀를 쳐다보았다. 희미한 웃음기조차 사라진 표정이었다.

「무슨 말씀인지 모르겠군요.」 그가 말했다.

「사실 그건 나도 몰라요. 단지, 뭐랄까……..」 잠시 침묵이 흘렀다. 그녀는 잠시 머뭇거리다가 내친김에 다시 입을 열었다. 「그쪽을 대할 때마다 난 한꺼번에 서로 다른 두 사람을 보고 있는 듯한 기분이 들어요. 어떤 때는 어색하고 수줍어하는 바람에 말 한 마디 붙이기 힘들게 만들다가도, 체스에 연관된 일만 생기면 금방 확신에 찬 모습으로 바뀌니까요.」

「그래서요?」 그의 표정에는 상대의 말을 끝까지 지켜보자는 생각이 역력했다.

「그냥 그렇다는 거죠, 뭐.」 그녀는 대답을 얼버무렸다. 다시 짧은 침묵이 흘렀다. 그녀는 자신이 신중하지 못했다고 생각했다. 「미안해요. 이른 아침부터 괜한 말을 했나 봐요.」

무뇨스는 레인코트의 호주머니에 양손을 푹 찔러 넣은 채 그녀 앞에 서 있었다. 단추를 채우지 않은 와이셔츠 깃 사이로 볼록 솟아오른 목젖과 그 위에 당장 면도를 해야 할 것 같은 꺼칠꺼칠한 턱수염까지, 그야말로 어색하기 짝이 없는 행색이었다. 그는 방금 들은 말을 생각하는 듯 고개를 왼쪽으로 숙이고 있었지만 생각보다 황당한 표정은 아니었다.

「그랬군요.」 그는 마치 그녀의 말을 다 이해하고 있었다는 듯이 짧게 내뱉었다. 그렇지만 훌리아는 그가 뭘 이해했다는 건지 짐작할 수 없었다. 그의 시선은 훌리아를 지나 막연한 허공에 떠돌고 있었다. 마치 잊어버린 낱말을 가져다 줄 누군가를 기다리는 것 같았다. 잠시 후, 무뇨스는 몇 마디를 중얼거리듯 내뱉었는데, 그 말은 나중에 훌리아가 두고두고 잊지 못할 내용이 되었다. 그는 대여섯 문장 정도로 요약된 자신의 지난 과거를 마치 남의 이야기를 하듯 덤덤하게, 동시에 체스 게임에서 말의 행로를 설명할 때처럼 정확하게 들려주었던 것이다. 그리고 그 말이 끝나기 무섭게 언제 그랬냐는 듯이 다시 침묵으로 빠져 든 그의 입가로 예의 허탈한 미소가 흘렀다. 마치 자신에 대해 가볍게 조롱하는 듯한 그 웃음 속에는 동정도 경멸도 아닌, 방금 전에 자신이 했던 말에 대한 단순한 유대(紐帶)적 공감을 대변하는 것 같았다.

훌리아는 할 말이 없었다. 그토록 말이 없었던 남자가 어떻게 해서 자신에 대한 얘기를 명쾌하게 토로할 수 있는지 내심 놀라고 있었다. 그녀는 아버지가 공부를 등한시한다는 이유로 벌을 줄 때마다 침실의 천장을 바라보며 상상의 체스를 두었던 한 아이에 대해서, 시계 수리공 같은 세밀함으로 한 남자의 마음을 움직이던 능력 있는 여자들에 대해서, 희망의 부재와 좌절의 삭풍을 피해 체스의 세계로 찾아 든 한 남자의 고독에 대해서 알게 되었다. 그의 이야기는 순식간에 지나가고 있었다. 미처 그가 하는 말에 대해 생각할 겨를조차 없었다. 마지막에 그녀가 확인할 수 있었던 것은 무뇨스가 어깨를 흠칫 들썩이며 계면쩍은 웃음을 지었다는 사실이었다. 그는 자신의 운명을 결정하는 둘째 손가락을 위로 올릴지 아니면 아래로 꺾어 버릴지 그 결과에 대해서 무관심한 검투사처럼 그저 웃고 있었던 것이다. 그녀는 그의 말이 끝나고 — 그때까지 그녀는 그의 말이 끝났다는 사실조차 감지하지 못한 상태였다 — 이제 막 새벽의 여명이 그의 얼굴에 투영되었을 때서야 그에게 있어서 64개의 흑과 백의 칸으로 이뤄진 조그만 공간이 무엇을 의미하는지 완벽하게 이해할 수 있었다. 그곳은 한 남자의 인생이 전개되는 공간이었고, 나아가서 성공과 실패와 인간의 운명을 지배하는 무시무시한 수수께끼가 담긴 축소된 전쟁터였다.

아울러 훌리아는 채 1분도 못 되어 그의 입술에 머문 채 결코 사라지지 않는 미소의 의미도 알게 되었다. 그녀는 가만히 고개를 숙였다. 그것은 지혜로운 여자가 한 남자에게 바치는 찬사의 제스처였다. 그사이 무뇨스는 고개를 들어 하늘을 보며 날이 몹시 춥다고 혼잣말처럼 중얼거렸다. 이어 그는 그녀가 권한 담배를 말없이 받아 들고 피우기 시작했는데, 그가 담배 태우는 모습을 보여 준 것은 그녀가 기억하기에 처음이자 마지막 장면으로 남게 되었다. 이윽고 아파트 입구에 이르게 되자, 훌리아는 그곳이 그 순간까지 전개되던 이야기에서 눈부시게 활약했던 체스 플레이어를 영원히 떠나 보내는 지점이라고 생각했다. 그러나 무심코 그녀의 눈에 조그만 봉투 하나가 들어온 것은 이제 막 악수를 하려고 손을 내밀던 참이었다. 인터폰 옆의 격자 사이에 끼여 있는 그것은 초대장 만한 크기의 봉투였다. 그녀는 그 속에 들어 있는 내용물을 본 순간 무뇨스가 아직은 떠날 수 없다는 사실을, 그리고 그를 떠나도록 내버려 두지 않는 일들이 주위에서 진행되고 있음을 깨닫게 되었다.

「마음에 안 들어.」 세사르가 말했다. 상아 물부리를 든 손가락이 가늘게 떨리고 있었다. 「대체 어떤 미친 녀석이 너와 함께 유령극을 벌이겠다는 건지, 도대체 난 맘에 들지 않는구나.」

 마치 골동품 상인의 말이 신호라도 된 것일까. 일순 가게에 있던 모든 시계들이 시간을 알리며 추를 때리기 시작했다. 훌리아는 부드러운 중얼거림에서 무거운 저음까지 아홉 번에 걸쳐 실내에 울려 퍼지는 시계들의 종소리를 들으면서, 쉽지 않는 우연의 일치를 목격하면서도 웃을 기분을 느끼지 못했다. 그녀는 유리 진열장 안에 있는 부스텔리의 루신다를 쳐다보면서 자신의 처지가 도기 인형만큼이나 깨지기 쉬운 존재라고 생각했다.

 「마음에 들지 않는 것은 저도 마찬가지예요.」 그녀가 말했다. 「하지만 우리가 그런 말이라도 할 여유가 있는 것인지 그것조차 자신이 서질 않아요.」

 훌리아는 무뇨스를 쳐다보았다. 그는 휴대용 체스 세트를 리전시 스타일의 테이블 위에 올려놓고 반 호이스의 그림에 나오는 말의 위치를 재배치하는 중이었다.

 「그 나쁜 자식이 내 손에 걸려들어야 될 텐데······.」 세사르는 불만에 가득 찬 눈으로 무뇨스 — 체스 플레이어는 어디에 둬야 할지 모르는 말의 위치를 찾고 있는 것 같았다 — 가 손에 들고 있는 메모지를 힐끗 쳐다보며 투덜거렸다. 「장난을 칠 게 따로 있지.」

 「나는 지금 농담할 기분이 아니에요.」 그녀가 반문했다. 「아저씨는 불쌍한 알바로 일을 벌써 잊으셨어요?」

 「잊었느냐고?」 그는 그 말이 거슬린다는 듯이 물부리를 입에 물고 연신 빨아 댔다. 「내가 얼마나 바라던 일인데 잊을 수 있단 말이냐!」

 「그렇군!」 무뇨스가 불쑥 입을 열었다.

두 사람은 동시에 무뇨스를 쳐다보았다. 체스 플레이어는 아직 레인코트조차 벗지 않은 차림이었다. 스테인리스로 테를 두른 진열장을 통해서 들어오는 빛에 면도를 하지 않은 그의 턱이 파르스름한 빛을 띠었고, 피곤에 지친 눈자위에 불면의 흔적이 드리워져 있었다.

「역시 나의 친구밖에 없어.」세사르가 말했다. 예의를 갖추긴 했지만 비꼬인 감탄과 불신이 뒤섞여 있는 어투였다.「드디어 그것을 찾아내었다니 축하라도 해야겠군.」

체스 플레이어는 골동품상의 말에 별 반응 없이 어깨를 으쓱할 뿐 말이 없었다. 그는 새로운 문제에 모든 신경을 집중하고 있었던 것이다. 그의 손에 쥐어진 조그만 카드의 상형 문자 위에는 다음과 같이 적혀 있었다.

$$Rb3?\cdots\cdots Pd7-\ d5+$$

무뇨스가 두 사람을 쳐다본 것은 한참 동안 체스판 위에 놓인 말들의 위치를 살펴본 뒤였다.

「누군가가 말입니다…….」그는 거기서 잠시 말을 끊었다. 자신이 할 말을 다시 신중하게 생각하는 눈치였다 — 한편 훌리아는 〈누군가〉라는 말에 이제라도 금방 보이지 않는 문이 열리기라도 할 것처럼 전율하고 있었다.「그 그림에 그려진 체스 게임에 상당한 흥미를 갖고 있는 게 틀림없군요.」무뇨스는 반쯤 눈을 감은 채 — 마치 그 상형 문자를 남긴 자의 의도를 훤히 꿰뚫고 있다는 듯한 표정으로 — 고개를 끄덕이며 덧붙였다.「그자는 게임이 진행된 말의 순서와 우리가 역순으로 그것을 풀어냈다는 사실까지 알고 있을 뿐만 아니라 우리에게 체스 게임을 계속하자고 제안하고 있습니다. 현재의 위치에서 게임을 시작해 보는 게 어떻겠느냐는 거죠.」

「농담을 하고 있군.」 세사르가 그 말을 받았다.

잠시 침묵이 흘렀다. 무뇨스는 세사르를 똑바로 쳐다보았다.

「난 농담을 하지 않습니다.」 마침내 그가 입을 열었다. 그는 그 말을 해야 할 것인지, 말아야 한 것인지 사이에서 고심한 것 같았다. 「체스에 관계된 일은 더욱 그렇습니다.」

잠시 두 사람 사이에 불편한 시선이 교차하고 있었다. 무뇨스는 손가락으로 카드를 툭툭 치는 제스처를 취하며 다시 입을 열었다.

「이 카드는 화가가 만든 마지막 말의 위치를 출발점으로 삼고 있습니다. 체스판을 보시죠.」

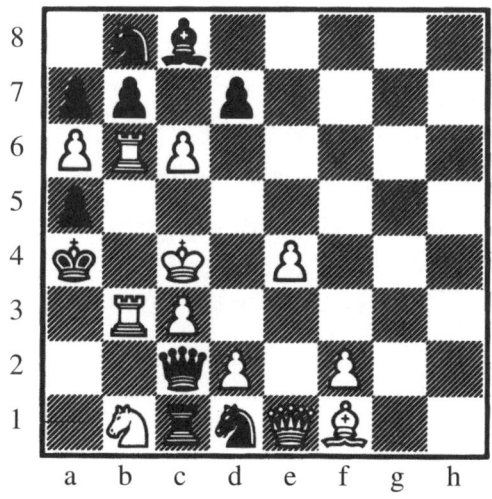

무뇨스는 카드에 적힌 〈Rb3?⋯⋯ Pd7- d5+〉를 가리켰다. 그의 말에 따르면 Rb3은 현재의 위치 b5에 있는 성장(R)을 b3로 옮기라는 것을 의미했고, 물음표는 그것을 제안하는 부호로 사용된 것이었다. 따라서 세 사람이 백을 쥔 쪽이고 체스 게임을 제안한 쪽이 흑이 되었다.

「딱 들어맞는군.」 세사르가 말했다. 「아주 불길하게도 말이지.」

「이런 게 불길한 것인지, 그건 모릅니다.」 무뇨스가 말을 이었다. 「나는 다만 카드가 전하고자 하는 바를 말씀드린 것뿐입니다. 다시 말해서 이 카드는 〈난 흑을 쥐었고, 당신들에게 백 성장을 b3로 움직이도록 제안하겠다〉는 식의 분명한 메시지를 전달하고 있다는 것입니다.」

무뇨스는 두 사람의 표정을 살피며 나름대로의 분석을 덧붙였다. 그는 만일 두 사람이 동의하면 상대가 제시한 대로 그 게임을 시작할 생각이라고 못을 박은 뒤에 자신의 입장에서 볼 때 카드가 제시한 위치보다 더 나은 곳이 없는 것은 아니라고 설명했다. 예를 들어 카드가 제시하는 것을 무시하고 a6에 있는 백 졸이나 b6에 있는 백 성장으로 b7에 위치한 흑 졸을 잡을 수도 있었던 것이다. 거기서 무뇨스는 다시 말을 끊었다. 그는 이미 자신이 예를 든 행마의 가능성을 찾아가고 있는 것 같았다. 이윽고 그의 눈이 깜박거렸다. 훌리아는 그 표정에서 그가 다시 현실 상황으로 되돌아왔다는 사실을 감지하고 있었다.

「우리의 백 성장을 b3로 움직이면,」 무뇨스는 그들 세 사람이 보이지 않는 상대의 제안을 받아들인 것으로 자신하고 있었는지 생기가 흘렀다. 「우리는 먼저 좌측에 있는 흑 여왕의 움직임으로부터 우리의 백 왕을 보호하게 되고, 나아가서 다른 성장과 백 기사의 지원을 받아 a4에 위치한 흑 왕을 장군으로 위협할 수 있게 됩니다. 이렇게 놓고 보니 상대가 무척 모험을 즐기고 있다는 생각이 드는군요.」

체스판을 응시하며 무뇨스의 설명을 따라가던 훌리아는 고개를 들어 그를 쳐다보았다. 그의 눈길에는 익명의 체스 플레이어에 대한 찬탄의 눈빛이 어려 있었다.

「모험을 즐기는 것 같다고요?」 훌리아가 그 말을 반복하며 물었다. 「그건 어떻게 알 수 있죠?」

무뇨스는 대답을 하기 전에 어깨를 들썩이며 아랫입술을 지긋이 깨물었다.

「모르겠습니다.」 그는 일단 자신의 견해를 부정한 뒤, 머뭇거리다 말을 이었다. 「사람은 누구나 자기 방식에 따라 체스를 두니까요. 그건 전에도 한번 말씀드렸을 겁니다.」

다시 짧은 침묵이 흘렀다.

「Pd7— d5+.」 무뇨스가 다시 입을 열었다. 「그것은 흑이 d7에 위치한 졸(P)을 d5로 움직인 다음에 백 왕에게 장군을 치겠다는 것을 의미합니다. 숫자 옆에 붙은 십자 혹은 플러스 부호는 장군을 표시하는데, 그렇게 되면 우리는 위험한 상황에 처하게 된다고 해석할 수 있겠군요. 물론 그 경우 우리는 e4에 있는 백 졸로 그 흑 졸을 잡으면 됩니다만······.」

「그건 맞는 말이야.」 세사르가 나섰다. 「그런데 그렇게 둔다고 해서 그게 우리와 무슨 상관이 있소? 다시 말해서 게임과 현실 사이에 어떤 연관이 있는가 하는 거요?」

무뇨스는 대답 대신 입을 다물었다. 마치 자신에게 너무 많은 것을 요구한다는 표정이었다. 순간 훌리아는 자신의 눈길을 찾던 그의 시선이 이내 다른 곳으로 비껴 가는 것을 보았다.

「정확한 것은 알 수 없습니다.」 한참 만에 무뇨스가 대답했다. 「주의나 경고라고나 할까요. 논리적으로 볼 때 흑은 d5에서 졸을 잃게 되면, d1에 있는 흑 기사를 b2로 움직여서 백 왕에게 장군을 부르게 됩니다. 물론 이 경우도 백이 흑 왕과 근접한 위치를 유지하면서 장군을 피할 수 있는 길이 있는데, 그것은 백 성장으로 흑 기사를 잡는 것입니다.」 그는 체스판을 가리키며 말을 이었다. 「아무튼 우리가 b3에 있던 백 성장으로 b2의 흑 기사를 잡으면 이렇게 됩니다.」

세 사람은 미동도 없이 입을 다물고 체스판에 놓인 말들의 새로운 위치를 살펴보고 있었다. 순간 홀리아는 — 나중에 한 말이지만 — 자신이 상형 문자를 판독하기 이전부터 존

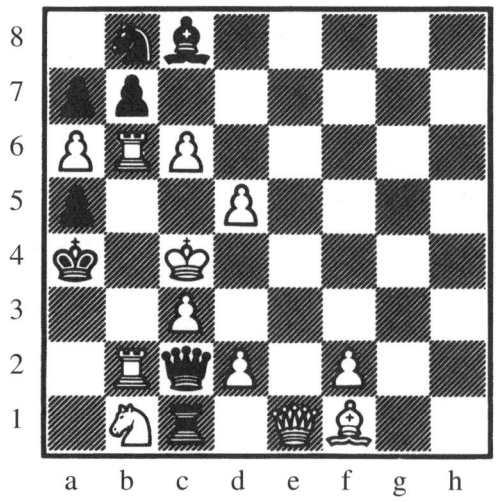

재한 그 체스판이 단순한 검은 칸과 흰 칸으로 이뤄진 상상의 공간이 아니라 자신의 인생 여정을 보여 주는 현실 공간임을 예감할 수 있었다. 동시에 그녀는 e1에 위치한 백 말, 즉 나무 조각으로 만들어진 백 여왕에게 어떤 친숙함을 느꼈다. 검은 말들의 위협에 둘러싸인 그 백 여왕의 말이 어쩐지 애처롭게 보였던 것이다. 그러나 실제로 그녀보다 먼저 상황을 알아차린 쪽은 당사자인 그녀가 아니라 세사르였다.

「하느님 맙소사.」 그가 탄식을 하듯 짧게 내뱉었다.

훌리아는 놀란 눈으로 세사르를 쳐다보았다. 불가지론자인 그의 입술에서 그런 표현이 나온다는 게 기이했던 것이다. 그러나 세사르는 뚫어져라 체스판을 들여다보고 있었다. 상아 물부리를 잡은 손이 그의 입 앞에서 얼어붙은 것 같았다. 순간의 깨달음이 너무나 갑작스런 나머지 숨이 멎어 버린 것 같은 표정이었다. 그때서야 그녀는 다시 체스판 위로 눈길을 가져갔다. 그리고 그녀 역시 백 여왕이 무방비 상태에 놓여 있다는 사실을 깨닫는 순간 손목과 관자놀이에서 피가 톡톡 뛰는 것 같고, 무거운 짐짝이 자신의 등을 무겁게 압박해 오는 듯한 느낌에 사로잡혔다. 누가 보아도 위험을 알리는 적색 경보 상황이었다. 그녀는 도움을 청할 생각으로 무뇨스를 쳐다보았다. 그러나 체스 플레이어는 깊은 생각에 잠긴 채 고개를 저을 뿐 말이 없었다. 언뜻 그의 이마에 깊은 골이 패이고 그의 입술 언저리로 예의 공허한 웃음이 스쳐 가고 있었다. 공허한 한줄기 웃음, 그것은 내키지 않지만 어쩔 수 없이 상대방의 재능을 인정할 수밖에 없다는 듯한 곤혹스런 웃음이었다. 상대는 체스 플레이어인 무뇨스마저 놀랄 수밖에 없는 기력(棋力)의 소유자인 게 분명했던 것이다.

「무슨 일이죠?」 그녀는 그렇게 물었지만 자신이 무슨 말을 했는지조차 감지하지 못하고 있었다. 체스판의 칸들이 그녀의 눈앞에 어른거리며 제멋대로 움직이는 것 같았다.

「일이 있긴 있구나.」 세사르가 무뇨스와 사뭇 심각한 눈길을 교환하며 대답했다. 「백 성장이 흑 여왕을 공격할 태세를 갖추고 있어....... 그렇지 않소?」

무뇨스가 동의한다는 뜻으로 고개를 숙였다.

「그렇군요.」 그가 대답했다. 「이전의 행마에서 안전했던 흑녀가 노출되었으니까요. 하지만 이것 역시…….」 그는 잠시 말을 끊었다. 보아하니 체스 외에 다른 문제를 건드린다는 게 자신의 영역이 아니라고 판단하는 눈치였다. 「그러니까 이것은 보이지 않는 상대가 우리에게 무엇인가를 말하고자 하는 것인데, 굳이 해석하자면 보이지 않는 상대는 이미 그 그림의 수수께끼를 풀었다는 뜻입니다. 그러니까 흑녀는…….」

「흑녀가 아니라 부르고뉴의 베아트리스라고요.」 훌리아가 그의 말을 정정했다.

「부르고뉴의 베아트리스? 아무래도 좋습니다. 그 흑녀는 이미 살인을 저지른 것으로 보이는군요.」

무뇨스의 마지막 말은 마치 대답을 기대할 것도 없다는 듯 허공에 정지되어 있었다. 세사르는 필사적으로 현실과의 접촉을 유지하기라도 하듯 재떨이로 손을 뻗어 담뱃재를 털었다. 그리고 그 답이 마치 골동품 가게에 진열된 물건들에 있는 것처럼 주위를 두리번거렸다.

「우연의 일치란 전혀 믿을 수 없는 사실이나 다름없소.」 그가 말했다. 「그 말은 현실적인 게 못 된다는 뜻이오.」

이어 세사르는 양손을 들어 올렸지만 이내 난감한 표정을 지으며 그대로 떨어지도록 놔둘 수밖에 없었다. 무뇨스가 단호하게 나섰던 것이다.

「여기에 우연의 일치 따위는 없습니다. 적어도 이 게임을 시작한 자는 마스터가 분명하니까요.」

「그렇다면 백 여왕은 어떻게 되는 거죠?」 훌리아가 다급하게 물었다.

무뇨스는 잠시 훌리아를 쳐다본 후에 체스판을 향해 가만히 손을 뻗었다. 그러나 그의 손은 감히 그 말에 손을 댈 수 없다는 듯 불과 몇 센티미터를 남겨 둔 채 허공에 멈췄다.

「잡힐 수 있습니다.」 잠시 후 그는 검지로 c1에 위치한 흑성장을 가리키며 차분하게 말했다.

「그렇군요.」 훌리아는 너무나 차분한 무뇨스의 대답에 허탈감을 느꼈다. 그녀는 내심 누군가가 큰 목소리로 그 사실을 확인해 줌으로써 더 큰 충격을 느끼고 싶었던 것이다. 「내가 만일 제대로 이해한 거라면, 그림의 비밀이 드러났다는 사실, 다시 말해서 흑녀에게 죄가 있다고 밝혀진 것은 성장이 b2로 옮긴 행마에 있겠군요……. 그리고 백 여왕이 위험에 처한 것은 안전한 곳에 물러나 있어야 하는데 그렇지 않고서 스스로 생명을 위태하게 만들며 복잡하게 돌아다닌 탓이라고 생각해요. 무뇨스 씨, 그게 이 게임이 전달하고자 하는 교훈들 중의 하나가 아닐까요?」

「그럴 수도 있겠군요…….」 무뇨스가 말꼬리를 흐렸다.

「하지만 모든 건 5세기 전의 일이야.」 세사르가 나섰다. 「미친 사람이 아니고서야 어떻게…….」

「어쩌면 미친 사람일지도 모르지요.」 무뇨스가 침착하게 그 말을 받았다. 「하지만 그자가 기가 막힐 정도로 체스를 잘 두었거나, 잘 두고 있다는 사실만큼은 분명합니다.」

「게다가 또다시 살인을 할 수 있잖아요.」 이번에는 훌리아가 무뇨스의 말을 받았다. 「며칠 전에 그랬듯이 지금 당장이라도…… 생각들 해보세요. 그자는 이 20세기 개명 천지에 알바로를 죽일 수도 있었단 말이에요. 두 분은 지금 내가 무슨 말을…….」

세사르가 황급히 한 손을 들어 올리며 그녀의 말을 제지하고 나섰다.

「공주야, 그만 하렴. 우린 지금 결박을 자초하고 있구나. 잘 들어 봐. 세상에 어떤 살인자도, 아니 살인자의 할아버지라도 5백 년 이상 살지 못해. 더욱이 그림이 살인을 할 리는 만무하지 않느냐.」

「하지만 현실은 그렇게 보여지고 있잖아요?」 훌리아가 반박했다.

「그런 식의 야만적인 발언은 삼가야지.」 세사르는 짐짓 나무라는 눈길을 보낸 후 손가락을 꼽아 가며 덧붙였다. 「공주야, 상이한 사실들 앞에서 혼동하지 말고 내 말을 잘 듣도록 하렴. 먼저 내가 말하고 싶은 것 중의 하나는 무려 5세기 전에 일어났던 범죄 사실과, 또 하나는 알바로가 죽었다는 사실이며, 마지막으로…….」

「서류 발송 문제도 있잖아요.」 그녀가 참지 못하고 끼어들었다.

「가만.」 세사르가 정색을 하며 제지하고 나섰다. 「서류를 보낸 자가 알바로를 죽였다는 사실은 아직까지 밝혀지지 않았다. 그 밥맛 없는 자식이 욕조에서 머리가 깨졌다는 것도 어디까지나 추측일 뿐이야. 그러니 진정해.」 그는 세 번째 손가락을 꺾으며 말을 이었다. 「금방 했던 말을 덧붙여서, 마지막으로 생각해 볼 수 있는 것은 누군가가 체스를 두고 싶어 한다는 거야. 알았니? 이 세 가지 사실들이 서로 연관이 있다면 무슨 증거가 있어야 할 게 아니냐.」

「그림이 있잖아요.」 훌리아가 말했다.

「그건 증거가 아니라. 단지 가설에 불과해.」 세사르는 무뇨스를 쳐다보았다. 「그렇지 않소?」

그러나 무뇨스는 어느 한쪽으로 기우는 것을 포기한 사람처럼 입을 다문 채 말이 없었다. 그러자 세사르는 시큰둥한 표정을 지었다. 훌리아가 체스판 옆에 놓여 있던 색인용 메모지를 가리키며 느닷없이 소리친 것은 그 순간이었다.

「방금 증거를 원한다고 하셨죠?」 그 말에 두 사람이 동시에 훌리아를 쳐다보았다. 다들 놀란 눈치였다. 사실 훌리아 자신도 놀라고 있었다. 이제 막 한 가지 사실을 떠올렸던 것이다. 「이 메모지가 알바로의 죽음과 미지의 체스 플레이어를 연결시켜 주고 있어요……. 난 이 색인용 메모지를 너무나 잘 알아요……. 이건 알바로가 쓰던 물건이라고요.」 그녀는 그쯤에서 자신이 한 말의 의미를 되새기며 잠시 말을 끊었다. 훌리아는 자신이 한 말의 의미를 소화해 내고자 애를 썼다. 그리고 차분하게 덧붙였다. 「따라서 이 카드를 한 묶음이나 집어 간 사람이 알바로를 죽인 범인일 수도 있어요.」 그녀는 급히 호주머니에서 체스터필드 담뱃갑을 꺼냈다. 방금 전까지 엄습하던 공포감이 사라지면서 그 크기를 명확하게 정의할 수 없는 또 다른 공포감이 찾아 들고 있었던 것이다. 같은 공포라도 그 느낌이 달라. 그녀는 그 공포감 앞에서 스스로를 납득시키고 싶었다. 방금 전까지 느꼈던 감춰진 사실에 대한 공포와 실제로 인간의 손에 죽는 것에 대한 공포가 어떻게 같을 수 있단 말인가. 알바로는 수도꼭지를 틀어 놓은 채 환한 대낮에 죽었어. 그때서야 그녀는 의외로 맑아지는 정신을 느끼며 마음을 가다듬었다. 빌어먹을, 공포는 지금까지 당한 것만으로도 충분해.

이윽고 그녀는 입에 문 담배에 불을 붙였다. 그리고 그 모습이 두 남자에게 침착한 제스처로 보여지길 내심 기대하며 깊숙이 들이마신 담배 연기를 길게 내뿜었다. 그러나 그녀는 침을 삼키는 순간 불쾌한 기분이 들 정도로 갈증을 느꼈다. 당장이라도 독한 보드카를 한 모금 마시고 싶었다. 아니 대여섯 잔은 들이켜야 할 것 같았다. 아니 그것보다는 말없고 강인하고 잘생긴 남자를 찾아서 정신을 잃을 때까지 지독한 섹스를 나누고 싶었다.

「이젠 어떻게 해야 하죠?」 그녀는 가슴 한구석에서 차 오르는 욕망을 최대한 자제하며 물었다.

그들은 대답 대신 서로를 바라다보았다. 세사르는 무뇨스를, 무뇨스는 훌리아를 번갈아 쳐다보았다. 순간 그녀는 무뇨스의 시선이 다시 흐릿해지는 것을 보았다.

「지금으로선 기다릴 수밖에 달리 방도가 없습니다.」 무뇨스가 체스판을 가리키며 말했다. 「흑이 둘 차례니까요.」

멘추는 흥분해서 어쩔 줄 모르고 있었다. 미지의 체스 플레이어란 인물 때문이 아니었다. 훌리아의 이야기가 진행되는 동안 그녀의 눈은 차츰 동전만큼이나 커졌고, 그것을 통해 수입금을 계산하며 돌아가는 금전 등록기 소리를 듣는 것처럼 귀를 기울였다. 실제로 멘추는 돈에 대한 화두가 나오면 그야말로 탐욕스런 모습으로 변했다. 경거망동하긴. 훌리아는 마음속으로 중얼거렸다. 오죽하면 체스를 취미로 삼는 살인 용의자에 대해 관심조차 두지 않다니, 어떻게 그럴 수 있지? 사실 자신의 천성에 충실한 멘추에게 있어 비장의 무기는 문제가 될 만한 일이 생기면 마치 그런 일이 없었던 것처럼 행동하는 것이었다. 멘추는 어떤 구체적인 것에 대해서 일정한 시간이 지나면 그것으로 그만이었다. 그녀의 집에 경호원 역할로 둔 막스에게도 이미 싫증이 나 있는지도 모를 일이었다. 이미 여러 각도에서 그 사건을 대하기로 결정한 그녀의 입장에서 막스라는 존재는 다른 이성과의 만남을 가로막는 장애물이 되었을 것이다. 그 순간만 해도 그랬다. 그녀는 훌리아가 한 이야기를 그저 누군가가 만들어 낸 기이한 농담이나 장난쯤으로 여겼고, 연속된 우연의 일치나 별로 유머러스하지 못한 사람의 기발한 머리에서 나온 아이디어 정도로 생각하고 있었다. 하지만 그 정도는 약과였다. 알바로의 죽음만 하더라도 그랬다. 얘, 넌 판단 착오라는 말도 들어보지 않았니? 그 드레퓌스[49]란 작자로 인해 졸라가 죽었잖아, 아니 그 반대였던가? 그리고 리 하비 오즈월드[50]란 인물 있잖아, 그 사람도 똑같은 경우였어. 그것만 봐도 욕조에서 미끄러지는 일은 살다 보면 흔히 있는 사건일 뿐이야. 이렇

---

49) Alfred Dreyfus(1859~1935). 프랑스의 장교. 반역 혐의에 관한 재판을 두고 12년 동안 논란을 일으킨 〈드레퓌스 사건〉의 주인공. 소설가 에밀 졸라는 이 사건에 대해 〈나는 고발한다〉라는 공개 서한을 발표했다.

50) Lee Harvey Oswald(1939~1963). 미국 대통령 존 F. 케네디 암살범으로 기소된 인물.

듯 그녀는 늘 〈아니면 말고〉하는 식이었다.

「두고 봐.」 멘추가 수다 끝에 덧붙였다. 「우린 반 호이스로 한 밑천 두둑이 잡게 될 테니까.」

화랑에는 사람들의 모습이 거의 눈에 띠지 않았다. 바다 풍경을 담은 고전적 형태의 거대한 유화 작품 옆에서 대화를 나누는 두 사람의 중년 부인과 호기심 담긴 시선으로 판화집을 살피고 있는 짙은 색 양복 차림의 신사가 전부였다.

「몬테그리포는 어떻게 하고?」 훌리아가 물었다.

「억지라도 쓰겠지.」 멘추는 마치 권총 손잡이라도 되듯 엉덩이에 양손을 얹은 채 속눈썹을 깜박거리며 낮은 목소리로 대답했다.

「그럴 거 같아?」

「그건 내가 물을 말이야. 우리 제안을 받아들이지 않으면 적이 될 수밖에.」 그녀는 자신에 찬 웃음을 지었다. 「우선 네 경력만 해도 그래. 거기다가 오스텐부르크의 대공과 사악한 마누라에 대한 놀라운 영화 한 편이면 다 끝나게 되어 있단 말이야. 아마도 서더비스나 크리스티스에선 쌍수를 들어 우릴 환영할걸. 그러니 파코 몬테그리포가 바보가 아닌 바에야…….」 그녀는 갑자기 다른 생각이 떠올랐다는 듯한 표정을 지으며 말을 끊었다가 이었다. 「가만, 오늘 오후에 그 자식을 만날 거야. 그러니 예쁘게 차려입어.」

「나도?」

「그래, 너하고 나, 이렇게 두 사람 말고 누가 있어? 몬테그리포가 아침에 전화를 하더니 나긋나긋하게 속삭이더구나. 아무튼 그 자식은 냄새 맡는 데는 일가견이 있다니까.」

「나는 끌어들이지 마.」

「내가 너를 끌어들이는 게 아니라 그 자식이 널 부른 거야. 애, 난 그 자식이 왜 네게 그렇게 관심을 갖는지 도통 모르겠어. 비쩍 말라비틀어진 널 말이야.」

훌리아는 멘추의 화랑에 깔려 있는 베이지색 카펫 위로 멘추의 하이힐 굽 — 값비싼 수제품인 그녀의 신발은 굽이 정상 규격에서 2센티미터 더 높았다 — 이 남긴 고통스런 흔적이 여기저기 드러나 있는 것을 바라보았다. 간접 조명이지만 밝은 톤이 흐르는 그 공간은 이따금 세사르가 〈야만적 예술〉이라고 부르는 작품들에 의해 지배되고 있었다. 그곳에는 콜라주 기법으로 합성된 아크릴과 구아슈[51] 작품, 부식된 영국풍 연장인 렌치와 올이 굵은 삼베, 혹은 여러 개의 코발트색 자동차 핸들과 플라스틱 튜브로 만든 부조물들이 주류를 이루고, 진부한 내용을 담은 풍경화나 초상화 등이 어색하게 한 쪽 구석을 차지하기도 했다. 아울러 그것들은 속물 근성을 지닌 여주인의 미적 취향을 정당화시키는데 필요한 액세서리에 불과했지만 그 화랑은 멘추에게 돈을 가져다 주었다. 그것만큼은 혹평을 퍼붓는 세사르도 인정하는 부분이었다. 또한 세사르는 그런 얘기를 할 때면, 향수에 젖은 채 품격 높은 그림들이 행정 관청 등의 회의실에 하나쯤은 걸려 있던 시절을 그리워하기도 했다. 그의 관점에서 볼 때 두꺼운 금박이나 고색창연한 빛깔의 액자로 단장한 그림들은 오늘날 대부분의 사무실이나 회의실 등에 걸려 있는, 이른바 시대정신에 민감하다는 유명 실내 디자이너들이 장식해 놓은 후

---

51) gouache. 고무를 수채화 그림 물감에 섞어 그림으로써 투명한 수채 물감과는 다른 불투명한 효과를 내는 기법.

기 산업주의의 산물들 — 플라스틱 화폐, 플라스틱 가구, 플라스틱 예술 등 — 과는 차원이 다른 것이었다.

삶의 모순이랄까. 은연중에 훌리아의 눈길과 멘추의 시선이 한 그림에 일치되었다. 〈느낌들〉이라는 다소 지나친 의미의 제목에 적색과 녹색이 조화를 이루는 그것은 불과 2주 남짓 전에 세사르 — 그 일을 훌리아에게 언급할 때, 그는 짐짓 다른 쪽으로 시선을 돌리는 겸손함을 나타내기도 했다 — 가 추천한, 그의 로맨틱한 감정의 대상인 세르히오의 팔레트에서 나온 그림이었다.

「어쨌든 난 저걸 팔 거야.」 멘추가 한숨을 내쉬며 말했다. 「사실 걸어 놓기만 하면 팔리거든. 거짓말처럼 말이야.」

「세사르 아저씨가 무척이나 고마워하실 거야.」 훌리아가 말했다. 「물론 나도 그렇고.」

멘추의 콧잔등에 주름이 지고 있었다. 불만스러운 표정이었다.

「나를 열 받게 하는 일이 그런 거야.」 그녀가 말했다. 「난 네가 늘 그 골동품상의 허무맹랑한 짓을 정당화시키는 데 이골이 났어. 그 늙은 여왕도 이젠 인간답게 살아야 할 나이잖아.」

훌리아는 멘추의 코앞에 얼굴을 바짝 들이대며 입을 열었다.

「함부로 말하지 마. 그분이 나에게 어떤 사람이란 것은 언니도 잘 알잖아!」

「그거야 잘 알지. 너야 늘 세사르가 이래라 해도 흥, 저래라 해도 흥 했으니까.」 멘추가 세르히오의 그림을 쳐다보며 씩씩거렸다. 「어쨌든 그 골동품상과 너는 신경 정신과 감정 대상이란 사실을 알았으면 좋겠어. 세사르야 노발대발하겠지만 어떡하겠니. 그저 소파에 머리를 처박은 채 프로이트를 찾을 수밖에. 그러면 너는 〈의사 선생님, 전 어려서부터 아버지는 아니지만 골동품상의 품에 안겨 왈츠를 춘 것밖에 없어요. 세사르 씨는 동성애자이면서 절 사모하고 있거든요……〉라고 말해야 할 걸. 얘, 그걸 숨긴다고 될 일이겠어.」

훌리아는 그녀를 쳐다보았다. 웃고 싶은 생각조차 없었다.

「어쩌면 그렇게도 뻔뻔스런 생각을 하지?」 한참 만에 그녀가 반문했다. 「우리 관계가 어떻다는 것을 누구보다 잘 알면서……」

「알긴 내가 뭘 알아.」

「그렇다면 다 집어치워. 이건 정말 말도 안 돼……」 훌리아는 말을 끊고 코웃음을 쳤다. 상대가 아니라 자신에 대해 부아가 치밀어 올랐다. 「잘 알겠지만 언니가 세사르 아저씨 이야기를 할 때마다 난 그분이 아니라 내 입장을 변호하느라 바빴어. 알아?」

「그거야 너희 두 사람 사이에 말 못할 뭐가 있으니 그랬겠지. 이 계집애야, 넌 알바로와 함께 할 때도 늘……」

「알바로 이야기는 꺼내지도 마. 언니는 그 잘난 막스 걱정이나 하면 되잖아.」

「막스? 그래도 막스는 내가 필요한 것을 주거든……. 얘.」 멘추가 갑자기 다른 생각이 났다는 듯 훌리아를 부르며 호들갑을 떨었다. 「그런데 말이지, 잘난 너희 두 사람이 뽑았다는 그 체스 플레이어는 어때? 난 그 남자가 누군지 궁금해서 죽을 지경이란 말이야.」

「무뇨스?」 훌리아는 나오는 웃음을 참을 수 없었다. 「아마 언니를 실망시키고 말걸. 그 사람은 언니 타입이 아니니까.」

그때서야 그녀는 무뇨스를 어떻게 묘사해야 할지 진지하게 대한 적이 없다는 생각이 들었다. 「흑백 영화에 나오는 사무원 스타일이랄까.」

「하지만 반 호이스 문제를 풀었던 걸로 봐선 그것도 아닌 것 같단 말이야.」 멘추는 체스 플레이어에 대해 감탄을 금치 못하겠다는 듯 짐짓 속눈썹까지 깜박거리며 덧붙였다. 「분명히 어떤 재능이 있을 거야.」

「나름대로 놀라운 면모를 지니긴 했어.」 훌리아는 그의 모습을 떠올리며 말했다. 「하지만 늘 그렇지는 않아. 기계처럼 확신에 찬 모습으로 어떤 상황을 풀어 나가다 느닷없이 시들해지거든. 갑자기 전구 불이 나간 것처럼. 아마 언니는 그 사람의 닳아 빠진 셔츠 깃과 그저 그런 외모를 보게 되면, 〈아, 이 남자는 양말에서 냄새깨나 풍기겠는걸〉 하고 말할 거야.」

「결혼한 사람이야?」

훌리아는 어깨를 으쓱했다. 딴은 그것도 제대로 생각해 본 적이 없었다.

「모르겠어.」 그녀가 말했다. 「그런 것은 마음을 터놓는 사이에 하는 말이잖아.」 그것은 사실이었다. 그녀는 두 점의 그림과 장식용 도자기들이 진열된 유리창 너머 바깥 거리로 시선을 던지며, 무뇨스를 한 남자로 바라본 게 아니라 어떤 문제를 풀기 위해 만난 대상으로만 여겼다고 생각했다. 고작해야 하루 전, 그러니까 그녀가 막 작별 인사를 하려고 손을 내밀었을 때 언뜻 그가 들려주었던 몇 가지 신상 얘기가 그에 대해서 아는 전부였다. 「결혼은 한 것 같아. 확실히 모르지만 우리 여자들 쪽에서 일으킬 수 있는 그런 문제가 있나 봐.」

「세사르는 어떻게 생각하는데?」

「좋아해. 내가 볼 때 꽤나 재미있는 인물이라고 생각하는 것 같아. 이따금 비꼬기도 하지만 상당히 예의를 지키는 눈치거든. 무뇨스가 말의 움직임에 대해 명쾌한 분석을 할 때는 질투를 느끼다가도 체스판에서 눈을 떼고 평범해지면 세사르도 평정을 되찾는 것 같아……」

훌리아는 거기서 말을 끊었다. 이따금 밖을 내다보던 그녀의 시선을 끄는 것이 있었다. 도로변 저쪽으로 주차해 있던 차, 어딘가 낯익은 것 같았다. 어디서 보았지?

순간 막 다가선 버스 한 대가 그녀의 시야를 가렸다. 훌리아의 얼굴에 드리운 초조감을 읽었는지 멘추가 물었다.

「왜 그래?」

훌리아는 말없이 고개를 저었다. 버스 뒤로 물건을 배달하는 조그만 트럭이 신호등에 걸려 멈춰선 바람에 다시 시야를 가렸다. 하지만 이미 주차해 있던 그 차를 본 뒤였다. 틀림없이 포드였다.

「무슨 일이지?」 멘추가 다시 물었다. 이어 영문도 모르는 그녀의 시선이 거리에서 훌리아로, 훌리아에게서 거리로 바쁘게 움직였다.

훌리아는 뱃속이 텅 비어 버린 것 같은 기분이 들었다. 그것은 요 며칠 사이에 겪은 지나치게 불쾌한 느낌이었다. 그러나 그녀는 소형 트럭을 투시해서 가려진 저쪽을 보기라도 하듯, 그래서 금방이라도 그것이 청색 포드라는 사실을 확인하기라도 하듯 목표물을 주시하고 있었다.

두려웠다. 손목과 관자놀이로 피가 역류하는 것 같았다. 무시무시한 공포감이 온몸을 타고서 스멀스멀 기어드는 것 같았다. 그럴 수 있어. 그녀는 마음속으로 중얼거렸다. 누군가가 나를 미행할 수 있는 가능성은 충분해. 알바로, 경찰서, 능글능글한 형사 반장, 우편물, 택배 사무실……. 더 갈 것도 없었다. 그것은 택배 사무실 맞은편 도로변에 다른 차들과 나란히 주차해 있던 승용차, 비가 막 쏟아지던 날 적색 신호등을 무시한 채 내달리던 파란 포드였다.

「얘! 네 얼굴이 왜 그 모양이야?」 멘추의 얼굴은 사뭇 걱정스런 그늘이 드리워지고 있었다. 「너무나 창백하잖아!」

어쩌면 우연의 일치일 수도 있어. 훌리아는 여전히 적색 신호등에 걸린 채 움직이지 않는 소형 트럭을 보며 생각했다. 이 세상에 청색 차며 유리창에 색깔을 넣은 차가 어디 한두 대인가. 그러나 그녀는 이미 화랑 입구를 향해 한 걸음을 떼어 놓고 있었다. 동시에 그녀의 손은 어깨에 멘 가죽 가방에 들어가고 있었다. 물줄기가 흐르는 가운데 욕조에 쓰러져 있던 알바로. 그녀의 손은 가죽 가방 속을 더듬고 있었다. 담배, 라이터, 콤팩트 파우더……. 마침내 데린저 손잡이가 손가락 끝에 닿았다. 순간 아직껏 시야에 들어오지 않는 차에 대한 증오스런 공포감이 희열에 가까운 감정으로 뒤바뀌고 있었다. 개자식! 무기를 붙잡은 그녀의 손이 공포와 분노로 격렬하게 떨리고 있었다. 흑을 쥔 네놈이 쥐새끼처럼 말을 움직인다고 해도 오늘만큼은 내가 체스 두는 법을 가르쳐 주지.

훌리아는 거리로 나섰다. 그녀는 입술을 다문 채 소형 트럭에서 눈을 떼지 않고 있었다. 신호등이 녹색으로 바뀐 것은 이제 막 그녀가 도로변에 내려선 순간이었다. 그녀는 서서히 움직이는 차량들 사이로 들어섰다. 여기저기서 경적이 울렸지만 무시했다. 그녀는 맞은편 도로의 소형 트럭이 어서 움직여 주길 바라며 데린저를 붙잡은 손에 힘을 주었다. 마침내 소형 트럭이 디젤 엔진에서 나온 매연을 뿌리며 움직였다. 그러나 이제 막 중앙선을 넘은 그녀의 시야에 들어온 것은 차량들 사이로 미끄러지듯 사라지는 청색 포드의 뒷모습이었다. TH라는 번호판 끝자리만 그녀의 망막에 아로새겨 놓은 채 유유히 사라지고 있었다.

9
〈동문〉의 해자

아킬레스: 누군가가 말이지. 이미 들어갔던 그림 속에서 어떤 그림을 보게 되면 어떻게 되는 거야?
거북이: 그거야 그대가 기다리던 바가 되겠지. 그대는 누군가가 그림 속의 그림에 들어가길 바랐으니까.
— 더글라스 R. 호프스태터

「애야, 넌 지금 지나치게 비약하고 있구나.」 세사르가 스파게티를 포크로 둘둘 감으며 말했다. 「만일 말이야. 어떤 점잖은 시민이 운전을 하다가 신호등에 걸렸고, 그 차가 파란색이었다고 치자. 그런데 그 순간, 바실리스크[52]나 다름없는 어떤 예쁜 아가씨가 총을 쏘려고 나타난 거야……. 누가 되었든 그런 일을 당하면 기절하지 않았을까.」

순간 빵으로 만든 조그만 공을 테이블 위에 굴리던 무뇨스가 동작을 멈췄다. 난감한 처지를 도와달라는 세사르의 시선을 느꼈던 것이다.

---

52) Basilisk. 그리스·로마 시대의 전설에 나오는 작은 뱀. 한 번 보거나 숨을 쉬기만 해도 모든 식물과 동물의 생명을 파괴할 수 있는 힘을 지녔다고 알려져 있음.

「당기지는 않았죠.」그는 고개를 들지 않고 말했다. 차분하고 낮은 음성이었다. 「제 얘기는 총을 쏘지는 않았다는 겁니다. 차는 이미 떠났으니까요.」

「논리상으로는 그렇겠지.」세사르는 연한 장밋빛 포도주 잔으로 손을 뻗으며 말했다. 「신호등이 녹색으로 바뀌었으니까.」

훌리아는 — 음식에는 거의 손도 대지 않았다 — 접시의 가장자리에 포크와 나이프를 거칠게 내려놓았다. 쇠붙이와 그릇이 부딪치며 나는 불협화음에 포도주 잔을 입에 가져가던 세사르가 심란한 표정으로 그녀를 쳐다보았다.

「왜 그렇게 답답해요?」그녀가 입을 열었다. 「다시 말하지만 그 차는 신호등이 바뀌기 전에 이미 주차해 있었다니까요. 그뿐인 줄 아세요? 화랑 맞은편 도로는 한산했어요. 그래도 못 믿겠어요?」

「얘야, 그런 차는 수백 대나 된단다.」세사르는 부드러운 동작으로 테이블 위에 잔을 내려놓았다. 그리고 냅킨으로 입가를 닦아 낸 후에 온후한 미소를 잃지 않으며 다시 입을 열었다. 「하긴 덕망 높은 네 친구 멘추를 흠모하는 어느 사내자식이었는지도 모르지……. 온몸이 근육질로 뭉친 그 자식은 어떻게 해서든지 막스를 떼어 놓으려 했을 거야. 그렇지 않을까?」

훌리아는 마치 심드렁한 예언자 같은 그의 말을 듣는 동안 어이가 없었다. 그가 위기의 순간이다 싶으면 사악한 능구렁이로 돌변하여 험담을 늘어놓는다는 사실을 잘 알기에 그쯤에서 참을 수도 있었지만 그럴 기분이 아니었다. 끝끝내 다퉈서라도 자신의 뜻을 관철시키고 싶었다. 더욱이 무뇨스가 앞에 있었다.

「혹시 말이에요.」그녀는 짐짓 마음을 가다듬고자 다섯을

센 뒤에 말했다. 「그자는 내가 화랑에서 나오는 모습을 보고선 도중에 자리를 뜬 것은 아닐까요?」

「애야, 그건 거의 가능성이 없어 보이는구나. 이건 정말로 하는 말이다.」

「알바로가 토끼처럼 목이 부러졌다는 사실도 가능성이 없는 일로 생각하셨겠죠. 하지만 보셨잖아요?」

세사르는 이제 막 불행한 이미지를 떠올린 듯한 사람처럼 입술을 찡그렸다.

「라자냐가 식겠구나.」

「라자냐는 어떻게 되어도 좋아요. 난 아저씨 생각을 듣고 싶어요.」

세사르는 무뇨스를 쳐다보았다. 그러나 그가 빵 덩어리를 주무를 뿐 아무 말이 없자 테이블 한가운데를 장식한 채 놓여 있는 꽃병 — 그 꽃병에는 하얀 카네이션과 빨간 카네이션이 각각 한 송이씩 꽂혀 있었다 — 으로 눈길을 옮긴 채 잠시 생각에 잠겼다.

「그래, 네 말이 맞구나.」 마침내 세사르는 진지함을 강요받은 사람처럼 곤혹스런 표정을 지으며 말했다. 「이젠 됐지? 네가 듣고 싶었던 말이었으니까……. 사실 나도 마음속으로는 그 차가 그곳에 주차해 있었다는 게 걱정스러웠단다.」

훌리아는 골이 잔뜩 난 표정으로 세사르를 쳐다보았다.

「진작 그렇게 나오시면 될걸, 왜 반 시간 동안이나 바보같이 구셨죠? 다른 아빠들처럼 어린 딸이 불안에 떨면 어쩌나 하고 마음을 졸였나요? 그래서 저더러 구멍에다 머리나 처박고 얌전히 숨어 있으라는 말씀인가요? 잔뜩 겁먹은 타조처럼, 아니 그 멘추 언니처럼 말이에요?」

「단순한 의심만 갖고서 사람들에게 달려드는 것은 정작 문제를 푸는 데 아무런 도움이 되지 못한단다. 게다가 두려움에서 나온 행동으로 인해 오히려 위험한 처지에 빠질 수도 있어. 더욱이 중요한 문제는 그러한 위험이 고스란히 네게 간다는 거야.」

「나는 권총을 가지고 있었어요.」

「그 데린저 때문에 후회하는 일이 없었으면 좋겠구나. 이건 게임이 아니란다. 실제로 악당들은 무기를 소지하고 있으니까……. 그리고 체스도 둔단다.」

체스라는 말이 그때까지 묵묵히 있던 무뇨스의 무기력을 깨뜨린 것 같았다.

「다른 것은 몰라도 체스는 상호 간의 적대적인 충동의 조합이라고 할 수 있습니다.」 그는 특별히 누구에게라고 할 것 없이 무의식적으로 중얼거렸다.

일순 세사르와 훌리아가 놀란 시선으로 무뇨스를 쳐다보았다. 그러나 무뇨스는 물끄러미 허공을 바라보고 있었다. 아직도 길고 오랜 상념의 여행에서 현실로 복귀하지 못한 시선이었다.

「존경하는 친구,」 세사르는 그가 두 사람의 대화에 끼어든 것을 꼬집으며 말했다. 「당신의 말을 이해하지 못하는 바 아니오. 하지만 방금 한 말의 진의를 보다 더 명백하고 구체적으로 설명해 줄 수 없겠소?」

무뇨스는 빵으로 만든 공을 굴리며 즉답을 회피했다. 그는 유행이 지난 미국식 청색 재킷에 검청색 타이 차림이었는데, 여느때처럼 구깃구깃한 데다 그다지 청결해 보이지 않는 와이셔츠 위로 깃이 비어져 나와 있었다.

「글쎄요.」 그가 손가락으로 턱을 문지르며 말했다. 「사실 나는 요 며칠 동안 상대는 과연 누구인가 하는 문제를 곰곰이 생각해 봤습니다.」

「여기 있는 훌리아나 나처럼 말이지.」 세사르가 그 말을 받았다. 「그 비열한 놈을 생각하느라 제대로 눈을 못 붙이셨다?」

「그건 아닙니다.」 무뇨스가 가만히 고개를 저었다. 「방금 상대를 비열한 인간이라고 하셨는데 그러한 표현 역시 우리에게 별 도움이 되지 않습니다. 자신의 주관적 판단이 개입된 거라 정작 중요한 것을 놓칠 수도 있으니까요. 그래서 난 지금까지 우리가 함께 봐왔던 상황을 객관적인 체스의 움직임을 통해서 풀어야 한다고 생각했는데…….」 그는 마치 자기 자신이 한 말이 맞았는지 생각하는 듯 잠시 말을 끊고, 손가락으로 흐릿한 포도주 ― 그는 입에도 대지 않고 있었다 ― 잔 표면을 스치듯 문질렀다. 「나는 체스를 두는 스타일이 당사자의 인간성을 반영한다고 봅니다만……. 아마 이 이야기는 언젠가 했던 것 같군요.」

「요 며칠 사이에 그 살인자의 인격을 충분하게 검토하셨다는 말로 들리는군요.」 훌리아가 호기심 어린 눈길로 그를 보며 말했다. 「그래서 그자의 인간성에 대해 잘 알게 되었나요?」

무뇨스의 입술 주위로 언뜻 공허한 웃음이 스쳐 갔다. 그러나 훌리아는 보는 사람에 따라 오해를 불러 일으킬 수 있는 그 웃음이 심각한 상황에서 나오는 버릇임을 잘 알고 있었다. 그 미소가 생각보다 심각할 때 나오는 표정임을 직감했다. 그녀가 아는 한 그는 남을 비웃거나 빈정거릴 타입이 아니었다.

「체스를 두는 사람에게도 유형이 있습니다.」 어느덧 그의 시선은 레스토랑의 벽 너머 어딘가에 머물러 있었다. 「스타

일은 물론이고, 체스를 두는 동안에도 그들 나름대로 독특한 특징이나 매너를 갖고 있으니까요. 예를 들어 슈타이니츠[53]는 체스를 두면서 바그너를 흥얼거렸고, 모피는 결정적인 순간까지 절대로 상대편의 눈을 쳐다보지 않았습니다. 또한 어떤 플레이어들은 라틴 어를 중얼거리거나 스스로 만들어 낸 은어를 지껄이기도 합니다. 듣는 사람이야 헛소리를 한다고 생각하겠지요. 하지만 그것은 긴장을 풀면서 방심하지 않으려는 효과적인 방법인 셈이죠. 아울러 그러한 특징은 결정적인 순간만이 아니라 말을 움직이거나 움직이기 전에도 종종 나타납니다.」

「그쪽도 그런가요?」 훌리아가 물었다.

무뇨스는 곤혹스러운 질문을 받은 듯 머뭇거렸다.

「아마 그런 것 같군요.」

「예를 들어 어떤 거죠?」 훌리아가 진지하게 물었다.

무뇨스는 즉답을 피했다. 여전히 곤혹스런 표정이었다. 그의 눈길은 빵 덩어리를 굴리고 있는 손가락에 가 있었다.

「우리는 두 개의 H와 함께 펜하모로 간다.」[54] 그가 짤막하게 말했다.

---

53) Wilhelm Steinitz(1836~1900). 오스트리아의 체스 명인. 그는 체스 사상 가장 오랫동안(1866~1894) 챔피언 자리를 지킨 것으로 알려져 있다.

54) Vamonos a Penjamo con dos Haches. 이 뜻은 문자 그대로 〈우리는 두 개의 H와 함께 (하는) 펜하모로 간다〉고 해석할 수 있다. 그러나 스페인 어에서 H는 묵음이고, J는 마치 H 발음을 두 번 겹쳐 발성할 만큼 강한 소리가 난다는 것을 염두에 두면 이 문장은 Penjamo라는 단어를 빌려 J의 발음의 특성을 강조하거나 그 철자가 틀리지 않도록 주의하라는 지적으로 봐야 할 것이다.

「우리는 두 개의 H와 함께 펜하모로 간다?」 그녀가 반복했다.

「그렇습니다.」

「우리는 두 개의 H와 함께 펜하모로 간다······.」 그녀는 그 말을 거듭 되풀이하며 물었다. 「그게 무슨 뜻이죠?」

「별다른 의미는 없습니다. 단지 어떤 결정적인 순간이라고 판단이 되면, 말을 움직이기 전에 그 문장을 마음속으로 생각하거나 중얼거리니까요.」

「하지만 그건 너무나 비합리적인······.」

「알고 있습니다. 그렇지만 이러한 비합리적인 특징이 때에 따라선 상대의 성격이나 스타일을 파악하는 데 유용한 정보가 되기도 합니다. 한편, 페트로시안[55]은 체스를 두는 동안 줄곧 공격보다는 방어에 주력했는데, 어떤 때는 상대방이 미처 생각하지 못한 수를 생각하다 보니 오히려 곤혹스런 상황에 내몰릴 때도 있었지요.」

「편집증을 가졌었군요.」

「그렇다고 볼 수 있죠. 이렇듯 체스를 두다 보면 많은 사람들이 생각지 않은 이기주의나 호전성 혹은 과대망상증을 드러냅니다. 슈타이니츠의 경우만 하더라도 나이 예순이 되자 자기 자신이 신과 직접 소통한다고 생각했고, 어느 게임이든 이길 수 있다고 자신했지요. 설사 상대방에게 백을 내주고 졸을 하나 떼어 준다고 해도······.」

「우리를 상대하는 그자는 어떻소?」 잔을 탁자와 입술 중간

---

[55] Tigran Petrosian(1929~1984). 그루지아 태생의 체스 명인. 철학도로서 『체스와 철학』(1968)이라는 저서도 남겼다.

쯤에 들고서 두 사람의 대화를 주의 깊게 듣고 있던 세사르가 물었다.

「잘 두는 것으로 보입니다.」 무뇨스가 지체 없이 대답했다. 「좋은 플레이어는 복잡한 것을 좋아하니까요. 사실 대부분의 체스 마스터는 적합한 말의 움직임과 잘못된 행마에 대한 위험을 즉각 잡아내는 직관을 지니고 있습니다. 말로 표현하기 힘든 어떤 본능이랄까요……. 체스판을 두고서 마스터는 정적인 것을 보는 게 아니라 엄청난 자력이 서로 교차하고 있는 영역을 내다보게 되는데…… 거기에는 자신의 내부에 지닌 힘도 포함되죠.」 그는 잠시 말을 끊었다. 두 사람은 체스 플레이어를 쳐다보았다. 그의 눈은 테이블 위에 놓인 빵 덩어리를 주시하고 있었다. 이윽고 그는 상상의 체스판 위에 말을 움직이듯 그것을 한쪽으로 가만히 옮겨 놓은 뒤에 다시 입을 열었다. 「우리에게 체스 게임을 제안한 인물은 아주 호전적인 성격에 모험을 즐기는 부류입니다. 자신의 왕을 위한 일임에도 불구하고 흑녀의 도움을 구하지 않는 것만 봐도 그렇습니다. 게다가 흑 졸을 잘 이용하고, 흑 기사를 효과적으로 움직여서 백 왕에게 여유를 주지 않는 가운데 압박을 가하는가 하면 그 와중에 서로의 여왕을 맞바꿀 수도 있다는 여지를 우리에게 남겨 둘 정도니까요. 아무튼 그자는…….」

「물론 여자일 수도 있겠지요?」 훌리아가 그 말에 끼어들었다.

무뇨스는 곤혹스런 표정으로 훌리아를 쳐다보았다.

「그건 모르겠습니다.」 그가 말했다. 「체스를 잘 두는 여자들이 있긴 하지만 그 숫자가 극히 미미하니까요……. 우리의 경우, 남자가 되었든 여자가 되었든 상대는 잔인한 일면을 드러내고 있습니다. 상대에 대한 가학적 호기심이라고나 할까, 마치 쥐를 가지고 노는 고양이처럼 영악합니다.」

「듣고 보니 이렇게 요약할 수 있겠군요.」훌리아는 짐짓 손가락을 꼽아 가며 말했다.「우리의 적은 체스를 두는 스타일로 보아 여자보다는 남자일 가능성이 더 많다. 아울러 호전적이고 잔인하며 가학적인 성격의 소유자로 보인다, 그런가요?」

「그렇다고 생각합니다.」무뇨스가 대답했다.「아울러 상대는 위험한 모험을 즐기고 있습니다. 흔히 흑 말을 쥔 쪽이 방어적인 역할을 하게 되는 고전적 행마를 거부하고 있으니까요. 나아가서 그자는 행마를 간파하는 직관력도 뛰어납니다. 그만큼 상대에 대한 입장을 정확하게 헤아리고 있다는 뜻도 되겠죠.」

세사르는 입술을 모아 휘파람 부는 시늉을 지어 보이며 경탄해 마지 않았다. 그러나 체스 플레이어는 멍한 표정을 짓고 있었다. 그의 생각은 이미 먼 곳으로 달아나 버린 것 같았다.

「무슨 생각을 하고 있죠?」훌리아가 물었다.

「뭐 대단한 것은 아닙니다.」잠시 후에 그가 대답했다.「사실 나는 종종 체스판 위에서 게임을 하는 것은 서로 다른 두 체스 학파가 아니라 서로 다른 철학의 유파나 서로 다른 세계관의 충돌이라고 생각하는데······.」

「흑과 백, 그런 것 아니오?」세사르가 그 말을 받았다. 그리고 오래된 시구를 암송하는 듯한 음성으로 덧붙였다.「선과 악, 천국과 지옥, 아니 그 모든 달콤한 대립들······.」

「그럴 수도 있겠군요.」무뇨스가 어깨를 으쓱 치켜 올리며 짤막하게 대답했다.

무뇨스의 널찍한 이마와 커다란 눈자위를 물끄러미 바라

보던 훌리아는 그의 지친 듯한 눈동자 속에서 활활 타오르고 있는 작고 강렬한 불꽃을 보았다. 순간 그녀는 그의 내부를 들여다보고 싶다는 간절한 욕망 같은 것을 느꼈다.

「당신은 어떤 학파에 속해 있소?」 불쑥 세사르가 물었다.

무뇨스는 그 질문에 깜짝 놀란 것 같았다. 동시에 어색한 기분을 떨쳐 버리기라도 하듯 포도주 잔 ― 웨이터가 따라 놓았던 잔은 조금도 줄어들지 않고 있었다 ― 을 향해 내밀던 그의 손이 도중에서 멈췄다. 마치 자기 자신에 대해서 타인이 알고 싶어한다는 사실 자체가 달갑지 않다는 듯한 표정이었다.

「어느 학파에 속해 있다고 생각한 적은 없습니다.」 그는 차분한 음성으로 대답했다. 「굳이 말씀드리자면, 체스를 하나의 치료 요법이라고 보는 이들 쪽에 속한다고 할까요……. 나는 이따금 선생처럼 체스를 두지 않는 사람들은 우울과 광기에서 어떻게 벗어날까 하고 자문해 봅니다. 요전에도 말씀드렸지만 이기기 위해 체스를 두는 사람들은 많습니다. 예를 들어 알레힌,[56] 라스커,[57] 카스파로프 등 위대한 마스터들은 대부분 그쪽에 속한다고 할 수 있습니다. 아울러 우리 눈앞에 모습을 나타내지 않는 미지의 체스 플레이어도 그런 경우에 해당한다고 봐야겠죠. 하지만 슈타이니츠와 프셰피오르카 같은 경우는 화려한 행마와 이론을 보여 주는 쪽에 더 비

---

[56] Alexander Alekhine(1892~1946). 러시아의 체스 명인. 1927년 카파블랑카를 꺾고 세계 챔피언이 된 뒤, 2년(1935~1937)의 기간을 빼고 죽을 때까지 챔피언 자리에 있었다.

[57] Emanuel Lasker(1868~1941). 독일의 체스 명인. 1894년 슈타이니츠를 꺾고 세계 챔피언이 되었고, 1921년 카파블랑카에게 챔피언을 빼앗겼다.

중을 두었다고 할 수 있는데…….」

잠시 무뇨스의 말이 끊겼다. 자기 자신을 언급할 수밖에 없는 상황에 도달했음을 받아들이는 눈치였다.

「그쪽은 어떤가요?」 훌리아가 재빨리 그 말을 이었다.

「난 공격적인 쪽도 모험을 즐기는 쪽도 아닙니다.」

「그래서 이기지 않는가요?」

「마음속으로 늘 이길 수 있다고 생각합니다. 실제로 마음만 먹으면 한 게임도 놓치지 않겠죠. 하지만 나의 상대는 다름 아닌 나 자신입니다.」 그는 손가락으로 콧잔등을 만지며 가볍게 머리를 흔들고 있었다. 「언젠가 이런 글을 본 적이 있습니다. 인간이 이 세상에 태어난 것은 어떤 문제를 해결하려는 게 아니라 그 문제점이 어디 있는지 알기 위해서다……. 아무튼 내가 결과를 중요하게 여기지 않는 것은 그런 이유일 겁니다. 사실 난 게임 그 자체에 파고들 때면 대여섯 수 정도를 앞서 가지만, 가끔은 눈을 뜬 상태에서 꿈을 꾸고 있는 듯한 착각에 젖어 들기도 합니다. 남들이 보면 행마를 살피느라 정신이 없다고들 하겠죠.」

「순수 상태에서 둔다…….」 세사르가 짐짓 감탄조로 말했지만 그의 시선은 체스 플레이어의 말에 귀를 기울이고 있는 훌리아에게 가 있었다. 마치 못마땅하다는 듯한 표정이었다.

「무슨 뜻으로 하시는 말씀인지 모르겠군요.」 무뇨스가 특유의 무표정으로 말했다. 「아무튼 많은 사람들과 몇 시간 동안 게임을 진행하다 보면 그들 대부분은 가족이니 사업이니 하는 것과는 일체 멀어지는 공통적인 현상을 띠게 됩니다. 그러나 그들 가운데서도 체스 게임을 반드시 이겨야 하는 목적으로 보는 사람이 있는가 하면 나처럼 환상과 공간적인 조합으로 여길 뿐 승부 자체는 별 의미를 두지 않는 사람들도 있다는 겁니다.」

「하지만 아까도 잠깐 언급했듯, 그쪽도 그 살인자와의 게임에선 이기고 싶다는 생각을 갖고 있는 것 같던데, 그런가요?」 훌리아는 세사르가 내민 라이터로 불을 붙인 뒤에 조심스럽게 물었다.

무뇨스의 눈길이 다시 허공에 가 멎었다.

「그런 것 같습니다. 아니, 이번에는 이기고 싶군요.」

「그 이유가 뭐죠?」

「본능입니다. 누군가가 체스 플레이어에게 싸움을 걸어오고 있습니다. 이 경우 상대방의 행마를 신중하게 검토해서 그 공격을 효과적으로 막아 내거나 적절하게 반격을 하는 것은 당연한 일 아닌가요? 더욱이 이 게임은 선택의 여지가 없는 싸움이 되고 말았습니다.」

세사르는 입가에 미소를 흘리며 금박 필터가 달린 담배에 불을 붙인 뒤, 입을 열었다.

「오, 노래하라 뮤즈여.」 그의 입에서 감흥에 젖은 듯한 음성이 흘러나왔다. 「무뇨스의 분노를. 드디어 그가 홀연히 일어섰노라. 이 순간까지 우리의 친구는 이방인의 자격으로 전황을 예의 주시했으나 몸소 전쟁터로 나가기를 결심했노라. 그리하여 나는 이제 깃발에 충성을 맹세하는 그를 축하하노라. 하지만 불행한 영웅이여.」 골동품상의 창백하고 부드러운 이마에 언뜻 어두운 그림자가 스쳐 가고 있었다. 「안타까운 게 있다면, 우리의 영웅은 이 싸움을 지독하게 미묘하고 복잡한 전쟁으로 본다는 것이로다.」

무뇨스는 흥미로운 시선으로 세사르를 쳐다보았다.

「그렇게 생각하시다니 이상한 점이 없지 않군요.」

「그 이유는?」

「사실 체스는 전쟁의 성격과 일맥상통하지만 거기에는 또 다른 게 있으니까요…….」 그는 다소 모호한 표정을 지으며 두 사람을 번갈아 쳐다보았다. 마치 자기 말을 너무 심각하게 받아들이지 말라는 부탁이 담겨 있는 듯한 시선이었다. 「사실 체스는 왕에게 장군을 부르는 게임입니다. 무슨 말인지 이해하시겠습니까?…… 정확히 말하면 아버지를 죽이는 게임이라는 거죠. 따라서 난 체스를 전술이라기보다는 사람을 죽이는 기술에 더 가깝다고 봅니다.」

일순 얼어붙은 냉기가 테이블 주위에 흘렀다. 입을 꼭 다문 세사르는 마치 담배 연기조차 성가시다는 듯 눈살을 찌푸리며 무뇨스를 쳐다보았다. 그의 시선에 감탄의 빛이 역력했다.

「감동적이군.」 그가 중얼거리듯 내뱉었다.

훌리아 역시 체스 플레이어의 예리한 지적에 넋이 나간 채 그의 눈을 쳐다보았다. 지나치리만치 하찮고 평범한 모습, 소심하고 어수룩하게만 보이는 외모의 남자가 자신의 뜻을 분명하게 피력하고 있었던 것이다. 그는 사람들을 무력감과 공포에 떨게 만드는 수수께끼 같은 미로에 들어섰다 하더라도, 미노타우로스[58]에게 잡혀 먹히지 않고 유유하게 빠져나올 수 있는 인물로 보였다. 그때서야 훌리아는 테이블 주위에서, 아니 그들이 있는 이탈리아풍의 레스토랑에서 무뇨스가 어느 누구보다 자긍심 강한 남자임을 확신할 수 있었다.

---

58) Minotauros. 그리스 신화의 반은 사람이고 반은 소인 크레타의 전설적인 괴물.

그는 미지의 체스 플레이어이자 살인 용의자에 대해 편견을 갖지 않았고, 사악한 모리어티 교수에 의해 획책된 계략을 풀어 가던 셜록 홈즈처럼 자기 중심적이고 과학적인 냉정함으로 눈앞에 직면한 문제를 주시하고 있었던 것이다. 아울러 훌리아는 그가 이번 게임에 끝까지 동참한다고 해도 그것이 사회 정의니 윤리니 하는 것이 아니라 논리적 동기에서 출발하고 있다는 것과 우연한 기회에 이번 게임에 참여하긴 했지만 혹 말을 쥐든 백 말을 쥐든 개의치 않는다는 것을 알 수 있었다. 만일 이 사람이 우리 편이 아니라 상대편이었다면? 생각이 거기에 미치자 훌리아는 전율을 느꼈다. 이 무시무시한 체스 플레이어는 생애 처음으로 끝까지 게임을 해보겠다는 사실 자체에 잔뜩 고무되어 있어.

훌리아는 얼핏 세사르의 눈과 마주치자 그 역시 똑같은 생각에 잠겨 있다는 사실을 깨달았다. 세사르는 마치 체스 플레이어의 이글이글 타오르는 눈동자를 두려워하는 사람처럼 나지막이 입을 열었다.

「왕을 죽이는 것이다……」 그는 상아 물부리를 입술에 갖다 대고 천천히 빨아들인 후에 역시 천천히 내뿜었다. 「그것 참 재미있군. 체스 게임을 프로이트 식으로 해석하다니 말이지. 그런데도 난 여태껏 체스가 그런 무시무시한 것들과 연관이 있다는 사실을 전혀 모르고 있었던 거야.」

무뇨스가 고개를 가만히 저었다. 그 동작은 그가 이미 어떤 생각에 집중하고 있다는 사실을 알리는 무언의 표시처럼 보였다.

「일반적으로 어린애에게 체스의 첫걸음을 가르쳐 주는 사람은 아버지입니다.」 그가 천천히 입을 열었다. 「그래서 체스를 두는 모든 아이들의 꿈은 아버지와 벌이는 게임에서 이기는 겁니다. 결국 왕을 죽이는 거죠. 실제로 체스를 두다 보면 아버지인 왕이 가장 허약한 말이라는 사실이 확연하게 드러납니다. 왕 말은 끊임없이 위협당하고 끊임없이 보호받는 처지에 그나마 움직일 수 있는 영역도 한 칸에 불과하니까요……. 역설적입니다만 그럼에도 불구하고 왕은 아버지처럼 없어서는 안 되는 존재입니다. 왕은 이 게임의 이름을 가져다 준 장본인이니까요. 사실 우리가 체스라고 부르는 이 게임의 어원은 페르시아 어로 왕이라는 뜻을 지닌 〈샤shah〉에서 유래했고, 그 말은 대부분의 언어에서 적용되고 있습니다.」

「여왕은요?」 홀리아가 물었다.

「여왕은 어머니이자 여인으로서 왕을 겨냥한 상대의 모든 공격에 대처할 효과적인 자원을 구비한 존재라고 할 수 있지요. 왕과 여왕 사이에는 주교가 위치하는데, 영어로 비숍 bishop인 주교는 두 존재의 결합을 축복하거나 상대와의 전투를 돕는 역할에 주력합니다. 아울러 오늘날 영어로 나이트 knight라는 칭호로 통칭되는 기사, 즉 체스에서 적의 대열을 가로지르는 기사 말은 아랍 어인 〈파라스faras〉에서 유래된 것으로 알려져 있지만 용어상의 문제가 없는 것은 아닙니다. 기사라는 칭호만 하더라도 화가 반 호이스가 〈체스 게임〉을 그리기 훨씬 이전부터, 그러니까 1400년 전부터 그 어원을 찾지만 확실치 않으니까요.」

그러나 쉬지 않고 계속될 것 같은 이야기가 잠시 끊기면서 무뇨스의 입술 주위로 가느다란 미소가 흘렀다. 늘 그렇듯 거의 감지할 수 없는 웃음속에는 다음 말에 대한 망설임이 담겨 있는 것 같았다. 그의 시선은 테이블 위에 놓인 빵으로 만든 공에 가 있었다.

「때때로 나는 내 자신에게 묻습니다.」그는 다시 입을 열었지만 자신의 입장을 정리하는 게 여간 힘들지 않다는 듯한 말투였다.「체스란 게 과연 인간이 발명한 것인지 아니면 우연한 기회에 발견된 것인지 하고 말입니다. 체스는 우주가 존재했을 때부터 거기 있었던 어떤 것 같거든요. 수학의 정수(整數)나 마찬가지라고나 할까요.」

꿈결이었을까. 그러나 훌리아는 분명한 소리를 들었다. 그것은 봉인이 뜯길 때 나는 소리였다. 동시에 그녀는 처음으로 자신이 직면한 상황을 정확히 인식할 수 있었다. 다시 말해서 과거와 현재, 반 호이스와 자신을 비롯해서 알바로, 세사르, 몬테그리포, 그림의 소유주인 돈 마누엘 벨몬테 가족, 멘추, 무뇨스를 죄다 아우르는 거대한 체스판을 똑똑히 바라볼 수 있었던 것이다. 불현듯 그녀는 한바탕 고함을 지르지 않고서는 억제하기 힘든, 억지로 몸을 추슬러야 할 만큼 무시무시한 공포가 엄습하는 것을 느꼈다. 세사르와 무뇨스가 염려스런 눈빛으로 그녀를 쳐다보고 있었다.

「난 괜찮아요.」그녀는 천천히 고개를 저으며 겨우 말문을 열었고, 호주머니에서 종이를 꺼내 무뇨스에게 건넸다. 그 종이에는 훌리아가 무뇨스의 체스 해석을 빌려 작성한 도표가 그려져 있었다.

무뇨스는 잠시 그것을 살펴본 뒤에 세사르에게 넘겼다.

「두 분은 그것을 어떻게 생각하세요?」훌리아가 다소 원기를 되찾은 음성으로 물었다.

세사르가 곤혹스런 표정을 지었다.

「혼란스러워. 어쩌면 지금 우린 이 문제를 지나치게 문학적으로 파악하는 것 같거든······.」 그는 메모지에 적힌 도표를 다시 본 후에 덧붙였다. 「난 말이야, 이 문제가 정말로 심오한 어떤 것인지, 아니면 정반대로 극히 사소한 것인지 그것조차 모르겠구나.」

훌리아는 반응이 없었다. 그녀의 시선은 무뇨스에게 고정되어 있었다. 무뇨스는 호주머니에서 꺼낸 볼펜으로 그 종이에 무엇인가를 적은 후에 그것을 다시 훌리아에게 건넸다.

「하나의 단계가 더 추가되었습니다.」 그는 자못 안쓰럽다는 표정을 지으며 나지막이 말했다. 「이렇게 해서 당신은 이제 다른 인물들처럼 그 그림에 포함된 것입니다.」

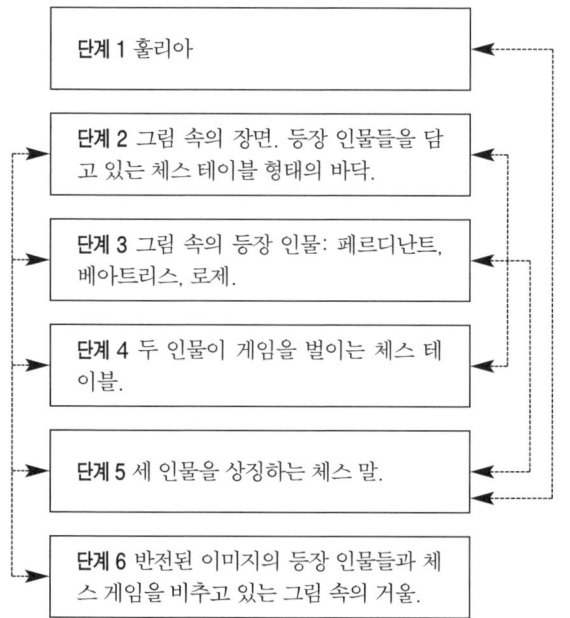

「바로 이거예요.」 이윽고 홀리아가 확신에 찬 음성으로 말했다. 「이건 내가 상상했던 것과 일치하고 있어요.」

「단계 6은 모든 단계를 포함합니다.」 무뇨스가 도표를 가리키며 말했다. 「아울러 싫든 좋든 당신도 여기에 들어가 있습니다.」

「그래요. 단계 6은 알바로를 죽인 사람으로 가정하는 인물, 아니 우리에게 색인 카드를 보냈던 그자가 어처구니없는 체스 게임을 즐기고 있다는 것을 의미해요. 하지만 이 게임에는 나 혼자만이 아닌, 우리 모두가 초대되었다는 사실이에요. 그렇죠?」

그러나 무뇨스는 대답 대신 묵묵히 허공을 바라보고 있었다. 의외로 그의 얼굴은 평온했다. 마치 기다리고 있던 무엇인가를 찾아낸 듯한 표정이었다. 입술 주위로 예의 공허한 미소가 흐르고 있었다.

「축하라도 해야겠군요.」 그가 말했다. 「마침내 두 분께서 그것을 깨닫게 되었으니 말입니다.」

멘추의 세밀한 화장과 화려한 의상은 미리 계산된 의도에서 나온 결과물이었다. 허벅지를 꽉 조이는 짧은 스커트에 극도로 화려한 가죽 재킷은 그렇다 해도 재킷 속에 받쳐 입은 크림색 스웨터는 정도가 지나치다는 홀리아의 비난을 받을 만큼 유난히 가슴을 강조하고 있었다. 반면 홀리아는 비정장 차림이었다. 그녀는 모카신[59]풍의 굽이 낮은 구두를 신었고 청

---

59) moccasin. 북미 인디언들이 신었던 뒷굽이 없는 부드러운 가죽신.

바지에 간편한 가죽 사파리 재킷을 걸쳤으며 목에는 실크 스카프를 두르고 있었다. 혹시라도 세사르가 두 사람을 보았다면 한 쌍의 모녀로 착각했다고 비꼴 만큼 상반된 모습이었다.

클레이모어의 주차장에 차 — 훌리아의 피아트 — 를 세운 두 사람은 건물로 올라갔다. 멘추의 향수와 하이힐 소리가 그들보다 먼저 사무실에 들어가기라도 한 것일까. 파코 몬테그리포는 질 좋은 마감재를 사용한 벽면, 마호가니로 만든 거대한 테이블, 최신 유행의 의자와 스탠드로 장식된 실내에서 기다렸다는 듯이 걸어나와 두 사람의 손등에 입을 맞추었고, 가지런한 치열이 훤히 드러나 보이는 예의 커다란 웃음으로 그들을 맞이했다. 두 사람은 팔걸이 의자에 앉았다. 정면으로 실내를 지배하고 있는 블라맹크[60]의 작품이 한눈에 들어오는 자리였다. 몬테그리포는 그 그림 바로 밑에 있는 자기 자리로 돌아가 그들과 마주 보며 앉았으나 마치 더 좋은 작품을 보여 주지 못해 무척 안타깝다는 표정을 지었다. 그게 뭘까. 훌리아는 두 다리를 꼬고 앉은 멘추의 다리를 무관심하게 비껴 간 그의 강렬한 시선이 자신에게 머물러 있는 것을 느끼며 생각했다. 렘브란트? 아니면 레오나르도 정도는 되는 것일까?

몬테그리포는 비서가 커피잔 — 동인도 회사의 도기 — 을 놓고 나가자마자 지체 없이 본론으로 들어갔다. 그의 이야기는 멘추가 설탕을 넣은 커피를, 훌리아가 쓰고 뜨거운 블랙커피를 몇 모금 홀짝거리는 사이에 정리되었다. 훌리아는 담배에 불을 붙이면서 그가 핵심에서 벗어나지 않고 모든

---

60) Maurice de Vlaminck(1876~1958). 프랑스의 화가.

것을 전달했다는 생각이 들었다. 그의 말은 투명한 크리스털을 들여다보듯 분명했다. 클레이모어 측은 반 호이스의 경매 이익을 균등하게 나누자는 멘추의 조건을 받아들일 수 없어 유감이라는 것으로 정리되었던 것이다. 나아가서 ─ 그는 미리 정리한 메모를 참조하며 차분하게 말했다 ─ 그림의 소유주인 마누엘 벨몬테는 조카딸 부부와 합의하여 멘추 로치와의 합의를 파기하고 반 호이스에 대한 모든 권리를 클레이모어 측에 넘겼으며, 그 모든 사항은 문서화되고 공증을 거쳤다는 내용이 덧붙여졌다. 클레이모어의 입장을 전달한 그는 세상의 모든 남자처럼 한숨을 내쉬며 자신도 어쩔 수 없었다는 듯한 표정으로 멘추를 쳐다보았다. 동시에 그녀의 표정이 일그러지고 있었다.

「그러니까……」 멘추는 들고 있던 잔을 거칠게 접시 위에 내려놓으며 말했다. 「지금 그 그림을 빼앗아 가겠다고 날 협박하고 있나요?」

몬테그리포는 즉답 대신 마치 자신의 손목에 달린 금장 커프스 단추가 적절치 못한 말을 했다는 듯 한참 그것들을 바라보더니 빳빳하게 풀을 먹인 소맷부리를 깔끔하게 잡아당기며 입을 열었다.

「결과적으로 그렇게 되었군요.」 마치 어느 미망인에게 죽은 남편이 미처 해결하지 못했던 청구서를 건네주는 것 같은 말투였다. 「그렇지만 우리가 처음에 얘기했던 경매가의 이익에 대한 비율은 그대로 유지됩니다. 물론 여기서 제반 경비가 제외된다는 사실을 알고 있겠죠. 사실 클레이모어는 당신에게 무엇을 강요하는 게 아니라 지나친 당신의 조건들을 받아들일 수 없는 입장임을 밝히고자 합니다.」 이어 그는 호주머니에서 은으로 만든 담뱃갑을 꺼내 테이블 위에 놓으며 덧붙였다. 「우리 클레이모어는 무턱대고 비율을 올리려는 당신의 이유가 합당치 못하다고 판단한 것입니다.」

「그 이유가 합당치 않다고?」 멘추는 어이가 없다는 듯 고개를 돌려 훌리아를 쳐다보며 말했다. 그러나 훌리아는 함께 분노해 주길 기대하는 그녀의 입장을 받아들이지 않고 가만히 지켜볼 뿐 말이 없었다. 멘추는 어쩔 수 없다는 듯 다시 입을 열었다. 「여보세요, 몬테그리포 씨. 그 이유는 명백해요. 우리가 찾아낸 것 때문에 그 그림 가격이 엄청나게 뛰어오르게 되었는데, 그게 이유가 되지 못한다는 거예요?」

몬테그리포는 대답 대신 훌리아를 쳐다보았다. 그의 눈빛은 그녀를 이런 지저분한 흥정에 끌어들이고 싶지 않았다는 의도가 담겨 있었다. 이어 다시 멘추를 바라보는 그의 표정이 딱딱하게 굳어 있었다.

「만일 두 분 덕택에 반 호이스의 가격이 올라간다면, 클레이모어와 합의한 비율에 따라 당신이 받게 될 그 액수도 자동적으로 올라가겠지요.」 몬테그리포는 〈두 분〉이라는 용어를 사용함으로써 멘추에 대한 그들의 입장이 어떤 것인지를 극명하게 보여 주고 있었다. 그는 상냥한 미소를 띠며 훌리아를 향해 입을 열었다. 「하지만 아가씨의 경우, 이러한 상황들과는 별개 문제입니다. 클레이모어는 당신이 이 일을 맡아서 계속 진행해 주길 바라고 있으니까요. 아울러 우리는 아가씨가 보상이나 경비에 전혀 신경을 쓰실 필요가 없다는 점도 알려드립니다.」

「자초지종이나 알았으면 좋겠군요?」 멘추가 단도직입적으로 나왔다. 커피잔과 받침을 든 그녀의 손과 아랫입술이 떨리고 있었다. 「과연 어떻게 해서 당신이 그 그림에 대해 쉽게 얘기할 수 있는지 말이에요. 우리 훌리아가 순진한 면이 없지 않지만 설마 이 애가 촛불이 켜진 저녁 식사 한 끼니에 모든 것을 불었다고 믿고 싶진 않거든요. 그게 아니라면 지금 내가 잘못 생각하고 있나요?」

전혀 예기치 못한 비열한 짓이었다. 그때서야 훌리아는 가만히 두고 볼 수만은 없다는 생각이 들었다. 그러나 막 입을 열려는 순간 몬테그리포가 차분하게 제지하는 제스처를 보냈다.

「잘 들으시오, 멘추 로치 씨.」 그는 은박을 입힌 케이스에서 담배를 하나 꺼내 물었다. 그리고 그런 일로 자신의 권위를 잃지 않으려는 듯 천천히 입을 떼었다. 「며칠 전에 내가 훌리아 씨에게 전문적인 분야에서 일해 보는 게 어떻겠느냐고 제안하자 완곡하게 거절하더군요. 물론 나는 그 거절이 최선의 선택이었다고 생각합니다. 알겠습니까? 당신이 말하고자 하는 그림에 대한 상세한 정보는 훌리아 씨가 아니라 그림의 소유주인 조카따님이 제공한 것입니다. 나아가 돈 마누엘 씨는 참으로 매력적인 분이시더군요. 굳이 설명하자면 그분은 당신에게 반 호이스를 맡길 수 없다는 뜻을 굽히지 않더란 말입니다. 아울러 그분은 복원 작업이 끝날 때까지 훌리아 씨 외에 어느 누구도 그림에 손을 대지 못하도록 정중하게 부탁하더군요. 이런 표현을 허락해 주실 것으로 믿습니다만 나는 이번에 그분의 조카따님과 전술적 협상을 맺은 게 무척 유용했다고 판단하고 있습니다. 그분의 남편인 라페냐 씨 역시 우리 쪽에서 선불의 가능성도 배제하지 않는다고 하자 아무런 이의를 제기하지 않았으니까요.」

「유다 같은 자식!」 멘추는 거의 침을 내뱉듯이 욕설을 토해 냈다.

몬테그리포는 대답에 앞서 어깨를 으쓱 치켜 올렸다.

「그런 표현은 몹쓸 인간들에게나 하는 말로 알고 있습니다.」 그가 자못 차분하게 말했다. 「얼마든지 다른 표현들도 있을 텐데요.」

「나는 서명이 들어간 서류를 갖고 있어요.」 멘추가 말했다.

「알고 있습니다. 그러나 그것은 합의서에 불과합니다. 반면에 우리는 조카딸 부부가 증인으로 나온 가운데 공증을 받았고, 담보 예치금 등 필요한 절차를 밟았습니다. 서명하던 순간에 알폰소 라페냐 씨가 했던 표현을 빌리자면 이제 더 이상의 속임수는 있을 수 없다는 거죠.」

멘추의 몸이 앞으로 기울어졌다. 금방이라도 달려들 기세였다. 순간 훌리아는 멘추의 손에 쥐어진 커피가 흠 하나 없는 몬테그리포의 셔츠에 쏟아지지 않을까 염려하고 있었다. 하지만 멘추는 커피잔을 테이블 위에 올려놓았다. 그녀의 얼굴이 빨갛게 물들고 있었다. 그 바람에 치밀한 화장에도 불구하고 나이가 더 들어 보였고, 짧은 치마가 올라가면서 허벅지가 드러나고 있었다. 훌리아의 입장에선 당장이라도 그 자리를 피하고 싶은 심정이었다. 함께 있다는 게 부끄러웠다.

「내가 그 그림을 다른 곳으로 가져간다면 어떻게 할 셈이죠?」 멘추가 격앙된 음성으로 물었다.

「지금 무슨 말씀을 하는지 모르겠군요.」 몬테그리포가 짐짓 딴전을 피우며 담배 연기를 내뿜었다.

「그렇게 여유를 부릴 때가 아닌 것 같은데요.」 멘추가 다시 비꼬듯 말했다.「클레이모어가 전부는 아니란 뜻이에요.」

몬테그리포는 잠시 무엇인가를 생각하는 듯한 표정을 지었다. 그의 시선이 나선을 그리며 허공으로 올라가는 담배 연기를 뒤쫓고 있었다.

「솔직히 말씀드리자면…….」 그가 뜸을 들이며 천천히, 그러나 단호하게 말했다.「난 당신에게 그렇게 복잡한 문제를 야기하지 않는 게 현명한 처사라고 충고하고 싶군요. 그것은 법을 어기는 일이 될 테니까요.」

「나도 당신들 모두를 상대로 소송을 걸 수 있어요. 그렇게 되면 최소한 몇 개월은 아무도 손을 댈 수 없고, 경매가 취소될 수도 있어요. 그것도 생각해 보았겠죠?」

「물론 생각해 봤습니다. 하지만 첫번째 피해자는 우리가 아니라 그쪽이 되겠지요. 충분히 알고 계시리라고 믿습니다만 클레이모어에는 좋은 변호사들이 많습니다. 그 친구들이 움직이게 되면 어떻게 될까요?……」그는 잠시 말을 끊었다. 차마 자기 입으로는 꺼낼 수 없는 얘기를 해야 하는 사람처럼 머뭇거린 뒤에 덧붙였다.「결과적으로 그쪽은 모든 것을 잃게 되는 불상사가 일어날 수 있습니다. 이런 말씀을 직접 전해야 한다니 안타깝군요.」

순간 멘추가 치마를 아래로 잡아당기며 자리에서 벌떡 일어섰다.

「해줄 말이 하나 있어! 그게 뭔지 알아?」 그녀의 음성이 걷잡을 수 없는 분노로 갈라지고 있었다.「넌 이제까지 내가 봐왔던 사람들 중에서 가장 더럽고 비열한 새끼라는 거야.」

동시에 몬테그리포와 훌리아도 몸을 일으켰다. 훌리아는 당황했지만 몬테그리포는 자제력을 잃지 않고 있었다.

「일이 이렇게 되다니 유감이군요.」 그가 훌리아를 바라보며 말했다. 「정말이지 유감입니다.」

「나도 마찬가지예요.」 훌리아가 멘추를 향해 고개를 돌리며 말했다. 「우리 모두가 조금 더 합리적으로 생각할 수도 있는 일이잖아.」

이미 핸드백을 어깨에 멘 멘추가 훌리아를 노려보았다.

「너나 합리적으로 생각해.」 그녀가 쏘아붙였다. 「저 새끼는 너를 꼬드기느라 정신이 없으니까……. 아무튼 난 이 도둑놈의 소굴을 나가겠어.」

문을 박차고 총총걸음으로 나가는 멘추의 하이힐 소리가 사나운 소리를 남기며 멀어지고 있었다. 훌리아는 그녀를 따라갈 것인지 아니면 그 자리에 남을 것인지 선뜻 결정을 내리지 못하고 서 있었다.

「성깔 한번 고약하군.」 몬테그리포가 담배 연기를 내뿜으며 혼잣말로 중얼거렸다.

여전히 망설이던 훌리아가 그를 향해 고개를 돌렸다.

「그 그림에 대해 거는 기대가 너무 많았던 탓이에요. 하지만 그 정도는 그쪽에서도 이해하실 수 있었잖아요?」

「물론 이해합니다.」 그는 화해를 구한다는 듯한 표정으로 말했다. 「그러나 떳떳하지 못하고 터무니없는 협박을 하도록 가만히 놔둘 수는 없죠.」

「떳떳하지 못하긴 마찬가지예요.」 그녀가 단호하게 말했다. 「그쪽은 그 조카딸 부부를 부추겨서 몰래 일을 진행시켰어요. 내 눈에는 그게 더러운 게임으로 보여요.」

몬테그리포의 미소가 얼굴 전체로 퍼지고 있었다. 마치 산다는 것이 다 그런 게 아니겠느냐고 말하는 것 같았다.

「저분은 자신이 말한 대로 할까요?」 그는 멘추가 빠져나간 문 쪽을 바라보며 물었다.

훌리아는 고개를 저었다.

「그렇지 않아요. 본인도 패배했다는 것을 인정하고 있어요.」

잠시 침묵이 흘렀다.

「훌리아 씨, 야망이란 완벽하게 정당한 감정입니다.」 이윽고 그가 입을 열었다. 「그런데 그러한 야망이 실패하면 죄가 되는 반면에 승리하는 쪽은 자동적으로 덕을 지니게 되죠.」 그는 다시 웃고 있었다. 그러나 이번에는 허공을 떠도는 웃음이었다. 「멘추 로치 씨는 자신의 처지에 어울리지 않는 너무나도 큰 일에 끼어든 것입니다. 뭐랄까……」 그의 입에서 뿜어져 나온 담배 연기가 고리를 이루며 천장까지 떠오르고 있었다. 「저분은 그 가능성에 도달할 수 없는 곳에 있다고나 할까요.」 보통이 아니었다. 훌리아는 딱딱하게 굳어지는 그의 밤색 눈을 쳐다보며 생각했다. 예의라는 가면으로 무장한 상대는 언제든지 위험한 적으로 돌변할 수 있는 인물이었다. 「난 말입니다.」 몬테그리포가 다시 말을 이었다. 「멘추 로치 씨가 더 이상은 우리에게 문제를 일으키지 못하리라고 생각합니다. 그렇게 되면 자신의 행동으로 인해 범법자가 될 수밖에 없으니까요……. 무슨 말인지 이해하시겠습니까? 그러면 이제부터 우리들의 그림 이야기를 시작하죠.」

돈 마누엘은 휠체어에 앉은 채 훌리아와 무뇨스를 맞이했다. 한때는 〈체스 게임〉이 걸려 있던 살롱이었다. 여전히 벽에 남은 못과 자국 탓인지 실내는 온통 삭막하고 쓸쓸한 분위기를 풍기고 있었다. 방문객들의 눈길을 따라가던 노인의 얼굴에 슬픈 웃음이 감돌았다.

「아직은 아무것도 걸고 싶지 않소.」그가 말했다. 뼈마디가 앙상한 손이 천천히 허공에서 흔들렸다.「잊는다는 게 쉬운 일이 아니구려…….」

「이해해요.」훌리아가 마음에서 우러나오는 음성으로 말했다.

노인은 천천히 고개를 끄덕였다.

「그래요. 난 아가씨가 이해한다는 걸 잘 알고 있소.」

이어 노인은 무뇨스 쪽으로 눈길을 돌렸다. 새로운 방문객 역시 자신의 심정을 이해해 주리라는 기대감에 가득 찬 시선이었다. 그러나 무뇨스는 무표정으로 텅 빈 벽을 바라볼 뿐 말이 없었다.「난 처음 본 순간부터 아가씨를 지혜로운 사람으로 생각해 왔소.」노인이 무뇨스를 쳐다보면서 덧붙였다.「신사분도 그렇게 생각하지 않소?」

벽에 가 있던 무뇨스의 시선이 노인 쪽으로 천천히 움직였다. 그러나 다른 생각에 잠긴 듯 고개를 끄덕인 게 다였다.

「할 말이 있는데…….」노인은 다소 곤혹스런 표정을 지으며 말했다.「난 아가씨가 그때 왔던 멘추 로치 씨에게 잘 얘기해 주었으면 해요. 사실 내 입장에선 달리 선택의 여지가 없었던 일이라서…….」

「걱정하지 마세요.」훌리아가 대답했다.「그분 역시 충분히 이해하실 거예요.」

「그렇다면 다행이구려.」이내 노인의 눈에 안도감이 돌기 시작했다.「우리 애들이 워낙 성화를 부린 탓도 있었지만 몬테그리포 씨가 제시한 조건이 너무 좋았던 거요. 그쪽에선 그림을 홍보하는 일에 최대한의 노력을 아끼지 않겠다고 약속한 데다…….」그는 속내를 내보이는 게 부끄럽다는 듯 말끝을 흐렸다가 한숨을 내쉰 뒤에 덧붙였다.「솔직히 말해서 돈이 문제였어요.」

훌리아는 실내에 흐르는 음악을 들으며 스테레오를 가리켰다.

「늘 바흐를 듣나 보죠? 아니면 우연의 일치일까요? 요전에도 똑같은 음악을 들었거든요.」

「〈음악의 헌정〉」어느새 노인의 표정이 평온해졌다.「자주 들을 수밖에. 워낙 복잡하고 기발해서 들을 때마다 새롭거든…….」노인은 잠시 과거를 회상하듯 잠시 허공을 쳐다본 후에 말을 이었다.「두 분은 혹시 이 음악에 인생 전체를 요약하는 것 같은 음악 테마가 들어 있다는 사실을 아는지 모르겠구려. 난 지금 자신의 모습을 들여다보는 거울과 같은 테마들에 대해 말하고 있는데……. 예를 들어, 이 곡은 그 주제가 하나임에도 불구하고 다양한 음정과 음조를 지니고 있어요. 어떤 때는 음의 속도가 달라지며 변조음이 끼어들기도 하고, 앞뒤가 전도된다는 거요. 자, 잘 들어 보도록 하시오.」그쯤에서 노인은 몸을 뒤로 젖힌 뒤에 음악에 귀를 기울였다.「먼저 이 음악은 이 곡의 테마를 나타내는 하나의 음으로 시작되지만, 뒤 이어 그것보다 네 음이 더 높거나 낮게 시작하는 음이 들어오면서 그것은 이내 부차적인 테마로 변하고 있어요. 어떻소? 이렇게 각각의 음이 각각의 순간을 찾아들 듯 사람들도 살다 보면 때에 따라 다양한 순간들을 맞이하게 된다는 거요…… 그런데 이러한 순리를 무시하고 모든 음이 한꺼번에 끼어들면 어떻게 되겠소? 정해진 법칙은 깨뜨려질 수밖에…….」노인의 얼굴에 우울한 미소가 넓게 번지고 있었다.「두 분도 듣고 있듯, 이 음악은 늙음에 대한 완벽한 알레고리를 다루고 있어요.」

「저 벽에 박힌 못 역시 많은 것을 상징하고 있는 것처럼 보이는군요.」 무뇨스가 불쑥 입을 열었다.

노인은 천천히 고개를 끄덕였다.

「아주 정확히 보셨구먼.」 그는 한숨을 내쉬며 말했다. 「난 이따금 저 빈 벽을 볼 때마다 깜짝깜짝 놀라고 있소. 아직도 그 그림이 걸려 있는 것 같거든.」 그는 손가락으로 자신의 이마를 가리켰다. 「아주 오래전부터 난 그 그림에 묘사된 전경은 물론이고 등장 인물까지 놓치지 않고 기억해 두었소. 그 중에서도 내가 제일 좋아하는 것은 창을 통해 보이는 바깥 풍경과 실내를 비추고 있는 좌측의 볼록 거울이었어요.」

「체스판도 보셨겠군요.」

「물론이오. 가엾은 내 아내가 그 그림을 물려받았을 때만 해도 나는 종종 거기에 나오는 대로 두어 보곤 했으니까.」

「체스를 두십니까?」 무뇨스가 지나가듯 물었다.

「전에는 두었소. 거기 나오는 게임을 거꾸로 둘 수 있으리라는 생각은 꿈도 꿔보지 못했지만……」 말을 끊은 노인은 잠시 어떤 생각에 잠긴 듯 무릎을 톡톡 쳤다. 「거꾸로 둔다는 것, 그것 참 기가 막힐 노릇이지!」 노인의 음성에 생기가 돌고 있었다. 「두 분은 바흐가 음악적 전도를 끔찍이 좋아했다는 사실을 알고 있소? 그 음악가는 자신의 캐논들 중에도 어떤 것들은 원래의 음이 올라갈 때마다 멜로디는 정반대로 내려가도록 해놓았어요. 사람들은 처음에 그 효과에 어색해 하지만 차츰 익숙해지면서부터는 자연스럽다는 생각을 하게 돼요. 물론〈음악의 헌정〉에도 본래의 곡과는 반대로 연주되는 캐논이 없는 건 아니오.」 그의 시선이 훌리아를 향했다. 「나는 요전에 아가씨에게 요한 세바스티안이 아주 교활한 인물이었다고 말했을 거요. 다시 말하지만 그 음악가의 작품은 온통 속임수로 가득 차 있다고 해도 과언이 아닐 거요. 오죽하면 여기 메시지를 숨겨 놓았으니 재주껏 찾아보시구려 하는 속삭임이 들리는 것 같을까.」

「그 그림에서처럼 말이군요.」 무뇨스가 그 말을 받았다.

「물론이오. 음악은 시각적 이미지들이나 체스 말들의 배치만 없을 뿐, 공기의 떨림이나 그 떨림이 만들어 내는 감정들 하나하나가 독립적인 상태에서 뇌로 전달되고 있소. 따라서 젊은이가 그림의 게임을 풀어 가는 방법을 음악에 적용할 경우 상당히 심각한 문제에 직면하게 된다는 점을 간과해선 안 될 거요. 왜냐하면 어떤 음이, 혹은 어떤 음의 조합이 어떤 감성적 효과를 가지고 있는지 그것을 밝혀 내야 하니까 어때요? 음악이 체스를 두는 것 보다 훨씬 더 어렵다는 생각이 들지 않소?」

무뇨스는 그 말을 곰곰이 헤아리는 눈치였다.

「전 그렇게 생각하지 않습니다.」 잠시 후 그가 입을 열었다. 「보편적인 논리 법칙은 모든 것에 똑같이 적용되듯 음악도 체스처럼 규칙을 따르게 되어 있습니다. 따라서 문제가 있다면, 그것은 하나의 음이든 여러 음의 조합이든 그것들이 하나의 의미를 가질 때까지 풀어 나가는 데 걸리는 시간입니다.」 그의 입술이 가볍게 뒤틀리고 있었다. 「예를 들어 로제타 석이 바로 그런 경우입니다. 일단 그것을 손에 넣게 된 이집트 고고학자들에게 남은 게 무엇이었습니까? 그것은 발굴 작업과 방법, 그리고 그것에 필요한 시간이었습니다.」

노인은 고개를 젓더니 잠시 후에 입을 열었다.

「그렇다면 젊은이는 정말로 감춰진 메시지들을 모두 판독할 수 있다고 생각한다? 다시 말하건대, 어떤 체계를 적용하면 모든 것을 풀 수 있다는 거요?」

「전 그 점에 대해 확신합니다. 왜냐하면 범우주적인 체계가 있기 때문입니다. 논증할 수 있는 것은 논증하도록 하고, 버릴 것은 버리는 보편적인 법칙들 말입니다.」

노인은 회의적인 표정을 지었다.

「그 말에 동의할 수 없다는 점을 용서하구려. 나는 우리가 범우주적이라는 표현을 정당화시키는 모든 분류니, 등급이니, 범주니, 체계니 하는 용어들이 다 허구이고 임의적인 것이라고 생각하는데, 그 이유는 그것들이 하나같이 그 자체에 모순을 지니고 있기 때문이오. 아울러 이 말은 세상을 살 만큼 산 노인이 한 것임을 명심하시오.」

무뇨스가 가만히 자세를 고쳐 앉았다. 그의 시선이 실내를 떠돌고 있는 것으로 보아 대화의 방향이 달갑지 않은 기색이었지만 화제를 바꿀 눈치도 아니었다. 평소 말을 낭비하지 않는 무뇨스가 고민하고 있는 모습을 지켜보던 홀리아는 노인 역시 무뇨스가 풀고자 하는 수수께끼의 대상이 되어 있다는 결론을 내렸다.

「그 말씀에는 논란의 여지가 있습니다.」 마침내 무뇨스가 입을 열었다. 「우주는 논증할 수 있는 것들로 가득 차 있으니까요. 예를 들어, 수학의 정수들이나 체스의 조합들만 하더라도……」

「듣자 하니 젊은 양반은 모든 게 논증이 가능하다고 생각하는 것 같구려.」 노인은 불쑥 자신의 다리를 가리켰다. 「보다시피 이 모양이지만 한때 음악을 하던 사람, 아니 지금도 음악가로서 하는 말인데 모든 법칙이라는 것은 불완전한 결점 투성이였소. 다시 말하지만 당신의 그 논증 가능성이란 진리가 될 수 있는 그런 개념과는 거리가 먼 거요.」

「방금 말씀하신 진리란 체스 게임에서 훌륭한 행마와 같은 것입니다. 단지 그것을 찾아야 한다는 것을 전제로 할 뿐이죠. 시간만 충분하면 언제나 가능합니다.」

노인은 그 말에 가소롭다는 듯 웃음을 지었다.

「나는 훌륭한 행마보다는 완벽한 행마라고 표현하는 게 더 적절하다고 생각하는데, 어떻소? 하지만 완벽한 게임 역시 항상 논증이 가능한 것은 아니오. 진리를 꾀하는 모든 법칙은 한정적이고 상대적일 뿐이니까. 자, 나의 반 호이스를 화성이나 미지의 행성으로 보내서 그곳에 있는 누군가에게 그 문제를 해결할 수 있는지 알아보는 게 어떻겠소. 그것보다는 지금 두 사람이 듣고 있는 디스크를 보내는 게 나을 것 같구려. 더 복잡하게 만들 생각이면 그 디스크를 깨뜨려서 보내도록 하시오. 하지만 그렇게 해서 도대체 무슨 의미가 있겠소? 천만에 아무것도……. 보아하니 당신은 정확한 법칙들을 아주 좋아하는 것 같으니 내 몇 가지만 상기시켜 드리리다. 삼각형 내각의 합은 유클리드 기하학에서 180도가 되오. 그러나 그것은 타원 기하학에서는 그 이상이 되고, 쌍곡선 기하학에선 그 이하요. 알겠소? 그것은 유일한 법칙이나 천편일률적인 공리 따위는 없다는 것을 의미하오. 이렇듯 법칙이란 게 그 자체조차 서로 다르니 어떻게 해서 진리를 찾을 수 있다는 거요. 가만……. 그리고 젊은 양반은 역설을 푸는 일에 무척 관심을 기울이는 것 같던데, 그렇소? 나는 음악이나 그림만이 아니라 체스 역시 그러한 역설들로 가득 차 있다고 생각하오만…….」

노인은 테이블로 손을 뻗치더니 종이와 연필을 집어 들었고 무엇인가를 적기 시작했다. 그리고 잠시 후에 그것을 무뇨스에게 건넸다.

「이걸 한번 보도록 하시오.」

무뇨스는 큰 소리로 그것을 읽었다.

「〈내가 이 순간에 적고 있는 문장은 당신이 이 순간에 읽고 있는 문장이다.〉」 그는 놀란 표정으로 노인을 쳐다보았다. 「그래서요?」

「바로 그거요.」 노인이 대답했다. 「그 문장은 불과 1분 30초 전에 내가 쓴 것이고, 40초 전에 당신은 그것을 읽었어요. 다시 말해서 내가 쓴 것과 당신이 읽은 것은 각각 다른 순간들이었지만 내가 적고 있던 〈순간〉이나 당신이 그것을 읽은 〈순간〉이든 그것들은 똑같이 〈순간〉이었소. 따라서 이 문장은 한편으로 〈참〉이지만, 다른 한편으로는 〈참〉이 될 수 없다는 거요……. 어떻소? 우리가 방금 언급했던 내용이 역설의 좋은 예가 되지 않겠소?…… 보아하니 당신에게도 그 답은 없을 성싶구려. 그렇지만 그것은 나의 반 호이스나 다른 것들에서 제기할 수 있는 수수께끼의 속성과 똑같은 것이오……. 어느 누가 감히 그 문제에 대한 당신의 해법을 정확하다고 할 것이오? 당신이 말하는 직관과 법칙이 그렇게 할 수 있다? 그렇다고 합시다. 그렇다면 도대체 그 어떤 상위의 법칙이 당신이 말한 직관과 법칙이 타당하다고 증명할 수 있겠소? 당신은 체스 플레이어요. 나는 당신에게 이런 시구를 들려주고 싶소.」

이윽고 노인은 천천히, 행간마다 여운을 남기며 읊조리기 시작했다.

오마르의 말에 따르면,
체스 두는 자 역시
검은 밤과 하얀 낮으로 만들어진 체스판의 포로.

신은 체스 두는 자를 움직이고, 체스 두는 자는 말을 움직인다.
누구인가?
먼지와 시간, 그리고 잠과 죽음의 씨실과 날실을 짜기 시작한 신 뒤의 신은?

「이 세상은 그 자체가 하나의 거대한 역설이나 다름없소.」 이윽고 노인은 결론을 내렸다.「그런데 그것은 그 반대를 증명하도록 요구하고 있다는 거요.」

훌리아는 힐끔 무뇨스를 쳐다보았다. 노인을 뚫어지게 응시하는 그의 눈빛이 흐릿해지는 것으로 보아 그녀가 늘 봐왔던 혼란에 빠져 들고 있는 것 같았다.

비가 오고 있었다. 빗소리가 천장을 울리고 라디에이터의 온기가 실내를 감싸고 있는 이른 새벽이었다. 훌리아는 밤새 보드카에 젖은 채 마치 실내의 구석구석에서 새어 나오는 중얼거림 같은 낮고 부드러운 재즈 음악에 자신을 내맡기고 있었다. 음악 소리와 함께 자신의 주위를 둘러싼 사소한 것들에서 복잡한 것까지, 나아가 기하학적인 형태를 이루는 공간에 이르기까지 그 모든 게 완벽한 조화를 이루며 그녀의 의식 속으로 스며들고 있었다. 그리하여 그 어느 것도, 우울한 영혼의 그림자도, 전화벨 소리에 이어 수화기 저편에서 들리는 상대편의 침묵과 침묵을 통한 위협도 그녀의 의식을 지배하고 있는 평온함을 깨뜨릴 수 없었다. 그것은 생전 처음으로 느껴 보는 마술 같은 평정심의 세계였다. 그녀는 지긋이 눈을 감은 채 마치 애무의 손길처럼 와닿는 음악의 리듬에 맞추어 가볍게 머리를 흔들며 미소를 짓고 있었다. 밤새 그녀는 평화로움 그 자체에 동화되어 있었다.

이윽고 훌리아는 느긋하게 눈을 떴다. 그녀의 눈앞에는 실내의 미미한 어둠 속으로부터 수세기의 고요 속에서 본래의 시선을 잃어버린 듯한 고딕풍의 한 처녀가 미소를 짓고 있었다. 바닥에 깔린 시라즈 양탄자 위에는 타원형 액자 — 녹음이 우거진 강둑 사이로 세비야의 강이 보이고, 그 강 위로 한 척의 배가 유유히 떠가는 고즈넉한 안달루시아 지방 풍경을 담고 있다 — 가 기대져 놓여 있고, 골동품 가게나 혼잡한 경매장에서 볼 수 있는 조각, 액자, 브론즈, 그림, 용제가 담긴 병, 캔버스, 디스크, 도자기, 예술 전문 서적, 절반쯤 복원된 그리스도 등이 어지럽게 흐트러져 있었다. 그리고 그 한복판에는 그것들의 무질서를 지배하는 듯한 그림이 한 점 놓여 있었는데, 다름 아닌 「체스 게임」이었다.

훌리아는 어렴풋한 조명 속에서도 그 자체의 빛으로 표면이 되살아나고, 모든 세부 묘사를 스스로 극명하게 드러내고 있는 듯한 그 그림에서 눈을 떼지 않은 채 손을 뻗어 담배를 찾았다. 그녀 — 그녀는 담배를 입에 물었지만 불은 붙이지 않았다. 그 순간 담배를 태우는 일 자체가 무의미했던 것이다 — 의 시선은 그림 속에 드러난 금박의 글자 앞에 머물러 있었다. 그것들은 하나같이 스스로 빛을 발하고 있는 것처럼 보였지만, 모든 것은 그 형체가 완벽하게 드러나기까지 그 과정을 필름에 담기 위해 수시로 일손을 멈추고 재개하기를 반복했던 그녀의 고되고 힘든 작업의 결과물인 셈이었다. 거장 반 호이스가 감춰 놓은 고딕체 글자가 5백 년 만에 그 모습을 드러낸 것은 구리 수지산염으로 덮여진 색상 층을 벗겨 낸 순간이었다.

Quis necavit equitem.

사실 그녀는 그 글자의 실체가 엑스레이에 의해 증명된 이상 그 문자를 본래의 상태, 즉 그림이 완성된 시점으로 놔두고 싶었지만 몬테그리포의 의견은 달랐다. 그는 그 글자를 드러내야 한다고 고집했다. 고객의 호기심을 유발하기 위한 방법이었다. 어쨌든 그림은 대중 앞에 공개될 것이고, 수집가나 역사가 등의 눈앞에서 그 세월의 모습을 드러내면서 그동안 은밀하게 누려 오던 — 잠시 프라도에 전시되었던 기간을 제외하고 — 특권도 사라지게 될 운명에 놓이게 되었다. 〈체스 게임〉은 전문가들의 정밀한 조사를 받게 될 것이고, 크고 작은 논쟁을 불러일으키면서 전문 분야의 학술지 외에 신문이나 TV 등의 대중 매체를 장식할 것이다. 그림이 그려진 지 5백 년이 지난 지금에 와서 그런 일이 벌어질 것을 누가 상상이라도 했을까. 그것은 플랑드르의 대가도 예기치 못한 일이었다. 벨기에나 프랑스 혹은 이름도 없는 어느 한적하고 쓸쓸한 공동 묘지에 묻혀 있을 페르디난트 알텐호펜의 유골은 기쁜 나머지 희열에 떨게 될 것이다. 그리하여 늦게나마 그의 행적과 명성은 재조명되고, 역사는 그 페이지를 최소한 두어 줄쯤 다시 쓰게 될 것이다.

〈체스 게임〉. 오랜 세월에 산화된 광택제 층과 색상을 탁하게 만든 누르스름한 표면이 말끔하게 제거된 그림은 등장 인물들의 정밀한 윤곽과 실내의 정경이 본래의 상태로 복원되면서 마치 스스로 빛나는 형광체처럼 빛나고 있었다. 거장의 극사실적인 붓터치와 엄격한 구도에 의해 묘사되었던 장면들이 복원 작업을 통해 비로소 완벽하게 재현되었던 것이다. 하지만 이런 모순이 또 있을까. 훌리아는 마음속으로 생각했다. 모든 게 완벽하게 되살아났지만 체스를 두고 있는 두 남자의 무거운 표정과 검은 의상을 입고 창가에 앉아서 책을 읽는 차분한 여인의 표정을 봐서는 그 이면에 감추어진 은밀한 드라마를 의심할 여지조차 없으니 말이야.

체스 게임에 몰두한 로제 드 아라. 그러나 그는 자신의 옆모습이 거장의 손에 의해서 화폭에 옮겨지기 전에 이미 죽은 몸이었다. 그가 무인이었음을 알려 주는 것은 무쇠로 만든 목 가리개와 몸통을 감싼 가죽 갑옷이었다. 그는 악마 곁에서 말을 타고 달리던 기사처럼 똑같은 갑옷을 걸치고서 양국의 이해 관계 때문에 어쩔 수 없이 혼인 길에 오른 베아트리스를 호위했을 것이다. 창가에 앉아 책을 읽고 있는 베아트리스. 그녀는 혼인 전만 하더라도 훨씬 젊고 아름다웠을 것이다. 아울러 여전히 처녀였던 그녀는 휘장이 드리워진 커튼 사이로 늠름한 기사의 옆모습을 바라보았을 것이다. 그녀는 미래의 남편인 대공과 둘도 없는 친구요, 잉글랜드의 표범 문장에 맞선 프랑스의 붓꽃 문장 밑에서 용맹하게 싸웠던 그 기사의 명성을 익히 알고 있었을 것이다. 순간 훌리아는 베아트리스의 커다랗고 파란 눈이 차분하면서도 지친 기사의 눈길과 마주치는 장면을 상상했다.

사실 훌리아가 그 두 인물의 결합을 단 한번의 눈길로 알아낸다는 것은 불가능했다. 그것은 워낙 복잡해서 어떻게 설명할 수 없는, 그 그림을 복원하는 동안 그녀와 그 시대 사이의 가교 역할을 했던 끈질긴 상상 덕분이었다. 다시 말해서 그녀는 그림 속의 인물들과 동시대를 살았던 거장을 통해 그들의 이야기를 속속들이 알 수 있었고 — 적어도 알 수 있다고 생각했고 — 자연스럽게 〈체스 그림〉 속의 원형 거울 속으로 빨려 들어갔던 것이다. 마치 〈궁녀들〉의 거울 속에서 벨라스케스[61]가 묘사한 장면을 바라다보는 — 그것이 그림의 바깥인가, 안쪽인가? — 왕과 왕비를 담고 있는 것처럼, 혹은 〈아르놀피니 부부의 초상〉 속의 거울이 얀 반 에익의 꼼꼼한 시선을 비추고 있는 것처럼 그녀 역시 거장의 동시대로 동화되어 갔던 것이다.

훌리아는 알 듯 모를 듯한 미소를 지으며 담배에 불을 붙이고자 성냥불을 그었다. 동시에 어둠을 태우는 불꽃과 함께 〈체스 게임〉이 사라지는가 싶더니, 이내 불꽃이 사그라들면서 그림 속의 배경과 체스를 두는 인물들과 검은 옷을 입은 베아트리스가 천천히 제 모습을 드러내고 있었다. 어느덧 그녀 역시 그 그림 속에 — 보이지 않지만 — 들어가 있었다. 난 처음부터 여기 있었어. 순간 그녀는 확신했다. 거장이 이 그림을 준비할 때부터 줄곧 여기 있었던 거야.

베아트리스, 오스텐부르크의 대공 부인. 성벽 아래에서 들

---

61) Diego Velázquez(1599~1660). 스페인의 화가.

려오는 만돌린 연주가 그녀가 읽고 있는 책 위에서 우울한 음계를 드리운다. 그녀는 부르고뉴에서 보냈던 꽃다운 시절의 꿈과 희망을 회상한다. 티 한 점 없는 플랑드르의 파란 하늘이 펼쳐진 창가로 석상이 보인다. 그것은 말발굽 밑에서 꿈틀거리는 용을 향해 과감하게 창을 찌르는 늠름한 성 조지를 형상화하고 있다. 세월은 성 조지의 창 끝을 무디게 만들었고, 그로 인해 날카로운 박차를 달았을 오른발은 사라지고 부러진 토막만 남아 있다. 한때는 사악한 용을 처치했던 성 조지가 불구의 몸으로 비바람에 깎인 돌방패를 들고 있는 것은 무자비한 화가의 눈길을 — 아울러 화가를 똑바로 쳐다보고 있는 홀리아의 시선을 — 빠져나가지 못한 탓이다. 하지만 그는 상처투성이의 모습으로 인해 선두에서 병사들을 진두 지휘하는 호전적인 인물로 보인다. 오스텐부르크의 베아트리스는 결혼한 몸이었음에도 불구하고 자신이 부르고뉴 출신이라는 사실과 자신의 혈통과 가문의 긍지를 잊지 못한다. 그녀가 읽고 있는 책은 『기사와 여인과 시』이다. 작가 미상인 그 책 속에는 〈사랑으로 불타는 마음〉이라는 한 거장의 삽화가 들어 있다. 하지만 그 책은 10여 년 전 프랑스의 샤를 발루아가 재위할 당시에 로제 드 아라로 불리는 오스텐부르크 출신 기사가 쓴 것으로 알려져 있다.

> 여인이여,
> 먼동이 틀 무렵이면
> 그대의 정원에 핀 장미꽃 위로 떨어지던
> 그 이슬이
> 전쟁터에 떨어진다오.

눈물 방울처럼
나의 가슴에, 나의 눈에,
나의 검에…….

이따금 플랑드르의 밝고 맑은 빛을 담은 그녀의 파란 눈이 책을 떠나 테이블 주위로 옮겨 간다. 그녀의 시선이 가닿는 곳은 체스를 두고 있는 두 남자다. 그녀의 남편인 페르디난트 알펜호펜은 테이블에 왼쪽 팔꿈치를 기댄 채 다음 수를 생각하고 있다. 그의 손가락이 무심코 황금 양털 ─ 〈선왕〉 필립이 결혼 선물로 보낸 것이다 ─ 끝에 달려 있는 메달에 스친다. 여전히 다음 수를 결정하지 못한 대공은 말을 향해 손을 뻗었으나 만지작거리다 말고 미안한 표정을 지으며 상대인 로제 드 아라의 차분한 눈을 바라본다. 상대는 정중한 웃음을 잃지 않으며 가만히 입술을 뗀다. 「전하, 말을 만지는 것은 말을 움직인 것이나 다름없습니다.」 그의 말에는 우정 어린 충고가 담겨 있다. 순간 페르디난트 대공이 어깨를 흠칫한다. 그는 얼굴에 홍조를 띠며 손을 댄 말을 쥐고 처음 생각했던 칸에 옮겨 놓는다. 상대는 단순한 신하가 아니라 자신의 친구 아닌가. 그는 등받이가 없는 의자에서 가볍게 몸을 들썩이며 내심 행복을 느낀다. 군주인 자신에게 지켜야 할 규칙을 일깨워 주는 사람이 곁에 있다는 것, 그보다 좋을 게 어디 있겠는가.

정원에 떠돌던 만돌린 연주가 또 하나의 창문을 통해 어느 실내로 흘러 들어간다. 그곳에는 ─ 그림에 나타나지 않지만 ─ 궁정 화가 반 호이스가 떡갈나무로 만든 패널을 바라보고 있다. 노화가는 조수가 접착제로 붙여 놓은 세 쪽의 패널을 어디에 사용할지 마음의 결정을 내리지 못한 상태다. 어쩌면 그는 오래전부터 자신의 뇌리에 맴도는 종교적 테마 — 어린애나 다름없는 나이 어린 동정녀가 비통한 표정으로 피눈물을 뿌리고 있는 모습 — 를 다루려고 했는지도 모른다. 하지만 깊은 생각에 잠겨 있던 노화가는 고개를 흔들며 절망의 한숨을 내쉰다. 그는 그 그림을 그릴 수 없다는 것을, 아무도 그의 의도를 이해하지 못하리라는 것을 잘 알고 있다. 거장 역시 수년 전에 열린 종교 재판으로 곤혹을 치루었던 것이다. 그는 자신의 노쇠한 육체가 더 이상의 고문을 견뎌 내지 못할 것임을 잘 알고 있다. 지친 팔다리는 더 이상 고문을 견뎌 내지 못할 것이다. 노화가는 물감이 딱지처럼 달라붙은 손톱으로 베레모 밑의 대머리를 긁으며 자신이 늙었다고 생각한다. 그는 머릿속에 머물고 있는 복잡한 환영들을 쫓기 위해 잠시 눈을 감았다가 뜬다. 여전히 그의 눈앞에는 떡갈나무 패널이 자신에게 생명을 가져다 줄 순간을 기다리며 놓여 있다. 아직도 정원에는 누군가가 만돌린을 연주한다. 노화가는 살며시 웃으며 생각한다. 보나마나 사랑에 빠진 어느 시종이렷다. 이윽고 그는 가는 붓을 도기 속에 담근 뒤에 애벌칠을 한다. 그의 손이 나뭇결을 따라 움직인다. 노화가는 이따금 창밖을 바라본다. 햇살이 그의 눈에 가득히 안겨 든다. 노화가는 자신의 뼈마디에 온기를 전해 주는 그 햇살에 고마움을 전한다.

로제 드 아라가 이제 막 뭐라고 말한다. 낮은 음성이다. 대공은 웃음을 터뜨린다. 이제 막 상대편의 기사를 잡았기 때문에 기분이 좋은 것이다. 한편 오스텐부르크의 베아트리스는, 아니 부르고뉴의 베아트리스는 만돌린 연주가 견딜 수 없이 슬프다고 느낀다. 그녀는 하녀를 시켜 연주를 중지시킬까 하다 그만둔다. 완벽한 화음의 연주가 그녀의 우울한 마음을 대변하고 있기 때문이다. 그 음악은 체스를 두는 두 남자의 우정 어린 중얼거림과 섞이고 있다. 그사이 베아트리스는 그 시에서 가슴이 미어질 듯한 아름다운 구절을 발견한다. 책을 든 그녀의 손가락 마디마디가 떨린다. 이윽고 고개를 든 그녀의 파란 눈에 ― 어둠 속에서 말없이 지켜보고 있는 훌리아의 시선과 마주친 그녀의 시선에 ― 기사의 장미와 무기 위로 떨어지는 그 이슬과 똑같은 눈물이 어린다. 그러나 그녀는 이탈리아의 자화상들과 비슷한, 남유럽의 용모를 지닌 아가씨의 시선이 타인의 것이 아니라 자신의 것이라고 생각한다. 흐릿한 거울 표면에 비친 고통에 찬 모습을 자신의 모습으로 생각한 오스텐부르크의 베아트리스이자 부르고뉴의 베아트리스는 자신이 실내가 아닌 실외, 다시 말해서 어두운 거울 저편에 있다고 생각한다. 그녀는 불구가 된 모습으로 서 있는 성 조지 동상 아래에서, 그녀의 검은 드레스와 대조를 이루는 파란 하늘이 보이는 창문 옆에서 그녀 자신을 지켜보고 있다. 그녀는 고해를 해도 자신의 죄가 씻어지지 않으리라는 것을 잘 알고 있다.

10
청색 자동차

「그건 더러운 속임수였어.」 하룬이 비시르에게 말했다.
「그러니 이번에는 다른 걸 보여 주시지. 정직한 것으로.」
— 레이몬드 스멀리언

 세사르의 눈썹이 치켜 올라갔다. 우산을 들고 주위를 돌아보는 그의 눈길에는 도저히 이해할 수 없다는 불안과 경멸감이 어려 있었다. 하긴 그날 아침의 라스트로[62]는 말 그대로 사람들을 맞이할 만한 분위기가 아니었다. 하늘이 점점 회색빛으로 변하자 노점상들은 금방이라도 퍼부을 것 같은 소나기를 대비하느라 정신이 없었다. 노점에 쳐놓은 천막과 그것을 받치고 있는 지저분한 플라스틱 막대를 피해서 걷는다는 일이 여간 고통스러운 게 아니었다. 마침내 보다 못한 세사르가 입을 열었다.

 「넌 지금 시간 낭비를 하고 있구나.」
 훌리아는 짐짓 그 말을 못 들은 척하며 담요 위에 펼쳐진

---

62) 마드리드 시내에 있는 노천 시장 혹은 벼룩 시장.

물건들을 하나하나 들여다보았다. 그녀의 시선은 망가진 한 쌍의 청동 촛대에 머물러 있었다.

「아까도 말했지만 쓸 만한 물건들이 나오던 시절은 까마득한 옛날이란다.」 세사르가 다시 그녀를 채근했다.

세사르의 지적이 틀린 것은 아니었다. 그러나 그는 이따금 전문가다운 눈썰미를 발휘하여 작은 보물 — 18세기 크리스털 컵, 골동품이 된 액자, 조그만 도자기 등 — 을 찾아내곤 했었다. 노천 시장에 나온 잡동사니들 중에는 거대한 공동 묘지에서 깨어나 여러 사람들의 손을 거치다가 우연한 기회에 모습을 드러내는 물건들이 없지 않았다. 한번은 오래된 책과 잡지를 파는 초라한 노천 가게에서 생각지도 못한 횡재를 만난 적도 있었다. 13세기 어느 수도승의 손에 의해 만들어진 아름다운 두 편의 기도문이 훌리아의 완벽한 복원의 손길을 거친 뒤에 당당한 보물로 빛을 보았던 것이다. 물론 세사르가 그것으로 한몫 단단히 챙겼음은 두말할 나위가 없었다.

이윽고 두 사람은 시장의 위쪽을 향해 천천히 발걸음을 옮겼다. 그곳은 아까와 달리 사람들로 붐볐다. 벽면의 장식이 여기저기 헐린 두 개의 건물은 골동품을 전문적으로 취급하는 가게들로 형성되어 있었다.

「몇 시에 중개상을 만나기로 했죠?」 훌리아가 물었다.

세사르는 흔들어 대던 우산 — 상당한 고가의 그것은 손잡이가 고상하게 비틀려 있었다 — 을 왼손으로 옮긴 뒤, 소매를 걷어 올려 금시계를 들여다보았다. 넓은 차양에 비단 띠가 달린 여송연 색깔의 펠트 모자, 어깨에 걸친 낙타털 외투, 실크 셔츠와 목 사이에 두른 크러뱃 차림은 여느때처럼 은은한 품위가 흘렀다. 훌리아가 아는 한 세사르는 늘 모든 면에서 최고의 한계에 도달했지만 그 선을 넘지 않는 절제된 미학을 갖추고 있었다.

「아직은 여유가 있구나.」 세사르가 대답했다. 「15분이나 남아 있으니까.」

훌리아는 세사르가 시큰둥한 눈빛으로 지켜보는 가운데 한 폭의 풍경 — 가로수가 늘어선 시골길에 소가 끄는 수레가 저만치 멀어져 가고 있는 정경 — 을 담고 있는 조악한 형태의 나무 접시를 들여다보았다.

「애야, 그런 건 살 게 못 된단다.」 곁에서 지켜보던 세사르가 다시 힐난조로 말했다. 「조잡하고······.」

훌리아는 그의 말은 들은 체도 하지 않고 끈이 달린 핸드백을 열어 지갑을 꺼냈다.

「가격도 흥정하지 않겠다는 거냐?」 그가 다시 못마땅한 표정을 지으며 물었다.

「뭐가 그렇게 불만이세요?」 그녀는 노점상이 잡지 종이로 나무 쟁반을 싸는 동안 비꼬는 듯한 어투로 대꾸했다. 「전 늘 멋진 사람은 흥정을 하지 않는다고 한 말을 귀가 닳도록 들어왔어요. 즉석에서 돈을 지불하든가, 아니면 고개를 뻣뻣이 쳐들고 자리를 떠나라고 그랬잖아요?」

「그 규칙이 아무 때나 적용되진 않아.」 그는 가만히 주위를 한 바퀴 쭉 둘러보며 덧붙였다. 「더욱이 이런 곳에선 말이지.」

훌리아는 상인이 건네준 물건을 받아 핸드백에 집어넣었다. 두 사람은 다시 걸음을 떼었다.

「그러면 진작 가르쳐 주셨어야죠. 어릴 때만 해도 기이한 것은 다 사주셨잖아요.」

「그야 네가 너무나 응석을 부려서 그랬지. 어쨌든 난 그런

통속적인 것에는 돈을 쓰지 않는단다.」

「문제는 아저씨가 갈수록 비열해진다는 거예요. 나이가 들면서.」

「입 다물어라, 독사여. 한마디만 더 나오면 유언장에서 그 이름을 지워 버릴 것이니라.」

훌리아는 계단을 올라가고 있는 세사르의 뒷모습을 물끄러미 바라보았다. 상아 물부리를 든 손이 약간 올라간 데다 느긋하게 한 걸음 한 걸음 내딛는 모습이 마치 목적지에 이르더라도 크게 걸 기대가 없다는 것을 알고 있으면서도 가능한 한 우아하게 걷고자 노력하는 사람 같았다. 그녀는 그의 뒷모습을 지켜보며 자신의 마음속에 새긴 말 — 기억하라! — 을 되뇌면서, 목이 잘린 형상이 동전에 나온 그 모습과 똑같을 거라고 기대하면서, 오히려 참형수에게 은총을 베풀기라도 하는 것처럼 태연하게 단두대 계단을 올라가던 찰스 스튜어트를 연상하고 있었다.

잠시 후 훌리아는 가방을 옆구리에 바짝 갖다 붙이고 — 내심 소매치기나 들치기를 조심하면서 — 사람들 틈을 헤쳐 나갔다. 날씨 탓인지 많은 인파가 건물 안으로 몰려들고 있었다. 그녀는 한적한 곳을 찾아 난간이 달린 계단 위쪽으로 올라갔다. 세사르를 다시 만나기까지는 한 시간의 여유가 있었다. 그녀는 담배 — 체스터필드 — 를 뽑아 들고 불을 붙였다. 난간 아래쪽으로 이국적인 피리 연주소리가 들렸다. 남미풍의 숄을 둘러쓴 한 금발의 청년이 종이 조각과 과일 껍질과 빈 맥주 깡통이 너저분하게 널려 있는 대리석 분수의 가장자리 한편에 앉아서 피리를 불고 있었다. 안데스 산맥 지방의 정취가 풍겨 나오는 연주였다.

팔꿈치를 난간에 기대고 서서 한동안 음악 연주를 듣던 그녀는 담배꽁초를 발로 짓이기고 천천히 계단을 따라 걸어 내려갔다. 다시 그녀의 발길이 멈춘 곳은 어느 인형 가게 앞이었다. 진열장 안에는 각양각색의 인형들이 걸려 있거나 바닥에 쌓여 있었다. 그녀는 옷을 벗거나 입고 있는 인형, 농부의 형상을 하고 있는 인형과 장갑과 모자를 쓴 채 손에 파라솔을 들고 로맨틱한 자태를 뽐내고 있는 인형, 어린이의 모습을 닮은 인형과 성숙한 어른의 모습을 담고 있는 인형 등 이루 헤아릴 수 없을 정도로 많은 인형들을 쳐다보는 동안, 그 인형들 — 종이로 만들어졌든, 헝겊으로 만들어졌든, 토기로 만들어졌든 — 이 취하고 있는 마지막 어느 한순간에 화석처럼 얼어붙은 채 세월과 함께 흘러온 마지막 모습이었으리라고 생각했다. 저 인형들 역시 한때는 주인의 따스한 손길을 받았으리라. 그녀는 마음속으로 중얼거렸다. 그러나 저 인형들을 어루만지던 주인들은 이제 성숙한 여인이 되었거나 어느 공동 묘지에 묻혀 있을 게 아닌가. 어쩌면 저것들은 주인보다 훨씬 오래 살았고, 오래 살고 있으면서 말없는 세월의 증인으로 남아 있는 거야. 따라서 저 인형들의 상상의 망막에는 인간들의 뇌리에선 지워지거나 사라지고 없는 오랜 기억들이 박혀 있을지도 몰라. 희미한 안개 사이로 떠오르는 정경들, 어릴 때 부르던 노래들, 친밀하고 은밀한 순간들, 사랑의 포옹 혹은 눈물과 후회들, 재로 변해 버린 꿈들, 타락과 비애들, 인간이 지니고 있는 사악함들까지……. 그녀는 눈 한 번 깜박이지 않고 자신을 마주 보고 있는, 어쩌면 무한한 지혜로 가득 차 있는 인형들의 눈동자 속에서 말로 표현하기 힘든 감동을 받았다. 아울러 유지나 마분지로 만들어진 인형들의 얼굴, 세월의 때가 묻어 어둡고 칙칙한 느낌이 묻어 나오는 드레스, 단정하게 빗어 넘겼거나 엉망으로 흐트러진 머리칼 — 실제로 살아 있었던 사람들의 머리칼로 만든 것도 있었다 — 을 쳐다보면서 까닭 모를 전율에 떨었다. 동시에 그녀의 뇌리에는 우울한 연상 작용이 일어나면서 세사르가 오래전에 암송하던 시구가 떠오르고 있었다.

만일 이 세상을 떠난 여인들의
모든 머리카락을 간직한다면…….

막스를 발견한 것은 쉽사리 발길을 떼지 못하고 한참 동안 무거운 잿빛 구름이 투영되는 진열장 앞에 서 있던 훌리아가 이제 막 오던 길을 되돌아 나가던 참이었다. 두꺼운 청재킷 차림에 평소처럼 말총 머리를 묶은 그는 계단의 중간쯤에서 그녀와 마주치자 곤혹스런 표정을 지었다.
「뜻밖이네요!」그가 먼저 멘추를 사로잡은 웃음을 지어 보이며 아는 체를 했다.
두 사람은 좋지 않은 날씨와 혼잡한 시장을 화제로 두어 마디를 나눴다. 막스는 연신 들뜬 모습에 마치 누군가를 기다리는 듯이 사방을 두리번거리다가 한참 만에 쓸 만한 액자를 구입하기 위해 멘추를 만날 거라고 말했다. 하긴 액자 역시 제대로 복원하면 — 훌리아도 여러 번 해본 일이었다 — 화랑에서 그림과 함께 제값을 받고 팔려 나가는 물건이었다.
평소에 훌리아는 막스에게 상냥하게 대하지 않았다. 첫인상도 좋지 않았지만 그와 함께 있을 때 종종 겪었던 불편함과 불쾌감이 그 이유였다. 막스는 상대편을 오래 쳐다보지 못했다. 그는 상대편이 자신을 쳐다보지 않으면 몰래 훔쳐보다가, 상대편이 자신을 쳐다보면 딴전을 피우듯 엉뚱한 곳을 쳐다보았다. 다시 말해서 금방이라도 비켜 가는 눈길이자 금방이라도 되돌아와서 끈질기게 달라붙는 그런 눈길이었다. 「그 친구 말이야.」 언젠가 세사르는 막스를 두고 이렇게 말한 적이 있었다. 「이런 표현은 자제하고 싶다만 그 친구 눈을 보면 남의 지갑을 훔치고 싶어 안달이 난 사람의 눈빛을 담고 있다고 말할 수밖에 없구나.」 그 말을 들었을 때만 해도 훌리아는 못마땅한 표정을 지으며 선입관이라고 항변했으나 결국은 그의 판단을 인정하게 되었다. 그러나 결정적으로 훌리아의 마음을 냉랭하게 만든 것은 멘추의 집에서 파티가 있던 날부터였다. 시간이 흐르면서 대화가 늘어지고 멘추가 얼음을 더 가져오기 위해 잠시 자리를 비운 사이였다. 음료들이 놓여 있는 낮은 탁자 위로 몸을 기울인 막스가 느닷없이 훌리아의 잔을 집어 들더니 자신의 입으로 가져갔다. 그것까지는 지나칠 수 있는 일이었다. 그러나 그는 그녀를 힐끗 쳐다보더니 자신의 혀로 입술을 핥았고, 어쩔 수 없는 상황이 아쉽다는 듯 안타까운 미소를 흘렸다. 멘추는 당연히 눈치를 채지 못하고 있었지만 훌리아의 입장에서는 한바탕 웃음거리가 될 문제를 그녀에게 일러바치느니 혼자 삭이는 게 낫다고 생각했다. 그리하여 그 일 이후로 훌리아는 자신이 취할 수 있는 유일한 방법을 택했다. 다시 말해 피할 수 없는 상황에서는 노골적인 경멸로, 그렇지 않은 경우에는 완벽하게 거리를 두는 것이었다. 따라서 지금처럼 노천 시장에서 우연히 얼굴을 마주친 경우 일정한 거리를 두는 것은 당연했다.

「아직은 시간이 많습니다.」

그는 느글느글한 웃음을 흘리며 말했다.「그동안 차라도 한잔 하시겠습니까?」

훌리아는 즉답 대신 막스를 뚫어지게 바라보면서 천천히, 그러나 단호하게 고개를 저었다.

「난 세사르 씨를 기다리고 있어요.」

「아쉽군요. 오늘 같은 기회가 자주 있는 게 아닌데……」 그의 표정에는 정말로 서운하다는 느낌이 묻어 있었다.「그러니까 우리끼리만 말입니다.」

훌리아는 금방이라도 세사르가 나타날 것처럼 눈썹을 치켜 뜨고서 주위를 돌아보았다. 그녀의 눈길을 따라 움직이던 막스가 어깨를 으쓱했다.

「나는 30분 뒤에 저쪽에 있는 석상 옆에서 만나기로 했습니다. 혹시라도 한잔 하실 생각이 있다면 저녁에 시간을 내었으면 합니다만……」 그는 짐짓 여운을 두며 덧붙였다.「물론 우리 넷이 말입니다.」

「그분에게 물어보겠어요.」 훌리아가 짤막하게 대답했다.

훌리아는 그 자리에 서서 막스의 뒷모습을 지켜보았다. 그녀는 그의 널찍한 어깨가 흔들거리며 사람들 틈으로 끼어들며 사라졌지만 마음 한구석에 남아 있는 찜찜한 기분을 털어내지 못하고 한동안 그 자리에 서 있었다. 그의 제의를 단호하게 거부하긴 했지만 또 한번 어이없이 당한 듯한 기분이 들었던 것이다. 그녀는 스스로를 질책하며 담배에 불을 붙인 뒤에 담배 연기를 길고 거칠게 내뿜었다. 그 종마같이 생긴 인간의 얼굴을 짓밟을 수 있다면 무슨 일이라도 할 수 있을 것 같은 생각이 들었다.

훌리아는 약속된 카페로 가기 전에 노천 시장을 거닐었다. 인파들 틈에 섞인 채 돌아다니다 보면 씁쓰레한 기분을 털어 낼 수도 있을 것 같았다. 겨우 막스에 대한 분노를 지워 내자, 이번에는 반 호이스의 그림, 알바로의 죽음, 체스 게임이 강박 관념처럼 그 빈 자리를 채우며 밀려들었다. 순간 그녀는 재빨리 주위를 돌아보았다. 어쩌면 어디선가 사람들 틈에서 이름도 얼굴도 모르는 미지의 체스 플레이어 — 살인 용의자일지도 모르는 존재 — 가 자신을 지켜보고 있을지도 모른다는 생각이 들었다. 동시에 무의식적으로 그녀는 옆구리 쪽에 끼고 있던 가방을 밀착시켰다. 이건 말도 안 돼. 그녀는 가방 속에 든 피스톨을 떠올리며 마음속으로 중얼거렸다. 모든 게 터무니없는 거짓말이거나 현실이 거꾸로 뒤집혀진 게 아니라면 어떻게 이런 일이 생길 수 있지?

카페는 한산했다. 훌리아는 목재 바닥 위를 지나 대리석과 주철로 만든 테이블이 놓여 있는 창가에 자리를 잡았다. 그러나 음료수를 주문한 뒤에 모든 것을 잊으려고 애를 쓰던 그녀는 자리에 앉은 지 채 5분도 못 되어 부옇게 김이 서린 유리창 저쪽에서 세사르의 모습이 나타나자 곧장 밖으로 나갔다. 누가 되었든, 어떤 형태로든 위로를 받고 싶었다.

「그사이에 더 예뻐졌구나.」 거리 한복판에서 발길을 멈춘 그가 양팔을 허리에 올린 채 감탄의 눈길을 보내며 치켜세웠다. 「얘야, 어떻게 하면 그럴 수 있지?」

「말도 안 돼요.」 훌리아가 눈초리를 흘기며 대답했지만 내심 안도감에 젖어 들고 있었다. 그녀는 그의 팔을 꼭 붙잡았다. 「우리가 헤어진 지 한 시간밖에 더 되었어요?」

「그게 바로 내가 하고 싶은 말이란다, 공주야.」 그가 마치 은밀한 이야기를 속삭이듯 목소리를 낮추며 덧붙였다. 「너는 말이지, 내가 아는 여성들 가운데 60분이라는 짧은 시간 사이에도 아름다워질 수 있는 유일한 여자야……. 정말이지 그 비밀을 알기만 한다면 당장이라도 특허를 내고 싶구나.」

「바보 같은 소리 마세요.」

「넌 아름다워.」

두 사람은 훌리아의 차가 주차되어 있는 노천 시장 아래쪽으로 발길을 옮겼다. 그사이 세사르는 고객과의 만남에서 얻은 성과에 대해 이야기했다. 그는 지나친 요구를 내세우지 않는 판매자로부터 무리요의 작품으로 추정되는 〈비탄에 빠진 성모 마리아〉와 비리에니헨의 서명이 찍힌, 1832년에 제작된 비더마이어 책상[63]을 손에 넣었던 것이다. 더욱이 책상은 다소 낡았으나 진품으로 훌륭한 가구 제작자도 다시 손을 댈 데가 없을 만큼 보존 상태가 좋았다. 결국 세사르는 적당한 가격에 쓸 만한 물건 두 개를 얻은 셈이었다. 그는 거래가 잘 풀린 탓인지 이야기 도중에 우산을 흔들었다. 흡족한 표정이었다.

「그 책상만 해도 그렇지.」 그가 말했다. 「알다시피 세상에는 외제니[64]가 소유했던 침대나 탈레랑[65]이 거짓으로 서명한 책상이 아니면 살아갈 수 없는 사회적 계급이 있단다.」 그

---

63) 신고전주의와 낭만주의 사이 전환기에 나타난 가구. 표면은 본래의 나무결이나 목재의 옹이 구멍을 잘 살리고 흑색이 돋보이게 칠했다. 극도로 절제된 기하학적 외향에 상감을 종종 사용했다. 아르누보와 북유럽 현대 가구 디자인에 영향을 미쳤다.

64) Eugénie(1853~1870). 프랑스 황제 나폴레옹 3세의 아내.

65) Charles-Maurice de Tayllerand(1754~1838). 프랑스의 정치가, 외교관.

는 그 부분에서 짐짓 연극적 대사 ─「그들에게 축복이 깃들기를」─ 를 읊조린 후에 말을 이었다.「어느 날 벼락부자가 된 새로운 부르주아 말이다. 그자들은 승리를 자축하기 위한 최상의 상징으로 비더마이어를 갖고 싶어 안달이지. 그래서 그자들은 다짜고짜 내놓으라고 성화란다. 탁자인지 책상인지, 혹은 어디에 어떻게 무슨 용도로 쓴다는 말은 고사하고 액수도 묻지 않아. 오로지 비더마이어일 뿐이지. 그것이라면 쓰레기통이라도 달라는 거야⋯⋯. 그래도 그 정도면 웃고 넘어갈 수 있단다. 그 중에 어떤 사람들은 그 불쌍한 비더마이어를 생존했던 인물로 생각하고선 가구에 다른 사람의 서명이 들어가 있으면 깜짝 놀라는 거야. 그리고 서로가 황당하다는 듯 씩 웃거나 옆구리를 찌르면서 이렇게 묻는 거야. 아주 점잖게 말이지. 〈여긴 진짜가 없나 보죠?〉⋯⋯.」그는 무척 이해하기 어려운 시대를 개탄하는 한숨을 내쉬었다.「정말이지 수표책만 아니라면 그런 인간들은 눈 한번 질끔 감고서 보내 버리고 싶단다, *chez les grecs*(사기꾼에게).」

「보내 버리고 싶은 게 아니라 정말로 그런 적이 있었잖아요.」그녀가 대뜸 그 말을 받았다.

그는 다시 한숨을 내쉬었다. 이번에는 스스로를 개탄하는 듯 그의 얼굴이 일그러졌다.

「공주야, 나 역시 인간이란다. 이따금은 욱하는 성격이 발동하는 걸 보면, 아마 내 마음속에도 창피한 게 뭔지 모르는 늙은 할망구의 오기가 들어 있나 보구나. 지킬 박사와 하이드처럼 말이다.」

두 사람의 화제가 바뀐 것은 길가에 세워 둔 차에 이르렀을 때였다. 세사르는 훌리아의 입에서 막스라는 이름이 나오자마자 어김없이 얼굴을 찌푸리며 쏘아붙였다.
「나로선 그 기생오라비 같은 녀석을 쳐다보지 않는 것만도 다행이구나. 그래, 오늘도 추파를 보냈단 말이냐?」
「그렇지는 않았어요. 멘추 언니가 알까 봐 조심하는 눈치였거든요.」
「그 자식 약점이 그거야. 지금쯤 호주머니가 텅 비었다는……」
그러나 세사르는 다음 말을 잇지 못했다. 이제 막 조수석으로 돌아가던 세사르의 입에서 전혀 엉뚱한 소리가 튀어 나왔다.
「이것 봐라! 어떤 녀석이 딱지를 붙여 놓았지?」
거의 동시에 홀리아가 소리쳤다.
「그게 아니라고요!」
「아니긴, 거기 와이퍼 밑에 끼워진 게 딱지 아니면 뭐란 말이냐?」 그는 우산으로 땅바닥을 내리찍으며 투덜거렸다. 「이런 못된 녀석들 같으니! 경찰이라면 노천 시장에서 들치기나 좀도둑을 잡을 것이지 딱지나 붙이면서 시간을 보내다니, 어디 이게 말이나 될 짓이야!」
그사이 홀리아는 보닛 위에 올려진 분무기 형태의 깡통을 들어내고 그 밑에 놓인 종이 조각을 집어 들었다. 그것은 작은 초대장 크기 만한 카드였다. 순간 그녀의 오감이 작동을 멈추었다. 이어 세사르의 음성이 들렸다. 아주 먼 곳에서 들려오는 웅웅거림 같았다.
「애야, 무슨 일이냐?」
그녀의 입술이 움직이고 있었다. 그러나 그녀는 자신의 말을 듣지 못하고 있었다. 어디로든 도망치고 싶다는 생각밖에 없었다. 안전하고 아늑한 느낌이 있는 곳이면 어디든 가고 싶었다. 한참 만에 그녀가 카드를 내밀며 중얼거리듯 내뱉었다.

「딱지가 아니에요.」

잠시 후 그녀는 세사르가 읽어 주는 내용을 들을 수 있었다.

$$Pa7 \times Rb6$$

훌리아는 간신히 주위를 돌아보았다. 어지러웠다. 머리가 빙글빙글 도는 것 같았다. 차가 세워진 길목에는 사람이 없었다. 그들과 가장 가까이 있는 사람은 그곳에서 대략 20미터 떨어진 곳에서 성상을 파는 노점상 여자였다.

「그자가 여기 있었어요.」 훌리아는 중얼거리듯 내뱉었다. 「무슨 말인지 알겠어요? 그자가 여기 있었다고요!」

그녀는 자신의 말 속에 두려움은 있을지언정 놀라움은 없다는 것을 깨달았다. 설사 예기치 못한 일이 벌어진다고 해도 더 이상 놀랄 까닭이 없었다. 그녀에게 두려움은 이미 우울한 체념으로 바뀐 지 오래였고, 그랬기에 그녀는 그 수수께끼 같은 인물이 평생 지니고 살아가야 할 치유 불가능한 병이 되어 저주를 내린다고 해도 맞부딪쳐 나가기로 각오하고 있었던 것이다. 죽음 앞에 더 이상 비굴해질 필요는 없어. 그녀는 다시 자신의 마음을 추스렸다.

한편 안색이 창백한 세사르는 손에 든 카드를 연신 들여다보고 있었다. 노여움 때문에 말이 제대로 이어지지 못했다.

「이런 파렴치한 같으니라고……. 천하에 돼먹지 못한 자식이…….」

훌리아는 다시 방금 치웠던 깡통을 집어 들었다. 어떤 예감

같은 게 머릿속을 스쳐 갔던 것이다. 마치 짙은 안개 속을 헤집고 다니는 듯한 기분이 들었지만 그 깡통에 씌어진 글을 읽을 수 있었다. 그녀는 그것을 세사르에게 내밀었다.

「이건 또 뭐냐?」 그가 물었다.

「펑크 난 타이어에 쓰는 스프레이가 틀림없어요. 타이어 꼭지에 꽂으면 하얀 접착제 같은 게 나오잖아요.」

「그런데 그게 왜 여기 있지?」

「제가 알고 싶은 게 그거예요.」

두 사람은 재빨리 타이어를 살펴보았다. 그들이 서 있던 쪽의 왼쪽 타이어 두 개는 이상이 없었다. 반대쪽 타이어 역시 별 문제가 없는 것 같았다. 그녀는 깡통을 막 던지려는 순간 뒤쪽 바퀴의 꼭지 덮개가 풀어져 있는 것을 보았다. 꼭지에는 미세하게나마 백색 액체가 거품처럼 묻어 있었다.

「누군가 타이어를 손댄 게 틀림없구나.」 그가 텅 빈 깡통을 쳐다보며 덧붙였다. 「펑크가 났었나?」

「설사 펑크가 났다 치더라도 어느 누가 바람을 넣겠어요? 주인인 내가 가만 있는데······.」

「하긴 그렇구나.」

두 사람은 서로를 쳐다보았다. 두 사람의 눈길에는 불길한 느낌이 가득 차 있었다. 세사르가 다시 입을 열었다.

「타지 마라.」

「특별히 기억나는 사람은 없습니까?」 세사르가 다시 물었다.

노점상 여자는 대답 대신 한참 동안 세사르를 살폈다. 그 여자는 자신에게 정중한 자세로 묻고 있는 신사의 외모에 더 관심이 많은 눈치였다. 하긴 어깨에 외투를 걸치고 팔에 우산을 낀 완벽한 옷차림은 둘째 치더라도 그 나이에 목에다 스카프까지 둘렀으니 그럴 만도 했다. 그 여자의 눈은 마치 〈세상에 어쩜 이렇게 특이한 신사가 있을까!〉 하며 감탄하고 있는 것 같았다.

「그럴 만한 사람은 없었어요.」 노점상 여자는 모직 숄을 여미며 간신히 대답했다.

「이쪽 길을 그냥 지나쳤던 사람이라도 좋습니다.」 세사르가 다시 부드러운 음성으로 물었다.

노점상 여자는 한참 만에 다시 대답했다.

「확실치는 않아요. 기억 나는 것은 부인이 한 사람, 그리고 젊은 남자 둘……. 제가 본 사람들은 그 세 사람이 다였어요.」

「어떻게 생겼는지 기억 나는 대로 말씀해 주셨으면 합니다만.」

「젊은 남자들이야 뻔하잖아요. 청바지에다 가죽 재킷을 걸치고…….」

「혹시 청재킷을 걸치지 않았던가요?」 훌리아가 끼어들었다. 사실 그녀의 생각은 그 며칠 사이에 이미 가능한 한 모든 주위로 확대되어 있었다. 「나이는 30 전후쯤 되고, 말총머리를 한 남자 말이에요.」

「제가 본 남자들은 그렇지 않았어요.」 노점상 여자는 고개를 저으며 말했다. 「하지만 여자는 기억이 확실해요. 잠시 이 성상들을 구경하기에 난 손님으로 생각했거든요. 금발에다 얼추 40대였는데 레인코트를 걸치고…….」

「선글라스를 꼈던가요?」 이번에는 세사르가 물었다.

「맞아요.」 노점상 여자가 주저하지 않고 대답했다.

세사르는 심각한 표정을 지으며 훌리아를 쳐다보았다.

「오늘은 해가 나질 않았단다.」 그가 말했다.

「알고 있어요.」

「어쩌면 그 서류를 전달했다는 여자일지도…….」 그는 잠시 말을 끊었다. 그의 표정이 굳어 있었다. 「혹시 멘추가?」

「제발 말도 안 되는 소리 말아요!」 그녀가 큰 소리로 대꾸했다.

세사르는 그들 곁을 지나는 사람들을 힐끗 쳐다보며 고개를 끄덕였다.

「하긴 그렇겠지. 하지만 막스 이야기를 꺼낸 것은 내가 아니라 너였단다.」

「막스는…….」 그러나 그녀는 말을 더 잇지 못했다. 「세상에…….」

아까부터 노천 시장 아래쪽을 바라보고 있던 그녀의 안색이 새하얗게 변하고 있었다. 누군가에게 얻어맞은 것 같은 충격이 되살아나고 있었다. 몸을 가눌 수가 없었다. 온몸이 부들부들 떨리기 시작했다. 노천 시장의 천막들과 플라스틱 지지대 사이로 보이는 것은 노점상 여자가 말한 막스도 레인코트 차림의 금발도 아니었다. 한쪽 귀퉁이에 세워진 차, 그것은 분명 청색 자동차였다. 순간 그녀는 눈을 감으면 모든 것을 잃어버릴까 두려워하는 사람처럼 두 눈을 부릅떴다. 파란색, 분명 청색 차이지만 그것이 포드인지, 그것만큼은 식별할 수 없었다. 어느새 그녀는 걸음을 내딛고 있었다. 두어 개의 노점을 지나친 그녀는 걸음을 멈추었고, 한쪽 귀퉁이로 비켜 서며 발 뒤꿈치를 세웠다. 세사르는 벌린 입을 다물지 못하고 그녀를 쳐다보고 있었다. 파란색 포드에 색유리가 눈에 들어왔다. 수많은 생각들이 뇌리를 스치고 있었다. 우연치고는 너무 많은 우연들이 겹치고 있어. 그녀는 마음속으로 중얼거렸다. 막스, 멘추, 와이퍼에 끼여 있던 카드, 빈 분무기 깡통, 레인코트를 입은 여자, 그리고 파란색 포드…….

「저 차예요!」 그녀는 곧이어 뒤따라온 세사르에게 말했다. 「누군지는 몰라도 저 차 안에 사람들이 타고 있어요.」

세사르는 말없이 모자를 벗었다. 예기치 못한 상황 앞에서 모자를 쓴다는 게 부적절하다고 생각한 모양이었다. 두 사람의 시선이 마주쳤다. 훌리아는 그 순간처럼 세사르가 믿음직스럽고 사랑스럽다고 느낀 적이 없었다. 그는 입을 꽉 다문 채 턱을 치켜들고 있었다. 파란 눈에서 무쇠처럼 단단한 빛이 감돌고 안면의 주름들이 파르르 떨리고 있었다. 폭력을 좋아하지 않지만 그렇다고 겁쟁이는 아니라는 듯한, 적어도 공주에 관련된 사안만큼은 도저히 묵과할 수 없다는 듯한 결연한 의지가 번득이고 있었다.

「여기서 기다려라.」

「아니에요.」 그녀는 세사르를 쳐다보았다. 순간 그녀는 그의 입을 맞추고 싶은 충동에 사로잡혔다. 역시 처음으로 갖는 느낌이었다. 「이번에는 함께 가는 거예요.」

그녀는 가방에 손을 넣어 데린저의 공이치기를 잡아당겼다. 한편 세사르는 서둘지 않고 차분하게 행동했다. 그는 어느 노점으로 들어가더니 기다란 부지깽이를 집어 들었다.

「결례를 용서하시오.」 그는 지갑에서 꺼낸 첫번째 지폐를 확인도 하지 않고 깜짝 놀란 노점상에게 쥐어 주며 말했다.

파란 승용차는 노점들을 보호막으로 이용하고 있었다. 번호판이 눈에 들어오자 훌리아는 자신의 심장이 거세게 뛰는 것을 느꼈다. 더 볼 것도 없었다. 청색 포드, 색유리, TH라는 번호판 글자. 갑자기 입 안이 마르고 뱃속으로부터 메스꺼운 불쾌감이 치밀었다. 바로 이거였어. 그녀는 마음속으로 중얼 거렸다. 피터 블러드 선장이 적선으로 뛰어들기 전에 느꼈던 감정 말이야.

두 사람은 길모퉁이에 이르렀다. 청색 자동차의 운전석 유리창이 열리면서 누군가가 꽁초를 바닥에 내버린 순간부터 모든 상황은 거의 동시에 이루어지고 있었다. 세사르는 우산과 모자를 땅바닥에 내팽개치며 왼쪽 조수석 쪽으로 돌아갔다. 금방이라도 손에 쥐고 있던 쇠부지깽이로 차 안에 있는 자를 내려칠 기세였다. 훌리아는 이를 악물었다. 관자놀이가 쿵쿵 울리고 있었다. 그녀는 차 유리창이 올라가기 전에 손에 쥐고 있던 데린저를 차 안으로 들이밀었다. 그녀의 총구 앞에 낯선 얼굴이 나타났다. 턱수염이 달린 젊은 남자는 기겁을 한 채 총구를 응시하고 있었다. 동시에 세사르가 조수석의 문을 열었다. 그의 쇠부지깽이는 상대의 머리를 겨냥하고 있었다.

「나와!」 훌리아가 소리쳤다. 거의 제정신이 아니었다. 「차 밖으로 나오지 못해!」

턱수염의 안색이 백짓장처럼 창백하게 변해 있었다. 그는 손가락을 벌리고 두 손을 치켜든 채 거의 더듬고 있었다.

「아가씨, 고정하세요! 우린 경찰이라니까요.」

「인정합니다.」 페이호 경위는 두 손을 테이블 위에 올려놓고 깍지를 낀 채 입가에 미소를 흘리며 말했다. 「지금까지 우리가 이 사건을 효과적으로 다루지 못했다는 것은 사실이니까요.」

형사 반장의 말투와 웃음에는 마치 경찰 업무의 비효율성은 이 정도의 자기 비판으로 정당화되지 않았느냐, 그리고 경찰의 자세가 이쯤이면 충분하지 않았느냐는 듯한 느낌이 묻어 있었다. 하지만 세사르는 그 수준에선 아무것도 받아들일 수 없다는 표정으로 상대를 직시했다.

「당신 얘기를 이렇게도 이해할 수 있을 거요.」 그가 가만히 입을 열었다. 「경찰 스스로의 무능함을 인정했다고 말이오.」

페이호 반장의 표정이 일그러졌다. 세사르의 일침에 충격을 받은 듯 그의 웃음이 사라지고, 그 대신 짙은 콧수염 아래로 그의 이가 드러났다. 그는 지긋이 아랫입술을 깨물며 세사르와 훌리아를 번갈아 쳐다본 뒤에 볼펜 끝으로 책상을 두드렸다. 중간에 끼어든 세사르 때문에 더 이상의 거드름은 피울 수 없었다. 물론 세 사람은 그 이유를 잘 알고 있었다.

「우리도 나름대로의 방법들이 있습니다.」

그러나 그의 말이 공허한 메아리로 들렸을까. 세사르의 입술에 잔인한 미소가 흘렀다. 그들이 서로 거래를 한다는 사실이 대화를 부드럽게 만들 수는 없었다. 하물며 치사한 짓을 하다 들켰으니 더 말할 나위도 없었다.

「방법?」 그의 음성이 격앙되고 있었다. 「아니 어떤 미친놈이 제멋대로 돌아다니며 익명의 메시지를 보내는 판국에 훌리아를 미행하는 게 당신이 말하는 방법이란 말이오? 난 당신들이 훌리아를 오르테가 알바로 교수의 살인 용의자로 보고 있다는 사실조차 이해할 수 없소. 그렇다면 나도 조사해야 할 게 아니오?」

페이호는 상대편의 무례함을 속으로 삭이는 눈치였다. 잠시 후 그가 입을 열었다.

「이미 조사했습니다.」 그는 어쩔 수 없었다는 듯이 손바닥을 펼쳐 보였다. 「실제로 우리는 가능한 한 모든 사람을 용의 선상에 올려놓고 있으니까요. 불행한 일이지만 말입니다.」

「그래서 알아낸 게 있었소?」

「그렇지 못한 게 유감입니다.」 그는 재킷 속으로 손을 집어넣어 겨드랑이를 긁으며 몸을 들썩였다. 불편한 심기가 역력하게 드러나고 있었다. 「이 기회를 빌려 솔직하게 말씀드리자면, 우리는 다시 원점으로 돌아왔습니다. 검식반들 역시 사인에 대해 명쾌한 답변을 못 내리고 있는 판국이니까요. 아무튼 고인이 살해되었다면 살인범은 언젠가 실수를 하게 되겠지요. 그게 우리들이 거는 기대 사항입니다.」

「그래서 날 뒤쫓아 다니나요?」 훌리아가 끼어들었다. 그녀는 가방을 바짝 무릎에 갖다 댄 채 의자에 앉아 있었지만 여전히 분을 삭이지 못한 상태였다. 그녀의 손가락 사이로 담배 연기가 피어오르고 있었다. 「혹시 실수를 하지 않나 확인하고 싶어서요?」

형사 반장은 훌리아를 똑똑히 쳐다보았다.

「우리가 미행한 걸 너무 마음에 두지는 마시오. 단순한 요식 행위에 불과하니까요······. 아무튼 그것도 우리의 수사 방법입니다.」

세사르가 한쪽 눈썹을 치켜떴다.

「수사 방법치고는 내가 볼 때 썩 바람직하지 못한 것 같던데······.」

페이호 반장이 침을 꿀떡 삼켰다. 마음속에 담고 있는 말을 차마 입 밖으로 토해 내지 못해 몹시 답답해 하는 눈치였다. 훌리아는 형사 반장이 세사르와 부정한 거래를 한 사실로 인해서 쩔쩔 매는 모습을 보자 그렇게 고소할 수가 없었다. 하긴 세사르가 적당한 곳에 귀띔만 해도 모든 것은 끝이었다. 직접적인 고발은 고사하고 공식적인 서류조차 필요 없는 일이었다. 세상에는 그런 일들이 부지기수였다. 부수입도 없는 한적한 곳에서 펜이나 굴리다가 옷을 벗게 될 수밖에 없는 사안이었다. 한참 후에 형사 반장이 입을 열었다.

「내가 한 가지 확신할 수 있는 것은 수사가 계속될 거라는 사실입니다.」 그의 목소리에는 원망과 증오가 교차하는 어감이 묻어 나왔다. 이어 그는 그다지 내키지 않는 표정으로 덧붙였다. 「그리고 아가씨는 우리가 특별히 보호해 드릴 것입니다.」

「천만에요.」 훌리아가 그 말을 받았다. 그녀는 여전히 분을 삭일 수 없었다. 「파란 차 이야기라면 그만두세요. 지금까지 들은 얘기만으로도 충분하니까요.」

「아가씨, 그것은 그쪽의 안전을 위한 조치 사항입니다.」

훌리아는 상대를 똑바로 직시했다.

「이미 확인하셨겠지만 나는 내 자신을 지킬 수 있어요.」

형사 반장은 애써 그녀의 눈길을 피했다. 훌리아는 여전히 그의 목이 아플 것이라고 생각했다. 불과 몇 분전만 해도 그는 기습을 당한 부하들에게 무차별한 역정을 토해 내고 있었다. 「이런 머저리들 같으니라고!…… 내 꼴을 이렇게 엉망으로 만들어 놓았는데 그냥 넘어갈 것 같아! 반드시 그 대가를 치르게 될 테니 각오들 해!……」 세사르와 훌리아는 복도에 있는 동안 안에서 터져 나오는 형사 반장의 고함을 다 들었던 것이다.

「그 점에 대해선 조금 더 생각해 봐야 하겠습니다만, 아무래도 그 권총은…….」 그의 말이 끊겼다. 그는 총을 회수할 것인가, 아니면 돌려줄 것인가에 대해 고민하는 모양이었다. 그러나 그 무게 중심은 이내 후자로 기울어지고 — 그는 힐끔 세사르를 쳐다보았다 — 있었다. 그는 다시 한번 침을 꿀떡 삼키며 입을 열었다.「사실 그건 말이 권총이지 골동품이나 다름없는 것입니다. 게다가 선생께선 골동품을 다루는 합법적인 면허를 소지하고 계시지 않습니까?」

세사르는 대답을 하지 않았다. 가만히 지켜보겠다는 심산이었다. 페이호 반장의 시선은 테이블에 가 있었다. 그는 불과 두어 주 전에 세사르에게 적당한 가격으로 넘긴 물건 — 18세기 시계였다 — 을 떠올리고 있는 모양이었다. 이윽고 그가 입가에 회유적인 미소를 흘리며 다시 입을 열었다.

「여하튼 나와 두 부하들은 이번 일을 없었던 것으로 하겠습니다. 따라서 세사르 씨는 앞으로 그 무기를 보다 안전하게 취급한다는 전제 아래 다시 가져갈 수 있습니다. 그리고 아가씨는 앞으로 발생하는 상황에 대해서 신속하게 연락을 주십시오. 우리 역시 신속하게 대처할 테니까요. 끝으로 데린저 이야기는 없던 것으로 정리하겠습니다. 두 분, 이해하시겠습니까?」

「물론이오.」 세사르가 동의했다.

페이호는 데린저에 관련된 문제를 양보함으로써 일종의 도덕적 우위를 획득한 것으로 생각했을까. 어느새 그의 표정이 밝아져 있었다.

「타이어 문제는 어떻게 할 생각입니까?」 그의 음성 역시 한결 밝았다. 「고소를 하시겠습니까?」

훌리아는 대답 대신 놀란 표정을 지었다.

「고소라뇨? 내가 누구를요?」

형사 반장은 굳이 설명하지 않아도 저절로 그 내용을 알게 될 때까지 기다리겠다는 듯이 잠시 뜸을 들였다.

「이건 살인 미수입니다.」 그가 짤막하게 말했다.

「살인 미수라뇨? 알바로 교수 사건 말씀인가요?」

「그게 아니라 이번 일은 당신을 상대로 한 범행입니다.」

페이호 반장의 콧수염 밑으로 하얀 이가 드러나고 있었다. 그의 설명에 따르면 어느 자동차 수리점에서나 손쉽게 구할 수 있는 타이어용 분무기에는 본래 주사기 분량의 석유가 들어 있었다. 그것은 타이어 속에서 적당량의 가스와 플라스틱 물질이 혼합된 용제와 합쳐진 뒤에 일정한 온도에 이르게 되면 가공할 만한 폭발용 물체로 변할 수 있는 물건이었다. 그의 이야기는 만일 훌리아가 수백 미터만 운전을 했어도 타이어는 열을 받았을 것이고, 기름 탱크 밑에서 폭발하고 말았을 거라는 부분에서 끝났다.

「어때요.」 페이호 반장은 마치 그 결과를 보지 못한 것을 아쉬워하는 듯한 표정으로 덧붙였다. 「너무 끔찍하지 않습니까?」

무뇨스가 세사르의 가게에 모습을 나타낸 것은 한 시간 뒤였다. 깃을 세운 레인코트 위로 머리칼이 흠뻑 젖어 있었다. 훌리아는 입구에서 빗방울을 털어 내는 그의 모습을 보며 거리를 떠돌아다니는 처량한 개를 떠올렸다. 도자기와 그림과 카펫 사이를 지나 안쪽으로 들어온 그는 먼저 훌리아에게 손을 내밀어 — 온기는 고사하고 손을 잡는다는 의도조차 담기지 않은 차고 건조한 느낌이었다 — 악수를 하는 한편 스테인드글라스 창가에 앉은 세사르에게 고개를 끄덕이며 인사를 했다. 그는 비에 젖은 구두가 양탄자에 닿지 않도록 주의하면서 두 사람의 이야기 — 노천 시장에서 일어난 일 — 를 들었지만 청색 포드나 세사르의 부지깽이에는 전혀 관심조차 없다는 식의 반응이었다. 그런 그의 눈에서 생기가 돈 것은 훌리아가 내민 새로운 카드를 보는 순간이었다. 잠시 후 그는 요 근래에 휴대품처럼 지니고 다니던 체스 세트를 꺼낸 뒤에 새로운 말의 위치를 배열하기 시작했다.

「아무리 생각해도 이해할 수 없어요.」 훌리아가 말했다. 「텅 빈 스프레이 깡통을 왜 보닛 위에 놓아 두었느냐 말이에요. 서둘러서 현장을 떠날 수밖에 없었으면 몰라도 굳이 눈에 띄는 곳에 놔둘 이유가 없잖아요.」

「그건 어쩌면 단순한 경고로 그치겠다는 뜻일 수도 있겠지.」 세사르가 그 말을 받았다. 「경고치고는 아주 고약하지만 말이다.」

「타이어 바람을 빼고 다시 공기 주입기로 바람을 넣으려면 적잖은 시간이 걸려요. 그 여자가 그러다 남의 눈에 띌 위험을 감수해야 하는 건 말할 필요도 없고요 …… 가만…….」 훌리아는 방금 자신이 한 말을 되뇌었다. 「제가 방금 여자라고 했나요?」 그녀는 무심코 웃고 있었다. 「이상한 일이지만 그 레인코트를 입은 여자가 내 머리에서 떠나질 않아요.」

「어쩌면 우리가 너무 멀리 간 것 같구나.」 세사르가 말했다. 「공주야, 잘 생각해 보렴. 오늘 아침에 라스트로에 레인코트를 입은 금발 여자만 해도 열댓 명은 되었을 게다. 그 중에는 색안경을 낀 여자도 있었을 테고……. 하지만 그 빈 깡통 이야기는 맞는 것 같구나. 하필이면 눈에 띄도록 놔두었다니 말이다……. 정말이지 고약하기 이를 데 없는 일이야.」

「어쩌면 그다지 고약한 일이 아닌지도 모르죠.」무뇨스가 그 말을 받았다.

순간 두 사람의 시선이 무뇨스에게 집중되었다. 그러나 체스 플레이어는 어느새 레인 코트와 재킷을 벗은 채 셔츠 차림으로 등받이가 없는 의자에 앉아 낮은 탁자에 펼쳐진 조그만 체스판을 들여다보고 있었다. 구김이 간 싸구려 셔츠 소매는 축 늘어지는 것을 피하고자 팔꿈치 위에 주름단이 잡혀져 있었다. 체스 플레이어 옆에 앉아 있던 훌리아는 이제 막 그의 입 언저리로 말없이 생각에 잠긴 표정과 이제 막 웃음을 지으려는 표정이 교차하는 순간을 지켜보았다. 이제 훌리아도 너무나 익숙한 그의 표정을 통해 그가 새로운 말의 움직임을 판독했다는 것을 알 수 있었다.

「a7에 있던 흑 졸이 b6에 있던 백 성장을 잡았군요.」이윽고 그가 다시 입을 열었다.「상대가 카드에 적어 놓은 대로 가정한다면 말입니다.」

훌리아는 그가 가리키는 체스판 위의 상황을 들여다보았다.

「그 움직임엔 어떤 의미가 있나요?」이윽고 훌리아가 물었다.

「그건 우리가 두려워하던 방식으로 움직이는 것을 포기한다는 뜻입니다. c1에 있는 흑 성장으로 e1에 있는 백 여왕을 잡지 않겠다는 거죠. 하긴 그렇게 되었다면 여왕끼리 맞교환이 이뤄졌을 테고…….」그는 고개를 들더니 염려스런 눈빛으로 훌리아를 쳐다보며 덧붙였다.「아무튼 그 경우까지 포함하는 의미라고 보여집니다.」

훌리아의 눈이 휘둥그레졌다.

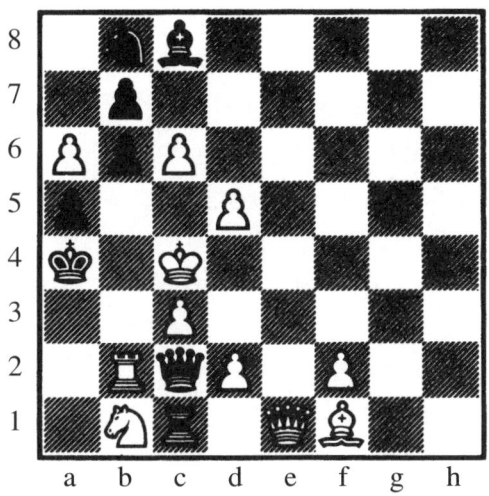

「나를 잡는 걸 포기했다, 그런 뜻인가요?」

체스 플레이어는 모호한 표정을 지었다.

「그렇게 해석할 수도 있습니다.」 그가 대답했다. 이어 그는 한참 백 여왕을 뚫어지게 쳐다보며 덧붙였다. 「만일 그런 경우였다면, 〈난 죽일 수도 있지만 내가 원할 때 해치우겠다〉는 식이라고 해석할 수 있죠.」

「쥐를 가지고 노는 고양이가 되겠다?」 세사르가 팔걸이를 내리치며 내뱉었다. 「더러운 놈 같으니라고!」

「놈일 수도 있고 년일 수도 있죠.」 훌리아가 그 말을 받았다.

세사르가 믿을 수 없다는 듯 연신 혀를 찼다.

「그 레인코트를 입은 여자가 거기에 있었다고 치더라도 그일을 혼자 했다고는 아무도 말할 수 없단다. 어쩌면 그 여자는 누군가의 공모자나 하수인일지도 모르니까 말이다.」

「그래요. 하지만 누구의 공모자고 누구의 하수인이죠?」

「애야, 그게 바로 내가 알고 싶은 거란다.」

「다 좋습니다.」 무뇨스가 끼어들었다. 「하지만 잠시 그 레인코트를 입은 여자를 잊어버리고 카드에 정신을 집중하십시오. 그러다 보면 상대의 인간성에 대한 새로운 결론을 얻게 될 것입니다.」 동시에 두 사람의 시선이 무뇨스에게 모아졌다. 그는 체스 외의 다른 일은 시간 낭비라고 생각하는 것 같았다. 그가 말을 이었다. 「우린 이미 상대가 비뚤어진 성격의 소유자라는 것을 알고 있습니다. 그런데 이번에 제시한 행마로 보아 그자는 자기 과시적인 면도 없지 않습니다. 그 자가 여자든 남자든 오만하기 짝이 없는 인물이란 말입니다. 실제로 우리를 골치 아프게 만들고 있으니까요.」

무뇨스는 다시 체스판을 가리키며 두 사람에게 말의 위치를 잘 살펴보라고 충고했다. 이어 그는 백 여왕을 잡는 것은 ─ 그것이 현실 상황이든, 체스 게임이든 ─ 결과적으로 좋지 않은 무리수이거나 악수라고 규정했다. 먼저 상대인 흑이 백 여왕을 잡으면 백 역시 b2에 있는 백 성장으로 흑 여왕을 잡아 맞교환이 이뤄지지만 그 순간부터 흑은 불리한 국면에 빠져 들었다. 다시 말해서 흑은 흑 성장을 e1에서 e4로 움직여 백 왕을 위협하는 게 유일한 행마가 되는 반면, 상대인 백은 백 말에 둘러싸인 채 달리 도움을 받을 수 없는 흑 왕을 쉽게 공격하여 외통장군을 부를 수 있었던 것이다. 그렇지만 그러한 행마는 패전을 의미했다.

「그렇다면 보닛 위에 빈 깡통을 올려놓은 거나 백 여왕을 위협한 것은 한낱 허세에 지나지 않았다는 뜻인가요?」 훌리아가 물었다.

「그렇다고 하더라도 어쩔 수 없는 노릇입니다.」

「왜죠?」

「그거야 내가 상대의 입장이라도 그렇게 했을 테니까요. 아무튼 상대가 a7에 있던 흑 졸로 b6에 있던 백 성장을 잡도록 한 것은 흑 왕에 대한 백의 위협을 느슨하게 해주겠다는 의도입니다.」 그의 고개가 흔들리고 있었다. 보이지 않는 상대에 대한 감탄의 의미였다. 「제가 이미 말씀드리지 않았던가요? 저쪽은 대단한 기력의 소유자라고 말입니다.」

「그렇다면 어떻게 할 생각이오?」 세사르가 물었다.

무뇨스는 손으로 이마를 쓸며 생각에 잠긴 표정을 짓더니 입을 열었다.

「우리의 입장에서는 두 가지 선택권이 있습니다. 그 중 하나는 흑 여왕을 잡는 것입니다. 물론 그것은 우리가 상대에게 여왕을 맞바꾸자고 강요하는 방식이 되겠죠.」 그 부분에서 그는 힐끔 훌리아를 쳐다보았다. 「하지만 그건 제 마음에 들지 않습니다. 게다가 상대가 이미 포기하겠다는 방식을 억지로 우길 생각은 더 더욱 없으니까요. 따라서 다른 방식을 선택해야 할 것입니다. 그런데…….」 갑자기 말을 끊은 그는 체스판을 들여다보았다. 그리고 흑 말과 백 말이 마치 자신의 생각을 확신해 주었다는 듯이 고개를 끄덕이며 말을 이었다. 「이상하게도 그 상대는 우리가 무엇을 생각하는지 다 알고 있다는 사실입니다. 우리는 상대가 보내 주는 말의 움직임을 보지만, 상대는 우리가 상상하는 행마를 지켜보는 것도 부족한지 게임을 자기 상황에 맞도록 제어하고 있습니다. 실제로 우리는 지금까지 상대가 원하는 대로 움직이고 있으니까요.」

「우리 쪽에는 다른 선택이 없을까요?」 훌리아가 물었다.

「이 순간까지는 없지만 나중에는 가능할지도 모를 일입니다.」

「이젠 어떻게 하실 생각이죠?」

「우리 쪽 주교를 f1에서 d3으로 움직여 상대의 여왕을 위협하는 겁니다.」

「그럼 그자는, 아니 그 여자는 어떻게 나올까요?」

그러나 무뇨스는 마치 그녀의 질문을 듣지 못한 사람처럼 체스판을 뚫어지게 응시하고 있었다.

「체스에도 예상이란 것은 한계가 있겠죠.」 마침내 그가 입을 열었다. 「가장 좋은 행마, 혹은 가장 그럴 듯한 행마는 상대를 가장 불리한 국면으로 내모는 것입니다. 그것은 편안하게 상대방의 관점에서 게임을 분석하는 방법이라고 할 수 있습니다. 그렇다고 해서 가만히 지켜만 본다는 뜻은 아닙니다. 상대방의 움직임을 상상하거나 살펴보고 이내 자신의 위치에서 그것을 대비하는 거죠. 그런 식으로 가다 보면 무한한 수가 펼쳐질 것이고……」

「그렇다면 결국 그자는 우리에게 가장 치명적인 피해를 줄 수 있도록 말을 움직일 거란 얘기죠?」

무뇨스는 대답 대신 목덜미를 긁었다. 잠시 후 그는 천천히, 아주 천천히 f1에 있는 백 주교를 흑 여왕과 근접한 d3으로 가져갔다. 그리고 한참 동안 체스판을 들여다보던 그가 가만히 중얼거리듯, 그러나 아주 확신에 찬 음성으로 입술을 떼었다.

「분명한 것은 상대가 우리 말을 또 하나 잡을 거란 사실입니다.」

11
분석적 접근

어리석은 얘기는 집어치우시오.
깃발은 스스로 흔들리지 않소. 그것은 불가능하오.
흔들리고 있는 것은 바람이오.
— 더글라스 R. 호프스태터

전화벨 소리가 울렸다. 그러나 용제를 잔뜩 머금은 솜뭉치를 핀셋으로 집고서 그림의 광택제를 제거하던 — 페르디난트 대공의 의상에 달라붙은 미세한 오물이 쉽게 떨어지지 않고 있었다 — 훌리아는 놀라거나 서두르지 않았다. 그녀는 두 번의 전화벨이 더 울리고 나서야 핀셋을 입에 물고서 전화기를 힐끗 쳐다보았다. 긴 침묵은 또 시작될 것인가. 지난 2주 동안 익숙해진 침묵이었다. 처음에 그녀는 수화기를 들고 아무런 대꾸도 하지 않은 채 저쪽에서 어떤 소리가 나기를 초조하게 기다렸다. 숨소리라도 나면 좋았을 것이다. 나중에 불안에 떨더라도 살아 숨쉬는 생명이라는 것과 인간이라는 것을 알 수 있다면 더 이상 바랄 게 없다는 생각이 들었다. 그러나 침묵과 긴 공허 상태가 전부였다. 수화기를 내려놓는 소리만 들어도 적잖은 위안이 되었을 것이다. 하지만 미지의 상대는 — 남자인지 아니면 여자인지 모르지만 — 그것조차 용납하지 않았다. 그녀가 수화기를 내려놓기 전에 먼저 끊는 적도 없었다. 그 미지의 상대는 수사관들이 추적 장치를 할 수 있다는 가능성조차 걱정하지 않는 것 같았다. 사실 그것은 얼마든지 가능한 일이었지만 그녀는 침묵의 전화에 대해서 한 마디도 입 밖에 내지 않았다. 심지어 세사르나 무뇨스에게도 알리지 않았다. 딱히 이유가 있다면 그것은 자존심이 걸린 문제라고 할 수 있었다. 한밤중에 미지의 인물에게 끊임없는 시달림을 당한다는 사실이 일종의 수치감으로 느껴졌던 것이다.

훌리아가 수화기를 귀에 갖다 댄 것은 전화벨이 여섯 번 울린 후였다. 멘추였다. 그러나 수화기 저쪽에서 흘러나오는 낯익은 음성을 듣는 순간에 느낀 안도감은 오래 지속되지 못했다. 멘추는 술에 흠뻑 젖어 있었다. 대화와 음악 사이에서 끊어질 듯 이어지는 그녀의 말은 종잡을 수 없이 흔들리고 있었다. 그녀의 이야기는 여러 사람들 — 막스와 반 호이스와 파코 몬테그리포 — 과 관련된 횡설수설로 이어졌다. 무슨 말인지 이해할 수 없었다. 차근차근 얘기하라는 훌리아의 말은 — 들었는지, 못 들었는지 — 안중에도 없었다. 발작적인 웃음소리가 들리는가 싶더니 전화가 끊겼다.

훌리아는 옷을 주섬주섬 챙겨 입었다. 알코올에 젖은 멘추의 음성에는 취기보다 강한 어떤 느낌이 흐르고 있었다. 까닭 모를 불안감이 그녀를 서둘도록 채근하고 있었다. 보안 장치를 가동시키고 안전문의 열쇠를 두 번 돌린 그녀는 아파트를 나서기 전에 초인종 옆에 설치된 우편함을 힐끗 쳐다보았다. 혹시나 또 다른 카드가 끼워져 있을지도 모른다는 생각이 들었지만 아무것도 없었다. 미지의 상대는 아직 다음 행마를 결정하지 못했을까?

음습한 냉기가 흐르는 밤이었다. 두꺼운 가죽 외투 차림이었지만 으스스한 한기와 전율이 느껴졌다. 그녀는 서둘러 거리로 내려가서 택시를 잡았다. 도시의 불빛들이 쏜살같이 달려들며 그녀의 얼굴을 스치듯이 지나가고 있었다. 그녀는 택시 기사의 농에 가까운 수다에 이따금 고개를 끄덕이다가 시트에 머리를 기댄 채 살포시 눈을 감았다. 아무 일이 없었어. 그녀는 가만히 생각에 잠겼다. 아직까지는 말이지.

늦은 시간임에도 불구하고 스테판에는 적잖은 사람들이 자리를 메우고 있었다. 맨 먼저 그녀의 눈에 띈 사람은 세사르였다. 그는 미래가 촉망된다는 세르히오와 함께 자리를 지키고 있었다. 이따금 세사르가 귀엣말로 무엇인가를 속삭일 때마다 금발의 나이 어린 화가는 고개를 끄덕였다. 세사르는 훌리아를 보자마자 몇 걸음 걸어나왔다. 때 아닌 훌리아의 출현이었지만 그다지 놀라는 표정은 아니었다.

「저기 있단다.」 그는 클럽 안쪽을 가리키며 말했다. 덤덤한 음성이었지만 어떤 즐거운 기대감이 묻어 있는 말투였다.

「많이 마셨나요?」

「스펀지라고 하면 되겠니?」 그는 특유의 화술로 빗대었다.

그러나 훌리아는 대꾸하지 않았다.

「세포마다 하얀 가루가 새어 나오지 않을까 안쓰럽더구나. 종일 화장실을 들락거렸거든. 오줌이 그렇게 자주 마려운 것도 아닐 테고……」 그는 손에 든 담배를 쳐다보며 씩 미소를 지었다. 「어디 그것뿐일 줄 아니? 조금 전에는 쇼까지 벌였단다. 몬테그리포의 따귀를 사정없이 갈기고 말았거든. 정말이지 멋진 장면이었어.」

「몬테그리포는 가만히 있었나요?」

세사르의 표정이 잔인하게 일그러졌다.

「아주 감동적이었지. 성스럽다고나 할까. 몬테그리포는 마치 아무 일도 없었다는 듯이 처신했고, 아주 매력적인 금발을 하나 끼고서 의젓한 자세로 걸어나가더구나. 그런데 그 금발의 여자 말이야. 옷은 그럴듯하게 차려입었어도 어딘가 통속적인 면이 없지는 않았다만 순간적으로 당황했는지 어쩔 줄 모르더구나. 불쌍한 것 같으니라고……」

그는 잠시 말을 끊었으나 훌리아가 별 반응이 없자 다시 말을 이었다.

「어쨌든 공주야, 몬테그리포가 나름대로 멋이 있다는 것은 인정해야 하겠더구나. 그 자식은 무지한 따귀에도 눈썹 하나 움직이지 않았거든. 영화에 등장하는 우직한 터프가이처럼 말이지. 멋진 놈이었어. 고귀하신 경매자라 그랬는지도 모르지만 난 그 녀석이 아주 잘했다고 말할 수밖에 없단다. 진짜 투우사 같았다고나 할까……」

「막스는 어디 있었죠?」 그녀가 물었다.

「오늘 밤엔 이 근처에 얼씬거리지도 않았단다.」 그의 입술에 다시 잔인한 미소가 흘렀다. 「그 자식이 있었다면 기막힌 장면이 연출되었을 거야. 이른바 금상첨화란 그럴 때 쓰는 말이 아니더냐.」

멘추는 소파 위에 쓰러지다시피 앉아 있었다. 눈꺼풀은 열려 있었지만 초점이 없었다. 지나치게 올라간 스커트 자락 사이로 허벅지가 드러나고 스타킹의 올이 기이한 형태로 찢겨져 있었다. 평소보다 열 살은 더 들어 보이는 모습이었다.

훌리아는 가만히 그녀를 불렀다.
「언니.」
멘추는 훌리아를 향해 눈을 치켜떴다. 그리고 마치 흐릿한 시야를 거둬 내려는 듯 고개를 흔들더니 깔깔 웃음을 터뜨렸다. 술에 취한 사람의 모습 그 자체였다. 한참 만에 혀 꼬부라진 말이 그녀의 입술 사이로 흘러나왔다.
「너는 못 보았어…… 그 개자식이 어디 있었는지 알아?…… 그 자식은 얼굴이 시뻘개져 거기 서 있었어. 토마토, 그래, 빨간 토마토처럼 말이야…….」
훌리아는 망연자실한 표정으로 그녀를 쳐다볼 뿐 아무 말도 하지 않았다. 그럴 기분이 아니었다. 당혹감과 수치감이 교차되고 있었다. 이윽고 간신히 몸을 추스른 멘추가 벌겋게 상기된 코를 문질렀다. 주위 사람들의 불쾌한 시선이나 중얼거림은 의식조차 못하는 눈치였다.
「걸을 수 있겠어?」 훌리아가 가만히 물었다.
「그럼. 하지만 그전에 할 얘기가 있어…….」
「얘긴 나중에 하고, 우선은 나가.」
훌리아는 멘추의 외투를 어깨에 걸쳐 주고, 내심 스스로의 품위를 잃지 않으려 애를 쓰면서 그녀를 부축해 문 쪽으로 걸어갔다. 줄곧 두 사람을 지켜보던 세사르가 다가왔다.
「괜찮겠니?」 그가 물었다.
「네. 이제 괜찮을 거예요.」
「정말이지?」
「예. 내일 뵐게요.」
택시를 기다리는 동안, 이따금 지나가는 차에서 외설적인 욕설들이 튀어나오고 있었다. 멘추는 여전히 몸을 제대로 가

누지 못해 비틀거렸다.
「애야, 날 집으로 데려가 줘, 응?」
「언니 집으로? 아니면 내 집으로?」
멘추가 훌리아를 쳐다보았다. 그녀의 시선이 몽유병 환자처럼 흐트러지고 있었다.
「네 집 말이야.」
「막스는?」
「끝났어. 한바탕 싸웠거든. 모든 게 끝났단 말이야.」
택시 한 대가 그들 앞에 멈추었다. 뒷좌석에 앉은 멘추가 몸을 웅크리더니 울음을 터뜨렸다. 훌리아는 들썩이는 그녀의 어깨를 안아 감싸 주었다. 이따금 거리에서 새어 나오는 불빛에 엉망으로 일그러진 그녀의 얼굴이 드러나고 있었다.
「미안해. 난 본래 그런 년이잖아······.」 한참 후에 멘추가 중얼거리듯 말했다.
그러나 훌리아는 그녀의 말을 막았다.
「말도 안 되는 소린 하지도 마.」
두 사람 사이에 긴 침묵이 흐르고 있었다. 부끄러운 일이었다. 신호가 바뀌기를 기다리는 동안 백미러로 힐끔힐끔 쳐다보는 택시 기사의 시선 때문만은 아니었다. 부아가 치밀어 올랐다. 빌어먹을 자식! 그녀는 막스의 음흉한 얼굴을 떠올리며 힐끗 멘추의 얼굴을 쳐다보았다. 두 사람의 시선이 마주치는 순간 멘추가 씩 웃었다. 웃는 게 아니라 웃었다는 생각이 들었다. 석연치 않은 느낌을 던져 주는 웃음이었다. 아니 어떻게 웃을 수 있단 말이지? 어이가 없었다. 상황과는 너무나 거리가 먼 웃음이었다. 그 웃음 속에는 알코올이나 마약이 아닌 내부 깊숙한 곳에서 흘러나오는 듯한 의미가 담겨 있는 것 같았다. 혼란스러웠다.

「넌 이해 못해. 아무것도……」 멘추가 쓸쓸한 표정으로 고개를 저었다. 마치 상처 입은 동물 같았다. 「하지만 무슨 일이 생기거든……. 그래, 난 네가 그걸 알았으면…….」

그러나 멘추의 말은 갑자기 혀를 깨문 듯 중지되었다. 거의 동시에 신호등이 바뀌면서 차가 다시 출발하자 그녀의 시선도 아래로 처박히듯 어둠 속에 가려졌다. 그리고 말이 없었다.

훌리아는 다시 깊은 생각에 잠겼다. 아무리 생각해도 뭔가 잘못 돌아가고 있는 것 같았다. 하룻밤치고는 너무나 많은 일이 일어나고 있어. 그녀는 속으로 중얼거렸다. 이제 남은 게 있다면 혹시나 우편함에 놓여 있을지도 모를 카드가 전부겠지.

그러나 카드는 없었다. 훌리아는 커피를 준비했다. 멘추는 여전히 안개 속을 헤매고 있는 것 같았다. 거의 의식을 잃은 듯한 그녀의 입에서 간헐적인 이야기들이 흘러나왔다. 훌리아는 마치 정신과 의사 앞에 앉은 환자처럼 횡설수설하는 그녀의 말을 통해 자초지종을 파악할 수 있었다.

막스는 떠날 생각이었다. 그 비겁한 인간은 포르투갈에 일자리가 있다며 멘추의 마음을 긁어 놓았다. 멘추의 입장에선 한참 힘들 때라 그런 식으로 떠난다는 막스가 자신밖에 모르는 치졸한 인간으로 여겨졌다. 두 사람은 말다툼을 벌였다. 여느때 같으면 침대에서 해결되었을 사안이었지만 막스는 문을 박차고 나가 버렸다. 멘추 역시 붙잡을 기분이 아니었다. 그렇게 된 바야 그가 돌아오든 돌아오지 않든 관계가 없다는 생각이 들었다. 그녀는 곧장 스테판으로 갔다. 두어 번 코카인을 흡입한 그녀는 짜릿한 행복감에 푹 빠져 들었고, 독한 마티니를 마시면서 아까부터 그녀를 눈여겨보고 있던 한 남자에게 추파를 보냈다. 그러나 그녀의 황홀감은 시작부터 산산이 부서지고 말았다. 불행하게도 그 순간 파코 몬테그리포가 등장했던 것이다. 늘 그렇듯 온몸을 보석으로 치장한 여자와 함께 나타난 그는 멘추를 보자 가까이 다가서며 날아갈 듯한 미소와 함께 인사를 보냈다. 하지만 막스를 보낸 울적함이 가시지 않은 데다 여전히 지워지지 않은 앙금이 되살아나자 멘추의 눈에 불길이 일었다. 그의 웃음이 ― 마치 픽션에서 보듯 ― 가슴에 꽂은 비수를 뽑는 대신 사정없이 비틀어 버리는 잔혹한 칼부림처럼 느껴졌다. 멘추가 잘생긴 그의 얼굴에 따귀를 안긴 것은 그 순간이었다. 정확한 손바람이었다. 찰싹 하는 소리와 함께 실내에 동요가 일어난 것도 그 순간이었다. 여기저기서 웅성거림이 들리는가 싶더니 졸지에 뺨을 내준 남자는 아무 일도 없었다는 듯이 당당하게 떠났다. 그것으로 끝이었다.

새벽 2시였다. 훌리아는 잠이 든 멘추의 몸에 담요를 덮어 준 뒤에도 한동안 자리를 지키고 앉아 있었다. 그사이 멘추는 양손을 들어 허공에 대고 흔드는가 하면 알아들을 수 없는 소리를 중얼거리기도 했다. 얼굴을 뒤덮은 헝클어진 머리칼, 입가에 눈가에 패인 주름살, 온통 땀과 눈물로 지워진 화장으로 인해 그녀를 지켜보는 훌리아의 마음을 우울하게 만들었다. 아마도 세사르가 그 자리를 지키고 있었다면 특유의 잔인한 독설을 아끼지 않았을 그런 애처로운 모습이었다. 그 순간 훌리아는 ― 자신도 모르게 ― 언젠가 그 나이가 되면 결코 추하지 않게 늙어 갈 수 있는 강한 의지를 달라고 빌었다. 특별히 누구에게랄 것도 없는 기도였다. 말도 안 돼. 그러나 훌리아는 이내 한숨을 내쉬었다. 어떻게 그런 생각을 하다니. 그녀는 고개를 저으며 자책감에 빠져 들고 있었다. 적어도 이 언니는 어머니뻘 되는 나이가 아닌가. 그런데도 난 인간답지 못한 생각에 빠져 있어.

비가 내리고 있었다. 훌리아는 남은 커피를 마신 뒤, 이미 식어 버린 씁쓰레한 맛을 느끼며 담배에 불을 붙였다. 어느덧 천창을 때리는 빗방울 소리가 잊고 지내던 그녀의 과거를 되살리고 있었다. 지금처럼 비가 내리던 일 년 전 어느 날 그녀는 알바로와 관계를 청산했다. 그날 그녀는 마치 처음부터 불완전하던 기계가 수리할 수 없을 만큼 망가진 것처럼 자기 자신을 구성하고 있는 무엇인가가 엉망으로 파괴되었다는 사실을 확인했다. 동시에 그녀는 자신에게 남겨진 게 있다면 — 혹은 그 순간 이후에 함께 할 게 있다면 — 그것은 자신의 텅 빈 가슴을 채우는 달콤하고 씁쓰레한 고독이란 사실을 깨달았다. 그녀는 샤워기의 물줄기 밑에 웅크린 채 온몸을 내맡겼다. 벌거벗은 몸을 격렬하게 때리는 물방울이 하염없이 흐르는 눈물과 뒤섞이며 흘러내리고 있었다. 그녀는 거의 한 시간 동안 꼼짝도 하지 않고 그 물에 자신을, 그리고 알바로를 씻었다. 자신의 뇌리에서 영원히 한 사람을 지우기로 했다. 그러나 얼마나 기이한 아이러니인가. 운명은 일 년 전에 그녀가 그를 지웠던 똑같은 방식으로 그를 데려가고 말았다. 그는 물이 떨어지는 욕조 속에서 목이 부러진 채 죽어 갔던 것이다. 두 눈을 부릅뜬 채……. 아니야. 훌리아는 애써 그 기억을 떨쳐 버리고자 고개를 들었다. 이제 막 내뿜은 담배 연기가 어둠 속으로 흩어지고, 그 어둠 속으로부터 세사르의 모습이 떠오르고 있었다. 그 순간 그녀는 그의 어깨에 머리를 기댄 채 눈을 감고서 어렸을 때부터 익숙해진 독특한 그의 냄새 — 담배 냄새와 몰약 냄새 — 를 맡고 싶다는 생각이 들었다. 세사르. 그녀는 마음속으로 그의 이름을 불렀다. 그의 곁에 있다는 것과 그가 들려주었던 이야기들을 상상하는 것은 그 자체가 행복이었다. 그녀는 다시 담배 연기를 길게 내뿜었다.

이윽고 훌리아는 스위치를 내렸다. 그리고 어둠 속에서 양탄자 위에 앉은 채 반 호이스를 상상했다. 담배가 끝까지 타들어 가는 동안 그녀의 머릿속에 펼쳐지는 상상의 나래는 그림 속의 인물들로 집중되고 있었다. 그들은 마치 영원한 시간과 사투를 벌이는 시계처럼 시간과 공간을 초월한 채 여전히 체스 게임에 빠져 있었다. 어느 누구도 그 결과를 예측할 수 없는 게임이었다. 그때서야 훌리아는 모든 것을 — 멘추를, 과거의 모든 추억과 향수를 — 잊을 수 있었다. 아울러 그녀를 떨게 만드는 모든 공포까지도 잊을 수 있었다. 언제부턴가, 그 그림은 하나의 위안거리로 변해 있었던 것이다. 병적인 기대감이란 게 이런 것인가. 그녀는 어린 시절 세사르 곁에 쪼그리고 앉아 그의 입에서 흘러나오는 이야기를 들을 때 느꼈던 감동의 순간을 생각하며 마음속으로 중얼거렸다. 어쩌면 후크 선장은 과거의 안개 속으로 사라진 게 아니라 지금 다시 나타나서 체스를 두고 있는지도 몰라.

눈을 뜨자마자 — 멘추는 여전히 잠들어 있었다 — 훌리아는 소리가 나지 않도록 조심스럽게 옷을 챙겨 입었다. 그리고 두 개의 열쇠를 탁자 위에 놓은 뒤 밖에서 조심스럽게 문을 잠갔다. 아침 10시가 다 되어 가는 시간이었지만 간밤에 비가 내린 데다 안개와 스모그까지 겹친 탓에 도시는 온통 희뿌연 잿빛에 잠겨 있었다. 윤곽이 흐릿하게 드러나는 건물과 그 사이에 난 도로를 달리는 차량들이 마치 안개 속을 떠다니는 유령들처럼 보이고, 전조등에서 새어 나오는 불빛들이 아스팔트 위에 반사될 때마다 무한한 빛의 수효로 흩어지는 게 레인코트 호주머니에 두 손을 넣고 걸어가는 훌리아로 하여금 마치 비현실적인 세계로 들어가는 듯한 착각에 빠지도록 만들었다.

돈 마누엘 벨몬테는 반 호이스의 액자 자국이 휑하게 남아 있는 거실에서 휠체어에 앉은 채 훌리아를 맞이했다. 낡은 스테레오에서는 여느때처럼 바흐가 흘러나오고 있었다. 이 노인은 내가 올 때마다 일부러 바흐를 틀어 놓는 것은 아닐까? 그녀는 가방에서 자료를 꺼내며 자문했다. 노인은 무뇨스와 함께 오지 않았다는 사실에 꽤 서운해 하는 눈치였다. 그가 무뇨스를 수학자이자 체스 플레이어라고 호칭하는 게 훌리아의 입장에서는 다소 기이하게 느껴졌다. 돈 마누엘은 훌리아가 가져온 반 호이스에 관한 리포트를 꼼꼼히 들여다보았다. 지금까지 수집한 역사적 자료들, 로제 드 아라의 수수께끼와 그림에 대한 무뇨스의 판단, 최근 결론, 복원 과정을 단계별로 찍은 사진들, 그 그림의 세부 사항을 알리기 위해 클레이모어에서 막 찍어 낸 천연색 팸플릿 등이 그것들이었다. 그사이 노인은 만족스런 표정을 지으며 고개를 끄덕이거나 그녀를 힐끗 쳐다보며 흡족한 눈길을 보내기도 했다.

「훌륭하군.」 마침내 노인은 보고서를 덮으며 말했다. 「아가씨는 정말이지 대단한 분이오.」

「혼자 한 게 아니에요. 아시다시피, 여러 사람들이 함께 했어요. 파코 몬테그리포 씨, 멘추 로치 씨, 무뇨스 씨, 그리고……」 그녀는 잠시 머뭇거리다 말을 이었다. 「우리는 한 미술 전문가들을 찾아 자문까지 구했으니까요.」

「고(故) 오르테가 교수 말이오?」

그녀는 깜짝 놀라 노인을 쳐다보았다.

「사실 전 어르신께서 그 사실을 모르고 계시리라 생각했거든요.」

노인은 씩 웃었다.

「방금 들었다시피 난 알고 있었소. 고인이 사체로 발견된 그날, 형사들이 찾아와서 나와 조카딸 부부에게 일러 줬으니까. 그러고 나서 형사 반장이라는 사람도 찾아왔는데…… 이름은 기억이 나질 않지만 콧수염을 기르고 몸집이 아주 뚱뚱한 양반이었소.」

「페이호, 페이호 반장이었을 거예요.」 동시에 그녀는 눈길을 다른 데로 돌렸다. 훌리아는 그의 이름을 부르는 순간 속이 거북해지는 것을 느꼈다. 지긋지긋한 얼굴을 또 떠올려야 하다니, 빌어먹을 인간들. 그녀는 노인의 눈길을 느끼면서 마음속으로 중얼거렸다. 그런데 이 노인은 무슨 뜻으로 불쑥 그 말을 꺼낸 것인가. 「하지만 지난번에 여기 왔을 때는 아무 말씀도 하시지 않았잖아요.」

「난 아가씨가 먼저 말해 주길 기다렸소. 물론 아무 말이 없으면, 그럴 만한 사정이 있을 거라고 생각했던 거요.」

그의 말에는 노인 특유의 끈끈한 어투가 묻어 있었다. 순간, 훌리아는 동맹군을 하나 잃을지도 모를 상황에 처해 있음을 깨달았다.

「제 생각에는……」 그녀의 말은 헛돌고 있었다. 「그래요, 죄송하다는 말씀밖에 드릴 말이 없어요. 그 사실을 알게 되면 놀라실까 봐 꽤 걱정을 했거든요. 보시다시피 워낙…….」

「내 나이가 많아서 그랬던 거요?」 그가 그녀의 말을 가로채며 물었다.

훌리아는 달리 할 말이 없었다.

「아니면, 혹시 그 사실이 그 그림의 운명에 커다란 영향을 끼치지 않을까 하고 걱정하셨다?」 노인은 앙상한 뼈와 반점이 드러나는 두 손을 복부 위로 가져가더니 깍지를 끼며 다시 물었다.

훌리아는 무슨 말을 해야 할지 난감했다. 그녀는 고개를 저었다. 곤혹스런 순간이었다. 아무리 생각해도 지금의 상황을 헤쳐 나가는 방법은 그저 처분에 맡기겠다며 물러서는 수밖에 없었다. 물론 진지한 태도와 함께였다.

「제가 무슨 말씀을 드릴 수 있겠어요?」 마침내 그녀가 중얼거리듯 말했다.

노인은 웃고 있었다. 그 웃음은 그녀의 변명을 받아들이겠다는 의미였다.

「걱정하지 말아요.」 노인이 훈계하듯 덤덤히 말했다. 「산다는 것 자체가 힘든 일인데, 하물며 인간 관계는 얼마나 더 어렵겠소.」

「제가 약속드릴 수 있는 것은…….」

「아니오.」 노인이 고개를 저으며 그 말을 가로챘다. 「약속할 것은 아무것도 없어요.」 이어 노인은 화제를 돌렸다. 「우린 오르테가 교수 이야기를 하고 있었소. 그런데 그게 사고였던가요?」

「그런 것 같아요.」 그녀는 짐짓 마음에도 없는 말을 했다. 「전 그렇게 알고 있거든요.」

노인은 한동안 말이 없었다. 그의 시선은 복부 위에 깍지 낀 자신의 두 손에 가 있었다. 무슨 생각을 하는지 알 수 없는 표정이었다. 한참 후에 고개를 든 그가 그녀를 쳐다보았다. 진지하고 심각한 그의 눈길에는 어떤 불안감이 드리워져 있었다.

「세상에 끔찍한 일은 계속되었고, 계속 될 터인데······.」 그는 마치 독백을 하듯 중얼거렸다. 「사실 그런 일들은 나에게 적잖은 충격으로 와닿아요. 이제는 모든 걸 덤덤하게 받아들여야 할 나이임에도 불구하고 말이오. 참으로 기이한 일이지. 도대체 살면 얼마나 더 살겠다고 이렇게까지 발버둥쳐야 하는 것인지 알다가도 모를 일이구려.」

그 말을 듣는 순간 훌리아는 노인에게 모든 이야기를 털어놓고 싶은 생각이 들었다. 보이지 않는 어느 체스 플레이어의 존재와 위협, 그녀를 짓누르는 숨막히는 느낌, 마치 불길한 징조처럼 그들을 지켜보고 있는 텅 빈 벽에 남겨진 반 호이스에 대한 이야기도 다 토해 내고 싶었다. 그러나 그것은 너무나 많은 설명을 요구하는 일이었다. 게다가 그런 이야기로 노인의 마음을 우울하게 만들거나 두렵게 만들 필요는 더더욱 없었다.

「너무 걱정하진 마세요.」 그녀는 짐짓 침착하게 말했다. 「아무 일도 없을 테니까요. 그림처럼 말이에요.」

두 사람은 서로를 보며 웃음을 지었다. 그러나 이번에는 억지로 웃는 웃음이었다. 잠시 후 노인은 휠체어에 등을 기대며 입을 열었다.

「저 그림에 대해 해줄 얘기가 있었소. 며칠 전에 아가씨와 젊은 체스 플레이어가 함께 다녀간 뒤 혼자 곰곰이 생각했던 거요. 아가씨는 어떤 체계를 이해하기 위해선 다른 체계가 필요하고, 그 두 체계를 아우를 수 있는 또 하나의 상위 체계가 필요하며, 그러다 보면 그 상위 체계는 무한하게 계속된다고 했던 말을 기억하겠소?」

그녀는 대답 대신 가만히 고개를 끄덕였다.

「아울러 과연 어느 신이 체스 두는 사람을 움직이는 신을 움직이는가, 하는 말도 들어본 적이 있는지……. 보르헤스의 시구에 나오는 말을 인용했소만…….」

그녀는 이번에도 고개를 끄덕였다.

「바로 그거요.」 노인 역시 고개를 끄덕였다. 퀭한 그의 눈에서 한줄기 빛이 번득이고 있었다. 「그날 나는 그것과 비슷한 게 그 그림에 있다고 생각했소. 딱히 어떤 실체를 지적할 수 없지만 그 자체를 포함하고 그 자체를 되풀이하며 그 자체를 계속 원점으로 돌아가게 하는 그 어떤 것 말이오. 그걸 체계라고 불러야 할지 그것은 장담할 수 없소만 반 호이스의 〈체스 게임〉을 해석하다 보면 직선을 따라가면서 어떤 출발점으로부터 자꾸 멀어질 게 아니라 거꾸로 되돌아와야 한다는 거요. 마치 자기 자신으로 되돌아오듯 말이오. 내 말 이해하시겠소?」

훌리아는 다시 고개를 끄덕였다. 그러나 이번에는 그 의미가 달랐다. 그녀가 이제 막 들은 말은 그것이 논리적인 말로 정리돼 입 밖으로 토해져 나왔다는 게 다를 뿐 그녀의 직관을 입증하는 절차나 다름없었다. 그녀는 노인의 말을 듣는 동안, 며칠 전에 작성했던 여섯 단계의 도표 — 무뇨스가 서로를 포함하는 여섯 개의 단계로 수정했던 단계 — 를 떠올렸던 것이다. 그랬다. 그 여섯 개의 단계는 그림 속의 그림에서 각각의 것을 포함하는 동시에 영원한 출발점으로 회귀하고 있었다.

「어쩌면 전 어르신께서 생각하는 것보다 더 잘 이해하고 있는지도 모르죠.」 그녀는 차분하게 그를 쳐다보며 말했다. 「제가 보기에 그 그림은 마치 자기 자신을 비난하고 있는 것 같거든요.」

순간 노인은 어리둥절한 표정을 지었다.

「자기 자신을 비난한다? 그건 내가 생각하는 것을 뛰어넘는 이야기처럼 들리는구려.」 두 사람의 시선이 맞부딪치고 있었다. 서로의 생각을 헤아리는 눈치였다. 잠시 후 노인은 이해할 수 없다는 듯 고개를 갸우뚱거리더니 낡은 스테레오를 가리키며 말을 이었다. 「어쨌든 저 바흐를 들어보도록 하시오.」

「늘 그 음악이었잖아요.」 그녀가 짧게 내뱉었다.

노인이 씩 웃었다.

「사실 오늘 나는 저 요한 세바스티안을 들을 계획은 없었지만 아가씨를 위해서 불러내기로 했소. 이 〈프랑스 조곡 5번〉은 전후반부로 구성되어 있고, 전반부의 주음은 G이지만 마지막은 D로 끝나게 되어 있소. 무슨 말을 하고 있는지 이해하실 거요. 알겠소? 그렇다면 잘 들어 보시구려.」

훌리아는 한참 동안 그 음악에 귀를 기울였다. 돈 마누엘은 그녀의 눈치를 살피며 다시 입을 열었다. 「이해가 가시나? 이 곡이 지금처럼 D로 끝날 것 같다가 갑자기 처음의 G로 돌아가고 그러다가 다시 D로 미끄러지는 것은 바흐가 장난을 쳤기 때문이오. 어떻게 해서 그런 일이 반복되는지 바흐의 의도까지는 알 수 없는 노릇이오만······.」 노인은 말끝을 흐렸다가 물었다. 「어떻게 생각하시오?」

「매력적이군요.」 그녀는 여전히 그 곡의 화음에 귀를 기울이며 대답했다. 「마치 연결 고리처럼 느껴지는 게 말이에요. 지금 생각하니 에스헤르[66])의 그림이나 삽화들도 그랬던 것 같아요. 그 그림을 보고 있노라면 강이 흘러가 폭포가 되어 떨어지다가도 금방 다시 물줄기가 시작되는 곳으로 되돌아가는 기분이 들거든요. 올라가면 올라갈수록 처음으로 되돌아가는 계단처럼 말이에요.」

노인은 고개를 끄덕였다. 흡족한 표정이었다.

「아주 좋아요. 마찬가지로 우리는 누구나 그 열쇠를 쥘 수 있는 가능성을 갖고 있소.」 그는 텅 빈 벽에 덩그러니 남은 액자의 흔적을 쳐다보았다. 「하지만 문제는 과연 그러한 회귀점이 어디에 위치하는지, 그것을 아는 거요.」

「그 말씀이 맞군요. 그걸 설명하려면 무척 많은 시간이 필요할지도 몰라요. 하지만 그럼에도 그것이 존재하고 있다는 것이 사실이에요. 그 이야기가 끝났다고 생각하면 다시 원점으로 되돌아가는 것. 물론 새로운 방향이지만 말이에요. 그래요, 분명히 다른 방향이에요. 어쩌면 우리가 같은 위치로부터 움직이지 않기 때문에 그럴 수도 있겠지만······.」

노인은 어깨를 으쓱 추켜올렸다.

---

66) M. C. Escher(1898~1972). 네덜란드의 판화가. 사실주의적 세부 묘사를 통해 기이한 시각 효과와 개념적 효과를 성취한 판화 작품으로 유명하며 〈에셔〉라고 읽기도 함.

「그게 아가씨와 아가씨 동료인 체스 플레이어가 반드시 풀어내야 할 모순이오. 그렇지만 불행하게도 두 분은 나에게서 별 도움을 구하지 못할 거요. 아가씨도 알다시피 난 아마추어에 불과해요. 게다가 체스 게임을 거꾸로 둘 수 있다는 사실은 상상조차 못했던 일이었소.」 그는 마치 그것이 자신의 잘못인 것처럼 자책하는 표정을 지으며 그녀를 쳐다보았다. 「막상 바흐를 얘기했으면서도 제대로 이해하지 못하고 있는 내 처지를 생각하면 그것만으로도 나는 용서받지 못할 사람이오만.」

훌리아는 담배를 꺼내기 위해 가방에 손을 넣으면서 예기치 못한 새로운 해석들을 생각하고 있었다. 털실 뭉치에서 풀린 실들이 너무 많아. 그녀는 속으로 중얼거렸다. 도대체 어느 가닥을 잡아야 한단 말인가.

「경찰과 저를 빼고, 혹시 요 근래에 그림에 관심을 가진 사람이 방문한 적은 없었나요? 아니면 체스에 관심을 가진 사람이라도 말이에요.」

노인은 마치 그 질문에 감춰진 저의를 찾기라도 하듯 곰곰이 생각하는 눈치였다.

「어느 쪽도 없었소.」 한참 만에 그가 대답했다. 노인의 시선은 어느새 텅 빈 허공에 머물러 있었다. 「사실 내 아내가 살아 있을 때만 해도 꽤나 많은 사람들이 여길 찾아왔었어요. 적어도 아내는 나보다 사교적이었으니까. 그렇지만 다들 떠나가고 이렇게 혼자가 되다 보니 내게 남은 사람은 소식을 주고받는 친구 몇몇이 다요. 아무튼 그 중에 에스테반 카노라는 친구가 있는데, 아가씨는 너무 젊어서 모르겠지만 그 친구는 대단한 성공을 거두었던 바이올리니스트였소. 하지만 그 친구도 죽었다오. 2년 전이었구려……. 그리고 페핀 페레스 히메네스가 있소. 흔히 페페라고 불리는 그 친구는 나처럼 은퇴를 했지만 지금도 종종 클럽에 들러서 게임을 하는데, 나이가 70줄에 들어선 탓인지 반 시간만 넘게 앉아 있으면 지독한 편두통에 시달린다고 투덜대니 원……. 하긴 한때는 소위 잘 나가는 마스터였으니 마음이 편치는 않을 것이오. 어쨌든 우리 집에 들를 때마다 이 늙은이나 조카딸을 붙잡고서 한 수 가르치겠다고 억지를 부리는 통에 내 조카딸년은…….」

「조카따님도 체스를 두나요?」 훌리아가 물었다. 그녀가 이제 막 가방에서 담배를 찾아 꺼내려던 참이었다. 이내 그녀의 손이 다시 움직였으나 그 움직임은 더디고 느렸다. 한순간이라도 놓치면 방금 들은 말이 사라져 버릴 것처럼 그녀의 가슴은 갑작스런 흥분과 초조감에 떨리고 있었다.

「롤라?……」 그는 조카딸의 그런 능력이 다른 분야에서 보여지지 못한다는 게 아쉽다는 듯이 가볍게 고개를 저으며 말했다. 「대단한 기력을 지닌 아이오. 아주 오래전에 가르쳤는데, 어느 순간에 나를 뛰어넘었소. 제자가 스승을 뛰어넘는다는 표현은 아마 그 애의 경우를 두고 하는 말일 게요.」

훌리아는 내심 차분하게 보이려고 애를 썼다. 그녀는 담배에 불을 붙인 뒤 마치 심호흡을 하듯 깊숙이 빨아들인 뒤에 길게 내뿜었다. 심장의 박동이 빨라지는 것을 느낄 수 있었다.

「그 조카따님은 어떻게 생각하나요?」 그녀가 물었다.

노인이 무슨 말을 하는지 모르겠다는 듯 고개를 갸우뚱했다.

「그러니까 제 말은 그분도 그림을 경매에 붙인다는 사실에 동의했는지……」

「그거야 당연하지 않겠소? 어쩌면 그 애보다는 그 애 남편이 더 적극적이었지만……. 아마도 내 조카사위는 지금쯤 반 호이스를 판 후에 떨어질 푼돈으로 룰렛에 걸 번호까지 생각하고 있을 거요.」

「하지만 아직까지는 어느 누구도 그 돈을 수중에 넣지 못했어요.」 그녀는 노인을 바라보며 못을 박았다.

노인 역시 그녀의 눈길을 피하지 않았다. 흐릿하면서도 총총한 그의 눈빛이 재빠르게 움직이고 있었다.

「우리가 어렸을 때만 해도 여우를 잡기 전에 그 가죽을 팔아서는 안 된다는 말이 있었소.」 이윽고 노인이 입을 열었다. 「하지만 요즘 젊은이들은 하나같이 생각하는 게 그저……」

「조카따님이 그림이나 체스, 혹은 다른 얘기를 한 적은 없었나요?」

「없었어요.」 그는 담배 연기를 깊숙하게 빨아들인 뒤에 대답했다. 「그런 사실을 언급했던 사람은 아가씨가 처음이오. 사실 우리는 그전까지만 해도 그 그림이 각별하긴 했지만 특별한 것은 미처 생각조차 못했어요.」 그는 텅 빈 벽에 남겨진 액자 자국을 바라보며 덧붙였다. 「모든 게 여기 보이는 그대로였소.」

「혹시 조카따님이 따로 다른 사람을 만나지는 않았나요? 조카사위인 알폰소 씨가 멘추 로치 씨를 소개할 무렵에 말이에요.」

노인은 이맛살을 찌푸렸다. 그럴 가능성을 찾는다는 자체가 언짢다는 기색이었다.

「그럴 리야 있겠소. 그 그림은 내 거요.」 그는 손가락에 끼고 있던 담배를 쳐다보며 덧붙였다. 「물론 앞으로도 그럴 것이고.」

「한 가지만 더 여쭤 봐도 될까요?」

「허허, 난 이미 아가씨 얘기에 귀를 열고 있소.」

「조카따님 부부가 미술사가의 자문을 구했다는 말은 하지 않던가요?」

「들은 적이 없소. 혹시······.」 노인의 눈에 의혹의 빛이 감돌았다. 「그 미술사가란 사람이 알바로 오르테가 교수를 염두에 두고 하는 말은 아니오? 물론 그렇다고 생각하고 싶지는 않소만······.」

훌리아는 그때서야 자신이 지나치게 많이 앞서 나갔다고 생각했다. 그녀는 당장 꼬리를 내리고 짐짓 다소곳한 웃음을 지어 보였다.

「전 오르테가 교수뿐만 아니라 모든 미술사가를 상대로 여쭤 본 것뿐이에요. 더욱이 조카따님이 그림의 가치에 호기심을 갖는다거나 그림을 알고 싶다거나 하는 게 이상한 일은 아니니까요.」

노인은 생각에 잠긴 표정을 짓고 있었다.

「그런 얘기는 없었소.」 그는 검버섯으로 뒤덮인 손등을 쳐다보며 입을 열었다. 만일 그런 일이 있었다면 필시 그 애는 나에게 다 얘기했을 거요. 우린 늘 반 호이스에 대한 얘기를 나누거나 그림 속의 인물들이 두는 체스 게임을 재구성하기도 했으니까······ 우리는 그림에 나타나 있는 말의 위치에서 게임을 시작한 적도 있었어요. 그런데 그 결과가 어땠는지 아시오? 글쎄 그림에 나온 체스 게임의 행마로 볼 때 백이 유리한 게 분명한데 그 애는 흑을 쥐고서 나를 늘 이겼던 거요. 어떻게 생각해요. 대단하지 않소?」

훌리아는 거의 한 시간 동안 마음속의 생각을 정리하면서 정처 없는 발걸음을 내딛고 있었다. 흐릿한 안개가 물방울이 되어 그녀의 얼굴과 머리칼을 축축하게 적시는 가운데 거리를 따라 팰리스 호텔 앞을 지나는 그녀의 시야에 실크 모자를 쓰고 금줄을 두른 호텔 안내인의 모습이 들어왔다. 그녀는 제복 차림에 망토를 두른 채 유리 지붕 밑에 서 있는 그 모습을 보는 순간 짙은 안개에 휩싸인 19세기 런던을 배경으로 한 장면을 떠올렸다. 빠진 것은 딱 하나, 마차야. 그녀는 마음속으로 생각했다. 검은 마차가 지나가자 흐릿한 안개 속에서 누군가가 나타나는 거야. 그래, 바짝 마른 그 형체는 셜록 홈즈였고, 그 뒤로 충실한 동반자 왓슨이 뒤따르고 있었어. 그리고 또 한 사람, 모리아티 교수는 암흑 속 어딘가에서 그들을 지켜보고 있겠지. 범죄 세계의 나폴레옹 같은 인물이자 사악한 천재 말이야.

그녀는 요 근래에 체스 두는 사람들을 무척이나 많이 만났다는 생각이 들었다. 그런데 기이한 것은 그들 모두가 반 호이스의 그림과 연관된 인물이라는 점이었다.

무뇨스. 그는 수수께끼가 시작된 이후에 만난 유일한 사람이었다. 그녀가 잠을 이루지 못하고 뒤척일 때 악몽의 이미지와 연관되지 않는 유일한 사람이 있다면, 바로 그였다. 그는 풀리지 않는 털실 뭉치나 체스 게임 앞에서 늘 한쪽 끝이나 다른 사람들의 반대편에 위치했다. 그러나 그녀는 그를 믿을 수 없었다. 무뇨스. 그는 그녀가 수수께끼와 맞닥뜨린 후에 만난 인물이지만 동시에 모든 이야기가 원점으로 돌아간 뒤에 만난 인물이었다. 그는 노인의 설명처럼 음악의 흐름이 다른 음조를 띠기 시작한 시점을 기준으로 보면 그 이전에 만난 인물인 셈이었다.

일순 그녀는 발길을 멈추었다. 축축한 안개가 작은 물방울이 되어 그녀의 얼굴을 따라 흘러내리고 있었다. 믿을 수 있는 유일한 사람은 나 자신이야. 그녀는 다시 생각했다. 이 가방에 들어 있는 데린저와 함께 말이지. 이윽고 훌리아는 체스 클럽을 향해 걸음을 떼기 시작했다.

톱밥이 깔려 있는 복도를 지나자 우산과 외투와 레인코트 등이 걸려 있는 실내의 모습이 한눈에 들어왔다. 실내는 습기 탓인지 담배 연기 탓인지 분간하기 힘든 매캐한 냄새가 코를 자극하는 가운데 남자들이 찾는 장소 특유의 분위기가 감돌고 있었다. 훌리아가 막 실내에 모습을 나타내자 클럽 운영자인 시푸엔테스가 반색을 하며 다가왔다. 뒤이어 여기저기서 술렁거림이 들렸다. 그녀는 뜻밖에 출현한 여성에 대한 남자들의 반응이 잦아지길 기다렸다가 체스 테이블 사이를 돌아보았다. 무뇨스는 스핑크스처럼 꼼짝도 않고서 체스 테이블을 주시하고 있었다. 한쪽 팔꿈치를 의자의 팔걸이에 올려놓고 손바닥으로 턱을 받친 자세로 보아 체스 게임에 푹 빠져 있는 것 같았다. 맞은편에 앉은 그의 상대는 안경을 쓴 청년이었다. 그 청년은 두꺼운 안경테 사이로 무뇨스를 힐끔힐끔 쳐다보며 연신 입맛을 다셨다. 곤혹스런 표정이 역력했다. 그때서야 그녀는 가만히 걸음을 옮겨 그 주위로 다가갔다.

여느때처럼 차분하면서도 넋이 나간 듯한 표정으로 체스

판을 바라보는 무뇨스의 시선은 체스판이 아니라 체스판 위 허공에 머무르고 있는 것 같았다. 언젠가 그녀에게 말했던 것처럼 무뇨스는 백일몽에 빠져 있었다. 눈앞의 체스 게임으로부터 멀리 달아나 있는 것 같은, 그리하여 수학적 정신으로 불가능한 조합을 풀었다 짰다 하기를 반복하고 있는 듯한 표정이었다. 그런데 막상 심각한 표정을 짓고 있는 쪽은 체스를 두는 두 사람이 아니라 체스 테이블 주변에서 그들의 게임을 관전하고 있는 사람들이었다. 그들은 이따금 낮은 음성으로 이런저런 얘기를 나누거나 두 플레이어의 행마에 대한 훈수를 아끼지 않았다. 체스 테이블 주변의 분위기로 보아 그들은 이제 마지막 말의 움직임을 기다리고 있는 것 같았다. 청년의 얼굴에는 초조한 분위기가 배어 있었다. 두꺼운 렌즈 사이로 드러나는 그의 두 눈에는 고대의 원형 극장에서 사자밥이 될 찰나에 놓인 노예가 자주색 의상을 걸친 황제의 관용을 기다리는 듯한 애원의 빛이 어려 있었다.

무뇨스가 고개를 들었다. 이제 막 꿈에서 깨어난 사람처럼, 이제 막 먼 여행에서 돌아온 사람처럼 허공을 떠돌던 그의 눈길이 언뜻 훌리아의 시선과 마주쳤다. 그러나 그는 그녀를 알아보지 못한 것 같았다. 잠시 그녀를 모호한 표정으로 물끄러미 바라보던 그의 눈길은 이내 체스판으로 되돌아갔다. 이어 그는 졸을 하나 움직였다. 서두르지 않는 동작이었다. 순간 체스 테이블 주위로 웅성거리는 소리가 나기 시작했다. 그 소리에는 허탈감과 아쉬움을 달래는 듯한 분위기가 담겨 있었다. 안경을 쓴 청년이 무뇨스를 바라본 것도 그 순간이었다. 그 청년은 마지막 순간에 처형을 면한 죄수처럼 깜짝 놀란 표정을 지었으나 이내 언제 그랬냐 싶게 만면에 미소를 띠었다. 그리고 그 미소는 차츰 능글능글한 웃음으로 번지고 있었다.

「더 볼 것도 없게 되었구먼.」 누군가가 가만히 내뱉듯이 말했다.

무뇨스는 몸을 일으키며 어깨를 으쓱 추켜올렸다.

「그렇소.」 그는 체스판을 쳐다보지 않고 입을 열었다. 「하지만 주교를 옮겼다면 다섯 수만에 끝났을 거요.」

체스 테이블을 벗어난 무뇨스가 훌리아에게 다가갔다. 그 사이 사람들은 그가 했던 말을 되새기며 말을 움직여 보느라고 정신이 없었다. 훌리아는 테이블 주위에 몰린 사람들을 가리키며 가만히 입을 열었다.

「다들 당신을 미워하고 말 거예요.」

무뇨스는 대답 대신 고개를 옆으로 기울였다. 마치 그게 무슨 대수냐고 말하는 듯한 표정이었다.

「그럴 겁니다.」 그는 레인코트를 집어 들고 발걸음을 떼며 덧붙였다. 「저 사람들은 누군가가 내 사지를 발기발기 찢어 놓길 바라고 있습니다. 콘도르처럼 말이죠.」

「그렇더라도 져주는 것은 저 사람들에게 모욕을 안겨 주는 일이나 다름없어요.」

「겨우 그 정도일까요?」 그는 짐짓 별게 아니라는 듯이 말하고 있었지만 잘난 체하거나 거드름을 피우는 말투는 아니었다. 「아마 저 사람들은 하늘이 당장 두 쪽이 난다 하더라도 내가 두는 게임 만큼은 보고 싶어할 겁니다.」

두 사람은 잿빛 안개에 휩싸인 프라도 박물관 맞은편 길을 걷고 있었다. 훌리아가 돈 마누엘과 나누었던 얘기를 들려주는 동안 무뇨스는 말없이 그 이야기를 듣고 있었다. 앞 단추가 열린 레인코트 깃 사이로 매듭이 풀려진 타이가 삐죽 나와 있었지만 그런 것에는 관심조차 없는 모습이었다. 고개를 숙인 그의 시선은 굽이 닳아 헤어진 구두의 앞 축에 고정되어 있었다. 돈 마누엘의 조카딸이 체스에 관심이 많다는 얘기에도 별 반응이 없었다. 손으로 쥐어짜면 금방이라도 물이 뚝뚝 떨어질 것 같은 우중충한 날씨에도 관심이 없었다. 그는 발길에 모든 것을 내맡긴 사람처럼 걷고 있었다.

「언젠가 체스를 두는 여자가 있냐고 물었죠?」 이윽고 그가 입을 열었다. 「그때 나는 체스는 남자들의 게임이지만 체스를 상당히 잘 두는 여자들도 있다고 했습니다. 하지만 그런 여자들은 극히 예외지요.」

「예외가 규칙을 증명한다는 식으로 들리는군요.」

무뇨스는 이맛살을 찌푸렸다.

「그건 아닙니다. 예외는 증명되지 못하니까요. 예외는 어떤 규칙이든 무효로 만들거나 파괴해 버립니다. 그래서 추론을 할 때 신중하게 하는 것입니다. 내가 말하고자 한 것은 여자가 체스를 잘 두지 못한다는 게 아니라 잘 두지 못하는 경향이 있다는 것입니다. 이해하겠습니까?」

「이해해요.」

「실제로 여자들은 체스 플레이어로서 커다란 업적을 남기지 못했습니다. 예를 들어 보죠. 소련에선 체스가 범국민적인 여가 활동이지만 오로지 베라 멘치크[67]가 위대한 마스터

---

67) Vera Menchik-Stevenson(1906~1944). 러시아 태생의 영국 체스 명인. 세계 여성 체스 챔피언이 생긴 1927년부터 죽을 때까지 챔피언 자리를 유지했다. 그동안 남성 대회에서도 2, 3위를 차지하곤 했다.

의 반열에 오른 유일한 인물로 간주됩니다.」

「특별히 그럴 만한 까닭이 있는 것일까요?」

「어쩌면 체스란 게 외부 세계에 대해 지나치리만치 무관심하도록 요구하고 있는 탓인지도 모릅니다.」 그쯤에서 무뇨스가 발걸음을 멈추고 훌리아를 쳐다보았다. 「그 롤라 벨몬테라는 여자는 어떤 사람입니까?」

훌리아는 즉답 대신 그 여자를 떠올렸다.

「뭐라고 해야 할지 잘 모르겠어요.」 그녀가 말했다. 「신경질적이고 거만하다고나 할까……. 아무튼 호전적인 여자예요. 우리가 돈 마누엘 씨 댁에 갔을 때 그 여자가 없었던 게 유감이군요.」

두 사람이 발길을 멈춘 곳은 돌 분수대 옆이었다. 안개에 휩싸여 형체를 알아보기 힘든 석상이 마치 그들을 위협하듯 내려다보고 있었다. 두 손으로 머리칼을 빗어 넘기던 무뇨스는 물기 젖은 손을 바라보더니 그대로 레인코트 자락에 문질러 닦았다. 그리고 입을 열었다.

「밖으로 드러나든 안으로 감춰지든 호전성은 많은 체스 플레이어들이 지니고 있는 특징입니다.」 그가 씩 웃었다. 그러나 그 말을 한 자신이 그 범주에 속해 있는지 아닌지 분명하지 않다는 표정이었다. 「사실 체스 플레이어들은 어떤 형태로든 개인적인 좌절을 겪거나 억압 상태에 놓여 있는 경우가 많죠……. 왕을 공격하는 것, 그것은 체스에서 권위에 저항하는 탈출구를 찾는 행위라고 할 수 있습니다. 따라서 속박에서 벗어나 자유스런 상태가 된다는 관점에서 볼 때 여자 역시 체스에 관심을 가질 수도 있겠죠. 사실 체스를 두다 보면 상대가 아주 하찮아 보이거든요.」

「우리의 적이 두는 행마에서도 그런 게 엿보이나요?」 그녀가 조심스럽게 물었다.

「그건 대답하기 어려운 질문이군요. 분명한 것은 아직도 더 많은 정보가 필요하다는 겁니다. 말의 움직임을 더 살펴봐야 한다는 거죠. 한 가지 예를 들자면 체스를 두는 여자들은 왕왕 주교 말을 움직이려는 성향이 강합니다.」

「그것은 어떤 뜻이죠?」

「그 이유는 잘 모릅니다.」 말은 그렇게 했지만 어느덧 그의 음성이 활기를 띠고 있었다. 「대각선으로 깊숙하게 움직이는 것을 선호하는 경향으로 봐선 의외로 여성적인 측면도 강하게 드러나고 있는 것만큼은 확실합니다만……」

순간 훌리아는 그 이유를 묻고 싶었다. 그러나 무뇨스가 더 빨랐다. 그는 이미 너무 앞서 나가고 있다는 것을 깨달았는지 자신의 확신을 지우려는 듯 허공을 쳐다보았다. 그의 말이 이어지고 있었다.

「하지만 혹 주교들은 생각보다 중요한 역할을 보여 주지 못하는 편입니다……. 당신도 알다시피 우리는 꽤나 많은 이론들을 준비했지만 별반 소용이 없었습니다. 모든 게 여전히 체스판에 나와 있는 그 상태에 머물러 있다는 겁니다. 게다가 우리가 할 수 있는 일이라곤 어떤 추측이나 가설 정도에서 그칠 수밖에 없는 게 현실이기도 하고요.」

「또 다른 가설이 있나요?」 그녀가 물었다. 「뭐랄까……. 당신은 때때로 어떤 결론에 이르지만 우리에게는 그것을 밝혀 주지 않는 것처럼 보여요.」

그는 고개를 한쪽으로 숙였다. 난처한 입장에 빠졌을 때 보여 주는 제스처였다.

「그것은 설명하기가 복잡하군요.」 그는 다소 모호한 표정을 지으며 말했다. 「물론 나는 지금 두 가지 생각을 갖고 있습니다. 그러나 그건 방금 전에 말씀드린 대로 가설이라고 할 수밖에……. 체스에선 말을 움직이기 전에는 아무것도 증명할 수 없습니다. 동시에 말을 한 번 움직이면 다시 물리지 못한다는 점도 명심해야 합니다.」

두 사람은 다시 발걸음을 떼었다. 훌리아는 돌 벤치와 울타리 사이를 지나는 동안 가볍게 한숨을 쉬었다.

「이전만 하더라도 말이에요.」 그녀가 중얼거리듯 말했다. 「누가 만일 내게 체스의 도움으로 살인자를 추적할 수 있다고 말했다면 난 그 사람을 완전히 미친 사람으로 보았을 거예요.」

「요전에 이런 얘기를 드린 적이 있었던 것 같군요.」 그가 가만히 그 말을 받았다. 「체스와 탐정 수사 사이에는 많은 연관이 있다…….」 그의 손은 허공에서 체스의 말을 움직이고 있었다. 「사실 코넌 도일이 나오기 이전에 이미 포의 〈뒤팽 방법론〉이 있었습니다.」

「에드거 앨런 포요? 설마 그 양반도 체스를 두었던 것은 아니겠죠?」

「천만에요. 작가는 대단한 체스 애호가였습니다. 포는 1830년대에 〈마엘젤의 체스 플레이어〉로 알려진, 게임에 한 번도 패한 적이 없는 자동 인형에 대한 에세이를 썼지요. 작가는 그 자동 인형의 수수께끼를 풀기 위해 16가지의 분석적 방법으로 접근했고, 결국은 그 인형 속에 사람이 숨어 있다는 결론을 내렸습니다.」

「지금 당신이 하고 있는 일, 그게 그것 아닌가요?」 그녀가 대뜸 물었다. 「감추어진 사람을 찾는 일 말이에요.」

「노력은 합니다. 그러나 아무것도 확신하지 못하고 있습니다. 난 포가 아니니까요.」

「찾길 바라고 있어요. 뭐랄까……. 그래요. 사실 당신은 지금 제가 기대할 수 있는 유일한 희망이거든요.」

그는 대답 대신 어깨를 흠칫했다.

「나는 지나친 환상을 경계합니다.」 그는 몇 걸음을 뗀 후에 입을 열었다. 「처음 체스를 배우고 게임에 나설 무렵 한 게임도 놓치지 않겠다고 생각한 적이 있었죠. 대단한 열망을 품었던 거죠. 그런데 어느 게임에서 지고 말았습니다. 깊은 절망에 빠졌지요. 하지만 그 순간부터 세상이 다시 보이더군요. 세상엔 자신보다 나은 사람이 있기 마련입니다. 그런 것만 보더라도 지나친 확신보다는 불확실한 상태로 있는 게 더 나은 경우도 많습니다.」

「하지만 끔찍해요. 그 불확실성이란 게 말이에요.」

「하긴 그렇겠죠. 체스 플레이어들이야 아무리 초조하더라도 그 게임이 피를 흘리는 전투가 아니라는 사실을 잘 압니다. 따라서 이건 게임에 불과하다고 생각하며 스스로 위안을 갖습니다. 하지만 그쪽의 경우는 다르겠지요.」

「그러면 그쪽은?…… 그쪽은 혹시 그자가 이 사건에 대한 자신의 역할을 알고 있다고 생각하세요?」

그의 흐릿한 시선이 허공을 맴돌았다.

「난 그자가 나에 대해 알고 있는지 그 사실조차 모릅니다. 하지만 그자는 자신이 움직이는 말을 해석할 사람이 있다는 사실까지 꿰고 있습니다. 하긴 그렇지 않으면 이 수수께끼 같은 게임은 성립조차 되지 않았겠지요.」

두 사람 사이에 짧은 침묵이 흘렀다. 모든 게 그들을 휩싸고 있는 안개처럼 느껴지는 분위기였다.

「아무래도 롤라 벨몬테를 만나 보는 게 좋을 것 같군요.」 마침내 그녀가 가만히 힘주어 말했다.

「동의합니다.」

훌리아는 손목시계를 보았다. 그들은 이미 집에서 가까운 곳에 있었다.

「올라가서 커피 한잔 하시겠어요?」 그녀가 무뇨스를 쳐다보며 의향을 물었다. 「어제 로치 멘추 씨가 내 집에서 묵었는데 지금쯤은 잠에서 깨어났을 거예요……. 몇 가지 문제가 있나 봐요.」

「심각한가요?」 그가 물었다.

「그런 것 같아요. 어젯밤에 몹시 속이 상한 것 같았는데 느낌이 좋지 않았거든요. 기왕에 여기까지 오셨으니 한번 만나는 것도 좋을 듯싶네요.」

두 사람은 길을 건넜다.

「만일 롤라 벨몬테가 이 일을 꾸몄다면 가만 두지 않겠어요.」 느닷없이 훌리아는 주먹을 불끈 쥐며 말했다. 「이 손으로 말이에요.」

무뇨스는 깜짝 놀란 표정으로 그녀를 보았다.

「호전성의 이론이 정확하다면 당신은 아주 훌륭한 플레이어가 되겠군요. 물론 체스를 두겠다고 마음먹을 경우입니다만.」

「이미 두고 있어요.」 그녀는 안개 속을 둥둥 떠다니는 체스판을 떠올리며 대답했다. 「하지만 빌어먹을 사건 탓인지 별로 재미가 없더군요.」

훌리아는 보안 장치가 설치된 자물쇠에 열쇠를 넣고 두 번을 돌렸다. 그사이 레인코트를 벗어 팔에 걸친 무뇨스는 층계참에 서 있었다.
「집 안이 엉망일 거예요. 오늘 아침 급히 나오느라 미처 정리도 못 했거든요.」
「걱정 마십시오. 중요한 건 커피니까요.」
　실내로 들어서자마자 스튜디오로 들어간 훌리아는 의자 위에 가방을 내려놓은 뒤에 널찍한 천장 블라인드를 걷었다. 안개에 휩싸인 빛이 서서히 밀려들며 사물의 형체가 흐릿하게나마 드러나기 시작했지만 여전히 어두웠다. 스위치를 찾았다. 그녀가 무뇨스의 황당한 표정을 본 것은 그 순간이었다. 동시에 어떤 공포감이 엄습하고 있었다. 어느새 그녀의 시선 역시 무뇨스가 움직이는 방향을 따라 움직이고 있었다.
「그림은 어디에 놔뒀죠?」 그가 물었다.
　아득히 먼 곳에서 들려오는 음성이었다. 훌리아는 대답하지 않았다. 그녀의 몸 속에서, 저 깊숙한 곳에서 무엇인가가 폭발음을 일으키고 있었다. 그녀의 몸은 이미 굳어 있었다. 그녀의 눈길은 이젤 위에 형태만 덩그러니 남은 액자에 고정되어 있었다.
「멘추.」 이윽고 그녀의 입술이 꿈틀거렸다. 모든 사물이 허공에서 빙글빙글 돌아다니고 있었다. 「그래, 지난밤에 이미 경고를 주었지만 내가 그 말을 알아듣지 못했던 거야.」
　쓰디쓴 액체가 마른 입 안에 흥건히 괴어 드는 느낌이 들었다. 속이 뒤집히면서 금방이라도 토할 것 같았다. 훌리아는 무뇨스를 힐끗 쳐다보며 욕실을 향해 달려갔다. 그러나 막 침실을 지나는 순간 멈춰 설 수밖에 없었다. 쓰러질 듯 침실 문에 기댄 그녀는 침대 발치에 누워 있는 멘추를 보았다. 목 주위로 스카프가 풀어져 있고, 허리춤까지 치켜 올라간 치마 밑 가랑이 사이로 술병이 박혀 있었다.

12
여왕, 기사, 주교

**나는 생명 없는 흑 졸이나 백 졸 따위와 게임을 하는 게 아니라,
피와 살로 만들어진 인간들과 게임을 합니다.**
— E. 라스커

날이 이미 어두워졌지만 수사 지휘자의 지시에 의해서 사체는 오후 7시까지 그곳에 남아 있었다. 그사이 집 안에는 여기저기서 사진기 셔터 누르는 소리와 플래시 불빛이 가득한 가운데 경찰들과 수사 담당자들의 발길이 끊이지 않았다. 마침내 그들은 사체를 하얀 비닐 자루에 넣고 지퍼를 잠근 뒤에 들것으로 내갔다. 바닥에 남은 것은 사체의 형체뿐이었다. 백묵으로 사체의 마지막 모습을 그린 담당자는 벼룩 시장 라스트로에서 훌리아에게 혼쭐난 청색 포드의 형사였다.

마지막으로 사건 현장을 떠난 사람은 페이호 경위였다. 그는 거의 한 시간을 지체하면서 훌리아와 무뇨스 그리고 그 소식을 듣자마자 달려온 세사르의 진술을 마무리했다. 평생 체스판 근처라곤 얼씬거린 적이 없었던 형사 반장은 체스 플

레이어의 진술을 듣는 동안 적잖이 당황하고 있었다. 그는 마치 상대를 괴상한 동물 대하듯 하면서도 절대로 방심하지 않겠다고 작심한 사람처럼 심각한 표정을 지었지만 체스 플레이어의 입에서 기술적인 용어나 설명이 나오면 이따금 고개를 끄덕이거나 이게 정말 말이나 되는 소리냐고 동의를 구하면서 세사르나 훌리아를 번갈아 쳐다보았고, 어떤 때는 메모를 하다가 타이를 잡아당기거나 사체 옆에서 발견된 카드의 문자를 힐끔 들여다보며 이해할 수 없다는 표정을 짓기도 했다. 결국 그는 체스 플레이어가 카드의 기호를 해석하자 아예 고개를 설레설레 젓고 말았다. 사실 수사 책임자인 페이호의 관심은 전체적인 상황이 애매하긴 했지만 타살된 멘추가 막스와 벌인 말다툼의 내용과 막스의 행방에 있었다. 수사관들의 보고에 의하면, 피살자의 애인인 막시모 올메디야 산체스 — 남성, 28세, 직업 모델 — 가 종적을 감춰 버린 것이다. 증인도 있었다. 택시 기사와 옆 건물 수위는 막스와 인상 착의가 비슷한 용의자가 낮 12시에서 12시 15분 사이에 훌리아의 아파트 건물에서 나오는 것을 보았다고 증언했던 것이다. 게다가 검식반의 1차 보고는 피살자 멘추 로치가 오전 11시와 12시 사이, 목 부위에 치명적인 일격을 당한 후 교살되었다는 내용을 전해 주었다. 형사 반장 페이호는 피살자의 가랑이에 박힌 술병 — 그것은 비피터 상표의 진으로 거의 가득 차 있었다 — 에 대해 지나치리만큼 세부적인 사항을 되풀이하면서 — 그는 세 사람이 체스에 대해 진술하는 동안 답답하게 느껴야만 했던 자신의 속마음을 떠올리며 보복의 기회로 삼는 게 틀림없었다 — 구체적인 증거물로 제시했고, 이번 사건을 치정에 얽힌 살인 사건으로 해석했다. 그는 두 사람 — 훌리아와 세사르 — 이 진술했듯 비난의 화살을 피할 수 없는 피살자의 성적 도덕성에 의심이 간다면서 짐짓 얼굴을 찌푸리거나 짐짓 중엄한 표정을 지었다. 개인적인 관점에서 봐도 당연한 일이 아니냐는 식이었다. 아울러 그는 이번 살인 사건을 오르테가 교수의 죽음과 동일한 맥락으로 해석했다. 그림이 사라졌다는 사실이 그것을 뒷받침한다는 뜻이었다. 형사 반장은 그 밖에 몇 가지 질문을 더 던진 뒤에 다음날 경찰서에서 만나자는 약속을 남기며 돌아섰다.

「아가씨, 이제 걱정하지 마시오.」 현관을 나서던 형사 반장이 걸음을 멈추고 덧붙였다. 마치 모든 상황을 장악한 듯한 공무 집행자의 허세가 담긴 말투였다. 「이제 다 끝난 거나 다름없으니 말이오. 다들 좋은 밤이 되길 빌겠소.」

훌리아는 현관문을 닫자마자 그대로 주저앉고 싶었다. 그러나 그녀는 문 뒤에 등을 기댄 채 망연자실한 시선으로 두 사람을 바라보며 자신을 추스르고자 애를 썼다. 이제는 더 이상 눈물을 보여선 안 된다는 생각이 들었다. 하긴 더 울고 싶어도 나올 눈물조차 말라 버린 것 같았다. 그녀는 하루 종일 울었던 것이다. 멘추의 시신을 발견했을 때만 해도 그녀는 무뇨스 앞이라 소리 없이 울 수밖에 없었다. 그러나 그 소식을 듣고 달려온 세사르의 창백한 얼굴을 보자마자 그에게 안겼고, 그동안 꾹꾹 누르고 있었던 눈물을 쏟아 내며 한없이 울었다. 긴 흐느낌과 통곡. 그것은 오랜 친구의 죽음에 대한 슬픔과 지난 며칠 간의 숨막히던 긴장이 교차되면서 터져 나오는 눈물이었다. 그것은 자신을 마음껏 농락하고 있는 살인자에 대한 분노와 눈을 뜬 채 허망하게 당하고 있다는 모욕과 수치심에서 나오는 눈물이었다.

그러나 그녀의 마음을 다시 모질게 되돌려 세우며 현실로 눈을 돌리게 만든 것은 경찰의 수사 방향이었다. 페이호 반장은 명백한 사실을 인정하지 않았다. 세 사람의 진술을 그저 수사 절차에 필요한 요식 행위로 보고 있었다. 그는 사건의 내막을 이해하거나 이해하려는 노력조차 하지 않았다. 요지부동이었다. 형사 반장의 수사 방향은 단순했다. 사건 현장, 현장에서 발견된 피살자의 모습, 종적을 감춘 용의자, 용의자를 목격한 증인의 확보……. 형사 반장은 피상적인 흐름에서 읽혀지는 것을 사건의 동기로 보았고, 용의자를 추적하여 신원을 확보함으로써 수사가 종결될 것으로 확신했다. 따라서 체스에 얽힌 이야기는 사건의 부분부분을 채워 줄 수 있는 재미있고 단순한 삽화거리에 지나지 않았다. 그에게 결정적인 단서는 피살자의 가랑이 사이에 박힌 술병이었다. 이른바 범죄 병리학의 극치를 보여 주고 있었다. 페이호 반장은 추리 소설에서 보여 주는 것을 부정하지 않지만 가장 중요한 것은 눈에 보이는 게 모든 것이고, 눈에 보이는 것은 속이지 않는다는 자신의 확신을 거듭 되풀이했다.

「이제 모든 게 분명해졌어요.」 마침내 훌리아는 계단을 내려가고 있는 형사 반장의 발자국 소리를 들으며 말문을 열었다. 「알바로 교수도 멘추 언니처럼 살해당했던 거예요…… 그리고 아주 오랫동안 누군가가 그 그림을 노리고 있었던 게 확실해요.」

훌리아의 말 한마디에 침묵에 휩싸였던 실내는 미미하게나마 잃었던 활기를 되찾기 시작했다. 그동안 세사르와 무뇨스는 그녀의 눈자위에 드리워진 우울한 그림자를 애써 피하고 있었던 것이다. 훌리아의 확신에 먼저 반응을 보인 쪽은 세사르였다. 그는 멘추가 밤을 보냈던 소파에 걸터앉은 채 망연자실한 표정으로 텅 빈 이젤을 바라보다가 고개를 저으며 입을 열었다.

「막스는 아니야. 여태껏 곰곰이 생각해 보았다만 그 자식은 이 모든 일을 꾀할 만큼 치밀하지 못해.」

「하지만 여기 있었어요. 적어도 바깥 계단에 있었단 말이에요.」

세사르는 어깨를 흠칫했으나 여전히 믿을 수 없다는 표정이었다.

「그렇다면 누군가가 개입된 거야. 하수인인 막스를 조정한다고나 할까.」 그는 손가락으로 자신의 이마를 두드리며 덧붙였다. 「그자는 머리로 생각하고 있어.」

「어쨌든 그자가 이번 게임에서 이긴 거예요.」 훌리아가 그 말을 받았다.

「아직은 아닙니다.」 이번에는 무뇨스가 끼어들었다.

두 사람은 놀란 표정으로 무뇨스를 쳐다보았다. 그는 종이 조각을 들여다보고 있었다. 그것은 페이호 반장이 떠나자마자 사체 옆에 놓여 있던 카드의 내용을 기억해서 적어 둔 메모지였다.

「하지만 그자가 그림을 갖고 있어요.」 훌리아가 현실을 상기시켰다. 「그게 이긴 게 아니라면 뭐란 말이죠?」

그때서야 무뇨스가 천천히 고개를 들었다. 동시에 그의 두 눈에서 심상치 않은 눈길이 빛을 발했다. 그의 끈끈한 시선은 사방의 벽을 관통한 뒤에 복잡한 조합들로 이뤄진 수학적 공간에 머물러 있는 것 같았다.

「그림이 있든 없든, 이 게임은 계속됩니다.」 그가 종이를 보여 주며 단호하게 말했다. 「이번에는 한 가지가 아니라 한꺼번에 세 가지 제안을 했습니다.」

$$\cdots\cdots Q \times R$$
$$Qe7?- \quad Qb3+$$
$$Kd4?- \quad Pb7 \times Pc6$$

세사르와 훌리아는 종이 쪽지를 들여다보았다. 그사이 레인코트가 놓여진 의자로 갔던 무뇨스는 휴대용 체스 세트를 들고 제자리로 돌아왔다.

「세 가지 중 첫번째는 여기 적혀진 것처럼 눈에 훤히 보입니다. Q×R. 이것은 흑녀(Q)가 백 성장(R)을 잡았다, 즉 백 성장인 멘추 로치 씨는 살해당했다는 거죠. 물론 백 성장은 이 게임에서 백 기사가 알바로 교수를 상징하고, 그림에서 로제 드 아라를 상징하는 것과 같은 맥락에서 이해됩니다.」 체스 플레이어는 체스판의 말을 배치하며 말을 이었다. 「한편 이 게임에서 지금까지 흑녀가 잡은 말은 두 개입니다. 그리고 실제로 두 사람이 살해되었습니다. 이렇게 볼 때, 우리는 상대가 자신을 흑녀로 동일시한다는 사실을 알 수 있습니다. 아울러 이 사실은 두 수 전에 우리가 첫 백 성장을 잃었을 때 현실적으로 아무 일도 일어나지 않았다는 결과로 뒷받침됩니다. 적어도 우리가 아는 한도 내에선 말입니다.」

「여기 백이 앞으로 움직이게 될 두 개의 행마에 의문 부호를 찍어 둔 이유는 왜죠?」 훌리아가 손으로 부호를 가리키며 물었다.

「그것은 내가 찍은 게 아니라 카드에 이미 찍혀 있던 것입니다.」 무뇨스가 고개를 저으며 대답했다. 「상대는 우리의 다음 움직임을 예측하고 있다는 뜻입니다. 나는 그 부호들이 너희가 이렇게 하면 나는 이렇게 하겠다는 뜻을 간접적으로 나타낸 것이라 봅니다.」

그 부분에서 체스 플레이어는 몇 개의 말을 움직였다. 세사르와 훌리아는 그가 펼쳐 놓은 체스판을 들여다보았다.

체스 플레이어 무뇨스의 설명에 따르면 형세는 중요한 변화를 일으키고 있는 셈이었다.

「흑은 b2에 있던 백 성장을 잡은 후에 백의 움직임, 즉 우리가 가능한 한 최선의 선택으로 백 여왕을 e1에서 e7로 옮길 것임을 예측하고 있습니다. 만일 그렇게만 된다면 백은 유리한 행마가 될 것입니다. 왜냐하면 우리는 이미 백 기사,

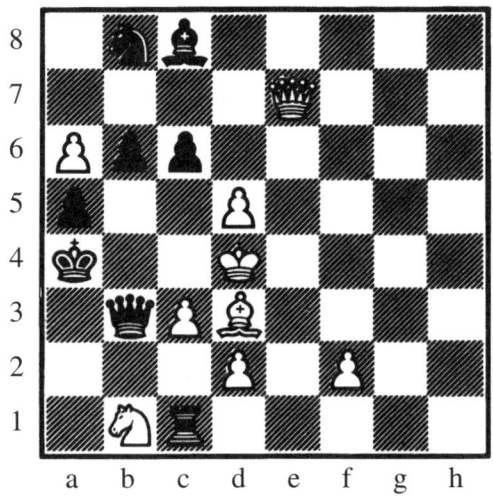

백 주교, 백 졸에 의해 운신의 폭이 제한된 흑 왕을 위협할 수 있는 대각선 공격이 가능해지니까요……. 그런데 우리가 방금 생각한 대로 둔다면, 흑 여왕은 흑 왕을 보호하면서 백 왕에게 장군을 치기 위해 b2에서 b3으로 이동하게 됩니다. 물론 그럴 경우에 백 왕은 흑 여왕의 공격을 피해 한 칸 오른쪽으로, 즉 c4에서 d4로 물러날 수밖에 없겠지만…….」

「그것이 세 번째 장군이다?」 세사르가 끼어들었다.

「그렇습니다. 그런데 그것은 여러 가지로 해석할 수 있습니다. 예를 들어 상대는 세 번째 장군에서 이기게 되자 그림을 훔칩니다. 두 분은 어떻게 생각할지 모르지만 난 이제야 비로소 상대에 대해 조금이나마 이해를 할 수 있을 것 같습니다. 그자의 독특한 유머 감각까지 말입니다.」

「다음은 어떻게 되죠?」 훌리아가 답답하다는 듯 채근했다.

「상대인 흑은 b7에 있는 흑 졸로 c6에 위치한 우리의 백 졸을 잡습니다. 그리고 그 수는 b8에 있는 흑 기사에 의해 보호를 받게 되겠지요……. 따라서 다음은 우리 차례입니다. 하지만 상대는 그 부분에 대해서 아직은 아무것도 제시하지 않았습니다. 아까도 말했듯 그것은 우리가 어떻게 움직이느냐에 따라 달렸다는 뜻이죠.」

「이젠 어떻게 할 생각이오?」 이번에는 세사르가 물었다.

「최선의 선택은 하나, 계속해서 백 여왕을 움직이는 것입니다.」 그 부분에서 무뇨스는 훌리아를 힐끗 쳐다보며 말했다. 「하지만 우리의 여왕을 움직인다는 것은 여왕을 잃을 위험도 내포하게 됩니다.」

훌리아는 그게 뭐 대수냐는 듯 어깨를 흠칫했다. 그녀의 입장에서는 어떤 위험이 닥치든 한시 바삐 모든 게 끝나기만을 바라는 심정이었다.

「그렇다면 여왕으로 밀고 나가야죠.」 마침내 그녀가 단호하게 내뱉었다.

세사르는 뒷짐을 진 채 체스판 위로 몸을 기울이고 있었다. 그 모습이 마치 앞에 놓인 골동품 도자기를 유심히 살피고 있는 것 같았다.

「지금 b1에 있는 백 기사, 저 말도 그다지 안전하게 보이지 않는단 말씀이야.」 그는 혼잣말로 중얼거리듯 말하면서 무뇨스를 쳐다보았다. 「그런 것 같지 않소?」

「알고 있습니다. 나 역시 흑이 그 백 기사를 그냥 놔두지 않을 것으로 생각합니다. 흑의 후위를 위협함으로써 백 여왕의 공격을 지원하는 후견인 같은 존재이니까요. 그리고 d3에는 백 주교가 있습니다. 백 기사와 백 주교, 이 두 말은 백 여왕을 지켜 주는 결정적인 역할을 하고 있는 셈이죠.」

두 남자는 말없이 상대방을 쳐다보았다. 그 순간 훌리아는 두 남자 사이에 이전에 느끼지 못했던 공감의 기류가 흐르고 있는 것을 감지할 수 있었다. 마치 테르모필라이에서 멀리 페르시아 군의 전차 소리가 들리자 위험을 깨달은 스파르타인들이 일치 단결한 모습 같았다.

「과연 어느 말이 자신에게 해당하는지 그걸 알면 얼마나 좋을까.」 세사르가 한쪽 눈썹을 찡그리며 중얼거렸다. 그의 입술 언저리로 창백한 미소가 흐르고 있었다. 「사실 난 말〔馬〕은 되고 싶지 않구나.」

무뇨스가 손가락 하나를 세웠다.

「하찮은 말에 불과하지만 기사라는 점을 잊지 마십시오. 나이트란 칭호는 그 자체가 명예로운 이름이니까요.」

「나는 명예니 하는 따위에는 관심이 없소.」세사르는 체스판을 들여다보고 자못 안쓰러운 표정을 지으며 말했다.「말이든 기사든 곧 죽을 목숨 같다는 기분이 들거든.」

「내 생각도 그렇습니다.」

「그게 누굴까, 그게 문제로다.」세사르는 짐짓 연극적인 대사를 읊조리듯 말하고 있었지만 표정은 사뭇 진지했다.「어떻소? 저 말이 당신이라고 생각하시오, 아니면 나라고 생각하시오?」

「생각해 보지 않았습니다.」

「난 솔직하게 말해서 저 주교 역할을 맡았으면 하오.」

무뇨스는 체스판에서 눈길을 떼지 않은 채 비스듬히 고개를 숙였다. 무엇인가를 곰곰이 생각하는 눈치였다.

「나도 마찬가집니다.」그가 말했다.「기사보다는 주교가 훨씬 안전하게 보이니까요.」

「바로 그거요, 친구.」

「행운을 빌겠습니다.」

「나 역시 당신에게 행운이 함께 하길 빌겠소.」

그 말과 함께 꽤 긴 침묵이 흘렀다. 어색한 분위기를 깬 쪽은 훌리아였다.

「여하튼 우리가 둘 차례예요. 그런데 뭘 둘 거죠? 조금 전에 백 여왕 이야기를 하다 중단되었잖아요.」

무뇨스의 시선은 체스판을 벗어나 있었다. 그의 머릿속에는 가능한 모든 수의 조합과 분석이 끝나 있는 것 같았다.

「난 처음에 d5에 있는 우리 졸로 c6에 있는 흑 졸을 잡을 생각이었습니다. 그런데 그렇게 되면 상대에게 너무 많은 시간적 여유를 주게 되더군요. 그래서 생각을 바꿨습니다. e7

에 있는 우리의 백 여왕을 e4로 옮기는 것입니다. 밀어붙이는 거죠. 그 다음에 우리의 왕을 피신시키고 장군을 부를 것입니다. 우리의 첫 장군인 셈이죠.」

세사르는 무뇨스의 설명에 따라 e7에 있는 백 여왕을 왕 옆에 있는 e4로 옮겼다. 말을 든 세사르의 손이 가볍게 떨리고 있었다.

「바로 그곳입니다.」 무뇨스가 고개를 끄덕이며 말했다.

세 사람은 다시 새로운 말의 위치를 바라보았다.

「이제 그자는 어떻게 나올까요?」 훌리아가 물었다.

팔짱을 낀 무뇨스는 체스판에서 눈길을 떼지 않은 채 생각에 잠겨 있었다.

「여러 가지 궁리를 하게 되겠죠.」 그가 덤덤하게 입을 열었다. 「우선 이제부터는 재미있는 일들이 벌어진다고 볼 수 있

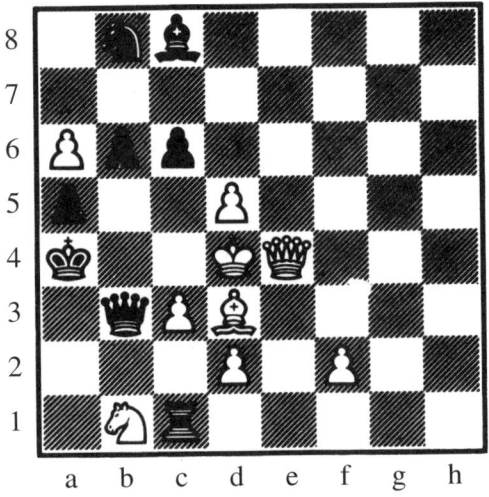

습니다. 재미있다는 것은 그만큼 위험할 수밖에 없다는 점을 간과해선 안 된다는 말이지요……. 여하튼 이제부터 게임은 나뭇가지처럼 여러 갈래로 나뉘어 전개되는데, 나는 그것을 적어도 네 가지 변수 정도로 보고 있습니다. 그리고 그 변수 역시 상대방의 의도에 따라 또 달라집니다. 생각보다 복잡하고 길게 끌어가느냐, 네댓 수 이내에 끝나느냐 하는 것은 오로지 상대의 결정에 달렸다는 거죠.」

「어느 쪽일 것 같소?」 세사르가 물었다.

「그 판단은 잠시 유보하겠습니다. 흑이 둘 차례니까요.」

무뇨스는 체스판과 체스 말을 정리해 레인코트 호주머니에 집어넣었다.

「아무래도 이상해요.」 훌리아가 고개를 갸우뚱거리며 말했다. 「아까 그 살인자에게 유머 감각이 있다고 하면서 그걸 이해할 수 있다고 하셨죠?…… 정말로 그렇게 생각하세요?」

「유머든 아이러니든 아무렇게나 부를 수 있겠죠. 하지만 우리의 적이 말장난을 즐긴다는 점은 부정할 수 없습니다. 아마 두 분은 미처 깨닫지 못한 것 같은데, 상대는 흑녀(Q)가 성장(R)을 잡았다는 뜻으로 〈Q × R〉라는 부호를 적용하면서 살인 사건을 패러디했다고 볼 수 있습니다. 살해된 멘추 씨의 성이 로치죠?」

훌리아가 고개를 끄덕였다.

「바로 그겁니다. 로치roch는 루크rook와 마찬가지로 바위rock라는 어원에서 나온 말이니까요.」

「오늘 아침에 경찰이 왔더군요.」 롤라 벨몬테는 모든 책임이 훌리아와 무뇨스에게 있다는 듯 못마땅한 투로 말했다.

「도대체 이렇게…….」 그러나 그녀는 급한 성미 탓인지 더 말을 잇지 못하고 남편인 알폰소의 얼굴을 쳐다보았다.

「무척 불쾌했다는 말이죠.」 알폰소가 얼른 그 말을 받았다. 아까부터 알폰소의 눈길은 훌리아의 가슴에 꽂혀 있었다. 경찰이 왔든 오지 않았든 그것은 관여할 바가 아니라는 듯한 표정이었다. 부기가 가라앉지 않는 눈에다 푸르스름한 눈자위로 보아 침대에서 이제 막 빠져나온 모습이었다.

「불쾌감 이상이에요.」 롤라 벨몬테가 이제 막 자신이 원했던 표현을 찾았는지 씩씩거리며 덧붙였다. 「남들이 보면 우리가 마치 큰 죄를 지었다고 생각할 거라고요.」

「하지만 우리는 죄인이 아니잖아.」 알폰소가 비아냥거림이 섞인 투로 말했다.

「바보 같은 소리 좀 집어칠 수 없어?」 롤라가 날카롭게 쏘아붙였다. 「우린 지금 심각한 얘기 중이란 말이야.」

알폰소가 가볍게 웃음을 터뜨렸다.

「그래 봤자 시간 낭비라고. 분명한 사실은 그림이 사라지면서 우리 돈도 함께 사라졌다는 거야.」

「그건 내 돈이지.」 휠체어에 앉은 돈 마누엘이 그 말을 받았다. 「자네와 상관이 없다는 뜻일세.」

「말이 그렇다는 거죠.」 알폰소가 능글맞은 웃음과 함께 꼬리를 내렸다.

「그렇다면 말을 가려서 하게나.」 노인이 다시 일침을 가했다.

훌리아는 말없이 커피를 저었다. 방금 내놓은 커피는 신경질적인 조카딸이 일부러 그러지 않았을까 하는 생각이 들 정도로 식어 있었다.

「두 분은 그 그림을 찾을 수 있을 거라고 생각하시오?」 노인이 차분히 물었지만 사안이 사안인 만큼 큰 충격을 받은 게 틀림없었다.

「경찰의 손에 넘어갔으니 틀림없이 찾아낼 거라고 믿어요.」 훌리아가 죄인이 된 감정을 감추지 못하고 대답했다.

「예술품 암시장이 있는 것으로 알고 있소. 해외로 빼돌릴까, 그게 걱정이구려.」

「하지만 경찰은 사진들을 가지고 있어요. 제가 자료가 될 만한 것들을 골라서 전해 줬거든요. 더욱이 국외로 빠져나가기가 쉽지는 않을 거예요.」

「범인들이 그 아파트에 어떻게 들어갔는지 이해가 되지 않소. 형사들은 그 아파트에 보안 장치가 되어 있다던데……」

「멘추 씨가 문을 열어 주었을 가능성이 없지 않아요. 용의자로 지목된 막스가 그분의 애인이거든요. 그 시간에 막스를 보았다는 증인도 있고……」

「우리도 그 애인이라는 남자를 본 적이 있어요.」 롤라가 끼어들었다. 「언젠가 멘추 씨랑 함께 왔거든요. 영화배우 뺨치게 생겼더니 결국은……」 이어 그녀의 시선이 벽을 향했다. 「아무튼 이번 일로 우리는 도저히 복구하기 힘든 금전적 손실을 입었어요.」

「최소한 보험금은 나오잖아.」 알폰소가 훌리아를 쳐다보고 씩 웃으면서 말했다. 「여기 계신 예쁜 아가씨의 선견지명 덕분에 다행히도……」

「다행이라고 할 것까진 없어.」 롤라가 경멸에 찬 시선으로 훌리아를 쳐다보며 말했다. 「몬테그리포 씨는 경매에서 나올 액수와 비교하면 우리가 받을 보험금은 푼돈밖에 되지 않을 거라고 했으니까.」

「파코 몬테그리포 씨와 벌써 얘길 나눈 모양이죠?」 홀리아가 물었다.

「물론이죠. 오늘 아침 일찍 전화를 주었으니까요. 그분은 정말 보기 드문 신사예요……」 롤라는 남편을 힐끗 쳐다보며 힐난조로 덧붙였다. 「봐요! 난 처음부터 느낌이 좋지 않다고 말했잖아요.」

「하지만 그 가엾은 멘추 씨의 제의는 좋았잖아……」 알폰소는 발뺌을 하듯 말했다. 「나중에 일이 복잡해진 것은 내 잘못이 아니라고. 더군다나 최종 결정을 내린 사람은 내가 아니라 삼촌이셨어.」 그는 슬쩍 노인을 쳐다보며 덧붙였다. 「그렇지 않습니까?」

「하긴 그 점에 대해선 저도 할 말이 많아요.」 롤라가 그 말을 받았다.

이제 막 커피잔을 입으로 가져가던 돈 마누엘은 홀리아를 쳐다보았다. 순간이었지만 홀리아는 노인의 눈빛에서 그의 마음을 읽을 수 있었다.

「얘야, 그 그림은 아직도 내 이름으로 되어 있단다.」 노인은 호주머니에서 꺼낸 손수건으로 가만히 입술을 닦으며 말했다. 「그러니 좋은 일이든 나쁜 일이든, 누가 훔쳐 갔든 훔쳐 가지 않았든, 그건 내가 알아서 할 일이란다.」 이어 노인은 다시 홀리아를 쳐다보았다. 그의 눈빛에서 진솔한 자애로움이 묻어 나오고 있었다. 「다시 말하지만 상황이 상황이었던 만큼 난 이 숙녀가 비난받을 일을 했다고는 보지 않아.」 노인은 무뇨스를 쳐다보며 덧붙였다. 「선생, 그렇게 생각하지 않소?」

무뇨스는 대답 대신 눈을 껌뻑이며 노인을 쳐다보았다. 이제 막 명상에서 깨어난 듯한 표정이었다.

「저도 그렇게 생각합니다.」

「아직도 선생은 모든 수수께끼가 수학적 법칙에 의해 해독될 수 있다고 믿소?」 노인이 물었다.

「그렇습니다.」

그때서야 훌리아는 음악이 없다는 생각이 들었다.

「오늘은 바흐가 들리지 않군요.」

「아가씨의 친구에게 일어난 일도 그렇고, 그림도 사라져서 그런지 음악을 들을 기분이 아니오.」 노인은 알 듯 모를 듯한 미소를 지으며 말했다. 「게다가 나는 침묵 역시 조직화된 음만큼이나 중요하다는 사실을 강조하고 싶구려. 무뇨스 씨 그렇지 않소?」

무뇨스가 곧바로 고개를 끄덕였다.

「그렇습니다.」 그의 눈빛이 되살아나고 있었다. 「전 그것을 사진의 음화와 비슷한 것이라고 생각합니다. 드러나지 않을 뿐 그것 역시 모든 것을 담고 있으니까요……. 바흐의 경우가 그런 것 아닙니까?」

「옳거니.」 노인의 음성 역시 생기가 돌았다. 「바흐의 비어 있는 공간에는 그 음과 박자 못지 않은 우렁찬 침묵이 들어 있소. 그런데 선생이 말하는 논리적 체계에도 침묵과 같은 공간이 존재하는지 알고 싶구려.」

「당연합니다. 제 경우는 관점을 바꾼 것뿐이죠. 정해진 지점에서 과수원을 바라보면 무질서하게 보이다가도 위치를 바꾸면 기하학적인 규칙으로 배열된 게 보이거든요.」

「이런 말을 해선 안됐지만 과학적인 대화를 듣기에는 너무 이른 시간이군요.」 알폰소가 자리에서 일어나 거실에 있는 바를 향해 걸어가며 말했다.

「다들 한잔 하시겠습니까?」 그가 사람들을 번갈아 바라보며 의향을 물었다.

아무도 대답하지 않았다. 그는 하는 수 없다는 듯 위스키를 따르고 잔을 들어 올렸다. 그 잔은 훌리아를 향해 있었다.

「그 과수원에는 과일도 있나요?」 그는 잔을 입으로 가져가며 내뱉었다.

무뇨스는 그 말을 못 들은 것 같았다. 그의 눈길은 롤라 벨몬테를 향하고 있었다. 숨을 죽이고 바닥에 엎드린 채 표적이 사정 거리에 들어서길 기다리는 사냥꾼의 눈빛이 저럴 거야. 훌리아가 그를 지켜보며 생각했다. 모든 것을 꿰뚫을 것 같은 그 눈빛은 이제 그녀에게 너무나 익숙한 것이었다. 탐색이 끝난 거야. 이제 남은 것은 방아쇠를 당기는 일뿐이지. 그녀는 커피잔을 들었다. 당신의 노획물을 위해. 그녀는 입가에 번지는 만족의 미소를 감추기 위해 차갑게 식어 버린 커피를 한 모금 마셨다.

「제 생각입니다만 이번 일로 받은 충격이 컸겠군요.」 무뇨스가 롤라를 쳐다보며 물었다.

「그야 물론이죠.」 롤라는 노인을 힐끗 쳐다보며 투덜대듯 대답했다. 「그 그림은 우리에게 남아 있던 마지막 재산이나 다름없었으니까요.」

「꼭 경제적 측면만을 지적한 게 아닙니다.」 무뇨스가 차분하게 말했다. 「그 그림에 있는 게임을 두어 보셨다고들 하던데……. 체스를 좋아하시나 보죠?」

「조금요.」 그녀가 별게 아니라는 듯이 대답했다.

그 순간 알폰소가 잔을 들어 올렸다.

「조금 좋아하는 게 아니라 아주 잘 두죠.」 그가 끼어들었다. 약간은 비꼬는 투였다. 「글쎄 난 저 사람에게 이겨 본 적이 없었다니까.」

보통내기가 아냐. 훌리아는 무뇨스를 물끄러미 쳐다보는 롤라를 가만히 관찰하고 있었다. 상대를 뚫어질 듯 쳐다보는 눈빛은 탐욕으로 가득하고 매부리코에 각이 진 턱과 사나운 맹금류의 발톱처럼 앙상하게 뼈만 남은 손가락은 오만방자하고 표독스런 여자들의 심성을 대변하고 있는 것처럼 보였다. 자신의 콤플렉스와 체념을 감추고자 입술에 침 한번 바르지 않고서 악의에 찬 험담을 늘어놓을 수 있는 여자들, 자신이 처한 환경에 억눌린 채 철저하게 닫혀진 여자들⋯⋯. 그런 여자들의 유일한 탈출구는 타인의 권위를 무시하거나 무차별하게 공격하는 거야. 그 대상은 체스의 왕처럼 남편이거나 삼촌일 수도, 아니 모든 사람일 수도 있어. 그 방법 역시 잔인하고 사전에 치밀한 계산 아래 이뤄지겠지. 오로지 복수라는 편협한 강박 관념에 휩싸여 신경질적으로 상대방의 목덜미를 내리치거나 마음만 먹으면 아무 때나 실크 스카프로 상대의 목을 조일 수 있어. 생각이 거기까지 미치자 훌리아는 가슴이 뛰는 것을 느꼈다. 금방이라도 레인코트를 입고 색안경을 쓴 롤라의 손이 그녀의 목을 조여 오는 것 같았다. 그러나 훌리아는 자신의 뇌리에 떠오르는 엉뚱한 상상을 지우려고 애썼다. 내가 왜 이러지? 이건 말도 안 돼. 이 여자와 막스 사이에 어떤 연관이 있는 거지? 아무것도 없잖아. 훌리아는 극단적인 상황으로 치닫는 자신을 제어하기 위해 온기가 사라진 커피를 단숨에 마셔 버렸다. 그동안 무뇨스와 롤라의 대화는 계속되고 있었다.

「체스 두는 여자분을 만나는 게 그다지 흔한 일은 아닙니다.」

「하지만, 나는 체스를 둬요.」 롤라가 긴장을 늦추지 않고 말했다. 「그게 잘못된 건가요?」

「천만에, 그 반대입니다. 흔히들 체스판 위에 있다 보면 실제로, 그러니까 현실 생활에서 불가능한 일들이 이뤄진다고 하는데, 그렇다고 생각하시지 않습니까?」

롤라는 선뜻 대답을 하지 못했다. 마치 한 번도 그런 생각을 해본 적이 없는 사람 같았다.

「그럴 수도 있죠. 하지만 나한테 체스는 게임이자 취미예요.」

「흔치 않은 재능을 물려받았군요. 다시 말하지만 체스를 잘 두는 여자분을 만나는 것은 쉽지 않은 일입니다.」

「여자도 무슨 일이든 잘할 수 있어요. 그게 허용되느냐는 별개의 사안이지만 말이에요.」

무뇨스의 입꼬리가 길어지고 있었다. 격려의 뜻이 담긴 미소였다.

「흑과 백, 어느 쪽을 좋아합니까? 흑은 후수라서 방어적인 경향을 띠고 백은 주도권을 쥐는 쪽이 되는 경우가 일반적입니다만……」

「정말 웃기는 소리예요. 난 흑이 가만히 물러나 있어야 한다고 보지 않아요. 그건 마치 집에 처박혀 사는 여자나 다름없으니까요.」 그녀는 경멸 섞인 눈길로 남편을 힐끗 쳐다보며 덧붙였다. 「다들 남자만 바지를 입는다고 생각하시는 모양인데 이 기회에 생각들을 바꾸세요.」

「예를 들어, 〈체스 게임〉에 나와 있는 게임을 보면 상황이 백에게 유리하게 보이더군요. 흑 왕이 위협받고 있지만 흑녀는 있으나마나 한 상태라는 거죠.」

「그 게임에서 흑 왕은 자신의 역할을 속이지 않고 있는데, 모든 책임은 흑녀에게 있어요. 다시 말해서 그 게임은 흑녀와 졸들이 다 알아서 한다는 거예요.」

그때서야 무뇨스는 호주머니에서 종이 한 장을 꺼냈다.

「이런 변형을 둔 적이 있습니까?」

롤라는 느닷없는 상대방의 제안에 적잖이 당황했지만 이내 그 종이를 들여다보았다. 그사이 실내를 휘익 둘러보던 무뇨스의 시선이 어느 한순간 훌리아의 시선 ― 〈정말 잘 하고 있어요〉라고 말하는 그녀의 눈빛 ― 과 부딪쳤지만 이렇다 할 반응이 없었다.

「그랬던 것 같아요.」 롤라가 마침내 입을 열었다. 그녀의 표정이 밝아지고 있었다. 「백은 졸을 움직이거나 여왕을 왕 옆에 붙여 장군을 부를 수 있고……. 여기서 백이 여왕을 움직이는 쪽을 택한 것은 옳았다고 보이는군요.」

무뇨스는 고개를 끄덕였다.

「나도 동의합니다. 하지만 내가 알고 싶은 것은 흑의 다음 행마죠. 그쪽에서 흑을 쥐었다면 어떻게 두겠습니까?」

롤라는 눈을 가늘게 떴다. 상대방의 의도를 캐묻는 표정이었다.

「그 게임을 두어 본 지 꽤 오래되었지만 네 가지 변형이 있었던 것으로 기억하고 있어요.」 그녀는 종이를 돌려주며 말했다. 「그 중 하나가 흑 성장이 백 기사를 잡는 것인데, 그건 졸과 여왕의 힘에 기반을 둔 수라 백이 이기더라도 별로 재미가 없죠. 또 하나는 기사가 졸을 잡는 것인데, 그 변형 역시 흑녀가 성장을 잡거나 주교가 졸을 잡는 변형이나 다름없을 테고……. 아무튼 가능성은 무한하잖아요?」 그녀는 그쯤에서 훌리아와 무뇨스를 번갈아 쳐다본 뒤 덧붙였다. 「그런데 알다가도 모르겠네요? 이 변형을 알아서 뭘 어떻게 하겠다는 건지…….」

「흑을 쥐고 이 게임을 이기려면 어떻게 하겠습니까?」 무뇨스는 롤라의 의혹을 무시하고 밀어붙였다. 「체스를 두는 사람들끼리 하는 말입니다만, 사실 난 흑이 어떤 행마에서 유리한 형세로 가는지 알고 싶습니다.」

롤라의 얼굴에 만족스런 표정이 감돌았다.

「원하신다면 언제라도 함께 둬보죠. 그러면 알게 될 테니까요.」

「기꺼이 그 약속을 지키겠습니다. 그런데 방금 말씀하신 변형 중에서 언급하지 않은 부분이 있는 것 같군요. 아마 기억이 나지 않았던 모양인데, 여왕을 맞바꾸는 교환이 있지 않았나요?」 무뇨스는 마치 상상의 체스판을 거두는 듯이 상체를 세우면서 덧붙였다. 「무슨 말을 하는지 이해하겠습니까?」

「그야 물론이죠. 흑녀가 d5에 있는 졸을 잡는 순간, 교환은 이뤄지게 되어 있어요. 여왕의 교환은 당연해요.」 순간 그녀의 얼굴에 득의만면한 승리의 빛이 감돌고 있었다. 「결과야 당연히 흑의 승리가 되겠지만…….」 이어 그녀는 자신의 남편과 훌리아를 쳐다보면서 덧붙였다. 「아가씨가 체스를 두지 못하다니 정말 안타깝네요.」

「어떻게 생각해요?」 이제 막 거리로 나오자마자 훌리아가 물었다.

　무뇨스는 한동안 입을 꼭 다물고 있었다. 무슨 생각을 하는 것인가. 여느때처럼 그의 고개는 한쪽으로 기울어지고 멍한 시선은 지나가는 사람들 사이를 떠다니고 있었다.

　「이론적으로 보면 저 여자일 수도 있습니다.」 이윽고 그가 그다지 내키지 않은 듯한 어투로 입을 열었다. 「행마의 가능성을 다 읽고 있는 데다……. 실제로 아주 잘 둡니다.」

　「하지만 그 말이 내 귀에는 그렇게까지 확신하지 않는다는 것처럼 들리는군요.」

　「그런가요?」 그는 계면쩍은 표정을 지었다. 「물론 정확하게 들어맞지 않는 부분도 없지는 않습니다.」

　「아무튼 저 여자는 우리가 생각하는 미지의 상대에 근접하고 있는 인물이에요. 우선 그림의 게임을 훤히 들여다보잖아요. 다음에는 상대가 남자가 되었든 여자가 되었든 마음만 먹으면 죽일 수 있는 완력과 근성도 있어요. 그 여자 옆에 있으면 뭐랄까, 불쾌하다고나 할까…….」 그녀는 이맛살을 찌푸리며 적당한 말을 찾았다. 「한마디로 좋지 않은 사람 같아요. 이유는 모르지만 나에게 적대감을 드러내더군요. 그 여자 말을 그대로 따르면, 내가 가족에 얽매이지 않고 독립적인 데다 확실한 자신감이 넘치는 여자로 보였나 봐요. 돈 마누엘 같으면 오히려 현대적인 여성이라고 불렀을 거예요.」

　「어쩌면 그런 점들 때문에 그쪽을 미워하고 있는지도 모릅니다. 그렇게 되고 싶었는데 그렇게 되지 못했다는 식이죠. 그쪽과 세사르 씨가 주고받던 얘기들을 다 기억하지 못하지만 마녀는 거울을 미워하며 끝난다는 얘기가 생각나는군요.」

　훌리아가 ─ 그럴 만한 상황이 아니었음에도 ─ 피식 웃음을 터뜨렸다.

「듣고 보니 그럴 수도 있겠네요. 하지만 난 전혀 생각하지 못했어요.」

무뇨스 역시 가벼운 웃음기가 입가에 떠오르고 있었다.

「이제 당분간은 사과를 먹지 않는 게 낫겠군요.」

「하지만 내 곁에는 왕자님들이 있는걸요. 그쪽과 세사르 아저씨 말이에요. 기사와 주교, 그렇죠?」

일순 무뇨스의 입가에 떠오르던 미소가 사라졌다.

「훌리아 씨, 이건 게임이 아니라는 사실을 잊지 마십시오.」

「잊지 않아요.」 그녀는 자연스럽게 그의 팔을 붙잡으며 말했다.

무뇨스는 미처 예상치 못한 훌리아의 행동에 흠칫 놀란 눈치였다. 하지만 훌리아는 그의 팔을 놓치지 않고 걷고 있었다. 그녀는 이미 어수룩하면서도 기이하고 과묵한 무뇨스를 높이 평가하고 있었다. 이런 경우를 두고 셜록 무뇨스와 훌리아 왓슨이라고 부를 수 있지 않을까? 그러나 잠시나마 뿌듯해지던 마음은 불쑥 멘추의 사건이 떠오르면서 사그라들었다.

「무슨 생각을 하고 있어요?」 훌리아가 물었다.

「롤라라는 여자를 생각 중입니다.」

「나도 그래요. 사실 그 여자는 이것저것 비교할 때 우리가 찾고 있는 바로 그 미지의 인물이나 다름없어요. 그쪽은 그다지 동의하지 않지만 말이에요.」

「난 그 여자가 레인코트를 입은 여자가 아니라고 말하지는 않았습니다. 단지 수수께끼의 체스 플레이어로 보이지 않는다고 말했을 뿐……」

「하지만 완벽하게 일치하는 부분이 있어요. 그 여자는 마지막 재산이나 다름없는 그림을 도둑맞았지만 채 몇 시간도 못 되어 체스에 대해서 얘기를 나눴어요. 그것도 화를 내지 않고 차분하게 말이에요. 보통 사람 같으면 엄두도 내지 못할 일이에요. 그렇지 않아요?」 훌리아는 무뇨스의 팔을 붙잡고 있던 손을 풀면서 그의 얼굴을 쳐다보았다. 「그 여자가 위선자가 아니라면, 그 여자에게 있어 체스는 생각보다 훨씬 더 깊은 의미를 지니고 있었어요. 이 두 가지만 놓고 보아도 의심해 볼 만한 여지는 충분해요. 어쩌면 그 여자는 우리와 얘기를 하는 동안 시치미를 떼고 있었는지도 모르죠.」

무뇨스는 고개를 끄덕였다.

「실제로 그렇게도 생각할 수 있을 겁니다. 모든 것을 제쳐두고라도 그 여자는 체스를 두는 사람이라 어떤 상황에서든 손을 쓸 수 있을 테니까요. 하지만······.」

무뇨스는 그 부분에서 말을 끊고 고개를 숙였다. 구두 끝에 가 있던 그의 시선이 정면으로 되돌아온 것은 한참 후였다. 이어 그는 고개를 저었다.

「나는 저 여자라고 생각하지 않습니다.」 이윽고 그가 확신에 찬 음성으로 나직하게 말했다. 「사실 난 줄곧 우리의 상대와 마주치게 되면 뭔가 특별한 느낌이 와닿을 것이라고 예상했는데 아무것도 느낄 수 없었습니다.」

「그쪽이 상대를 지나치게 이상화시키고 있었던 것은 아닌가요?」 훌리아가 그 말을 놓치지 않고 반문했다. 「그로 인해 현실을 받아들이지 못하고 스스로 거부할 수도 있잖아요.」

무뇨스가 걸음을 멈추고 훌리아를 쳐다보았다. 그러나 그의 불투명한 시선은 허공을 맴돌고 있었다.

「그런 생각을 하지 않았던 것도 아니죠.」 그가 중얼거리듯 말했다. 「아울러 다른 가능성도 배제하지 않고 있습니다.」

훌리아는 그의 간결한 표현 속에 무엇인가 생략된 게 있다고 생각했다. 그의 침묵과 고개를 한쪽으로 기울인 그의 시선 속에는 분명 다른 어떤 것이 있었다. 나아가서 그의 머릿속에는 롤라의 일과 전혀 관계가 없는 다른 생각이 맴돌고 있는 게 틀림없었다.

「그게 뭐죠?」 그녀는 호기심을 억제하지 못하고 단도직입적으로 물었다. 「내게 말하지 않는 그게 뭐냐고요?」

그러나 무뇨스는 입을 다문 채 묵묵히 걸음을 내딛고 있었다.

두 사람이 골동품 가게의 문을 열고 들어서자마자 세사르가 그들을 맞이하며 미처 예상치 못한 소식을 전했다.

「이제 막 막스가 잡혔다는 연락이 왔더구나. 아침에 공항을 빠져나가다 걸렸대. 지금 프라도 경찰서에 있다는데 널 찾는다는 거야.」

「날 찾는다고요? 왜죠?」 훌리아가 물었다.

세사르는 어깨를 흠칫했다.

「내가 중국산 청자나 19세기 그림에 대해선 꽤나 알고 있다만 제비족이나 범죄자들의 심리에 대해선 전공이 아니라서 모르겠구나.」

「그림은 찾았습니까?」 무뇨스가 물었다.

「그것 역시 내 전공이 아니오.」 세사르는 농담을 하고 있었지만 파란 눈에서는 심각한 빛이 새어 나왔다. 「뭔가 문제가 있긴 있는 모양인데······.」

페이호 반장은 그다지 유쾌한 모습이 아니었다. 사무실에서 훌리아를 맞이했지만 자리조차 권하지 않았다. 스페인 국왕의 초상화가 걸린 벽 아래 서 있던 그는 시큰둥한 표정을 지으며 본론으로 들어갔다.

「우린 지금 두 건의 살인 사건에 대한 용의자를 확보 중이오.」 그의 말투 역시 퉁명스러웠다. 「그런데 그자가 당신과 만나기 전에는 아무 말도 할 수 없다고 버티고 있소. 게다가 변호사 역시 용의자와 같은 주장이오.」

「그 사람은 어떻게 찾았죠?」

「그건 어렵지 않았소. 어젯밤 우리는 용의자의 인상 착의가 담긴 전단을 각지에 뿌렸으니까. 물론 국경과 공항에도 빠짐 없이 배포했었소. 그런데 오늘 아침 바라하스 공항의 출국 심사대에서 걸린 거요. 위조 여권으로 리스본 행 비행기를 타려던 중이었소.」

「그림이 있는 곳은 말했나요?」

「여태껏 입도 뻥긋하지 않았소.」 형사 반장은 뭉툭한 손가락을 하나 들어 올렸다. 「아니 딱 한마디, 자기는 죄가 없다는 거요. 그거야 여기 들어오는 사람들이 늘 하는 말이니 일단은 그러려니 하고 들어주었소. 하지만 택시 기사와 택배원의 진술서를 보여 주자 슬그머니 꼬리를 내리면서 그때부터 변호사를 불러 달라고 하길래……. 아무튼 당신을 찾은 것도 그때였소.」

두 사람은 바깥으로 나갔다. 형사 반장은 훌리아를 데리고 복도를 걸어서 제복 차림의 경찰이 지키고 있는 문 앞으로 갔다.

「나를 찾게 될지 모르니 여기서 기다리겠소.」

훌리아가 문을 열고 들어가자 그들은 밖에서 문을 잠갔다. 방음판이 붙여진 벽은 지저분하고 창문조차 없었다. 나무 탁자 사이로 여러 개의 의자가 놓여 있고, 막스는 맨 구석의 의자에 앉은 채 고개를 숙이고 있었다. 가슴이 터진 셔츠와 구겨진 스웨터 차림에 머리칼은 뒤로 묶지 않아 헝클어진 데다 완전히 풀이 죽은 모습이었다. 탁자 위에 올려놓은 팔목에는 수갑이 채워져 있었다.

「오랜만이네요.」 훌리아가 먼저 인사를 했다.

고개를 든 막스가 한동안 말없이 훌리아를 쳐다보았다. 수면 부족 탓인지 눈자위가 퀭하니 패여 있었다.

「드디어 나타나셨군.」 그는 비꼬는 투로 말했지만 거의 모든 것을 체념한 듯한 음성이었다.

훌리아는 턱으로 맞은편 의자를 가리키는 그에게 담배를 건네며 라이터를 내밀었다. 그는 얼굴을 바짝 갖다 대며 불을 붙였다.

「날 만나자는 이유가 뭐죠?」 훌리아가 물었다.

막스는 대답 대신 한동안 그녀를 쳐다보았다. 취조를 받다 얻어터졌는지 — 외관상 특이점은 없었다 — 움직일 때마다 그의 입에서 가느다란 신음 소리가 새어나왔다. 그는 이제 잘생긴 늑대가 아니라 족제비가 다가오는 소리를 듣고 어쩔 줄을 몰라 하는 처량한 토끼 신세가 되어 있었다.

「알려 주고 싶은 게 있었지.」 그가 차갑게 내뱉었다.

「알려 주고 싶다니, 무엇을요?」 그녀가 어이가 없는 나머지 내뱉듯 물었다.

막스는 잠시 머뭇거렸다. 수갑 찬 손을 얼굴에 갖다 댄 그의 입에서는 대답 대신 담배 연기가 뿜어져 나왔다.

「이미 죽어 있었어……. 훌리아, 난 아니야. 내가 당신 아파트에 도착했을 때 그 여자는 이미 죽어 있었다고.」

「아파트는 어떻게 들어갔죠? 언니가 열어 주었나요?」

「이미 죽어 있었다고 말했잖아……. 그리고 그 일은 내가 두 번째 들어간 사이에 일어난 거야.」

「두 번째라니! 그럼 그전에도 한 번 들어갔다는 말인가요?」

탁자 위에 팔꿈치를 기대고 오른쪽 엄지로 턱을 받친 자세로 담배를 태우던 그가 다시 말을 끊었다. 면도를 하지 않은 얼굴에 핏기조차 없었다. 타들어 가는 담배에서 재가 떨어지고 있었지만 전혀 개의치 않았다.

「가만.」 이윽고 그가 깊은 숨을 몰아쉬며 다시 입을 열었다. 「아무래도 처음부터 얘기하는 게 낫겠군……. 멘추가 몬테그리포에게 얼마나 큰 충격을 받았는지 그건 당신도 잘 알 거야. 철창에 갇힌 짐승처럼 온종일 집 안을 돌아다니며 악을 쓰고 욕을 해댔으니까. 그 자식이 자기를 속였다고 말이지. 난 그 여자를 진정시키려고 했어. 그리고 겨우 그 여자가 차분해지자 함께 얘기를 나눴지. 이야기 끝에 아이디어를 낸 쪽은 나였어.」

「아이디어라뇨?」

「반 호이스의 그림을 빼돌리자는 거였지. 사실 난 뭐든지 국외로 빼낼 수 있는 사람들을 알고 있었거든. 멘추는 그 얘기를 듣자 길길이 날뛰더군. 무엇보다 당신과의 우정을 생각해서라도 그럴 수는 없다는 거야. 그러나 나는 그게 사실상 당신에게 피해를 주는 일이 아니라고 설득했지. 당신의 책임은 보험에 의해 처리되고 작업 대가는 나중에 얼마든지 보상할 방법을 찾을 수 있다고 달랬던 거야.」

「막스 씨, 난 당신이 개자식이 아니라고 생각해 본 적이 없어요. 알아요?」

「그랬겠지. 충분히 그럴 만하니까……. 하지만 중요한 것은 결국 멘추가 내 계획을 받아들인 거였어. 우리는 먼저 멘추가 당신 집에 갈 수 있는 계기가 필요했지. 술에 취하든 마약에 취하든 당신을 불러낼 구실을 만들어야 했어. 사실 난 멘추가 그 일을 그렇게 잘할 줄 생각지도 못했지. 다음날 아침에 나는 모든 일이 잘 되었는지 전화를 했더니 당신이 나갔더군. 모든 게 계획대로 된 거야. 내가 맨 처음 당신 집에 간 것은 바로 그때였어. 우린 서둘러 그림을 떼어 내서 포장을 마쳤고, 나는 밖으로 나갔지. 주차해 둔 차를 당신 집 부근에 대놓기 위해서 말이야. 그때부터 모든 일은 일사천리로 진행될 참이었어. 내가 다시 집에 들어가 그림을 갖고 빠져 나가면 멘추는 남아서 불을 지르기로 했거든.」

「지금 뭐라고 했죠?」

「당신 작업실에 불을 지르려고 했지.」 그는 억지 웃음을 터뜨린 뒤에 덧붙였다. 「그것 역시 이미 계획된 것이니까. 어쨌든 미안하군.」

「미안하다고!」 훌리아는 책상을 내리치며 말했다. 「세상에, 그걸 말이라고 하는 거야…….」 그녀는 치밀어 오르는 분노와 배신감을 억제하며 벽을 쳐다보았다. 「미쳤어. 당신들은 둘 다 미쳤던 거야.」

「천만에.」 그는 정색을 하며 말했다. 「우리는 정신이 말짱한 상태였어. 당신도 알겠지만 스튜디오에는 불을 지르기에 적당한 양의 용제나 물감이 있었으니까. 아무튼 멘추는 남아서 불을 지른 뒤에 어느 정도 타들어 가면 살려 달라고 아우성을 칠 생각이었지. 소방관들과 구급대가 도착하면 모든 것은 깨끗이 끝난 뒤였을 테고, 다들 그 그림 자체가 인화 물질이나 다름없으니 완전히 소각된 것으로 믿을 수밖에 없었겠지. 나머지는 당신도 상상할 수 있을 거야……」 그는 일이 사전에 계획했던 대로 진행되지 못했다는 사실을 몹시 아쉬워하고 있었다. 훌리아는 그런 그를 쳐다보며 치를 떨었다. 「난 포르투갈의 개인 수집가에게 그림을 넘길 생각이었지.」 그는 훌리아를 똑똑히 쳐다보며 입을 열었다. 「얼마 전에 벼룩 시장 라스트로에서 우연히 당신을 만났을 때, 사실 난 멘추와 함께 그 중개상을 만나고 나오던 길이었어. 기억 날 거야……. 어쨌든 당신 집에 화재를 낸 것은 멘추가 책임을 져야 하겠지만 당신과 절친한 친구 사이에다 부주의로 인한 사고나 마찬가지니 정상 참작이 되었겠지. 물론 노인이 그림에 대해 소송을 걸지도 모르지만 재판이란 게 마음먹은 대로 되는 거 보았어? 천만에! 더욱이 그 기발한 계획이 착착 진행되는 동안 가장 기뻐한 사람은 멘추였어. 그 빌어먹을 몬테그리포의 일그러진 상판을 떠올리며 좋아서 어쩔 줄 몰라 했으니까.」

　훌리아는 믿을 수 없다는 표정을 지으며 고개를 저었다.

「멘추 언니는 그런 짓을 저지를 사람이 아니야.」

「천만에!」 막스 역시 고개를 저었다. 「그 여자도 모든 인간들처럼 무슨 짓이든 할 수 있지.」

「막스 씨, 당신은 정말 더러운 돼지만도 못한 인간이야.」

「더 들어 봐.」 그는 여전히 자신의 계획이 허사로 돌아갔다는 사실에 아쉬워하는 표정이었다. 「중요한 것은 이제부터니까 말이야……. 내가 차를 옮겨 당신의 아파트 근방에 있는 도로변에 주차를 시키는 데 생각보다 많은 시간이 걸렸지. 거의 반 시간을 헤맸을 거야. 빌어먹을! 안개가 낀 데다 비집고 들어갈 공간이 없었어. 그러자 차츰 초조해지기 시작하더군. 시계를 들여다보면서 당신이 돌아올지도 모른다는 생각이 들기 시작한 거야. 서둘러서 다시 2층까지 올라갔는데 그때가 아마 12시 15분쯤 되었을까……. 아무튼 문제는 그 다음이었지. 가지고 나왔던 열쇠로 문을 따고 들어간 순간 나는 당장 숨이 멎는 줄 알았어. 멘추가 통로에 쓰러져 있었던 거야. 처음에 나는 그 여자의 신경이 너무 예민해서 기절한 걸로 생각했지. 그런데 빌어먹을 , 눈을 부릅뜨고 죽었더군. 목에 시커먼 멍이 든 채 죽었더라고. 아직 체온은 남아 있는데 죽었더라니까! ……순간 나는 두려워서 미칠 것 같더군. 경찰에 신고할 생각도 했지. 하지만 그렇게 되면 일이 너무 복잡해질 것 같았어. 무섭기도 하고……. 그래서 나는 바닥에다 열쇠를 내던지고 문을 열어 놓은 채 계단을 뛰어서 그곳을 빠져나왔지. 그때부터는 내 정신이 아니었을 거야. 아무 데나 내달린 뒤에 한 여관에 찾아 들었지. 하지만 밤새 뒤척이느라 눈도 못 붙이고 서둘러서 공항으로 나갔지. 그런데…… 나머지 이야기야 당신도 다 알고 있을 테니 이쯤에서 그만두지.」

「쓰러진 멘추 언니를 발견했을 때 그림은 아직 집에 있었나요?」 훌리아는 놀람과 배신감을 가까스로 자제하며 물었다.

「있었지. 신문지와 테이프로 포장해서 놔뒀던 그 자리에 그대로 말이야. 하지만…….」 그는 말을 하다 말고 갑자기 씁쓰레한 웃음을 흘렸다. 「하지만 말이지, 난 그 그림을 챙겨 갈 만한 배짱은 없었어.」

「아까 멘추 언니가 통로에 쓰러져 있었다고 했죠?」

막스는 대답 대신 고개를 끄덕였다. 지칠 대로 지친 모습이었다.

「하지만 언니가 발견된 곳은 침실이었어요······. 그런데 목에 스카프가 둘러져 있지는 않았나요?」

「스카프라니? 천만에. 목이 부러져 있더군. 그 여자는 정확히 목에 가격을 당한 채 죽은 거야.」

「그럼 그 병은 뭐죠?」

순간 막스는 화를 벌컥 냈다.

「그 빌어먹을 술병 이야기를 왜 내가 해야 하지? 형사놈들은 그걸 마치 귀한 보물처럼 여기면서 왜 그 여자의 몸 속에 쑤셔 박았느냐고 묻더군. 하지만 맹세컨대 나는 전혀 모르는 일이라니까!」 그는 훌리아가 다시 건넨 담배를 깊게 빨아들였다. 그리고 그것이 마치 자신의 체념을 의미하듯 힘없이 길게 내뿜었다. 흐릿한 연기가 허공으로 흩어지고 있었다. 「멘추는 죽어 있었어. 그게 전부야. 딱 한 방에 간 거야. 난 그 여자 몸의 털끝 하나 건드리지 않았어. 내가 그곳에 머물렀던 시간은 채 1분도 못 되었을 거야······. 모르지, 누군가가 나중에 그 여자를 죽였는지도.」

「나중에라뇨? 그게 언제죠? 당신은 이미 죽어 있었다고 했잖아요?」

막스는 이맛살을 찌푸리며 무언가를 기억하려고 애를 썼다.

「모르겠어.」 그는 고개를 저었다. 「어쩌면 내가 나간 사이에 왔었는지······.」 그의 얼굴이 창백해지고 있었다. 이제 막 무엇인가를 깨달은 듯한 눈치였다. 「아니 어쩌면······.」 수갑을 찬 그의 손이 떨리고 있었다. 「어쩌면 그때까지 누군가가 거기 남아 있었는지도 모르지. 훌리아, 바로 당신을 기다리면서······.」

홀리아는 페이호 반장을 찾았다. 형사 반장은 그녀의 이야기를 듣는 동안 연신 믿을 수 없다는 표정을 지었다. 한편 그 시간에 세사르와 무뇨스는 사건 당일 막스를 목격한 사람들을 찾아다니고 있었다. 세 사람이 다시 만난 것은 프라도 박물관 근처에 있는 어느 낡은 카페였다. 물론 화제는 막스의 이야기였다. 그들은 대리석 탁자 주위에 붙어 앉아서 여러 각도로 의견을 주고받았다. 마치 은밀한 모의를 꾸미는 듯 하나같이 낮은 음성에 심각한 표정이었다.

「난 막스의 말을 믿는다.」 마침내 세사르가 결론을 내렸다. 「물론 그림을 훔치려 했다는 것은 그 자식에게 딱 어울리는 짓이니 더 따질 것도 없지. 하지만 그 자식은 그 외의 일을 저지를 만한 그릇이 못 돼. 더욱이 술병 얘기는 제 아무리 비열한 놈이라도 쉽지 않은 일이야. 게다가 우리는 레인코트를 입은 여자가 그곳에 다시 나타났다는 사실도 되짚어 봐야 해. 문제의 그 여자가 롤라 벨몬테였는지 네메시스[68]였는지, 아니면 다른 여자였는지 그건 나도 모르지만.」

「오스텐부르크의 베아트리스는 왜 언급하지 않죠?」 홀리아가 그 말을 받았다.

「그런 식의 농담은 얘기의 맥락을 완전히 벗어난 것 같구나.」 세사르는 책망하는 눈길로 홀리아를 바라보았다. 「네 아파트 주위를 배회하던 여자는 엄연히 피와 살로 만들어진 인간이었음을 간과해선 안 돼.」

세사르는 홀리아의 아파트 옆에 있는 건물의 수위를 만나고 온 길이었다. 그는 단번에 자신을 알아보는 수위에게 적

---

[68] Nemesis. 복수의 여신.

어도 두 가지 유용한 사실을 들을 수 있었다. 먼저 그 수위가 막스로 추정되는 인물을 만난 것은 12시와 12시 30분 사이였다. 그 시간은 그 수위가 거의 매일 일정한 시간에 건물 입구를 청소한 뒤라 신빙성이 있었다. 수위의 말에 따르면 말총 머리를 한 청년이 아파트 현관을 나와 거리를 따라 황급히 걸어가더니 자동차가 주차된 쪽으로 다가갔다는 것이다. 또 하나는 그때부터 채 15분도 못 되어 그 수위는 또 한 사람을 목격했다는 사실이다. 수위는 때마침 쓰레기통을 비우다가 색안경을 끼고 레인코트를 입은 금발의 여자를 보았다. 그 이야기를 하던 세사르는 마치 금발의 여자가 주위에 있기라도 한 것처럼 목소리를 낮추고 주위를 돌아보았다. 수위는 말총 머리 청년의 경우처럼 차가 주차된 쪽으로 올라가는 바람에 그 금발의 여자 얼굴을 보지 못한 데다 훌리아의 아파트 현관에서 나왔는지조차 확신하지 못했다. 「이제 막 쓰레기통을 들고 모퉁이를 돌아 나오는데 그 여자가 걸어가고 있더군요.」 수위가 말했다. 「그런데 왜 이제 그 이야기를 하는 거요?」 세사르가 물었다. 「사실 경찰이 물어보지 않았으니까요.」 수위는 머리를 긁적이며 대답했다. 「돈 세사르 씨가 묻지 않았다면 아예 생각조차 나지 않았는지도 모릅니다.」 「혹시 무슨 물건을 들고 있지 않던가요?」 세사르가 다시 캐묻듯 물었다. 「잘 모르겠습니다. 전 그저 금발의 여자가 걸어가고 있는 모습을 본 게 전부입니다.」

「거리는 금발의 여자로 가득하죠.」 세사르가 하는 말을 듣고 있던 무뇨스가 짧게 내뱉었다.

「색안경을 끼고 레인코트를 입었다고 하셨나요?」 이번에는 훌리아가 나섰다. 「그렇다면 그 여자가 바로 롤라 벨몬테일 수도 있어요. 그 시간에 난 돈 마누엘 씨를 만나고 있었지만 그들 부부는 집에 없었거든요.」

「아니죠.」 무뇨스가 고개를 저으며 그 말을 막았다. 「정오 무렵이라면 그쪽은 나와 함께 체스 클럽에 있던 시간입니다. 한 시간쯤 걷다가 아파트에 도착했을 때가 오후 1시쯤 되었으니까요.」 그는 세사르를 쳐다보았다 — 세사르의 눈은 다 알고 있으니 계속하라는 표시를 보냈다. 「그림을 가져간 것으로 볼 때, 살인자는 홀리아 씨를 기다렸지만 나타나지 않자 계획을 바꿀 수밖에 없었다는 말이 됩니다. 그래서 그쪽은 목숨을 구했는지도 모르죠.」

「멘추 언니는 왜 죽였을까요?」

「어쩌면 상대는 멘추 로치 씨가 거기에 있을 거란 생각을 하지 않았는데 그 여자와 마주치게 되자 귀찮은 증인을 없애야 한다고 생각을 바꿨는지도 모르죠. 아니면 흑녀는 애당초 백 성상을 잡겠다는 의도가 없었는지도……. 아무튼 상대는 대단한 순발력을 지닌 소유자라고 볼 수밖에 없군요.」

세사르가 짐짓 충격을 받은 사람처럼 눈썹을 찡그렸다.

「뛰어난 순발력의 소유자…… 듣기에 조금 지나친 표현인 것 같구려.」

「어떻게 표현하든 똑같습니다. 상황에 따라서 순간적인 변형을 생각하고 사체 옆에 그 상황에 일치하는 카드를 적어 놓는 것은 대단한 순발력의 소유자가 아니면 불가능한 일이니까요……. 나는 그 메모를 보았습니다. 페이호 반장의 말에 따르면 홀리아 씨의 올리베티 타자기로 찍었다는데 지문 하나 남기지 않았습니다. 그자는 그 긴박한 순간에도 당황하지 않고서 신속하고 정확하게 움직였으니 대단한 순발력을 지닌 인물로 볼 수밖에요.」

순간 홀리아는 형사들이 아파트에 도착하기 전에 보여 주었던 무뇨스의 모습을 떠올렸다. 그는 멘추의 시신 옆에 무릎을 꿇은 채 한 마디 말도 없이 살인자가 남겨 놓은 카드를 들여다보고 있었다. 카파블랑카 체스 클럽에서 냉정하게 체스판을 주시하던 모습이었다.

「그런데 멘추 언니는 왜 문을 열어 주었을까요?」 홀리아가 물었다.

「그거야 막스라고 생각했겠지.」 세사르가 그 말을 받았다.

「아니죠, 막스는 열쇠를 가지고 있었습니다.」 무뇨스가 끼어들었다. 「우리가 아파트에 도착했을 때 바닥에는 막스가 말한 열쇠가 떨어져 있었으니까요. 따라서 멘추 씨는 막스가 아니라는 사실을 알고 있었는지도 모릅니다.」

세사르는 손가락에 낀 토파즈 반지를 돌려 가며 한숨을 내쉬었다.

「그러니 형사들이 눈에 쌍불을 켜고서 막스를 닦달하는 것도 당연하지.」 그는 걱정스런 표정을 지으며 입을 열었다. 「사람이 둘이나 죽었는데 아직까지 이렇다 할 용의자가 없잖아. 이런 식으로 나가다간 애꿎은 피해자들만 늘게 될 거야……」 이어 그는 장황한 연극 대사처럼 덧붙였다. 「존경하는 무뇨스 씨, 만일 당신의 연역적 체계를 엄격히 적용한다면 당신 역시 햄릿의 마지막 장에서 보듯 죽은 자들에게 둘러싸인 채 〈나는 유일한 생존자다. 엄격한 논리에 따라 불가능한 것들, 즉 죽은 자들을 배제하고 나니 살인자는 나일 수밖에 없었노라〉고 실토하면서 스스로 경찰서를 향해 걸어가게 되겠구려.」

「꼭 그렇지 않을 수도 있겠죠.」 무뇨스가 짧게 내뱉었다.

「그러니까…….」

「가만, 방금까지 나는 마치 당신이 살인이나 저지른 사람처럼 말하고 있었소.」 그러나 세사르가 그 말을 막고 나섰다. 「존경하는 친구, 그렇게 들렸다면 용서하시오. 하마터면 우리 이야기가 정신 병원에서나 하는 대화로 흘러 나갈 뻔했군. 다시 말하지만 나는 농담이라도 그렇게 생각한 적이 없으니 혹시라도 오해했다면…….」

「그게 아닙니다.」 이번에는 무뇨스가 자신의 손가락을 — 그는 손으로 잔을 들어 이리저리 옮겨 놓고 있었다 — 쳐다보며 세사르의 말을 막고 나섰다. 「난 단지 이제 막 선생께서 지적하신 용의자가 없다는 표현에 대해 생각하고 있었습니다.

「설마 누군가를 염두에 두고 있다는 건가요?」 훌리아가 그 말을 받았다.

무뇨스가 고개를 들었다. 그의 시선이 천천히 훌리아를 향했다.

「그럴 수도 있습니다.」

훌리아는 당장 그의 생각을 밝혀 달라고 채근했지만 그녀도, 세사르도 더 이상 그의 말을 들을 수 없었다. 어느새 그의 시선은 텅 빈 탁자 위를 떠돌고 있었다. 마치 대리석 탁자 위에 펼쳐진 보이지 않는 체스판에 열중한 듯한 모습이었다. 이윽고 어떤 일에 말려들고 싶지 않을 때 보호막처럼 사용되는 모호한 웃음이 그의 입술 주위로 번지고 있었다.

13
일곱 번째 봉인

그는 격렬한 수와 수 사이에서 어떤 것을 보았다.
그것은 체스의 깊은 심연에서 분출되는 무시무시한 공포였다.
— 블라디미르 나보코프

「유감스런 일입니다.」 몬테그리포는 대화의 예의를 갖추며 말했다. 「하지만 그 일로 인해 우리가 합의한 사항에는 아무런 변화가 없다는 것을 말씀드리고 싶습니다.」

「고마워요.」

「그렇게 생각하실 필요는 없습니다. 다시 말하지만 우리는 당신이 이번 일과 관계가 없다는 사실을 알고 있으니까요.」

프라도 박물관 작업실에 있던 훌리아는 클레이모어의 마드리드 지사장인 몬테그리포의 갑작스런 방문에 깜짝 놀랐다. 이제 막 두초 디 부오닌세냐의 것으로 추측되는 작품의 접합 부분에 아교와 꿀을 섞어 만든 접착제를 주사기로 주입하려던 참이라 그녀는 고개를 끄덕이는 것으로 인사를 대신했다. 몬테그리포는 프라도 박물관 측에서 클레이모어에 위임한 수르바란의 작품 구입에 대해 상의할 일로 들렀다면서 작업장 한편에 앉아 눈부신 웃음을 잃지 않은 채 그녀가 하는 일을 가만히 지켜보고 있었다.

「놀랍군요.」 그가 그림을 가리키며 말했다. 「13세기경 작품이었던가요? 내가 잘못 안 게 아니라면 거장이었던 부오닌세냐의 것이 맞죠?」

「맞아요. 몇 달 전에 박물관이 취득한 거예요.」 그녀는 앞치마에 손을 닦으며 자신의 손길이 간 작품을 물끄러미 바라보았다. 「문제는 동정녀가 걸친 망토의 테두리에 그려진 금박에 있었어요. 적잖은 부분이 사라져 버렸거든요.」

몬테그리포는 세 부분으로 접혀진 작품 위로 몸을 기울여 유심히 살폈다. 전문가다운 눈길이었다.

「다시 보아도 그저 놀랍다는 표현 외에 달리 할 말이 없군요.」 이윽고 그가 진지한 음성으로 말했다. 「다른 작품들을 마무리했던 것처럼 말입니다.」

「고마워요.」

몬테그리포는 깊은 공감을 드러내는 표정으로 그녀를 지긋이 바라보았다.

「물론 우리의 플랑드르 패널화에 비길 바는 아닙니다만……」

「그래요. 나 역시 두초를 무척 존경하지만 그것과는 달라요.」

두 사람은 마주 보며 웃음을 지었다. 몬테그리포는 청색 더블 재킷의 소매 밑으로 정확히 3센티미터만 나오도록 셔츠의 소매를 잡아당겼다. 그 사이로 이름의 이니셜이 새겨진 금 커프스 단추가 드러나고 있었다. 바지는 회색으로 구김 하나 가지 않았고, 이탈리아 제 검은 구두는 우기임에도 불구하고 광택을 발하고 있었다.

「반 호이스 소식은 없었나요?」 훌리아가 물었다.

몬테그리포는 우아하면서도 우울한 표정을 지었다.

「불행하게도 아직 없군요.」 그는 톱밥와 종이와 물감으로 어지럽혀진 바닥이었지만 굳이 재떨이를 찾아 담뱃재를 털며 말했다. 「하지만 우리는 계속 경찰들과 연락을 취하고 있고, 벨몬테 씨 가족 역시 모든 문제를 나에게 맡겼습니다.」 그의 말투에는 처음부터 자신이 그 그림에 손대지 않았던 것을 후회하는 눈치가 담겨져 있었다. 「역설적이지만 〈체스 게임〉이 다시 나타나 주기만 한다면 이 일련의 불행한 사건으로 인해 그 경매가는 오히려 치솟을 것입니다.」

「틀림없이 그럴 거예요. 하지만 그림을 찾았을 경우죠.」

「보아하니 그다지 낙관적으로 생각하시는 것 같지 않군요.」

「요 며칠 사이에 일어난 일을 생각하면 그런 것을 기대할 만한 기분이나 여유가 없어요.」

「이해합니다. 그렇지만 난 경찰의 수사 능력을 믿고 있습니다. 아니면 행운이라도 믿어야죠. 어쨌든 우리가 그림을 찾아내서 경매에 붙이면 그 자체로서 하나의 사건으로 기록될 것입니다.」

「그러길 바래요.」

「『예술과 골동품』을 읽어 보셨습니까?」 그는 마치 멋진 선물을 준비한 사람처럼 씽긋 웃으며 말했다. 「그 잡지는 반 호이스에 대해서 다섯 페이지나 할애했더군요. 그것도 컬러 화보로 말입니다. 그것만이 아닙니다. 전문 기자들의 전화가 끊이지 않아요. 〈파이낸셜 타임스〉만 하더라도 다음 주 특집으로 다룬다고 합니다. 게다가 몇몇 기자들은 당신을 만나

보고 싶다고 성화입니다.」

「인터뷰는 원치 않아요.」

「안타깝군요. 어떻게 생각하면 당신은 평판으로 살아가는 직업을 갖고 있는 사람입니다. 따라서 이런 홍보는 당신같이 철저한 프로에게 중요한 광고 역할을……」

「하지만 그런 식의 광고는 거절하고 싶어요. 이유를 불문하고 그림이 도난당한 곳이 내 아파트였으니까요.」

「그 점에 대해서 우리는 아주 신중하게 대처하고 있습니다. 거듭 강조하지만 그 일은 당신 책임이 아니란 게 우리들의 자체 판단이고, 경찰이 확보한 사건의 전말도 그 점에 대해선 의심의 여지가 없습니다. 모든 게 피살된 여자분과 용의자인 남자가 그 그림을 아직 밝혀지지 않은 공범에게 건네 준 것으로 드러난 데다 수사 역시 그쪽 방향으로 진행되는 것만 보아도 난 그 그림이 반드시 돌아오리라고 확신합니다. 반 호이스같이 이미 유명세를 탄 작품이 빠져나가는 게 말처럼 쉬운 일은 아니지 않습니까. 원칙적으로 말입니다.」

「그렇게 확신하는 모습을 보니 기쁘네요. 그 점에 대해선 정말 멋진 패배자라고 부르고 싶어요. 사실 전 클레이모어에 큰 충격을 안겨 줘서 마음이 무척 무거웠거든요.」

「그건 사실입니다. 나는 이번 일로 런던 본사에 보낼 해명서를 작성해야 했으니까요. 그러나 그렇지 않는 게 훨씬 낫겠지만 사업을 하다 보면 그런 문제는 늘 뒤따르기 마련입니다. 그러니 그런 염려는 더 이상 하지 않으셔도 됩니다. 더욱이 우리의 뉴욕 지사에선 반 호이스를 또 하나 발견했는데, 이번에는 〈루뱅의 환전상〉입니다.」

「〈발견했다〉는 표현이 다소 과장되게 들리는군요. 그거야 이미 카탈로그에 실려 있고, 개인이 소장하고 있잖아요.」

「잘 알고 있군요. 하지만 내 얘기는 우리가 이미 그 소유자와 협상 중에 있다는 것입니다. 아마 그 소유자 역시 지금이 제값을 받을 적기로 생각한 모양인데, 중요한 것은 보이지 않는 〈체스 게임〉의 역할이 크게 작용했다는 사실입니다. 그 덕분에 뉴욕의 동료들은 다른 경쟁자들보다 먼저 소유자와 접촉할 수 있었으니까요.」

「축하드려요.」

「함께 축하주라도 마실 생각이었습니다.」 그는 손목에 찬 롤렉스를 보며 말했다.「벌써 7시가 다 되었으니 저녁을 초대할까 하는데 어떻습니까? 당신이 다음에 맡을 일에 대해 상의도 해야 하고……」

「고마운 제안이지만 난 지금 그럴 마음의 여유가 없네요. 그 언니의 죽음과 그림 문제만 해도 그렇고…… 오늘 밤은 좋은 친구가 되어 드릴 자신이 없어서요. 죄송해요.」

「좋습니다.」 그는 웃음을 잃지 않고서 그녀의 완곡한 거절을 기꺼이 받아들였다.「그럼 내주 초에 전화를 드리죠. 월요일, 어떻습니까?」

「좋아요.」 그녀는 손을 내밀며 말했다.「오늘 찾아 주셔서 정말 고마웠어요.」

그녀의 손을 가볍게 맞잡은 그의 얼굴에 눈부신 웃음이 뒤따랐다.

「당신을 만나는 건 늘 즐거운 일입니다. 훌리아 씨, 언제라도 필요한 게 있으면, 아니 어떤 일이든 전화만 주십시오.」

몬테그리포는 문간에서 몸을 돌려 다시 한번 눈부신 미소를 보냈다. 훌리아는 마음을 추스르며 나머지 작업을 정리한 뒤 가방을 챙겼지만 데린저를 보는 순간 악몽 같은 일이 되살아나는 것을 느꼈다. 세사르와 무뇨스는 며칠 동안이라도 집에 돌아가지 말라고 충고했고, 세사르는 그의 집을 내주겠노라고 나서기까지 했다. 그러나 훌리아는 그들의 염려를 무시한 채 안전 자물쇠를 바꾼 게 전부였다. 그 일로 세사르는 시간 나는 대로 전화를 해서 별일이 없냐고 묻다가 쓸데없는 고집을 피운다며 책망하기도 했다. 그런 와중에서 세사르와 무뇨스는 그녀를 감동시키기도 했다. 그들은 — 세사르가 살짝 흘린 얘기로 안 사실이었지만 — 그날 밤 두꺼운 외투 차림에 목도리를 두른 채 커피가 든 보온병과 브랜디를 벗삼아 꼬박 경비 노릇을 했던 것이다. 아울러 그 몇 시간을 통해 완전히 색다른 두 남자 사이에 인간적인 우정이 싹트기도 했으니 그녀의 입장에서 흐뭇한 기분이 드는 것은 당연했다.

훌리아는 손가락 끝으로 차가운 금속 무기를 스치듯 건드리며 생각했다. 사실 멘추가 죽은 후 사흘이 흘렀지만 또 다른 카드는 고사하고 전화조차 없었기에 그림이 사라진 것으로 악몽은 끝난 것처럼 보였다. 그러나 그녀의 안도감은 오래가지 못했다. 그녀가 부오닌세냐 위에 아마포를 씌운 뒤에 레인코트를 입고 손목시계 — 시계 바늘은 오후 8시 15분을 가리키고 있었다 — 를 들여다본 순간, 정확히 말해서 이제 막 프라도 박물관 작업실을 나서려던 참에 전화벨 소리가 울렸던 것이다.

수화기를 내려놓은 훌리아는 그 자리에서 한 발자국도 움직이지 못했다. 당장이라도 달아나고 싶었지만 마음뿐이었다. 얼음장처럼 차가운 전율이 등줄기를 타고 흘러내렸다.

온몸이 사시나무처럼 떨리고 있었다. 그녀는 테이블을 붙잡고 정신을 가다듬고자 안간힘을 썼다. 누구인가? 그녀는 전화기에서 눈을 떼지 못한 채 머리를 흔들었다. 하지만 목소리는 고사하고 남자인지 여자인지 그것조차 구별할 수 없었다. 게다가 복화술사 같은 음성은 너무나 날카로워 그녀의 폐부를 갈라놓는 듯했다.

「12호실…… 훌리아……」 상대의 음성은 억제된 침묵 사이로 간간이 새어 나오고 있었다. 흡사 솜으로 수화기를 틀어막은 채 하는 말 같았다. 「…… 12호실……」 그 목소리가 반복되고 있었다. 「…… 브뢰헬 1세……」 건조하고 불길한 웃음소리의 여운이 채 가시기 전에 수화기를 내려놓는 소리가 들렸다.

훌리아는 흐트러진 마음을 정리하고자 애를 썼다. 몰이꾼들은 새들이 허공으로 날아가도록 만든단다. 언젠가 세사르가 한 말이었다. 그런데 어떤 새가 맨 먼저 사냥꾼의 총에 맞아 떨어지는 줄 아니? 그건 겁을 잔뜩 집어먹은 새란다. 훌리아는 수화기를 들고 세사르를 찾았다. 그러나 기대했던 세사르의 음성은 들려오지 않았다. 가게는 물론이고 집에도 응답이 없었다. 무뇨스 역시 부재중이었다. 결국 나 혼자 남은 거야. 그녀는 자신이 혼자라는 사실에 온몸을 부르르 떨었다. 그래, 어차피 나 혼자 하는 거였어. 못할 것도 없지.

그녀는 가방에서 데린저를 꺼내 공이를 잡아당겼다. 이렇게 해서 나 역시 위험한 존재가 된 거야. 그 순간 다시 세사르의 말이 떠올랐다. 밤에도 모든 사물은 어두워서 보이지 않을 뿐 항상 그 자리를 지키고 있단다. 대낮처럼 말이야.

그녀는 권총을 쥐고서 복도로 나섰다. 순찰을 도는 경비원

외에 사람의 출입이 통제된 시간이었다. 복도 끝에 계단이 있었다. 그녀는 널찍한 층계가 가파른 각도를 이루고 있는 계단을 가만히 쳐다보았다. 푸르스름한 비상등 조명 아래 대리석 난간과 벽에 걸린 그림들의 윤곽이 흐릿하게 그 모습을 드러내고 벽 쪽으로 놓여 있는 로마 귀족들의 흉상이 보였다.

이윽고 그녀는 구두를 벗어 가방에 넣었다. 발걸음을 뗄 때마다 바닥의 냉기가 발바닥을 타고 뼈 속까지 전해지는 느낌이 들었다. 그녀는 이따금 걸음을 멈추고 난간 너머를 유심히 살펴보았다. 어둡기는 했지만 달리 의심스러울 만한 게 보이거나 들리지는 않았다. 그녀는 바닥으로 내려섰다. 이제 남은 것은 두 갈래 길이었다. 하나는 복원 작업실로 사용되는 방들을 지나서 전자 카드를 사용하여 보안문을 나서는 길인데, 그 문을 나서면 푸에르타 무리요 작품 근처가 나왔다. 또 하나는 좁은 복도 끝에 있는 두 번째 문을 통해 박물관으로 들어가는 것이었다. 그녀는 그 문이 늘 닫혀 있지만 경비원들이 마지막 순찰을 도는 밤 10시까지 열쇠가 채워지지 않는다는 사실을 잘 알고 있었다.

그녀는 피스톨을 쥔 손에 힘을 주며 두 가지 가능성을 생각했다. 되도록 빨리 밖으로 빠져나가느냐, 아니면 12호실에 가느냐. 후자를 선택할 경우 인적이 없는 곳을 따라 족히 5분 정도는 걸어야 했다. 물론 운이 좋으면 그 건물의 경비원을 만날 수도 있을 것 같았다. 그녀는 이따금 자동 판매기에서 커피를 뽑아다 주거나 가벼운 농담을 건네던 경비원을 잘 알고 있었다.

빌어먹을. 그녀는 잠시 머릿속을 정리하며 내뱉듯 속으로 중얼거렸다. 그래, 나도 한때는 해적들을 죽여 보았어. 하지만 만일 살인자가 아직 그곳에 있다면 어떻게 되지? 그녀는 다시 생각에 잠겼다. 지금보다 더 좋은 기회는 다시 오지 않을 수도 있어. 이번이야말로 코앞에서 그자의 얼굴을 볼 수 있는 유일한 기회가 아닌가. 그녀는 주위를 살피면서 다시 한번 데린저를 쥐고 있는 손아귀에 힘을 주었다.

그녀의 오른손에 18온스의 차가운 크롬의 느낌이 전해 오고 있었다. 혹시라도 짧은 거리에서 총구가 불을 뿜을 경우 한순간에 쫓고 쫓기는 상황이 반전될 수도 있어. 그녀는 알바로와 멘추의 죽음을 떠올리며 마음속의 분노를 끌어내고자 이를 악물었다. 더 이상은 체스판의 졸이 된 채 물러나고 싶지 않았다. 눈에는 눈, 이에는 이. 기회만 주어진다면 상대의 정체를 확인하고 싶었다. 그곳이 12호실이든 지옥이든 관계없어. 이윽고 그녀는 후자를 택했다. 갈 데까지 가보는 거야.

출입문은 여전히 열려져 있었다. 기척이 없는 것으로 보아 경비원은 멀리 있는 것 같았다. 그녀는 대리석 석상들이 말없이 지켜보는 가운데 조심스럽게 앞으로 나아갔다. 중세의 제단들이 있는 홀을 지나 긴 통로의 끝 부분에 이르자 초기 플랑드르 파의 그림들이 있는 방들로 통하는 작은 계단이 보였다.

그녀는 첫 계단에서 발걸음을 멈추고 사방을 살폈다. 천장이 낮은 탓인지 푸른색 보안등 주위의 사물이 어둠 속에서 어렴풋이나마 제 모습을 드러내고 있었다. 언뜻 그녀의 시선이 반 데어 웨이덴의 「십자가에서 내려오심」에 가 멈추었다. 희미한 불빛 아래 밝은 색이 강조되어 드러나는 그 그림이 여느때와 달리 장중하면서도 불길하게 느껴지고 있었다.

아무도 없었다. 어둠 속을 지키고 있는 것은 긴 세월의 잠에 빠져 든 그림 속의 인물들이 전부였다. 그녀는 그들이 금방이라도 되살아날 것 같은 기분을 느끼며 12호실 입구까지 다가가고 있었다. 목이 말랐다. 그러나 마른침을 삼킬 수밖에 없었다. 그녀는 언뜻 뒤를 돌아다보았다.

역시 아무도 없었다. 이윽고 깊은 숨을 몰아쉰 그녀는 마음속으로 셋을 세었다. 동시에 데린저의 방아쇠에 손가락을 걸고 영화에서 본 것 같은 동작으로 12호실의 어둠 속을 향해 총구를 겨누었다. 역시 아무도 없었다. 순간 그녀는 막연한 안도감과 함께 맥이 풀리는 듯한 감정에 사로잡혔다. 맨 먼저 눈에 띈 것은 거의 한 벽면을 차지하고 있는 보슈의 「쾌락의 정원」이었다. 그녀는 맞은편 벽에 등을 기댔다. 가쁜 숨을 몰아쉬는 그녀의 입김이 뒤러의 「자화상」을 덮고 있는 유리창을 뿌옇게 만들고 있었다. 그녀는 손등으로 이마의 땀을 닦은 뒤에 브뢰헬이 걸려 있는 세 번째 벽을 향해 나아가기 시작했다. 걸음을 뗄 때마다 브뢰헬의 형체와 밝은 색조가 드러나기 시작했다. 더욱이 그것은 늘 그녀의 마음을 사로잡은 작품이라 어둠 속에서도 훤히 들여다볼 수 있었다. 마지막까지 비극이 강조되는 붓 터치, 잔혹하고 숙명적인 분위기를 뿌리는 무수한 형상들의 몸부림 등 그림 전체를 구성하는 무수한 테마들은 여러 해 동안 그녀의 상상을 휘저어 놓던 장면이었다. 대지의 내부에서 떼를 지어 나오는 해골들, 멀리 지평선 위의 불길에 휩싸인 어두운 폐허들, 기둥 위에서 돌고 있는 탄탈로스[69]의 바퀴들, 그 곁에 칼을 들어 올린 해골 하나가 눈을 가린 채 무릎을 꿇고 기도를 하는 죄수의 목

---

69) Tantalos. 제우스의 아들. 지하 세계에 감금돼 벌을 받는다.

을 내리치는 모습 등이 푸르스름한 불빛에 그 윤곽을 드러내고 있었다. 또한 그 그림의 전경에는 연회 도중에 깜짝 놀란 왕, 마지막 순간을 잊고 있는 연인들, 심판의 북을 치며 미소 짓는 해골들, 공포에 떨면서도 아직은 저항의 용기를 잃지 않은 기사의 모습이 보였다. 그 기사는 이제 더 이상의 희망이 사라진 최후의 싸움을 기다리고 있었다.

카드는 거기, 그림과 액자 사이의 금박 부분에 있는 제목, 즉 「죽음의 승리」 위에 놓여 있었다.

비가 쏟아지고 있었다. 무수한 빗줄기가 이사벨 거리의 가로등 불빛에 물의 커튼을 만드는가 하면 군데군데 움푹 패인 물 웅덩이에 비추는 도시의 형태를 어지럽게 흐트러뜨리고 있었다.

훌리아는 레인코트의 목 단추를 채우고 거리로 나섰다. 몇 걸음도 떼지 않아 빗물이 구두에 스며들고 머리카락이 얼굴에 달라붙었지만 고개를 뻣뻣이 쳐들고 천천히 걸었다. 얼굴을 때리는 빗방울에 턱과 입술이 떨렸지만 개의치 않았다. 그녀는 여전히 자신의 뇌리에서 떠나지 않는 브뢰헬의 이미지들을 생각했다. 소름 끼치는 중세의 비극이 여전히 그녀의 망막 앞에서 흔들리고 있었다. 그녀는 대지의 폭발과 함께 터져 나오는 인간 해골들의 군상 사이에서 또 다른 그림에 나오는 인물들을 상상할 수 있었다. 로제 드 아라, 페르디난트 알텐호펜, 부르고뉴의 베아트리스, 고개 숙인 피터 반 호이스의 체념에 빠진 얼굴들이 미와 추, 선과 악, 사랑과 증오, 은혜와 배덕, 노력과 자포자기 등이 운명의 주사위처럼 내던져진 채 대지의 마지막 장면 속에 극명하게 나타나고 있었다. 그녀는 묵시록의 일곱 번째 봉인이 찢겨진 틈 사이로 나타나는 자신의 모습을 보았다. 그녀는 미소 짓는 해골의 류트 연주에 사로잡힌 채 등을 돌리고 있는 어린 소녀가 되어 있었다. 그곳에는 해적들과 보물을 감출 만한 공간이 없었다. 웬디는 해골들 틈에서 몸부림치고 신데렐라와 백설 공주는 공포에 질린 채 유황 냄새를 맡고 있었다. 그러나 납으로 만든 장난감 병정과 자신의 용을 잊고 있는 성 조지와 이제 막 칼집에서 칼을 빼려던 로제 드 아라는 멍하니 그 광경을 지켜볼 수밖에 없었다. 허공을 향해 칼을 휘둘렀으나 아무런 도움이 되지 못했다. 이윽고 그들 역시 죽은 자들의 뼈 없는 살을 붙잡으며 이끌려 가고 있었다. 온통 죽음의 춤이 난무하는 형국이었다.

훌리아는 마치 꿈속을 헤매는 듯한 기분에 사로잡힌 채 가까운 공중 전화 부스로 들어갔다. 그리고 가방에서 동전을 찾아 투입구에 밀어 넣고 번호를 눌렀다. 세사르는 응답이 없었다. 무뇨스 역시 마찬가지였다. 흠뻑 젖은 머리칼에서 떨어진 물방울이 수화기를 타고 흘러내렸다. 그녀는 머리를 유리문에 기댄 채 추위에 얼어붙어 감각도 없는 입술 사이로 담배를 물었다. 언뜻 섬광처럼 타오르는 성냥불에 따스한 온기가 전해졌으나 일순간이었다. 그녀는 눈을 감은 채 쉴 새 없이 필터를 빨아 댔다. 뽀얀 담배 연기가 허공을 맴돌며 타오르고 있었다. 그녀는 공중 전화 부스 유리창을 때리는 단조로운 빗소리를 들으며 그 공간 역시 자신의 휴식처와 빛과 그늘이 되어 줄 수 없다고 생각했다.

한동안 시간에 대한 감각조차 잊고 있던 훌리아는 다시 마음을 가다듬고 수화기를 들었다. 응답을 한 사람은 무뇨스였다. 그때서야 그녀는 길고 오랜 여행에서 돌아온 듯한 기분이 들었다. 그녀가 간략하게 자초지종을 설명하자 무뇨스는 카드에 적힌 내용을 알려 달라고 했다.

B × P, 주교(B)가 졸(P)을 잡는다는 뜻이군요. 이어 무엇인가를 생각하던 무뇨스가 다급한 목소리로 훌리아가 있는 곳을 물었고, 떠나지 말고 기다리라고 말했다.

무뇨스를 태운 택시가 도착한 것은 정확히 15분 뒤였다. 그는 문을 열고 훌리아에게 타라고 말했다. 택시가 다시 출발하자 그때서야 그는 그녀의 레인코트를 벗게 한 뒤에 자신의 레인코트를 덮어 주었다.

「무슨 일이죠?」 훌리아가 추위에 떨며 물었다.

「이제 곧 알게 될 겁니다.」 무뇨스가 차분하게 대답했다.

「주교가 졸을 잡는다니 그게 무슨 뜻이죠?」

「흑녀가 다른 말을 잡을 시점에 이르렀다는 거죠.」

순간 그녀는 멍한 기분이 들었다.

「그렇다면 아저씨에게 알려야 해요.」 갑자기 그녀는 차갑게 얼어붙은 손으로 무뇨스의 손을 붙잡으며 말했다.

「아직은 여유가 있습니다.」

「그런데 지금 우린 어디로 가는 거죠?」

「펜하모로 갑니다. 두 개의 H가 있는.」

여전히 비가 내리고 있었다. 두 사람을 태운 택시는 체스 클럽 앞에서 멈추었다. 무뇨스는 훌리아의 손을 잡고 계단을 오른 뒤에 실내로 들어섰다. 몇 사람이 두어 개의 테이블을 차지한 채 체스를 두고 있었지만 시푸엔테스의 모습은 보이지 않았다. 무뇨스가 그녀를 데리고 간 곳은 체스판이 놓여 있는 체스 테이블이 아니라 클럽의 서재였다. 그는 각종 트로피와 상장들 사이에 놓여 있는 서가로 다가갔다. 그리고 그때서야 훌리아의 손을 놓은 그는 유리문을 열어 진열된 수백 권의 책 중에서 두껍게 장정이 된 책을 하나 찾아 꺼냈다. 책 등에 적힌 금색 활자가 사람의 손길과 세월 탓인지 흐릿하게 빛을 발하고 있었다. 그녀는 어리둥절한 표정을 지으며 거기에 적힌 제목을 보았다. 〈주간 체스 4/4〉.

발행 연도는 불분명했다. 무뇨스는 그 책을 탁자 위에 놓고 페이지를 넘겼다. 값싼 지질을 사용한 탓인지 이미 누렇게 변색된 책장 속에는 체스 문제, 게임 분석, 체스 시합 정보를 비롯해서 여러 인물들의 프로필 등이 나와 있었다. 한참 책장을 넘기던 그의 눈길이 머문 곳은 두 쪽을 차지하고 있는 사진이었다. 그 사진의 인물들은 하얀 셔츠가 드러난 양복 차림을 한 채 하나같이 웃고 있었다.

「여기 나온 사람들을 잘 보십시오.」 그가 사진에서 눈을 떼지 않은 채 말했다.

그때서야 훌리아는 허리를 굽혔다. 역시 지질이 엉망인 사진 속에는 체스 게임가들이 카메라 앞에서 포즈를 취한 모습이 담겨져 있었다. 사진 위의 헤드라인은 〈제2차 호세 라울 카파블랑카 배 전국 대회〉였다.

「이게 어떻다는 거죠?」 그녀가 여전히 아무것도 이해할 수 없다는 듯 무뇨스를 쳐다보며 중얼거렸다.

무뇨스는 대답 대신 손가락으로 한 그룹의 인물들을 포착한 사진을 가리켰다. 두 명의 소년은 작은 트로피를 들고 있었으며, 다른 네 명은 엄숙한 표정을 짓고 있었다. 그리고 사

진 밑에는 다음과 같은 글자가 적혀져 있었다. 〈청소년부 결승 진출자들〉

「혹시 알아볼 만한 사람은 없습니까?」 이윽고 무뇨스가 물었다.

훌리아는 그 사진에 나온 인물들을 하나하나 살펴보기 시작했다. 전혀 생소한 인물들이었지만 우측의 인물은 어딘가 달랐다. 15세나 16세 정도 되었을 나이, 뒤로 빗어 넘긴 머리, 하얀 셔츠에 타이를 맨 재킷 차림, 왼팔에 찬 흑색 완장……카메라를 똑바로 응시하는 소년의 눈길 속에서 타오르는 도전적인 눈빛을 본 순간 훌리아는 자신도 모르게 신음에 가까운 소리를 내지르고 있었다.

「세상에!」

사진 속의 인물을 가리키는 그녀의 손가락이 떨리고 있었다. 그녀는 더 이상 말을 잇지 못하고 무뇨스를 쳐다보았다. 무뇨스는 고개를 끄덕이며 입을 열었다.

「그 사람이 바로 우리를 상대했던 체스 게임가입니다.」

14
대화

「그것을 찾은 것은 내가 그것을 찾고 있었기 때문이오.」
「뭐라고?…… 그렇다면 당신은 그걸 찾을 거라고 기대했단 말이오?」
「물론입니다. 난 그게 불가능한 일이라고 생각하지 않았으니까요.」
— 아서 코넌 도일

계단의 불은 꺼져 있었다. 무뇨스가 난간을 잡으며 앞장서서 계단을 올라갔다. 두 사람은 층계참에 이르자 말없이 문 안쪽으로 귀를 기울였다. 인기척은 없었지만 문 아래 틈으로 빛이 새어 나오고 있었다. 무뇨스는 난감한 표정을 지으며 가만히 한숨을 내쉬었다. 훌리아는 그런 그의 심중을 헤아릴 수 있었다.

「이젠 돌이킬 수 없는 일이에요.」 그녀는 가만히 힘주어 말하면서 자신의 결심을 확인하듯 초인종을 눌렀다.

문 저쪽에서 발자국소리가 들린 것은 한참 후였다. 그 발자국소리가 끊겼다 이어지고 있었다. 더디게 움직이던 발자국이 완전히 멈추기까지 한세월이 흘러 버린 듯한 기분이 들었다. 끝없이 돌아갈 것 같은 자물쇠가 열리면서 눈부신 빛 줄기가 두 사람에게 쏟아지고 있었다. 훌리아는 빛을 등지고 선 세사르의 실루엣을 쳐다보는 순간, 이런 식의 방문은 결코 원하지 않았던 일이라고 생각했다.

세사르는 두 사람이 실내로 들어갈 수 있도록 한쪽으로 비켜섰다. 그는 예기치 않는 두 사람의 방문에 마치 인사치레처럼 놀라워할 뿐 별다른 기색을 내보이지 않았다. 그러나 훌리아는 문을 닫고 돌아서는 그의 입술에 스치는 당혹감을 놓치지 않았다. 아울러 호두나무와 청동으로 만들어진 에드워드 시대의 옷걸이에 아직도 물기가 떨어지는 레인코트와 모자와 우산이 걸려 있는 것도 놓치지 않았다.

앞장을 선 세사르는 격자로 장식된 높은 천장과 19세기 세비야 화가들[70]의 풍경화로 장식된 벽을 지나가는 동안에도 복도에 작은 화랑을 지닌 주인답게 두 사람을 위해 길을 비켜 주는 세심한 배려를 잊지 않았다. 이런 사람을 어떻게 미워할 수 있단 말인가. 그 사이 훌리아는 그의 내부에 감춰진 또 다른 인격에 대해 곰곰이 생각했다. 아무리 이성적인 판단을 내린다고 할지라도 도저히 미워할 수 없는 사람이었다. 그를 미워한다는 것은 애당초 불가능한, 비극적이고 고통스런 일이었다.

한동안 세 사람은 말이 없었다. 거대한 응접실의 천장은 고전적인 장면들 — 훌리아는 빛나는 투구를 쓴 헥토르가 안드로마케와 아들에게 작별 인사를 나누는 장면을 가장 좋아했었다 — 이 그려져 있고, 벽면은 벽걸이 융단과 그림들로 장식되어 있었다. 그것들은 세사르가 가장 귀중하게 여기는 소유물이었다. 그는 자신의 생애를 통해 원하는 것은 그 값이 얼마든 상관없이 구해 다 놓았던 것이다. 훌리아는 그

---

70) 벨라스케스, 수르바란, 무리요 등이 유명하다.

것들을 자신의 물건처럼 잘 알고 있었다. 어쩌면 그것들은 그녀의 부모에 대한 기억보다도, 오히려 그녀의 집에 있는 물건들보다 더 익숙한 것들이었다.

 비단 천을 입힌 엠파이어 풍의 소파 — 세사르는 양손을 레인코트에 찔러 넣은 채 심각한 표정을 짓고 있는 무뇨스에게 그 의자에 앉으라고 손짓했다 — 슈타이너가 서명한 어느 펜싱 마스터의 모습 — 엄격한 용모의 검의 대가는 턱을 치켜든 채 실내를 지배하고 있는 듯한 인상을 풍겼다 — 을 담은 청동상, 그 청동상의 받침대가 놓여 있는 18세기말 네덜란드 산 책상 겸 테이블 — 세사르는 그 위에서 이따금 편지를 쓰곤 했었다 — 세사르가 한 달에 한 번씩 손수 닦는 조지 4세 시대의 코너 장식장 등은 돈으로 환산하기 힘든 귀중한 소장품들이었다. 아울러 그곳에는 세사르가 좋아하는 그림들도 있었다. 로렌초 로토[71]의 「나이 어린 부인」, 후안 데 소레다의 아름다운 「수태고지」, 루카 조르다노[72]의 힘이 넘치는 「화성」, 토머스 게인즈버러[73]의 우울한 「황혼」 등이 그것들이었다. 그 밖에 영국산 도자기, 양탄자, 벽걸이 융단, 부채 등도 나름대로 각각의 이야기를 지니고 있었다. 다시 말

---

 71) Lorenzo Lotto(1480경~1556). 이탈리아 후기 르네상스 시대의 화가. 인물의 성격을 날카롭게 포착한 초상화와 종교적 주제를 다룬 신비스러운 분위기의 그림으로 유명하다. 대표작으로 「수산나와 장로들」, 「수태고지」, 「매장」, 「예수의 변모」 등이 있다.

 72) Luca Giordano(1632~1705). 17세기 후반의 이탈리아 나폴리 화가 중 가장 유명한 화가.

 73) Thomas Gainsborough(1727~1788). 18세기 영국의 가장 뛰어난 초상화가·풍경화가. 대표작으로 「아침 산책」, 「앤드루 부부」, 「푸른 옷의 소년」 등이 있다.

해서 세사르는 자신의 미적 취향과 밀접하게 연관된 물건들의 스타일과 출처는 물론이고 그것들의 계보까지 추적하여 수집하고 소장했던 것이다. 따라서 그 응접실에 있는 소장품들은 세사르의 분신이나 다름없는 것들이었다.

무뇨스는 여전히 양손을 레인코트 주머니에 찔러 넣은 채 자리를 권하는 주인의 손짓을 거부하고 있었다. 겉으로는 차분한 모습이었다. 그러나 훌리아는 그의 두 발이 양탄자 가장자리를 밟고 있고 팔꿈치가 몸에서 떨어져 어색한 것으로 보아 긴장감을 늦추지 않고 있다는 것을 알 수 있었다. 한편 세사르는 정중한 자세를 잃지 않으며 무뇨스를 쳐다보았다. 그의 눈빛은 마치 훌리아는 자기 집이나 마찬가지니 별 문제가 없지만 무뇨스만큼은 이렇게 늦은 시간에 찾아온 이유를 반드시 설명해야 한다는 느낌을 담고 있었다. 그러나 누구보다도 세사르를 잘 알고 있다고 생각했던 훌리아는 그의 표정과 동작에서 여느때와 다른 느낌을 받았다. 물론 세사르가 두 사람에게 대하는 친절한 태도나 파란 눈에 드러나는 맑고 순진한 웃음기를 잃은 것은 아니었다. 표정과 동작은 옛날처럼 훌리아를 무릎에 앉혀 놓은 채 그녀가 그토록 좋아하던 수수께끼를 내며 마술 같은 얘기, 〈그건 금 같지만 은은 아니란다〉라고 하거나 〈처음에는 네 발로, 다음에는 두 발로, 맨 마지막에는 세 발로 걷는단다〉라고 하거나 〈정말 멋진 연인은 숙녀의 이름과 숙녀의 옷 색깔을 아는 것이란다〉라는 멋지고 아름다운 말을 들려줄 때나 마찬가지였다.

잉글랜드 램프의 양피지 갓에서 흘러나오는 불빛이 주위의 사물을 기이한 형태로 바꾸고 있는 가운데 세사르는 줄곧 무뇨스를 지켜보고 있었지만 훌리아에게 관심을 내보이지 않거나 일부러 시선을 피하는 것은 아니었다. 훌리아는 어쩌다 마주친 그의 눈길 속에 담긴 뜻을 읽을 수 있었다. 짧은 순간이지만 그때마다 그의 눈빛은 마치 훌리아와 세사르 사이에는 비밀이 없다는 것, 두 사람은 이미 논리 정연하고 설득력 있는 물음과 답변을 주고받았다는 것, 그간의 모든 의문들을 풀어 주었다는 것을 충분하게 전달하고 있었던 것이다. 그러나 훌리아는 그의 말없는 표현을 받아들이고 싶지 않았다. 그것은 그녀가 그에게 처음으로 느끼는 마음의 거부였다. 늦었어. 그녀는 마음속으로 중얼거렸다. 그것은 브뢰헬의 「죽음의 승리」앞에서 다 끝났던 일이야. 모든 것은 끝났어. 훌리아가 그날 밤 세사르의 집을 방문한 것은 지극히 형식적인 호기심 — 세사르는 그것을 미학적 호기심이라고 표현할 것이다 — 때문이었다. 그녀는 아무도 창조해 내지 못했던 고전적 비극들 — 오이디푸스, 오레스테스, 메데아 그리고 오랜 친구들이 거기 있었다 — 가운데 가장 매혹적인 연극의 주인공이자 합창단원으로, 배우이자 관객으로 참석한 것이나 다름없었다. 다시 말해서 그 연극은 자신의 명예를 기념하는 행사였던 것이다.

세 사람이 처해 있는 상황만 해도 그랬다. 훌리아는 소파에 앉아서 다리를 꼬고 한 팔을 등받이에 기댄 채 두 남자를 쳐다보았다. 그들은 흡사 도난당한 「체스 게임」에 등장하는 인물들의 상황과 다를 바 없었다. 먼저 무뇨스는 빛 바랜 실들이 아름다운 적색과 황토색을 강조하는 낡고 오래된 파키스탄 양탄자 가장자리에 서 있었다. 늘 그렇듯 한쪽으로 약간 머리를 기울인 채 세사르를 바라보는 그의 모습은 마치 셜록 홈즈 풍의 분위기를 띠면서 자못 위엄스런 느낌을 풍겼다. 그렇다고 그가 — 훌리아가 판단할 때 — 승리자의 오만함으로 상대를 직시하는 것은 아니었다. 증오나 원한 따위를 품은 눈길도 아니었다. 그의 눈빛이 예사롭지 않고 턱의 근육이 꿈틀거리는 것은 단지 상황을 바라보는 긴장감 탓이었다. 더욱이 그의 얼굴에 긴장감이 감도는 것은 여태껏 관념적인 상대를 만나다가 실제로 〈현실적인 상대〉를 대하게 된 상황에 익숙하지 못한 탓이었다. 그는 이미 과거의 실수를 되짚고 그것을 바탕으로 말의 위치를 재구성해서 상대의 의도를 간파했음에도 불구하고 그는 승리 따위에는 관심조차 없는 표정이었다. 마치 상대가 어떻게 해서 행마와 관련되지 않는 수를 두었는가, 어떻게 해서 까맣게 잊어버린 체스의 빈 공간으로부터 졸을 죽일 수 있었는가 하는 문제를 파악하는 데 온 정신을 집중하고 있는 것 같았다.

한편 무뇨스의 맞은편인 오른쪽에는 세사르가 있었다. 그는 은빛 머리에 비단 가운 차림을 한 탓인지 마치 20세기 초 희극에 등장하는 고상한 인물처럼 보였다. 아울러 차분하고 품위 있는 모습은 그가 2백 년이나 된 양탄자의 소유자임을 의식하고 있는 것 같았다. 그는 이제 막 담뱃갑을 꺼내 필터에 금박이 입혀진 담배 한 개비를 상아 물부리에 끼우고 있었다.

훌리아는 두 남자의 모습이 자신의 뇌리에 영원히 각인될 것이라고 생각했다. 은은한 빛이 흐르는 골동품들을 배경으로 마주 선 두 남자, 우아하면서도 내부에 또 다른 세계를 간직하고 있는 늙은 멋쟁이 신사와 구깃구깃한 레인코트 차림을 한 초라한 행색의 젊은 사내는 서로를 말없이 쳐다보면서 누군가 — 마치 골동품들 사이에 감춰진 프롬프터를 작동하는 어떤 사람이 — 이제 마지막 게임을 시작하라는 신호를 기다리고 있는 것 같았다.

사실 훌리아는 낡은 잡지 속에서 카메라를 응시하고 있는 15세 소년의 눈빛을 읽어 내는 순간 연극의 마지막 장을 예상했고 — 그녀의 예상은 적중되고 있었다 — 그 마지막 연극의 종말이 어떻게 전개되리라는 것도 예견할 수 있었다. 이제 훌리아는 응접실에 놓여 있는 엠파이어풍의 소파에 앉은 채 자신이 가장 좋아하는 두 인물을 가장 가까운 거리에서 지켜보며 클라이맥스가 어떻게 흘러가든지 가만히 내버려 둘 참이었다. 세상에 어느 극장에서 이렇게 완벽한 자리를 차지할 수 있단 말인가.

모든 것은 낮과 밤으로 빚은 체스판
그곳에서 운명은 사람들을 체스의 말처럼 다루노라.

훌리아는 세사르와 무뇨스를 번갈아 쳐다보면서 마음속으로 중얼거렸다. 이제 모든 게 준비된 이상 남은 것은 시작의 순간뿐이었다. 잉글랜드 램프의 양피지 갓에서 흘러나오는 노르스름한 불빛이 두 사내의 주위를 감돌고 있었다. 이윽고 세사르가 고개를 숙이며 담배에 불을 붙였다. 그것이 두 사람의 대화를 알리는 신호였을까, 그때서야 무뇨스가 한쪽으로 고개를 끄덕이며 입을 열었다.

「세사르 씨, 체스판은 준비하셨겠죠?」

서두치곤 그다지 멋지지 못했어. 훌리아는 마음속으로 생각했다. 분위기에도 어울리지 않아. 상상력이 풍부한 극작가였다면 훨씬 멋진 표현을 사용했을 텐데. 그러나 그녀는 이내 극작가란 본래 자신이 창조한 세계만큼이나 평범하다고 생각하며 스스로를 위안했다. 더욱이 그럴 상황이 아니지 않는가.

「난 체스판 따위는 필요 없다고 생각하오.」 세사르가 덤덤히 그 말을 받았다.

훌리아는 세사르의 대답 속에서 그가 즐겨 쓰는 특유의 어조 즉, 완벽한 권태로움을 드러낼 때 사용하는 말투를 찾아낼 수 있었다. 그의 전형적인 어조였다. 그것은 이따금 독한 마티니를 손에 든 그가 정원에 있는 백색의 주철 의자에 앉아서 먼 곳의 사물을 물끄러미 바라보며 가만히 내뱉는 말투였다. 그는 자신의 사악함과 동성애로 대변될 수 있을 것 같은 퇴폐적인 모습들 속에서 자신의 말투를 정제했던 것이다. 어쩌면 훌리아가 세사르를 좋아하게 된 게 그것 때문이었는지도 모른다. 그러나 이제는 모락모락 피어나는 담배 연기 저쪽에 있는 한 인간의 진면목을 확인하고 싶은 마음밖에 없었다. 그는 자신에 대한 엄격함을 바탕으로 무려 20년 동안이나 그녀를 속여 왔던 것이다. 하지만 공정하게 말하자면 그간의 기만극에 책임을 질 사람은 세사르가 아니라 훌리아 자신이었다. 왜냐하면 그는 아무것도 바뀌지 않았으니까. 여전히 그는 그 자체였으니까. 그러기에 그는 여전히 자신이 저지른 일에 대해 양심의 가책이나 불안감 따위는 갖고 있지 않았다. 여전히 그는 자신의 입술에서 흘러나온 아름다운 연인과 전사들에 대한 이야기를 할 때처럼, 여전히 그는 롱 존 실버,[74] 웬디, 라가르데르, 케네스 경, 표범의 기사에 대한 얘기를 할 때처럼 우아한 품위를 지키며 빈틈없이 정확하게 말하고 있었다. 그럼에도 불구하고 그는 알바로를 샤워 물줄기가 쏟아지는 욕

---

74) 로버트 루이스 스티븐슨의 『보물섬』에 나오는 외다리 선원.

실에 처박고, 멘추의 두 다리 사이에 술병을 쑤셔 넣지 않았던 가. 변한 게 없어. 훌리아는 담배 연기를 천천히 내뱉으며 씁쓰레한 자신의 고통을 음미하고 있었다. 그는 여전히 그 자체인데 변한 것은 바로 나 자신이 아닌가. 그 덕분에 나는 오늘 그를 색다른 눈으로 볼 수 있는 거야. 악당이자 사기꾼인 것도 부족해 사람까지 죽인 살인마를 말이지. 그렇지만 난 여기 있어. 그렇지만 나는 그의 말을 놓치지 않으려고 애를 쓰고 있어. 이제 잠시 후면 그는 나에게 카리브 해의 모험 이야기가 아니라 날 위해 모든 일을 꾸몄느니 하며 둘러대겠지. 물론 나는 늘 그랬듯 그의 말에 귀를 기울이게 되겠지. 왜냐하면 오늘의 이야기는 그 어느 때보다 재미있을 테니까. 그 누구도 상상하기 힘든 모험과 공포로 가득 찬 이야기가 될 테니까.

훌리아는 등받이에 걸쳤던 한쪽 팔을 무릎 위로 끌어당기며 상체를 숙였다. 두 남자 사이에서 펼쳐질 장면 하나도, 두 남자 사이에 전개될 대화 한 마디도 놓치고 싶지 않았다. 그리고 그녀의 움직임은 두 사람의 대화를 이어가라는 신호가 되었다.

「한 가지 밝혀 주셨으면 합니다.」 무뇨스가 세사르를 똑바로 쳐다보며 말했다. 「흑 주교가 a6의 백 졸을 잡은 후에 백이 왕을 d4에서 e5로 움직이면, 백 여왕은 흑 왕에게 장군을 치게 됩니다. 그러면 흑은 어떻게 하겠습니까?」

세사르는 대답 대신 눈웃음을 지었다.

「모르겠소.」 잠시 후 그가 말했다. 「친구, 마스터는 당신이오. 그러니 그건 당연히 당신이 알아서 할 일이지.」

무뇨스는 다소 모호한 제스처를 취했다. 마치 이제 막 상대가 처음으로 붙여 준 마스터란 칭호를 한쪽으로 치워 버리는 듯한 동작이었다.

「거듭 말씀드립니다만, 나는 지금 당신의 의견을 묻고 있습니다.」

그때서야 세사르의 눈에 머물러 있던 웃음기가 입가로 번졌다.

「이 경우, 난 주교를 c4에 세워 흑 왕을 보호하겠소……」 그는 짐짓 예의를 갖추며 염려스런 눈빛으로 물었다. 「그게 적합하다고 생각하지 않소?」

「그럼 그 주교를 잡을 수밖에.」 무뇨스가 거침없이 말했다. 「d3에 있는 백 주교로 말입니다. 그러면 흑은 d7에 있는 흑 기사로 장군을 부르게 됩니다.」

「난 그러지 않을 거요.」 세사르는 흔들리지 않고 상대를 직시하며 말했다. 「친구, 무슨 말을 하는 게요. 난 지금 제스처 따위의 게임을 할 때가 아닌 줄로 알고 있소.」

무뇨스는 이맛살을 찌푸렸다.

「흑은 d7에 있는 흑 기사로 장군을 부르게 됩니다.」 그는 단호한 음성으로 자신의 뜻을 관철시키고 있었다. 「이제 빈말씀은 그만두시고 체스판을 주목하시지요.」

「내가 그렇게 해야 할 이유라도 있는 거요?」

「이제 선생께선 이 상황에서 벗어날 여지가 별로 없기 때문입니다……. 자, 나는 백 왕을 d6으로 옮겨 장군을 피하겠습니다.」

세사르는 한숨을 내쉬었다. 침침한 실내 불빛 탓일까. 파란색이 거의 사라진 그의 눈이 훌리아 앞에 머물렀다. 이윽고 그는 담배 물부리를 이 사이에 물며 고개를 두 번 끄덕였다.

「참으로 유감이오.」 그는 어쩔 수 없다는 듯한 표정을 지으며 말했다. 「안됐지만 난 두 번째 백 기사를 잡을 수밖에 없소. b1에 있는 것 말이오. 어때요? 정말 이래선 안 된다고 생각하지 않소?」

「그렇군요. 특히 백 기사의 입장에선 말입니다.」 무뇨스가 아랫입술을 깨물며 대답했다. 「그런데 그걸 성장으로 잡을 겁니까, 아니면 여왕으로 잡을 겁니까?」

「그야 당연히 여왕으로 잡을 수밖에.」 세사르가 주저 없이 대답했지만 불쾌한 심사가 밴 말투였다. 「그건 규칙이나 다름없으니까……」 세사르는 오른손을 내저으며 말을 끊었다. 가늘고 창백한 손 — 훌리아는 그 손이 치명적인 타격을 가하거나 소름 끼치는 살인 도구가 될 수 있다는 사실에 치를 떨었다 — 그 손등 위로 푸르스름하게 돌출된 정맥이 선명하게 드러났다.

그러나 무뇨스는 웃고 있었다. 정확히 말해서 얼핏 웃고 있는 것처럼 보였다. 그것은 그날 밤 처음으로 웃는 웃음이자 아무런 의미도 없는, 단지 자신의 기이한 수학적 사고에 대한 반응에서 나온 모호한 웃음이었다.

「내가 흑의 입장이라면 흑녀를 c2로 옮기겠지만 이제 그것은 중요하지 않게 되었군요……」 그는 낮고 차분한 목소리로 말을 이었다. 「사실 나는 선생께서 나를 어떻게 죽일 요량이었는지 그걸 알고 싶었습니다.」

「말도 안 되는 소린 꺼내지도 마시오.」 세사르가 어이없다는 표정으로 그 말을 받았다. 그러나 말은 그렇게 했지만 — 훌리아가 볼 때 — 미처 예기치 못한 충격을 받은 것 같았다.

잠시 후 그는 무뇨스에게 호소하듯 훌리아가 앉아 있는 소파 쪽으로 손짓을 하며 입을 열었다.

「여기 숙녀분도 있는 데 그런 말을……」

「이 시점에서 여기 계신 숙녀분은 내가 생각하는 것 이상으로 그 이유를 알고 싶어할 것입니다.」 무뇨스는 여전히 입꼬리에 미소를 띤 채 그의 말을 가로챘다. 「그런데도 선생께선 여태껏 아무런 대답이 없습니다. 어떻습니까? 또다시 목을 치는 전술에 의존할 생각인가요? 아니면 혹시라도 나를 위해 조금 더 고전적인 방법을 아껴 두지는 않았는지요. 예를 들어 독침이나 단검 같은 것 말입니다. 그런 걸 두고 베네치아풍이라고 하던가요……」

「나 같으면 〈피렌체풍〉이라고 했을 것이오.」 세사르는 여느때처럼 타인의 표현을 지적했지만 상대에 대한 감탄을 숨기지 못하고 덧붙였다. 「그런데 난 여태껏 당신에게 그런 풍자적인 면모가 있는지 모르고 있었구려.」

「난 그런 것은 안중에도 없는 사람입니다.」 무뇨스가 고개를 저으며 말했다. 「전혀 말입니다.」 그런데 예상치 못한 — 어쩌면 예상했던 — 말이 무뇨스의 입에서 튀어나온 것은 그 다음이었다. 무뇨스는 훌리아를 쳐다보며 덧붙였다. 「풍자적인 면모를 갖춘 사람은 여기 있습니다.」 어느새 무뇨스의 손가락은 세사르를 지적하고 있었다. 「바로 이분이 왕과 여왕의 신뢰를 동시에 누리는 주교입니다. 영어로 비숍, 소설을 빌리면 흔히 계략을 잘 꾸미는 인물, 어두운 그늘에서 역모를 일삼는 모반자 그랜드 비지에,[75] 그 멋진 인물이 지

---

75) vizier. 아랍, 페르시아, 터키, 몽골을 비롯한 동양 민족들이 세운 이슬람 국가의 고관을 가리키는 말로 대(大) 비지에는 술탄의 완전한 대리인이라는 의미.

금은 흑 여왕으로 변장을 하고서……」

「꽤 훌륭한 연재 소설이구려!」 세사르가 비웃으며 천천히 소리 없는 박수를 쳤다. 「하지만 친구, 당신은 기사를 잃은 뒤에 어떤 말을 움직일 것인지 아직 말하지 않았소. 솔직히 말해서 난 그걸 알고 싶은데, 어떻소?」

「나는 주교를 d3으로 움직여 장군을 부릅니다. 그렇게 하면 흑이 패배한 게임이 되겠지요.」

「그렇게도 쉽게? 친구, 지금 날 놀라게 만들 생각이오?」

「사실은 사실이니까요.」

세사르는 대답 대신 골똘히 생각에 잠겼다. 그의 손은 물부리에서 타들어간 담배를 뽑아 재떨이에 대고 재를 털어 내고 있었다. 이윽고 그는 내뱉듯 입을 열었다.

「재미있군.」 그 부분에서 세사르는 물부리를 높이 쳐들었다. 마치 일시적 휴전을 제안하는 듯한 제스처로 보였다. 무뇨스는 아무 반응이 없었지만 그의 시선은 세사르의 눈을 좇고 있었다. 가만히 몸을 일으킨 세사르가 소파 옆에 있는 영국식 카드 게임 테이블로 다가가더니 레몬나무 상자의 자물쇠에 조그만 열쇠를 꽂고 돌렸다. 이어 그 속에서 체스판과 검고 누르스름한 빛이 감도는 체스 말 — 그것은 훌리아가 한 번도 본 적이 없는 상아로 만든 것이었다 — 을 꺼냈다.

「아주 재미있단 말이야.」 그는 똑같은 말을 되풀이하면서 연약하게 느껴지는 가느다란 손가락으로 그것들을 체스판에 배열한 뒤에 덧붙였다. 「어쨌든 상황은 이렇게 되겠군.」

「정확하군요.」 무뇨스가 한 발자국도 움직이지 않은 채 배열이 끝난 체스판을 바라보며 말했다. 「그럼 시작하죠. 백 주교가 c4에서 d3으로 물러나면 이중의 노림수를 얻게 됩니다.

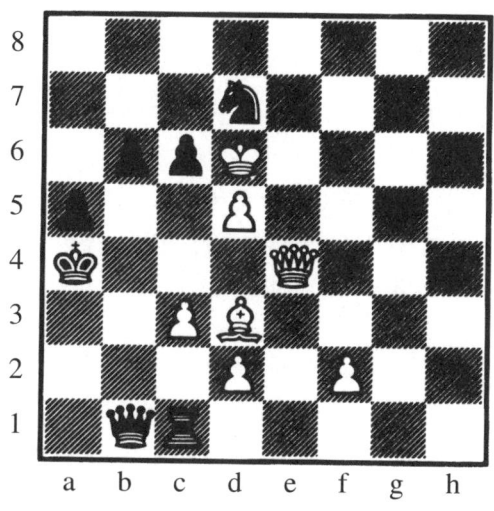

백 여왕은 흑 왕에게 장군을 치게 되고, 백 주교 자신은 흑녀에게 장군을 칠 수 있다는 거죠. 그렇게 되면 흑 왕은 a4에서 b3으로 달아나야 하는 처지가 되면서 흑녀는 스스로의 운명에 내몰리게 됩니다. 다시 말해서 백 여왕은 c4에서 장군을 불러 흑 왕을 공격하고 흑녀는 잡힐 수밖에 없다는 겁니다.」

「백 주교는 흑 성장에게 잡힐 텐데.」

「그렇죠. 하지만 그건 중요하지 않습니다. 흑 여왕이 없는 것은, 다시 말해서 흑녀가 체스판에서 사라진다는 것은 게임에서 아무런 의미가 없게 되니까요.」

「그 말이 맞을지도 모르겠소.」

「맞을지도 모르는 게 아니라 맞습니다.」 무뇨스가 자신의 말에 못을 박았다. 「이제부터 남은 게임은 d5에 위치한 백 졸에 의해 진행되는데, 백 졸은 c6에 있는 흑 졸을 잡고 거침없이 나아가 흑녀가 있는 위치까지 도달합니다만 어느 누구도 막지 못합니다. 어떤 수로든 제지하지 못할 수밖에요……. 그리하여 게임은 여섯 수, 혹은 더 버텨야 아홉 수만에 끝나게 됩니다.」

세사르는 말이 없었다. 그때서야 무뇨스는 호주머니에 손을 넣어 종이 한 장을 꺼냈다. 역시 연필로 적은 기호와 숫자가 적혀 있었다. 그는 그것을 세사르에게 건네며 다시 입을 열었다.

「그 과정은 이렇게 되겠죠.」

Pd5 × Pc6	Ktd7 − f6
Qc4 − e6	Pa5 − a4
Qe6 × Ktf6	Pa4 − a3
Pc3 − c4+	Kb2 − c1
Qf6 − c3+	Kc1 − d1
Qc3 × Pa3	Rb1 − c1
Qa3 − b3+	Kd1 × Pd2
Pc6 − c7	Pb6 − b5
Pc7 − c8……	(흑 포기)

세사르는 말없이 종이를 집어 들더니 천천히 체스판을 살펴보았다. 그의 이 사이에는 빈 담배 물부리가 물려져 있었다. 그는 패배를 인정하는 씁쓰레한 미소를 지으며 종이에 씌어진 순서에 맞춰 체스 말을 옮겨 놓았다.

「달리 빠져나갈 방도가 없군.」 이윽고 세사르가 입을 열었다.「흑의 패배야.」

무뇨스의 시선이 체스판에서 세사르에게 옮겨졌다.

「두 번째 기사를 잡은 게 실수였습니다.」 그가 덤덤하게 말했다.

세사르는 여전히 씁쓰레한 미소를 잃지 않으며 어깨를 으쓱 추켜올렸다. 그리고 마치 중얼거리듯 입을 열었다.

「어느 지점에선가 흑은 이미 선택의 여지가 없어진 게지⋯⋯. 뭐랄까, 흑 역시 자신의 움직임에 의한 포로가 되었다고나 할까. 그것보다는 자신의 역동적인 천성이었다고 보아야 맞겠지. 아무튼 백 기사의 마무리는 사실 거의 완벽에 가까웠거든.」

「체스에선 완벽이란 게 없습니다.」 무뇨스가 냉담하게 그 말을 가로막았다.

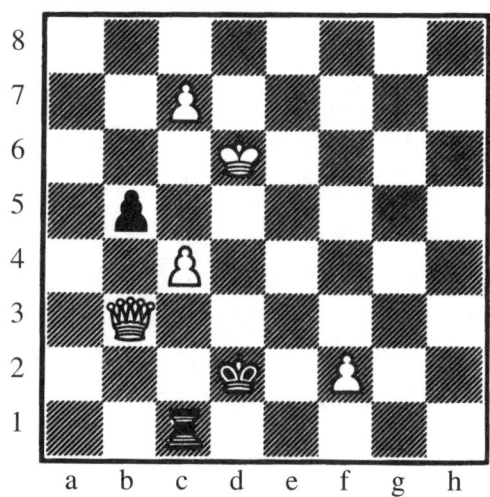

「방금 체스라고 했나?……」 세사르는 마치 테이블 위의 체스 말들을 향해 경멸의 눈짓을 보내는 듯한 표정을 지으며 말했다. 「존경하는 친구, 내가 말하는 것은 체스 이상의 어떤 것이지……」 그의 파란 눈이 깊은 어둠 속으로 꺼져 가고 있었다. 「난 지금 인생 그 자체, 시인이 말했던 검은 밤들과 하얀 낮들로 이루어진 64개의 칸들, 아니 하얀 밤과 검은 낮에 대해 말하고 있소. 물론 그 이미지는 플레이어에 따라 다르지만……. 기왕 말이 나온 김에 상징적인 용어를 빌리자면 그것은 우리가 거울을 어디에 놓느냐에 따라 달라진다는 뜻이지.」

순간 훌리아는 분명 자신을 두고 하는 말이라고 느꼈다.

「이분이란 것을 어떻게 알았죠?」 그녀가 무뇨스에게 물었다.

이번에 놀란 쪽은 세사르였다. 그의 표정에서 거의 감지할 수 없는 변화가 일고 있었다. 그것은 세사르가 그날 밤 처음으로 훌리아에게 보여 주는 감정의 표현이었다. 전혀 예기치 못한 사태에 당황하고 있는 것 같았다. 설마 그동안 지켜 온 두 사람 간의 묵시적 밀약이 이런 식으로 깨지리라고는 상상도 못한 사람 같았다. 아니나 다를까. 그때까지 그의 입가에 흐르던 씁쓰레한 미소가 우울한 웃음으로 뒤바뀌고 있었다.

「대답하시오.」 세사르가 채근했다. 격앙된 음성이었지만 그것은 자신의 과오를 공식적으로 처음 인정하는 말이었다. 「당신이 어떻게 해서 그걸 알았는지 얘기해 주시겠소?」

「선생께선 두 가지 실수를 했습니다. 그 실수는……」 그러나 무뇨스는 그 부분에서 잠시 머뭇거렸다. 그는 방금 자신이 한 말의 의미를 생각하는 것 같았다. 잠시 후 무뇨스는 세사르를 향해 고개를 돌려 사과한다는 뜻을 전한 뒤에 말을 이었다. 「그걸 〈실수〉라고 하는 것은 부적합한 표현일지도 모르겠군요. 왜냐하면 선생께선 늘 자신이 무엇을 하는지, 그리고 그 일에 어떤 위험이 도사리고 있는지 정확하게 알고 있으니까요. 그렇지만 역설적으로 볼 때, 바로 그 점이 당신 스스로를 드러내는 모순에 빠지도록 만든 것입니다.」

「내가? 하지만 어떻게 거기까지⋯⋯.」 세사르는 고개를 저었다.

이렇게 달콤할 줄이야. 훌리아는 그런 그의 모습을 보면서 생각했다. 스스로의 모순에 부서지고 있어.

「우리의 친구 무뇨스 씨가 제멋대로 지껄이고 있단다, 공주야.」

「부탁하건대, 오늘만큼은 제발 공주라고 부르지 말아 주세요.」 훌리아는 다급하게 그 말을 막았지만 미처 자신의 목소리조차 제대로 인식하지 못한 상태였다. 그녀는 거의 나오는 대로 토해 내고 말았던 것이다.

세사르는 물끄러미 그녀를 쳐다보았다. 그리고 이내 그 말에 동의한다는 뜻으로 고개를 끄덕이며 내뱉었다.

「그렇게 하마.」

잠시 세 사람 사이에 침묵이 흘렀다. 맨 먼저 그들의 불편한 침묵을 깨뜨린 쪽은 세사르였다.

「무뇨스 씨는 네가 이 게임에 속해 있음으로써 상대방의 의도를 간파하는 기준점을 구할 수 있었단다. 물론 이 친구는 아주 훌륭한 체스 플레이어인 게 분명해. 아울러 내가 예상했던 것보다 훨씬 뛰어난 사냥꾼이라는 것도 증명되었단다. 얼간이 같은 페이호와는 달라. 그 빌어먹을 자식은 재떨이에 담배꽁초가 놓여 있는 것을 보고 기껏해야 누군가가 담배를 피웠다는 사실밖에 추정하지 못하니까.」 이어 그는 무뇨스를 보며 덧붙였다. 「당신이 경계심을 갖게 된 것은 흑녀가 d5의 졸을 잡는 대신 주교가 그 졸을 잡은 순간이었을 거요. 그렇지 않소?」

「그 말씀은 적어도 제가 의심한 것들 중에서 한 가지 이유는 되겠군요.」 무뇨스가 거침없이 그 말을 받았다. 「네 번째 행마에서 흑은 백 여왕을 잡을 기회가 있었고, 그렇게 했다면 게임은 흑에게 유리한 형국이 되었을 텐데……. 어쨌든 사실 나는 처음에 상대가 단지 쥐와 고양이 놀이를 하거나, 아니면 반대로 훌리아 씨를 게임에서 꼭 필요한 존재로 여긴 상대가 목적이 달성될 때까지 일부러 늦추고 있다고 생각했죠. 그런데 상대는 여왕으로 d5의 졸을 잡는 대신에 주교를 잡더군요. 그 부분에서 나는 깨달았습니다. 상대가 백 여왕을 죽일 의도가 전혀 없다는 것과 백 여왕을 잡느니 차라리 게임을 포기하거나 패배해도 좋다는 식의 의도를 말입니다. 물론 여왕으로 졸을 잡았다면 어쩔 수 없이 여왕끼리의 바꿔치기가 이뤄졌을지도 모르죠. 게다가 상대의 의도는 벼룩 시장 라스트로에 주차된 차에 남아 있던 스프레이 깡통에서 보듯 〈난 널 죽일 수 있지만 죽이지 않겠다〉는 것으로 확실하게 뒷받침되었습니다. 아울러 나는 백 여왕에 대한 상대의 위협이 그저 허세에 지나지 않았다는 것도 알 수 있었습니다.」 이어 그는 훌리아를 보며 말을 이었다. 「왜냐하면 이 게임이 진행되는 동안 훌리아 씨는 목숨이 위태로운 실제 상황에 처한 적은 없었으니까요.」

그 말에 세사르는 고개를 끄덕이고 있었다. 그러나 그 동작은 마치 지금 얘기되고 있는 상황이 자신이 아니라 제3자의 일이나 된 것처럼 자연스러웠다.

「그러니까 당신은 상대가 왕이 아니라 흑녀였다는 사실도 알고 있었다?」

무뇨스가 어깨를 으쓱했다.

「별로 어렵지 않았습니다. 흑녀에게 잡힌 말들은 피살된 사람들을 상징하고 있었던 게 명백했으니까요. 난 흑녀의 움직임을 예의 주시하는 동안 몇 가지 재미있는 결론을 얻었습니다. 예를 들자면 흑녀는 게임 내내 보호자의 역할에 주력했습니다. 심지어 자신의 주요 적이라고 할 수 있는 백 여왕까지 보호하고자 했으니까요. 마치 신성한 존재나 된 것처럼 말입니다. 그리고 또 하나는 백 기사, 즉 나와 흑녀의 관계입니다. 두 말의 위치는 인접해 있었지만 마치 사이좋은 이웃처럼 지냈고, 흑녀는 다른 대안을 찾기까지 치명적인 독침을 사용하지 않았습니다.」 그의 무심한 눈길이 세사르를 바라다보고 있었다. 「여기서 나는 선생의 의도를 간파했다는 사실에 위안을 갖습니다. 선생께선 증오 없이 나를 죽일 수 있었지만 그 수완 좋은 일 솜씨와 친절한 동료 의식을 보여 주었습니다. 그것만이 아닙니다. 선생께선 나에게 입에 침이 마르도록 좋은 소리를 했는가 하면 보이지 않는 플레이어의 요구이니 일단은 들어줄 수밖에 없지 않느냐는 식으로 나의 이해를 구하고자 했습니다.」

세사르는 두 손을 들어 18세기 영국풍의 제스처를 취하면서 고개를 숙여 무뇨스의 정확함에 사의를 표명했다.

「모든 게 정확해. 그렇지만 한 가지만 더 묻겠소. 당신은 주교가 아니라 백 기사인 줄은 어떻게 알았소?」

「일련의 실마리들 덕분이었습니다. 물론 그 중에는 사소한 것도 있고 중요한 것도 있었죠. 하지만 결정적인 것은 앞서 언급했듯이 왕과 여왕의 신뢰를 누리는 주교의 상징적인 역할이었습니다. 선생께선 이 게임에서 흑 여왕이자 변장한 백 주교라는 이중 역할을 수행했던 것인데, 바로 그 역할로 선생께선 스스로의 몰락을 초래한 것입니다. 그러나 보다 중요한 것은 선생 스스로 최후의 일격을 당한 것으로 보아 이 게임은 패배하기 위해 시작한 게임이었다는 사실입니다. 백 주교가 흑 여왕을 잡는다는 것은 보이지 않는 체스 플레이어의 정체를 드러낼 수밖에 없었던 일이었으니까요. 마치 전갈이 자신의 꼬리로 자신을 찌르듯 말입니다. 어쨌든 태어나서 이렇게 완벽한 자살을 목격한 것은 처음 있는 일입니다.」

「기막히군.」 세사르가 짧게 내뱉었다. 훌리아는 방금 세사르가 한 말이 무뇨스의 정확한 분석에 대한 찬사인지, 아니면 그 자신이 풀어 가던 게임의 능력에 대한 찬사인지 가늠할 수 없었다. 「그런데 말이오.」 세사르가 다시 물었다. 「나를 흑의 여왕이자 백의 주교로 볼 수 있었던 특별한 근거가 있소?」

「그것을 자세하게 설명하자면 하룻밤을 지새야 할 것이고, 또 이것저것 따지다 보면 몇 날 몇 주가 걸릴지도 모릅니다. 그래도 듣고 싶다면 지금으로선 체스판에서 본 것만 말씀드릴 수밖에……」

세사르는 말없이 고개를 끄덕였다.

「내가 본 것은 선생의 이중성입니다.」 무뇨스가 다시 입을 열었다. 「먼저 선생의 인간성에는 흑과 어둠으로 상징되는 여성적 측면이 있습니다. 혹시 기억하십니까?…… 언젠가 자신의 환경으로 인한 구속과 억압, 제도적 권위에 맞선 도전,

적대적이고 동성애적인 충동에 대한 분석을 요구했던 것 말입니다. 그것은 하나같이 부르고뉴의 베아트리스가 입고 있는 검은 옷차림에서 체현된 것들입니다. 이런 의미에서 체스의 여왕 역시 같은 맥락으로 이해되어야 하겠지요. 그리고 또 하나, 선생에게는 마치 밤과 낮처럼 대립적인 여성적 측면과 대립적인 사랑이 있습니다. 후자는 물론 여기 계신 숙녀분에 대한 사랑입니다. 하지만 그 사랑 역시 고통스러울 수밖에 없었습니다. 왜냐하면 선생의 내부에는 변질된 남성적 측면이 자리하고 있었으니까요. 선생은 기사도적인 행위를 원했지만 결국 그렇게 되지 못했습니다. 다시 말해서 선생은 체스의 기사나 실제의 기사의 화신인 로제 드 아라가 되지 못하자 우아한 백 주교의 화신이 되었던 것입니다. 어떻게 생각하십니까?」

세사르는 화석처럼 굳어 있었다. 그렇게 창백하게 변한 얼굴은 훌리아가 처음 보는 세사르의 모습이었다. 침묵이 흐르고 있었다. 세 사람 사이에 흐르는 침묵은 째깍거리는 시계 소리에 의해 대변되고 있었다. 영원히 지속될 것 같은 침묵이었다. 이윽고 핏기 없는 세사르의 얼굴이 꿈틀거렸다. 그의 입가로 희미한 미소가 흘렀다. 감정이 없는 웃음이었다. 어쩌면 그 웃음은 무뇨스가 이것으로 게임이 끝났다며 벗은 장갑을 그의 면전에 던져 버린 것에 대한 무언의 응답이자 자신의 인격을 모독한 상대에게 던지는 반격의 웃음일 수도 있었다.

「계속합시다.」 이윽고 세사르가 중얼거리듯 내뱉었다. 그러나 그의 음성은 이미 잠겨 있었다. 「그 주교에 대해 말하시오.」

「요구 사항은 받아야죠.」 무뇨스는 거침없이 대답했지만 이내 말을 끊고 상대를 물끄러미 쳐다보았다.

순간 훌리아는 그의 눈에서 결정적인 체스 게임에 임했을 때 불꽃처럼 타오르던 결연한 의지를 엿볼 수 있었다. 그는 그동안 자신을 체스판 앞에 묶어 둔 상대방에게 철저하게 복수하겠다는 생각을 하고 있는 게 틀림없었다. 이른바 프로다운 근성을 보여 주는 복수전인 셈이었다. 생각이 거기까지 미치자 훌리아는 그가 이번 게임을 치르는 동안 패배까지 염두에 두었음을 느낄 수 있었다.

「체스에서 주교는 깊게 대각선으로 움직이는 그것의 특성으로 인해 동성애를 가장 잘 체현하는 말이라고 합니다.」 무뇨스의 이야기가 다시 시작되고 있었다. 「그리고 선생은 무력한 백 여왕을 돕는 주교로서 걸맞은 역할을 훌륭하게 치러 냈습니다. 요약하자면, 그 주교는 처음부터 치밀하게 계획되었던 일이 결단의 순간에 이르자 자신의 어두운 측면에 치명적인 타격을 가하면서 자신이 경배하는 백 여왕에게 소름 끼치는 교훈을 던져 줍니다. 물론 이러한 결론은 모든 것을 차근차근 정리하면서 구하게 된 것인데 언젠가 선생은 체스를 두지 않는다고 했습니다. 플레이어가 아니었다는 말입니다. 처음에 내가 선생을 의심하지 않은 것은 그것 때문입니다. 뿐만 아니라 내가 거의 보이지 않는 상대의 정체를 알았을 때도 혼란을 느낄 수밖에 없었습니다. 왜냐하면 이 게임을 이끌어 가는 수준이 일반인은 물론이고 상당한 경력의 아마추어도 상상하기 힘들 만큼 완벽에 가까웠으니까요. 사실 그 점에 대해선 아직도 얼떨떨한 기분이 들 정도지만 이쯤에서……」

「모든 것에는 설명이 있는 법이오.」 세사르가 가볍게 그 말을 받았다. 「친구, 나도 할 말은 많지만 지금은 당신의 얘기를 끊을 생각이 없소. 그러니 계속하시오.」

「계속할 말이 많은 것은 아닙니다. 적어도 지금 여기선 말입니다. 어쨌든 간략하게 정리하자면, 누군가가, 혹은 아는 사람이 알바로 오르테가 교수를 죽였습니다. 그러나 난 그 사건에 대해 충분히 알 수 없었습니다. 우선 두 분을 몰랐으니까요. 그렇지만 멘추 로치 씨의 경우는 다릅니다. 고인은 낯선 사람에게 절대 문을 열어 주지 않았을 것입니다. 막스란 사람이 진술한 내용이 아니더라도 말입니다. 그런데 카페에서 그랬던가요? 선생께선 용의자가 거의 남지 않았다고 말씀하셨는데, 그 지적은 옳았습니다. 나는 일련의 분석적인 방법을 통해 용의자가 될 만한 사람들에게 접근하고자 했습니다. 먼저 롤라 벨몬테는 나의 상대가 아니었습니다. 난 그 여자를 처음 보았을 때 알 수 있었습니다. 롤라의 남편도 마찬가지였습니다. 다음은 돈 마누엘 벨몬테 씨였습니다. 그분의 기묘한 음악적 역설들이 나에게 생각할 여지를 풍부하게 제공했던 것은 사실이지만 그분은 용의자로 보기에 적절하지 못한 측면을 지니고 있었습니다. 예를 들어 체스의 측면만 놓고 보더라도 내가 상상했던 수준에 이르지 못했으니까요. 게다가 그분은 환자나 다름없는 신체적 결함 사항으로 인해 폭력적 행동과 연관시키기에는 무리였습니다. 혹시 레인코트를 입은 금발의 여자를 염두에 두고 볼 때 삼촌과 질녀가 공모할 가능성도 제기할 수 있었습니다만, 그것 역시 세부적인 분석에는 들어맞지 않았습니다. 무슨 이유로 그들이 자기 것을 훔치겠습니까? 경제적으로 가뜩이나 힘든 판에 일을 저질러서 뭘 어떻게 하겠습니까?…… 몬테그리포 씨에 대해서도 나름대로 조사를 해보았습니다. 하지만 그자는 체스와 거리가 먼 인물인 데다 여러 가지 정황이 맞지 않더군요. 예를 들어 멘추 로치 씨가 그날 아침 그자에게 문을 열어줄 까닭이 없었던 거나 마찬가지인 셈입니다.」

「그래서 결국 나만 남는군.」 세사르가 가만히 중얼거렸다. 덤덤한 음성이었다.

「아시다시피 불가능한 것을 제거했을 때 남는 것은, 설사 그것이 아무리 그렇게 보이지 않더라도 진실일 수밖에 없습니다.」

「친구, 나 역시 당신이 했던 그 말을 기억하고 있소. 축하하오. 그리고 당신에 대한 나의 판단이 틀리지 않았다는 사실에 대해서도 축하하고 싶소.」

「나를 선택한 것은 그것 때문이 아니었나요? 선생은 내가 이 게임에서 이길 것을 이미 알고 있었습니다. 선생은 패배하고 싶었던 것입니다.」

세사르는 가볍게 웃어넘기며 입을 열었다.

「패배를 기대했던 것은 사실이오. 그러나 이제 그것은 다 지난 일이 되었소. 내가 당신을 찾아간 것은 사람이 필요했기 때문이오. 여기 있는 숙녀가 지옥으로 내려갈 때 가이드가 있어야 했으니까.」 훌리아는 어이가 없었다. 그러나 세사르는 그녀의 반응에 아랑곳하지 않고 덧붙였다. 「이번에 난 악마의 역할에 집중해야 했단다. 네 옆에 있을 사람이 필요했어. 어쨌든 이렇게 해서 난 네게 좋은 동반자를 만날 수 있게 해주었구나.」

훌리아의 입에서 금속성의 고음이 터져 나온 것은 그 순간이었다.

「당신은 악마의 게임을 한 게 아니라 신의 게임을 했던 거라고요. 선악과 인간의 생사를 마음껏 주무르는 무서운 게임 말이에요.」

「애야, 그건 너의 게임이었단다.」

「거짓말! 그것은 당신의 게임이었어요. 난 단지 당신의 게임을 위한 구실에 불과했단 말이에요.」

세사르의 입술이 비틀리고 있었다.

「애야, 너는 아직 이해하지 못하고 있단다. 하지만 그건 이제 중요치 않아……. 자, 지금이라도 거울을 들여다보려무나. 어쩌면 내가 옳았다고 생각할지 모르니 말이다.」

「그 잘난 거울 속에는 당신이나 들어가세요.」

세사르는 고통에 찬 눈빛으로 훌리아를 주시했다. 마치 부당한 취급에 상처 받은 어린애나 집 밖으로 쫓겨난 강아지처럼 슬픈 눈빛이었다. 그러나 이내 그 눈빛이 희미해지고 있었다. 마치 무엇인가를 골몰하고 있는 듯한 눈빛으로 변하고 있었다. 이윽고 그는 천천히 고개를 흔들며 무뇨스를 쳐다보았다.

「아직……」 그가 입을 열었다. 그러나 아직은 자신의 대화법을 회복하는 데 어려움을 겪는 것 같았다.「그렇소. 아직 내가 듣지 못한 게 남아 있소. 생각컨대 당신은 당신의 그 귀납적 이론이 사실과 맞아떨어지길 고대했을 것이오. 그런데 당신은 어제 오지 않고 오늘 여기 왔소. 그 이유가 뭐요? 설명해 주시겠소?」

「왜냐하면 선생께선 어젯밤까지만 하더라도 백 여왕 잡는 것을 포기하지 않았으니까요……. 나 역시 오늘 오후까지 1945년 4/4분기에 발행된 체스 주간지 장정본을 찾지 못한 상태였습니다. 그 속에는 청소년부 체스 시합의 결승 진출자들의 사진이 들어 있더군요. 선생 얼굴도 있었죠. 이름은 그 다음 페이지에 나오고요. 그런데 내가 막상 놀란 것은 선생이 그 시합에서 우승자가 아니었다는 사실이었습니다. 게다가 선생에 대한 얘기는 그 뒤로 언급된 게 없더군요. 그때부터 선생은 공개적으로 체스를 두지 않았다는 겁니다.」

「나 역시 이해하지 못한 게 있어요.」 훌리아가 불쑥 끼어들었다. 「보다 정확히 말하자면, 이 모든 미친 짓들 말고도 이해할 수 없는 게 하나 더 있다는 거예요……. 난 철이 들 무렵부터 아저씨를 알고 지내 왔어요. 그러기에 아저씨 삶의 모든 구석을 알았고, 알고 있다고 생각했어요. 그런데 아저씨는 날 속였어요. 체스에 대해서 한 마디도 하지 않았단 말이에요. 왜 그랬죠?」

「그걸 얘기하자면 너무나 길어.」

「시간은 충분합니다.」 무뇨스가 그 말을 받았다.

1945년 10월 12일, 은제 컵이 빛을 발하는 가운데 체스 게임 결승전이 열렸다. 프랑코 장군의 사진과 달력 사이에 걸린 상황판 맞은편에서 관전자들이 진행자를 대신해서 시시각각 옮겨 놓는 말의 움직임에 촉각을 세우고 있는 가운데 결승전에 진출한 두 대국자는 우승컵을 향한 반상의 게임을 벌이고 있었다.

게임이 막바지에 이르자 회색 재킷 차림의 소년은 절망에 빠진 표정으로 연신 타이의 매듭을 만지작거리며 자신의 흑말을 지켜보았다. 그는 조직적인 상대방의 방법적 게임 운영으로 궁지에 몰리고 있었지만 아무리 생각해도 현실을 인정할 수 없었다. 행마가 뛰어난 것은 아닌데 처음부터 견고한 방어망 — 이른바 인디언 방어였다 — 을 구축한 상대자는 행마의 속도를 조절하고 흑의 실수를 끈질기게 기다림으로써 점진적인 우위를 차지하고 있었던 것이다. 소년은 이해할 수 없었다. 별반 특징 없는 상대방의 전술로 인해서 백 왕을 공격하려는 모든 시도가 무위에 그치고, 그로 인해 흑 말의 힘이 와해되면서 결국은 백 졸의 진전을 보고도 당할 수밖에 없는 현실이 야속했다.

소년은 밀려드는 극도의 피로감과 수치심으로 괴로워하고 있었다. 그는 흑의 마지막 운명 앞에서 자신의 게임 운영이 훨씬 대담하고 뛰어났다는 점을 거듭 확인하며 스스로를 위로했지만 그럴수록 초라해지는 자신이 미웠다. 열다섯 살의 불 같은 패기와 뛰어난 상상력, 극도로 민감한 사고, 나이에 어울리지 않는 화려한 행마, 거의 완벽한 전술의 운용, 그것들이 멋진 조화를 이루었다는 쾌감……. 그러나 그 모든 것은 한낱 부질없는 기개로 그쳤을 뿐만 아니라 상대방의 얼굴에 명백하게 드러나는 승리감과 경멸감에 철저하게 짓밟히고 있었다. 소년은 이해할 수 없었다. 영락없이 시골뜨기인 상대방의 유일한 전략, 그것은 거미가 거미줄을 쳐놓고서 먹이감을 기다리는 겁쟁이의 전술에 불과했던 것이다.

이런 게 체스 게임이란 말인가. 흑을 쥔 소년은 생각했다. 모험심도 없는 상대에게 패배의 수모를 당한다는 것과 그런 상대에게 상이 주어진다는 사실이 용납될 수 없었다. 사실 소년이 생각하는 체스란 삶 그 자체, 즉 피와 살, 삶과 죽음, 영웅주의와 희생을 반영하는 거울이었다. 그러기에 소년은 상대방의 견고하고 냉혹한 저지선을 뚫고자 적진 깊숙이 들어가서 과감하고 아름다운 모습으로 싸움을 벌였다. 하지만 소년은 시간이 흐르면서 마치 크레시에서 잉글랜드 왕의 웨일스 궁수들에게 무력하게 패퇴당한 용감한 프랑스 기사들처럼 자신의 말이 하나둘씩 쓰러져 가는 모습을 지켜볼 수밖에 없었다. 상대의 천박한 졸들은 결코 무너뜨릴 수 없는 교묘한 방어선을 쳐놓은 채 여유를 부리고 그들의 백 왕은 안전한 위치에서 가증스런 미소를 짓고 있는 반면, 흑 왕은 상대방의 경멸과 비웃음 앞에서 자신의 신세를 원망하고 패배를 앞둔 절망의 전투에서도 최후까지 충성하는 자신의 졸들에게 아무런 힘이 되지 못하는 자신의 무능을 질타하고 있었다.

그 순간 소년은 흑과 백의 무자비한 전쟁에서 거론조차 되지 않는, 패배는 패배 자체로써 끝난 게 아니라 모든 것을 잃게 되는 패배자의 모습까지 떠올렸다. 패배자의 상상과 꿈과 자존심은 여지없이 무너지고 있었다. 회색 재킷을 입은 소년은 탁자 위에 팔꿈치를 기댄 채 이마에 손바닥을 갖다 대고서 가만히 눈을 감았다. 어둠의 그림자로 가득 찬 계곡에서 벌어진 혈투가 어느덧 끝나 가고 있다는 생각이 들었다. 다시는 체스를 두지 않겠어. 소년은 마음속으로 다짐했다. 로마 인에게 정복당한 골 인들이 패배의 이름을 떠올리는 것을 거절했듯 다시는 패배와 영광의 기억들을 들춰내지 않기로 마음먹었다. 다시는 체스를 두지 않겠어. 동시에 소년은 죽은 파라오들의 이름이 명부에서 지워진 것처럼 자신의 이름도 영원히 사라지길 바랐다.

한편 상대와 진행자와 관전자들은 초조함을 감추지 못하며 소년의 다음 수를 기다리고 있었다. 흑을 쥔 소년의 마지막 장고가 너무 길었던 것이다. 소년은 상대에게 포위된 자신의 왕을 쳐다보았다. 그리고 그 왕과 함께 슬픈 고독의 아품을 나눈 뒤 그 자신이 왕의 운명을 결정해 줌으로써 패배의 수모를 덜어 주기로 마음먹었다. 이윽고 소년이 말을 들었다. 순간 모든 사람들의 시선이 그의 손가락에 집중되고 있었다. 동시에 체스판에는 거꾸로 뒤집힌 왕 말이 빈 칸에 놓여지고 있었다.

15
흑녀의 종말

> 「나 자신에게, 타인에게, 혹은 모두에게
> 열정과 다툼과 헛소리 같은 죄악을 야기했던 것은 내 탓이다.
> 체스는 나로 하여금 신과 사람들에게 지켜야 할 의무를 소홀하게 만들었다.」
> ─「할리언 미셀러니」

세사르는 공허한 웃음을 지었다. 낮은 목소리로 자신의 과거를 얘기하는 동안 줄곧 실내의 허공을 맴돌던 그의 시선이 테이블 위의 상아 체스 세트로 옮겨 가고 있었다. 이어 그는 마치 어느 누구도 자신의 과거를 마음대로 선택할 수 없음을 이해하길 바란다는 듯이 어깨를 으쓱 추켜올렸다.

「처음 듣는 얘기였어요.」 훌리아가 말했다.

그녀의 음성이 그의 침묵을 건드렸을까. 순간 세사르의 몸이 거의 감지하기 힘들 정도로 흠칫거리다가 다시 화석처럼 굳어졌다. 동시에 그의 귀족 같은 옆모습과 섬세한 코와 턱의 윤곽이 잉글랜드 램프의 양피지 갓에서 흘러나온 불빛에 의해 짙은 명암을 드리우면서 마치 골동품 메달에 찍힌 초상처럼 보이도록 만들고 있었다.

「내 자신에게 이미 존재하지 않은 것을 네게 말했다면, 그것 자체가 악일 수밖에 없어.」 이윽고 그가 훌리아를 주시하며 부드럽게 말했다.「지난 40년 동안 나는 스스로의 결정에 대해, 신명을 바쳤지.」 그의 음성에는 조롱기가 섞여 있었다. 물론 그것은 그 자신을 향한 비난이었다.「어쨌든 그때부터 나는 다시 체스를 두지 않았어. 혼자 있을 때도 마찬가지였지.」

훌리아는 고개를 저었다. 이제 와서 그의 말을 믿는다는 건 무척 힘든 일이었다.

「당신은 병든 인간이에요.」

세사르의 입에서 짤막하고 건조한 웃음이 터져 나왔다.

「얘야, 넌 지금 나를 실망시키고 있구나. 그래도 난 네가 그런 식의 표현은 하지 않을 것으로 기대했단다.」 그는 자신의 상아 물부리를 쳐다보며 말을 이었다.「확신하건대 내 정신은 멀쩡해. 그렇지 않다면 어떻게 해서 이렇게 아름다운 이야기의 세세한 부분을 체계적으로 구축할 수 있었을까?」

「아름답다고요?」 그녀는 어이없다는 표정으로 그를 쳐다보았다.「우린 지금 알바로와 멘추에 대한 얘기를 하고 있어요……. 그런데 그게 아름다운 얘기라고요?」 그녀는 공포와 경멸로 치를 떨었다.「하느님 맙소사! 도대체 우리가 지금 무슨 말을 하고 있죠?」

세사르는 눈 한 번 깜박이지 않고 훌리아를 주시했다. 이윽고 그는 마치 지원을 청한다는 듯이 무뇨스를 쳐다보며 입을 열었다.

「우리가 하는 말에는 여러 측면들이 있지. 미학적이라고나 할까……. 다시 말해서 여기엔 우리가 그렇게 피상적인 방법으로 단순화시킬 수 없는 독창적인 요인들이 있단다. 체스는 단지 흑과 백의 색깔로 이뤄진 게 아니거든. 따라서 게임을 더 높은 위치에서 바라볼 수 있는 수준, 즉 보다 객관적인 수준이 있어야 해.」 그는 무겁고 심각한 표정으로 두 사람을 쳐다보며 덧붙였다.「난 여기 있는 두 사람이 그것을 깨달은 것으로 확신했는데……」

「지금 무슨 말씀을 하고 싶어하는지 알고 있습니다.」 무뇨스가 그 말을 받았다.

훌리아는 깜짝 놀라 무뇨스를 향해 고개를 돌렸다. 응접실 중간쯤에 서 있던 그는 여전히 그 자리에서 꼼짝도 하지 않았다. 두 손 역시 낡고 구겨진 레인코트 주머니에 들어가 있었다. 한쪽 끝을 찡그린 입술 사이로 모호하고 거리가 느껴지는 웃음이 다시 흐르고 있었다.

「알고 있다뇨?」 그녀가 무뇨스를 향해 언성을 높였다.「도대체 알긴 뭘 안단 말이죠?」

그러나 무뇨스는 반응이 없었다. 훌리아는 두 주먹을 꼭 쥔 채 숨을 멈추었다. 터질 것 같은 마음을 자제하지 않으면 금방이라도 폭발할 것 같은 기분이 들었다. 한편 세사르는 무뇨스에게 말없는 감사의 눈길을 보내며 입을 열었다.

「역시 당신을 선택한 것은 틀리지 않았군. 정말 기쁘오.」

무뇨스는 역시 즉각적인 반응을 피했다. 그 대신 그는 실내를 한 바퀴 쭈욱 돌아본 다음 마치 그 모든 것들로부터 신비한 결론을 도출한 사람처럼 천천히 고개를 끄덕이고 있었다.

「제가 보기에 적어도 여기 계신 숙녀분만큼은 모든 얘기를 들어야 할 권리가 있는 것 같군요.」 이윽고 그가 차분하게 말했다.

「친구, 그건 당신도 마찬가지오.」 세사르가 그 말을 받았다.

「물론입니다.」 무뇨스가 대답했다.「나는 단지 증인으로 여기 있는 것뿐입니다만.」

그 증인이란 표현 속에 비난이나 협박의 기미는 없었다. 훌리아가 생각할 때 그는 기이하게도 중립의 위치에서 모든 것을 지켜보는 것 같았다. 하지만 그러한 중립은 불가능해. 그녀는 무뇨스를 쳐다보며 마음속으로 중얼거렸다. 늦든 빠르든 입에 고인 말들은 바닥이 나게 되고, 그렇게 되면 어떤 쪽이든 결정을 내려야 할 순간이 올 테니까. 그러나 그녀가 생각하는 결정의 순간은 막상 너무나 먼 곳에 있는 것처럼 느껴졌다.

「그렇다면 시작하시죠.」 훌리아는 세사르를 노려보며 말했다. 「먼저 알바로부터 말이에요.」

「알바로.」 세사르는 낮은 음성으로 그 이름을 반복했다. 「알바로라……. 좋지. 그러나 그전에 먼저 그림 얘기를 해야겠지. 아니야, 그것도 아니야…….」 그는 갑자기 무엇인가를 깜빡 잊어버린 사람처럼 주위를 돌아보며 중얼거리듯 덧붙였다. 「지금 생각하니 두 사람에게 아무것도 대접한 게 없구먼. 이건 좀처럼 용서받지 못할 일이지. 뭘 좀 드릴까?」

두 사람은 대답하지 않았다. 그러나 세사르는 칵테일 찬장으로 사용하는 낡은 참나무 궤로 다가갔다.

「내가 그 그림을 처음 본 것은 네 아파트에 들렀을 때였단다. 기억 나지?…… 그 그림은 불과 서너 시간 전에 배달되었던 거라 넌 마치 새 장난감을 얻은 어린애처럼 기뻐하고 있더구나. 아무튼 나는 그 그림을 들여다보며 이것저것에 대해 열심히 설명하는 너의 얘기를 듣게 되었는데, 그때 너는 그 그림을 이 세상에서 가장 아름다운 작품으로 복원시켜 놓고 말겠다고 하지 않았느냐.」 그는 조각이 새겨진 크리스털 잔을 꺼내 얼음을 넣고 그 위에 진과 레몬 주스를 채웠다. 「그런데 말이다. 나는 네가 너무나 행복해 하는 모습을 지켜보면서 나 자신에 대해 깜짝 놀라고 있었단다.」 그는 잔을 들어 두어 번 허공에 흔들었고, 이어 잔을 입술에 가져가서 조심스럽게 맛을 보더니 만족한 표정을 지었다. 「왜냐하면 너무나 기뻤거든. 하지만 그때 나는 너에게 아무 말도 하지 못했지. 지금도 그것을 말로 하기엔 힘들다만……. 어쨌든 너는 그림에 나타난 이미지의 아름다움, 균형적인 구도 감각, 색과 빛, 그의 모든 것에 대해서 거의 넋이 나갈 정도였어. 물론 나도 그랬지. 하지만 그 이유만큼은 서로 달랐단다. 너야 무엇보다 네가 좋아하는 그림을 네 손으로 복원한다는 기쁨이 앞섰겠지만 난 그게 아니었지. 그 체스판, 체스의 말을 향해 몸을 기울인 두 인물의 대국자들, 창가에 앉아 책을 읽고 있는 여인, 그것들이 한꺼번에 내 과거의 메아리가 되어 돌아오더니 잠들어 있던 나의 정열을 일깨우는 거였어. 그래, 완전히 잊은 것으로 믿었던 과거가 마른하늘의 때 아닌 날벼락처럼 들려왔던 거야. 순간 나는 무시무시하면서 들뜬 기분이 들더구나. 그것은 마치 한줄기 광풍이 내 얼굴을 스치고 지나간 듯한 느낌이었지.」 그 부분에서 세사르는 마치 그 순간을 되새기듯 입을 다물었다. 잉글랜드 램프의 양피지 갓에서 흘러나오는 불빛이 닿지 않는 그의 반대쪽 입술이 뒤틀리면서 은밀한 웃음이 흘렀다. 잠시 후 그가 다시 말문을 열었다. 「그런데 그것은 단지 체스에 대한 과거의 기억만을 일깨운 게 아니었어. 그것은 삶과 죽음으로 결합된 게임처럼 현실과 꿈 사이에 놓여 있는 심오하고 인간적인 의미가 변하면서 내 마음에 파문을 일으킨 거야. 그래서 얘야, 나는 네가 복원 작업에 필요한 안료와 광택제에 대해 말했지만 사실은 네 말을 거의 듣지 못하고 있었단다. 난 이미 온몸을 타고 흐르는 미묘한 고뇌와 기쁨에 들뜬 채 플랑드르 패널에 그려진 그림이 아닌, 그것을 그린 천재 화가를 보고 있었으니까.」

「그래서 그 그림이 당신 것이 되어야 한다고 결심하셨나요?」 훌리아가 비꼬았다.

세사르는 질책이 담긴 시선으로 그녀를 보았다.

「공주야, 나의 얘기를 너무 단순화시키지는 말아 다오.」 그는 혀끝을 적실 만큼 술을 마신 뒤에 마치 응석을 부리듯 미소를 지었다. 「물론 네 말대로 그랬을지도 모르지. 하지만 나는 그때 어떤 마음의 결정을 내렸단다. 마지막 열정을 바쳐서 살아보겠다는 결심 말이다. 너도 알다시피 어느 인간이 나처럼 아무런 목적 없이 살아가고 있겠니. 아무튼 나는 그 그림을 보는 순간 우리가 나중에 풀었던 메시지의 암호가 아니라 그 그림 속에 감춰진 매혹적이고 소름 끼치는 수수께끼 같은 역사적 사건을 꿰뚫어 볼 수 있었단다. 얘야, 너도 그게 뭔지 잘 생각해 보렴. 어쩌면 너도 곧 내가 옳았다는 것을 알게 될 테니까.」

「옳았다고요?」

「물론이지. 세상이란 우리를 믿게 만드는 사물들처럼 늘 그렇게 단순한 것만은 아니란다. 세상은 희거나 검은 것만 있는 게 아니라 그 윤곽이 정확하지 않고 색조가 다양하단 말이다. 예를 들어 악은 선이나 미의 가면일 수도 있지만 그 반대일 수도 있듯이 반드시 어떤 하나가 다른 하나를 배제하진 않아. 마찬가지로 인간이란 존재는 한 연인을 사랑할 수 있고 배신할 수도 있지만 본연의 속성만큼은 잃을 수가 없지. 또한 인간은 아버지나 형이나 아들이나 연인일 수 있고, 마찬가지로 피해자인 동시에 가해자일 수도 있어……. 원한다면 너도 그런 예들을 들을 수 있을 게다. 인생이란 지속적으로 그 경계가 뒤바뀌는 산만한 풍경 속으로 들어가는 불확실한 모험이란다. 그 풍경 속에 있는 경계는 인위적이고, 모든 것은 순간마다 끝나거나 새로이 되살아나는가 하면 도끼로 내리찍듯 영원히 사라지기도 한단다. 그렇지만 우리 인간은 절대적이고 논란의 여지가 없는 죽음 앞에서 영원한 밤과 밤 사이에 빛을 발하는 미미한 번개 불빛에 불과할 뿐……. 공주야, 그 속에 있는 우리에겐 시간이 거의 없단다.」

「지금 이 얘기가 알바로의 죽음과 무슨 상관이죠?」 훌리아가 따지듯 물었다.

그러나 세사르는 자신의 얘기를 더 들어 달라는 뜻으로 한쪽 손을 들었다.

「애야, 모든 것은 다른 모든 것과 관계가 있단다. 게다가 살다 보면 우리는 때때로 자신의 의지와 상관없이 이런저런 것과 관계되지 않더냐.」 그는 빛을 향해 잔을 들었다. 그리고 마치 그 잔 속에 자신의 생각이 떠다니기라도 하듯 똑똑히 쳐다보았다. 「아무튼 나는 그 그림에 대해서 모든 걸 알아내기로 결심했단다. 그래서 맨 먼저 생각한 사람이 알바로였지. 너처럼 말이야. 물론 난 알바로를 좋아한 적이 없었다. 너희 두 사람이 함께 했을 때도 그랬고, 그 이후에도 그랬으니까. 나중에는 너에게 고통을 가져다 준 그 친구의 비열함을 나는 용서할 수 없었던 차이점이 있었다만…….」

「그건 내 일이었어요.」 훌리아가 그의 말을 정정하며 나섰다. 「아저씨 일이 아니라고요.」

「이번에는 네가 틀렸구나. 그것은 내 일이었어. 왜냐하면 알바로는 내가 결코 차지할 수 없었던 자리를 차지했거든. 어떻게 생각하면……」 그는 잠시 머뭇거리며 씁쓸한 웃음을 지었다. 「그래, 그 친구는 나의 라이벌인 셈이었지. 나에게서 너를 떼어 놓을 수 있는 유일한 존재였으니까.」

「나와 알바로 사이는 이미 끝난 상태였어요. 따라서 이번 일을 그 사람과 연관시키려는 것은 말도 안 돼요.」

「네 말대로 말이 안 되는 것은 아니다만, 그 이야기는 그만두자꾸나. 아무튼 난 알바로를 증오했지. 그렇다고 그게 사람을 죽일 수 있는 이유는 아니란다. 만일 그렇게 생각했다면 자신하건대 그렇게까지 오래 기다릴 필요도 없이 진작 끝내고 말았을 거니까……. 애야, 너도 어느 정도 알고 있겠지만 우리 세계, 즉 예술과 골동품의 세계란 아주 한정되어 있단다. 따라서 알바로와 내가 이따금 직업적으로 만난 것은 불가피한 일이었지. 우리 관계가 뜨겁다고 분류될 수 있는 그런 것은 아니었지만 이따금 돈과 이익을 찾을 때면 기꺼이 침대의 동반자가 되기도 했으니까. 그것은 네가 반 호이스 문제가 생기자 알바로에게 달려간 것처럼 나 역시 곧장 그 사람에게 갔던 것으로 충분히 설명될 수 있을까……. 아무튼 나는 그 사람을 찾아가서 그 그림에 대한 보고서를 부탁했지. 결코 예술을 사랑했기 때문에 그랬던 것은 아니야. 난 알바로에게 그 일에 합당한 액수를 제시했어. 너의 옛날 애인……. 신이여 죽은 자를 평안케 하소서……. 그자는 언제나 비싼 친구였어. 비싸도 아주 비쌌지.」

「그 얘긴 왜 한 마디도 하지 않았죠?」

「그건 여러 가지 이유가 있었기 때문이지. 무엇보다 난 너희들의 관계가 회복되는 것을 원치 않았어. 그게 설사 직업적인 일 때문이었다 해도 그래. 재 속의 깜부기불이란 언제 다시 타오를지 모르는 일이니까……. 하지만 그럴 만한 이유는 또 있었단다. 아까도 말했다만 그 그림이 지나칠 정도로 은밀한 느낌을 지니고 있었다는 거야.」 그는 카드 테이블 위에 놓인 상아 체스 세트를 가리켰다. 「그 그림 속에 나와 있는 체스판을 보는 순간 나의 마음이 흔들리더구나. 완전히 잊고 있었다고 믿었는데 말이다. 공주야, 체스는 내가 너에게도 허용할 수 없었던 내 마음의 어떤 것이란다. 아울러 그 순간의 감동은 네게 얘기할 용기조차 갖지 못했던 일들에 대해서 내 마음의 문을 활짝 열었다는 것을 의미한다고 볼 수 있겠지……」 그쯤에서 잠시 말을 끊은 그는 무뇨스를 향해 고개를 돌렸다. 그러나 무뇨스는 두 사람의 대화에서 일정한 거리를 둔 채 지켜볼 뿐이었다. 세사르가 다시 입을 열었다. 「그 점에 대해선 아마도 여기 있는 우리의 친구가 네게 어떤 깨달음을 줄 수 있을 거라고 믿고 싶구나. 그렇지 않소?…… 체스는 이기주의의 반영이기도 하지만 성 충동이니 하는 달콤하면서도 지저분한 것에 대한 좌절에서 나온 것이기도 하지. 체스판 위에서 비스듬히 대각선으로 미끄러지는 주교 말들의 깊고 끈질긴 움직임들처럼 말이다.」 그는 술잔의 가장자리에 혀를 갖다 대며 부르르 몸을 떨었다. 「그 늙은 프로이트가 있었다면 그 점에 대해서 하고 싶은 말이 무척이나 많았을 거야.」 그는 다시 말을 끊었다. 그리고 마치 자신의 환상에 찬사의 한숨을 보내듯 잔을 들어 무뇨스를 향해 들어 올렸다. 그러나 한쪽 의자에 앉아 다리를 꼬고 있던 무뇨스는 세사르를 쳐다볼 뿐 여전히 말이 없었다.

「이해할 수 없어요.」훌리아가 다시 참지 못하고 역정을 냈다.「도대체 그것들이 알바로와 어떤 연관이 있죠?」

「물론 처음에는 거의 없었지.」그는 환상의 세계에서 현실로 되돌아온 것처럼 보였다.「난 그저 간단한 그림의 역사나 알고 싶었으니까. 아까 말한 대로 그 사람에게 대가를 톡톡히 지불할 생각도 했고. 그런데 네가 알바로를 찾게 되자 일이 복잡하게 꼬이기 시작하더구나. 그렇다고 그게 당장 심각한 문제까지 이어지진 않았지. 왜냐하면 알바로는 칭찬을 들을 만큼 직업적인 신중함을 발휘해서 내가 그 그림에 관심을 가지고 있더라는 말을 네게 하지 않았거든. 절대 비밀로 부쳐 달라는 내 부탁을 들었기에 그럴 수밖에 없었겠지만……」

「하지만 그 그림에 대해서 나도 모르게 조사한다는 사실을 이상하게 생각하지는 않았을까요?」훌리아가 물었다.

「천만에. 혹시나 그랬더라도 말하지 않았겠지. 어쩌면 내가 너를 깜짝 놀라게 만들거나 너에게 장난을 친다고 생각했을 수도 있었을 테니까……」순간 그의 표정이 심각하게 변하고 있었다.「다시 생각하니 그것만으로도 죽어 마땅했어.」

「알바로는 나에게 주의를 주려고 했어요. 최근에 반 호이스의 인기가 좋다고 하면서 말이에요.」

「역시 그놈은 끝까지 지저분한 인간이었어. 얼핏 말을 흘림으로써 네 앞에서는 자기 앞가림을 했고, 동시에 나와 나쁜 사이로 남지 않으려고 했던 거야. 결국 알바로는 우리 둘을 행복하게 만들면서 한편으로는 돈을 챙기고, 다른 한편으로는 지나간 과거를 건드려서 너와의 행복했던 시절을 되살려 보겠다는 심산이었어……」그는 가볍게 콧방귀를 뀌면서 짤막한 웃음을 터뜨렸지만 시선은 손에 든 잔을 향하고 있었다. 무엇인가를 곰곰이 생각하는 눈치였다. 「이야기가 엉뚱한 방향으로 빠져 들었구나.」 그는 다시 혀끝으로 술을 묻히듯 진을 음미했다. 「그래, 난 알바로와 있었던 일을 얘기하는 중이었어. 아무튼 내가 그 친구를 만난 지 이틀 뒤에 넌 나를 찾아와서 그림에 감춰진 글자 이야기를 했지. 그런데 네 얘기를 듣고 있는 동안 나는 마치 고압 전류에 감전된 듯한 충격을 받았단다. 그 그림에 어떤 수수께끼가 존재한다고 느끼던 나의 예감이 확인되었으니 그럴 수밖에. 순간 나는 그게 반 호이스의 가치를 높일 수도 있다는 또 다른 예감이 들었지. 이 이야기에 대해선 너에게도 조금은 비추었다고 기억한다만 그 그림의 역사와 인물들 사이에 존재하는 수수께끼는 나에게 커다란 가능성을 열어 준 거야. 다른 사람도 아니고 너와 함께 둘이서 풀 수 있을 것 같은 가능성, 다시 말해서 그것은 우리가 옛날처럼 숨겨진 보물을 찾아 나설 수 있다는 가능성이었단다. 더욱이 이번에는 진짜 보물이었어. 그 일로 인해 너의 이름은 예술 전문 잡지나 인쇄물에 나올 것이고, 그렇게 됨으로써 너에게 확실한 명성을 가져다 준다는 것을 의미하고 있었던 거야……. 한편 나는 …… 아니야, 난 그것으로 만족스레 생각했었다고 치자꾸나. 적어도 내 자신이 체스 게임에 관여한다는 것은 순전히 내 개인적인 도전을 의미했으니까. 애야, 여기서 분명히 해두고 싶은 게 하나 있는데, 이번 일과 나의 야망은 아무런 연관이 없단다. 내 말을 믿겠니?」

「믿어요.」

「기쁘구나. 왜냐하면 내 말을 믿어야 다음에 일어난 일을 이해할 수 있으니 말이다.」 그는 그쯤에서 얼음이 달그락거리는 소리가 나도록 잔을 흔들었다. 그 소리가 마치 자신의 기억을 되살리는 데 도움이 된다고 생각하는 것 같았다.「아무튼 나는 네가 돌아가자, 알바로에게 전화해서 정오에 그 친구 집에서 만나기로 약속했지. 그 집에 갔을 때만 해도 나쁜 의도는 없었어. 지금 고백하지만 오히려 내 마음은 순수하다 못해 흥분할 정도였으니까. 게다가 나는 알바로가 조사한 내용을 듣는 동안 그 친구가 그림에 감춰진 글자에 대해서 모르고 있다는 사실을 알았단다. 그래서 나는 모든 게 술술 풀려 나간다고 생각했지. 그런데 그냥 지나칠 것 같던 그 자식이 불쑥 네 이야기를 꺼내는 거야. 그 순간, 공주야, 세상이 확 뒤집히는 게…….」

「어떤 뜻으로 한 말이었죠?」

「모든 의미로.」

「내 말은 그게 아니라 알바로가 나에 대해 무슨 말을 했느냐는 거예요.」

순간 세사르는 불편한 심사를 내비치면서 자세를 약간 고쳐 앉았다. 그의 얼굴에는 여전히 알바로와 훌리아의 관계를 못마땅하게 여기는 표정이 역력히 드러나고 있었다. 다시 그의 입이 열린 것은 한참 후였다.

「네가 그 자식을 다시 찾은 게 강한 인상을 주었던 거야. 물론 이 이야기는 그놈이 한 말이었단다. 그래서 난 네가 가장 위험한 방식으로 해묵은 감정들을 휘저어 놓았다는 사실을 알았지. 동시에 알바로 역시 이전의 상태로 돌아가는 일에 대해 전혀 거리낌이 없다는 것도……. 애야, 정말이지 넌 내가 그 말을 듣고서 얼마나 화가 났는지 상상조차 못할 게다. 알바로는 네 인생의 2년을 파괴했던 장본인이었음에도 불구하고 뻔뻔스럽게 내 눈앞에서 다시금 네 삶을 갉아먹겠다는 거였어. 그래서 나는 너를 이제 가만 놔두라고 단단히 일렀지. 그런데 알바로는 나를 할 일 없는 늙은 할망구 대하듯 쳐다보더구나. 그래서 말다툼이 벌어졌고, 이제 와서 그 내용을 굳이 밝히지 않겠다만 생각하는 것조차 불쾌한 이야기들이 오갔었지. 그 자식은 내가 쓸데없는 일에 끼어든다는 거야.」

「그거는 알바로 얘기가 맞잖아요.」

「천만에! 얘야, 넌 나에게 중요해. 이 세상 그 누구보다도 말이지.」

「바보처럼 굴지 말아요. 난 결코 그 사람에게 다시 돌아간 적이 없으니까요.」

「확신하건대, 난 그렇게 생각하지 않는다. 그 자식이 네게 얼마나 큰 의미를 차지하고 있는지 누구보다 잘 알고 있거든.」 허공을 쳐다보는 그의 얼굴에 조롱기 섞인 웃음이 번지고 있었다. 그 모습이 마치 그곳에 떠도는 알바로의 영혼을 비웃는 것처럼 보였다. 「아무튼 말다툼이 시작되자 그동안 묵혀 두었던 감정이 되살아나더구나. 마치 네가 마시는 독한 보드카를 들이킨 것처럼 화가 머리끝까지 치솟는데, 그것은 여태껏 살아오면서 느껴 보지 못했던 감정의 폭발이었지. 생각해 보면 아름다운 증오이자 달콤한 라틴풍의 분노였다고나 할까. 난 그 상태로 자리에서 일어났지. 그리고 조금은 자제력을 잃었던 것 같구나. 특별한 경우를 대비해서 유보해 두었던 사나운 말들이 내 입을 통해 마구 쏟아져 나왔으니 말이다. 알바로는 처음에 내가 화를 내자 무척 놀라는 것 같더구나. 그런 모습을 본 적이 없었으니 설마 했겠지. 잠시 후에 그 자식은 웃음을 지으며 파이프에 불을 붙이더구나. 그리고 한참 후에 너와 관계가 끝난 것과 네가 어른으로 자라지 못한 게 나의 책임이라는 거야. 네가 자유롭게 날 수 있는 날개가 꺾인 것은 강압적이고 건강치 못한 나의 사생활 탓이라는 게지. 그런데 그 다음에 뭐라고 한 줄 아니? 〈무엇보다 나쁜 것은 훌리아의 마음속 깊이 자리 잡은 대상이 당신이라는 사실입니다. 당신은 그 여자가 결코 알지 못하는 아버지를 상징하고 있으니까요. 모든 문제는 거기서 출발한 겁니다〉라고 하더구나. 하지만 이야기는 거기서 끝나지 않았단다. 그 자식은 바지 주머니에 손을 넣고 파이프를 빨아 연기를 몇 모금 뿜어대더니 이렇게 결론을 내리더구나. 〈두 사람의 관계는 결합되지 못한 근친상간이나 다름없어요. 당신이 동성애자라는 게 천만다행이오〉라고 말이지.」 그는 그 부분에서 자신의 마지막 말이 허공에 떠돌도록 놔둔 채 침묵으로 물러섰다.

훌리아는 눈을 감았다. 당혹감과 부끄러움이 어지럽게 교차하고 있었다. 그녀가 겨우 용기를 내어 다시 세사르를 쳐다본 것은 한참 후였다. 세사르는 그때를 기다리고 있었다는 듯 어깨를 으쓱 추켜올렸다. 마치 지금 하고 있는 말에 대해선 자신의 책임이 아니라는 듯한 제스처였다.

「공주야, 알바로는 그 말과 함께 자신의 사형 집행서에 서명을 한 셈이었단다.」 그는 자못 단호한 어조로 말했다. 「그 자식은 짐짓 점잔을 떨며 담배를 피우고 있었지만 이미 죽은 몸이었다는 뜻이지. 물론 그놈 말이 틀리지는 않았어. 다른 사람들의 의견처럼 타당했으니까. 하지만 그놈은 마치 커튼을 걷어 내듯 오랫동안 현실로부터 부재의 상태를 유지하던 본래의 나를 들춰내고 말았어. 어쩌면 내 마음의 가장 어두운 구석에 가둬 둔 채 이성과 논리의 빛이 들어오는 것을 허용치 않았던 본연의 나를 확인해 주었는지도…….」

그는 갑자기 말꼬리를 놓친 사람처럼 말을 끊더니 훌리아와 무뇨스를 쳐다보았다. 그의 얼굴에는 뭔가 잘못된 듯한 모호한 표정과 사악한 웃음이 번지고 있었다. 이윽고 그는 술잔을 들어 한 모금을 마신 뒤 다시 입을 열었다.

「아무튼 내가 이 모든 일에 대한 영감을 받은 것은 그 순간이었단다. 느닷없이 내 눈앞에 거대한 계획이 펼쳐지는 거야. 제멋대로 허공을 부유하던 조각들이 경이롭게도 각자의 위치를 되찾아 구체적인 모습을 만들어 가고 있었지. 마치 숲속의 요정 이야기에서 볼 수 있을 것 같은 장면이었어. 불과 몇 초 사이에 각각의 인물과 생각과 상황들이 시간과 공간 속에서 각각의 상징을 지닌 채 제 위치를 찾아갔으니까. 그것은 〈위대함Grande〉과 똑같은 이니셜인 대문자 G로 시작하는 게임Game, 즉 내 인생에서 가장 위대한 체스 게임이었지. 애야, 하지만 그것은 네 인생의 게임이기도 했단다. 왜냐하면 그것에는 체스, 모험, 사랑, 삶과 죽음뿐만 아니라 모든 게 있었고, 그 끝에 네가 서 있었으니까. 너는 모두로부터, 아니 그 모든 것으로부터 자유롭고 아름답고 완벽한 모습을 지닌 채 순수한 거울 속에 투영되어 있었으니까. 애야, 체스를 두었어야 할 사람은 내가 아니라 바로 너였단다. 그것은 피할 수 없는 너의 운명이었지. 애야, 너는 우리 모두를 죽이고 자유로운 존재가 되었어야 했단다.」

「하느님 맙소사!」 훌리아가 신음처럼 내뱉었다. 「어쩌면 이렇게…….」

그러나 세사르는 고개를 저었다.

「하느님은 이 일과 전혀 관계가 없어. 내가 알바로에게 다가가서 탁자 위에 놓여 있던 흑요석 재떨이로 목을 내리쳤을 때, 나는 이미 그놈을 미워하지 않았다고 확신할 수 있었으니까. 그건 단지 과정 중에 일어난 불미스러운 일이었을 뿐이지. 화가 나긴 했지만 그럴 수밖에 없는 일이었단 말이다.」

다시 말을 끊은 세사르는 우아한 자세로 술잔을 잡고 있는 자신의 오른손을 유심히 들여다보았다. 한참 동안 길고 가느다란 손가락과 잘 손질된 손톱을 쳐다보는 그 모습이 마치 어떻게 그런 손에서 남을 살해할 힘이 나올 수 있었는지를 가늠해 보는 것 같았다.

「돌무더기처럼 무너지더구나.」 다시 입술을 뗀 그의 음성에는 힘든 시험을 치른 사람처럼 홀가분하고 덤덤한 어감이 묻어 나오고 있었다. 「이 사이에 파이프를 문 채 바닥에 쓰러졌는데 신음소리조차 들리지 않았어. 하지만 나는 그대로 놔두지 않고 정말로 숨이 끊어지도록 다시 한 번 가격했는데 그건 잘했던 것 같더구나. 무슨 일이든 돌이켜보면 마무리가 잘된 것도 있고 잘못된 것도 있으니까 말이다……. 여하튼 이제부터는 너도 다 알고 있는 이야기가 되겠구나. 샤워 꼭지의 물줄기를 틀어 놓은 일 따위는 그저 예술적인 손질에 불과했지. *Bruillez les pistes*(흔적을 흩뜨려라)라고, 아르센 뤼팽도 그러지 않았느냐. 아마 멘추가 이 자리에 있었다면…… 신이여, 그 여자를 편히 쉬게 하소서……, 보나마나 그 말을 코코 샤넬이 했다고 우겼겠지. 불쌍한 것 같으니라고…….」

그는 그쯤에서 잔을 들어 진을 한 모금 마신 뒤 허공을 쳐다보았다. 그 모습이 마치 죽은 멘추를 회고하고 있는 것 같았다. 이윽고 그가 다시 입을 열었다.

「난 손수건으로 지문을 닦고, 혹시나 하는 마음에 그곳을 떠날 때 재떨이를 챙겼고, 밖으로 나와서 길가에 있는 쓰레기통에 버렸단다. 애야, 이렇게 말하는 게 우습다만 그 정도면 초보자치고는 감탄할 만한 솜씨라는 생각이 들지 않느냐? …… 난 그곳을 빠져나오기 전에 알바로가 작성했던 그림에 대한 보고서 봉투 겉봉에다 타자기로 네 주소를 쳤단다.」

「알바로의 백색 색인 카드를 집어 든 것도 그때였겠군요.」

「아니지. 그 독창적인 아이디어는 나중에 떠올랐단다. 난 그것 때문에 다시 되돌아갈 수도 없어서 문구점에 들러 똑같은 카드를 구입했지. 그렇다고 당장 그것을 사용한 것도 아니었지만 말이다. 우선은 무엇보다 치밀한 계획이 필요하더구나. 기왕 시작된 일이니 순간순간 모든 게 완벽해야지. 그래서 나는 네가 그 보고서를 꼭 받을 수 있도록 무척이나 신경을 썼단다. 이번 일에 네가 그 그림에 대해서 정확하게 알아야 하는 게 필수불가결한 요소였으니까……」

「그래서 레인코트를 입은 여자로 변장했나요?」

「그렇지. 하지만 한 가지 여기서 반드시 짚고 넘어갈 게 있다. 사실 난 여자옷 입는 것을 별로 좋아하지 않는단다. 물론 젊었을 때 재미 삼아 입어 보기는 했지. 카니발 같은 때 말이다. 그나마 거울 앞에서 혼자 입어 보고 말았던 일이지만……」 그의 얼굴에 슬쩍 짓궂은 웃음이 번지고 있었다. 자신만의 기억에 즐거운 표정이었다. 「그런데 막상 봉투를 네게 전달해야 하는 문제에 봉착했을 때 그 생각이 든 거야. 그건 나이 든 사람의 변덕스런 경험일 테지만 다른 표현을 빌리자면 일종의 도전이기도 했어. 내가 과연 사람들을 멋지게 속일 수 있을까 하는……. 그래서 난 쇼핑을 했지. 사람들로 가득 찬 거대한 백화점 매장에서 레인코트, 핸드백, 굽이 낮은 구두, 금발의 가발, 스타킹을 구입하는 것은 그다지 남의 시선을 끄는 일은 아니더구나. 특히 나처럼 품위 있는 신사가 말이야. 나머지야 완벽한 면도와 얼굴 화장하는 일이었지. 그것 역시 이제 와서 털어놓는다만 이미 해봤던 것이라 문제가 될 게 없더구나. 택배 회사에서 신경조차 쓰지 않았던 걸 보면 완벽했다고 봐야겠지. 이제 와서 생각하니 모든 게 재미있는 경험이었어. 어딘가 교훈적이기도 하고……」

그는 그 부분에서 길고 우울한 한숨을 토해 냈다. 동시에 그의 얼굴에 어두운 그림자가 스쳐 가고 있었다. 잠시 후 그는 강렬한 눈빛으로 훌리아를 직시했다. 마치 보이지 않는 관객에게 보다 극적인 대사와 강인한 인상을 전달하려는 연극 배우의 눈길처럼 여겨졌다.

「하지만 그때까지는 장난에 불과했지.」 그가 다시 입을 열었다. 「어렵고 힘들었던 부분은 지금부터 시작되니까 말이다. 우선 난 적절한 방식으로 널 이 게임에 초대하고자 상당히 고민했단다. 그것은 지금까지 얘기했던 부분보다 훨씬 더 위험하고 복잡하더구나. 그 중에서도 가장 힘든 것은 공식적으로 체스를 두지 않는 내가 너와 함께 체스 문제를 풀어야 하는 거였단다. 그렇다고 내가 나 자신을 상대로 체스를 둘 수도 없는 일 아니냐. 그래서 생각해 낸 게 너의 모험을 이끌어 갈 안내자였단다. 그것도 보통 상대가 아니라 나의 상대가 될 만한 재능 있는 맞수가 필요했던 거야.」

그는 남은 진을 입에다 털어 넣었다. 마치 결전의 채비를 끝마친 듯한 결연한 표정이었다. 이어 그는 잔을 테이블 위에 내려놓고 가운의 소매섶에서 꺼낸 실크 손수건으로 입술을 톡톡 치며 물기를 닦은 뒤에 무뇨스를 쳐다보며 씩 웃었다.

「친구, 내가 카파블랑카의 시푸엔테스 씨를 만난 뒤 처음에 선택한 사람이 누군지 아시오? 그건 바로 당신이었소.」

무뇨스는 묵묵히 고개를 끄덕였으나 그 말의 의미를 헤아리고 있는 것 같았다.

「선생께선 결코 나를 이길 수 있다고 생각하지는 않았겠지요?」 한참 만에 그가 떠오르는 생각을 물리치듯 낮은 음성으로 물었다.

세사르는 그 말에 대답하기 전에 마치 모자를 벗어 인사를 하는 듯한 제스처를 취했다.

「물론이오. 훌륭한 체스 플레이어로서의 재능은 별개로 치더라도 방금 전에 확인했던 당신의 그 예리함은 이 게임이 진행되는 동안 줄곧 나를 감동시키고도 남았으니까 말이오. 특히 당신의 그 독특한 방식, 다시 말해서 각각의 움직임을 분석하고 가능성 없는 가설들을 하나하나 배제해 나가는 방식 앞에서 나는 거장다운 모습을 확인했다고 표현할 수밖에.」

「사람을 곤혹스럽게 만드시는군요.」 무뇨스는 표정의 변화 없이 덤덤히 그 말을 받았다.

「하지만 어쩌겠소.」 세사르는 머리를 뒤로 젖히면서 마른 웃음을 터뜨렸다. 「나는 당신에게 차츰 궁지에 내몰리면서도 진정한 쾌감을 느꼈다고 고백하고 싶으니 말이오. 이런 표현을 허락할지 모르지만 그러한 느낌이 일종의 육체적인 감정이었다고 말한다면 이해하겠소? 물론 당신은 내 타입이 아니지만 말이오. 어쨌든 마지막 순간이 가까워지면서 난 당신에 의해 유일한 용의자로 굳혀지고 있다는 사실을 감지했고, 당신 역시 내가 그것을 느끼고 있다는 사실을 알고 있었소. 그리고 우리가 가까워지기 시작한 게 그 즈음이었다고 해도 틀리지 않다는 것은 당신도 동의할 거요……. 우리는 여기 있는 숙녀분의 집 건너편 벤치에 앉아서 코냑을 나눠 마셔 가며 경비를 섰던 날 밤에 살인자의 심리적 특성에 대해 여러 가지 얘기를 나누었는데, 사실 그날 나는 체스의 병리학에 관한 당신의 설명을 듣는 동안 거의 희열에 가까운 감정에 휩싸여 있었소. 그런데 말이오. 우리가 나누었던 대화 중에서 빠진 게 하나 있었소. 그건 물론 이 순간까지 들어보지 못했소만……. 지금 내가 무슨 말을 하고 있는지 알겠소?」

무뇨스는 대답 대신 고개를 끄덕였다.

「그 부분에 대해 이 숙녀분은 잘 모르고 있을 거요.」 세사르가 훌리아를 지칭하며 말했다. 「그걸 직접 설명해 주지 않겠소?」

훌리아는 세사르를 날카롭게 쏘아보았다. 그녀는 두 사람의 대화에 짜증을 느끼고 있던 참이었다.

「좋아요.」 그녀가 대수롭지 않다는 듯이 채근했다. 「나도 들어야 할 말이라면 무슨 내용이든 들어야겠죠. 난 지금 허물없이 얘기를 나누고 있는 두 사람에게 질릴 만큼 질려 버렸으니 무슨 얘기든 걱정 말고 하세요.」

무뇨스의 시선은 세사르에게 고정되어 있었다. 그는 별 감정 없는 덤덤한 음성으로 입을 열었다.

「이 게임에선 체스의 특성인 수학적 측면이 아주 독특한 형태로 드러나는데, 그 분야의 전문가라면 그것을 항문 사디스트로 정의할 수 있을 겁니다. 내 말을 이해하는지 그것은 모르겠습니다만 두 남자 사이에서 벌어지는 폐쇄된 전투인 체스 게임에는 호전성, 나르시시즘, 자위 행위 등의 용어가 끼어든다는 뜻이죠. 동성애적 측면에서 볼 때 승리한다는 것은 지배적인 아버지나 어머니를 이긴다는 것이자 상위에 위치한다는 것을 의미합니다.」

순간 세사르가 자신에게 주목하라는 표시로 손가락을 하나 들어 올렸다.

「그렇지만 게임에서 승리하는 경우만 꼭 그런 것은 아니오.」
「물론 그렇습니다.」 무뇨스가 즉각 동의했다. 「승리란 것을 정확하게 말하면 자기 자신의 패퇴에 대한 역설입니다.」 그는 힐끗 훌리아를 쳐다보며 말을 이었다. 「이런 의미에서 돈 벨몬테 씨와 당신의 말은 옳았다고 할 수 있습니다. 게임 역시 그림처럼 자기 자신을 비난하니까요.」

세사르는 흡족한 눈빛으로 무뇨스를 쳐다보았다.

「바로 그거요. 패배 속에서 자신을 불멸화시킬 줄 아는 것……. 마치 소크라테스가 독약을 마셨던 것처럼 말이오.」 만면에 웃음을 띤 그의 시선이 훌리아 쪽을 향했다. 「얘야, 우리의 친구 무뇨스 씨는 불과 며칠 만에 모든 것을 깨달았지만 그 말을 입 밖에 내지 않았을 뿐이란다. 너는 고사하고 나에게조차 하지 않았단 말이다. 하지만 나는 나의 상대가 그 말을 겸손하게 생략했음에도 불구하고 알고 있었지. 실제로 무뇨스 씨는 벨몬테 가족을 만나는 순간에 그 사람들을 용의자의 선상에서 배제시키고 있었단다. 무뇨스 씨, 그렇지 않소?」

「틀리지 않군요.」
「그렇다면 이제부터 나에게 개인적인 질문도 할 수 있도록 허락해 주겠소?」
「대답을 하느냐 마느냐는 나중 문제 아닙니까? 먼저 말씀부터 하시죠.」

「해답을 찾았을 때 어떤 기분이었소?…… 다시 말해서 그 상대가 나라는 사실을 알았을 때 기분이 어땠느냐는 것이오.」

무뇨스는 즉답을 피했다.

「다행이라고 생각했습니다.」 한참 만에 그가 대답했다. 「범인이 다른 사람이었다면 실망했을 테니까요.」

「상대의 정체에 대한 추측이 틀릴지 모른다는 것 때문에 실망할 수도 있었다? 굳이 내 자신을 과장하고 싶지 않소만 그게 그렇게 쉬운 일은 아니었을 텐데……. 더욱이 당신은 이 게임에 등장하는 인물들을 다 알지 못한 상태였고, 우리가 함께 행동했던 것도 기껏해야 2주 정도였소. 그런데 체스판의 세계가 전부였다고 할 수 있는 당신이 그 결과에 따라 실망할 수도 있었다니…… 그건 좀 지나친 표현이 아니오?」

「내 말에 오해를 하셨군요.」 무뇨스가 차분하게 대답했다. 「내심 나는 그 상대가 선생이길 바라고 있었습니다. 무엇보다 선생이 범인일 거라고 생각한다는 자체가 마음에 들었으니까요.」

순간 훌리아가 두 사람을 번갈아 쳐다보았다. 도저히 그 말을 믿을 수 없다는 표정이 역력했다.

「두 분이 그렇게까지 가까운 사이였다니 정말 기쁘군요.」 마침내 그녀가 조롱기 섞인 웃음을 지으며 끼어들었다. 「그래요. 나중에 밖에 나가 술이나 한잔 걸치면서 서로의 어깨를 두드려 주고 이 일 때문에 무척이나 즐거웠다고 떠들어 보세요.」 그러나 그녀는 이내 고개를 저으며 덧붙였다. 「하지만 나는 지금 내가 과연 이 자리에 계속 있어야 하는지조차 모르겠군요.」

세사르는 애정이 담긴 표정으로 훌리아를 쳐다보았다.

「몇 가지 네가 이해할 수 없는 일이 있단다. 공주야.」

「제발이지 공주라고 부르지 마세요!…… 당신 말은 틀렸어요. 모든 게 말이에요. 왜냐하면 이제 난 다 알았으니까요. 좋아요. 이제부터는 내가 묻죠. 그날 아침 벼룩 시장에서 만일 내가 스프레이 깡통과 카드를 발견하지 못한 채 폭탄이나 다름없는 차의 시동을 걸었으면 어떻게 하실 생각이었어요?」

「말도 안 되는 소리!」 세사르는 자못 불쾌한 감정을 감추지 못하고 말했다. 「난 결코 널 그대로 내버려 두지 않았을 게다.」

「그러다가 자신의 정체를 노출시킬 수도 있었을 텐데요?」

「넌 내가 그럴 수 없다는 걸 알고 있어. 게다가 여기 있는 무뇨스 씨도 그러지 않았느냐. 넌 한 번도 위험에 처한 적이 없었다고. 난 그날 아침 세부적인 사항까지 완벽하게 생각했단다. 그래서 나는 여장으로 변장할 물건들을 미리 양쪽에 출입구가 있는 창고에 준비해 두었지. 이 세계에서 은밀한 거래가 이뤄질 때 요긴하게 쓰이는 창고 말이다. 하지만 거래상과의 약속은 정말이었단다. 몇 분 사이에 끝날 일이었고, 그 다음 일이야 뻔한 순서를 밟기만 하면 되었거든……. 난 재빨리 변장을 끝내고 골목길로 걸어가서 타이어를 손보고 카드와 빈 깡통을 보닛에 올려놓았지. 그런 후에 내 인상착의를 알리고자 일부러 성상을 파는 노점에 들렀던 거야. 카페로 널 만나러 간 것은 다시 화장을 고치고 옷을 갈아입은 뒤였어. 얘야, 이제 너는 나의 정확한 움직임과 적절한 타이밍을 인정하겠니?」

「역겹게도 딱 떨어지네요.」

「공주야, 천박하게 굴지 말아 다오.」 그는 정색을 하며 나무라는 투로 말했다. 「말이란 함부로 하는 게 아니란다.」

「그렇게까지 수고해서 나에게 겁을 주려고 한 이유는 뭐죠?」

「말하지 않았느냐. 그건 모험이었다고. 두려움이 없는 모험은 상상할 수 없지. 그렇다고 어렸을 때 너를 무섭게 만들던 그런 이야기는 이제 통하지 않을 게 뻔한데 어떡하니. 그래서 특별한 모험을 만들 수밖에. 자신하건대 이번 모험은 네가 살아가는 동안 절대 잊지 못할 추억이 될 게다.」

「그것만큼은 의심할 여지가 없군요.」

「그렇다면 나의 임무는 완수되었구나. 너를 옥죄었던 환영들과 미스터리에 맞선 이성의 싸움이 그다지 나쁜 것만은 아니었을 게다. 그렇지 않니? 그 덕분에 너는 선과 악이란 체스판의 흑과 백처럼 분명한 경계를 그을 수 없다는 것도 배우지 않았느냐.」 그는 마치 은밀한 비밀을 누설한 사람처럼 무뇨스를 향해 씩 웃었다. 「하지만 체스의 모든 칸들은 경험을 통해 얻게 되는 선악에 대한 인식과 이따금 우리가 그렇게 부르게 되는 부당함이 혼합된 회색이란다. 넌 『마법의 산』에 나오는 세템브리니를 기억하지? 그 인물은 악을 어둠과 추함의 힘에 대항한 빛나는 이성의 무기라고 보지 않았느냐……」

훌리아는 잉글랜드 램프에서 흘러나오는 빛에 의해 정확하게 반쪽으로 나뉜, 명암이 극명하게 엇갈린 그의 얼굴을 쳐다보면서 과연 어느 쪽이 진짜 그의 색깔인지 알고 싶었다.

「그날 아침 우리가 청색 포드를 향해 달려들었을 때만 해도 난 아저씨를 사랑했어요.」 그녀는 본능적으로 밝은 쪽을 주시하며 말했다.

그러나 세사르의 대답은 어둠에 잠긴 부분으로부터 들려오고 있었다.

「알고 있단다. 그것만으로도 난 네게 모든 것을 정당화시킬 수 있었으니까……. 하지만 한 가지 분명한 것이 있는데, 나도 그 차가 거기에 주차되어 있다는 사실은 까맣게 모르고 있었단다. 그래서 처음에는 나도 내심 궁금했지. 그런데 네가 권총을 움켜쥐더구나. 그래서 나도 부지깽이를 들고 막연히 네 뒤를 따른 것인데, 아뿔싸! 그놈들이 그 멍청한 페이호 반장의 강아지들일 줄이야 누가 알았겠니? 하마터면 각본에도 없는 장례식에 참석할 뻔했으니…….」 그는 그 부분에서 마치 다음 말이 얼른 생각나지 않는다는 듯이 고개를 저었다. 「그래, 다 몰라도 그 순간만큼은 정말 경이로움 그 자체였지. 이를 악문 채 파란 차를 향해 달려드는 너의 모습을 지켜보면서 나는 깜짝 놀라고 있었단다. 마치 복수에 불타는 여신을 보고 있다는 착각에 빠질 정도였으니 말이다. 그 순간 나는 상황에 대한 격렬한 흥분과 너에 대한 자부심을 느끼며 네가 정말 고결한 여자라고 생각했지. 하긴 나는 네가 다른 여자들처럼 연약하거나 용기가 없었다면 절대 그런 일을 시험하는 짓은 하지 않았을 게다. 하지만 난 네가 태어날 때부터 쭉 너를 지켜보았던 사람이야. 그랬기에 나는 네가 누구보다 새롭고 누구보다 강한 여자로 변신할 수 있다는 것을 알고 있었지.」

「하지만 다들 너무나 비싼 희생을 치렀어요. 알바로, 멘추, 그리고 아저씨 자신까지……. 그렇게 생각하지 않아요?」

세사르는 즉답을 피했다. 그는 마치 방금 훌리아가 언급한 이름들을 떠올리려고 무척이나 애를 쓰는 것 같았다.

「아, 그렇지. 멘추…….」

그의 표정이 일그러졌다. 「하지만 불쌍한 멘추는 자신이 감당하기에는 너무나 복잡한 게임에 걸려든 거야. 이런 식으로 얘기해서 안됐다만 내가 그 여자에게 한 짓은 일종의 즉흥적 연주나 다름없었지……. 사실 그날 나는 일이 어떻게 되어 가는지 알고 싶어서 네게 전화를 했는데, 그 여자가 받더니 네가 나갔다고 그러는 거야. 그런데 말이지, 그 여자가 왠지 서둘러서 전화를 끊고 싶은 눈치이더구나. 이미 다 드러난 사실이 되었다만 멘추는 그림을 훔치려고 막스를 기다리고 있었던 거야. 물론 나는 그런 계획에 대해서 전혀 모르고 있었지만 수화기를 내려놓는 순간 내가 만든 게임이 떠오르는 거야. 멘추, 그림. 네가 사는 아파트……. 그로부터 30분 후에 레인코트를 입은 여자로 변장한 나는 초인종을 눌렀지.」

그는 그 부분에 이르자 잠시 말을 끊었다. 그리고 대화의 분위기를 바꾸기라도 하듯 짐짓 엉뚱하고 익살스런 표정을 지어 보인 뒤에 다시 입을 열었다.

「공주야, 너는 내가 한 말을 기억할 거야.」 그는 상대를 웃기고자 했던 자신의 의도를 포기할 수 없다는 듯 짐짓 한쪽 눈썹을 찡그렸다. 「방문객을 확인할 때 유용하게 쓸 수 있으니 문에는 반드시 구멍을 하나 뚫어 두라고 한 말 말이다. 만일 그런 구멍만 있었더라도 멘추는 색안경을 낀 금발의 여자에게 문을 열어 주지 않았겠지. 그러나 멘추가 확인할 수 있었던 것은 네게 급한 전갈이 있다는 이 세사르의 음성이었어. 그러니 문을 열 수밖에. 실제로 문을 열었고…….」 그는 마치 멘추의 실수를 사후에 용서해 주겠다는 듯이 두 손바닥을 펼쳐 보이며 말을 이었다. 「어쩌면 그 여자는 내 목소리를 듣는 순간 막스와 짰던 계획이 수포로 돌아가는 걸로 생각하고 무척이나 걱정했겠지. 그런데 문이 열리고 금발의 여자가 서 있는 것을 보자 이번에는 걱정이 아니라 놀라움으로 바뀌고 말았던 거야……. 순간적이지만 목덜미를 내리칠 때 난 깜짝 놀라 두 눈이 휘둥그레진 그 여자의 눈을 지켜볼 수 있었지. 아마 그 여자는 자신을 죽인 사람이 누구인지도 모른 채 죽었을 거야. 그건 틀림없어……. 아무튼 난 문을 닫고 모든 것을 수습하기 시작했지. 그런데 갑자기 자물쇠 돌아가는 소리가 나더구나. 미처 생각지도 못한 돌발 상황이 발생한 거야.」

「막스.」 훌리아가 불필요하게 덧붙였다.

「물론이지. 그 잘생긴 기둥서방 놈은 그날 아침만 해도 벌써 두 번째나 그곳을 찾은 거야. 나중에 그 자식이 경찰서에서 네게 한 말을 들어 알았지만 말이다.」

「자물쇠를 돌린 사람이 나였는지도 모르잖아요. 그건 생각해 보셨나요?」

「솔직하게 말해서 자물쇠 돌아가는 소리를 들었을 때 난 막스가 아니라 넌 줄 알았단다.」

「그래요? 그래서 어떻게 할 작정이었죠? 나 역시 목덜미를 얻어맞아야 했나요?」

세사르는 적절치 못한 상황에 몰린 것을 억울하게 생각하는 듯 곤혹스런 표정을 지었다.

「그건 말이지…….」 그는 적당한 대답을 찾으며 머뭇거렸다. 「너무 잔인한 질문이구나.」

「말도 안 돼요.」

「그렇다면 말하마. 사실은 나도 어떻게 했을지 정확하게 모르겠구나. 워낙 경황 중이라 몸을 숨겨야 한다는 생각밖에 할 수 없었거든. 실제로 난 급히 욕실로 들어갔고, 그곳에서 숨을 죽인 채 빠져나갈 방법을 찾느라 온 신경을 집중했으니까 말이다. 하지만 만일 네가 나타났다면 정말이지 아무 일도 없었을 게다. 게임은 중간에 끝났을 테고. 그게 다야.」

훌리아는 아랫입술을 삐죽 내밀었다. 믿어지지 않았다. 그녀는 입 속에서 많은 말들이 꿈틀거리는 것을 느꼈다.

「난 그 말을 믿지 않아요. 이젠 아무것도 믿지 못해요.」

「애야, 네가 믿든 믿지 않든 이제 바뀌는 건 아무것도 없단다.」 세사르는 마치 자신들의 대화에 싫증이 났다는 듯 체념 섞인 말투로 말했다. 「정말이지, 이 단계에선 어떤 얘기를 해도 그 결과는 마찬가지니까……. 그리고 난 지금 너에 대한 얘기를 하는 게 아니라 막스 이야기를 하고 있거든. 아무튼 난 욕실에서 막스의 목소리를 들었지. 〈멘추, 멘추〉 하고 부르는데 그놈은 잔뜩 겁을 먹은 터라 소리 한 번 제대로 지르지 못하더구나. 빌어먹을 자식 같으니! 어쨌든 그 덕분에 나는 다소 마음이 놓이더구나. 더욱이 난 호주머니에 단도를 넣고 있었거든. 네가 자주 보았던 첼리니 말이다. 만일 막스가 이 구석 저 구석을 돌아다녔다면 그 단도가 그 자식의 심장에 꽂히고 마는 불상사가 일어났겠지. 그렇지만 그 자식은 운도 좋았어. 물론 나도 운이 좋았고. 막스는 용기 대신 줄행랑을 선택한 거야. 대단한 영웅이지.」

그는 그 부분에서 입을 다물고 의자에서 몸을 세웠다. 그리고 마치 막스가 목숨을 구한 게 아쉽다는 듯 깊은 한숨을 내쉬었고, 훌리아와 무뇨스를 번갈아 쳐다보면서 몇 발자국을 뗀 뒤에 다시 입을 열었다.

「아무튼 나도 막스의 뒤를 따라나서야 했지. 당장이라도 경찰이 들이닥칠 수 있었으니까. 그런데 나의 예술적 자존심이라고 부를 수 있는 게 내 발목을 붙잡더구나. 그래서 난 멘추를 침실로 끌어다 놓았지. 그 다음에는······. 그래, 너도 다 알고 있는 사실대로 진행되었지. 모든 것을 막스가 뒤집어쓰도록 실내 장식을 바꿀 필요가 있었던 거야. 그래 봤자 채 5분도 걸리지 않았지만.」

「병은 어떻게 된 거죠?」 홀리아는 그의 얼굴을 직시하며 쏘아붙였다. 「꼭 그렇게 해야만 직성이 풀렸나요? 어떻게 하면 그렇게 추악하고 소름 끼치는 일을 상상할 수 있죠?」

그는 대답 대신 연신 혀를 찼다. 어느새 그는 벽에 걸린 그림 앞에 서 있었다. 그의 시선이 머물러 있는 곳은 루카 조르다노의 「군신(軍神) 마르스」였다. 중세의 금속 갑옷을 두르고 있는 신에게 적절한 대답을 구하고자 한 것일까. 이윽고 그는 그 그림에서 시선을 떼지 않은 채 입을 열었다.

「그 병은 부분적인 보완물에 불과할 뿐이란다. 마지막 순간에 떠오른 영감이랄까.」

「그건 체스와 연관이 없잖아요.」 홀리아가 따졌다. 그녀의 음성은 예리한 면도칼처럼 날이 서 있었다. 「그 잘난 미학적 영감이 아니라 빚을 갚은 거겠죠. 모든 여자들에게 당한 치욕의 빚 말이에요.」

세사르는 대답이 없었다. 그의 시선은 여전히 그림에 고정되어 있었다.

「왜 대답이 없죠?」 홀리아는 물러서지 않고 몰아붙였다. 「무슨 질문이든 언제나 미리 대답을 준비해 두었잖아요!」

그때서야 세사르는 천천히 몸을 돌려 훌리아를 쳐다보았다. 그러나 그의 시선에는 이전처럼 상대방에 대한 관용은 고사하고 비웃음조차 없었다. 그 대신 그의 눈에는 너무나 아득해서 헤아리기 힘들 것 같은 빛이 흐르고 있었다.

「그 다음에 나는 네 타자기로 다음 게임의 행마를 찍었지.」 그는 마치 홀리아의 말을 듣지 못한 사람처럼 덤덤히 말했다. 「그리고 마지막으로 막스가 이미 포장해 두었던 그림을 겨드랑이에 끼고 밖으로 나갔고……. 여기까지가 전부란다.」

그러나 홀리아는 다소 맥이 풀린 듯한 세사르의 이야기를 들으면서 아직은 모든 게 끝나지 않았다고 생각했다.

「멘추 언니는 왜 죽였죠?…… 아저씨는 원하면 아무 때나 우리 집에 들락날락할 수 있어요. 따라서 그림을 훔치려고 생각했으면 아무 때나 가져갈 수 있었잖아요.」

그 말에 꺼져 가던 세사르의 눈에 다시 불꽃이 살아나고 있었다.

「공주야, 이제 보니 넌 내가 반 호이스를 훔쳤다는 것에 집착하고 있구나……. 하지만 그것 역시 이 게임을 위한 일종의 보완 사항에 지나지 않는단다. 왜냐하면 모든 것은, 뭐랄까…….」 그는 적당한 비유를 찾는 눈치였다. 「어쨌든 이제 와서 생각하면 모든 게 중요한 것은 아니었지만 멘추가 죽어야 할 이유가 몇 가지 있었단다. 그것은 여기 있는 우리 친구 무뇨스 씨가 이미 멘추의 이름과 잡힌 성장 사이에 연관된 지적을 해주었듯 오로지 순수하고 심오한 미학적 특징에서나 찾을 수 있을 거야……. 어쨌든 나는 모든 종류의 무익한 유대 관계와 영향으로부터, 과거와의 연결 고리로부터 너를 자유롭게 해주고 싶어 계획을 세웠단다. 그러한 연장선상에 멘추의 천박함과 무식함이 연관되었다는 게 불행한 일이지만 말이다. 알바로 역시 마찬가지였고.」

「도대체 어느 누가 당신에게 타인의 삶과 죽음을 마음대로 처분할 수 있는 권리를 주었죠?」 홀리아가 물러서지 않고 다시 캐물었다.

골동품상은 음침한 웃음을 지어 보였다.

「그거야 내가 주었지. 내 스스로 말이다. 가만, 혹시 이 말이 주제넘게 들렸다면 용서하려무나.」 그는 무뇨스가 지켜보고 있다는 사실을 떠올린 것 같았다. 「여하튼 그 이후에 전개되는 게임은 시간이 충분하지 못했단다. 여기 있는 이 친구는 마치 먹이를 발견한 사냥개처럼 내 뒤를 쫓아오고 있었어. 두어 수만 더 두면 나를 손가락으로 가리킬 형국이었거든. 물론 나는 우리의 친구가 완전하게 확신할 때까지는 모르는 척할 것이라는 사실도 잘 알고 있었지. 더욱이 우리의 친구는 네가 위험에 처해 있지 않다고 확신하지 않았더냐. 그렇게 생각하면 우리의 친구 무뇨스 씨 역시 나름대로 이 방면의 예술가였다고 할 수 있겠지. 그래서 가만히 지켜보고 있었던 거야. 자신의 분석적 결론을 뒷받침해 줄 결정적인 증거를 찾으면서 말이지. 무뇨스 씨, 그렇지 않았소?」

무뇨스는 천천히 고개를 끄덕였다. 그는 대화가 시작되기 전에 고개를 끄덕이는 것을 유일한 대답으로 결정한 사람 같았다. 세사르는 상아 체스 세트가 놓여 있는 작은 테이블 앞으로 다가갔다. 그는 한참 체스 말들을 물끄러미 바라보더니 마치 깨지기 쉬운 물건을 만지듯 말을 하나 집어 들었다. 백여왕이었다.

「어제 네가 프라도 박물관 작업실에서 일을 하는 동안 나는 박물관에 들어갔지. 폐장되기 10분 전이더구나. 나는 1층에서 서성거리다 브뢰헬의 그림 밑에 카드를 놓은 뒤에 네게 전화를 걸려고 밖으로 나갔단다. 그사이 커피도 한잔 해야 했고……. 여기까지가 다란다. 애야, 그런데 내가 미처 예측

하지 못한 게 하나 있었다면 믿겠느냐? 나는 여기 있는 우리 친구 무뇨스 씨가 설마 먼지 속에 처박혀 있던 체스 잡지를 찾게 될 줄은 꿈에도 몰랐단다. 난 그 잡지가 존재한다는 사실조차 잊고 있었거든.」

「납득이 되지 않는 부분이 있습니다.」 무뇨스가 불쑥 끼어들었다. 홀리아는 깜짝 놀라 무뇨스를 향해 고개를 돌렸다. 고개를 비스듬히 한쪽으로 기울인 채 세사르를 쳐다보는 그의 눈이 빛나고 있었다. 체스판을 앞에 두고 뚫어지게 바라보던 그 시선이었다. 「선생이 뛰어난 체스 플레이어라는 사실에 대해선 의심의 여지가 없습니다. 적어도 뛰어난 체스 플레이어가 될 수 있는 조건을 지녔으니까요. 그럼에도 불구하고 나는 선생께서 이번에 두었던 방식의 게임을 치를 만한 능력까지 지녔다고 보지는 않습니다. 그것은 무려 40년 동안 체스판 근처에도 가보지 않았던 사람이 만들어 낸 조합치고는 거의 완벽에 가깝기 때문입니다. 체스에서 중요한 것은 연습과 경험입니다. 따라서 나는 아직도 선생이 우리를 속이는 게 있다고 확신합니다. 그게 아니라면 나는 선생이 최근 몇 년 사이에 아무도 몰래 체스를 연구했거나 누군가가 도와준 것으로 판단할 수밖에요. 선생, 당신의 허영심에 상처를 안겨 드려서 죄송합니다만 당신에게는 공범이 있습니다.」

무뇨스의 말 뒤로 길고 무거운 침묵이 뒤따랐다. 홀리아는 어안이 벙벙한 표정으로 두 사람을 번갈아 쳐다보았다. 체스 플레이어의 말을 믿을 수가 없었다. 홀리아는 터무니없는 소리라고 막 입을 여는 순간, 평소에 관통할 수 없을 것 같은 세사르의 가면 같은 얼굴에서 한쪽 눈썹이 치켜 올라가는 것과 동시에 곤혹스런 웃음이 흐르는 것을 보고 입을 다물었다.

그 웃음은 무뇨스의 판단을 인정하고 감탄하는 역설적인 표정이었다. 이어 세사르는 깊은 숨을 내쉬더니 팔짱을 끼면서 고개를 끄덕였다.

「친구.」 세사르가 입을 열었다. 그는 필요 이상 말을 질질 끌고 있었다. 「당신은 역시 동호회 클럽의 후미진 구석에서 주말을 보낼 무명의 체스 플레이어가 아닌 게 분명해. 아니 그 이상의 자격이 있어.」 그는 마치 줄곧 그들의 대화를 듣던 누군가에게 손짓을 하듯 오른손으로 어두운 구석을 가리키고 있었다. 「그렇소. 사실 나에게는 공범이 있었어요. 그렇지만 이번 경우에 그 친구는 그 어떠한 사법적 판결 대상이 될 수 없다는 것도 알아야 할 거요. 어쨌든 그 이름을 알고 싶소?」

「선생께서 직접 밝혀 주시길 기대하고 있습니다.」

「물론 말해 주겠소. 설사 그 이름을 밝힌다 해도 그다지 큰 충격을 입지 않을 테니까.」 그는 다시 웃고 있었다. 아까보다 훨씬 큰 웃음이었다. 「하지만 친구, 미리 말하지만 내가 그 비밀을 혼자 간직했다고 해서 당신이 불쾌하게 생각하진 마시오. 사실 나는 당신이 모든 것을 다 밝혀 내지 못해 내심 즐거워하고 있었으니까. 혹시 그 주인공이 누구인지 짐작하겠소?」

「내가 확신할 수 있는 것은 전혀 모르는 사람이란 사실입니다.」

「그 말은 맞아요. 그 친구 이름은 〈알파 PC-1212〉, 족히 20수를 읽어 낼 수 있는 체스 프로그램이 내장된 개인용 컴퓨터니까. 난 알바로를 죽인 다음날 그것을 구입했소.」

훌리아는 무뇨스의 얼굴이 벌겋게 상기되는 것을 보았다. 그런 표정의 변화는 처음이었다. 그의 눈빛이 희미해지고, 가만히 열린 입이 채 닫히지 못하고 있었다.

「왜, 할 말이 없소?」 세사르가 물었다. 꽤나 즐겁다는 표정이었다.

무뇨스는 세사르를 쳐다볼 뿐 말이 없었다. 잠시 후 그는 훌리아를 쳐다보았다.

「담배 한 개비 주시겠습니까?」

훌리아는 말없이 담뱃갑을 건넸다. 무뇨스는 손가락으로 가만히 담뱃갑을 돌리다 한 개비를 뽑아 입에 물었다. 훌리아가 성냥불을 붙여 입 앞으로 내밀었다. 불을 붙인 그가 담배를 깊고 천천히 빨았다. 그 모습이 마치 수천 킬로미터 떨어져 있는 사람처럼 여겨졌다.

「얼른 납득하기가 쉽지는 않을 테지.」 세사르가 눈가에 미소를 띠며 지나치듯 말했다. 「하긴 이제까지 컴퓨터, 즉 느낌도 감정도 없는 기계와 게임을 벌였으니까. 하지만 나는 지금 당신이 우리가 사는 이 시대를 상징하는 데 아주 적합한, 하나의 달콤한 모순을 보고 있다고 생각하고 있소. 에드거 앨런 포에 따르면, 마엘젤의 그 놀라운 체스 인형은 속에 사람을 숨겨 두고 있었지만……. 하지만 친구, 시대는 변했소. 이제는 사람 속에다 자동 인형을 숨겨 놓고 있소.」

무뇨스는 여전히 말이 없었다. 세사르는 손에 쥐고 있던 노르스름한 여왕 말을 들어 올려 조롱하듯 쳐다보며 다시 입을 열었다.

「존경하는 친구. 당신의 재능과 상상력, 그리고 탁월한 수학적 분석 능력은 손바닥 안에 들어갈 만한 조그만 플라스틱 디스켓으로 대체되고 있소. 마치 거울 앞에서 우스꽝스럽게 변해 버린 우리의 본 모습처럼 말이오. 어쨌든 나는 훌리아에게도 똑같은 생각을 전하고 싶지만 당신이 이번 일로 인해서 본래의 모습으로 돌아가지 않으면 어쩌나 심히 걱정하고 있소. 하긴 당신이야 세상의 변화 따위에는 관심조차 없으니 내심 다행이라고 생각하지만……」

무뇨스는 여전히 말이 없었다. 양손은 다시 레인코트의 호주머니에 들어가 있고, 입술 사이에 물려 있는 담배에선 연기가 타오르고 있었다. 그는 반쯤 눈을 감은 채 허공을 응시할 뿐 담뱃재를 털 생각조차 없는 것 같았다. 훌리아는 그런 그를 보면서 흑백 영화에 등장하는 초라한 모습의 형사를 연상하고 있었다.

「유감이오.」 세사르가 진지한 표정을 지으며 말했다. 이어 그는 마치 이제 막 유쾌한 저녁 시간을 끝내려는 사람처럼 여왕 말을 체스판에 내려놓은 뒤에 훌리아를 쳐다보았다. 역시 진지한 표정이었다. 「마지막으로 여기 있는 두 분에게 보여 줄 게 있소.」

세사르는 마호가니 서랍장으로 다가가더니 여러 서랍들 중에서 하나를 열었다. 그리고 그 속에서 봉인이 된 두툼한 봉투와 부스텔리의 도기 인형 3개를 꺼냈다.

「공주야, 이건 네게 주는 상이란다.」 그는 장난기가 감도는 눈빛으로 훌리아를 쳐다보며 말했다. 「너는 또다시 묻혀 있던 보물을 찾아낸 거야. 물론 이제는 네 마음대로 할 수 있는 것들이지.」

훌리아는 선뜻 내키지 않는 시선으로 그것들을 바라보았다.

「지금 무슨 말을 하시는 거죠?」

「이제 곧 알게 되겠지만 사실 나는 요 몇 주 동안 게임 외에도 생각해 둔 게 있었는데……. 각설하고, 〈체스 게임〉은 지금 이 순간 세상에서 가장 안전하다고 할 수 있는 어떤 스위스 은행의 안전 금고에 보관되어 있단다. 그 금고는 서류상으로 파나마에 적을 둔 한 주식 회사의 이름으로 빌린 거고……. 알려진 대로 스위스 변호사들이나 은행가들은 다소 따분하긴 해도 일 하나만큼은 제대로 하는 인간들이지. 다시 말해서 그 나라 법과 질서를 존중하고 합리적인 액수만 지불하면 아무것도 묻지 않거든.」 그는 훌리아가 앉아 있는 의자 옆 테이블로 봉투를 밀어 놓으며 말을 이었다.「이 봉투에는 그 회사의 정보와 너의 지분 75퍼센트에 해당하는 증서가 들어 있단다. 난 이것과 관계된 모든 일을 너도 언젠가 누구냐고 물은 적이 있는 데메트리우스 치글러라는 스위스 변호사에게 맡겼지. 따라서 여기 우리 세 사람과 잠시 후에 알게 될 또 한 사람을 제외하고는 어느 누구도 반 호이스의 작품이 안전 금고에 있다는 것, 그리고 당분간 그곳에 보관되어 있을 거라는 사실을 알 수 없단다. 그사이 〈체스 게임〉에 관한 이야기는 예술계의 주요 사건으로 부각되겠지. 전문지를 비롯한 언론 매체는 이 사건을 쫓아다니느라 한바탕 야단법석을 떨어 댈 테고……. 어쨌든 덕분에 국제 거래 가격이 수백만을 호가할 감정가가 이제는 또 어떻게 변할지 아무도 장담할 수 없게 되었구나. 물론 미국 달러로 말이지.」

훌리아는 믿을 수 없다는 듯한 표정으로 봉투와 세사르를 번갈아 쳐다보았다.

「가격이 얼마든 그것은 중요하지 않아요.」 그녀는 중얼거리듯 내뱉었다. 그러나 그 말을 하기조차 힘든 느낌이 들었다.「도난당한 그림은 팔 수 없으니까요. 아무리 외국이라지만 말이에요.」

「천만에. 그런 문제는 누구에게 어떻게 파느냐에 따라 달라지는 거란다. 때가 되면, 그래 몇 달 후라고 해두자, 이 그림은 공공 경매장이 아니라 예술품만 전문적으로 취급하는 암시장에 나오게 될 거야. 그래서 어느 수집가의 손에 들어갔다가 이내 호화로운 저택에 은밀하게 걸리겠지. 브라질, 그리스, 일본 등에 흩어져 있는 백만장자들은 가치 있는 물건만 나왔다 하면 피맛을 본 상어 떼처럼 달려들거든. 물론 그런 인간들이 그림을 구하고자 혈안이 되어 있는 까닭은 여러 가지로 설명할 수 있지. 그들 중에는 진정한 예술품을 소장하고픈 열정의 소유자가 있는가 하면, 사치와 허영에 젖은 채 소유욕을 과시하는 부류들도 적지 않다는 것은 너도 잘 알 거야. 아울러 그것은 재산을 증식할 수 있는 장기 투자의 가치가 무궁무진하단다. 너도 알다시피 도난 예술품에 대한 공소 시효가 20년밖에 안 되는 국가도 아직 많거든……. 여하튼 이 일은 이미 네 손을 떠났으니 걱정할 필요가 없단다. 중요한 것은 반 호이스가 은밀한 여행을 끝내는 2개월 후에 본래의 경매가보다 수백만 달러나 더 불어날 돈을 바라보기만 하면 되니까. 물론 그 돈은 내가 이미 파나마 회사 이름으로 터놓은 취리히 은행의 구좌로 들어오게 되어 있지. 게다가 넌 할 일이 없어. 누군가가 너 대신 가슴 조이는 일들을 처리해 줄 테니까. 공주야, 거듭 말하건대 그 점에 대해선 확실하게 해놓았으니 걱정하지 않아도 된단다. 그 일을 맡은 인물의 충성심은 상상을 불허할 정도니까 말이다.」

「그 사람이 누구죠? 스위스 친구인가요?」 훌리아가 내친김에 물었다.

「아니란다. 치글러는 체계적이고 능률적인 변호사지만 이

분야에 대해선 완벽하지 못해. 그래서 난 적당한 경로를 통해 사람을 찾았지. 양심이니 도덕이니 하는 문제 따위와는 거리가 멀면서도 복잡한 암시장의 세계를 자유자재로 움직일 수 있는 전문가 말이야. 그랬더니 역시 파코 몬테그리포만한 인물이 없더구나.」

「이런 상황에서 끝내 농담을 하자는 건가요?」

「천만에. 난 돈에 관계된 일에는 농담을 하지 않는단다. 몬테그리포가 호기심이 많은 편이고 너에게 관심이 많은 것도 알고 있지만 그놈은 이 일과 연관이 없어. 어쨌든 내가 지금 말하고 싶은 것은 몬테그리포가 철면피에 약삭빠른 인간이긴 해도 네게는 절대로 그럴 수 없다는 거야.」

「말도 안 돼요. 그자는 그림이 손에 들어오면 그것으로 안녕을 고할 게 틀림없어요. 수채화 그림 하나를 구하고자 자기 어머니라도 팔 위인이니까요.」

「물론이지. 그러나 다시 말하지만 그건 마음대로 처분할 수 없게 되어 있단다. 이번 일은 워낙 무거운 사안인 데다 치글러와 나는 몬테그리포가 여러 서류에 서명하도록 조처했기 때문에 이 사실을 공개하더라도 그놈 역시 법망을 빠져나갈 수 없으니까 말이다. 아울러 나는 만일의 경우를 대비해서 다른 대책도 세워 두었단다. 쓸데없는 말을 지껄이거나 치졸한 모습을 보이면 평생 동안 인터폴에 쫓기는 신세가 되는 데다 치명적인 약점을 갖고 있어서 내가 입만 뻥긋하면 평생 감옥에서 지내야 할 운명이란다. 그 일에 내가 중개자로 나섰지만 말이야. 무슨 말인지 이해하겠니? 다시 말해서 몬테그리포는 국가 유산으로 지정된 물건들 일부를 불법 경로를 통해 해외로 밀반출했단다. 1978년에 산타 마리아 데

카스칼스에서 도난당했던 페레 오예르의 15세기 제단 장식품과 4년 전에 올리바레스 컬렉션에서 사라졌던 그 유명한 플랑드르의 얀도 감쪽같이 빼돌렸던 거야. 그건 너도 기억하겠지?」

「네, 기억 나요. 하지만 난 아저씨가 설마…….」

골동품상은 짐짓 냉정한 표정을 지었다.

「공주야 인생이란 게 그런 거란다. 내 사업, 아니 모든 일이 다 그렇겠지만 비난을 받지 않는 정직한 사업은 곧 굶어 죽게 되는 확실한 지름길이었어. 여하튼 지금 우리에게 중요한 것은 내가 아니라 몬테그리포 이야기를 하고 있다는 점을 명심해라. 몬테그리포는 가능한 한 많은 몫을 챙기려 들겠지만 그것은 당연한 현실로 받아들여야 할 게다. 그래서 나는 몬테그리포가 파나마 회사의 이윤을 최소한의 범위 내에서 침해하는 쪽으로 조처해 두었단다. 치글러가 송곳니를 세운 도베르만 개처럼 귀를 쫑긋 세운 채 그놈의 움직임을 단단히 지켜보도록 말이다. 그리고 일단 1차 사업이 끝나면 치글러는 파나마 회사의 구좌를 다른 개인 구좌로 옮기고 비밀 번호를 네게 줄 것이다. 그 다음 일은 너도 나름대로 상상할 수 있으리라고 믿고 싶구나. 치글러는 우리의 행적을 은폐하기 위해 이전의 구좌를 닫고 몬테그리포와 관련된 서류만 남긴 채 다 태워 버릴 거야. 그 다음에 치글러는 네가 받게 되는 이윤 가운데 3분의 1을 다양한 형태의 투자 자금으로 돌려 보다 많고 안전한 수익을 창출해 줄 것이다. 그것은 돈을 세탁하는 의미도 있지만 네가 사는 동안 경제적인 어려움을 겪지 않도록 보완 장치를 해둔 거라고 해야겠지. 설사 네가 돈을 가늠 없이 지출한다 해도 끄덕 없도록 말이야. 이 기회에 한

가지 부탁한다만 난 네가 치글러의 충고를 기꺼이 받아들이길 바라고 있단다. 그 친구는 성실하고 엄격한 칼뱅주의자에 동성애자이기도 하지만 내가 20년 이상을 알고 지낸 사람이거든. 물론 그 친구 역시 자신의 커미션에다 지출 경비를 철저하게 삭제하겠지만 말이다.」

훌리아는 숨소리조차 제대로 내지 못한 채 그의 말을 듣고 있었다. 그녀는 떨고 있었다. 전율이 온몸을 타고 흘렀다. 모든 게 퍼즐 그림처럼 완벽하게 끼어 맞춰지고 있었다. 이윽고 그녀는 자신이 받은 충격을 완화하기 위해 걸음을 떼었다. 하룻밤에 끝낼 수 있는 이야기치고는 너무 길어. 그녀는 무뇨스 앞에서 걸음을 멈추며 생각했다. 아냐, 이건 평생 동안 해도 시간이 모자랄 이야기야.

「무슨 말인지 다 알겠어요.」 그녀는 다시 세사르를 쳐다보며 말했다. 「아니, 전부 다 안다는 것은 무리일지도 모르죠. 그런데 혹시 돈 마누엘 벨몬테 씨에 대해선 빠뜨리지 않았나요? 어쩌면 아저씨에겐 사소한 부분이 될지도 모르지만 그분에게는 그 그림이 전부잖아요.」

「물론 그 부분을 빠뜨리지 않았지. 사실 난 네가 양심의 위기 앞에서 칭찬받을 만한 거부를 들이댈 수 있을 거라고 이미 예상했단다. 〈나는 그럴 수 없어요. 차라리 모든 것을 포기하겠어요〉 하고 말이지. 혹시 네 생각이 그렇다면 치글러에게 연락하여 그 그림이 적당한 곳에서 자연스럽게 발견될 수 있도록 조처해 달라고 부탁만 하면 된단다. 하지만 그렇게 되면 몬테그리포는 실망과 분노로 치를 떨겠지. 이를 악다물고 참을 수밖에 없는 사안이지만 말이다. 어쨌든 아무 일도 없었던 것처럼 갑자기 그림이 다시 나타나면 어떻게 될까. 이미 소문은 났으니 그림의 가격은 폭등할 것이고, 누구보다 기뻐하는 쪽은 당연히 경매권을 쥐고 흔들 클레이모어가 되지 않을까……. 애야, 하지만 말이다. 이번 일에는 너의 칭송받을 만한 양심을 무마할 수 있는 여러 가지 필연성이 존재한다는 것을 말해 주고 싶구나. 우선 너는 벨몬테가 돈을 위해 그림을 팔기로 했다는 점을 간과해선 안 된단다. 다시 말해서 그림을 내놓은 것은 노인에게 있어 이미 경제적 가치 외에 남는 게 없다는 뜻이지. 따라서 그 노인이 필요로 하는 액수는 보험금으로도 충분하다고 볼 수 있단다. 그렇지 않니? 그것도 부족하다면 넌 일정한 액수의 보상금을 따로 준비해서 익명으로 보내는 방법을 강구할 수도 있단다. 더욱이 네 뜻은 아무도 막을 수 없거든. 그리고 마지막으로 여기 있는 무뇨스 씨에게는……」

「기다리고 있었습니다.」 무뇨스는 덤덤히 그 말을 받았다. 「사실 나는 이 순간까지 선생께서 나를 위해 무엇을 남겨 두었는지 몹시 궁금했거든요.」

「아, 내가 친애하는 친구. 당신은 복권에 당첨되었다오.」

「설마?」

「설마가 사람 잡는다는 말도 있소. 나는 이번 게임에서 두 번째 백 기사가 생존할 가능성을 염두에 두고 당신을 파나마 회사와 연관시켜 두었어요. 혹시 무례를 범했다면 용서하시오만, 당신의 지분은 25퍼센트요. 그 정도면 우선 새 셔츠를 살 수 있을 것이고, 그럴 마음이 있는지 모르지만 고즈넉한 바하마 제도에서 체스를 두며 살 수 있을 거요.」

무뇨스는 레인코트 주머니에서 오른손을 꺼내 입에 물고 있던 담배 — 이미 꺼져 있었다 — 를 빼냈다. 그리고 그것을 잠시 쳐다보더니 의도적으로 양탄자에 떨어뜨렸다.

「무척이나 관대하시군요.」 이윽고 그가 내뱉듯이 말했다.

세사르는 바닥에 떨어진 담배꽁초에 이어 무뇨스를 쳐다보며 입을 열었다.

「그게 최소한 내가 할 수 있는 일이었소. 어떤 식으로든 입을 다물어 주는 대가를 치러야 했고, 실제로 당신은 그 이상의 수고를 해주었으니까…….」

「내가 이 모든 일에 끼어드는 것을 거부할지도 모른다는 생각은 해보셨습니까?」

「물론이오. 사실 당신은 기이한 데가 없지 않았기에 충분히 생각했었소. 하지만 이제 그것은 내가 신경 쓸 일이 아니오. 왜냐하면 당신과 여기 있는 숙녀분은 동업자이니까. 그러니 그것 역시 두 분이 알아서 처리하시오. 난 아직도 할 일이 남아 있소.」

「그럼 남는 것은 아저씨의…….」 훌리아가 그 말을 받았다.

「나?」 세사르는 고통스런 웃음을 지었다. 「나의 사랑하는 공주야, 난 죄를 많이 지었지만 그것을 씻을 시간이 넉넉하지 못하구나. 그것보다는…….」 그는 눈으로 테이블 위에 놓여 있는 봉인된 봉투를 가리키며 덧붙였다. 「가만, 한 가지 빠뜨린 게 있었구나. 저 봉투 속에는 이번 일에 대한 진행 상황이 처음부터 끝까지, 스위스 친구 얘기만 빼놓고 다 들어 있단다. 물론 너와 무뇨스 씨 그리고 이 순간까지는 몬테그리포 역시 깨끗하게 처리되어 있으니 그렇게 알아라. 아울러 그 속에는 그림에 대한 이야기도 들어 있단다. 그 그림을 부숴 버려야 했던 나의 개인적이고 감상적인 이유들을 아주 그럴 듯하게 낱낱이 묘사해 두었거든……. 확신하건대, 나의 고백을 검토한 정신과 의사와 경찰은 내가 비정상적인 심리 상태에서 극심한 정신 분열증을 겪고 있었다는 결론을 내리게 될 게다.」

「외국으로 떠날 생각인가요?」

「천만에. 여행이란 가고 싶은 곳이 있을 때만 허락하는 거야. 게다가 난 늙었어. 그렇다고 감옥이나 정신 병원을 좋아한다는 뜻은 아니지. 그 건장하고 매력적인 간호사들이 찬물로 샤워를 해주는 것은 어딘가 편치 못하거든. 50줄을 넘어서는 나이라서 그런지 그런 식의 감동은 썩 어울리지 않기도 하고……. 자, 이제 마지막 얘기를 하나 덧붙여야겠구나.」

훌리아는 어두운 표정으로 그를 쳐다보았다.

「마지막 얘기라뇨?」

「혹시 들어 봤는지 모르겠구나.」 세사르는 자신을 조롱하고 있는 듯한 표정을 지었다. 「요즘에 끔찍하게 유행하는 후천성 면역 결핍증인지 뭔지 하는 거……. 어쨌든 말기라고 하더구나…….」

「지금 거짓말을 하고 있는 거죠.」

「천만에. 난 그 말기terminal라는 말에 처음에는 음침한 버스 종점terminal을 연상했었지. 그런데…….」

훌리아는 눈을 감았다. 갑자기 모든 게 그녀로부터 아득하게 멀어지는 것 같았다.

「거짓말!」 그녀의 눈에는 눈물이 가득했다. 「지금 거짓말을 하시는 거죠? 그럴 리가 없어요. 거짓말이라고 하세요.」

「나도 그러고 싶구나, 공주야. 나 역시 모든 게 몹쓸 농담이었다고 말하고 싶어. 그보다 좋을 말이 어디 있겠니. 그렇지만 인생이란 그런 종류의 장난을 칠 수 있는 능력을 가지고 있단다.」

「그게 언제였죠?」

세사르는 그런 식의 대화는 불필요하다는 듯이 손을 내저으며 말했다.

「두 달 정도 되었을까. 직장에 조그만 종양이 하나 생겼다는데 심상찮았거든.」

「나에게는 말하지 않았잖아요.」

「어떻게 말할 수 있었겠니?…… 애야, 이러한 표현을 써서 미안하다만, 내 직장은 내 관할이란다.」

「얼마나…….」

「많진 않아. 대략 반 년 정도는 되겠지. 의사들 말로 체중이 좀 줄어들 거라고 하더구나.」

「그렇다면 병원으로 가게 될 거예요. 감옥이 아니라, 아니 정신 병원에도 가지 않을 거예요.」

세사르는 가만히 웃으며 고개를 저었다.

「애야, 난 어디에도 가지 않는단다. 넌 지금 끔찍한 죽음을 생각하는가 본데……. 안 돼, 절대 안 되지. 난 싫다. 나는 최소한 나의 마지막에 대한 권리를 갖고 싶단다. 네 머리 위로 정맥 주사가 똑똑 떨어진다든지, 환자의 면회인들이 산소 탱크에 걸려서 넘어지는 모습을 기억하며 떠나가는 것은 정말이지 끔찍한 일이거든.」 어느덧 그의 시선은 실내를 지키고 있는 가구와 장식품과 그림들을 스쳐 가고 있었다. 「나는 내가 사랑하는 것들 사이에서 피렌체풍의 마지막 기억을 간직하고 싶구나. 은밀하고 달콤한 퇴장, 그게 나의 취향과 성격에는 훨씬 더 어울려.」

「그게 언제죠?」

「머지않았어. 여기 그대들이 친절을 베풀어서 나를 혼자 놔둘 때.」

훌리아는 밖으로 나왔다. 레인코트 깃을 세운 채 벽에 몸을 기대고 서 있던 무뇨스는 그녀가 다가가자 고개를 들었다.
「어떻게 하실 것 같습니까?」 무뇨스가 물었다.
「청산이에요.」 훌리아의 눈가에 고통스런 빛이 스쳐 가고 있었다. 「그분은 오래전부터 그걸 갖고 있었거든요. 총알이 더 영웅적인 방법이지만 그렇게 되면 깜짝 놀란 사람처럼 불쾌한 모습이 남을 것 같아 싫대요. 더 나은 모습으로 가시겠다는 거예요.」
「알겠군요.」 무뇨스가 덤덤히 내뱉었다.
「이 근처에 공중 전화 부스가 있어요. 저기 모퉁이를 돌면 말이에요……」 훌리아는 멍하니 무뇨스를 바라보았다. 「10분 뒤에 경찰에 연락하라고 하더군요. 그게 마지막이었어요.」
두 사람은 가로등에서 흘러나오는 노란 불빛을 받으며 나란히 보도 위를 걸었다. 인적 없는 거리, 그 끝에 이르는 동안 신호등이 녹색에서 황색으로 황색에서 적색으로 바뀌고 있었다.
「어떻게 할 생각입니까?」 무뇨스가 물었다.
훌리아는 고개를 돌려 무뇨스를 쳐다보았다. 그의 시선은 구두 끝에 고정되어 있었다. 훌리아는 어깨를 으쓱 추켜올리며 대답했다.
「그건 당신에게 달려 있어요.」
무뇨스의 입에서 웃음이 터져 나온 것은 그 순간이었다. 그것은 이전처럼 얼굴에 그려지는 웃음이 아니었다. 그녀가 처음 듣는 밖으로 새어 나오는 웃음 소리였다. 콧소리가 섞인 듯한 깊고 부드러운 웃음 소리였다. 그의 내부에서 터진 웃음 소리였다. 순식간이었지만 훌리아는 웃음을 터뜨리는 사람이 무뇨스가 아니라 체스 그림 속의 한 사람이라는 생각이 들었다.

「세사르, 그 양반 말씀이 맞습니다.」 그가 대답했다. 「난 새 셔츠들이 필요합니다.」

훌리아는 손으로 레인코트 호주머니에 들어 있는 세 개의 도기 인형 ─ 봉인된 봉투와 함께 있는 옥타비오, 루신다, 스카라무슈 ─ 을 쓰다듬었다. 밤의 냉기에 그녀의 눈에 맺힌 눈물과 입술이 얼어붙고 있었다.

「다른 얘기는 없었나요?」 무뇨스가 다시 물었다.

훌리아는 대답 대신 어깨를 으쓱 추켜올렸다. 그녀는 마음속으로 세사르가 남긴 말을 되뇌었다. 「⟨Nec sum adeo informis……. 난 그렇게 추하지 않아. 얼마 전에 바다를 찾았거든. 거기서 수면에 비친 내 모습을 보았단다.⟩」 베르길리우스를 인용한 것은 역시 세사르다운 착상이었다. 그 말을 마지막으로 그녀가 막 응접실을 뒤로 하며 고개를 돌렸을 때 그녀의 시선에 들어온 것은 벽면에 걸린 그림들의 어두운 색조, 가구의 표면 위로 희미하게 흩어지는 양피지 갓의 잔영, 서재에 꽂힌 책들의 금빛 등배, 이어 빛을 등진 채 서 있는 세사르의 뒷모습이었다. 이목구비는 볼 수 없었다. 명암이 교차하면서 드러나는 그의 형체는 양탄자의 적황색 아라베스크 무늬 위로 길게 늘어뜨려져 거의 그녀의 발치까지 와닿고 있었다. 그녀는 돌아섰다. 문을 닫자 마치 무덤의 석판이 닫히는 듯한 종소리가 울렸다. 순간 그녀는 모든 게 작품에서 오래전에 예견되었고, 각각의 것이 작품에서 할당된 역할을 어김없이 수행했다는 느낌을 받았다. 마지막 순간은 체스판 위에서 첫 막이 열린 지 정확히 5백 년 뒤에 수학적 정확성과 함께 찾아온 흑녀의 종말, 그것이었다.

「아뇨.」 이윽고 그녀는 마지막으로 보았던 응접실의 이미지가 서서히 멀어지는 것을 느끼며, 동시에 그 이미지가 자신의 기억 저 깊은 곳으로 가라앉는 것을 느끼며 중얼거렸다. 「아무 말씀도 없었어요.」

무뇨스는 고개를 들어 하늘을 쳐다보았다.

「유감이군요.」 그가 나지막이 내뱉었다. 「그분은 훌륭한 체스 플레이어가 될 수 있었을 텐데 말입니다.」

어둠이 깃들어 가는 텅 빈 수도원에 여인의 발자국 소리가 울린다. 길게 누운 석양 햇살의 끝자락은 돌로 된 창을 지나 잡초들이 자라나고 있는 정원과 그 정원을 에워싼 고딕 아치들과 그것을 지탱하는 기둥의 장식물 — 그것들은 신화에 등장하는 괴물, 전사, 성자, 동물 등을 형상화한 것들이다 — 그리고 누런 잎의 담쟁이덩굴로 뒤덮인 수도원 돌담을 붉게 물들이고 있다. 바람소리가 으르렁거린다. 닥쳐올 겨울을 예고하며 북쪽에서 불어오는 차가운 바람이다. 수도원의 낮은 언덕을 타고 올라 나뭇가지를 흔들어 대고 지붕 끝의 돌 추녀에서 울음소리를 끌어내는 그 바람에 첨탑에 세워진 청동 종루와 그 끝에 매달린 녹슨 팔랑개비가 삐걱거리면서도 고집스럽게 한쪽 방향을, 어쩌면 아득하게 멀어 닿을 수 없는 찬란한 남쪽을 향하고 있다.

상복을 입은 여인이 벽화 옆에서 걸음을 멈춘다. 벽화는 오랜 세월 탓에 한 인물의 파란 도포 자락과 황토색 형체를 남긴 채 본래의 색상과 형태를 잃고 있다. 금이 간 석고 벽면에 그려진 그 인물은 그리스도다. 그의 손은 손목에서 잘려 나간 채 검지만이 존재하지 않는 하늘을 가리키고 있다. 한줄기 빛이 하늘과 땅을 잇는다. 시작도 끝도 없는, 한줄기 햇살 혹은 성스런 빛은 누르스름하게 퇴색되어 있다. 이제 그 빛은 세월의 흐름 속에서 차츰 엷어질 것이고 나중에는 마치 이 세상에 존재한 적이 없다는 듯 한 조각의 형체도 남기지 않고 영영 사라지게 될 것이다. 그 곁에 천사가 보인다. 그러나 입 모양이 사라지고 없는, 법의 심판자나 집행인의 표정처럼 얼굴을 찌푸린 그 천사 역시 날개와 한 자락의 도포 자락 그리고 칼 모양의 형태 외에 알아보기 힘든 모습이다.

상복을 입은 여인은 자신의 얼굴을 가리고 있는 검은 베일을 들어 올리고 벽화에 그려진 천사의 눈을 오랫동안 들여다본다. 18년 동안 그 여인은 매일처럼 똑같은 시간에 그곳에서 발길을 멈춘 채 그 그림을 쳐다보았고, 마치 살점을 뜯어내는 나병 같은 세월이 그 그림을 차츰 갉아먹는 것을 지켜보았다. 이제 천사의 모습은 세월과 습기를 견디지 못한 벽의 회반죽과 섞여 부풀거나 금이 가고 조각조각 떨어져 나간 형체로 남아 있을 뿐이다. 그 여인이 사는 곳에는 거울이 없다. 그곳에서 가르치는 지침, 어쩌면 그녀에게 내린 지침은 거울의 반입을 금지했는지도 모른다. 그사이 그녀의 기억은 차츰 사라지는 벽화의 형체처럼 희미해지고 있다. 18년의 세월, 그동안 여인은 자신의 얼굴을 한번도 보지 못했다. 그러기에 한때는 아름다웠을 천사의 얼굴은 그녀에게 있어서 자신의 이목구비를 일깨우게 만드는 유일한 거울인 셈이다. 그녀는 그림이 벗겨지는 것을 보며 주름살을 느끼고, 흐릿해지는 형체를 보며 노화되는 살갗을 감지한다. 그녀는 이따금 해변의 모래사장으로 달려드는 파도처럼 정신이 맑아지거나 혼미한 환영 속에 과거의 기억들이 떠오르는 순간이면 그 끝자락을 놓치지 않으려고 애를 쓰다가 언뜻 자신의 나이가 54살이라는 것을 기억해 낸다.

수도원의 예배당으로부터 합창소리가 들려오고 있다. 두꺼운 벽에 막혀 웅웅거리는 그 노래는 식당으로 가기 전에 신을 찬양하며 부르는 찬송가다. 여인은 예배에 참석하지 않아도 좋다는 허락을 받았기에 그 시간이면 침묵 같은 그림자가 되어 쓸쓸한 복도를 홀로 걷는다. 그녀의 허리에는 한동안 손도 대지 않은 거무스름한 나무 구슬 묵주가 걸려 있다. 어느덧 찬송가소리가 휘파람 소리를 내며 불고 있는 바람에 뒤섞인다.

상복을 입은 여인은 걸음을 떼어 창가로 다가간다. 햇살이 사라진 서쪽 하늘은 불그스레한 노을이 북쪽에서 다가간 구름 아래 드리워져 있고, 언덕 밑에는 물결이 무쇠처럼 빛나는 넓은 잿빛 호수가 펼쳐져 있다. 여인은 앙상하게 여윈 손을 창턱에 올려놓는 순간, 싸늘한 돌의 냉기가 여느 오후처럼 잔인하게 되돌아오는 기억들이 되어 팔을 타고 올라와 심장에 닿는 것을 느낀다. 동시에 여인은 심한 기침을 해대며 숱한 겨울날의 냉기와 그간의 은둔과 고독과 갑자기 안겨 드는 과거의 기억을 뿌리치듯 온몸을 흔든다. 이제 여인은 예배당의 노래 소리는 고사하고 사나운 바람 소리조차 듣지 않는다. 어느덧 그녀의 귀에 들리는 것은 오랜 세월에 떠다니는 단조롭고 구슬픈 만돌린 음악이며, 그녀의 눈앞에 떠오르는 것은 가을날의 지평선이 아니라 마치 어느 액자에 담긴 그림 속의 풍경 — 부드러운 물결이 굽이치는 듯한 들판과 파란 하늘 아래 서 있는 종루를 가는 붓으로 그린 그림 속의 풍경이다. 순간 여인은 탁자 앞에 앉아 있는 두 남자의 대화와 웃음소리를 듣고 있는 듯한 착각에 빠진다. 동시에 고개를 돌리면 등받이 없는 의자에 앉은 채 무릎에 책을 올려놓고 있는 자신의 모습을, 이어 고개를 들면 강철 목 가리개와 황금 양털을 볼 것 같은 느낌에 사로잡힌다. 그리고 그곳에는 참나무로 만든 패널에 그 순간의 장면을 영원한 형태로 남기기 위해 붓을 쥔 채 여인을 향해 미소 짓는 노인의 모습을 볼 것 같다고 생각한다.

돌연 사나운 바람이 구름을 거둬 가고 한줄기 빛이 호수의 물결 위에 반사되는가 싶더니 여인의 맑고 차가운, 거의 생기를 잃은 두 눈과 초췌하게 늙어 가는 얼굴을 비춘다. 그러나 그것도 잠시, 빛이 꺼지고 바람이 사납게 으르렁거리듯 달려들면서 그녀의 얼굴에 덮혀 검은 베일을 마치 까마귀 날개처럼 흔들어 놓는다. 순간 여인은 자신의 폐부를 갉아먹히는 통증을 느낀다. 심장 근처에서 감지되는 날카로운 통증은 그녀의 온몸과 사지를 마비시키고 급기야 내쉬는 숨까지 얼어붙게 만든다.

어느덧 호수는 어둠 속의 흐릿한 윤곽으로 남는다. 상복을 입은 여인, 세상이 부르고뉴의 베아트리스라고 부르는 그 여인은 북쪽에서부터 다가오는 겨울이 자신의 마지막 겨울이 되리라는 것을 알고 있다. 그녀는 마음속으로 묻는다. 자신이 향하는 그 어두운 곳에 흐트러진 마지막 기억의 파편들을 지워 줄 만한 자비는 있는 것인지.

1990년 4월
라 나바타에서

최고의 지적 게임

오늘날 스페인 서점가의 베스트셀러 목록에 자신의 이름을 가장 많이 올린 소설가는 누구인가. 그 대답은 취재 기자에서 작가로 전업한 페레스 레베르테이다. 국내에 처음 소개되는 그의 이름은 지난 10여 년 동안 스페인에서 가장 많이 팔린 작가로, 스페인 작가 중에서 다른 언어로 가장 많이 번역된, 그리하여 오늘날 세계에서 가장 많이 팔린 추리 소설가나 모험 소설가의 리스트에 기록된다. 실제로 지난 1990년대부터 꾸준하게 이어지고 있는 그의 명성과 대중성은 스페인 알파과라 출판사가 최근작인 『항해 지도 *La carta esférica*』(2000)의 초판본으로 무려 23만 권을 찍어 냈다는 출간 부수의 수치에서도 엿볼 수 있다.

페레스 레베르테는 누구인가

아르투로 페레스 레베르테Arturo Pérez-Reverte(1951년 스페인 카르타헤나 출생, 정치학과 저널리즘 전공)는 자타가 공인하는 스페인 대중 소설 작가이다. 1986년 첫 소설 『경기병El húsar』으로 출판계에 데뷔한 그는 이른바 대중 문학의 대표 장르인 추리 소설이자 모험 소설 『검의 대가El maestro de esgrima』(1988)와 본격 추리 소설 『플랑드르 거장의 그림La tabla de Flandes』(1990), 그리고 1993년에는 동일 장르의 『뒤마 클럽El club Dumas』으로 독자들을 매료시키며 여전히 냉담하던 비평계의 주목을 받았으며, 세 작품은 스크린 문자로 각색된다.

페레스 레베르테가 본격적으로 창작에 전념하게 된 것은 지난 21년 동안(1973~1994) 신문사, 라디오·텔레비전 방송국 등 여러 언론 매체에서 특파원 생활을 마감한 이후이다. 그는 일간지 「푸에블로Pueblo」에서 취재 기자로, 텔레비전 방송국TVE 프로그램에서 무력 분쟁 전문가로, 국립 라디오 방송국에서 도시의 소외된 삶을 생생하게 취재하는 리포터로 활동한다. 이 기간 동안 그는 키프로스, 에리트리아, 사하라, 포클랜드 제도, 엘살바도르, 니카라과, 차드, 레바논, 수단, 모잠비크, 앙골라, 튀니지 등을 비롯하여 90년대 초반의 루마니아, 모잠비크, 걸프만, 크로아티아, 보스니아 등 국제적인 분쟁이나 전쟁 혹은 내전이 발발한 지역에 상주하면서 〈방탄복을 가슴에 걸치고 발로 뛰는〉 현장 언론인으로 기록된다. 종군 기자 시절에 아프리카의 사하라와 에리트리아에서 취재 중 실종되어 생사의 기로에 놓이기도 했던 그는 〈아스투리아스 상〉(언론 부문, 1993)을 수상한다.

페레스 레베르테는 스페인 출판계에서 일종의 신드롬을 불러일으킨 작가라고 볼 수 있다. 그는 언급한 추리 소설 기법의 작품들과 1996년부터 6부작으로 예고한 모험 소설 장르의 『캡틴 알라트리스테 *El capitán Alatriste*』 등으로 출판계에서 대성공을 거두었을 뿐만 아니라 『뒤마 클럽』의 등장인물인 〈책 사냥꾼〉 코르소나 연재 소설 6부작의 첫 편인 『캡틴 알라트리스테』의 주인공 〈알라트리스테〉 같은 인물을 흠모하는 열광적인 독자층, 즉 매니아를 갖게 된다. 작가가 ― 원하든 원하지 않든 ― 자신이 선택한 장르와 그 장르 자체가 갖는 대중 지향성으로 인해 독자들과의 자연스런 교감이 이뤄지면서 그가 창조한 픽션의 인물들이 스페인의 셜록 홈스, 말로, 에르퀼 푸아로 같은 독특한 캐릭터로 불리게 되거나 독자들의 모임이 인터넷에서 〈icorso〉 같은 동호인 사이트로 발전되고 있는 것이다.

나머지 작품들을 정리하면, 영화로 각색된 『카치토 *Cachito*(어느 명예에 관한 사건)』(1995), 『북의 껍질 *La piel del tambor*』(1995), 『코르소의 라이센스 *Patente de Corso*』(1998) 그리고 언급한 『항해 지도』가 있다. 또한 6부작으로 발간 중인 연재 소설 『캡틴 알라트리스테』는 그의 딸인 카를로타와 공저 형식을 띠고 있으며 『깨끗한 피 *Limpieza de sangre*』(1997), 『브레다의 태양 *El sol de Breda*』(1998), 최근작인 『왕의 황금 *El oro del rey*』(2000)으로 이어진다. 물론 그의 6부작 역시 스페인의 청소년층에서 커다란 반향을 일으키며 가히 〈파괴적인〉 판매고를 기록 중이다.

한편 수상 경력 역시 만만찮다. 그 중에서 『플랑드르 거장의 그림』은 프랑스의 〈추리 소설 그랑프리〉를 수상했으며,

「뉴욕 타임스」에 미국에서 출간된 〈5대 외국 소설〉에 선정되거나 권장 도서로 추천된다. 또한 『뒤마 클럽』 역시 덴마크 범죄 아카데미의 〈팔레 로젠크란츠Palle Rosenkranz 상〉을 비롯해서 유럽과 미국 시장의 일간지나 잡지 혹은 탐정 아카데미 등에 의해 수상작으로 선정되거나 소개되고 있다.

페레스 레베르테의 문학, 즉 그의 대중 장르의 원천은 어디에 있는가
  10여 년 동안 스페인 출판 시장에 베스트셀러 목록을 빠뜨리지 않고 발표한 전업 작가로서, 혹은 19개 언어로 30여 나라에서 번역 발간된 베스트셀러 소설가로서의 비결은 무엇보다도 그의 독서에서 나오는 힘이다.
  그는 자신의 창작 행위를 자신이 좋아하는 독서 행위의 연장이라고 단언한다. 그가 강조하는 독서에 대한 이미지는 그의 작품『뒤마 클럽』에서 책 사냥꾼 코르소 ― 사실상 작가의 화신이다 ― 를 바라보는 평론가 보리스 발칸의 생각에서 엿볼 수 있다.
  〈거짓말이었다. 그는 분명 이곳에 오기 전에 나의 글을 읽어 보았을 것이다. 더욱이 세상에 인쇄되어 나온 것이라면 그것이 어떠한 내용이더라도 게걸스럽게 읽어 치우고 마는 무지막지한 독자들이 얼마나 많은가.〉
  실제로 작가는 10대의 나이에 무려 수천 권의 책을 〈게걸스럽게 읽어 치운〉 무지막지한 독자이다. 그는 책을 통해 자신의 문학 스승들 ― 갈도스, 뒤마, 스탕달, 스티븐슨, 코넌 도일, 토마스 만, 허먼 멜빌 등은 물론이고, 그가 읽은 모든 작가가 그의 문학적 스승이 될 수 있다 ― 을 만나고, 독서를 통해 이미 자신이 꿈꾸던 문학 장르를 자연스럽게 구축하면서 글쓰기에 대한 잠재적 욕망을 갖추게 된다. 작가로 전업한 이후에도 단 30분 정도의 시간이 나는 곳 — 예를 들어 공항 대기실 같은 곳 — 에 있으면 책장을 펼친다는 그는 독서가이자 과거에 읽은 책을 다시 읽는 재독가이다. 특히 자신이 쓰게 될 작품의 자료로서 책을 찾아 읽는데, 그의 독서에서 새로운 책보다 과거에 보았던 책이 전체 독서량의 75퍼센트 정도를 차지하는 것은 어쩌면 너무나 당연한 일일지도 모른다. 또한 작가는 무지막지한 자료 수집가로 알려져 있다. 그는 새로운 작품을 쓰기 위해 창작 기간의 절반을 〈자료 정리〉에 투자한다. 예를 들어 약 3년이 걸려 씌어졌다는 그의 최근 작품 『항해 지도』는 역사와 항해술에 대한 자료를 수집하는 데 꼬박 1년 6개월이 걸렸다고 실토한다. 작가는 『검의 대가』를 쓸 때 고전 검술론을, 『플랑드르 거장의 그림』을 쓸 때는 체스 게임에 대한 자료를 수집하거나 실제로 그것들을 익히는 데 상당한 시간과 노력을 기울였다는 후문이다.

아울러 작가는 무지막지한 글쟁이이다. 그는 하루에 12시간을 원고지 채우는 작업에 매달린다. 그가 대중 문학에 대해 부정적인 시선을 지닌 작가나 평론가를 향해 던지는 단호한 메시지는 이러한 자신감에서 나온 표현인지도 모른다. 이른바 진지한 문학을 자처하는 작가들이 본업인 글은 쓰지 않고 독자가 없는 시대를 푸념하거나 평론이니 대담이니 하는 부업 등으로 시간을 허비하는 게 과연 올바른 자세인가 하는 그의 지적이 〈소설가는 무엇을 해야 하는가〉 하는 준엄한 질타로 여겨지는 것은 그런 까닭이다.

그의 창작 문법에 대해서

페레스 레베르테는 한마디로 〈쉬운 문학〉을 지향한다. 여기서 말하는 〈쉬운 문학〉이란 보는 이의 관점에 따라 여러 가지 해석이 뒤따른다. 예를 들어 작가를 〈스페인의 뒤마, 혹은 스티븐슨〉이라고 지칭하는 미국 출판계나 대중 장르의 〈당연한 성공〉 정도로 폄하하려는 평론계의 입장에 설 수도 있으며, 반면에 대중 문학을 다루는 작가의 작품을 통해 독자와의 관계 속에서 자연스럽게 불려지는 표현으로 이해될 수도 있다는 뜻이다. 그렇지만 전자의 평가를 자신의 문학에 대한 혹평으로 받아들이는 작가의 입장은 중의적이면서 사뭇 거침없고 단호하다. 자신은 단지 어린 시절에 읽은 것을 정리하기 위해 글 — 소설 — 을 쓰고, 그 글을 쓰기 위해 다시 읽고 글 쓰는 법을 다시 배울 뿐이라는 것이다.

사실 이러한 작가의 속내처럼 그의 문학을 〈쉬운 문학〉으로 정의한다는 것은 꽤나 힘든 일이다. 흔히들 포에서 시작되어 코넌 도일, 애거서 크리스티, 모리스 르블랑 등으로 발전한 추리 소설을 대중 소설의 대표적 장르로 인식하지만, 우리는 고급 문학으로의 가능성을 보여 준 보르헤스의 『죽음과 나침반』이나 움베르토 에코의 『장미의 이름』 같은 작품이 있다는 점을 간과해선 안 된다. 물론 페레스 레베르테 역시 추리 소설이나 모험 소설의 기법과 구조 등 대중 장르의 문법을 그대로 받아들이는 형식을 취하고 있다. 그러나 독자는 그의 작품 속에서 다뤄지고 있는 테마나 배경의 크기, 예를 들어 유럽의 전반적인 역사나 문화 혹은 예술에 대한 이해가 기존 장르에서 찾아보기 힘들 정도로 폭넓다는 사실에 놀라게 된다. 그의 작품 속에는 음악, 미술, 건축을 비롯해서 전쟁, 책, 체스 게임 등 풍요로운 요소들이 존재하는데, 작가는 이러한 자신의 지적 현학성을 대중 장르에서 고급 장르로 연결시키는 메커니즘으로 활용하여 자칫 가벼워지기 쉬운 대중 장르의 특성을 배제함과 동시에 자신만의 독특한 문법을 구축하고 있는 것이다.

아울러 그의 문학이 결코 가볍게 느껴지지 않는 것은 인물 설정에도 그 요인이 적지 않다. 일반적으로 전통적인 추리 소설이나 탐정 소설 혹은 미스터리 소설 장르에서 등장 인물 — 특히 주인공 — 은 늘 텍스트의 선악 구도를 이해하거나 사건을 푸는 해결 구조에 적합한 영웅적인 인물로 설정되는 경우가 허다하다. 그러나 그의 텍스트에는 좀처럼 찾아보기 힘든 인물들, 즉 〈보수를 받고 남의 일을 대신 처리하는〉 고용된 용병이나 은퇴한 검객, 고서를 찾아다니는 책 사냥꾼, 악마를 추종하는 서적상, 지적 유희를 즐기는 동성애자 등 소위 〈삶에 지친〉 무력한 인물들이나 사회로부터 일정한 거리를 두고 살아가는 인물들이 등장하는 것이다.

한편 그의 텍스트를 꼼꼼히 들여다보면 언급한 지적 현학성과 폭넓은 테마로 인해 대중 장르가 지녀야 할 속성이 지나치게 배제되는 역효과 현상이 느껴질 뿐만 아니라 의외로 적지 않은 부분에서 언어적 굴절성이 드러난다는 것을 알 수 있다. 특히 후자의 경우는 매끄럽지 못한 상황 설명이나 심리 묘사로 인해 사건 전개가 느슨해지거나 긴박한 상황이 효과적으로 전달되지 못하는 결함을 낳는다. 물론 이러한 난점은 오랜 기자 생활에서 습득된 취재 기사식 어법 탓으로 이해할 수 있고, 나아가서 전술한 장점들에 의해 어느 정도는 상쇄될 수도 있을 것이다. 그러나 그의 말처럼 오늘날 〈순진하지 않은〉 독자들은 작가의 설명식 문체나 딱딱한 서술체로 인해 자신의 글읽기나 상상력이 방해받는 것을 원치 않는다는 것과 그가 지향하는 대중 장르의 내면성까지 침해되는 결과를 가져다 줄 수 있다는 점에서 아쉬운 부분으로 남는다.

전술한 내용을 정리하면 페레스 레베르테는 무지막지한 독자이자 무지막지한 작가이다. 동시에 그는 대중 장르를 표방하고 대중 장르와의 일정한 거리를 두는, 이른바 고급 문학과 대중 문학의 간극을 좁히거나 허물어뜨리려는 의도를 놓치지 않는 범위에서 자신의 지적 유희를 즐기는 작가라고 볼 수 있다. 따라서 독자는 — 특히 문학에 생소한 우리 독자는 — 그의 문학이 대중 장르와 고급 장르 사이에서 끊임없이 고민하고 있음을 염두에 두고 책읽기로 들어가야 할 것이다.

『플랑드르 거장의 그림』은 어떻게, 혹은 무엇을 읽어야 하는가

『플랑드르 거장의 그림』은 주요 등장 인물 세 사람이 등장하여 15세기 플랑드르 화가가 그림에 숨겨 놓은 문장의 암호를 체스 게임을 통해 풀어 나가는 이야기이다.

줄거리를 간략하게 정리하면, 예술품 복원가인 주인공 훌리아 — 내레이터 역할 — 는 경매에 들어가기 전에 의뢰된 15세기 그림을 복원하던 중에 그 속에 감춰진 라틴 어 문장을 발견한다. 누가 기사를 죽였는가Quis Necavit Equitem. 세 단어의 라틴 어는 의문 부호가 붙으면서 신비한 분위기를 띠게 된다. 그 문장은 골동품 상인이자 현학자인 세사르에 의해 5백년 전의 살인 사건과 연관되어 있다는 것과 그림에 그려진 체스 게임 — 누가 기사 말을 잡았는가 — 을 풀어야 그 사건을 해결할 수 있다는 해석이 내려진다. 그리하여 그들은 무명의 체스 플레이어 무뇨스 — 탐정 역할 — 를 찾는다. 그때부터 이야기는 체스 게임을 풀어 가는 와중에 미처 예기치 못한, 체스 게임과 연관된 현실에서의 살인 사건들이 벌어지면서 급박하게 전개된다. 그러나 그들은 마침내 5백년 전의 살인 사건 내막을 밝혀 내고, 동시에 그 그림을 둘러싸고 일어난 현실에서의 살인 사건을 풀면서 대단원을 맞이한다.

페레스 레베르테에게 베스트셀러 작가의 명성을 가져다 준 세 번째 작품 『플랑드르 거장의 그림』은 전술한 대로 추리 소설이다. 작가는 기존의 장르에서 쉽게 찾기 힘든, 지적 메커니즘을 적용시키면서 이 작품을 고급 대중 장르의 영역으로 읽혀지게 만든다. 여기서 말하는 지적 메커니즘이란 물론 작가의 해박한 역사성과 현학성이다. 그는 이 작품에서 유럽의 역사와 문화를 배경으로 자칫 가벼워지기 쉬운 대중 장르의 단점을 상쇄시키며 이 소설의 흥미를 배가시키고 있는 것이다. 따라서 독자는 「체스 그림」 속에 숨겨진 플랑드르 거장의 메시지를 단순한 살인 사건을 푸는 열쇠로 보는 것에 그치지 않아야 하며, 〈자칫하면 유럽의 역사가 다시 씌어질 수도 있었다〉는 긴박한 역사적 내면성까지 주목하는 글읽기를 수행해야 한다. 실제로 유럽사에서 〈저지대 국가〉로 불리는 플랑드르 지방은 강대국 사이에 위치한 지형적 요인과 그 지방 민족의 이질적 요인으로 인해 통합을 이루지 못하고 근대까지 영욕의 역사를 걸었던 중요한 곳이다. 오늘날 벨기에와 네덜란드로 분리된 플랑드르 지방은 이런 의미에서 해체와 통합을 반복한 유럽의 역사를 상징한다고 해도 과언이 아니다. 또한 독자는 당시의 플랑드르 역사 외에 반 에익과 로베르 캉팽 같은 미술계의 거장으로 대표되는 플랑드르 예술을 진지하게 검토할 필요가 있다. 그것 역시 이 소설을 흥미 있게 읽을 수 있는 진지한 독서 행위이기 때문이다.

다음으로 작가가 『플랑드르 거장의 그림』에 적용한 독특한 메커니즘은 체스 게임이다. 우리의 바둑이나 장기 같은 게임으로 유럽의 대표적 대중 문화를 상징하는 체스는 흔히 인간의 지력을 시험해 볼 수 있는 최고의 지적 게임으로 불린다. 64칸의 체스 테이블에서 흑백으로 나뉘어 진행되는 체스는 말들의 이합집산에 따라 무궁무진한 행마를 낳기 때문이다. 그러나 이 작품의 체스 게임에서 정작 주목해야 할 점은 그 게임의 전술이나 승패를 가르는 짜릿한 행마법이 아니라, 슈테판 츠바이크의 『체스 Schachnovelle』에서처럼 반상을 사이에 두고 벌어지는 두 플레이어의 치열한 심리전이다. 두 작가가 지향하는 이데아 혹은 문학적 성향은 크게 대별되지만 각각의 작품에 등장하는 인물들은 두 소설가가 적용하는 메커니즘을 충실히 수행한다는 점에서 공통점을 지닌다. 슈테판 츠바이크의 경우, 어려서 우연히 천재성이 눈에 띠어 체스 플레이어로 나선 체스밖에 모르는 인물과 감옥에서의 고통을 잊기 위해 체스를 습득한 한 망명객과의 심리전인데, 여기서 화자의 역할을 하는 작가는 두 인물이 벌이는 체스 게임을 통해 그들의 심리 상태를 치밀하게 분석하여 나치의 폭력성을 고발한다. 한편 페레스 레베르테의 경우는 사건을 풀기 위해 체스 게임을 적용했다는 점에서 전자와 다르다. 하지만 현학적인 골동품상과 무명의 체스 플레이어가 벌이는 이 게임에서 우리는 동성애자가 지니는 내면적인 심리와 직관력, 그리고 수학적 논리를 중시하는 체스 플레이어의 예리한 분석력을 엿볼 수 있다. 이 작품 역시 치밀한 심리 소설이라고 불릴 수 있는 근거가 바로 여기 있는 것이다.

전술하다시피 『플랑드르 거장의 그림』은 전통적 추리 소설이다. 작품을 쓰는 동안 세상을 보는 방법을 이야기하고 싶었고, 그것을 이야기하기 위한 메커니즘으로 체스 게임을 적용했다는 『플랑드르 거장의 그림』이 앞서 지적한 아쉬운 단점에도 불구하고 베스트셀러이자 스테디셀러가 되고, 나아가 짐 맥브라이드에 의해 영화화(1994년)된 것은 19세기 연재 소설식 구성과 작가의 해박한 지식을 바탕으로 한 다양한 책 읽기를 제공하는 특유의 메커니즘이 독자들로 하여금 글 읽는 행위가 풍요롭다는 것을 느끼도록 만들어 주기 때문이다.

그의 문학은 계속될 것인가

작가 아르투로 페레스 레베르테는 자신의 독서 행위에서 습득한 책읽기와 독특한 글쓰기로 10년 이상 스페인 출판계를 이끌고 있다고 해도 과언이 아니다. 그는 자신이 원하는 글쓰기를 위해 21년 간의 언론 생활과 선을 그었지만, 그것이 출판계의 성공이 가져다 준 수동적 의지가 아니라 순전히 책과 문학에 대한 열정에서 나온 결정이었다고 서슴없이 말한다. 그리고 실제로 그는 일단 성공을 거두었고, 지속적인 성공을 이끌어 가고 있다. 이 스페인 작가의 성공은 오늘날의 대중 장르가, 아니 소설 문학이 무엇을 해야 하는지를 일깨워 주는 하나의 대안이자 어디로 가야 하는지를 대변한다는 사실을 뒷받침해 준다. 앞으로 그의 문학은 계속될 것이다.

정창

아르투로 페레스 레베르테 연보

1951년 출생　11월 25일 스페인 카르타헤나의 어부 집안에서 태어남. 대학에서 정치학과 저널리즘을 공부함.

1973년 22세　21여 년간 「푸에블로Pueblo」를 비롯한 각종 언론 매체의 종군 기자로 활약함.

1986년 35세　『경기병 El húsar』 출간.

1988년 37세　『검의 대가 El maestro de esgrima』 출간.

1990년 39세　『플랑드르 거장의 그림 La tabla de Flandes』 출간. 모잠비크 내전(1990), 걸프전(1990~1991)에서 종군 기자로 활동.

1992년 41세　페드로 올레아 감독이 영화화한 「검의 대가」로 최고의 각본상에 주어지는 고야상 수상. 『뒤마 클럽 El club Dumas』 출간. 보스니아 내전에 종군기자로 활동.

1993년 42세　『매의 그림자 La sombra del águila』 출간. 스페인 국영

라디오 방송 RNE에서 소외된 계층의 문제를 다루며 5년간 방송된 장수 프로그램 「골목길 법칙」으로 온다스상 수상. 유고슬라비아 내전을 취재한 TVE 프로그램으로 아스투리아스 언론인상 수상. 프랑스『리르』지가 페레스 레베르테(『플랑드르 거장의 그림』)를 프랑스에 소개된 가장 뛰어난 10대 외국 소설가로 선정.『뒤마 클럽』으로 프랑스에서 탐정 소설 그랑프리상 수상.

1994년 43세 『코만치의 땅*Territorio comanche*』 출간.『플랑드르 거장의 그림』으로 스웨덴의 추리 소설 부문 스웨덴 한림원상 수상.『뉴욕 타임즈 북 리뷰』에서『플랑드르 거장의 그림』을 미국 내에서 발간된 최고의 외국 소설 5편 중 하나로 선정.『뒤마 클럽』으로 덴마크의 팔레 로젠크란츠상 수상.

1995년 44세 『북의 껍질*La piel del tambor*』,『명예와 관련된 사건 *Un asunto de honor*』 출간.

1996년 45세 『알라트리스테 대위*El capitán Alatriste*』 출간.

1997년 46세 『순수한 혈통*Limieza de sangre*』(알라트리스테 대위 시리즈 제2권) 출간.『북의 껍질』로 장 모네 유럽 문학상 수상. 스페인 전역에서 가장 많이 읽히는 작가이자 가장 많은 언어로 번역 출간된 작가로 사회적 기여도를 인정 받아 〈코레오 그룹상〉 수상.『뉴욕 타임즈 북 리뷰』에서『플랑드르 거장의 그림』을 1997∼1998 권장 도서로 선정.

1998년 47세 일요판 주간지『코레오』에 실렸던 칼럼들을 모은『코르소의 모든 것*Patente de corso*』 출간.『브레다의 태양*El sol de Breda*』(알라트리스테 대위 시리즈 제3권) 출간.『타임』지가『북의 껍질』을 1998년 미국에 소개된 최고의 작품으로 소개. 프랑스 대통령이 수여하는 프랑스 예술 문학 기사장 수상.

1999년 48세 로만 폴란스키 감독이『뒤마 클럽』영화화. 스페인 바다호스 주 라 알부에라 시청이 시 건립 188주년을 기념하기 위해 수여하는 아달리드 자유상 수상.

2000년 49세 『왕의 황금*El oro de rey*』(알라트리스테 대위 시리즈 제4권), 『항해 지도*La carta esférica*』 출간. 「뉴욕 타임즈」 북 섹션에서 『검의 대가』를 2000년 최고의 포켓북으로 선정.

2001년 50세 『코레오』에 실렸던 칼럼집 『모욕을 위하여*Con ánimo de ofender*』 출간. 『항해 지도』로 프랑스 지중해상 수상.

2002년 51세 『남부의 여왕*La reina del sur*』 출간.

2003년 52세 『노란 조끼의 사나이*El caballero del jubon amarillo*』(알라트리스테 대위 시리즈 제5권) 출간. 6월 12일, 최고의 영예인 스페인 한림원 종신회원이 됨.

2004년 53세 『트라팔가 곶*Cabo Trafalgar*』 출간. 카르타헤나 정치대학에서 명예박사 학위 수여. 「전쟁을 바라보는 창」이란 칼럼으로 제29회 곤살레스-루아노 언론인상 수상. 「기나긴 도시에서의 여정」이란 칼럼으로 제5회 호이칸 로메로 무루베상 수상.

2006년 55세 『레반토의 해적들*Corsarios de Levante*』(알라트리스테 대위 시리즈 제6권), 『전쟁 화가*El pintor de batallas*』 출간.

2007년 56세 『진노의 날*Un día de cólera*』 출간.

2009년 58세 『푸른 눈*Ojos azules*』 출간.

열린책들 세계문학 115 플랑드르 거장의 그림

옮긴이 정창 경희대를 졸업하고 멕시코 과달라하라 주립대를 거쳐 스페인 마드리드 국립대에서 박사 과정을 수료했다. 현재 스페인어권 문학과 인문 사회 과학 분야의 평론 및 번역 일을 하고 있다. 옮긴 책으로는 루이스 세풀베다의 『연애 소설 읽는 노인』, 『감상적 킬러의 고백』, 『귀향』, 바르가스 요사의 『궁둥이』와 로사 몬테로의 『시대를 앞서간 여자들의 거짓과 비극의 역사』, 아르투로 페레스 레베르테의 『뒤마 클럽』, 엘리아세르 깐시노의 『벨라스께스 미스터리』 등이 있다.

지은이 아르투로 페레스 레베르테 **옮긴이** 정창 **발행인** 홍지웅·홍예빈
발행처 주식회사 열린책들 **주소** 경기도 파주시 문발로 253 파주출판도시
전화 031-955-4000 **팩스** 031-955-4004 **홈페이지** www.openbooks.co.kr
Copyright (C) 주식회사 열린책들, 2002, 2010, *Printed in Korea.*
ISBN 978-89-329-1115-1 04870 **ISBN** 978-89-329-1499-2 (세트)
발행일 2002년 2월 25일 초판 1쇄 2007년 3월 25일 초판 11쇄 2010년 5월 10일 세계문학판 1쇄 2018년 12월 20일 세계문학판 2쇄

이 도서의 국립중앙도서관 출판예정도서목록(CIP)은 서지정보유통지원시스템 홈페이지(http://seoji.nl.go.kr)와 국가자료공동목록시스템(http://www.nl.go.kr/kolisnet)에서 이용하실 수 있습니다.(CIP제어번호 : CIP2010001479)

열린책들 세계문학
Open Books World Literature

001 **죄와 벌** 표도르 도스또예프스끼 장편소설 | 홍대화 옮김 | 전2권 | 각 408, 504면

003 **최초의 인간** 알베르 카뮈 장편소설 | 김화영 옮김 | 392면

004 **소설** 제임스 미치너 장편소설 | 윤희기 옮김 | 전2권 | 각 280, 368면

006 **개를 데리고 다니는 부인** 안똔 체호프 소설선집 | 오종우 옮김 | 368면

007 **우주 만화** 이탈로 칼비노 장편소설 | 김운찬 옮김 | 416면

008 **댈러웨이 부인** 버지니아 울프 장편소설 | 최애리 옮김 | 296면

009 **어머니** 막심 고리끼 장편소설 | 최윤락 옮김 | 544면

010 **변신** 프란츠 카프카 중단편집 | 홍성광 옮김 | 464면

011 **전도서에 바치는 장미** 로저 젤라즈니 중단편집 | 김상훈 옮김 | 432면

012 **대위의 딸** 알렉산드르 뿌쉬낀 장편소설 | 석영중 옮김 | 240면

013 **바다의 침묵** 베르코르 소설선집 | 이상해 옮김 | 256면

014 **원수들, 사랑 이야기** 아이작 싱어 장편소설 | 김진준 옮김 | 320면

015 **백치** 표도르 도스또예프스끼 장편소설 | 김근식 옮김 | 전2권 | 각 500, 528면

017 **1984년** 조지 오웰 장편소설 | 박경서 옮김 | 392면

018 **수용소군도** 알렉산드르 솔제니찐 기록문학 | 김학수 옮김 | 480면

019 **이상한 나라의 앨리스** 루이스 캐럴 환상동화 | 머빈 피크 그림 | 최용준 옮김 | 336면

020 **베네치아에서의 죽음** 토마스 만 중단편집 | 홍성광 옮김 | 432면

021 **그리스인 조르바** 니코스 카잔차키스 장편소설 | 이윤기 옮김 | 488면

022 **벚꽃 동산** 안똔 체호프 희곡선집 | 오종우 옮김 | 336면

023 **연애 소설 읽는 노인** 루이스 세풀베다 장편소설 | 정창 옮김 | 192면

024 **젊은 사자들** 어윈 쇼 장편소설 | 정영문 옮김 | 전2권 | 각 416, 408면

026 **젊은 베르테르의 슬픔** 요한 볼프강 폰 괴테 장편소설 | 김인순 옮김 | 240면

027 **시라노** 에드몽 로스탕 희곡 | 이상해 옮김 | 256면

028 **전망 좋은 방** E. M. 포스터 장편소설 | 고정아 옮김 | 352면

029 **까라마조프 씨네 형제들** 표도르 도스또예프스끼 장편소설 | 이대우 옮김 | 전3권 | 각 496, 496, 460면

032 **프랑스 중위의 여자** 존 파울즈 장편소설 | 김석희 옮김 | 전2권 | 각 344면

034 **소립자** 미셸 우엘벡 장편소설 | 이세욱 옮김 | 448면

035 **영혼의 자서전** 니코스 카잔차키스 자서전 | 안정효 옮김 | 전2권 | 각 352, 408면

037 **우리들** 예브게니 자먀찐 장편소설 | 석영중 옮김 | 320면

038 **뉴욕 3부작** 폴 오스터 장편소설 | 황보석 옮김 | 480면

039 **닥터 지바고** 보리스 빠스쩨르나끄 장편소설 | 박형규 옮김 | 전2권 | 각 400, 512면

041 **고리오 영감** 오노레 드 발자크 장편소설 | 임희근 옮김 | 456면

042 **뿌리** 알렉스 헤일리 장편소설 | 안정효 옮김 | 전2권 | 각 400, 448면

044 **백년보다 긴 하루** 친기즈 아이뜨마또프 장편소설 | 황보석 옮김 | 560면

045 **최후의 세계** 크리스토프 란스마이어 장편소설 | 장희권 옮김 | 264면

046 **추운 나라에서 돌아온 스파이** 존 르카레 장편소설 | 김석희 옮김 | 368면

047 **산도칸 - 몸프라쳄의 호랑이** 에밀리오 살가리 장편소설 | 유항란 옮김 | 428면

048 **기적의 시대** 보리슬라프 페키치 장편소설 | 이윤기 옮김 | 560면

049 **그리고 죽음** 짐 크레이스 장편소설 | 김석희 옮김 | 224면

050 **세설** 다니자키 준이치로 장편소설 | 송태욱 옮김 | 전2권 | 각 480면

052 **세상이 끝날 때까지 아직 10억 년** 스뜨루가츠끼 형제 장편소설 | 석영중 옮김 | 224면

053 **동물 농장** 조지 오웰 장편소설 | 박경서 옮김 | 208면

054 **캉디드 혹은 낙관주의** 볼테르 장편소설 | 이봉지 옮김 | 232면

055 **도적 떼** 프리드리히 폰 실러 희곡 | 김인순 옮김 | 264면

056 **플로베르의 앵무새** 줄리언 반스 장편소설 | 신재실 옮김 | 320면

057 **악령** 표도르 도스또예프스끼 장편소설 | 김연경 옮김 | 전3권 | 각 324, 396, 496면

060 **의심스러운 싸움** 존 스타인벡 장편소설 | 윤희기 옮김 | 340면

061 **몽유병자들** 헤르만 브로흐 장편소설 | 김경연 옮김 | 전2권 | 각 568, 544면

063 **몰타의 매** 대실 해밋 장편소설 | 고정아 옮김 | 304면

064 **마야꼬프스끼 선집** 블라지미르 마야꼬프스끼 선집 | 석영중 옮김 | 320면

065 **드라큘라** 브램 스토커 장편소설 | 이세욱 옮김 | 전2권 | 각 340, 344면

067 **서부 전선 이상 없다** 에리히 마리아 레마르크 장편소설 | 홍성광 옮김 | 336면

068 **적과 흑** 스탕달 장편소설 | 임미경 옮김 | 전2권 | 각 376, 368면

070 **지상에서 영원으로** 제임스 존스 장편소설 | 이종인 옮김 | 전3권 | 각 396, 380, 388면

073 **파우스트** 요한 볼프강 폰 괴테 희곡 | 김인순 옮김 | 568면

074 **쾌걸 조로** 존스턴 매컬리 장편소설 | 김훈 옮김 | 316면

075 **거장과 마르가리따** 미하일 불가꼬프 장편소설 | 홍대화 옮김 | 전2권 | 각 364, 328면

077 **순수의 시대** 이디스 워튼 장편소설 | 고정아 옮김 | 448면

078 **검의 대가** 아르투로 페레스 레베르테 장편소설 | 김수진 옮김 | 376면

079 **예브게니 오네긴** 알렉산드르 뿌쉬낀 운문소설 | 석영중 옮김 | 328면

080 **장미의 이름** 움베르토 에코 장편소설 | 이윤기 옮김 | 전2권 | 각 440, 448면

082 **향수** 파트리크 쥐스킨트 장편소설 | 강명순 옮김 | 384면

083 **여자를 안다는 것** 아모스 오즈 장편소설 | 최창모 옮김 | 280면

084 **나는 고양이로소이다** 나쓰메 소세키 장편소설 | 김난주 옮김 | 544면

085 **웃는 남자** 빅토르 위고 장편소설 | 이형식 옮김 | 전2권 | 각 472, 496면

087 **아웃 오브 아프리카** 카렌 블릭센 장편소설 | 민승남 옮김 | 480면

088 **무엇을 할 것인가** 니꼴라이 체르니셰프스끼 장편소설 | 서정록 옮김 | 전2권 | 각 360, 404면

090 **도나 플로르와 그녀의 두 남편** 조르지 아마두 장편소설 | 오숙은 옮김 | 전2권 | 각 328, 308면

092 **미사고의 숲** 로버트 홀드스톡 장편소설 | 김상훈 옮김 | 416면

093 **신곡** 단테 알리기에리 장편서사시 | 김운찬 옮김 | 전3권 | 각 292, 296, 328면

096 **교수** 샬럿 브론테 장편소설 | 배미영 옮김 | 368면

097 **노름꾼** 표도르 도스또예프스끼 장편소설 | 이재필 옮김 | 320면

098 **하워즈 엔드** E. M. 포스터 장편소설 | 고정아 옮김 | 508면

099 **최후의 유혹** 니코스 카잔차키스 장편소설 | 안정효 옮김 | 전2권 | 각 408면

101 **키리냐가** 마이크 레스닉 장편소설 | 최용준 옮김 | 464면

102 **바스커빌가의 개** 아서 코넌 도일 장편소설 | 조영학 옮김 | 264면

103 **버마 시절** 조지 오웰 장편소설 | 박경서 옮김 | 400면

104 **10 1/2장으로 쓴 세계 역사** 줄리언 반스 장편소설 | 신재실 옮김 | 464면

105 **죽음의 집의 기록** 표도르 도스또예프스끼 장편소설 | 이덕형 옮김 | 528면

106 **소유** 앤토니어 수전 바이어트 장편소설 | 윤희기 옮김 | 전2권 | 각 440, 480면

108 **미성년** 표도르 도스또예프스끼 장편소설 | 이상룡 옮김 | 전2권 | 각 512, 544면

110 **성 앙투안느의 유혹** 귀스타브 플로베르 희곡소설 | 김용은 옮김 | 584면

111 **밤으로의 긴 여로** 유진 오닐 희곡 | 강유나 옮김 | 240면

112 **마법사** 존 파울즈 장편소설 | 정영문 옮김 | 전2권 | 각 512, 552면

114 **스쩨빤치꼬보 마을 사람들** 표도르 도스또예프스끼 장편소설 | 변현태 옮김 | 416면

115 **플랑드르 거장의 그림** 아르투로 페레스 레베르테 장편소설 | 정창 옮김 | 512면

116 **분신** 표도르 도스또예프스끼 장편소설 | 석영중 옮김 | 288면

117 **가난한 사람들** 표도르 도스또예프스끼 장편소설 | 석영중 옮김 | 256면

118 **인형의 집** 헨리크 입센 희곡 | 김창화 옮김 | 272면

119 **영원한 남편** 표도르 도스또예프스끼 장편소설 | 정명자 외 옮김 | 448면
120 **알코올** 기욤 아폴리네르 시집 | 황현산 옮김 | 352면
121 **지하로부터의 수기** 표도르 도스또예프스끼 장편소설 | 계동준 옮김 | 256면
122 **어느 작가의 오후** 페터 한트케 중편소설 | 홍성광 옮김 | 160면
123 **아저씨의 꿈** 표도르 도스또예프스끼 장편소설 | 박종소 옮김 | 304면
124 **네또츠까 네즈바노바** 표도르 도스또예프스끼 장편소설 | 박재만 옮김 | 316면
125 **곤두박질** 마이클 프레인 장편소설 | 최용준 옮김 | 528면
126 **백야 외** 표도르 도스또예프스끼 소설선집 | 석영중 외 옮김 | 408면
127 **살라미나의 병사들** 하비에르 세르카스 장편소설 | 김창민 옮김 | 296면
128 **뻬쩨르부르그 연대기 외** 표도르 도스또예프스끼 소설선집 | 이항재 옮김 | 296면
129 **상처받은 사람들** 표도르 도스또예프스끼 장편소설 | 윤우섭 옮김 | 전2권 | 각 296, 392면
131 **악어 외** 표도르 도스또예프스끼 소설선집 | 박혜경 외 옮김 | 312면
132 **허클베리 핀의 모험** 마크 트웨인 장편소설 | 윤교찬 옮김 | 416면
133 **부활** 레프 똘스또이 장편소설 | 이대우 옮김 | 전2권 | 각 308, 416면
135 **보물섬** 로버트 루이스 스티븐슨 장편소설 | 머빈 피크 그림 | 최용준 옮김 | 360면
136 **천일야화** 앙투안 갈랑 엮음 | 임호경 옮김 | 전6권 | 각 336, 328, 372, 392, 344, 320면
142 **아버지와 아들** 이반 뚜르게녜프 장편소설 | 이상원 옮김 | 328면
143 **오만과 편견** 제인 오스틴 장편소설 | 원유경 옮김 | 480면
144 **천로 역정** 존 버니언 우화소설 | 이동일 옮김 | 432면
145 **대주교에게 죽음이 오다** 윌라 캐더 장편소설 | 윤명옥 옮김 | 352면
146 **권력과 영광** 그레이엄 그린 장편소설 | 김연수 옮김 | 384면
147 **80일간의 세계 일주** 쥘 베른 장편소설 | 고정아 옮김 | 352면
148 **바람과 함께 사라지다** 마거릿 미첼 장편소설 | 안정효 옮김 | 전3권 | 각 616, 640, 640면
151 **기탄잘리** 라빈드라나트 타고르 시집 | 장경렬 옮김 | 224면
152 **도리언 그레이의 초상** 오스카 와일드 장편소설 | 윤희기 옮김 | 384면
153 **레우코와의 대화** 체사레 파베세 희곡소설 | 김운찬 옮김 | 280면
154 **햄릿** 윌리엄 셰익스피어 희곡 | 박우수 옮김 | 256면
155 **맥베스** 윌리엄 셰익스피어 희곡 | 권오숙 옮김 | 176면
156 **아들과 연인** 데이비드 허버트 로런스 장편소설 | 최희섭 옮김 | 전2권 | 464, 432면
158 **그리고 아무 말도 하지 않았다** 하인리히 뵐 장편소설 | 홍성광 옮김 | 272면
159 **미덕의 불운** 싸드 장편소설 | 이형식 옮김 | 248면

160 **프랑켄슈타인** 메리 W. 셸리 장편소설 | 오숙은 옮김 | 320면

161 **위대한 개츠비** 프랜시스 스콧 피츠제럴드 장편소설 | 한애경 옮김 | 280면

162 **아Q정전** 루쉰 중단편집 | 김태성 옮김 | 320면

163 **로빈슨 크루소** 대니얼 디포 장편소설 | 류경희 옮김 | 456면

164 **타임머신** 허버트 조지 웰스 소설선집 | 김석희 옮김 | 304면

165 **제인 에어** 샬럿 브론테 장편소설 | 이미선 옮김 | 전2권 | 각 392, 384면

167 **풀잎** 월트 휘트먼 시집 | 허현숙 옮김 | 280면

168 **표류자들의 집** 기예르모 로살레스 장편소설 | 최유정 옮김 | 216면

169 **배빗** 싱클레어 루이스 장편소설 | 이종인 옮김 | 520면

170 **이토록 긴 편지** 마리아마 바 장편소설 | 백선희 옮김 | 192면

171 **느릅나무 아래 욕망** 유진 오닐 희곡 | 손동호 옮김 | 168면

172 **이방인** 알베르 카뮈 장편소설 | 김예령 옮김 | 208면

173 **미라마르** 나기브 마푸즈 장편소설 | 허진 옮김 | 288면

174 **지킬 박사와 하이드 씨** 로버트 루이스 스티븐슨 소설선집 | 조영학 옮김 | 320면

175 **루진** 이반 뚜르게네프 장편소설 | 이항재 옮김 | 264면

176 **피그말리온** 조지 버나드 쇼 희곡 | 김소임 옮김 | 256면

177 **목로주점** 에밀 졸라 장편소설 | 유기환 옮김 | 전2권 | 각 336면

179 **엠마** 제인 오스틴 장편소설 | 이미애 옮김 | 전2권 | 각 336, 360면

181 **비숍 살인 사건** S. S. 밴 다인 장편소설 | 최인자 옮김 | 464면

182 **우신예찬** 에라스무스 풍자문 | 김남우 옮김 | 296면

183 **하자르 사전** 밀로라드 파비치 장편소설 | 신현철 옮김 | 488면

184 **테스** 토머스 하디 장편소설 | 김문숙 옮김 | 전2권 | 각 392, 336면

186 **투명 인간** 허버트 조지 웰스 장편소설 | 김석희 옮김 | 288면

187 **93년** 빅토르 위고 장편소설 | 이형식 옮김 | 전2권 | 각 288, 360면

189 **젊은 예술가의 초상** 제임스 조이스 장편소설 | 성은애 옮김 | 384면

190 **소네트집** 윌리엄 셰익스피어 연작시집 | 박우수 옮김 | 200면

191 **메뚜기의 날** 너새니얼 웨스트 장편소설 | 김진준 옮김 | 280면

192 **나사의 회전** 헨리 제임스 중편소설 | 이승은 옮김 | 256면

193 **오셀로** 윌리엄 셰익스피어 희곡 | 권오숙 옮김 | 216면

194 **소송** 프란츠 카프카 장편소설 | 김재혁 옮김 | 376면

195 **나의 안토니아** 윌라 캐더 장편소설 | 전경자 옮김 | 368면

196 **자성록** 마르쿠스 아우렐리우스 명상록 ǀ 박민수 옮김 ǀ 240면

197 **오레스테이아** 아이스킬로스 비극 ǀ 두행숙 옮김 ǀ 336면

198 **노인과 바다** 어니스트 헤밍웨이 소설선집 ǀ 이종인 옮김 ǀ 320면

199 **무기여 잘 있거라** 어니스트 헤밍웨이 장편소설 ǀ 이종인 옮김 ǀ 464면

200 **서푼짜리 오페라** 베르톨트 브레히트 희곡선집 ǀ 이은희 옮김 ǀ 320면

201 **리어 왕** 윌리엄 셰익스피어 희곡 ǀ 박우수 옮김 ǀ 224면

202 **주홍 글자** 너대니얼 호손 장편소설 ǀ 곽영미 옮김 ǀ 360면

203 **모히칸족의 최후** 제임스 페니모어 쿠퍼 장편소설 ǀ 이나경 옮김 ǀ 512면

204 **곤충 극장** 카렐 차페크 희곡선집 ǀ 김선형 옮김 ǀ 360면

205 **누구를 위하여 좋은 울리나** 어니스트 헤밍웨이 장편소설 ǀ 이종인 옮김 ǀ 전2권 ǀ 각 416, 400면

207 **타르튀프** 몰리에르 희곡선집 ǀ 신은영 옮김 ǀ 416면

208 **유토피아** 토머스 모어 소설 ǀ 전경자 옮김 ǀ 288면

209 **인간과 초인** 조지 버나드 쇼 희곡 ǀ 이후지 옮김 ǀ 320면

210 **페드르와 이폴리트** 장 라신 희곡 ǀ 신정아 옮김 ǀ 200면

211 **말테의 수기** 라이너 마리아 릴케 장편소설 ǀ 안문영 옮김 ǀ 320면

212 **등대로** 버지니아 울프 장편소설 ǀ 최애리 옮김 ǀ 328면

213 **개의 심장** 미하일 불가꼬프 중편소설집 ǀ 정연호 옮김 ǀ 352면

214 **모비 딕** 허먼 멜빌 장편소설 ǀ 강수정 옮김 ǀ 전2권 ǀ 각 464, 488면

216 **더블린 사람들** 제임스 조이스 단편소설집 ǀ 이강훈 옮김 ǀ 336면

217 **마의 산** 토마스 만 장편소설 ǀ 윤순식 옮김 ǀ 전3권 ǀ 각 496, 488, 512면

220 **비극의 탄생** 프리드리히 니체 ǀ 김남우 옮김 ǀ 304면

221 **위대한 유산** 찰스 디킨스 장편소설 ǀ 류경희 옮김 ǀ 전2권 ǀ 각 432, 448면

223 **사람은 무엇으로 사는가** 레프 똘스또이 소설선집 ǀ 윤새라 옮김 ǀ 464면

224 **자살 클럽** 로버트 루이스 스티븐슨 소설선집 ǀ 임종기 옮김 ǀ 272면

225 **채털리 부인의 연인** 데이비드 허버트 로런스 장편소설 ǀ 이미선 옮김 ǀ 전2권 ǀ 각 336, 328면

227 **데미안** 헤르만 헤세 장편소설 ǀ 김인순 옮김 ǀ 272면

228 **두이노의 비가** 라이너 마리아 릴케 시 선집 ǀ 손재준 옮김 ǀ 504면

229 **페스트** 알베르 카뮈 장편소설 ǀ 최윤주 옮김 ǀ 432면

230 **여인의 초상** 헨리 제임스 장편소설 ǀ 정상준 옮김 ǀ 전2권 ǀ 각 520, 544면

232 **성** 프란츠 카프카 장편소설 ǀ 이재황 옮김 ǀ 560면

233 **차라투스트라는 이렇게 말했다** 프리드리히 니체 산문시 ǀ 김인순 옮김 ǀ 464면

234 **노래의 책** 하인리히 하이네 시집 | 이재영 옮김 | 384면
235 **변신 이야기** 오비디우스 서사시 | 이종인 옮김 | 632면
236 **안나 까레니나** 레프 똘스또이 장편소설 | 이명현 옮김 | 전2권 | 각 800, 736면

각 권 8,800~15,800원